지극히

문학적인

취향

지극히 문학적인 취향
한국문학의 정상성을 묻다

초판 1쇄 펴낸날 2019년 4월 26일
초판 2쇄 펴낸날 2020년 5월 26일

지은이 오혜진
펴낸이 박재영
책임편집 임세현
디자인 들토끼들
제작 제이오

펴낸곳 도서출판 오월의봄
주소 경기 파주시 회동길 363-15 201호
등록 제406-2010-000111호
전화 070-7704-2131
팩스 0505-300-0518

이메일 maybook05@naver.com
트위터 @oohbom
블로그 blog.naver.com/maybook05
페이스북 facebook.com/maybook05

ISBN 979-11-87373-84-1 03800

이 도서의 국립중앙도서관 출판시도서목록(CIP)은 e-CIP홈페이지(http://nl.go.kr/ecip)와
국가자료공동목록시스템(http://www.nl.go.kr/kolisnet)에서 이용하실 수 있습니다.
(CIP 제어번호: CIP2019014367)

✱ 책값은 뒤표지에 있습니다. 잘못된 책은 바꾸어 드립니다.

지극히 문학적인 취향

한국문학의 정상성을 묻다

오혜진 지음

오월의봄

차례

지극히 문학적인 취향. '반드시 이 제목이어야 했다, 운명처럼 이 제목에 사로잡혔다!'라는 식의 드라마틱한 에피소드 하나쯤 이 책을 위해 준비해두고 싶었지만 그런 일은 일어나지 않았다. 이 책의 제목은 작업과정 내내 거듭 바뀌었다. 꽤 오랫동안 이름 없는 원고뭉치에 불과했던 이 책은 '아직 혹은 이미 아닌, 문학', '소요騷擾의 문학', '문학보다 빠르고 문학보다 깊은' 따위의 제목으로 출간될 뻔했다. 하지만 그 모든 것들은 '문학평론집답지 않아서', '문학인들의 반감을 살지 몰라서', '문학연구자에게 어울리지 않아서' 등의 이유로 기각됐다. 그러다보니 정말 궁금해졌다. '문학', '문학적'이라는 건 대체 뭘까.

　　이 책은 바로 그 질문에 대해 생각했던 지난 몇 년간의 글들을 다듬어 묶은 것이다. 결론부터 말하자면, 나는 아직 그 물음의 답을 찾지 못한 채 다소 무책임하게 이 책에 '지극히 문학적인 취향'이라는 제목을 붙여버렸다. 누군가는 이 제목에서 기존 주류 문학계의 지배질서와 기율들을 비꼬고 풍자하려는 의도를 읽을 테고, 또 누군가는 그간 '비문학적인 것'으로 간주됐던 관점과 문제의식 등을 이제부터 '문학'이라는 재현체계에 등재시키겠다는 의지를 읽을 것이다. 물론 그 두 가지 모두를 노렸다. 양쪽 중 어느 것에 방점을 찍느냐에 따라 '더할 나위 없이 아주'라는 뜻의 부사 '지극히'는 꽤 불온하게 읽힐 수도 혹은 비장하거나 유머러스하게 읽힐 수도 있으리라.

이렇게 일러둔다 해도 마음이 다 편해진 것은 아니다. '취향'이라는 문제적이고 논쟁적인 단어를 설명해야 하기 때문이다. 만약 부제 없이 이 책이 그저 '지극히 문학적인 취향'이라는 제목만을 달고 서가에 놓인다면, 누군가는 '가벼운' 에세이집이기를 기대하며 이 책을 집어들 수도 있을까. '가벼운' 책이라…… '취향'이라는 단어가 이 책에 담긴 문제의식의 밀도, 즉 일종의 '경중輕重'을 판단하는 데 변수가 될지도 모른다는 사실은 흥미롭다. 문학은 '취미'의 대상일 수 있고("취미는 독서!"), '문학적 취향'이라는 정체 모를 말도 종종 쓰이지만("이창동의 <밀양>은 꽤 문학적인 영화죠."), '문학' 그 자체를 '취향'의 문제라고 말한다면 결코 환영하지 않을 사람들이 있다는 걸 안다. 그런데 그때 그어지는 전선은 '문학'에 대한 입장차라기보다는 어쩌면 '취향'에 대한 인식차에 기인한 것일지도 모른다.

누구나 문학을 읽고 쓰게 된 '문학의 민주화' 시대에 문학 혹은 문학비평이 더 이상 유일한 '진리'나 계몽의 대상이 아니라는 점을 강조할 필요는 없겠다. 나는 이 책의 내용이 '문학이란 무엇인가' 혹은 '무엇이어야 하는가'에 대한 정답으로 받아들여지기를 바란 적 없고, 바란대도 그건 불가능하다. 하지만 그저 '취향입니다. 존중해주세요(반발하거나 문제 삼지 말아주세요).'라는 식으로, 내가 쓴 문장들에 따르는 책임을 '취향'이라는 단어 뒤에 숨어서 회피할 생각도 없다. '취향'은 무언가를 기피할 목적으로 속 편히 숨어 있기에는 그리 만만하거나 적절한 장소가 아니기 때문이다.

이 책은 '(근대)문학은 죽었다'라고 선언된 시대에 (공교롭게도 내가 본격적으로 '문학독자가 돼볼까' 하며 의욕을 내려던 시점에, '문학은 죽었다'는 전언이 들려왔다. '탁월한 문학'은 자기들만 누리고, 후대의 문학을 모두 '잔챙이' 취급해버린 이 일방적이고 폭력적인 선언에 나는 아직까지도 적잖은 앙심을 품고 있다), 그럼에도 '문학(비평)'을 내게 의미 있는 지적·문화적·정치적 자원으로 만들기 위해 내가 던지고 벼려온 질문과 관점, 인식의 기준들에 대해 서술한다. 말하자면, 이것은 내 '문학적 취향'이 만들어져온 과

정의 기록이다. 그것은 다른 많은 '문학적 취향'들과의 치열한 경합 및 각축을 통해 이루어졌고, 내 '취향' 역시 다시 한 번 그 경합의 장에 놓이기를 간절히 원한다.

자신의 '문학적 취향'을 공동의 지혜와 자산으로서 설득하고 정당화하는 일은 그리 간단치 않다. 다른 시대/세대에 통용된 상식과 비전은 무조건적인 반대와 폄훼의 대상이 아니라, 새로운 민주주의의 지향점을 발명하기 위해 유연하게, 그리고 적극적으로 극복·활용돼야 한다. 최근 한국문학의 민주주의에 관해 제기되는 다양한 주체들의 다기한 논의들을 그저 세대 간의 인정투쟁이라고 치부해버리는 이에게 남는 것은 공허함뿐이리라. 따라서 누군가 비정치적이고 자유주의적인('비정치적'이면서 '자유주의적'이라니, 양립 가능한가?) 개념에 불과한 '취향' 따위로 감히 '문학'을 설명하려 드느냐고 따진다면 이렇게 답하는 수밖에. '취향'을 한사코 정치적 무풍지대로 상상하려는 당신의 그 '취향'은 이미 매우 '정치적'이라고.

물론 민주주의의 유의미한 자원으로서 문학을 사유하기 위한 내 기준은 꽤 자주 흔들렸고 지속적으로 변했다. 하지만 분명한 것은, (종종 '내 몸 하나 건사하다 죽어지면 끝이지, 뭐' 하는 생각에 사로잡힐 때가 없는 건 아니지만) 여전히 '나와 내가 속한 공동체의 민주주의'가 포기할 수 없는 전제라는 점이다. 내가 특별히 '공동체'를 중시하는 이타적 개인이거나 숭고한 사상의 소유자라서가 아니라, 나 자신이 좀 더 편안하고 합리적이고 흥미로운 방식으로 이 사회에 존재하기 위해서 그렇다.

특히 페미니즘은 젠더와 섹슈얼리티 개념을 중심으로 전개되는 성정치를 바로 그 민주주의를 상상하는 데에 핵심적인 벡터로서 진지하게 고려해보기를 제안했다. 또한 그 제안은 역으로, 그렇다면 공동체의 민주주의를 상상하는 데 있어 '페미니즘'은 무엇이어야 하겠느냐는 반문으로 돌아오기도 했다. 그리고 다행인지 불행인지 '페미니즘 리부트'라고 불린 최근의 획기적인 지적·사회적 흐름은 바로 이 제안과 질문들을 곱씹고 구체화하기에 충분하고도 남음이 있었다. 2013~2019년에 논문, 평론, 서평, 해설, 칼럼, 추천사 등 다양한 형식의 글쓰기를 천방지축 감행한 것은 바로 그 거대한 문화정치적 변혁에 기꺼이 고무되고 동참한 흔적이다.

＊

1부의 제목 '"아저씨 독자"가 떠난 자리'는 내가 만든 말이 아니다. 이 표현은 내면성과 고백의 양식 등의 유행으로 '여성화'됐다는 1990년대 문학과 사회정치적 경험이 일천한 청년들의 '자폐적' 기록에 불과하다는 2000년대 문학이 곧 "아저씨 독자"들이 떠난 이유라며, '이야기'가 살아 있던 시대를 아스라이 추억한 누군가의 말에서 따왔다. '요새 애들은 소설을 안 읽어!'라며 혀를 끌끌 차던 분들이야말로 가장 먼저 문학시장을 떠난 존재임을 자인하는 이 구절이 오래도록 잊히지 않았다. 그래서 우선 "아저씨 독자"들이 문학을 떠나면서 알리바이로 동원한 내용의 정당성을 검토하고, 바로 그 자리에서 전개된 새 세대의 미적 상상력을 음미해봤다. 「'장편의 시대'와 '이야기꾼'의 우울」에서, 2000년대 초중반을 풍미한 '장편대망론'에 깃든 '이야기'에 대한 판타지가 사실상 586세대가 애호한 '1970~1980년대적' 리얼리즘 문학의 재림과 '세계문학'에 대한 패권주의적 욕망을 반영한 것이었음을 논했다면, 「한국문학의 '속지주의'를 묻다」에서는 '세계성'이라는 기표가

'세계문학'에 대한 식민주의적 기획과 연루되거나 혹은 '자본주의 이후'를 상상하기 위한 미적 장치로 변주되는 장면을 살폈다. 「퇴행의 시대와 'K문학/비평'의 종말」에서는 2015년 신경숙 표절사건을 계기로 드러난 한국 문학비평계의 낡은 교양과 감수성의 문제를 드러내고, 이제 '한국문학'은 이를 감지한 새 세대 문학주체들이 '비/문학'의 이름으로 실천하고 개입해온 보다 광활하고 혼란스러운 서사실험의 장에 놓여 있음을 강조했다. 「혐오의 시대, 한국문학의 행방」에서는 오랜 기간 축적돼온 소수자정치의 언어들이 '역차별', '무임승차' 등의 궤변에 의해 너무나도 손쉽게 왜곡·부정되는 '우경화'된 현실을 직시하며, '한국문학'이 여전히 '진보적 미래'를 기약하는 담론양식이기를 지향한다면 긴급히 일신해야 할 지점들을 주체·미디어·상상력의 관점에서 간략히 논했다.

2부 ''민주화' 이후의 질문들과 뉴웨이브'에서 확인해보고 싶었던 것은 한국문학이 민주주의를 자기정체성 서사의 핵심적인 화소로 동원하면서도 애써 돌아보지 않았던 소수자정치의 자리와 그 역동성이다. 정치, 경제, 군사 등의 분야에서 언제나 '가진 자', '기득권

층'이 서사의 주어가 된다면, '가난한 자', '못 배운 자'를 비롯한 '사회적 약자'와 '보통 사람들'의 삶을 조망해왔다는 것은 오랜 기간 '한국문학'의 자부심이었다. 1987년판 민주주의의 도래는 '한국문학'이라는 양식 자체가 '진보'의 보루로 기능해온 역사에 힘입은 것일 테다. 이걸 부정하지 않는다. 하지만 그 이후에는 어땠을까. 2015년의 표절사건과 2016년의 #문단_내_성폭력 및 2017~2019년의 #MeToo 운동은 한국문학이 상상하고 실천해온 민주주의의 사각지대死角地帶가 있음을 아프게 증언한다. 「누가 민주주의를 노래하는가」에서는 '남성'만을 한국 근현대사의 폭압을 불가피하면서도 특권적으로 경험한 주체로 설정함으로써, 모든 진보적 상식을 심문에 부치면서도 끝내 가부장적 남성연대의 노래이기를 멈추지 않는 '남성 장편서사'의 정치적 욕망을 분석했다. 「비평의 백래시와 새로운 '페미니스트 서사'의 도래」에서는 최근 '페미니즘' 및 '퀴어정치학'이라는 새로운 지적 자원을 적극적으로 활용하며 제출된 일군의 서사들을 '정치적 올바름'이라는 부정확하고 불철저한 잣대를 이용해 탈정치화하는 퇴행적 비평들을 점검하면서, 동시에 페미니즘 언어를 보다 풍성한 자원으로 상상하려 할 때 경유해야 할 쟁점들을 제시했다.「'퀸'의 상상력과 '투명한 신체'」및「권력의 여성, 여성의 권력」은 '여성(성)'의 내용을 비균질적이고 예측 불가능한 것으로 상상하는 것이야말로 페미니즘의 가장 획기적인 정치적·미적 기획일 수 있음을 역설했다.

3부 '떠나보지 않고서야 어떻게'는 말 그대로 우리가 '여성/서사'의 기반 혹은 자원으로서 관습적으로 상상해온 그 모든 지점들을 과감히 '떠나보기를' 제안하며 다섯 작가의 최신작들을 읽었다. 최은영이 '여성(성)'과 '소설'에 대한 익숙한 해석의 지평을 소환하면서도 한국문학에 거의 현현한 적 없는 '여자들의 세계'를 본격적으로 서사화한다면, 강화길은 가부장적 성 각본sex script을 뒤집기 위한 다양한 서사실험을 근성 있게 지속한다. 전경린의 최신작들은 1990년대 여성서사와 페미니즘 지식운동사에 가해진 꽤 인색하고 용렬했던 비평들에 대한 재심사를 촉구하면서, 더 이상 '여성의 신비'만을 유력한 자원으로 내세울 수 없도록 변화된 오늘날 여성정치의 장을 차분하게 응시한다. 여성혁명가의 삶을 서사화함으로써 '여성 역사장편소설'의 가능성을 선보인 조선희와 '여성/예술'에 대한 유비와 상상력을 다채롭게 활용한 명지현의 단편들은 '여성/서사'에 도전하는 '여성/작가'들의 실험들이야말로 역사화의 대상이어야 한다는 점을 인상적으로 보여준다.

4부 '우리 각자의 솔기와 봉합선'은 지극히 자연적이고 중립적인 것이라고 상상돼온 한국사회의 성적 배치와 '정상성normality'이야말로 기실 매우 편향적이고 작위적인 것임을 폭로하는 '퀴어queer', '퀴어적인 것'의 문화정치를 살폈다. 「"포스트-아포칼립스"를 향한 미지未知의 미러링」은 원본과 모방 주체 모두에게 결코 안전하지만은 않은 '미러링'의 방법론을 통해 한국사회의 청년담론과 성 각본에 대한 교란을 꾀한 웹툰 <미지의 세계>를 다뤘다. 이 위태로운 도전을 감행케 한 것이 1990년대 전후 '이성애 규범에 들어맞지 않는 이야기'에 대한 교양과 감수성을 훈련해온 동아시아권 젊은 '여성' 주체들의 문화적 역량이라는 점 자체가 내게 큰 영감과 지적 쾌감을 줬다. 「지금 한국문학장에서 '퀴어한 것'은 무엇인가」는 '퀴어서사'를 일종의 게토로서 논하는 최근 한국비평계의 경향을 비판적으로 검토하면서, 자칫 서구(미국)중심주의와 능력 중심의 신자유주의·가족주의·국민국가주의로 회수되거나 그것들과 쉽게 결탁하는 '퀴어' 담론의 일단一端을 포착해보려 했다. 「퀴어한 세계에서 '퀴어'로 살아가기」는 성소수자의 자기재현인 두 편의 다큐멘터리를 '연대의 (불)가능성'이라는 당위적이고 다소 둔탁한 주제로 수렴되는 것으로 읽기보다, 오히려 두 영화가 전선과 연대를 인식하는 관점의 차이와 조건들을 섬세하게 살펴보려 했다.

5부 '계량된 슬픔, 선별된 불행'은 '용산참사'와 '세월호참사' 등 일련의 사회적 참사로부터 촉발된 인문학적 담론들을 일별한다. 그 담론들로부터 축적된 지혜는 비단 해당 사건들에만 국한되는 것이 아니라, 재현체계로서의 한국문학, 나아가 한국사회가 관철해온 '공동체'와 '정상성'의 감각 자체를 심문하는 방식으로, 한국사회가 공동으로 보유한 지적·문화적 아카이브에 기입된다. 예컨대 '가장 미학적인 것이 가장 정치적인 것(혹은 그 반대)', '애도의 윤리와 애도의 형식', '당사자 정치와 연대의 정치' 같은, 이제는 클리셰가 돼버린 테제들은 보다 치열하고 면밀하게 따져볼 필요가 있다. '참사' 앞에서 옷깃을 여미며 겸손하게 펼쳐지는 담론들이 사실상 불철저한 유비들에 기대며 편의적으로 귀결될 때, 우리는 그곳에서 '더 제대로' 배울 기회를 거듭 놓친다.

＊

책을 쓰게 될지, 쓴다면 어떤 종류의 책일지, 그 책이
어느 시점에 어떤 모양으로 나올지 전혀 예측하지 못했
다. 나는 남이 쓴 글을 읽을 때 가장 행복하고, 내가 굳
이 써야 한다면 최대한 길고 긴 작업시간을 확보하기를
바라다가, 끝내 작업시간과 글의 완성도가 필연적인 관
계를 갖는 것이 아님을 확인하고야 마는 종류의 사람이
다. 그렇기에 이 책이 기어코 나오게 된 것은 나 자신보
다 타인들이 제공하는 동력에 의존한 덕분이다.

　　우선 성균관대학교 국어국문학과 선생님들과 선
후배님들께 감사드린다. '독후감'과 '연구'의 차이를 이
곳에서 배웠다. 특히 천정환 선생님과 이혜령 선생님
은 내 '문학적 취향'의 얼개를 만들어주시고 그것을 끊
임없이 사회화해보도록 요구하셨다. 내가 '너무' 나가
거나 '덜' 나갈지언정 크게 '잘못' 나가지 않을 거라는
기대를 나 스스로 갖는 것은, 내가 글을 쓸 때 늘 두 분
께 배운 것들을 떠올리기 때문이다. 류진희, 손희정, 허
윤 선생님은 내가 가장 신뢰하는 동료이자 '언니'로서

대부분의 초고를 읽어주고, 나의 가장 덜 지적인 면모까지 우정의 이름으로 참아주었다. 나도 같은 방식으로 보답할 생각이다. 책 작업을 하는 동안, 내게 가장 아름답고 신기한 것들을 보여주며 의욕을 불어넣어준 정은영 님께도 깊이 감사드린다. 무엇보다, 까다롭고 난삽한 글들을 흥미로워하며 출간을 도모해주신 임세현 편집자와 출판사 오월의봄, 그리고 디자인 작업을 맡아주신 '들토끼들'의 여혜진 님께 큰 빚을 졌다. 이 사려 깊고 프로페셔널한 두 여성들과의 작업은 즐거웠고, 그로부터 많이 배웠다. 진심으로 출간을 기다려준 부모님과 동생 수진에게도 감사 인사를 전한다.

2019년 3월 마지막 날, 연희동에서

1

"아저씨 독자"가
떠난 자리

'장편의 시대'와 '이야기꾼'의 우울

천명관과 정유정에 대한
비평이 말해주는 몇 가지 것들

"방외인"과 "야전용사"— 경계인의 이름

'이름'에 대해 생각해본 적 있다. 내가 '나'임을 지시하려 할
때 가장 먼저 동원될 지표이지만, 내 스스로 짓지 않았기에
나에 대해 아무것도 말해주지 못하는 그것. 알 수 있는 건 그
저 누군가 내게 '지혜롭고 보배롭게 살았으면' 하고 바랐다는
타인의 욕망. 그러니 어쩌면 이름은 그것의 주인보다 그것을
부르는 자의 욕망을 더 잘 보여주는 기호다.

어떤 인물이나 텍스트에 대한 문화적 호명도 이와 같지 않을까. '눈물의 여왕'이라느니 '발라드의 황제'라느니 '섹시 퀸'이라느니 하는 별칭들은 각각 비극적 여성상이 인기를 끌었던 신파의 시대, 아날로그적 감수성이 주조를 이뤘던 1990년대, 성적 매력을 마케팅포인트로 삼았던 2000년대 문화산업의 욕망과 무관하지 않을 게다.

뜬금없이 이 자유연상의 내용을 끼적여본 이유는, 이 글이 2000년대 이후 한국문학계의 인상 깊은 한 호명사례에 대해 생각해보려 하기 때문이다. 나는 한국소설로서는 드물게 영화화에 성공했다거나 이례적으로 높은 판매부수를 기록했다는 등 마치 '사건'처럼 이야기되는 두 작가, 천명관과 정유정을 떠올리며 이 글을 쓰고 있다. 아니, 정확히 말하면 두 작가에게 붙여진 하나의 이름, '이야기꾼'이라는 명명에 더 마음이 쓰인다.

천명관과 정유정이 한국문단에 처음 호출된 것은 "이단아"나 "방외인"이라는, 다분히 어떤 경계를 환기하는 이름을 통해서였다. 이 별칭들이 암시하는 것은 '(나는 원래 여기 있었는데), 너는, 돌연, 어디에서, 왔니.'라는 "서출" 혹은 "괴물"의 드라마다. 물론 '별종'으로 취급되던 두 작가가 한국문학의 가장 대중적인 '브랜드'가 되기까지는 그리 오래 걸리지 않았다. 그리고 그 과정에는 2000년대 한국비평계에서 가장 진지하게 논의된 화두들 중 하나인 '장편대망론'이 강하게 작동했다는 점이 이 글이 주목하려는 바다.

천명관은 중견작가들이 기성 윤리로 회귀함으로써 보

수화되는 반면, 신진작가들은 자폐적인 형식실험에만 골몰한다는 불만들, 이른바 '장편소설 부진론'이라는 중대한 곤경 속에서 의미 있는 문학적 모델로 발견됐다. 특히 전 세계적으로 높은 판매고를 올렸음에도 전통적인 가족주의와 모성신화를 극복하지 못했다는 신경숙의 『엄마를 부탁해』(창비, 2008)에 대한 양가적 평가를 상기할 때, 천명관의 재기발랄한 문체와 전복적인 상상력은 흔치 않은 장점이었다. 『고래』(문학동네, 2004), 『고령화 가족』(문학동네, 2010), 『나의 삼촌 브루스 리』(위즈덤하우스, 2012) 등 당대의 시대정신과 미학적 기준을 무리 없이 충족·갱신하며 "소소하게 3,000매"[1]정도는 너끈히 쓰는 천명관이 그와 유사한 종류의 미덕을 가진 김연수·박민규와 함께 단번에 한국문단의 "효자"로 등극한 것은 바로 이때다.

한편, 정유정이 부각된 것은 공모제나 지원금과 같은 제도적 장치의 확대로 인해 장편소설의 창작이 확연히 늘어났다는 반전된 분위기를 통해서였다. 그러나 이런 '장편소설 활황론' 역시 오랜 욕구불만의 역설적 표현이었으니, 범람하는 장편소설들 중 뚜렷한 두각을 나타내는 작품이 없다는 것이 비평계의 일반적인 진단이었던 것이다.[2] 바로 그때, 정유정은 『7년의 밤』(은행나무, 2011)과 『28』(은행나무, 2013)로 대중의 강력한 지지를 얻으며 한국문단의 "야전용사"[3]로 우뚝 섰다.

정유정이 종종 자신의 롤모델로 천명관을 언급한 사례에서 보듯,[4] '방외인·이단아'라는 수식어를 공유하는 두 작가가 동류로 묶이는 것은 일견 자연스러워 보인다. 두 작가는 모두 높은 판매부수, 영화 판권계약 소식 등을 나열하는 것[5]

으로 시작해 '한국문학의 활황과 번창을 위해서는 더 많은 이야기가 필요하다'는, 일명 "닥치고 이야기"[6]라 할 만한 당대의 선언적인 문학담론에 관성적으로 배치됐다.

그러나 천명관과 정유정의 소설이 지닌 쾌감의 성격을 반드시 같은 종류의 것이라고 확언할 수 있을까. 잘 알다시피 천명관이 '그럴듯함'("이야기를 좀 더 빨리 진행하자. 어차피 그 얘기가 그 얘기니까"[7])의 세계를 묘사한다면, 정유정이 그린 것은 '바로 그것'("시체를 묘사한다면, 독자의 품에 시체를 안겨주고 싶다"[8])이라는 점에서 두 작가의 톤은 현격히 다르다. 그럼에도 당시 비평계에서 이들의 '차이'에 집중하지 않았던 것은 왜였을까.

이 글은 '이야기(꾼)'가 천명관과 정유정의 소설들을 해석하기 위한 거의 유일한 코드로 관철된 2000년대 한국비평계의 정황에서 출발한다. "국내소설에서 찾아보기 힘들었던 이야기의 폭발력"을 두 작가의 '모든 것'으로 승인하는 것은, 이들을 마치 하나의 거대한 프로젝트처럼 추진되고 있는 '장편소설론'의 주요 사례로 수렴되도록 배치하는 비평계의 목적론적 담론 전개와 무관하지 않기 때문이다.

결론부터 말하자면, 2000년대 중반부터 거의 매년 주요 문예지들의 특집으로 기획될 만큼 "대망"의 대상이었던 당시 장편소설론[9]에는 두 가지 꿈이 투영돼 있었다. 대중성을 잃지 않으면서도 '인간 존재의 깊이'와 '정치사회적 함의'로 대표되는 '문학성'을 잃지 말라는 것이 평론가들의 요구라면, 해외수출이나 영화화 등을 통해 더 많은 독자와 만나려는 것은 출판사들의 꿈이다.[10] 이 글은 이런 비평계와 출판계의 욕망을 염두에 두면서, '이야기꾼'이라는 이름을 매개로 재소환되거나 새롭게 형성되는 한국문학의 전통과 기율을 구명해보고자 한다. 천명관과 정유정'의' 이야기가 아니라 그들에 '대한' 이야기에 집중함으로써 한국문단과 비평계의 정치적 무의식과 상상력의 임계에 대해 사유해보고 싶다.

'이야기꾼', 불충분한 소원 성취의 기표

지금껏 제출된 천명관론에서 '이야기꾼', '입심', '입담', '구라' 등의 술어가 언급되지 않은 적은 단언컨대 없다. 그러나 그 표상은 자명한 것일까. 잘 알려져 있듯, 본래 '이야기꾼'은 강독사·강담사와 같은 특정 직업군에 속한 사람, 혹은 여러 사람이 있는 자리에서 말을 잘하는 사람을 가리키는 보통명사로 통용돼왔다. 근대에 접어들어서는 '재미있는 이야기를 잘 짓거나 전하는 사람'으로서 소설가 일반을 통칭하는 말로 쓰이기도 했다.

하지만 단지 소설가라는 이유만으로 배수아나 한유주를 '이야기꾼'이라고 부른다면 그건 좀 어색하지 않을까. 그렇게 볼 때, '이야기꾼'은 소설가 일반에 적용되는 말이라기보다는 작품에서 특정 스타일을 구현하는 어떤 '남성' 소설가들을 가리키는 말에 가깝다. 사투리와 은어, 비어 등을 무람없이 사용하는 구어체, 논리적 인과관계에 구속되지 않는 잡

다하고 산만한 진행, 중심서사로 수렴되지 않는 여담餘談의 번창과 느닷없이 개입하는 편집자적 논평 등이 바로 그 '스타일'의 내용이다.

'만담꾼' 혹은 '패관'의 그것을 연상시키는 이 요소들은 근대소설의 문법이 아니라 전통적인 '이야기'의 세계에 속한 것으로 규정돼왔고, 이는 곧 '소설'이라는 영역의 확장과 초월을 가능케 하는 '활력'과 '새로움'의 내용으로 평가됐다. '이야기꾼'이라는 수식어가 소설가에게 부여하는 최고의 찬사가 된 것은 바로 이 때문이다. 범인凡人과 비교할 수 없는 엄청난 양과 질의 경험과 탁월한 통찰력, '좌중-독자'의 집중과 경탄을 자아내는 압도적인 장악력과 카리스마 등 '이야기꾼'은 거의 신화적인 존재로 상상된다. 한마디로 '이야기꾼'은 합리와 비합리, 현실과 비현실, 전통과 현대의 세계를 모두 아우르는 '전체자'이자 역사의 '산 증인'이다. 이야기를 함으로써 모든 곳, 모든 순간에 있는 그는 풍부한 경험과 화려한 언변으로 '사람들의 혼을 쏙 빼놓으며' 독자 앞에 군림한다.

바로 이런 자질에 근거해 '이야기꾼'이라고 불리는 일군의 작가들이 있다. 언뜻 떠올려봐도 이문구, 황석영, 성석제 등으로 소급되는 찬란한 계보가 줄줄이 연상된다. 이들이 한국문학사에 명징하게 새긴 기념비적 장면들을 일일이 거론할 필요는 없겠다. 그들의 신작이 발표되는 날에는 어김없이 "이야기꾼의 귀환"이라는 광고문구가 등장했고, 시골농부, 깡패, 도박꾼, 백수 등의 '날 인생'을 한판수다로 꿰어가는 이들의 '구라'는 언제나 독자들을 매료시켜왔다. 요컨대 그들의

'입담'은 한국문학사를 풍성하게 꾸려온 위대한 자산이다. 그리고 '이야기꾼'은 대중성과 예술성을 담보한 하나의 믿을 만한 '브랜드'이자, 어떤 '정통성'의 다른 이름이다.

그런데 이문구·황석영·성석제가 등장할 때 이미 '이야기꾼'은 '한국문단에서 보기 드문 것'으로서 강조됐다는 사실을 기억할 필요가 있다. 근대화·산업화·신자유주의화로 치닫는 역사 진행 속에서 '이야기꾼'은 아직 훼손되지 않은 공동체를 상기시키는 아련한 표상이었던 것이다. 이 열망이 '잃어버린 전통의 복원'이라는 감각으로 드러나는 것은 의미심장한데, 이는 전통적인 남성 중심의 문학사에 대한 향수와 재림에 대한 기도를 함축하고 있다.

예컨대, 소위 '이야기꾼'의 작품들에 '질펀하게' 구사되는 '상스러운' 말투와 유머들은 대체로 '민중에 대한 격식 없는 애착'의 표현으로 이해돼왔지만, 여기에는 '정치적 올바름 **political correctness**'에 대한 어떤 구애도 받지 않은 채 여성, 성소수자, 장애인, 저학력자, 가난한 자 등 사회적 약자에 대한 차별과 비하, 조롱 등을 무람없이 할 수 있었던 '민주화 이전'의 시절에 대한 노스탤지어가 개재해 있다.

적자생존 논리로 대표되는 '팍팍한' 신자유주의 시대에, 자신을 '정상' 혹은 '강자'로 간주할 수 있었던 시절의 정서가 '인간적인 것', '순수한 것' 등으로 간주되며 그리움의 대상이 되는 경우는 흔하다. IMF 이후 대중영화의 서사적 경향을 분석한 손희정에 따르면, 한국 대중서사가 과대재현한 '위기의 남성(성)'은 곧 지난 시대의 (사실 한 번도 가져본 적 없는)

가부장적 권위에 대한 희구를 정당화하기 위해 동원된 사회적 담론의 산물이었다.[11] 이 서사들에서 목가적인 방식으로 상상되는 '원시적 이야기공동체'의 '평화'란, 여성을 비롯한 사회적 약자들의 시민권을 삭제함으로써만 가능한 것이었다.

또한, '이야기'의 속성과 '원시적 공동체' 간의 불철저한 유비analogy를 소환하는 이 상상력은 "억누를 수 없이 계속 앞으로 밀어붙이는" 추진 요소를 들어 이야기를 "욕망-충족을 지향하는 프로이트의 서사와 닮아 있다"[12]라고 분석한 문학사가 피터 브룩스의 견해를 떠올리게 한다. 오랜 남성 중심의 한국문학사와 등치되는 굵고, 강렬하고, 멈출 줄 모르는 서사. 이는 '이야기'라는 원형을 빌려 기왕의 이성애자 남성지식인 중심으로 구성된 한국문학사의 전통을 자연화하고자 하는 욕망에 다름 아니다. 그리고 이는 곧 '이야기의 세계'를 '남성의 세계'로 전유하고자 하는 욕망의 표현이기도 하다. 천명관이 아주 자연스럽게 이 '이야기꾼'의 계보에 편입할 수 있었다는 점은 주의 깊게 기록돼야 한다.

그렇다면, 정유정의 경우는 어떨까. '작가'나 '소설가'보다 '이야기꾼'이라는 말을 더 선호한다거나, 자신의 작품을 "만담꾼의 입담과 이야기"[13]에 비유한 그 자신의 언급에서 보듯, 그에 대한 호명과 자기규정에서 역시 '이야기꾼'은 지배적인 형상으로 등장한다. 그러나 정유정의 독자라면 알겠지만, 그의 소설은 저잣거리에서 즉흥적으로 유장하게 이어지는 '이야기꾼'의 그것과는 확연히 다르다. 정유정 소설의 특장들, 이를테면 중층복합적인 플롯과 시점, 기능적이고 명료한 캐릭터, 자로 잰 듯 정확한 묘사 등은 모두 효율적인 내러티브의 전개를 위해 가장 경제적으로 고안된 치밀한 계산의 산물이다. 그녀의 소설이 "웰메이드"[14]라고 평가받는 것도 이 때문이다.

그러므로 정유정 소설의 대대적인 흥행 후, 작가에게 쏟아진 비평적 질문들의 다수가 '소설작법'에 해당할 만한 기술적인 문제들에 관한 것이라는 점은 이미 예견된 바다. 정유정에게는 그가 습작 시절에 수학한 작가, 집필 소요 시간과 패턴, 심층취재 혹은 감수의 대상과 방식, 참고서적의 목록, 치밀한 묘사의 비결 등과 같은 창작의 '기술skill'들에 대한 질문이 줄이었다. 정유정 역시 소설 구상 및 설계 과정, 탈고 횟수와 방식, 스토리와 에피소드의 구분, 삼인칭다중시점과 근거리시점 등의 형식실험, 속도감 증진을 위해 접속사 없이 문장을 쓰는 법 등 창작의 테크닉을 중심으로 성실하게 답변했다.

흥미로운 것은, 비평이라기보다 차라리 문예창작론에 가까운 이런 글들의 범람이 (정유정에 대해 기하급수적으로 늘어난 관심에 반비례하게도) 그를 비평 부재의 작가로 만드는 데 일조했다는 점이다. '주제의식은 있되, 문제의식은 없다'[15]는 평가가 잘 보여주듯, 정유정의 소설은 마치 잘 짜인 설계도를 보는 것처럼, 그가 구현한 '소설적 테크닉'을 확인하는 방식으로 수용됐다. 그리고 바로 이런 패턴의 정유정론에서 독자가 목도하게 되는 것은 '기술자technician', 즉 끊임없이 이야기의 기술적 요소를 실험하고 조율·배치하는 '소설 장인craftsman'의 표상이다.

정유정의 소설이 '기술'의 대상으로 간주되는 것은 '영화화'의 문제와 맞닿으면서 더욱 선연해진다. 어떻게 해야 "머릿속에 그대로 화면구성이 되"게 쓰느냐는 물음은 정유정 소설을 설명하는 데 흔히 쓰이는 '이야기'의 의미를 잘 드러낸다.16 이른바 '스토리텔링'이라는 용어와 등치되는 이 개념에서 '스토리'는 소설의 '줄거리'만을 뜻하지 않는다. 그것은 영화나 드라마 등으로 번역됨으로써 화폐가치를 발생시킬 수 있는 '이야기'에만 제한적으로 적용되는 친-영상적인image-friendly 용어로 재맥락화된다. '스토리텔링'이 단순히 소설의 한 요소가 아니라, 그 자체로 미덕이자 장편소설이 지켜야 할 하나의 기율norm이 되는 이유가 바로 여기에 있다.

거듭 강조하건대, 정유정에게 투영된 '이야기꾼'의 상이 일종의 '기술자' 혹은 '장인'의 그것이라는 점은 특기할 만하다. 이는 천명관에게 '패관' 혹은 '만담꾼'의 상을 덧씌움으로써 한국문학사의 정통성을 상징적으로 계승케 하려 했던 욕망과 사뭇 구분되는 것이기 때문이다. 천명관을 '리얼리즘' 혹은 '민중문학'과 같은 한국문학사의 지배적 가치와 결합시키려는 시도17가 줄곧 이어져왔다면, 정유정에게 '장편소설 붐'은 어디까지나 시장현상의 일종으로 물어졌다. 영화나 드라마 등 타 매체에 대한 콘텐츠 제공자의 역할을 기대하거나, 영화에 지지 않는 '이야기-소설'의 힘을 보여달라거나 하는 주문들은 미디어와 비평계에서 정유정에게 기대하는 바가 무엇인지 노골적으로 보여준다.

또 하나 짚어두고 싶은 것은, 두 작가에 투영된 '이야기꾼'의 상이 이렇게 다름에도, 이들에 대한 비판의 내용이 놀라우리만치 흡사하다는 점이다. 예컨대 천명관처럼 일관된 비판을 받아온 작가가 또 있을까. "현실 환기력"이 제한적[18]이라거나(『고래』), "'지금 여기'의 현실과 접속되는 지점이 쉽게 찾아지지 않는다는 점에서 소품에 가깝다"[19]거나(『유쾌한 하녀 마리사』), "비로소 '지금-이곳'의 현실에 도착했다"[20]거나(『고령화 가족』), "복제이기 때문에, 순정은 있을지라도 그 감정에 밀도와 부피는 없다"[21]라는(『나의 삼촌 브루스 리』) 평가들은 천명관의 전작全作에 노이로제처럼 따라다니는 비평가들의 의심과 강박의 정체가 무엇인지 잘 말해준다. '더 많이, 더 깊이'라는 양적 방식으로 재단된 '지금-여기'라는 주문呪文/呪文.

그러나 그의 소설이 "이 땅의 현실에 대한 절박한 애정과 절실한 천착이 없음을 반증"[22]하는 것이라고 할 때, 그렇다면 그 '애정'과 '천착'이란 본래 어떤 방식이어야 한다는 것일까. 그에 대한 답이 주어지지 않는다면, 이 주문은 작가가 잘 간파한 대로 '1980년대 리얼리즘 미학'[23]에 붙들려 있다는 혐의를 피하기 어렵다. 비평가들이 말하는 '지금-여기'가 사실은 '그때-거기'의 질서와 미학에 고착된 것이라는 아이러니는, 천명관 소설이 근대소설의 문법과 규칙에서 벗어나 있음을 지시했던 '반反소설의 소설'이라는 규정의 의미가 찬사이면서 동시에 의심의 징후였음을 알게 한다.

정유정에게 '사회적 함의가 깊지 못하다'거나 '상업적'이라는 고질적인 비판이 가해지는 방식 또한 마찬가지다. 예컨대 "너무 잘 짜려 한 탓에 이야기는 곧 뻔해진다"[24]라거나,

정유정 소설의 장르적 컨벤션이 한국소설로는 드물게 영화화의 욕망을 촉발하는 특장이지만 소설의 작품성을 떨어뜨리는 주된 요인[25]이기도 하다는 지적은, 가장 큰 미덕이 동시에 그 자신을 규율하게 되는 이중구속double bind의 상황을 잘 보여준다. 정유정에게 "의미를 축내지 않는 재미, 재미를 멸하지 않는 의미"[26]라는 아포리즘의 형태로 제시되는 과제는, 그의 소설에서 '문학성'과 '상업성'을 결코 양립할 수 없는 두 가치로 승인하려는 것 같다.

이처럼 두 작가에게 모두 짙게 드리워져 있는 '반소설·비예술'의 혐의는 '이야기꾼'이라는 용어에 투영된 한국문학계의 모순된 욕망을 반영한다. 그것은 찬사이면서 동시에 한국비평계의 오랜 기율을 함축하는 배제의 수사학이었던 것이다. 이때 '이야기꾼'은 소설가의 원형으로 상상되지만 동시에 소설가에 미달된 것, 혹은 이제부터 소설가가 지향해야 할 무엇으로 규정된, 다분히 이념태적인 함의를 갖는 말이다.

그런 맥락에서 천명관과 정유정이 여러 권의 장편소설을 출간한 베테랑 작가임에도 비평 부재의 작가인 것은 당연하다. 이들이 좀처럼 비평의 대상이 되지 않은 것은 그들이 단지 문예창작학과 출신이 아니라거나, '단편 발표 후 장편 출간'이라는 문단의 법칙을 따르지 않아서가 아니라, 그들의 '이야기'가 '아직' 혹은 '이미' 소설이 아닌 것으로 간주되기 때문이다. 따라서 "타고난 익살꾼"이나 '이야기꾼'으로 불리고 싶다는[27] 작가 자신의 바람은 그것이 비평계의 관성적인 욕망 투사의 산물인 한 불충분한 소원 성취의 기표일 수밖에 없다.

그렇다면 다시 묻자. 천명관과 정유정, 당신은 '이야기
꾼'입니까.

"아저씨 독자"가 떠난 시대의 문학과 노스탤지어

내게 이야기꾼이란 칭호가 붙는데, 대단한 착각이
다. 어릴 때, 소설은 그냥 재밌는 이야기였다. 재밌
으니까 우린 봤다. 그런데 **언제부턴가 이야기 전통
이 사라지고, 90년대 이후 사소설적 경향, 내면성
등으로 문학이 흘러갔다. 그래서 내가 특이한 작가
처럼 말하는데, 나는 외려 지극히 평범한 전통 속
에서 있다. 90년대 특이한 스타일의 문학이 나온
거다.**

나는 결국 소설이 이야기의 세계로 들어갈
것으로 믿는다. 내가 남다르다고 생각하지 않는다.
나는 전통적인 이야기, 누구나 알고 있는 이야기에
늘 끌린다. 구전음악 같은 것에도. 그런 흐름 속에
내가 있는 것이고, 나는 그런 전통을 잇는 것에 만
족한다.[28]

천명관의 대답은 교묘하다. 그는 한 인터뷰에서 "내게 이야
기꾼이란 칭호가 붙는데, 대단한 착각"이라며 흥미로운 대타

항을 언급한다. "90년대 이후 사소설적 경향, 내면성 등으로 문학이 흘러갔다. 그래서 내가 특이한 작가처럼 말하는데, 나는 외려 지극히 평범한 전통 속에서 있다. 90년대에 특이한 스타일의 문학이 나온 거다"라는 이야기. '이야기꾼'의 서사가 타자로 삼은 대상이 '1990년대 소설'이라는 점은 여러 정황을 환기하는데, 특히 지적해두고 싶은 것은 '내면성'과 '고백의 양식' 등으로 지칭되는 '1990년대 문학'의 특징들을 '이례적'이고 '일시적'인 것으로 간주하는 이 감각이다. 그 특징들은 한국문학계에서 '여성적' 가치라고 젠더화된 요소들이기도 하다. 그리고 이는 물론 한국문학사에서 흔히 '벨 에포크'로 상상되는 1970~1980년대 이성애자 남성지식인 중심 문학(장)의 재림을 소망하는 586세대의 욕망과 관련된다.

그간 박민규·김연수가 그들이 속한 세대의 역사적 파토스를 중요한 소설적 자원으로 삼았던 것에 비하면, 천명관은 좀처럼 세대론적 코드로 읽히지 않는 편이었다. 그러나 의외로 그는 "시골과 도시를, 군부독재·산업화·민주화운동을 동시에 경험한" 자기 또래야말로 "한 사람 안에 다양한 경험이 있는 유일한 세대"[29]라면서 이것이 자신의 문학적 자산임을 자부한다고 밝힌 바 있다. 기실, 천명관의 페르소나라고 할 만한 인물들, 예컨대 가족을 착취하면서도 가장 위선에 능한 『고령화 가족』의 '오인모'나, "세상사에 대해서 그 어떤 신념도, 그 어떤 입장도 없"는 『나의 삼촌 브루스 리』의 '상구' 같은 인물들은 모두 "운동권에 속해 있던 남자가 사회에 나와서는 개처럼 살아가"는 "386세대(586세대-인용자)의 한 자화상"[30]이었다.

물론 그의 소설에는 1980년대 이성애자 남성지식인의 서사에 결코 합치되지 않는 지점도 있다. "그들은 이 세계를 변화시키려고 거리로 나왔는데 나는 훔친 기타를 팔기 위해 거리로 나온 것"이라는 부끄러움과 동시에 "씨발, 빨리 안 비켜!"라는 데모대의 "기세에 눌려" "뒤로 나동그라지"다가 느낀 "더러운 기분"[31]과 같은 모순된 감정은 그간의 천명관론에서 좀처럼 주목되지 않던 파토스다. "대학 나온 사람은 세상 모든 사람이 대학을 나온 줄 알지만 우리 때 80퍼센트에 가까운 사람들이 대학을 가지 못했죠. 우리가 그만큼 조각조각 단절된 사회예요."[32]라는 발언은 집단으로부터의 소외, 586세대 서사의 자기특권화와 이기주의·위선에 대한 비판적 성찰이야말로 천명관 소설의 자의식을 형성하는 독특한 지점임을 알게 한다. 천명관의 '이야기'가 그의 주요한 소설적 자원인 이유는 그것이 바로 이런 자의식의 산물이기 때문이다.

천명관의 소설이 주변부 인생의 이야기를 '전하는' 양식임을 주목한다면 기왕의 천명관론이 이야기 '전달자'의 존재를 괄호 안에 둔 채, 『고래』의 '금복'과 '춘희', 『고령화 가족』의 '오함마', 『나의 삼촌 브루스 리』의 '삼촌(권도운)'의 이야기를 중심서사로 전제하고 이루어졌다는 것은 의아한 일이다. 알다시피 '춘희'는 태어날 때부터 말을 하지 못하고, '삼촌'은 말을 더듬는다. 그들의 이야기를 알리기 위해서는 서술자가 대리발화자의 임무를 맡을 수밖에 없다. 하지만 당사자의 언어가 아닌 이상 오해와 곡해로 인한 타자화의 가능성은 당연히 있다. 이런 상황에서 작가가 선택한 것은 타자화의 위험을 감수하고라도 이들의 말을 '대신'함으로써, '말해지는 대상'과 '말하는 자'의 간극을 실험하는 일이다. "뻔뻔스럽고 영악하게."(『나의 삼촌 브루스 리』 2, 326쪽) 따라서 천명관의 '이야기'에서 찾아져야 할 것은 전근대기 구술문화적 전통의 흔적이 아니라, 그가 '하위주체를 재현한다는 것'이라는 이 도전적인 명제를 실험한 방식이다. 어떤 기회비용을 지불하고, 무엇을 얻었는가.

> 그들은 계엄군이 포함된 심사위원회에서 등급 분류 심사를 받았는데 삼촌은 B급으로 분류가 되었다. 왜 자신이 B급 판정을 받았는지, 그리고 그것이 무엇을 의미하는지 묻고 싶었지만 총을 든 살벌한 계엄군의 기세에 눌려 삼촌은 아무 말도 못하고 다른 이들과 함께 굴비두름 엮이듯 포승줄에 묶여 밖에 대기하고 있던 버스에 올라탔다. 버스는 관광회사에서 급히 동원한 듯 옆구리에 '아름다운 강산 행복한 여행, 신세계 관광'이란 글씨가 선명했다. 버스에서 내릴 때까지 그들은 그것이 얼마나 길고 끔찍한 여행이 될지 아무도 짐작하지 못했다.
>
> ─『나의 삼촌 브루스 리』 1, 300쪽.

잃은 것은 물론 '재현의 윤리'다. 예컨대 『나의 삼촌 브루스 리』에서 '삼촌'에게는 자신이 겪은 정치적·역사적 사건들을 반추하고 의미화해 자기서사로 만들 기회가 부여되지 않는다. '삼촌'의 체험은 그의 언어와 해석의 능력을 초과하는 것이었고, 그리하여 그 체험들은 그저 '인생은 반복'되고 '이야기는 전진'하기 위해 철저하게 화석화된 방식으로 등장한다. 근현대사의 질곡에 켜켜이 쌓여 있을 서발턴subaltern의 목소리를 '이야기하기'라는 욕망의 충족을 위해 자원화했다는 점이야말로 천명관의 서사가 져야 할 가장 큰 부담이다.[33]

한편, 재현의 공포를 떨쳐버린 대신 작가는 서술자로 하여금 모든 화소들을 동일한 방식으로 취급하게 한다. 오직 이야기를 전진시키기 위해 동원한 이 화소들로 한 인간의 서사를 완성할 때, 여기에는 그 어떤 비의도 냉소도 없다. 당사자의 자기서사화 과정에서 불가피하게 발생할 자기연민이나 자기환멸도 사전에 차단된다.

그러나 천명관의 서술자가 지니는 이 같은 독특한 태도 attitude를 이야기 그 자체로부터 자유로운 중립자 특유의 무심함으로 치부한다면 곤란하다. 천명관의 서술자는 이야기되는 대상과 수시로 공모하거나 그에 연루되며, 사건의 중심에도 종종 선다. 『고령화 가족』에서 '나(오인모)'는 아내의 정부 情夫를 폭행하는 사건에 '오함마'를 개입시켜 그를 감옥에 보내는가 하면, 『나의 삼촌 브루스 리』에서 '나(상구)'는 올리비아 낙서사건, 종태네 소 '이오' 방목사건을 일으켜 '종태네 아버지'를 죽게 만들고 '종태'를 깡패 세계로 내몬다. 게다가 한 통의 비밀전화를 걸어 '토끼'를 죽이고, '오순'을 과부로 만드는 등 '나' 역시 "어떤 결과를 불러일으킬지 전혀 예상하지 못"한 채 사람들에게 치명적인 육체적·정신적 상처를 입힌다. 물론 이런 일들에 대해 '나'는 "죄의식"을 느끼지만, 죄의식만 으로 평생을 살 수는 없기에 '나'는 점점 '삼촌'을 잊어간다.

—그것(인권변호사-인용자)도 나쁘지 않지. 폼도 나 고. 근데 내가 소싯적에 데모하다 짭새들한테 잡혀 갔을 때 선배들 이름 다 팔아먹고 무사히 빠져나왔 거든. 그런데 새삼 이제 와서 내가 누굴 위해서 뭘 변호할 수 있겠냐?

형은 농담조로 웃으며 말을 했지만 눈빛은 복잡했다.

—그리고 요즘 나에 대해서 새삼 깨달은 사실이 하 나 있는데 나는 세상사에 대해서 그 어떤 신념도, 그 어떤 입장도 없는 인간이야.

그 어떤 신념도 그 어떤 입장도 없기는 나 또한 마 찬가지라는 생각이 들었다. 그래서 나도 말없이 담 배만 빨아댔다.

—근데 그거 아니? 그게 참 외롭고 힘든 거더라고. 씨발, 진즉에 교회라도 나갈 걸 그랬나?

—『나의 삼촌 브루스 리』 2, 306쪽.

천명관이 서술자를 위해 마련해놓은 자리는 바로 이런 자리 다. 파란만장한 질곡의 세월을 살아가는 자의 곁에서 때로는 비열하게, 때로는 무력하게 삶을 꾸려온 자의 휑한 마음. 그는 "세상사에 대해서 그 어떤 신념도, 그 어떤 입장도 없"기에 아무도 변호할 수도 없다. 이 제3의 자리를 천명관은 무심함으로도 냉소로도 그리지 않고, 영악하거나 속 편한 선택으로 묘사하지도 않는다. 통절한 반성이나 후회도 물론 없다. 다만, "외롭고 힘든 거"라고 말한다.

천명관의 다변과 요설은 바로 이 "외롭고 힘든" 자리를 감당하기 위해 부려진 것이라고 읽을 수 있지 않을까. 그는 인생의 매 순간이 신비한 의미로 가득 차 있다는 듯 "부녕쒀 不能說"(김연수)라고 말하며 삶을 비의화하지도 않고, 모든 것에 미련 없다는 듯 '쿨하게' 세계를 "언인스톨"(박민규)하지도 않는다. 그저 "복잡한 소회"[34]를 복잡하게 풀어놓을 뿐이다. 다변과 요설로 범벅된 천명관의 '이야기'는 바로 이런, 이제는 상처도 훈장도 아닌 '반# /反 586세대'의 멘탈리티에 대한 알레고리로 읽을 수 있지 않을까. 그는 외로워서 말이 많은 사람이다.

그러므로 천명관이 그린 원시와 무법의 세계를 586세대의 노스탤지어적 욕망이 다분히 함축되어 있는 이야기전통으로 환원시키는 작업은 재심문돼야 한다. 그것은 천명관이 묘사한 세계가 자기특권화의 방식으로 타자를 억압했던 586세대의 질서에 대한 반성적 사유의 산물이라는 점을 의도적으로 누락시키기 때문이다. 이제 의심돼야 할 것은, 바로 이 지점에 대한 문제의식 없이 그의 '방외 이력'을 한국소설의 영토 확장에 복무하도록 자원화한 한국문학계의 견고한 비평적 프레임이다.

문: **공지영과 신경숙을 포함한 60년대생 작가들 중에서 당신은 386세대 여성으로서의 자의식을 소설 속에 드러내지 않는 유일한 작가가 아닐까 싶다.**

답: 사소설 영역을 좋아하지 않는다. 나의 내면이나 생각, 개인적인 철학을 어떤 독자가 궁금해할까? 그보단 모두가 궁금해하는 허구의 이야기를 만드는 게 좋다. 우리나라 소설에 오죽 서사가 없었으면 아직 채 익지도 않은 『7년의 밤』을 이렇게 좋아해줄까 생각한 적이 있다."[35]

한편, 정유정에게 역시 한국문학사의 남근주의적 욕망은 거대한 장력을 발휘한다. 정유정 소설에 대해 흔히 등장하는 <small>(아직도 이런 표현이 비평에서 쓰인다는 사실이 믿기지 않지만)</small> "여성작가의 문체 같지 않은 힘", "여성작가라는 사실이 믿기지 않을 정도로", "여성적 수다를 찾아보기 어렵다"와 같은 발언은 무엇을 의미할까.[36] "선 굵은 소설 쓰니 '아저씨 독자' 다시 모이더군요"[37]라거나, "국내소설의 자존심을 지킬 하루키의 대항마"[38]라는 식으로 정유정 소설의 역할이 규정될 때, 그는 놀랍게도 같은 시기에 신작 소설을 출간한 조정래와 유비되고 있었다. 조정래야말로 오랫동안 한국문단의 남성적 욕망을 상징하는 강렬한 기표로 기능해왔음은 두말할 필요가 없을 것이다.

게다가 정유정 소설의 가장 큰 미덕으로서 영화화에 적합한 "뛰어난 스토리텔링"이 부각되는 맥락도 문제적이다. 정유정의 소설이 "방 한 칸에 인물 두 명만 있으면 끝나는" "한국작가들의 자기고백"[39]과 구분되는 것, 혹은 "한국소설의 결핍"[40]을 보충하는 것이라고 할 때, 이 언급은 정확하게 '여성적인 것'으로 젠더화된 '1990년대 문학'과 그 후예인 '2000년대 문학'[41]을 겨냥한다. 그것들은 '1980년대 문학'의 묵직한 사명을 감당하기에는 한없이 가벼울 뿐더러, 영화화를 통해 산업적으로 활용될 가능성도 낮다. 한마디로 의미도 없고, 돈도 안 된다는 얘기.

그러므로 서사, 즉 '이야기'가 없다는 건 치명적인 '결함'이다. 그것은 어떤 소설의 문학적 특징에 대한 서술에만 국한되지 않는다. 오히려 이 말은 "체험이란 게 학교 다녔고 연애 몇 번 했고 컴퓨터게임에 빠져본 정도의 평범한 것"[42]이라는 식의 특정 세대에 대한 가치평가와 연동된다. "넌 인마, 문장이 안돼!"[43]라는 것이 전통적이고도 자명한 거절의 수사였다면, 오늘날 노련한 '고수(?)'는 이렇게 말하지 않겠는가. "네 영혼엔 드라마가 없어."

'이야기꾼'으로 호명된 정유정의 소설이 '1990년대 문학'의 사소설적 경향을 이어받은 '2000년대 문학'의 종언을 기정사실화[44]하는 맥락에서 이루어졌다는 점은 주목돼야 한다. 이는 반드시 타자를 설정함으로써만 그 자신의 노스탤지어와 '정통성'에의 욕망을 충족시킬 수 있는 한국문학사의 오래된 정치적 무의식을 그대로 반영하는 것이기 때문이다. "영화에 대한 콤플렉스를 이겨냈으면 좋겠다. 영화에 대항이 되었으면 좋겠다. 1970~1980년대 선배작가들의 정신을 이어

받아 삶에 대한 진정성이 묻어나는 작품을 좀 써냈으면 좋겠다."[45]라는 언급에서 보듯, 정유정 소설은 1990년대 소설의 타자화, 영화매체에 대해 느끼는 매혹과 열등감 등의 분열적인 자기인식이 투영되는 스크린으로 기능했다.

그런 면에서 정유정이 10년 동안 영화를 한 편밖에 안 봤다거나, 영화화를 노리고 소설을 쓴 것이 결코 아니라고 거듭 강조[46]해야 했다는 점은 의미심장하다. 한국문단의 컨벤션을 거스르지 않기 위한 정유정의 필사적인 자기변호는 그의 소설이 한국문학(사)의 복잡하고도 강렬한 욕망의 투영물임을 역설적으로 반증한다. 그러나 대저 소설이란 태생부터 혼종적 산물임이 자명한데, 이러한 인지부조화의 수사학이 얼마나 더 설득력을 가질 수 있을까.

심문되는 한국문학의 컨벤션

살펴본바, '이야기꾼'이 관성적으로 거느리는 술어들, '한국소설과 다른', '장편소설의 미덕', '상업성'과 '문학성' 같은 말들은 모조리 의심의 대상이다. 이 술어들은 작품 그 자체에 대한 이야기라기보다, 특정 대상을 타자화함으로써 성립 가능한 담론의 구조화에 복무하는 방식으로 구사되기 때문이다. '이야기꾼'을 패관으로 이해하든 장인으로 이해하든, 여기에 투영되어 있는 한국 이성애자 남성지식인 중심 문학사의 재림에 대한 욕망과 시장 평정에 대한 욕망은 서로 통한다. 1990년대 문학과 2000년대 문학을 '여성적·이례적·일시적인 것'으로 간주함으로써 한국문학사의 노스탤지어를 충족시키고자 하는 욕망은 이제 거의 모든 비평 화소들을 점령하고 있다.

물론 1990년대 소설이 1980년대 '운동권서사'에 대해 '청산'에 가까운 애도를 표함으로써 입지를 굳혔던 것을 떠올려본다면, 이제 그 자신이 청산의 대상이 돼버린 '역사의 희극적 반복'은 의미심장하다. 그러나 그것이 또다시 한국문학사의 젠더화와 자기특권화를 정당화하는 방식으로 승인되는 것은 과연 정당한 일일까. 문학의 외연과 내포는 끊임없이 변하지만 한국문학사와 비평계의 컨벤션은 여전히 공고한 이때, 자, 이제 '이야기꾼'이라는 이 의뭉스런 말을 어쩔까.

1   「이야기꾼 '천명관'의 질주는 계속된다!」, 채널예스, 2012. 4. 18.

2   심진경·이광호·함돈균·허윤진, 「타자의 인준에 목마르고 상업성의
    첩자가 되고: 다시 보는 미래파·장편소설 논쟁, 루저와 백수시대의
    공상, 그리고 국경 넘기」, 『한겨레21』 826, 2010. 9. 3.

3   「폭발적인 스토리로 다시 한 방 터뜨린 한국문단 '야전용사'」,
    『중앙SUNDAY』, 2013. 7. 7.

4   「정유정 돌풍이 반가운 이유」, 『조선일보』, 2013. 7. 2; 「나를 벼랑 끝에
    내몰고 쓴다」, 『신동아』, 2013. 9. 25.

5   천명관과 정유정의 소설은 한국인이 영화로 보고 싶은 작품을 묻는
    설문조사에서 수위를 차지한다(「관객이 답하길, 『7년의 밤』 영화로
    보고 싶다」, 맥스뉴스, 2013. 6. 19). 실제로 천명관의 『고령화 가족』과
    정유정의 『내 심장을 쏴라』 및 『7년의 밤』은 각각 동명의 영화 〈고령화
    가족〉(송해성, 2013)과 〈내 심장을 쏴라〉(문제용, 2014), 〈7년의
    밤〉(추창민, 2018)으로 제작·개봉됐다.

6   정은경, 「닥치고 '이야기': 정유정론」, 『오늘의 문예비평』 84, 2012년
    봄; 「닥치고 이야기」… 이번에도 100m 전력질주: 올해 최대 기대작,
    정유정 장편소설 『28』 먼저 읽어보니」, 『조선일보』, 2013. 6. 10.

7   천명관, 「프랭크와 나」, 『유쾌한 하녀 마리사』, 문학동네, 2007, 27쪽.
    (이하 작품 인용시 본문의 괄호 안에 작품 제목과 쪽수만 표기)

8   「올 한국문학 기대작 장편 『28』의 정유정 작가」, 『중앙일보』, 2013. 6. 13.

9   2007년 『창작과비평』을 중심으로 본격화된 장편소설론은
    2010~2013년에 거의 모든 문예지가 비중 있게 다룰 만큼 문단의
    중심의제로 통용됐다. 김형중, 「장편소설의 적: 최근 장편소설에 관한

단상들」, 『문학과사회』 93, 2011년 봄; 김영찬, 「공감과 연대: 21세기,
소설의 운명」, 『창작과비평』 154, 2011년 겨울; 『창작과비평』
156호(2012년 여름) 특집 '다시 장편소설을 말한다'; 『문학과사회』
103호(2013년 가을) 특집 '문제는 '장편소설'이 아니다: '장편대망론'
재고' 등 참조.

10   「문단보다 대중이 사랑한 젊은 작가들 주목」, 『경향신문』, 2011. 4. 17.

11   「미치거나 죽거나, 급기야 사라진 한국영화 속 여성들」, 노컷뉴스,
2018. 1. 21.

12   피터 브룩스, 박혜란 옮김, 『플롯 찾아 읽기: 내러티브의 설계와 의도』,
강, 2011, 96쪽.

13   정유정·김경연, 「소설을 쓰는 이야기꾼과 만나다」, 『오늘의 문예비평』
84, 2012년 봄, 169쪽.

14   이때 '웰메이드'는 여러모로 미묘한 뉘앙스를 풍긴다. 후술하겠지만 "이
작품의 매혹은 웰메이드 장르소설, '잘 빚은 항아리'가 주는 경이와 흥미
그 이상은 아니다."(정은경, 「"나는 내 아버지의 사형 집행인이었다":
정유정의 『7년의 밤』」, 프레시안, 2011. 4. 8)라는 식의 화법에서
보듯, 여기에는 '정통적인' 문학수업을 받지 않고, '단편-소설집 출간-
장편'과 같은 문단의 일반적인 법칙도 따르지 않은 그가 대중적 흥미를
끌면서 정교한 완성도도 갖춘 작품을 써낸 데 대한 한국비평계의
질시와 분열적인 자기인식이 개재해 있다.

15   정은경, 위의 글, 186쪽.

16   "조원희: '그림이 그려진다'는 건 그런 뜻이 아니라 스토리텔링이
탁월하다는 얘기 같다. 영화로 손쉽게 옮길 수 있는, **영상언어로 번역할**

수 있는 스토리라는 게 있는데, 『7년의 밤』이 그걸 충족시키는 거다.
/ 이권우: 영화로 만들기 좋은 스토리텔링이란 게 어떤 걸까? / 조원희:
쉽게 말해서 장르소설이나 장르소설적 특징을 갖고 있는 작품이다.
액션이 분명하고 기승전결이 눈앞에 훤히 보이고."
김용언·이권우·조원희, 「소녀 죽이고 마을 수장한 살인마, 이제 천만을
노린다!: 『7년의 밤』을 좋아하는 혹은 의심하는」, 프레시안, 2011. 7. 8.
(강조는 인용자의 것, 이하 동일)

17 천명관을 '한국의 마르케스'라 칭하며 그의 작품을 '마술적 리얼리즘'에
    속한 것으로 분류하려는 시도, 그의 소설에 나타난 '주변부 인생'의
    이야기를 전통적인 '민중서사'의 맥을 잇는 것으로 해석하려는
    작업들을 떠올려보자. 「천명관, '죽기살기'의 리얼리즘' 이젠 스크린에
    담는다」, 『한겨레』, 2014. 10. 2. 이런 작업들에 개재한 비평적 욕망과
    무의식에 대해서는 다음 절에서 후술한다.

18 손정수, 「이야기를 분출하는 고래의 꿈은 무엇인가」, 『실천문학』 77,
    2005년 봄, 387쪽.

19 고인환, 「젊은 소설의 존재방식에 대한 몇 가지 생각: 백가흠, 이기호,
    천명관의 작품을 중심으로」, 『오늘의 문예비평』 68, 2008년 봄, 58쪽.

20 이경재, 「아이러니스트가 바라본 우리 시대 가족: 천명관 장편소설,
    『고령화 가족』(문학동네, 2010)」, 『문학과사회』 90, 2010년 여름, 482쪽.

21 정은경, 「시뮬라크르의 진실과 짝퉁 이소룡의 순정」, 『실천문학』 106,
    2012년 여름, 387쪽.

22 안미영, 「신인류의 매혹적인 모반과 신시대의 윤리」, 『오늘의 문예비평』
    61, 2006년 여름, 72쪽.

23 "『고래』를 썼을 때, 이런 얘기를 들었어요. 우리 역사와 사회, 지금
여기에 작품이 뿌리를 내려야 하는데 허공에 떠 있는 것 같다고요. 즉,
80년대 리얼리즘 미학을 말하는 것인데, 그것이 아직도 유효한지는
고민이 돼요. 현실이라든지 리얼리즘이라는 문학적 테마에 관심이
없는 것이 아니라 표현방식이 다를 뿐이고요. 그런 관심을 어떤 미학
안에 담아내느냐가 고민이 되는 거고요. 아직도 과정 중에 있지만, 그게
찾아진다면, 저만의 색깔을 더 보여드릴 수 있겠죠." 「평균 나이 49세?!
이 가족이 사는 법: 『고령화 가족』 천명관」, 채널예스, 2010. 5. 13.

24 박준석, 「정유정의 잘 쓴 소설」, 『GQ』, 2013. 8.

25 "조원희: 이해가 안 가는 인물을 설득되도록 그려냈다. **규칙을 잘
정했다는 생각이 든다.** / 이권우: **그런 규칙이 바로 문학독자들에게는
불편하다.** 인간의 삶이 규칙에 제한되는 게 아니니까. 또 (작품에서)
규칙은 보여선 안 되는 거라고 생각하는데, 그걸 벗어나지 못하고
틀대로 가버리니까 자꾸 불편하게 느껴진다. / 조원희: 상업영화는
사실 그것과의 싸움이다. 관객들한테 규칙을 제시하고, 그걸 조금씩
깨면서 재미를 주는 거다." 김용언·이권우·조원희, 앞의 글.

26 정유정·김경연, 앞의 글, 167쪽.

27 「꿈 좇던 희열과 좌절이 녹아든 삼류인생들의 휴식처…: 천명관
소설의 변두리극장」, 『한국일보』, 2012. 3. 7; 정유정, 「이야기를
이야기하는 자」, 『오늘의 문예비평』 84, 2012년 봄.

28 「이야기꾼 '천명관'의 질주는 계속된다!」 채널예스, 2012. 4. 18.

29 「꿈 좇던 희열과 좌절이 녹아든 삼류인생들의 휴식처…: 천명관
소설의 변두리극장」, 『한국일보』, 2012. 3. 7.

30 정한석, 「영화, 내겐 첫사랑 양아치 같은: 〈이웃집 남자〉 시나리오 쓴 소설가 천명관」, 『씨네21』 744, 2010. 3. 12.

31 천명관, 「이십세」, 『유쾌한 하녀 마리사』, 문학동네, 2007, 382쪽.

32 「김두식의 고백: '고령화 가족'의 작가 천명관을 만나다」, 『한겨레』, 2013. 4. 26; 「천명관, '죽기살기의 리얼리즘' 이젠 스크린에 담는다」, 『한겨레』, 2014. 10. 2.

33 이런 선택은 매우 전략적이고 예외적인 것이다. 예컨대 『나의 삼촌 브루스 리』의 다른 버전이자 그와 짝패를 이루는 텍스트로 간주될 만한 김원의 「훼손된 영웅과 폭력의 증언: 무등산 타잔 사건」(『박정희 시대의 유령들』, 현실문화, 2011)을 보자. 그는 당시 주류 미디어들이 "이소룡"과 같은 "삼류 저질문화"에 빠져 "영웅심리"로 공무집행 중인 철거반원 4명을 살해했다고 기술한 무등산 빈민촌 거주자 박흥숙의 재서사화를 시도한다. 그는 박흥숙을 주류 언론의 일방적이고 폭력적인 재현으로부터 구해내고, 미처 이야기되지 않은 박흥숙의 내면을 복원하는 것에 주안점을 두었다. 이는 천명관의 전략과 정반대되는 것이라 할 만한데, 이런 시도를 통해 그는 '비정상인'으로 낙인찍힌 박흥숙의 행위에 내장되어 있을 법한 정치적 가능성을 적극적으로 탐색하고자 했다.

34 "질문자: 오락에 그치는 게 아니라 보통 사람의 애환을 담아낸다는 점에서 민중문학의 맥을 잇는 것도 같다. / 천명관: 새로운 시대의 민중문학은 박민규 작가에게서 나오는 것 같다. **민중문학, 우리 시대엔 익숙하면서도 복잡한 소회가 있다.** 박민규 소설에선 왜소하고 절망에 빠진 고독한 개인이 사회시스템에서 헤어 나오지 못하면서도 꿈을

꾼다. 나도 그런 인간에 대한 연민과 애정이 있지만, 민중문학은 나보다 박민규 작가에게 더 잘 어울리는 타이틀 같다."「이야기꾼 '천명관'의 질주는 계속된다!」, 채널예스, 2012. 4. 18.

35   「정유정이라는 신세계」, 『VOGUE』, 2013. 8, 170쪽.

36   「믿는 것을 확신하며 걸어가라: 『7년의 밤』 정유정 작가」, 상상마당 웹진 TALK TO, 2011. 10. 20;「나를 벼랑 끝에 내몰고 쓴다」, 『신동아』, 2013. 9. 25; 한기호, 「정유정은 새로운 현상이다: 하루키 현상과 정유정 현상」, 『기획회의』 349, 2013. 8. 5.

37   「선 굵은 소설 쓰니 '아저씨 독자' 다시 모이더군요」, 『한국경제』 2013. 8. 1.

38   최재봉, 「정말 소설이 돌아온 것인가」, 『기획회의』 349, 2013. 8. 5; 한기호, 앞의 글;「정유정이라는 신세계」, 『VOGUE』, 2013. 8.

39   김용언·이권우·조원희, 앞의 글.

40   정여울, 「늪의 리얼리티, 저항의 로망스: 정유정론」, 『자음과모음』 14, 2011년 겨울.

41   이들의 '번역 불가능한' 글쓰기에 대해 최근 평단이 보인 피로와 혐오를 비판적으로 성찰한 예로는 권명아, 『무한히 정치적인 외로움: 한국사회의 정동을 묻다』, 갈무리, 2012, 1장과 3장 참조.

42   「문단보다 대중이 사랑한 젊은 작가들 주목」, 『경향신문』, 2011. 4. 17.

43   김애란, 「누가 해변에서 함부로 불꽃놀이를 하는가」, 『달려라 아비』, 창비, 2005.

44   "프레시안: 2000년대 들어서 한국소설의 활력이 떨어졌다고 하는 이들이 많아졌어요. 소설을 독자에게 읽혀야 하는 입장에서 어떻게 생각하나요? (…) / 서원: 1990년대에 공지영의 『고등어』(오픈하우스)와

같은 이른바 '후일담소설'이 쏟아져 나온 이후로 한국소설은 늘
그런 얘기를 듣는 것 같아요. 그나마 요즘은 사정이 나은 편입니다.
장르소설의 특징을 적절히 흡수한 작가들(박민규, 배명훈, 정유정,
최제훈, 구병모 등)이 계속 성장하고 있어요. (…) 물론 힘없는
사소설은 당분간 계속 양산될 거예요. **하지만 그게 문예미학 혹은
시대정신이 아니라는 걸 출판사들이 곧 깨달을 거예요.**"「경제는
먹구름, 정치는 흙탕물… 믿을 건 너뿐이야!: 인터넷서점 MD가 말하는
'진짜' 소설」, 프레시안, 2011. 9. 30.

45 김용언·이권우·조원희, 앞의 글.

46 「『7년의 밤』 정유정, '소설 아마존'이 나타났다」, 교보문고 북뉴스,
2011. 5. 27; 「소설 『28』로 돌아온 작가 정유정, 방황하는 청춘 꿈이
없어서 아닌가요?」, 한국경제매거진, 2013. 9. 17.

한국문학의 '속지주의'를 묻다

천명관과 박민규 소설에 나타난 '이국異國'

'외국(인)'을 묻는 몇 가지 방식

최근 한국문학에 나타난 이국공간에 대해 생각해보라는 제 안 앞에서 다소 망연해진다. 이게 왜 문제가 될까. '한국문학 에 이국이 등장하면 안 되나, 전에는 이국이 등장한 적이 없 나, 이국이 등장한다는 것은 다른 뭔가의 은유이거나 징후인 가' 같은 물음들이 반사적으로 이어진다. 과연 '장소(성)'를 매 개로 한국문학의 상상력을 진단해보려 할 때 올바른 질문법은 무엇일까. 그간 한국문학과 '외국(인)'의 관계를 질문했던 몇 가지 방식을 점검하면서 이야기를 시작해보자.

첫 번째 방식은 '한국'과 '외국'이라는 범주 자체에 대한 의심에서 출발해 그것들이 단일한 실체가 아님을 확인하고, 나아가 근대의 산물인 국가주의적·국민주의적 사고를 상대화하려는 시도다. 예컨대 한국문학 연구자 존 프랭클은『한국문학에 나타난 외국의 의미』라는 책에서, 고대기록부터 신소설에 이르는 문헌들을 폭넓게 검토해 '한국(인)'이나 '외국(성)'을 각각 동질적인 실체로 상상하게 된 역사를 논구한 바 있다. 그에 따르면, 고대국가에 대한 기록이 증빙하듯 예부터 통치자의 일부는 언제나 외국 출신일 정도로 한반도는 여러 인종이 혼재한 장소였다. 허나 근대에 접어들면서 외국인들에 의해 '조선·대한·고려·소중화·예의지방禮儀之邦'과 같은 한국(인)의 역사적 혼성성에 대한 단일화가 시도됐다는 것이다. 실제로『구운몽』(김만중, 1687)에서『혈의 누』(이인직, 1906)에 이르기까지의 허구적 산문에서 외국 진출과 외국 체험 및 외국인과의 교류는 통시적 탐색을 요하는 오랜 주제였다.[1] 그러므로 한국을 단일혈통이 지배하는 영토로 상상하거나, 외국(성)을 맹목적으로 혐오하는 것이야말로 '외국적' 사고의 산물이라는 것이 저자의 주장이다.

이런 논의는 단번에 '한국에서 한국인에 의해 한국어로 써진 작품'이라는 식의 '한국문학'에 대한 지배적이고도 느슨한 정의를 흔든다. 전 세계가 한국인의 역사적 생활경험의 무대가 된 지금, 위와 같은 정의만으로 한국문학의 정체를 설명한다는 것은 무리일 수밖에 없다.[2] 그러나 이처럼 한국문학의 지역적·종족적 기반이 해체되고 있는 이 시점에도 한국문학에서 한국이 아닌 외국을 배경으로 삼거나, 외국(인)을 등장시키는 것이 이색적인 상상력일 수 있다면 그것은 무엇 때문일까.

어쩌면 '한국문학에 나타난 이국공간'과 같은 테제는 작품에 나타난 외국(성)을 특정 서사를 해독하기 위한 지배적 코드라고 선험적으로 전제한다는 점에서 다분히 소재주의적인 기획일지도 모른다. 이런 혐의는 그간 한국문학에서 '외국(인)'이라는 기표가 이슈화됐던 방식을 점검해보면 더욱 짙어진다. 대표적인 몇 가지 사례가 떠오르는데, 하나는 이방인·소수자·탈북자, 그리고 조선족과 외국인 이주노동자들을 다룬 2000년대 초반의 소설들[3] 및 그에 대한 비평들이다. 그런데 이 작품들을 논할 때, 의외로 '외국(인)'이라는 범주는 좀처럼 동원되지 않았다는 점이 흥미롭다. 예컨대 필리핀, 버마(미얀마), 네팔, 파키스탄 등지에서 온 이주노동자들을 등장시킨 소설들은 '외국인'을 다룬 소설이라기보다는 '이주노동자'를 다룬 소설로 분류됐다. 이는 외국인 이주노동자들의 현재적 좌표가 '한국'으로 고정돼 있다는 점, 이들의 생활세계와 내면은 곧 '한국'이라는 역사적 생활공간과 그 질서에 적응해가는 방향으로 조절돼야 한다는 동화同化의 장력과 무관하지 않을 것이다.

그런데 '외국인 이주노동자들이 고국을 떠나 한국에 오기까지 겪는 지난한 유랑과정과 한국에서 겪는 무참한 고난,

이를 바탕으로 남한 선주민의 오만과 이기주의에 경종을 울리는 이야기'라는, 이 전형적인 서사패턴은 누구를 위한 것이었을까. 결국 이 서사들이 한국이라는 장소에 '낯선 이들'을 초대한 의도는, 한편으로는 '비정치적 휴머니즘을 극복한 타인과의 만남을 실현할 수 있는 가능성을 적극적으로 모색하고자'[4] 한 시도였겠지만, 다른 한편으로는 한국문학의 영토를 확장하는 데에 타자의 유랑과 '제3세계'의 이국성을 자원화했다는 비난도 피할 수 없다. 이 소설들에 가해졌던 가장 빈번한 비판 중 하나가 '외국(인)'을 소도구처럼 활용하지 말 것, 즉 소재주의에 치우치지 말라는 주문이었던 것이다.

그런가 하면, 비슷한 시기에 한국을 넘어 전 세계를 유랑하는 '한국인'의 신체를 다룬 소설들이 한창 주목되기도 했는데, 황석영의 『심청』(문학동네, 2003)과 『바리데기』(미디어창비, 2007)가 그 예다. 이 작품들은 '국경을 넘는 한국인의 이야기'를 일종의 대서사를 요하는 획기적인 체험으로서 재현했다. 그런데 이 소설들의 착상을 핵심적으로 표현한 "매춘의 오디세이아"[5]라는 문구가 잘 보여주듯, 이때 국경을 넘나드는 전 지구적 자본주의의 체험을 재현하기 위해 시도된 것은 여성의 세계경험을 '여성의 (창녀화된) 몸'과 유비하는 지극히 '전통적인' 것이었다. 이들 소설에서 고귀한 혈통의 여성이 전 지구화된 자본질서에 떠밀려 세계를 유랑하는 서사는 결국 그녀들의 성적·도덕적 타락으로 의미화된다. 결국 이 작품들의 주된 모티프인 '월경越境'은 새로운 문학적 상상력의 성취와 갱신을 보여줬다기보다, 오히려 전 지구적 신자유주의와 성공적으로 접속한 가부장적 상징질서와 재현체계의 견고함을 재승인하기 위해 동원된 것이었다.

이런 두 사례로 미루어볼 때, 놀랍게도 한국문학은 아직 '외국(성)'을 만나본 적이 없다. 외국인 이주노동자들의 이국성은 '외국적인 것'이기 전에 '제3세계'의 한 표상으로 선택된 것이었으며, 그것은 글로벌시대에 대규모의 외국인력을 고용할 정도로 경제적으로 성장한 대한민국의 내적 성숙을 독려·과시하려는 일종의 자기계발적 목적에서 소환된 것이었다. 전 세계를 유랑한 '심청'과 '바리'에게서 우리가 배운 것은, 그 어떤 이국공간에서도 강고하게 관철되는 자본주의의 질서와 가부장적 재현체계의 오래된 공모다.

'너는 어디에 있느냐'라는 물음

그럼에도 다시 한국문학의 이국공간에 대한 조명의 필요성을 촉발한 것은 몇 년 전부터 야심차게 불거진 '세계문학' 논의다. 최근 한국문학의 공간적 배경은 앞서 언급한 2000년대 초반의 소설들처럼 '제3세계'에 국한된 것이 아니라, '진짜(?)' 외국, 이를테면 미국, 독일, 프랑스, 영국, 일본 등지의 역사적 시공간으로 확장됐다.6 그런데 놀라운 것은 비평계가 이를 단번에 '세계문학'의 가능성과 연관시켰다는 점이다. 한국 아닌 외국 세계를 배경으로 하면 세계문학이 된다는 식의 논리가 어디에서 연원한 것인지는 알 수 없으나, 이 논의에는 '공간적 배경의 확장=문학적 상상력의 확장=출판시장의 확장'이라는 공식이 은연중에 개재해 있다.

거기에 더해 최근 소설들은 SF와 무협소설 및 할리우드 영화의 장르문법들을 무람없이 차용해 소설의 무대를 전 세계, 나아가 우주로까지 확장시키고 있는데, 이 사태를 목도하는 비평가들은 아연실색한 것처럼 보인다. 온갖 비문학적 요소와 함께 전 방위적으로 확장된 소설의 무대는 곧 더 이상 비평을 요하지 않는, '비평가'라는 존재의 무위성을 웅변적으로 증명하는 것이라는 진단이 심심찮게 들려왔던 것이다. 요컨대, '외국/외계'로 확장된 한국문학의 공간적 배경은 소재주의의 확대이거나, 세계문학으로의 진출 가능성을 타진하기 위한 방편, 또는 비평가들의 존재 증명을 요하는 이슈로 간주됐다.

하지만 이쯤에서 다시 물어야 할 필요가 있다. 과연 한국문학에서 '장소(성)'를 묻는다는 것은 어떤 의미인가. 월남越南 이후 쓰여진 염상섭 소설을 통해 냉전의 표상체계를 구명한 국문학자 이혜령은 '사상지리ideological geography'라는 흥미로운 개념을 제시한 바 있다. '사상지리'란, '삶과 공동체의 질서화에 있어 인간의 '존재-장소'에 대한 상상력과 규율이 특정한 영토나 장소를 이념화하는 표상체계를 축으로 작동되었던 냉전의 사태'를 지시한다. 예컨대, 해방 직후 만주 안동과 신의주에서의 경험, 38선 이남으로 이동하는 과정을 그린 염상섭의 소설들은 '월남'에 내재한 정치적·사상적 지향성을 다분히 의식한 것이었다. 이는 곧 '1945년 8월 15일, 너는 어디에 있었느냐'라는 '사상 고백'을 요하는 여호와적 물음이기도 했다. 해방 직후 염상섭 소설에서 선택된 소설적 공간은 '사상-인신-장소'의 삼위일체를 지향하는 냉전의 정치학과 무관하지 않았던 것이다.[7]

이처럼 특정 공간을 '특정 사상이 깃든 신체가 거주할 장소'로 규정하는 상상력은 오늘날 '한국문학에 왜 외국이 등장하는가?'라는 물음에도 배음背音처럼 깔려 있는 것으로 보인다. 이 질문은 '외국을 배경으로 한다는 것은 한국의 역사현실을 회피하는 것이 아닌가'라는 오래된 의심에 대한 완곡한 표현처럼 읽히기 때문이다. 바꿔 말하면, 이 물음에는 한국문학은 응당 한국을 배경으로 할 때에만 한국의 역사현실을 다룰 수 있다는, 다분히 속지주의屬地主義적인 공간의식이 작동하고 있다.[8] 외국을 배경으로 하더라도 그것은 반드시 간접적·우회적으로나마 한국의 현실을 지시하는 것이어야 한다는 기도 혹은 주문 또한 이 같은 속지주의적 불안을 보여주는 것이겠다.

그러나 최근 한국의 몇몇 소설가들은 이처럼 특정 상상력을 담보하거나 구획하는 '한국'이라는 공간적 배경에 관한 기율norm에 전면적으로 도전한다. 각각 '무소불위의 이야기꾼', '무규칙 이종異種 소설가'라고 불리는 천명관과 박민규가 그렇다. 물론 이들의 소설적 무대는 '타자(성)를 재현하는 기술'을 익히기 위한 무대였던 버마(미얀마), 네팔, 필리핀, 파키스탄 등이 아니다. 게다가 이들의 소설은 미국이나 일본으로 가서 한국의 '미달된 근대'를 비판하는 식의 학습을 유도하지 않으며, '먼 곳으로 떠나' 홀로 자신의 내면세계를 소요하는 부르주아 지식인을 그리지도 않는다. 이들은 캐나다, 프랑스, 미국, 영국, 볼리비아 등의 특정 시공간에 무방비로 잠입하며, 대체로 소설에 한국인을 아예 등장시키지 않는다. 무엇보다, 이들이 겨냥하는 것은 외국세계에 대한 치밀한 관찰과 핍진한 묘사를 바탕으로 한 '이국의 리얼리즘'이 아니다. 콩트나 공상과학소설, 미국 서부극과 같은 할리우드 영화의 문법을 차용해 '이국에서 있을 법한 어떤 이야기'를 서술하는 이들 작품의 톤은 거의 크로키에 가깝다. 이 글에서는 다양한 서사실험을 수반하는 천명관과 박민규의 이국서사 및 그에 대한 비평을 통해 '한국문학의 영토(화)'와 관련된 규범적 상상력의 성격을 점검해보고자 한다.

"한국문학에는 우리만의 이야기가 너무 많다"— 천명관의 경우

천명관이 11편의 단편소설들을 묶은 소설집 『유쾌한 하녀 마리사』(문학동네, 2007)를 펴냈을 때 작가에게 쏟아졌던 질문은 '왜 외국을 배경으로 한 소설을 썼냐'는 것이었다. "유럽에서 일어난 유럽인의 대소사를 적어놓고 한국소설이라고 우긴다면서요?"[9]라는 질문으로 당시의 상황을 스케치한 한 매체의 질문이 단적인 예다.

물론 이 단편집에는 외국의 이야기를 다룬 4편의 '낯선' 소설들이 실려 있다. 「프랭크와 나」(2003), 「더 멋진 인생을 위해—마티에게」(2005), 「유쾌한 하녀 마리사」(2006), 「프랑스혁명사—제인 웰시의 간절한 부탁」(2007)이 그것이다. 그중에서 「프랭크와 나」가 정확히는 '캐나다로 간 한국인 남편'에 관한 이야기를 한국에서 한국인 아내가 말하는 것이라면, 나머지 세 편의 배경은 영국과 미국이며, 등장인물 역시 영국인, 미국인, 포르투갈인 등이다. 그러나 문학평론가 김영찬의 작품해설에서 보듯, 이 작품들은 "모두 배경과 인물의 국적이 크게 중요하지 않은 이야기"로 분류됐다. "시공을 초월하는"10 '무국적'의 이야기로 받아들여진 것이다.

천명관 소설에 나타나는 외국의 시공간이 누군가에게는 그 '외국성'이야말로 '이물감異物感'의 대상인 반면, 다른 이에게는 전혀 낯설어할 필요가 없는, 어느 나라에나 해당될 법한 '무국적'으로 간주되는 이 모순적인 사태는 무엇을 의미할까. 이는 어쩌면 '외국'이라는 장소(성)를 매개로 한 그의 소설이 그 어떤 현실로도 환원되지 않는다는 점에서 일종의 해석 불가능의 사태에 놓여 있음을 말해주는 것일지 모른다. 이 단편들에 대한 당시의 비평을 살펴보면, 그것들이 '국경에 구애받지 않는 활달한 상상력의 소산'이라는 긍정적인 평가도 있었지만, 다른 한편에는 "'지금 여기'의 현실과 접속되는 지점이 쉽게 찾아지지 않는다는 점에서 소품에 가깝다"11라는 식의 질책도 있다. 말하자면, '외국을 배경으로 한 외국인의 이야기'를 다룬 천명관의 소설들은, 그것이 사실은 한국 현실에 대한 메타포이기를 염원한 비평가들의 기대를 무참히 배반한 거의 최초의 사례였다. 그것들은 한국문단이 처음 만나는, "김치냄새를 싹 뺀" "탈한국적"[12] 이야기였던 것이다.

사실을 말하자면, 바람난 남편에 대한 자괴감으로 인해 자살을 계획한 아내가 하녀의 의도치 않은 실수 때문에 자신이 아니라 남편을 죽이게 된다는 이야기(「유쾌한 하녀 마리사」), 존 스튜어트 밀이 토마스 칼라일의 걸작 『프랑스혁명사』의 초고를 읽고 질투하던 차, 하녀의 실수 때문에 칼라일의 원고가 불타자 기묘한 쾌감을 느낀다는 이야기(「프랑스혁명사—제인 웰시의 간절한 부탁」), 함께 길을 떠난 도박사와 갱이 낯선 모텔에서 느끼는 기시감을 다룬 이야기(「더 멋진 인생을 위해—마티에게」) 등에서 '한국적인' 현실을 지시하는 뭔가를 발견하기란 매우 난망하다.

그렇다고 이 이야기들이 일종의 우화처럼 보편적으로 교훈적이거나 계몽적인 의도를 갖느냐 하면 그렇지도 않다. 이 작품들이 전하는 유일한 메시지가 있다면, 그것은 "세상에서 벌어지는 일들을 우리는 다 이해할 수 없어요. 다만 그러려고 노력하는 것뿐이죠."(「유쾌한 하녀 마리사」)라는 것이다. 다만, 이 작품들이야말로 한국문학의 속지주의적 강박을 역설적으로 증명하고 있다는 점, 즉 '한국문학은 한국(인)의 체험을 다룬다'는 기율 없이는 결코 낯설거나 새로운 작품으로 인식될 수 없었을 것이라는 이 정황만큼은 지극히 '한국적'이다.

그렇다면 우리는 어떤 우회나 암시도 없이 이 작품들에

적나라하게 노출된 '외국(성)'의 지표들로부터 무엇을 읽어낼 수 있을까. 천명관은 여러 인터뷰에서 "모아놓고 보니 내가 아프리카인, 유럽인, 남미인 등 전 세계인이 고개를 끄덕일 만한 보편성을 추구한다는 것을 알겠다."[13]라며 다양한 화법으로 한국문학에서 내셔널리티를 삭제하는 일에 대한 자의식을 강조했다. 그에 따르면, 그가 이런 소설적 실험을 시도한 이유는 한마디로 "한국소설에 우리만의 이야기가 너무 많"[14]기 때문이다. 이는 세 가지 차원을 포함한 이야기로 해석되는데, 첫 번째는 그것이 '한국소설'이 아닌 '소설', 특히 '이야기(성)'에 집중하기 위한 한 방법이라는 것이다. 이는 최근 문학계에서 원초적인 '이야기의 세계'를 소환함으로써 한국소설의 영토 확장을 꾀하려 했던 일련의 기획을 연상케 한다.[15] 그리고 뒤에 다시 언급하겠지만, 이처럼 '한국문학'이 아닌 '문학' 그 자체에 대한 지향은 박민규에게서도 공통적으로 나타나는 욕망이다.

그런가 하면, 천명관 소설에 서술된 '외국의 이야기들'은 '한국문단의 룰과 문법'에서 탈피하고자 하는 저항적 욕망의 소산으로도 읽힌다. "제 주변상황과 상관없는 이야기를 하려고 노력합니다. 한국의 역사나 현실을 담는 것도 중요하지만, 모든 작가가 그렇게 쓸 필요는 없지요. 한국문학의 격식과도 같은 진지한 정서, 묵직한 주제 등에서 벗어나려고 합니다."[16]라는 그의 발언은 한국문학에 작동하는 규범의 당위성을 되묻고, 그로부터 주조된 한국문학의 상을 재조율하려는 작가의 욕망을 암시한다.

마지막으로 흥미로운 것은, 그가 이국을 다룬 자신의 작품을 해명할 때 언제나 '세계문학'과 '지방문학'이라는 위계적 이항대립항을 언급한다는 점이다. "여기서 바다를 건너가면 아무도 이해하지 못하는 문학을 하면서 작가라고 행세하고 있다는 게 좀 웃기고, 하여간 난 그런 기분이다.", "서로 통할 수 있는 보편적인 이야기로 바꿔내야 한다. 남미작가들이 그것을 해낸 것 아닌가? 우리끼리만 알아듣는 방식이라면 그것은 그냥 방언일 뿐이다. (…) 이젠 드높은 경지의 작가들과 내 책이 서점에 나란히 진열되어 있다. 그래서 독자들은 그 둘을 단번에 비교할 수 있게 되었다."[17]라는 발언은 그의 '외국 연작'들의 목적이 단순히 '내셔널리티의 삭제를 통한 이야기(성)의 강화'에 있는 것만이 아니라, 좀 다른 문화정치적 기획의 일환임을 알게 한다.

실제로 미디어와 비평가들은 "그의 소설은 영어로 옮겨놓아도 아무 무리가 없을 정도로 무국적적"[18]이라거나, "이 이야기의 등장인물을 마이클과 제인, 장소를 한갓진 미국 시애틀 농촌으로 바꿔도 전혀 무리가 없다."라며 이 소설들로부터 "장차 세계독자와 소통할 '호환성'"[19]을 읽어내고자 했다. 여기서 알 수 있는 것은, 출판시장의 확대 및 세계문학에의 도달이라는 일종의 '코스모폴리턴적 강박'[20]만이 '지금-여기'라는 현실구속적 장력을 떨쳐버린 이국 배경의 소설들을 정당화할 수 있는 유일한 알리바이로 간주되고 있다는 점이다. '보편성을 실험하기 위한 무대'로서 선택된 천명관의 '이국 배경'은 기실 그 '보편성'에 내재된 욕망의 다차원적 식민성을 드러내는 문학적 장치인 셈이다.

"그곳은 그냥 땅이 되었다."— 박민규의 경우

박민규가 『더블』(창비, 2010)을 통해 '무엇이든 흡수하고, 분열하고, 번식하는', 날이 잘 선 '소설근육'들을 선보였을 때 비평가들이 보였던 환호와 당혹감을 기억한다. 이 소설집에는 그가 2005년부터 2010년까지 발표한 18편의 단편들이 수록돼 있는데, 그 각각의 톤은 매우 다르다. 특히 눈길을 끌었던 것은, 느닷없이 하늘에 떠 있는 거대한 아스피린(「아스피린」), 서기 2487년의 미래 지구에서 심해로 끝없이 다이빙하는 디퍼deeper들(「깊」), 지상의 인류가 전멸한 29세기의 냉동인간(「굿모닝 존 웨인」)의 이야기와 같은 공상과학소설들, 그리고 미국 알래스카를 배경으로 전개되는 하드고어 로드무비라 할 만한 「루디」와 미국 덴버에서 "인류의 마지막 날"을 맞이하는 두 남자의 이야기인 「끝까지 이럴래?」 같은 작품들이다.

　　작가 스스로 "공간이나 상황을 사용해 줄곧 작업을 해 온 것 같"[21]다고 말하기도 했듯, 이 둔중하고도 날렵한 두 권의 소설집에 대한 관심은 우선 각 소설들이 다루고 있는 특수한 시공간에 대한 질문으로 이어졌다. "많은 사람들이 박민규 문학과 미국 대중문화와의 연관성에 대해서 언급한다. (…) 루디, 애덤스, 이런 애들, 우리 이름이 아니지 않나. (…) 단편한 편만 놓고 보면 이것이 번역소설인지, 우리 창작소설인지 얼핏 짐작하기 어려워졌다. 말하자면 박민규 소설이 우리 소설을 글로벌하게 만들어버린 거다."[22]라는 문학평론가 신수정의 언급으로 미루어보자면, 이 소설들이 전면적으로 내세우고 있는 외국성(외래성)은 '미국 대중문화'의 영향이라고 간주되는 듯하다.

물론 틀린 해석은 아니다. 그러나 그것만으로는 어쩐지 불충분하다. 박민규가 여러 인터뷰에서 반복적으로 역설한바, 이는 명백히 한국문학의 외연을 확장시키고자 하는 욕망과 관련되기 때문이다. 그는 온갖 시공간을 소설적 무대로 동원하고, 다양한 장르소설적·비문학적 요소들을 거침없이 흡수한 『더블』에서의 작업을 "황무지에 말뚝 박는 느낌"이었다면서 "이제 더 넓고 거친 문학의 황야를 달려야 할 때가 온 것"[23]이라고 말한다.

> 내가 왜 이런 얘기를 하냐 하면, 너무 협소하더라는 거다, 한국의 문학이. 정말 협소한 땅에 울타리 쳐 놓고 울타리 바깥은 땅 아님, 울타리 나가면 탕자, 밖에서 들어오면 이단, 저 밖에 있는 놈들은 경상도, 울산, 시골, 촌구석…… 그리고 여기 모인 우리는…… 말하자면 그리스도 정교, 이런 느낌이랄까? 아무튼 정말 좁고, 협소했다. 문학의 땅이 얼마나 넓고 광활한 건데……. 이게 뭔가 싶기도 하다.[24]

앞서 천명관의 사례에서와 마찬가지로, 박민규 소설에서 역시 '외국/외계'로의 진출은 우선 지극히 폐쇄적으로 규정된 한국문학의 영역에 대한 의식으로부터 비롯된다. 그뿐만 아니라 한국어이름에는 그것의 역사적 기원이 상실돼 있다고 지적하는 박민규의 언급[25]이나, 그의 소설 「코작」이 "한국어로 무엇을 할 수 없나 보자, 하는 식의 살벌한 도전"[26]으로 느껴졌다는 소설가 권여선의 날카로운 지적이 암시하듯, 박민규의 '외국 연작'들은 한국문학의 규율화된 영토뿐 아니라, '한국(적인 것)'으로 범주화된 기표들의 혼종성과 한계 자체를 본격적으로 의식한 결과로 보인다. 요컨대, 그는 온갖 시공간적·장르적·언어적 실험을 통해 '지구에서 고대 수메르인 외에 정통을 말할 수 있는 자는 없다'[27]는 특유의 문명관을 웅변적으로 보여주고 있는 셈이다. 물론 박민규에게 이는 결코 '불행'이 아니다.

> 나는 지금 <룩셈부르크>라는 소설을 써야 한다. 줄거리나 등장인물이 정해진 것은 아니지만, 룩셈부르크라는 단어에는 나를 강하게 끌어당기는 무언가가 있었다. 룩셈부르크라고, 나는 타이핑을 해본다. 당연한 얘기겠지만 룩셈부르크에 대해 나는 아무것도 알지 못한다. (…) 막막하다. 뭐, 그렇다 쳐도 몰려오는 4천 명의 소련군과 대치한 32명의 핀란드 군을 생각하면 얘기는 또 달라진다.[28]

그런데 『더블』에서 선보인 시공간, 그중에서도 '외국'을 배경
으로 한 작품들을 생각해보자면 그것들의 국적이야말로 사
실상 '무국적'이라고 불러도 무방하다는 점이 흥미롭다. 이는
작가 스스로의 창작 과정에 대한 서술처럼 보이는 산문 「룩
셈부르크」가 잘 말해주는 바다. 예컨대 작가가 자본주의의 알
레고리라고 밝힌 바 있는[29] 「루디」의 무대는 반드시 미국 알
래스카의 호숫가일 필요가 없으며, 「끝까지 이럴래?」에서 지
구의 마지막 날에 층간소음을 매개로 담소를 나누는 두 인물
'창'과 '애덤스'가 놓인 장소도 반드시 덴버일 필요는 없다.

　　그러나 이제 상황은 좀 달라진다. 박민규가 『더블』 이후
발표한 일련의 단편소설들[30]의 무대는 그 어디라도 좋은 이
국이 아니라, 반드시 그곳이어야만 하는 특정 공간이다. 어쩌
면 이 작품들의 진정한 주인공은 인물들이 놓인 '공간' 그 자
체일지도 모른다. 미국 서부에 위치한 것으로 설정된 가상의
땅 '코작'을 제목으로 삼은 「코작」이 대표적인 예다. 이국을
등장시키되, 그것을 무국적적이거나 초국적적인 방식으로 다
루지 않게 된 이 변화는 무엇을 의미할까.

　　기실 박민규는 데뷔작부터 다양한 방식으로 '전일적인
지배력을 갖는 자본주의 체제와 그에 대한 인간의 대응'이라
는 주제에 골몰한 작가다. '치기 어려운 공은 안 쳐도 된다'라
거나(『삼미 슈퍼스타즈의 마지막 팬클럽』, 2003), 나를 괴롭게 하는
이 세계의 모든 악을 카스테라로 만들어 냉장고에 보관한다
거나(『카스테라』, 2005), 아예 인류와 세계 자체를 '언인스톨'(『핑
퐁』, 2006)해버리는 식이었다. 또는 『더블』의 미래세계나 지하

왕국, 우주공간처럼 지금 이 세계가 아닌, 전혀 다른 시공간의 도래를 상상하기도 했다. 그러나 이런 편집증적 내러티브[31]와 묵시록적 상상력을 바탕으로 한 종말의식의 재현[32]은 종종 일시적인 자기위안[33]의 성격을 갖는다는 지적을 받기도 했다.

어찌됐든 박민규가 이처럼 '자본주의 체제와 인류의 (반)진화'라는 주제에 천착해오고 있음을 염두에 둔다면, 『더블』과 그 이후 작품들에서 나타나는 공간을 다루는 방식의 변화 역시 이 같은 맥락에서 독해돼야 한다. 주목하자. 박민규가 『더블』에서 보여준 것은 지구의 마지막 날에도 공을 튀겨 소음을 만들거나, 먹고 섹스하고 배설하는 인간들, 하늘에 거대한 아스피린이 떠도 금방 적응하며 생계와 생활을 이어가는 인간들, 한마디로 "저 너머의 차원과 공간에서도 인간이란 얼마나 '끝까지 이런지'를 보여주는 작품"들이었다. 즉 그가 『더블』에서 그린 것은, "'우리가 아는 세계'의 종말이 올지라도 그것이 곧장 우리의 변화를 가져다주지 않을 것이라는 또 하나의 무서운 진실",[34] "인간이란 무엇이고 삶이란 무엇인가라는 거창한 질문은 육체의 한계를 벗어나서야 비로소 진지하게 탐구될 수 있는 것"[35]이라는 메시지다. 그런 면에서 어쩌면 『더블』에서 작가가 진정으로 천착한 장소는 알래스카도, 덴버도, 화성도 아닌, '끝까지' 유한하고 유해한 '인간의 육체'일지 모른다.

하지만 『더블』에서 무한대로 확장된 시공간이 '출구 없는 자본주의'[36]의 메타포였던 것과 달리, 『더블』 이후 발표된 단편들은 '자본주의의 시작과 끝', 말하자면 '자본주의의 흥망성쇠'를 다룬다. 예컨대 「코작」은 미국 서부의 황야에 일순 휘몰아친 골드러시 광풍이 시작되고 끝나는 과정 전체를 원고지 100매 분량에 빠른 터치로 담아낸다. 무엇보다 그 자본주의가 전개되는 시공간은 '먹고살기 위해서라면 총질은 그냥 애교에 불과'[37]할 만큼 지극히 폭력적인 것으로 그려진다. 웨스턴 장르를 표방한 「코작」이 말하는 것은 "미국으로 표상된 근대 자본주의 체제의 성립과 그 근본조건"이며, 「코작」의 서사는 "실제로 이 체제가 지나가버릴 가능성을 꿈꿀 수 있게 해준다."[38] 즉 「코작」을 비롯한 박민규의 최신 이국서사들이 전제하는 것은, 자본주의가 선험적으로 주어진 '자연'이 아니라 매우 우연적이고 인위적으로 시작된 일시적이고 외삽적인 현상이라는 인식론이다.

그리고 바로 여기서, 박민규가 줄곧 강조해왔으며 특히 『더블』에서 극단으로 밀어붙였던 '약육강식의 논리'를 상대화할 수 있는 가능성이 생겨난다. 박민규의 전작全作들을 통틀어볼 때, 그에게 '약육강식'이라는 명제는 문명의 역사가 곧 야만의 역사임을 말해주는 것인 동시에 인간의 원초적 본능이 가장 치열하면서도 아름답게 발현될 수 있는 미학적 가능성을 내장한 것이기도 했다. 이를 가장 드라마틱하게 보여준 사례인 「슬」을 들어 "밥벌이의 숭고"[39]라고 언급한 혹자의 표현도 이를 지시하는 것일 테다.

그러나 『더블』 이후 '황무지'와 '총'이 핵심 오브제로 등장하는 박민규의 '외국 연작'에서 '밥벌이' 혹은 '먹고살기'는 더 이상 숭고sublimity의 대상이 아니다. 오히려 「코작」에서 마치 후렴구처럼 등장하는 "서부가 사람을 악당으로 만들어, 안 그래?"라는 구절에서 보듯, '밥벌이'와 '약육강식의 논리'는 여러 우연적이고 무의식적인 계기에 의해 한 세계의 소멸을 이끄는 알리바이에 불과하다.

그리하여 「버핏과의 저녁식사」에 나이키 후드를 입고 맥도날드 햄버거를 먹으며 버핏과의 저녁식사를 기다리는 20대 한국인 남성청년 '안'이 등장하는 것은 우연이 아니다. '안'은 '월가를 점령하라Occupy Wall Street' 시위가 한창인 뉴욕에서, "돈이란 게 있는지… 즉 화폐라든가 가치의 개념" 같은 게 있는지 없는지 모를 "그들이 오고 있다"는 때에 나타난다. '2대째 편의점 알바'에 종사 중인 '안'은 단지 "같은 테이블에서 식사를 한다는 건 좋은 일"이라는 이유만으로 버핏의 자선경매에 복권 당첨금을 모두 써버리며, 투자를 배우겠냐는 버핏의 제안에 "I'm fine, thanks" "and you?"라고 답한다.

어쩌면 버핏으로 하여금 '씹던 껌의 단물이 다 빠져버린 것 같은 느낌', "시대가 저무는 느낌의 밤"을 맞이하게 한 '안'은 혹자의 말대로 "진정한 이 시대의, 새로운 질서와 합리를 요청하는 대항적 힘의 이미지"[40]인지도 모른다. 어쨌든 그는 다들 그렇고 그런 냉소적 인간-동물만 남았다는 2000년대 문학에 인상적으로 나타난 '문제적 인간'이며 '영웅 아닌 영웅'의 형상으로 등장했다. 그리고 끊임없이 자본주의의 서사화 가능성을 실험하는 박민규에게 미국 서부의 황야나 뉴욕은 이 새로운 '문제적 개인'을 위해 준비된 모험의 무대인 셈이다.

*

천명관과 박민규의 소설들은 '한국문학에 나타난 이국'이라는 익숙한 명제에 대한 낯선 사례다. '외국(성)'의 지표를 전면에 내세운 이들의 소설이 '새로운' 것일 수 있다면, 그것은 단지 이들이 소설에 '외국'을 등장시켰기 때문은 아니다. 오히려 이들은 한국문학에서 '외국(성)'이라는 기표가 담당해온 상징과 기능을 전혀 새롭게 배치했기 때문에 주목된다.

이들의 작품은 '외국(성)'을 '외국적인 것'으로 재현하기 위해서는 별도의 서사적 실험이 수반돼야 한다는 자명한 사실을 새삼 환기시킨다. 천명관의 '외국 연작'이 '한국문학'의 규범적 상에 대한 재조율의 필요성을 제기하고, '보편성'이라는 기표에 투영된 식민화된 욕망을 드러내는 장치였다면, 박민규는 외국(성)의 의미체계에 대한 실험을 통해 이를 특유의 미학과 세계관을 갱신하는 계기로 삼는다.

천명관과 박민규는 한국문학의 속지주의적 강박을 충족시키기 위해 흔히 동원되는 문학의 효용론과 리얼리즘, '한국문학과 세계문학'이라는 위상학topology과 영토화의 기율을 교묘하고도 섬세하게 거부하거나 전유함으로써 '한국문학과 외국(성)'이라는 주제를 탐구하는 데에 의미 있는 한 사례로 기록될 수 있었다.

1   존 프랭클, 『한국문학에 나타난 외국의 의미』, 소명출판, 2008.
    이 책에 대한 비판적 논의로는 이경훈, 「여러 '한국', 여러 '외국': 존
    프랭클의 『한국문학에 나타난 외국의 의미』에 대하여」, 『사이』 5,
    국제한국문학문화학회, 2008 참조.

2   허희, 「이국異國과 이국二國: 김사과의 장편, 박민규의 단편으로 본
    '소설과 현실'」, 『자음과모음』 23, 2014년 봄.

3   김재영의 『코끼리』(2005), 전성태의 『국경을 넘는 일』(2005), 정도상의
    『찔레꽃』(2008) 등을 들 수 있다.

4   백지은, 「바깥으로 들어가는 문학: 2000년대 후반 한국소설의
    '외국인'과 낯선 삶」, 『독자 시점: 가능성으로서의 작품, 모험으로서의
    비평』, 민음사, 2013 참조.

5   황석영, 「작가의 말」, 『심청』 하, 문학동네, 2003, 330쪽.

6   이는 최근 한국작가들이 각종 프로젝트와 기금 수혜로 인해 해외에
    거주하면서 작품을 집필할 수 있는 기회가 대폭 늘어났다는 점, 다양한
    외국소설들이 한국에 대거 번역되면서 한국독자와 작가들로부터
    상당한 호응을 받고 있다는 점 등에서 비롯된 변화일 것이다.
    이 사실들의 문화정치적 의미와 그 미학적 효과에 대해서는 별고를
    기한다.

7   이혜령, 「사상지리ideological geography의 형성으로서의 냉전과 검열:
    해방기 염상섭의 이동과 문학을 중심으로」, 『상허학보』 34, 상허학회,
    2012.

8   이는 물론 '한국문학은 '한국인'의 이야기를 다룬다'는
    '속인주의屬人主義적 기율'과도 상통한다.

9   「존재 자체가 이야기인 사람, 무책임한 허구세계가 속 편하다는 사람」,
       『중앙SUNDAY』 270, 2012. 5. 13.

10 김영찬, 「짐작할 수 없는 일들의 아이러니」, 천명관, 『유쾌한 하녀
       마리사』, 문학동네, 2007, 393쪽.

11 고인환, 「젊은 소설의 존재방식에 대한 몇 가지 생각: 백가흠, 이기호,
       천명관의 작품을 중심으로」, 『오늘의 문예비평』 68, 2008년 봄, 58쪽.

12 「문학상 받은 소설들 답답해」, 『세계일보』, 2007. 9. 22.

13 위의 글.

14 「'공식'은 없다… 그가 쓰면 이야기가 될 뿐」, 『한국일보』, 2007. 11. 11.

15 왜 '소설'이 아닌 '이야기'가 그토록 강렬한 욕망의 대상이 되었는지에
       대해서는 이 책 1부에 수록된 「'장편의 시대'와 '이야기꾼'의 우울:
       천명관과 정유정에 대한 비평이 말해주는 몇 가지 것들」 참조.

16 「문학상 받은 소설들 답답해」, 『세계일보』, 2007. 9. 22.

17 천명관·조강석·권혁웅·서희원·허윤진, 「누가 통속을 두려워하랴」,
       『문예중앙』 130, 2012년 여름.

18 「짐작할 수 없는 인생의 부조리와 맞닥뜨리다」, 『문화일보』, 2007. 9. 27.

19 「문학상 받은 소설들 답답해」, 『세계일보』, 2007. 9. 22.

20 세계문학에 대한 한국문단의 강박을 박민규는 일종의 '코스모폴리턴
       컴플렉스'라고 진단한다. "문학의 경우에는 내가 볼 때 세계 한 150위?
       160위? (…) 영어 쓰고, 스페인어 쓰고, 중국어 쓰고, 불어 쓰고, 독일어
       쓰고, 포르투갈어 쓰는 나라들은 일단 다 제해야 된다. 다 제하고 나면
       극히 얼마 안 되는 소수언어를 쓰는 국가들이 남는다. (…) 이것은
       국력의 랭킹과는 다른, 언어의 랭킹이다. 남미의 어떤 나라가 말도

못하게 가난하다, 그러나 스페인어를 쓴다, 그렇다면 문학적으로는 우리보다 훨씬 랭킹이 높다는 거다. 그래서 아마, **지금 세대에 생긴 새로운 콤플렉스는 코스모폴리턴 콤플렉스라고 해야 하나**, 그런 거 같다. (…) 비단 작가들의 문제가 아니라 사회 전반의 콤플렉스다. 어디 가면, 또 작가라고 그러면 당연하다는 듯 물어본다. 외국은 어디어디 나가보셨냐고. (웃음) 난 여행도 싫어하고 나가본 데도 거의 없다. 이 세계화의 콤플렉스…" 박민규·신수정, 「소설을 만든 그분께서 그 끝도 만드셨을까?」, 『문학동네』 66, 2011년 봄, 114쪽.

21 박민규·권여선·김영찬, 「장인의 정신으로, 모험가의 에너지로」, 『문예중앙』 125, 2011년 봄.

22 박민규·신수정, 앞의 글, 85~86쪽.

23 박민규·신수정, 위의 글.

24 박민규·신수정, 위의 글, 101~102쪽.

25 박민규·신수정, 위의 글.

26 박민규·권여선·김영찬, 앞의 글, 500쪽.

27 박민규·신수정, 앞의 글, 100쪽.

28 박민규, 「룩셈부르크」, 『작가세계』 87, 2010년 겨울, 42쪽.

29 박민규·신수정, 앞의 글, 107쪽.

30 『더블』 이후 박민규가 발표한 소설들의 목록은 다음과 같다. 「코작Cosaque」(『문학동네』 65, 2010년 겨울), 「톰 소여Tom Sawyer」(『작가세계』 87, 2010년 겨울), 「로드킬」(『자음과모음』 12, 2011년 여름), 「아… 르무… 리… 오」(『세계의문학』 142, 2011년 겨울), 「버핏과의 저녁식사」(『현대문학』 685, 2012년 1월), 「군함도의

별」(『현대문학』697, 2013년 1월), 「소머셋 가는 길」(『문학과사회』104, 2013년 겨울), 「볼리바르」(『21세기문학』64, 2014년 봄). 1954년 6월의 한국을 배경으로 한 「아… 르무… 리… 오」를 제외한 나머지 작품들은 모두 '외국/외계'를 공간적 배경으로 삼고 있다. 이 글에서는 『더블』 이후 이러한 박민규의 전반적인 작품 경향을 고려하되, 「로드킬」처럼 SF적 문법에 따라 설정된 미래공간을 다룬 작품들은 명백히 국적이 명시된 다른 작품들과 분리하고자 한다.

31 김영찬, 「개복치 우주(소설)론과 일인용 너구리 소설 사용법」, 『문학동네』42, 2005년 봄.

32 신수정, 「종말의식의 재현과 휴머니티의 기원: 2000년대 한국소설의 묵시록적 상상력」, 『한국문예비평연구』35, 한국현대문예비평학회, 2011.

33 박진, 「다 지나가리니: 박민규, 「코작Cosaque」(『문학동네』2010년 겨울호)」, 『자음과모음』11, 2011년 봄.

34 박민규·황정아, 「박민규,라는 문학발전소」, 『창작과비평』151, 2011년 봄, 377~378쪽.

35 조연정, 「우리가 선택한 고통: 박민규의 『더블』 읽기」, 『만짐의 시간』, 문학동네, 2013, 429쪽.

36 예컨대 「루디」에 대해 그는 이렇게 말한다. "자본주의랄까 욕망이랄까, 그런 얘기일 수도 있는데, 뭐랄까… 우리 이대로 이렇게 가는 건가? 싶었고, 말이 우주여행이고 뭐고 하지만, 우리가 이 세계에서 벗어날 수는 없다는 생각이 들었다." 윤이형, 「호랑이를 만든 그분께서 그를 만드셨을까?」, 『작가세계』87, 2010년 겨울.

37   박민규·권여선·김영찬, 앞의 글, 508쪽.

38   박진, 앞의 글.

39   김영찬, 「밥벌이의 숭고」, 『문예중앙』 124, 2010년 겨울.

40   백지은, 「짧은 그림자: 박민규와 이장욱 소설의 이미지에 관하여」, 『독자
      시점: 가능성으로서의 작품, 모험으로서의 비평』, 민음사, 2013.

퇴행의 시대와
'K문학/비평'의 종말

2015년 문학권력 논쟁 및
문학장의 뉴웨이브를 중심으로

두 번의 문학권력 논쟁, 그 차이와 반복

2016년 2월 현재까지 작가 신경숙의 이름은 한국문학사에 크게 세 번 기입됐다. 「풍금이 있던 자리」(문학과지성사, 1993)와 『외딴방』(문학동네, 1995)으로 '신경숙 현상'을 일으키며 1990년대 (여성)문학의 총아로 떠오른 1993~1995년, 『엄마를 부탁해』(창비, 2008)를 통해 한국문학계의 숙원이던 '세계시장 진출'의 '쾌거'를 이뤄낸 2008~2011년, 그리고 표절 스캔들을 통해 한국문학장 전반을 극적으로 탈은폐시킨 2015년. 특히 세 번째 국면은 신경숙이 '촉망받는 신인작가'에서 '세계문학의 기수'가 되기까지의 앞의 두 국면들을 전면적으로 문제 삼으며 촉발됐다. 이는 신경숙의 행보가 상징하는 '신자유주의 시대 이후 한국문학(장)'의 질서를 자명한 것이 아니라, 어딘가 뒤틀린 것 혹은 기형적인 것으로 간주하고 의문에 부치는 것이었다. 그래서 신경숙 개인의 문학 이력뿐 아니라, 한국문학장의 주요 생산주체인 '창작과비평사'(이하 '창비') 및 '문학동네'의 역사, 그리고 1990~2010년대 문학사가 모조리 소환돼 새롭게 심문의 대상이 됐다.

그런데 이 심문의 장은 이미 2000년대 초에 한 번 펼쳐진 적 있기에 기시감을 일으키기도 했다. 주지하다시피 18년 전의 이 논쟁은 '문학권력'이라는 문제적 개념을 통해 한국문학[1]을 구성하는 물적 토대의 한 단면을 드러냈다는 공적에도 불구하고, 고유의 대안적 진지를 구축하지 못했다는 문학사적 평가를 얻으며 일단락된 바 있다. 그러므로 먼저 물어야 할 것은 18년 전 논쟁과 지금 그것의 '차이와 반복'이겠다.

'차이'에 대해서라면 두 가지를 기억할 만하다. 우선 하나는 문학평론가 김미정이 잘 지적한 대로, 2015년의 문학권력론에서는 이전 문학권력 비판론의 주요 논의였던 '상업주의 비판'이 실종되거나 다른 문제들로 흡수됐다는 점[2]이다. 예컨대, 2001년의 문학권력 논쟁 때 가장 큰 대중적 설득력을 가졌던 비판 중 하나가 '문학의 상업화', 즉 '정신적 가치의 정수精髓인 문학이 어떻게 상업적 목적과 결탁할 수 있나'

와 같은 주장이었음을 떠올려보자. 하지만 2015년의 문학권력 논쟁 때 이런 방식의 비판은 제기되지 않았다. 오히려 주목된 것은, '출판사 역시 사업체이며, 문학 또한 시장질서에서 자유로울 수 없다는 것이 자명해진 오늘날, 문학 혹은 출판사는 어떻게 신자유주의적 시장질서 속에서 문학 특유의 가치를 지켜갈 수 있는가', 혹은 '문학은 현 신자유주의적 시장질서 속에서 공정하게 생산·유통·소비되고 있는가' 등의 문제였다.

이는 '문학은 시장친화적이어서는 안 된다'는 통념이 느슨하게나마 잔존했던 2000년대 초의 상황과 달리, 오늘날 대부분의 사람들이 문학 출판사의 이윤 추구 자체를 문제시하지는 않게 됐을 만큼 일변한 한국사회의 경제구조와 인식체계를 반영한다. 이번 문학권력론이 창비와 문학동네의 소유구조 및 경영 메커니즘을 포함한 문학재생산 과정 전반, 즉 "문학자본주의"[3]의 문제를 환기함으로써 이전과 다른 논의의 스펙트럼을 갖게 된 것 또한 이와 무관치 않다.

그러나 '상업주의 비판 실종'이라는 진단은 이번 문학권력 논쟁의 성격을 설명하는 데에는 다소 제한적이다. 이 진단은 절반의 유효성만을 지니는데, 창비와 문학동네의 같고도 다른 문학관 및 사업전략의 성격과 그 정치적 효과가 충분히 고려되지 않았기 때문이다. 예컨대 '상업주의 비판 실종'이라는 지적은 문학동네 비판의 한 경향에 대한 술어로서는 비교적 적실해 보인다. 문학동네는 창간 당시부터 '이념에 구애되지 않는 다양한 문학의 소개', 즉 이분법적으로 구획된

'이념성'과 '상업성'이라는 대립항으로부터의 자유를 내세웠기 때문에 애초에 '상업주의로의 타락'이라는 혐의가 적용되지 않았다.

하지만 이 진단은 창비가 문학권력론의 주된 표적이 될 때 여전히 작동하는 '상업성 비판' 논리의 잔존을 포착하지 못한다. 창비는 표절 스캔들의 당사자이기도 하지만, 무엇보다 1990년대부터 상업주의와 '타협'해왔다고 평가되는 창비의 행보가 초래한 한국문학장의 변곡 때문에 지탄받았다. '기득권체제에 대한 저항의 거점'이었던 창비가 자유주의 및 상업주의와 타협하면서 신경숙의 표절로 상징되는 한국문학(장)의 '질적 저하'가 초래됐다는 것이 그 비판의 내용이었다. 즉 이 대목에서만큼은 여전히 '상업성'이라는 오래된 잣대를 중심으로 논의가 공회전하고 있음을 알 수 있다. 물론 창비는 이 문제를 상업성의 틀이 아닌, '사업성과 공공성의 결합'이라는 연성화된 표현으로 번역하기도 했다. 그러나 문화연구자 천정환의 분석처럼, 이는 근본적인 모순을 내포한 아포리즘적 명제일 수밖에 없다.[4] 그것이 당위명제로 승인되기 위해서는 '사기업이 공공성을 추구하는 것은 필요하고 가능한가' 혹은 '문학 출판사는 일반 사기업과 다른 사회적 위상과 역할을 지니는가' 등의 선험적 물음이 해명돼야만 할 것이다.

(가) 다만 내가 바라는 것은, 나와 나의 문우들이
문학을 처음 시작했을 적에 신앙했던 문학의 그 치

열하고 고결한 빛을 되찾는 일일 뿐이다. 신경숙의 개인사가 아니라 한국문학사 전체를 병들게 하는, 나아가, 아직 태어나지 않은 미래의 한국문학 작가들과 그들의 독자들에게까지 채워질 저 열등감의 족쇄를 바수어버리는 일일 뿐이다.[5]

(나) 만약 문학권력이라는 말이 성립할 수 있다면, 그것은 문학 그 자체의 힘이라는 뜻일 것이다. (⋯) 글쓰기에는 그것을 쓰기 시작할 수밖에 없는 차원이 있고, 일단 시작해버렸지만 도무지 완결시킬 수 없는 차원이 있다. 완결시킬 수 없으리라는 절망감 속에서도 일단 쓰지 않을 수 없는 차원이 있으며, 그 미완의 지점으로부터 누군가가 응답하지 않을 수 없게 만드는 차원이 있다. 비평가를 포함한 독자의 입장에서 그것을 읽고 나면 짧은 감탄사든 긴 비평문이든 뭐라도 응답을 하지 않을 수 없는 것이 좋은 글쓰기에는 들어 있다. 문학에는 그런 것들을 강제하는 힘이 있다. 그것이 문학권력이다. 그런 차원을 제외한 뒤 성립할 수 있는 문학권력이 무엇인지 나는 알지 못한다.[6]

무엇보다 두 번의 문학권력 논쟁에서 가장 의미심장한 '차이' 는 문학의 사회적 위상에 대한 인식차에 있다. 그리고 놀랍게도 그 '인식'은 '시대의 변천에 따른 문학의 사회적 위상 하락

혹은 문학의 민주화'라는 우리의 상식에 역행한다. 예컨대, 2001년 문학권력론의 주요 문제의식 중 하나는 문학의 특권화에 저항하고 문학의 탈신비화에 도전하는 것이었다. 비非문단인인 강준만이 2000년대 초 문학권력론을 정리한 책 『문학권력』(개마고원, 2001)에서 전쟁통에도 체호프 희곡집을 사들고 월남했다는 소설가 이호철의 회고를 언급하며 가장 먼저 물었던 것은 "문학은 종교인가?"였다.

그런데 2000년대 초 그토록 비판받았던 '문학의 특권화' 논리는, 이번 논쟁에서는 문학권력 비판론자들과 문학권력으로 지목된 대상들 모두의 공통적인 신념이었으며 양 진영의 주요 논거였다. 우선 문학권력론자들이 '문학의 특권'을 주된 논거로 내세우는 장면을 보자. 위 인용에서 보듯, 소설가 이응준의 글(가)로 촉발된 2015년의 문학권력론은 여전히 '신앙'의 대상을 지키려는 "사제적인 비장함"[7]을 발산하고 있다는 점, '문학비평'이 '오염'된 한국문학을 구원할 수 있다고 믿으며, 이를 위해 '타락'한 문학/비평 정신의 회복을 주창했다는 점이 특징적이다. 문학권력으로 지목된 자들(나) 역시, 문학자본주의의 정치경제학적 메커니즘과 관련된 다양한 비판에 대한 답변을 그저 문학(성)에 대한 추상적인 원론 혹은 낭만화된 신화를 읊는 것으로 갈음하거나, 혹은 다른 산업분야의 질서와 구분되는 문학장의 예외성과 자율성을 강조하는 방식으로 자기방어를 시도했다.

두 번의 논쟁에서 '반복' 혹은 '연속'된 내용도 짚어보자. 단적으로 말해, 두 번의 문학권력 논쟁의 심급에 있었던 것은 '부당하게 청산된 1980년대적인 것'에 대한 복권復權의 의지다. 그리고 바로 이것이야말로 문학권력 비판론자들이 신경숙과 창비가 표절을 '명시적'으로 인정했는가의 여부에 다소 강박적일 만큼 집착하면서 진정으로 문제화하고자 했던 것이기도 하다. 문학권력 비판론자들에게 신경숙의 표절과 이에 대한 창비의 비호 혹은 자기합리화는 신경숙을 알리바이 삼아 상업주의와 결탁하고 '운동으로서의 문학'을 저버렸던 과거 '잘못된 선택'의 반복이자 '오래된 미래'로 해석됐다. 이런 문제의식은 현실사회주의의 몰락과 함께 '1980년대적인 것'이 성급하게 시효 만료된 것으로 간주되거나 용도폐기됐던 역사적 트라우마에 기인한 것이다. 그런 의미에서 2015년의 문학권력론은 1990년대의 문학(장)이 신자유주의적 질서에 침윤되면서 정당한 사후평가를 받지 못한 채 폭력적으로 청산한 것들, 즉 '억압된 것들의 귀환'이라고 할 수 있다. 이들이 기억하는 신경숙과 창비의 성장 과정은 '진보적 가치'의 보루였던 한국문학이 '변절' 혹은 '타락'한 시간과 겹친다.

두 개의 퇴행과 'K문학/비평'의 기원

그런데 '차이와 반복'을 동시에 수반한 이 논쟁의 광경을 낯설게 바라보는 이들이 있었다. 시인 황인찬의 언급처럼, 오늘날의 젊은 작가들과 독자들은 신경숙과 창비에 대해 "이전 세대와는 전혀 다른 방식으로 체감"[8]한다. 이들에게 창비 및 한국문학의 흥망을 '변절과 타락의 서사'로 설명하는 일은 결코 자명한 것이 아니었으며, 별로 설득력을 갖지 못했다. 오히려 이들에게 이번 표절 스캔들과 문학권력 논쟁의 전개는 현재 한국문학(장)에 주어진 선택지가 오직 '두 개의 퇴행'뿐이라는 것을 확인시켰다.

우선, 젊은 작가와 독자들은 이번 표절사건을 작가 스스로 자신의 이력에 남긴 오점이자 '신경숙'이라는 브랜드가 사회적 신뢰를 잃게 된 사건으로 여길 뿐, 그것을 '한국문학 전반의 타락'으로 의미화하는 작업에 동의하지 않았다. 무엇보다 신경숙의 표절을 고발하는 행위를 통해 '회복'해야 할 것이 또다시 문학의 "치열하고 고결한 빛", 즉 '신앙' 혹은 '순정'으로서의 문학이라는 주장이 제기될 때, 21세기의 문학 주체들은 모종의 '퇴행'을 감지했다. 문학은 "수호"의 대상이 아니라는 점이야말로 21세기의 독자에게 20세기 계몽주의적 문학관이 전해준 마지막 교훈 아니던가.

이 젊은 문학공동체 구성원들에게는 신경숙을 한국문학의 대표주자로 전제하는 논리도 생경했지만, 이응준의 글에 나타난, '타락한 한국문학에 맞설' 한국문학의 '수호자'로 상정된 "우리"라는 주체도 의심스럽긴 마찬가지였다. 한국문학이 단일하고 동질적인 이념적 주체에 의해 구성되지 않는다는 것은 이미 오래전에 깨우친 사실이었기 때문이다. 게다가 문학권력 비판론자들의 주장대로 신경숙을 비롯한 1990년대 문학의 재평가 필요성에 동의하더라도, 그 작업에 동원된 수사와 논리가 여전히 감상성과 미문주의, 그리고 '소녀 취향' 운운하는 젠더화9된 논리를 경유하는 장면들을 볼 때, 새 세대 문학주체들은 이 '수호자들'이 한국문학에 대한 '인식의 기준'을 갱신하는 데에 별 관심이 없음을 확신하게 됐다.

물론 문학권력 비판론자들의 이런 퇴행이 사소한 실책처럼 느껴지게 된 것은 그보다 훨씬 더 중대한 과오로 여겨진 창비와 문학동네의 시대착오 혹은 '비겁한 변명' 때문이다. 주지하다시피 문학비평가 백낙청을 비롯한 창비 진영에서는 '의도성 여부'와 같은 자의적 기준을 적용해 신경숙의 표절을 부인하거나 비호하는 논리를 폈으며, 문학동네는 구태의연한 문학장의 자율성 논리를 동원해 문학장의 물적 토대 및 권력구조 자체에 대한 (비)의도적 무지와 둔감함을 드러냈다.10 "권력이나 시장과 관련된 큰 규칙 안에서 비판을 하면서도, 무작정 옛 예술의 규칙을 지키라고 얘기를 하는" 문학권력 비판론자들의 주장을 "부주의한 의협심"의 발로로, "사회와 다른 룰이 통용되는 자율적 문학장이라 말할 만큼 대항이데올로기나 새 경향과의 상호작용 또는 힘의 분배"를 보여주지 못한 주류 문학장의 성향을 "섬세한 보수주의"로 대별한 문학평론가 황호덕의 분석11은 두 진영이 지닌 오류의 성격을 비교적 적실하게 분별한 것이었다.

눈여겨볼 것은, 문학에는 '누군가가 반드시 응답하게 하는'12 차원의 힘이 있을 뿐이라거나, '비평에는 불가결하게 선택과 배제가 수반된다'는 식의 원론적인 이야기로 문학권력 비판론자들의 문제의식을 무화하며 문학장을 탈정치화하려는 입장이 젊은 독자들에게도 명백한 위선이거나 시대착오로 여겨졌다는 점이다. 문학권력 비판론에 대한 이들의 방어논리가 여전히 철 지난 '문학(장)의 자율성'을 근거로 성립하는 것임을 확인한 순간, 오늘날의 독자는 그 역시 또 하나의 '퇴행'임을 지각했다. 그것은 '큰 문학주의'로 지칭되는 '1980년대적 문학의 특권화'와 유사하면서도 결을 달리하는, '작은 문학주의(자유주의적 문학주의)'[13]라 할 만한 것이었다. 손아람, 장강명, 박민정 등의 젊은 작가들이 끊임없이 '생산-유통-소비'를 포함한 문학장 전반의 질서를 영화계나 자동차업계 같은 다른 산업의 그것과 비교하며 객관화해보려 했던 것은 바로 그 '작은 문학주의'를 심문에 부치고자 한 시도였다.

그런데 각각 '1980년대적' 혹은 '1990년대적'인 문학 규범에 기원을 두고 있는 문학권력 논쟁의 두 입장이 공유하는 문제의식이 있다는 점 또한 분명했다. 단적으로 말해, 두 입장은 여전히 한국문학의 '세계화'를 이끌 차세대 '에이스' 발굴에 골몰한다는 점, 즉 세계문학, 노벨상, 영화화 등의 강박을 통한 가부장적이고 시장패권주의적인 욕망을 공유한다는 점에서 상통하며 공모한다. 이 욕망은 2000년대 이후 한국문학계의 가장 강력한 지향 중 하나가 되어 한국문학(사) 전반을 규율하는 비평적 기준으로 작용해왔다. 창비가 베스트셀러의 정치경제학에 예민하게 반응하면서 세계시장 진출을 도모하는 신자유주의적 성장논리에 충실했던 것과 마찬가지로, 문학권력 비판론자들 역시 세계문학으로서 신경숙 소설의 자격미달을 지적할 뿐, '시장제패' 혹은 '세계문학'에 대한 욕망 자체를 철회하지는 않았다는 점이 이를 반증한다.

예컨대 문학비평가 오길영은 한국문학장의 오랜 관성인 '문학의 특권화'에 저항하며 현 문학시스템 및 재래적 습속에 대한 냉정한 성찰을 주문하면서도, "세계문학공간에서 활동하는 일급의 작가들과 겨룰 만한 작품이 무엇이 있는가? 그렇게 칭찬을 했던 90년대 문학, 혹은 2000년대 문학의 작품 중 세계문학공간에 무엇을 내세울 수 있는가?"[14]와 같은 질문을 결코 포기하지 않는다. 이 질문은 미문주의, 자유주의, 국가주의 등 한국문학이 여전히 떨쳐버리지 못한 오랜 구시대적 이데올로기들의 허황됨을 직시하고 있긴 하지만, '세계문학'이라는 이데올로기가 유도하는 위계화의 식민성과 허구성을 의심하지는 않는다는 점에서 여전히 문제적이다.

그런가 하면, 2000~2010년대 내내 창비를 선두로 거듭 제기된 '장편대망론' 역시 문학권력 논쟁의 두 진영이 함께 몰두해온 주요 화두였다. '장편대망론'은 한국문학이 독자들에게 거의 읽히지 않으며, 운동성·정치성과 같은 문학 특유의 진보적 가치 또한 상실했다는 '한국문학의 위기' 담론을 배경으로 등장했다. 이때 전제되는 것은 '사사화된 개인'의 '내면성'과 '여성성'을 바탕으로 성립한 1990년대 문학이 '현실경험이 일천한 청년들의 자폐적 형상'만을 다루는 2000년대 문학의 부정적 시원始原으로 작용했다는 문학사적 평가다. 그리고 이는 곧 한국문학이 "아저씨 독자"[15]를 잃고 몰락하게 된 경위로 설명됐다. 2000년대 장편소설론이 "의미를 축내지 않는 재미, 재미를 멸하지 않는 의미"[16]와 같은 아포리즘적 주문을 내세우며 '강렬한 서사'를 최고의 미덕으로 의미화해온 정황들을 떠올려보자. 결국 '장편소설'은 1970~1980년대 황석영, 조정래 등으로 상징되는 민중소설의 맥을 이으면서 2000년대 무라카미 하루키의 시장성에 대항할 수 있는 강렬한 서사성을 담보한 양식으로서 기대됐다. '장편소설'은 세계의 총체성totality을 담아내면서도 영화화 등을 통해 시장에 어필해야 한다는 이중의 사명을 띤 시대정합적 양식으로서 규범화된 것이다.

이때 문학권력 비판론자들이 신경숙의 표절로 상징되는 1990~2000년대 문학의 '몰락'을, '가시화된 전선이 사라지면서 운동성을 잃어버린 채, 그저 텍스트를 통한 간접경험만을 문학적 자원으로 삼은 세대의 필연적 귀결'이라고 주장한 것은 의미심장하다. 2000년대 세대의 "체험이란 게 학교 다녔고 연애 몇 번 했고 컴퓨터게임에 빠져본 정도의 평범한 것"[17]뿐이라는 말과도 상통하는 이 주장은 '경험의 특권화' 혹은 '경험환원주의'라 할 만한 것으로, 586세대가 널리 공유하는 인식이다. 특정 세대의 체험에 대한 위계화를 통해 문학(사)의 가치화를 시도하는 이런 인식은 기실 악명 높은 '20대 개새끼론'에 깃든 반동성과도 궤를 같이한다. '장편대망론'은 바로 이 같은 586세대의 낡은 공통감각이 공모해 만든 지배적 문학규율이었으며, 여기에 깃든 정치적 무의식은 명백히 1990~2000년대 문학사의 젠더화와 타자화를 통해 586세대의 노스탤지어와 정통성에의 욕망을 충족시키는 것이었다.[18] 한국문학장의 가장 강력한 비평적 의제 중 하나인 '장편대망론'은 시장패권주의와 경험주의적 환원론에 입각한 586세대의 욕망이 투영된 문화적 산물이었던 것이다. 그리고 이것이 바로 한국의 주류 문학사가 '개저씨[19]들의 문학사'라고 일컬어지는 이유다.

그러나 장편소설을 통해 한국문학을 성공적인 수출상품으로 만들겠다는 것, 즉 문학의 '한류'를 이뤄보겠다는 이 열망은 오늘날의 독자가 보기에 놀라울 정도로 허황된 꿈이다. 뒤에서 다시 말하겠지만, 한국문학은 세계시장은커녕 국내에서의 위상조차 '하위문화'로 강등된 지 오래이기 때문이다. 이는 한국어문학 시장의 협소함으로 인해 한국문학 자체가 세계 문학시장에서 하나의 장르문학으로 존재한다는 점, 그리고 영화, 드라마, 예능프로그램 및 웹툰, 웹소설, 온라인게임, 논픽션 등 다종다양한 문화콘텐츠로 구성된 국내시장에서도 한국(순)문학은 가장 국지적인 위상을 점하는 열세종이라는 사실과 관련된다.

이런 정황을 떠올려볼 때, 한국문학의 현실이 아무리 개탄스럽더라도 이 모든 것을 '수준 미달'의 작가 신경숙 및 상업주의와 결탁한 창비의 '타락' 탓으로 돌리는 것은 어딘지 전가의 혐의가 있다. 그것이 오늘날 한국문학이 독자를 거의 다 잃어버리고 게토화되기까지의 상황을 충분히 설명해주지는 않기 때문이다. 오히려 개탄스러운 현실을 초래한 원인은 이번 문학권력 논쟁에서 단적으로 드러난 바 있는 퇴행의 양상에서 찾아져야 한다. 그 '퇴행'은 오랫동안 한국문학(장)의 지배적 경향성을 형성해왔다는 점에서 그야말로 '한국문학적인 것'이라고 말해도 과언이 아니다. 엘리티즘적 계몽주의, 가부장주의, 시장패권주의, 순문학주의와 같은 그 퇴행의 내용들이야말로 지금의 '몰락'을 초래한 한국문학의 어떤 '체질'을 구성하고 있다는 것이다. 그리고 오늘날 젊은 독자들은 바로 이 '체질'의 총체를 가리켜 'K문학'이라 부르기 시작했다.

'K-pop'을 기원적 용례로 삼은 'K문학'은 본래 한국문학을 유력한 해외상품으로 개발·가공하려는 문학계의 상상적·실천적 프로젝트를 지칭하기 위해 미디어에서 먼저 사용한 말이다. 이 용어는 "변방의 언어"로 쓰여 오랫동안 "번역의 장벽"에 가로막힌 채 세계시장에 진출하지 못했던 한국문학의 콤플렉스를 그대로 반영하는 동시에, "음악이나 영화처럼 진짜 '한류'를 일으키"[20]겠다는 원대한 야심을 표현하는 말이기도 했다. 예컨대 한 보도기사는 서구에 소개된 한국문학을 "K문학"으로 지칭하며 "한국작가들의 작품이 해외로 뻗어가기 위한 선결과제"를 논했는데, 그 내용은 "'추리 미스터리' '모성' 등 보편적 가치", "동양과 서양 문학의 조화" 등이었다. 여기에는 "소수언어권 문학에 인색한 영국독자들 사이에서 베스트셀러 1위에 오른 소감"과 같은 나르시시즘적 민족주의를 유발하는 질문도 빠지지 않았다. 이 기사에서 "K문학"의 목표는 "보편성과 비즈니스 전략"이라는 "두 마리"[21] 토끼를 잡는 것으로 정리됐다.

그러나 최근 젊은 독자대중에게 'K문학'이라는 신조어는 본래의 어의語義에서 이탈해 새로운 내포를 지니게 됐다. 그것은 주류 문학장의 식민주의적 열등감과 시장패권주의적 열망을 동시에 반영한 조잡한 조어로 간주되며 의심할 바 없는 비웃음의 대상이다. 이는 'K문학 프로젝트'가 상정하는 한국문학의 '수출용' 가치들과 그 존재방식 전반이 지극히 시대착오적이라는 점에 기인한다.

여성에 대한 물리적·상징적 폭력 및 도식적 재현을 필수적으로 경유하는 한국문학 전반의 여성혐오, 외국인 이주노동자 및 결혼이주여성, 장애인, 노동자, 성소수자 등에 대한 재현의 윤리를 고려하지 않는 약자혐오 및 소수자혐오, 장르문학에 대한 철저한 위계화를 통해 관철되는 순문학주의, 자체 동력을 상실한 채 환금화 가능성에만 매달리는 기생적 존재방식, 세계시장 진출 및 세계문학상에 집착하는 제국주의적 욕망 및 후진국 콤플렉스, 가족·모성애와 같은 전통적 질서 수호에만 골몰하는 폐쇄적 보수성, '국뽕' 기획과 결합한 무차별적 민족주의와 애국주의, 교조주의적 "꼰대질", 오락성의 현저한 결여 등은 이미 오래전부터 주류 한국문학의 부후한 특성으로서 새 세대 문학주체들로부터 자주 지적돼온 내용이다. 그리고 'K문학'은 이 같은 한국문학의 부정적 성격 전반에 대한 종족화를 경유함으로써 '한국문학'에 대한 가장 효율적인 조롱의 기표로 활용되고 있다. 바로 이것이 21세기의 독자들이 '개저씨'들의 'K문학/비평' 복권에 냉담한 이유다.

'취향의 시대'와 비평의 존재론

이번 표절사태 및 문학권력 논쟁이 시작될 당시, 시인이자 사회학자인 심보선은 "에이스가 한 명이건 오십 명이건 그들을 발굴해서 육성해야 한다는 비평적 강박에 대한 반성이 필요" 하다고 역설하며 다음과 같이 말했다.

> 나는 이야기를 마무리하면서 이번 사태에서 마치 수호해야 할 공통의 신성한 대상처럼 언급되고 있는 한국문학에 대해 말하고 싶습니다. **한국문학은 비평적 개입에 의해 관리되고 정화되고 개선될 수 있는 그런 종류의 조직적 세계로 환원될 수 없습니다.** (…) 표절이라는 사건, 표절을 은폐하는 사건, 표절을 비판하는 사건들의 저류에는 흥미롭게도 유사한 논리와 형태를 가진 행위자들의 욕망과 정동이 작동하고 있습니다. 이러한 욕망과 정동은 "한국문학"이라는 신성한 대상을 향하고 있고 그 신성한 대상을 오염과 능욕으로부터 지켜야 한다는 가히 사제적인 비장함을 공유하고 있습니다. (…) **오창은 평론가는 "한국문학의 위기는 비평의 위기다"라고 진단합니다. 다시 말해 나쁜 비평이 아니라 좋은 비평이 개입하면 위기는 극복될 것이라는 말이겠죠. 하지만 비평 자체는 누가 비평을 할 수 있습니까? 나는 이 같은 비평중심주의, "자

신의 전문적 역량으로 한국문학을 발전시킬 수 있다는 확고한 비평적 믿음 자체를 반성해야 한다."고 주장하고 싶습니다.[22]

에이스론 비판과 비평중심주의 비판을 통해 심보선은 '한국문학의 위기'를 타개할 방안으로 부상한 '비평의 회복'이라는 명제의 허구성 혹은 불가능성을 지적한다. 그가 보기에 '한국문학'이란, "한국어로 쓰여졌고, 쓰여지고, 쓰여질 온갖 종류의 글들, 그리고 그 글들을 읽는 독서행위, 읽기와 쓰기의 상호작용으로 이루어진 유기적인 생태계"일 뿐, 특정 주체의 의지나 규범에 의해 통제될 수 있는 것이 아니다. 기존 계몽주의적 프레임으로는 한국문학의 기율로부터 자율성을 확보해감으로써 그 자체로 한국문학(장)의 외연과 내포를 넓혀온 다양한 문학적 시도를 설명할 수 없다는 지적 또한 현재 한국문학이 처한 현실에 정확히 부합한다.

　　그런데 심보선의 이 논의는 혹자들에 의해 한국문학의 자기부정, 혹은 허무주의와 다름없는 비평무용론 등으로 오해되기도 했다. 하지만 특정 주체에 의해 관리·통제되는 이념적 실체로서의 단일하고 동질적인 한국문학을 부정하는 것과, 한국문학의 존재방식, 즉 한국문학이 처한 물적 토대 및 공공의 사회적 담론양식으로 기능해온 역사 그 자체를 부정하는 것은 다르다. 이는 '국민성'이라는 것의 실체는 존재하지 않지만, 그 나라 국민의 사회경제적 조건과 역사적 경험을 통해 공유되는 '공통감각common sense'은 엄존하는 것과 같은 이치다. 그리고 문학/비평은 바로 그 공통감각을 기반으로 형성되고, 그것에 도전하면서 새로운 공통감각을 창출·갱신해나가는 사회담론의 한 양식이다. 그러므로 심보선의 논의를 '한국문학의 공공성' 혹은 '사회적 담론양식으로서의 문학' 자체를 부정하는 '니힐'로 받아들일 필요는 없다. 한국문학에 대한 그의 구성주의적 정의를 받아들이면서도, 우리는 여전히 한국문학을 매개로 '더 나은 공동체에 대한 상상'이 갱신되는 장면을 꿈꿀 수 있다.

그런 의미에서 우선 신경숙 표절사건 이후, 주류 비평계로부터 너무나도 당연하다는 듯 '비평의 위기' 담론 및 '비평의 회복'이라는 과제[23]가 소환된 맥락을 점검할 필요가 있다. 신경숙의 표절은 한국문학의 '위기'이자 '타락'을 상징하고, 이를 타개하기 위해서는 비평의 잃어버린 권위를 '회복'해야 한다는 이 연쇄적 주장은 과연 논리적인가? 비평이야말로 '타락'한 한국문학장을 '계도·정화'할 수 있다는 믿음은 여전히 20세기적 계몽주의 프레임에 붙들려 있다. 이 말이 '계몽주의'가 단지 낡은 것이기 때문에 폐기돼야 한다거나, 계몽의 가치와 효과 자체를 부정하는 것으로 오해돼서는 안 된다. 다만, 현재 상황은 계몽주의가 시대정신으로서 효과적으로 작동해온 과거와 그 사회적·문화적 조건이 전혀 다르다는 점을 감안해야 한다는 뜻이다. 과거의 '귀환'은 새로운 인식의 기준을 제시하지 못한다면 그저 '퇴행'에 불과한 것이라는 점을 기억해두자.

게다가 최근 문학장에서 당위명제처럼 통용되는 '비평의 위기'라는 진단 또한 자명하지 않다. 오히려 지금이야말로 다양한 주체들에 의해 각종 소재들이 비평의 대상이 되는 '비평 전성시대'라고 보는 입장도 존재한다. 대중이 스스로 문화의 생산자이자 소비자가 되어 다양한 플랫폼을 만들고 온갖 콘텐츠에 대한 담론을 생산하는 것이 현실이다. 그리고 이는 두말할 것 없이, 한때 강력한 의제로 제출됐던 '대중지성'에의 기대에 부응하는 현상이기도 하다. 다만 오늘날 그런 비평을 '의사-비평' 또는 '반反비평'으로, 그 비평주체들을 '사이비 비평가'로 인식하는 낡은 입장이 있을 뿐이다.

　　물론 이 천태만상의 비평행위들이 모두 공동체의 생산적 발전에 기여하는 것은 아니다. '일베'나 '소라넷' 같은, '공부 잘하는 멍청이들'이 모여 각종 반사회적 콘텐츠를 쏟아내는 오늘날의 현실을 보면, '비평의 대중화' 혹은 '대중지성'이란 결국 '좋았던 시절'의 낙관이었다는 생각이 들기도 한다. 온갖 비속어를 동원해 인신공격을 일삼는 '종편'의 정치평론가들, 정치적 조작에 가담하며 별점을 남발하는 영화 소비자들도 있다. 그러나 이 비평들이 아무리 반지성적·반문화적이라 해도 그건 '아무나 비평을 할 수 있게 된 시대' 탓은 아니다. 그것들은 그저 '나쁜 비평'일 뿐이다. 기억하자. '아무나 비평을 할 수 있게 된 시대'의 도래는 한국문학의 엘리티즘과 권위주의를 상대화하기 위해 진보적인 문학 연구자 및 독자들이 끊임없이 '아래로부터의 문학사', '민중의 문학사', '지적 격차의 문화사'와 같은 '문학의 민주화' 작업을 통해 투쟁하고 염원해온 결과이기도 하다. 그럼에도 당신이 이 '아무나'들의 '불순한' 비평행위에 감히 '비평'이라는 이름을 허할 수 없다고 생각한다면, 그것 또한 어쩔 수 없다. 우리는 서로 다른 세계에 살고 있는 것이다.

다시 한 번 강조하건대, 한국문학이 처한 작금의 사태는 '비평의 위기'라는 말로 간단히 정리될 수 없다. 예컨대 '비평의 타락'에 대한 증거로 자주 언급되는 '주례사비평'을 생각해보자. 특정 작품이 지닌 미덕에 비해 과도한 상찬을 늘어놓는 것을 '주례사비평'이라 한다. 그런데 그것이 '과도한' 것인지 아닌지는 어떻게 판단할까? "나의 독서실감과 너무나 판이한 판단을 내리는 적지 않은 작품평"[24]이 문제라면, 이는 오래전에 '취향'의 문제로 전환된 바 있다. '취존(취향입니다. 존중해주세요)'의 논리 앞에서 모든 문학관과 가치관은 평등하다. 문학이 일종의 '취향공동체'로, 비평은 '취향의 정당화' 문제로 수렴된 것이 벌써 오래전이다. 어쩌면 "나"와 "판이한 판단"의 주체들은 서로의 비평을 '주례사비평'이라고 부를지도 모른다. 허나 그것은 답이 없는 싸움. 이들은 오직 '취향'의 영역에서 어떤 것이 더 나은 독서 취향과 감식안, 공동체에 대한 비전인지를 겨뤄볼 수 있을 뿐이다.

물론, 혹자는 '문학은 취향 그 이상'이라고 반론할 수도 있다. 그들에게 '취향'이란 보수화의 혐의를 지닌 자유주의의 산물이며, '취향의 주체'란 한낱 수동적인 소비자에 불과한 것으로 취급된다는 점도 잘 알고 있다. 그러나 (새삼스러운 말이지만) 각자의 취향을 형성하고, 타인의 취향과 다툰다는 것은 결코 사소한 문제만은 아니다. '취향의 정당화'를 위해서는 서로의 세계관을 높은 강도로 부딪쳐야 하고, 무엇보다 '좋은 취향'을 갖기 위해서는 '계몽 또는 운동으로서의 문학'과 같은 지난날의 문학관과 비평적 자원들도 모두 학습·활용해야 한다. 취향은 그야말로 중층결정의 산물인 것이다.

요컨대, 21세기의 비평은 '취향'을 지극히 정치적인 장소로 사유하고, 이곳에서 포스트-포스트모던의 문학주체들이 펼치는 문화정치와 인식 및 교양의 갱신을 면밀히 주시하는 데에서부터 시작해야 한다. 그리고 그것은 '계몽'이 아니라, 자신의 '좋은 취향'을 시민사회의 공통감각으로 등재시키기 위한 끊임없는 '시도'의 형식으로만 존재할 수 있다.

백래시backlash 시대의 '문학적 사건'

그리하여 '더 나은 공동체의 비전'과 관련된 취향의 각축은 오늘날 대중독자가 가장 치열하게 수행하는 비평행위다. 특히 신자유주의 혹은 '반동backlash의 시대'에 문학(사)을 포함한 그간의 문화유산과 문화적 자원들은 이전과는 전혀 다르게 배치되거나 새롭게 프레이밍된다. 기존 문학규범에 입각한 '비평의 회복'이 현실에서 무력하거나 해롭기까지 한 이유는 그 때문이다. 2015년에 한국문학(사)에 대한 새로운 독해와 인식을 유도한 몇 가지 사례를 보자.

첫 번째 사례는 문학 교과서 "좌편향" 논란이다. 한창 국정 교과서 논란이 일었던 2015년 가을, 새누리당이 주최한 '역사 바로 세우기' 포럼에서는 역사 교과서뿐 아니라 최인훈, 신경림, 박민규 등의 작품들을 수록한 문학 교과서들이 '좌편향'돼 있으며, 특히 남한의 가난, 부패, 방탕, 경쟁 등을 묘사한 한국문학사의 고전들이 청년들의 '헬조선' 열풍을 부추긴다는 참신한(?) 해석이 제기된 바 있다.[25]

두 번째 사례는 '한국문학과 여성혐오'라는 문제의식의 부상이다. 한국사회에 만연한 여성혐오가 분석대상으로 부각되면서 2015년은 페미니즘 이론과 운동이 새롭게 "리부트" 된 '원년'으로 기록됐다.[26] 그에 따라 "촛불소녀-배운 여자-메갈리안"이라는 이력을 통해 고유의 정치적 주체성을 획득한 바 있는 20~30대 여성독자들은[27] 이광수부터 박민규에까지 이르는 한국문학사 전반의 여성혐오를 재검토하기 시작했다.[28] 그 결과, 여성에 대한 물리적·상징적 폭력을 통해 남성인물의 자기각성을 수행하거나 가부장공동체의 번영을 꾀하는 한국문학의 오랜 관습적 재현이 새로운 비평적 의제로 대두됐다. 가부장적 남성 멘탈리티의 재생산장치로서 기능해온 한국문학이 새로운 독해와 심문의 대상이 된 것이다.[29]

세 번째 사례는 한국문학의 대체재이자 보완재인 다양한 문화콘텐츠의 급격한 부상이다. 2015년 소매판매 중 유일하게 판매액이 줄어든 분야가 '서적 및 문구'[30]라거나, 2015년에 출간된 장편소설 중 연간 종합베스트에 든 것은 김진명의 『글자전쟁』(새움, 2015)이 유일하다[31]는 사실은 고사枯死 직전에 놓인 한국문학의 오랜 현실에 대한 새삼스런 예시다. 반면, 장르문학 위주의 웹소설 시장은 매출이 해마다 2~3배씩 증가해 2015년에는 800억 원이 넘었을 것으로 추정되며,[32] 불과 몇 해 전만 해도 서브컬쳐에 불과했던 웹툰은 현재 "가장 신선하고 재밌는 콘텐츠"[33]로 각광받고 있다. 한국(순)문학에 포함되지 않는 이 다양한 문화콘텐츠는 한국문학의 구성적 외부로서 한국문학의 생태계와 존재방식에 깊은 영향을 미치는 상수常數다.

요컨대, 각종 백래시가 횡행하는 21세기의 한국문학은 첫 번째 사례처럼 정치적·이데올로기적 쟁투의 대상으로 불시에 아무렇지도 않게 소환·소모될 수 있으며, 두 번째 사례처럼 새롭게 부상·갱신되는 인식론에 의해 이전과는 전혀 다른 가치화·맥락화의 대상이 되기도 한다. 그리고 세 번째 사례처럼 나날이 변화되는 미디올로지mediology에 의해 매번 새로운 위상이 부여되는 것도 피할 수 없다. 이처럼 한국문학(장)이 처한 물적·인식론적 토대의 변화에 따라 문학의 외연과 내포가 급격히 변화하는 이때, 필요한 것은 구시대의 규범에 입각한 문학/비평의 '회복'이 아니다. 당장 요구되는 것은 이 장의 역동dynamics을 기민하게 읽고 그것에 탄력적으로 반응하면서 새로운 '문학적 사건'을 포착할 수 있는 시민-비평가로서의 감각이다. 이는 한국문학(장)의 최전선에 위치한 한 젊은 시인의 다음과 같은 발언에서도 감지된다.

그것(사회와 대중의 다양한 이슈-인용자)을 장르별로 받아들이는 감각, 예민함이 저는 문학 분야에서 더욱 유난해야 한다는 생각이 들었어요. 사람들이 관심 갖는 이슈에 대해서 한발 앞서 나가야 하는데, 오히려 뒤떨어져 있는 게 아닌가. 표절 논란 이전에 계간지의 특집들을 보면, 한국사회의 여러 가지 이슈에 관심을 가지고 있는 사람들의 지적인 호기심, 예술적인 호기심을 충족시키는 차원의 담론을 우리 문학이 다루고 있었는가에 대한 반성도 필요하다는 생각이 들더라고요.[34]

아직도 이런 이야기가 추상적으로 느껴진다면, 최근 한국문학장에서 유일하게 독자대중의 관심을 끌었던 크고 작은 논쟁들의 성격을 점검해보자. 2016년 초 신춘문예 당선작으로 선정된 SF소설을 둘러싼 논란이나,[35] 장르소설가 겸 영화평론가 듀나의 인터뷰를 계기로 촉발된 『악스트』 사태'[36]는 모두 '순문학/장르문학'이라는 이분법으로 지탱되는 한국 주류 문학의 허구적 성격을 문제 삼고 있다. 그런가 하면, 영화 <캐롤>(토드 헤인즈, 2005)에 대한 평론가 이동진의 비평과 동명소설의 한국어 번역자가 보여준 동성애에 대한 인식의 벽[37]은 주된 문화소비자층인 20~30대 여성들의 고양된 정치적·문화적 교양에 부딪혀 문제가 됐다. 이때, 다른 무엇도 아닌 순문학과 장르문학의 구분과 위계, 성소수자에 대한 인식과 재현의 문제가 독자대중의 문화적·정치적 통각을 가장 예민하게 자극하는 비평적 화두였다는 사실은 깊이 되새겨져야 한다. 이 논쟁들은 한국문학/비평이 결코 재현하지 않거나 애써 해석하려 하지 않았던 것들에 대한 독자들의 오랜 불만의 표현이다.

그런데 한국문학/비평은 한국문학(場)의 옆과 아래에서 무차별적으로 진격해오는 이 같은 비평적 의제들을 과연 어느 정도의 무게로 인지하고 있을까? 오해하지 말아야 할 것은, 이런 독자대중의 불만이 '한국문학의 문호개방' 혹은 '시혜적 하방'을 요구하는 차원에 머무는 것이 결코 아니라는 점이다. 이는 차라리 재현장치로서의 한국문학이 지니는 무능 혹은 기능부전에 대한 강력한 고발이며, 이것이 바로 현재 젊은 독자들이 새로운 학습과 경험을 축적하는 데 필요한 지적·문화적 자원에서 한국문학/비평을 기각한 이유다. 새롭게 갱신되는 지식과 정동, 윤리와 정치에 무관심한 '이성애자-선주민-비장애-남성-지식인'들의 문학(史)은 이제 현실에 대한 아무런 생산적 설명도 하지 못하는 구시대적 유물이거나 시대착오적 양식으로 간주되는 것이다. 장르문학을 제도문학의 영토 넓히기 차원에서 구색 맞추기 용으로만 배치한다든가, 장애인, 성소수자, 투쟁하는 노동자 같은, 현실에서 비가시화되거나 부차화된 존재들에 대한 관성적 재현과 해석에 도전하려는 의지를 보이지 않는다면, 지적·문화적 호기심 충만한 오늘날의 독자들이 왜 구태여 한국문학/비평을 읽어야 할까. '무식할 정도로' 거의 모든 재현과 해석의 금기에 도전하는 팬픽과 웹툰, 웹드라마 등을 보는 게 훨씬 더 이롭지 않나?

예컨대, '투쟁하는 노동자, 싸우는 시민'에 대한 최근 한국(순)문학의 재현은 매우 인색한 반면, <송곳>(최규석, 네이버, 2013~2015)과 같은 웹툰의 세계에서 그것은 낡고 구태의연한 대상이 전혀 아니다. 마찬가지로, 그간 한국(순)문학에서 거의 다뤄지지 않던 동성(성)애와 퀴어정치의 문제는 최근 부상한 'BL물' 혹은 '백합물'의 인기에서 보듯, 팬픽과 웹소설 및 웹툰에서 가장 집중적인 재현을 시도하는 대상 중 하나다.[38] 흔히 '하위문화'로 분류되곤 하는 이 서사적 실험들은 한국(순)문학이 지닌 재현의 임계를 넘어서는 소재와 문제의식을 선취함으로써 주된 문화소비층인 젊은 (여성)독자들의 관심을 독점하고 있다. 특히 동성애(자)를 다루는 데 특화된 장르로 진화한 팬픽과 웹소설 및 웹툰은 '젠더 트러블'(주디스 버틀러)의 문법을 활용해 전혀 새로운 독서주체와 서사적 수행성performativity을 창출함으로써 동성애 '코드'를 적극 활용한 영화 및 드라마를 대중서사의 우세종으로 자리 잡게 했다. 재현의 임계에 대한 도전과 '대중적인 것'의 형질 변화를 유도한 이 서사물들의 문화사적 의미는 결코 작지 않으며, 보다 새롭고 본격적인 분석의 대상이 돼야 한다.[39]

'K문학/비평'의 종말과 뉴웨이브

그런 의미에서 이번 표절사태 및 문학권력 담론 중 새로운 독자론에 대한 탐구로 나아간 논의에 주목해야 한다. 특히 젊은 작가와 비평가들이 한국문학(장)이 처한 고사 위기의 원인을 '비평의 타락'이 아니라, '한국문학과 독자의 관계'에서 찾은 것은 일리 있어 보인다. "문제는 독자들이 자기 얘기인 것 같다는 느낌을 문예지나 단행본에서 못 받는 거"[40]라거나, 독자를 "'교양'의 대상으로서, 혹은 그저 시장논리에 종속된 소비자로서만 파악해온 것이 결국 독자의 냉담한 반응으로 이어진 것"[41]이라는 진단은 더 이상 독자대중에게 한국문학/비평이 유효한 사회적 담론양식으로 간주되지 않게 된 이유를 잘 말해준다. 이른바 '문학의 대중화' 시대에 왜 이런 일이 벌어졌을까?

> 문학은 신앙도 아니고 고결하지도 않다는 것이 내 생각이다. 그러므로 표절사태로 인해 열등감의 족쇄를 찬다는 것도 어불성설이거니와, 적어도 내가 아는 대부분의 문인들은 이응준이 말하는 '침묵의 공범'이 될 생각이 전혀 없다. 오히려 이응준의 고해성사에 낯을 붉히는 이유는 낯이 간지러워 너무 긁어대다 불거진 상처 탓일 게다. 거기에 더해서 애먼 독자까지 끌어들여 말의 권위로 삼고 있는데, 이를 사자성어로 호가호위狐假虎威라고 한다. 이 종이호랑이인 독자를 서로 자신의 배경으로 삼으려는 것이 권희철이 말하는 '동참'의 의미이다. (…)

정치적 수사로 쓰이는 국민이 실제 국민이었던 적
은 단 한 번도 없었다. 독자 역시 마찬가지다.[42]

위 인용에서 보듯, 그 답은 기존 문학담론에서 독자를 인식하
는 방식이 지극히 편의적이거나 기회주의적이었다는 데서 찾
을 수 있다. 기존 문학/비평 주체들이 자신의 정치적 입장을
정당화하기 위해 내세워온 '독자중심주의'가 기실은 '독자바
보론'에 불과하다는 위의 지적은 정곡에 닿은 것으로 생각된
다. 그에 따르면, 기존 문학/비평에서 독자론이 '문학성/대중
성'과 같은 허구적 이분법에 입각해 공회전해온 까닭, 즉 문
학성을 추구하면 대중과 괴리되고, 대중성에 편향되면 문학
의 질이 저하된다는 식의 가짜 논의로 흡수된 이유는 바로 독
자에 대한 허구적 상상 때문이다.

　　그러므로 다시 비평의 공공성과 문학의 대중성에 대
한 사유가 요청되는 것은 자연스럽다. 특히 "'공통적인 것
common'을 '창조'하려는 노력·의지는, 우리가 각각의 특이성
을 유지하고, 서로의 차이가 차이로 남으면서도 동시에 함께
무언가를 할 수 있는 대항력이자 구성력이 될 수 있다"[43]는
김미정의 언급이야말로 기존 규범적 비평의 무성찰적 복권이
초래할 수 있는 퇴행의 위험을 고려한, 가장 신중한 결론이라
고 생각된다. 그러나 이는 그 자신이 지적한 대로 "원리적"인
것일 뿐, 최종결론이 될 수는 없다. 앞서 말했듯, 현재 한국
문학/비평계는 '무엇을 공통적인 것으로 판단할 것인가', 즉

'무엇을 문학적 사건으로 포착할 것인가'라는 질문조차 통과하지 못하고 있기 때문이다.

결국 "오늘날의 독자가 바보가 아니라는 증거는 어디 있습니까?"라는 위 글의 결론과는 달리, 답은 다시 역설적으로 '독자'로부터 찾아야 한다. 다종다양한 플랫폼과 콘텐츠의 세계를 향유하며 새로운 지식과 교양, 정치와 윤리 및 쾌락원칙들을 발견해나가는 젊은 독자들의 현실을 따라갈 방법은, 오직 매우 적극적으로 '독자'에, 더 정확히 말하면 '독자들이 더 나은 공동체를 상상하기 위해 벌이는 취향의 각축전'에 영합하는 것뿐이다.

물론 이 '퇴행의 시대'에 독자들의 선구안과 '좋은 취향'에만 전적으로 기대라는 것은 위험한 주문일지도 모른다. 허나 그렇다고 해서 한국문학/비평의 시효 만료된 권위에 집착하거나, 폐쇄적이고 보수적인 '그들만의 리그'[44]에서 자족하는 것은 더 큰 불행이며, 진짜 '노답'이다. 참조할 만한 선례도 있다. '에세이'라는 형식을 통해 작가들의 서로 다른 의견을 모은 『문학동네』의 '세월호참사' 특집이나, 미스터리 서브장르의 소개와 여성혐오 논의를 결합한 『미스테리아』의 특집이 독자들에게 드문 호응을 얻었던 것은 모두 '문학보다 더 빠르고 예민한' 독자들의 관심에 효과적으로 영합하고 "유행에 편승"[45]했기 때문이다. 그리고 이런 목적을 위해서라면 독립잡지 운영, 팟캐스트 진출, 북콘서트와 낭독회 등 어떤 작은 시도라도 좋다. 다양한 관심사를 지닌 독자를 만나기 위한 문학 스펙트럼의 확대와 조율도 필수적이다.

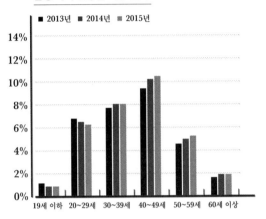

남성 독자 연령별 비중 변화

■ 2013년　■ 2014년　■ 2015년

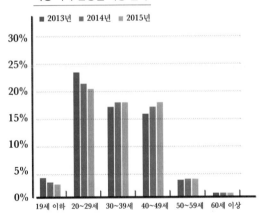

여성 독자 연령별 비중 변화

■ 2013년　■ 2014년　■ 2015년

2013~2015년 연도별 성별/연령별 도서 판매 비중[46]

무엇보다 중요한 것은 앞서 언급한 대로, 가부장적 패권주의를 포기하지 않는 '개저씨'들이 질리지도 않고 부르는 'K문학/비평'에 대한 만가輓歌 혹은 돌림노래에 동참하는 일을 단호히 거부하고 한국문학의 체질개선을 도모하는 일이다. 오래전에도, 그리고 지금도 한국독서계, 특히 순문학·장르문학을 가릴 것 없이 한국문학의 주요 독자층은 언제나 20~30대 여성이었다는 점은 바로 그 대수술을 감행해야 할 강력한 이유이자 그 방향을 말해주는 것이기도 하다. 그렇다면 묻자. 현재 가장 발 빠르게 첨단의 지식과 문화를 소화하며 새로운 정치적·문화적 주체로 부상·활약하고 있는 20~30대 여성독자들의 정동과 문제의식에 대해 한국문학은 어떤 복안複眼/腹案을 준비하고 있는가.

결국 "소설에 종이인형 같은 여성 캐릭터를 쓰게 되는 일은 결코 없을 겁니다. #나는페미니스트다"[47]라는 소설가 정세랑의 발언에서 보듯, 작가들과 각종 매체들의 문학적 자의식을 추동해 실제로 한국문학의 형질 변형을 이끄는 것은 낡은 비평의 복권이 아니라, 더 나은 공동체를 상상하는 독자대중의 지적·문화적 호기심이다. 메갈리아의 '미러링' 혹은 '강남역 여성혐오 살인사건' 이후 감수성의 혁명 및 인식의 갱신을 경험한 젊은 여성들이 한국사회의 오랜 성 각본sexual script을 문제 삼음으로써 '세대'와 '젠더'를 문학 창작 및 향유의 주된 벡터로 자리 잡게 한 사례[48]는 아무리 강조해도 지나치지 않다.

＊

그간 주류 문학담론의 주체들은 '이성애자-선주민-비장애-남성-지식인들의 문학'이라는 한국문학(사)에 대한 심상한 진단을 관용적이고 중립적인 진술로만 받아들일 뿐, 그 진정한 의미에 대해서는 별로 고민하지 않은 듯하다. 그리고 그 오랜 습성은 시장패권주의와 결합하면서 'K문학/비평'의 탄생으로 이어졌다. 오늘날 한국문학/비평이 더 나은 공동체에 대한 인식의 기준을 갱신하는 데 기여하지 못함으로써 생산적인 문화자원의 반열에서 탈락하게 된 것은 이 때문이다.

조금 안타까운 것은, 가까운 시일 내에 한국문학/비평이 'K문학/비평' 혹은 '구시대의 유물'이라는 오명을 벗을 가능성이 별로 없어 보인다는 점이다. 신경숙 표절사태 및 문학권력 논쟁을 계기로 한국문학계의 퇴행적 욕망이 다 드러난 지금, 또다시 소설가 한강의 맨부커상 수상 등을 매개로 'K문학/비평'을 확대재생산하려는 일련의 움직임들[49]은 앞으로도 한국문학이 수렁에서 빠져나올 생각이 없다는 점을 반영하는 것이 아니겠는가.

이제 예언컨대, 젊은 독자를 잃은 'K문학/비평'은 장르화된 방식으로만 겨우 존재하면서 영원히 '그들'만의 은어로 남을 것이다. 그리고 그것은 결코 애도의 대상도 되지 않을 것이다. 'K문학/비평'이 없는 세계는 축복이며, 거기서 21세기의 독자들은 압도적인 행복을 누리기 때문이다.

1   이 글에서 '한국문학'은 시·소설과 같은 창작물뿐 아니라, 해설과
    비평 및 그에 관한 담론 등 '한국에서 벌어지는 문학현상 일반'을
    총칭하는 용어로 쓰인다. 논점의 명료화를 위해 '모든' 문학현상을
    다루기보다는 '주류 문학현상'과 그 '지배적 경향성'에 초점을 맞췄다.

2   김미정, 「아르키메데스의 점에 대한 상상: 2015년, 한국문학, 인간의
    조건에 대한 9개의 노트」, 『내일을여는작가』 68, 2015년 하반기,
    32~33쪽.

3   천정환, 「'몰락의 윤리학'이 아닌 '공생의 유물론'으로: 문학장과 지식인
    공론장의 구조변동을 위한 제언」, 『말과활』 9, 2015, 84쪽.

4   천정환, 「'문예지'의 공공성: 창비를 소재로 생각해본 '편집'과 '소유'
    또는 사업성과 공공성의 모순」, 『오늘의문예비평』 100, 2016년 봄.

5   이응준, 「우상의 어둠, 문학의 타락: 신경숙의 미시마 유키오 표절」,
    허핑턴포스트코리아, 2015. 6. 16.

6   권희철, 「눈동자 속의 불안: 2015년 가을호를 펴내며」, 『문학동네』 84,
    2015년 가을.

7   심보선, 「생태계로서의 문학 VS 시스템으로서의 문학」, 『문화과학』 83,
    2015년 가을, 231쪽.

8   황인찬, 「할 수 있는 자가 구하라: 문학의 기대지평 변화(없음)에
    대하여」, 『문예중앙』 144, 2015년 겨울.

9   정문순, 「환멸에서 몰락까지, 나는 시대의 증언자가 돼야 하나」,
    『실천문학』 119, 2015년 가을, 143쪽.

10 강경석·권희철·김용언·김현·한유주, 「문예지의 미래」, 『문학동네』 85,
    2015년 겨울 중 문예지의 정치사회적 위상과 기능에 대한 권희철의

발언 참조.

11 황호덕·김영찬·소영현·김형중·강동호, 「표절사태 이후의 한국문학」, 『문학과사회』 111, 2015년 가을 중 황호덕의 발언.

12 권희철, 앞의 글.

13 '큰 문학주의'와 '작은 문학주의'의 대별은 천정환, 「'몰락의 윤리학'이 아닌 '공생의 유물론'으로: 문학장과 지식인 공론장의 구조변동을 위한 제언」, 『말과활』 9, 2015 참조.

14 오길영, 「한국문학의 아픈 징후들: 표절과 문학권력 논란에 대하여」, 『황해문화』 89, 2015년 겨울, 239쪽.

15 「선 굵은 소설 쓰니 '아저씨 독자' 다시 모이더군요」, 『한국경제』, 2013. 8. 1.

16 정유정·김경연, 「소설을 쓰는 이야기꾼과 만나다」, 『오늘의 문예비평』, 2012년 봄, 167쪽.

17 「문단보다 대중이 사랑한 젊은 작가들 주목」, 『경향신문』, 2011. 4. 17.

18 이 책 1부에 수록된 「'장편의 시대'와 '이야기꾼'의 우울: 천명관과 정유정에 대한 비평이 말해주는 몇 가지 것들」 참조.

19 '개저씨'는 한국 중년 남성 중에서도 성별, 연령, 지역, 학벌, 장애, 계급, 인종 등을 이유로 타인을 차별하지 않고, 타인에 대한 의무와 책임, 그리고 예의를 지키자는 '문명인들의 약속'에 적응하지 못하는 이들을 칭한다. 한국 중년 남성들의 남성숭배, 부성숭배, 나이숭배를 체화한 형상인 '개저씨'는 그 지적·도덕적 결함에도 불구하고 한국사회에서 월등한 사회적 지위를 가진 경우가 많아 일반 사회구성원들의 조롱과 지탄의 대상이 된다. 최근에는 '개저씨'가 지극히 '한국적이고 특수한 존재'라는 문제의식을 강조하는 의미로 'K저씨'라고도 쓴다. Se-Woong

Koo, "GAEJEOSSI MUST DIE", *KOREA EXPOSÉ*, December. 23.
2015.

20 「K필름·K팝 이어 이젠, K문학이다! 한국문학, 영어권 심장부 런던
상륙」, 『국민일보』, 2014. 4. 19.

21 「황선미·김애란·이정명 등 영어권 심장부 진출… 영미권 독자들
사로잡는 K-문학」, 『매일경제』, 2014. 9. 17.

22 심보선, 앞의 글, 229~231쪽(생략 및 강조는 인용자의 것, 이하 동일).

23 대표적 논의로는 오창은, 「베껴쓰기, 혹은 필사筆寫의 파국: 신경숙
표절사건과 한국문학의 폐쇄성 비판」, 『문화과학』 83, 2015년 가을;
오길영, 앞의 글.

24 오길영, 「'비평가'를 찾는 전화벨이 울리면… '신경숙을 부탁해!'」,
프레시안, 2010. 10. 15.

25 「문학 교과서가 '헬조선' 열풍 부추기나?」, 『중앙일보』, 2015. 10. 29.

26 손희정, 「페미니즘 리부트: 한국영화를 통해 보는 포스트-페미니즘,
그리고 그 이후」, 『문화과학』 83, 2015년 여름.

27 류진희, 「'촛불소녀'에서 '메갈리안'까지, 2000년대 여성혐오와 인종화를
둘러싸고」, 『사이』 19, 국제한국문학문화학회, 2015. 11.

28 김용언, 「김치년 백년사」, 『DOMINO』 7, 2015. 9.

29 최근 페미니스트의 시각으로 한국문학사의 지배적 기율 및 텍스트에
대한 전면적인 재검토를 수행하는 강좌가 진행된 바 있다. 2017년
2월에 개최된 '페미니스트 시각으로 읽는 한국 현대문학사'(총10회)
강좌는 한국문학사에서 지배적 가치로 승인돼온 미학(성)의 성별화
현상을 드러내고, 주류 문학사에서 포착하지 못한 문학현상을 발굴해

한국문학사를 새롭게 구성하거나 재배치하는 작업을 시도했다. 이 강좌의 성과는 단행본 『문학을 부수는 문학들: 페미니스트 시각으로 읽는 한국 현대문학사』(오혜진 기획, 권보드래 외 12인, 민음사, 2018)로 엮어 출간됐다.

30 「책의 눈물… 지난해 소매품목 중 유일하게 감소」, 『경향신문』, 2016. 2. 16.

31 「교보문고 2015년 연간 베스트셀러 동향」 및 「김DB의 최종분석」, 교보문고 홈페이지, 2015. 12. 14.

32 「쉽다, 가볍다… 이미지 홍수 시대, 쑥쑥 크는 웹소설」, 『한국경제』, 2016. 2. 12.

33 위근우, 「새로운 데뷔시스템은 웹툰시장을 어떻게 성장시켰는가」, 『실천문학』 119, 2015년 가을, 231쪽.

34 서효인·강영규·백다흠·황예인, 「2015년 한국문학의 표정」, 『21세기문학』 71, 2015년 겨울 중 서효인의 발언.

35 김인숙·성석제, 「소설 부문 심사평: 팽팽한 문장, 활달한 상상… '상식 밖' 문제작 탄생」, 『조선일보』, 2016. 1. 1; dcdc, 「'상식의 속도', SF에 찾아온 불청객」, IZE, 2016. 1. 11.

36 장강명, 「악스트를 위한 변명」, 뉴스페이퍼, 2016. 2. 20; 「장강명 가세, 더 뜨거워진 '악스트 사태'」, 『경향신문』, 2016. 2. 22; 「얼굴 없는 평론가 듀나… 문학 갈등 사이에 끼다」, 『한국일보』, 2016. 2. 23.

37 위근우, 「〈대니쉬 걸〉과 〈캐롤〉이 내게 가르쳐준 것」, IZE, 2016. 2. 22. '보편/특수'의 구분에 집착하면서 '동성애 없는 동성애서사'의 방식으로 사유의 지체를 유도해온 한국문학/비평의 관성에 대해서는 이 책 4부에

수록된 「'순정한' 퀴어서사를 읽는 방법: 윤이형의 「루카」」 참조.

38   여성독자들이 동성서사를 통해 향유하는 새로운 쾌락원칙과 그 정치적
     역능에 대해서는 류진희, 「동성同性 서사를 욕망하는 여자들: 문자와
     이야기 그리고 퀴어의 교차점에서」, 권김현영·한채윤·루인·류진희·
     김주희, 『성의 정치 성의 권리』, 자음과모음, 2012; 미조구치 아키코,
     김효진 옮김, 『BL진화론: 보이즈 러브가 사회를 움직인다』, 길찾기,
     2018.

39   여성독서(사)와 '대중적인 것'의 형질 변화에 대해서는 오혜진,
     「할리퀸, 『여성동아』, 박완서: 1980년대 여성독서사와 '타자'들의
     책읽기」, 오혜진 기획, 박차민정 외 13인, 『원본 없는 판타지:
     페미니스트 시각으로 읽는 한국 현대문화사』, 후마니타스, 2020.

40   강경석·김용언·김현·한유주·권희철, 앞의 글 중 강경석의 발언.

41   황인찬, 앞의 글.

42   김종호, 「독자바보론: 서로 다르게 수없이 말하는 '이번 사태의
     근본원인'에 대해 한 자리 덧댐」, 『문예중앙』 144, 2015년 겨울,
     14~17쪽.

43   김미정, 앞의 글, 48쪽.

44   물론 '그들만의 리그'에 자족하지 않고 꾸준하고 조용하게 한국
     문학/비평의 외연과 내포를 넓혀가는 시도들이 있다. 여성문학과
     소수자문학 및 르포나 논픽션 같은 비정형적 글쓰기에 주목한 논의들은
     한국 문학/비평의 재현 및 해석의 임계를 뛰어넘으려는 소중하고 의미
     있는 시도다. 하지만 주류 지배문학장에서 이 시도들이 점하는 위상은
     미미하며, 때때로 구색 맞추기 식으로 호출될 뿐이다. 이런 변혁적인

문학실험들의 가능성과 임계, 그리고 전략에 대해서는 별고를 기한다.

45 "『미스테리아』 2호 때 '도메스틱 스릴러'라는 미스터리 서브장르를 소개하면서 여성혐오까지 결합해서 특집을 했었는데, 어떤 사람이 그렇게 썼더라고요. '여성혐오 뭐 또, 이 잡지가 벌써부터 유행에 막 편승하고 이러는 거야' 하는데, 아니 그럼 잡지가 유행에 편승해야지 뭘 하라는 거야." 강경석·김용언·김현·한유주·권희철, 앞의 글 중 김용언의 발언.

46 「김DB의 최종분석」, 교보문고 홈페이지, 2015. 12. 14.

47 트위터에서 전개된 '#나는페미니스트다' 운동 1주기를 기념해 게시된 소설가 정세랑의 트윗. 소셜미디어를 매개로 촉발되는 여성-청년들의 정치적 주체성과 그 가능성에 대해서는 조혜영, 「낙인, 선언, 그리고 반사: "#나는페미니스트입니다"」, 『문화과학』 83, 2015년 여름.

48 오혜진, 「우리 세대의 잡지를 갖는 기쁨」, IZE, 2016. 9. 28.

49 「소설가 한강, 해외서 다시 '한국문학'의 물결」, 『경향신문』, 2016. 2. 16; 「한강 소설이 해외에서 주목받을 수밖에 없는 이유」, 연합뉴스, 2016. 2. 21; 「미美 『뉴요커』 "한韓 국민, 문학 관심 없으면서 노벨상 원해"」, 프레시안, 2016. 1. 31. 데보라 스미스의 번역을 거친 한강의 『채식주의자』 맨부커상 수상 담론에 개재한 내셔널리즘과 식민성에 대해서는 조재룡, 「번역은 무엇으로 승리하는가?」, 『문학동네』 90, 2017년 봄.

혐오의 시대,
한국문학의 행방

'혐오의 시대'에 문학이 할 수 있는 일

최근 '파국론'을 비롯해 현재를 '역사적 결절'의 시간으로 인식하려는 논의가 파다했다. 주류 경제학에서 제기된 '뉴 노멀new normal'이라는 개념을 문학담론 내로 수용·번역하려는 시도도 그 일환이다. 페미니스트 영문학자 임옥희는 "과거 한 세대 동안 신자유주의 경제정책을 기반으로 한 새로운 자유방임과 시장규제 완화가 경제적인 표준normal이었다면, 2008년 금융위기 이후부터는 3저 현상(저성장, 저소득, 저수익)이 새로운 정상new-normal이 되고 있다"라며 '뉴 노멀' 논의를 소개했다. 이때 그가 '뉴 노멀' 시대의 가장 큰 특징으로 제시하는 것은 사회 전반의 보수화와 불평등의 만연이다. '뉴 노멀'은 그 핵심적 현상인 '계급적 좌절'이 손쉽게 '혐오'와 같은 퇴행적 정동으로 나타난다는 점1에서 인문학적 조명을 요하는 의제로 부상했다.

허나 그런 생경한 용어를 들지 않더라도, 이 시대를 획시기적 시간으로 규정하려는 시도는 각계에서 있어왔다. 2015년부터 급격히 확산된 '헬조선' 담론이 계층 이동의 가능성은 물론 '인권'이나 '평등' 같은 민주주의의 대원칙조차 붕괴된 한국사회에 대한 자조적 풍자로 통용되는가 하면, 사회학계와 역사학계에서도 현재를 '퇴행·역풍·복고'의 시대로 규정하는 데 합의한 듯 보인다.2 게다가 여성과 성소수자에 대한 혐오는 유례없을 정도로 득세해 2015년은 일종의 '원년'으로 기록되기에 이르렀고, 이를 바탕으로 페미니즘을 비롯한 변혁이론들은 긴급히 '리부트reboot'를 선언하며 급진화를 도모하기도 했다.

그런데 '헬조선'이 정말 '헬hell'인 이유는 '지옥'을 '지옥'이라고 묘사할 언어조차 박탈됐기 때문일지도 모른다. 2000년대 이후 강력범죄 피해자의 10명 중 9명이 여성인데도 '여성혐오 범죄는 없다'는 단언, 부국강병의 논리로 정당화되는 인종혐오와 소수자혐오의 사례들을 떠올려보자. 소수자의 인권보다 '혐오할 자유'가 우선시되고, 가시화된 차별과 극단적인 폭력만이 혐오의 유일한 내용으로 규정될 때 우리의 사유는 앙상해지고 삶은 피폐해진다. 그리고 이것이 유도하는 것은 명백하다. 우리의 시선을 폭력의 스펙터클에만 잡아둠으로써 그것을 방관할 수 있는 안전한 자리에 '나'를 분리해놓으려는 것이다. 그 때문에 근본적인 차원에서 보다 일상적으로 광범위하게 존재하는 혐오의 구조와 정치적 무의식의 문제는 희석된다. 이제 남겨지는 것은 '죽이지 마', '때리지 마'와 같은 단말마적인 생존과 치안의 언어뿐이다.

하지만 역설적으로 바로 여기, 혐오의 시대에 문학이 할 수 있는 일이 있다. 혐오의 스펙터클화로 인해 가려진 혐오의 심급을 발굴·재현함으로써 훼손·오염된 언어의 역능을 되찾는 것. 이는 모든 '문학적 사건'들이 그랬듯, 필연적으로 주체·미디어·상상력의 동시다발적인 변혁을 통해서만 가능하다.

2030 세대 여성, 익숙하고도 낯선 문학주체들

언제부턴가 한국문학은 종종 '그들만의 리그'라고 불리는데, 이 같은 표현이 명백히 지시하는 것은 예전에 비해 크게 줄어든 독자 수다. 한국문학에 대한 진단 중 '읽히지 않는 문학'이라는 진단만큼 뼈아픈 것이 있을까.3 이 문제는 생산자와 유통자, 소비자를 포함한 문학생태계 종사자들 전반의 성격에 대한 면밀한 점검을 요한다. 여기서는 우선 독자에 대해서만 간단히 이야기해보자.

　누가 한국문학을 (안) 읽을까. '요즘 젊은이들이 소설을 안 읽는다'라는 이야기가 상식처럼 통용되고 있지만 정말 그럴까. 한국문학 서적 구매자의 성별 및 세대에 관한 최근의 통계[4]가 보여주듯, '젊은이'들보다 한국문학을 먼저 떠난 것은 의외로 "아저씨 독자"[5]다. 여성성, 내면성 등의 키워드를 통해 수행된 1990년대 문학의 젠더화, '패배의식에 찌든 젊은이들의 자폐적 서사'라는 2000년대 문학에 대한 폭언에 가까운 진단은 종종 "아저씨 독자"들이 한국문학을 떠나게 된 알리바이처럼 운위된다.

　반면, 떠날 독자들은 이미 다 떠났다는 지금까지도 한국문학의 가장 충실한 독자로 남아 있는 것은 20~30대 여성들이다. 이들은 동시대 일본문학과 서구문학의 주 독자층이며, 영화·연극·뮤지컬은 물론 각종 문화교양 강좌의 주 관객과 수강생이기도 하다.[6] 팬픽·웹툰·웹소설 같은 '비주류' 서사양식의 가장 적극적인 소비자 역시 이 젊은 여성들이다. 이들은 1990년대 중반부터 '남성 동성(애)서사'라는, 기존 (순)문학이 좀처럼 재현하려 하지 않았던 소재와 주제를 다루는 데 특화된 '팬픽'이라는 장르를 자생적으로 창작·소비함으로써 여성독자 고유의 서사 향유 방식을 주류 대중문화에 기입한 문화적 경험까지 가지고 있다. 요컨대, 20~30대 여성은 현재 한국에서 한국문학을 동시대 외국문학은 물론, 각종 장르와 미디어를 넘나드는 다종다양한 여타 서사들과 견주며 향유할 수 있는 폭넓은 독서경험과 취향을 가진 드문 주체다. 따라서 한국문학계 및 독서(장)의 변혁을 꾀하려 할 때, 이들의 급진적 주체화가 하나의 관건으로 부상하는 것은 전혀 무리가 아니다.

그러나 이 진단은 한국문학이 20~30대 여성들만의 전유물이라거나, 이들이 한국에서 최고의 교양수준을 가진 집단이라는 것을 의미하지 않는다. 20~30대 여성이 다른 인구학적 집단에 비해 압도적으로 문학·문화에 관심을 쏟을 수 있는 정치·사회·경제적 조건에 대한 분석이 필요하다.[7] 하지만 분명한 것은 한국문학·문화는 필연적으로 20~30대 여성의 문화적 역능과 불가분의 관계에 있다는 점이다. 이들의 지적·문화적 관심과 욕구를 충족시키지 못한다면 한국문학의 미래는 꽤 어둡다.

물론 이 진술은 다소 시장주의적인 것으로 읽힐 수도 있다. 가장 구매력 있는 소비자층의 욕구에 따라 상품의 질서와 성격을 조율해야 한다는 것은 문학뿐 아니라 모든 상품시장의 법칙이다. 그러나 문학시장에서 20~30대 여성들의 압도적인 구매력이 진정으로 암시하는 것은 이들의 경험과 문제의식이 한국문학에 대한 매우 강력한 기대지평이자 준거로 작용하게 된다는 점이다. 즉 한국문학이 어떤 '공통감각'에 근거한 '공동체(성)'[8]를 상상할 때, 20~30대의 새롭고 급진적인 문화적 경험과 인식에 대한 고려는 필수적이다.

또한 이 진단은 한국문학이 20~30대 여성들의 요구에 일방적으로 부응해야 한다는 것을 뜻하지도 않는다. 오히려 이 지점에서 기대되는 것은 '한국문학의 여성화'가 아니라, 한국문학에서 '여성적인 것'의 내용이 새롭게 구성되는 장면이다. 20~30대 여성들이 각종 문화콘텐츠를 소화하며 새롭게 형성해온 주체성과 세계인식 및 쾌락원칙은 한국문학을 구성하는 또 하나의 새로운 '벡터'로 기능할 것이다. 그리고 '내면성, 모성성, 수동성' 같은 한정적인 성질만을 '여성적인 것'으로 규정·재현해온 한국문학의 관성도 일신될 수 있다. 결국 한국문학이 새로운 문학적 주체를 발견하고자 한다면, 가장 확실한 방법 중 하나는 광범위한 문화소비자층으로서 20~30대 여성들이 지닌 사회적 감수성과 문화적 역능을 이해하는 것이다.

뉴 미디올로지mediology와 한국문학

2015년의 신경숙 표절사태 이후 한국문학(장)을 지탱하던 문학질서가 탈은폐되면서 가장 먼저 요구된 것은 편집진의 교체 등을 비롯한 '문예지의 개변改變'이었다. 허나 더 근본적인 성찰의 대상이 돼야 할 것은 한국문학이 처한 미디어환경 및 미디어성 그 자체다. 문학의 대체재이자 보완재일 수도 있는 다른 문화콘텐츠가 문학생태계의 '구성적 외부'로 존재하는 상황, 그리고 '미디어로서의 문학'이 지니는 존재방식을 더 전향적으로 탐문해야 한다는 것이다.

예컨대 최근 문학담론은 문예지를 넘어 SNS 같은 웹공간에서 더 폭발적으로 이뤄지는 경향이 있다. 그럼에도 이 새로운 미디어환경의 역동은 자주 평가절하되거나 '문학적인 것'과 적대시된다. 그러나 한국문학(장)이 이런 안이한 자기방어를 고수한다면, 돌아올 것은 결국 한국문학(장)의 영구적 고립이다. 물론 디지털매체는 양가성을 지닌다. '촛불소녀'나 '배운 여자'의 예에서 보듯 새로운 정치적 주체화를 견인하고 대중지성의 탄생을 매개[9]하면서도, '조리돌림'과 같은 폭력적 소통방식을 통해 현실의 혐오체계를 더욱 공고히 하기도 하는[10] 장소가 이곳이다. 이 양가성 자체가 한국문학이 대면해야 할 과제 중 하나다.

한국문학 자체가 이미 대중문학이나 장르문학의 이질적인 장르문법을 차용하는 것은 물론, 문학 아닌 다른 영역의 콘텐츠와 절합해 구성되기도 한다는 점 역시 면밀하게 의식돼야 한다. 또한, '순문학'으로 분류되는 작품도 그것이 추리문학잡지나 패션잡지에 수록된다면 전혀 다른 독서지평에 놓이게 된다. 이처럼 문학의 '문학성'은 언제나 혼종적으로 구성되며, 새로운 매체환경에서 문학의 독서지평은 자주 비결정적인 성격을 띤다.

무엇보다 새로운 미디올로지 속에서 형성되는 문학의 플랫폼과 미디어성에 주목해야 하는 이유는, 그것이야말로 '새로운 문학적 주체와 상상력'을 출현케 할 유력한 장소이기 때문이다. 특히 SNS는 현실에서 발언권을 획득하기 어려운 소수자들, 예컨대 성소수자나 장애인의 목소리를 담아내고, 그것을 앎과 운동의 공적 체계에 등재시키는 데 강력한 수단이 된다. 서울만을 문학적 '현장'으로 상정하는 오랜 지역주의적 관행을 상대화할 수 있는 힘도 SNS에 있다. 게다가 최근 페이스북과 트위터 사용자들의 확연한 세대분화에서 보듯, 각 매체는 특정 주체와 앎의 종류, 글쓰기 방식을 주조함으로써 새로운 문학적 주체와 상상력을 매개하는 '양식' 그 자체로 기능한다. 뉴 미디올로지야말로 새로운 문학적 주체의 앎과 감수성, 그리고 쾌락원칙의 출처일 가능성이 높은 이유가 여기에 있다.

그럼에도 누군가는 물을 것이다. '디지털미디어가 미적·윤리적 장치일 수 있을까'라고. 사실을 말하자면, 그곳에서의 발화와 네트워킹이 희망과 연대를 매개할지, 현실의 혐오와 적대를 그대로 실어 나를지는 아무도 모른다. 당연히 그 두 가지 일 모두 벌어질 것이다. 하지만 굳이 입장을 정해야 한다면, 나는 어느 누구에게도 전자前者의 가능성(그게 아주 실낱 같은 것이라 해도)을 손쉽게 포기할 권리는 없다고 말하겠다. 말하고 관계 맺는 일을 계속 시도하게 만드는 것, 이것이야말로 뉴미디어가 우리에게 던진 숙제일지 모른다. 그리고 그건 마치 '도전함으로써만 간신히 유지되는' 민주주의의 모습과 꽤 닮았다.[11]

문학적 상상력의 발명과 갱신

지금까지 '새로운 상상력의 가능성'을 말하기 위해 '주체'와 '미디어'의 문제를 경유했다. 그런데 기존 한국문학의 부후한 체질이 있다면, 이는 무엇보다 한국문학(사)에 암묵적으로 관철돼온 모종의 규범성에 대한 성찰[12]을 요하는 문제일 테다. 예컨대 한국문학은 언제나 '주변부의 존재들', '언어를 갖지 못한 이들'을 재현하는 것을 사명으로 삼아왔지만, 그것은 충분히 성취됐을까. 그간 한국문학이 개발·계발해온 재현의 원리와 기술은 과연 국적, 성별, 세대, 지역, 학력, 장애 등과 같은 규범적 이데올로기들을 충분히 상대화하고 있을까.

페미니스트 문화평론가 손희정은 최근 벌어진 강남역 살인사건과 1940~1950년대 서구의 필름누아르 장르의 서사화 방식이 여성혐오와 장애혐오에 기인한 것이라는 점에서 상통한다고 지적한다. 그런데 이때 그가 새롭게 발견한 것은, 한국 대중문화의 장에서 그나마 여성혐오를 조명하는 페미니스트들의 문제의식은 꽤 오랜 역사를 지닌 반면, '장애'를 문화분석의 관점이자 방법론으로 삼는 시각은 아직 충분히 마련되지 않았다는 점이다.[13]

한국문학(장)의 경우는 어떨까. "사회의 불안을 남성의 불안으로 설명"하고, 이를 여성, 장애인, 성소수자 등에 대한 물리적·상징적 폭력과 타자화를 통해 해소하는 재현과 해석의 관습으로부터 한국문학과 비평은 충분히 자유로울까. 과연 87년 체제 이후 등장한 '포스트-포스트모던'의 문학/비평은 이 문제를 극복했을까.

물론 정상성**normality**의 이데올로기로부터 완벽하게 자유로운 문화적 산물은 거의 없으며, 모든 소수자를 동등하게 고려하는 완전무결한 서사는 이데아로서만 존재할지도 모른다. 그러나 우리가 요청하는 것이 '단 한 편의 흠결 없는 이상적인 서사'가 아닌 바에야, 타자화 없이 가능한 재현의 윤리와 문법을 계발하려는 노력은 사실상 혐오의 시대에 한국문학이 할 수 있는 모든 것이다.

그리고 이는 그간 한국문학에 축적된 '타자 및 소수자 재현의 윤리와 기술**skills**'에 대한 섬세한 검토로부터 출발해야 한다. 민중문학·노동문학·여성문학·이주자문학·생태문학 같은, 이제는 사장된 듯한 기존의 변혁적인 문학실험 전통의 리뉴얼 혹은 재활성화와 함께, 지금까지 충분히 시도되지 못한, '시민이자 정치적 주체로서의 소수자'를 재현하기 위한 새로운 서사적 실험이 모두 필요하다. 예컨대 문학평론가 강경석이 이인휘의 소설 분석을 통해 적확하게 말했듯,[14] 노동의 활기를 묘사하는 문학의 재림은 반길 일이지만 그것이 이주노동자나 여성에 대한 민중적 감수성의 변화에 무심하다면 그 또한 충분히 '리얼'한 것은 아니다. 마찬가지로 최근 새롭게 가시화하고 있는 퀴어들의 정동과 문제의식을 읽어낼 해석체계가 한국문학/비평(사)에 존재하지 않는다면[15] 그 무지 역시 한국문학의 정상성을 더욱 공고히 하는 데 복무할 뿐이다.

그러나 이 서술이 한국문학은 정치적 올바름**political correctness**만을 기율로 삼아야 한다거나, '옳고 아름다운 것'

만 그려야 한다는 주문으로 이해돼서는 곤란하다.[16] 당연히 문학은 순정한 '악'이나 '기만적 현실'을 그릴 수 있고 또 그려야 한다. 다만 중요한 것은, 폭력을 재현하기 위해 재현 그 자체가 폭력이 돼서는 안 된다는 점이다. 한국사회에 존재하는 다양한 타자화의 현실을 재현할 수 있지만, 그 타자화를 자연화하는 재현과 비평을 지양하자는 말이다.

'노멀'에 저항하는 문학

기존 문학규범이 쇄신되고, 한국문학이 전면적인 형질 변형을 도모해야 한다는 점에서 '올드 노멀'의 시대와 작별해야 할 때가 온 것은 확실하다. 문학과 세계를 보는 관점에 새로운 벡터를 도입해야 하며, 일부 '신인류' 혹은 '소수자'들의 매니악한 취향과 감수성이라고만 말해지던 몇몇 주제들은 이제 '상식'으로 인정돼야 한다는 점에서 우리는 한국문학의 새로운 디폴트 값을 설정해야 할 필요를 느낀다.

그런데 조금 더 신중을 기해보자면, 이제 한국문학(장)에 도입될 새로운 정동과 문제의식들은 결코 '노멀'이라는 이름으로 정당화돼서는 안 된다는 점을 강조하고 싶다. 정상성 이데올로기에 기반을 둔 모든 기율들은 필연적으로 '비정상'을 상정하고 이를 '배제'와 '차별'의 대상으로 규정함으로써 작동한다는 점을 고려할 때, '노멀**norm**'이 '기준'과 '정상'이라는 개념을 동시에 함축한다는 점은 주의 깊게 의식돼야 한다. 한국문학(쟝)이 진정 새로운 주체·미디어·상상력의 도입을 통한 자기쇄신을 꿈꾼다면, 그것은 무엇보다 '노멀'이라는 정상성의 기율을 끊임없이 의심하고 상대화하는 일을 통해서만 가능하다. '기율'이 아닌 '지향'과 '시도'의 형식으로만 존재하는 문학, 그것이 감지됐을 때 우리는 비로소 '새로운 문학'의 가능성을 점칠 수 있을 것이다.

1 　임옥희, 「뉴 노멀The New Normal의 시대, 젠더화와 수치의 양가성」, '제16회 도시인문학 국제학술대회: 도시적 감정의 양식' 발표문, 2016. 6. 3.

2 　국문학·역사학·여성학·사회학 등 최근 인문사회학계의 학술대회 주제 및 학술지 특집에서 '퇴행, 역풍, 복고'라는 키워드의 등장은 빈번하다.

3 　노태훈, 「쓰지 않는 '한국'소설, 읽지 않는 한국'소설」, 『세계의문학』 158, 2015년 겨울.

4 　「김DB의 최종분석」, 교보문고 홈페이지, 2015. 12. 14. '연도별 성별/연령별 판매 비중' 표 참조.

5 　「선 굵은 소설 쓰니 '아저씨 독자' 다시 모이더군요」, 『한국경제』 2013. 8. 1.

6 　뉴나, 「아직도 2030세대 여성관객들이 호구로 보이는가」, 엔터미디어, 2016. 3. 27.

7 　'여성독자'의 역능과 관련해 문학연구자 허윤의 지적을 참조할 만하다. 허윤에 따르면, '근대 주체 만들기 프로젝트'에서 남성은 모험과 여행, 세계편력과 혁명을 통해 근대 주체이자 '시민'의 형상이 부여된 반면, 여성이 근대적 시민의 지위를 얻을 수 있었던 유력한 방식은 남성사회가 규정한 '여성교양'을 습득하는 것이었다. 그리고 이 '여성교양'의 학습을 위한 목적하에서만 여성의 독서는 장려됐다. 이는 남성과 여성이 똑같이 경제적·육체적·시간적 여유와 자원이 있다고 할 때, 여성은 독서를 선택하는 비중이 큰 반면, 남성은 운동이나 게임 등 다른 여가를 선택하는 경향이 크다는 점을 설명하는 데 도움을 준다. 즉 남성독자의 경향성과 비교할 때 여성독자의 압도적 비율은 문학·문화에 대한 여성의 특별한 선호와 역능을 보여주는 것이지만, 그렇게 되기까지는 여성에게 '독서를 통한 (여성)교양의 습득'이 강력한

훈육과 주체화의 기제로 작동해온 역사가 있었다는 점을 고려해야 한다는 것이다. 허윤, 「로맨스 대신 페미니즘을!: '김지영' 현상과 읽는 독자의 욕망」, 『문학과사회 하이픈: 독자-공동체』 122, 2018년 여름.

8 '공통적인 것'과 대안적 사회에 대한 상상으로는 안토니오 네그리· 마이클 하트, 정남영·윤영광 옮김, 『공통체: 자본과 국가 너머의 세상』, 사월의책, 2014.

9 '촛불소녀'는 이전까지 '비정치적 주체'로 폄하되던 젊은 여성들이 2008년 광우병 파동 때 스스로 자신의 정치적 주체성을 가시화한 인상 깊은 사례로 기록된다. 온라인 여초 커뮤니티에서는 '촛불소녀'의 출현이 지니는 역사적 맥락과 의의를 성찰하려는 시도가 이어졌고, 그 결과 '촛불소녀'는 식민지기부터 축적된 여성 고등교육의 잠재된 정치적·문화적 역능이 발휘된 성과로 평가됐다. '배운 여자'는 여성 고등교육 수혜자에 대한 오랜 멸칭을 전유해 여성지성의 가능성을 내장하고 있는 여성주체에 대한 자기지시적 언어로서 부상한 것이다. 21세기 여성주체화의 계보에 대해서는 류진희, 「'촛불소녀'에서 '메갈리안'까지, 2000년대 여성혐오와 인종화를 둘러싸고」, 『사이』 19, 국제한국문학문화학회, 2015. 11.

10 손희정, 「혐오의 시대: 2015년, 혐오는 어떻게 문제적 정동이 되었는가」, 『여/성이론』 32, 2015년 여름.

11 오혜진, 「'나머지 절반'의 가능성에 걸어야 하는 이유」, 『NOON』 6, 2016.

12 이 책 1부에 수록된 「퇴행의 시대와 'K문학/비평'의 종말: 2015년 문학권력 논쟁 및 문학장의 뉴웨이브를 중심으로」 참조.

13 손희정, 「성性과 장애의 관점에서 보기」, 『경향신문』, 2016. 6. 7.

14   강경석, 「리얼리티 재장전: 다른 민중, 새로운 현실 그리고 '한국문학'」, 『창작과비평』 172, 2016년 여름.

15   이 책 4부에 수록된 「'순정한' 퀴어서사를 읽는 방법: 윤이형의 「루카」」 참조.

16   이 책 2부에 수록된 「비평의 백래시와 새로운 '페미니스트 서사'의 도래」 참조.

'장강명 스타일'과
그의 젊은 페르소나들

장강명의 「알바생 자르기」
(『세계의 문학』156, 2015년 여름)

장강명은 '젊은 작가'일까. 1975년생. 신문기자 경력 11년에 단행본만 14권이나 펴낸 그를 '젊은 작가'라 칭하는 건 좀 새삼스럽다. 하지만 또 장강명만큼 '젊은 작가'라는 호칭이 잘 어울리는 작가도 없다. 그는 현재 거의 독보적으로 '청년문제의 사회화'라는 문제의식을 밀고 나가는 가장 대표적인 작가이며, 그의 책을 사 보는 독자층 역시 20~30대가 압도적인 비중을 차지한다. 게다가 한국사회가 돌아가는 '패턴'을 읽고, 그와 정면승부하기 위해 자살, 이민, '덕질' 등 이런저런 논쟁적인 방안을 강구해내는 그의 문제의식은 '도전'과 '패기'라는, '젊은 작가'에 대한 관성적 기대에 값한다. 무엇보다 문학/비문학, 순문학/장르문학, 종이책/웹 등 다양한 장르와 플랫폼의 경계를 무람없이 넘나드는

1
강양구·김종배·장강명,
「'일베' 하고, '술집' 나가는
20대, 돈만 주면 OK?」,
프레시안, 2016. 1. 13.

그의 작가적 포지션과 존재방식은 그간 한국문학계에서 보기 드물게 유연한 것이기도 하다. 그래서 그는 지금 가장 '젊은' 작가 중 한 사람이다.

잘 알려졌듯, 장강명은 유독 20대 후반에서 30대 초반에 이르는 청년들에게 각별한 관심을 보여왔다. 『표백』(한겨레출판, 2011)에서는 이 세계를 유지·보수하는 것 외에 어떤 위대한 과업의 가능성도 부여받지 못한 1975년생 이후 출생자들을 '표백세대'라 이름 붙였는가 하면, 『열광금지, 에바로드』(연합뉴스, 2014)에서는 '오타쿠'야말로 '일자리는 없고, 취향은 다양해졌고, 인터넷은 싼' 시대에 태어난 1983년생 청년의 운명이라고 각인시켰다. 또한 2000년대 이후 한국문학사에서 가장 인상적인 서사적 행보를 감행한 『한국이 싫어서』(민음사, 2015)의 디바 '계나' 역시 서울 소재 중위권 대학 출신의 20대 후반 여성으로서 자신을 이 나라의 '2등 시민'으로 규정한 바 있다. 이렇게 볼 때, 작가 스스로 "미묘"[1]하다고 말한 바 있는 이 연령대의 청년들이 장강명의 페르소나임은 분명해 보인다.

물론 '청년기'는 예부터 많은 작가들이 자신의 문학적 나이로 삼고자 한 특별한 시기다. 하지만 분명한 것은, 장강명은 한 번도 그 시간을 '청춘靑春'이라는 말로 상징화하지 않았다는 점이다. 그에게 '20대'는 '한 번 지나가면 다시 오지 않을' 개별 인생의 특권적 시간이 아니다. 그는 그 시기를 철저히 세계의 흥망성쇠와 궤를 같이하는 사회적 나이로 간주했고, 바로 그 때문에 그는 현재 대한민국에 거하는 그의 주인공들에게 단 한 번도 '푸른 봄'을 선사하지 않았다. 그들에게 주어진 실업과 빈곤, 과도한 노동과 끝없는 경쟁은 이 세계가 청년들의 생기를 빨아먹으며 지속된다는 표시다. 그리고 무엇보다 장강명의 청년들에게 주어진 가장 가혹한 굴레는, 어디로 굴러가는지도 모르는 톱니바퀴의 부품이 될 운명만이 부여될 뿐, 그 어떤 희망이나 성취감도 허락되지 않는다는 점이다.

물론 그렇다고 그가 그린 동시대의 청년들이, '어른'들이 흔히 말하는 대로 '학교 다니고, 연애하고, 컴퓨터게임에 빠지는' 평범하고 무기력한 상태에 머무는 것은 아니다. 오히려 그의 인물들은 "자신의 가치 하락에 저항해 싸우고 행동하는"[2] 인물들이라는 점에서 그간의 '88만원세대'에 대한 재현의 계보에서 이색적인 위치를 점한다. 청년세대를 '불능'과 '미숙'의 (비)주체로 손쉽게 전형화한다는 것이 세대론의 가장 큰 약점[3]이라면, 적어도 장강명의 '청년소설'들은 정확히 그 지점을 상대화하는 데에 성공해왔다. '더 이상 어떤 위대한 사상도 필요로 하지 않는' 이 "그레이트 빅 화이트 월드"(《표백》)에서 장강명의 인물들은 하나같이 분주하다. 그들은 자살하거나 이민 가기 위해 끊임없이

2
정세랑, 「초인이 되고 싶다는 말을 거인이 되고 싶다는 말로 들었다」, 『세계의문학』 157, 2015년 가을.

3
천정환, 「'헬' 바깥으로, 세대담론을 넘어」, 『동국대학원신문』 193, 2015. 12. 7.

4
장강명, 「창작노트」,
『ASIA』 38, 2015년 가을.

큰 그림을 그려 계획을 짜고, 구체적인 세목들을 점검하며, 필요한 정보들을 흡수·축적해나간다. 그들은 타인 혹은 개인의 내면과 갈등을 빚는 대신, 그가 속한 세계와 담론을 상대로 끈질기게 싸운다. 그리고 그 치밀하고도 격렬한 대장정을 묘사하기 위해 장강명은 늘 장편소설의 분량을 필요로 했고, 속도감 있는 문장과 완벽한 기승전결의 구성을 선호했다.

이제 살필 「알바생 자르기」가 특별한 것은 소설집 『뤼미에르 피플』(한겨레출판, 2012)에 실린 연작소설들을 제외하고는 이것이 그가 매우 드물게 발표한 단편들, 그중에서도 유일한 '청년소설'이기 때문이다. 이 작품에서 우리는 그가 이전의 장편소설에서 포착했던 한국의 정치경제와 사회문화의 병리적 단면들이 매우 요령 있게 암시되어 있음을 발견할 수 있다. 압축성장을 통해 발생한 대기업과 중소기업의 위계, '사장' 및 '은영' 부부로 상징되는 1960~1970년대생과 '혜미'로 상징되는 1980년대생 사이의 세대갈등, 정규직과 비정규직으로 나뉜 노동시장, 1호선의 열악한 환경을 매개로 드러나는 서울과 위성도시 인천의 불균등 발전, 여전히 지속되는 직장 내 권위주의와 요원한 성평등,[4] 그리고 뿌리 깊은 여성혐오······

그런데 이 작품의 가장 두드러진 특색은 은영과 혜미로 상징되는 '중간관리자'와 '알바생'의 뒤집힌 듯한 역관계를 보여줌으로써 '알바생 자르기'의 어려움을 강조한다는 것이다. 이 소설이 중후반에 이르기까지 공들여 묘사하는 것은 알바생 혜미의 "뚱한" 성격과 불성실한 근무태도, 그리고 어떤 상황에서도 자기 잇속을 챙기는 영악하고 계산적인 면모다. 반면, 은영은 그런 혜미를 "불쌍"하게 여겨 해고를 지연시키거나, 저녁을 사주고 스카프를 선물하는 등 개인적 호의를 베푼다. 이는 흔히 갑을관계('중간관리자'라는 은영의 위치 역시 '갑'에 해당하는 것은 아니지만)라고 할 때 상상되는 '교활하고 권위적인 강자' 대 '선하고 유약한 피해자'라는 선입견을 배반하는 것처럼 보인다.

그러나 이처럼 문제를 개인의 '나쁜 인성' 혹은 '부족한 능력' 탓으로 돌리는 것은 '쉬운 해고'가 선진적인 노동유연화 정책으로 포장된 신자유주의 시대 이래 가장 강력하고도 악질적인 노동탄압의 논리로 사용돼왔다. 이 논리는 개인의 선의와 상관없이 구조적으로 자행되는 노동자 착취를 은폐하며, 노동자가 정당하게 자기 권리를 주장하는 것을 염치없고 부끄러운 일로 묘사한다. 이 논리는 혜미가 처한, "찻잔이랑 컵받침 세트라도 하나" 마음대로 살 수 없고, 대기업의 "불법파업 규탄대회" 같은 행사에 무시로 불려가는 반자율적이고 반노동적인 근무환경에 대해서는 말하지 않는다. 심지어 은영 부부는 혜미가 보이는 일련의 언행들에 대해 "처음부터 계획이 돼 있던 거"냐고 의심하며, 오히려 "이 바닥에서" 자신들이 더 "약자"라고 인식하기까지 한다. 혜미가 회사에서 "그 아가씨" 혹은 "여자아이"라고 불리며, 언제든 더 싼 노동에 의해 손쉽게 대체될 수 있다는 현실이야말로 이 사태의 본질인데 말이다.

그러고 보니, 혜미의 이야기는 마치 『한국이 싫어서』의 '계나' 혹은 『열광금지, 에바로드』의 '종현' 같은, 장강명의 다른 소설들에 등장하는 청년들의 전사前史처럼 읽힌다. "내가 무슨 일을 왜 하는지도 모르겠고 이 회사는 뭐 하는 회사인지 모르겠고, 온통 혼란스러"워서 "회사에는 정을 주지 않고 뚱하니 앉아 있었"다는 계나, 혹은 "4대 보험에 가입시키지 않는" 회사에서 "밀린 월급을 한 번에 받아내는 법"을 익혔다던 종현의 술회는 이 소설에서 거의 한 순간도 자신의 내면을 드러낼 기회를 갖지 못했던 혜미의 사정을 대신 말하고 있는 것처럼 보인다. 그러니 혜미의 '영악함'은 차라리 아무런 안전망도 없는 부당한 노동환경에 내몰린 비정규직 청년들이 어쩔 수 없이 체득한 생존기술에 가까운 것이다. 혜미의 노동을 '의존적인 것' 혹은 '잉여적인 것'으로 간주하는 시스템이 건재하는 한, '기업적 합리'는 결국 '총체적 비합리'에 복무하는 기만적 수사일 수밖에 없다. 장강명의 「알바생 자르기」는 그 진실을 아주 간명하고 효과적으로 폭로한 세련되고도 쓸쓸한 풍자소설로 읽혀야 한다.

이제 혜미는 어떻게 될까. 원하던 대로 3개월치 임금과 4대 보험료, "어드미니스트레이터"로 수정된 경력증명서까지 얻었으니 그녀는 행복할까. 다친 발목, 밀린 학자금 대출금은 여전한데 일할 곳조차 잃은 그녀는 여전히 영어단어를 외우고 스펙을 쌓으며, 또 다른 "아르바이트"를 찾아 전전할 것이다. 그게 아니라면, 그녀는 아마 장강명 소설의 다른 청년들처럼 자살이나 이민, 혹은 '덕질'로써 한국사회에 저항하기로 결심할지도 모른다. 그러나 이 소설은 여기서 멈췄고, 아직 그다음은 말하지 않았다.

한 가지 지적해두고 싶은 것은, '88만원세대' 담론이 청년세대 내의 복잡성을 보지 못한 '위로부터의 관점'이라는 이유로 정작 20대에게 외면받았듯, 장강명의 소설 역시 20~30대의 현실을 '대신' 말해주는 것에 만족한다면, 이는 절반의 성공에 머물 것이라는 점이다. 2000년대 이후 소설들에서 보이는 청년들의 '자폐적 형상'에 질린 '어른'들이 '구조적 현실을 응시하는 청년을 발견'했다는 이유로 장강명 소설에 찬사를 보냈다면, 과연 20~30대 독자들은 그의 소설에 그려진 자신들의 현실을 어떻게 받아들일까. 이미 그 현실을 살고 있는 사람이, 모종의 '대상화'를 경유해 '작품'이

5
강양구·김종배·장강명,
앞의 글.

라는 양식으로 재현된 자신의 현실을 발견할 때의 그 익숙하고도 낯선 느낌uncanny. 그건 장강명 스스로 잘 의식하고 있는 대로, 20대에 대한 "옹호"로 여겨질 수도, 혹은 "모욕"(『표백』)으로 느껴질 수도 있다.

실제로 장강명은 "제가 20대 후반~30대 초반이라는 나이에 꽂히는 건지, 80년대 초중반생에 꽂히는 건지 모르겠"다며, 그건 시간이 지났을 때 자신의 주인공들이 "40대인지, 계속 20대 후반인지"[5]를 보면 알 수 있을 것이라고 말한 바 있다. 이처럼 '청년'에 대한 장강명의 관심과 매혹은 언제 사라질지 모른다. 아니, 그의 페르소나가 영원히 '청년'이라 할지라도 '불혹의 아저씨'가 매우 드문 관심을 보여 써준 그 소설들은 결코 '우리 세대의 소설'은 아닐 것이다. 만약 당신이 장강명의 소설들을 읽고 왠지 모를 "모욕"을 느꼈다면, 그거야말로 좋은 신호다. 이제 우리가 할 수 있는 일이 있을 것이다.

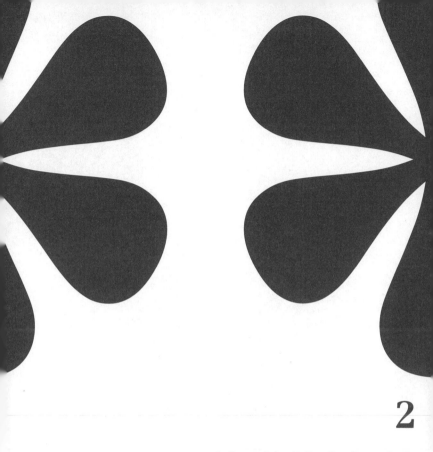

2

'민주화' 이후의 질문들과
뉴웨이브

누가 민주주의를 노래하는가

신자유주의 시대 이후
한국 장편 남성서사의 문법과
정치적 임계

역사 재현의 마스터플롯과 성별화된 서사

'촛불광장'부터 '장미대선'까지의 극적 귀결로 기록된 문재인 정부의 시작은 공교롭게도 '6월항쟁 30주년 기념행사'와 맞붙어 매우 절묘한 역사적 스펙터클을 만들어냈다. 관심은 당연히 '민주화'의 주역들이 만들어낸 첫 정권의 '영원한 비서실장'이자, 이제는 '적폐 청산'의 사명을 띠고 국가통수권자로 등극한 대통령의 기념사에 쏠렸다. 대통령이 4·19, 부마항쟁, 5·18, 6월항쟁으로 이어지는 이 나라 민주화의 '결정적' 사건들과 그 계보를 골고루 거론한 후, 마침내 "문재인정부는 6월항쟁의 위에 서 있습니다."라고 명확히 발음할 때 시민들이 느낀 감격의 크기는 결코 작지 않았다. 억압의 대상이었던 일련의 역사적 사건들이 비로소 시민권을 되찾고 대한민국의 '정통적' 역사로 호명되는 순간, '독재자의 딸'이 지배하던 시대를 어렵사리 건너온 시민들에게 또렷하게 감각된 것은 무엇보다도 격세지감隔世之感이었다.

존경하는 국민 여러분, 한 가지, 꼭 함께 기억하고 싶은 것이 있습니다. 6월항쟁의 중심은 특정 계층, 특정 지역이 아니었습니다. 사제, 목사, 스님, 여성, 민주정치인, 노동자, 농민, 도시빈민, 문인, 교육자, 법조인, 문화예술인, 언론출판인, 청년, 학생, 그 모두가 '민주헌법쟁취 국민운동본부'로 모였습니다. (…) 이처럼 6월항쟁에는 계층도 없었고, 변방도 없었습니다. 그래서 우리는 승리했습니다. (…) **독재에 맞섰던 87년의 청년이 2017년의 아버지가 되어 광장을 지키고, 도시락을 건넸던 87년의 여고생이 2017년 두 아이의 엄마가 되어 촛불을 든 것처럼,** 사람에서 사람으로 이어지는 민주주의는 흔들리지 않습니다.[1]

그런데 이 기념사에서 특별히 섬세한 조정과 배치를 거친 것으로 보이는 대목이 있다. 문재인 대통령은 국민과 "꼭 함께 기억하고 싶은 것"이 있다며, 신분과 직업, 성별을 망라한 여러 사회구성원들을 거론한 후 "6월항쟁에는 계층도 없었고, 변방도 없었"음을 강조했다. 3·1부터 4·19와 5·18에 이르기까지, '혁명의 유산'을 놓고 공공연하게 벌어져온 갈등²을 신중하게 의식한 것처럼 보이는 이 문장은 그 자체만으로는 그다지 논쟁적이지 않다. 굳이 따지자면, 다른 사회구성원들이 직업이나 신분에 의해 범주화된 반면 '여성'은 그 어떤 사회 구성체계와도 무관한 양 그저 '여성'이라는 초범주화의 방식으로 분류됐다는 것이 걸리기는 한다. 그러나 이런 화법은 관성적이고도 그 역사가 유구해서 그것만으로 새로운 논쟁을 구성하기는 새삼스럽다(물론 이런 식의 분류가 노정하는 인식론이 문제적이지 않다는 것은 아니다).

더 의미심장한 것은, "독재에 맞섰던 87년의 청년이 2017년의 아버지가 되어 광장을 지키고, 도시락을 건넸던 87년의 여고생이 2017년 두 아이의 엄마가 되어 촛불을 든 것"이라는 문장에서 보듯, 6월항쟁의 재현이 명백히 성별화된 문법을 따르고 있음에도 이 문법과 기율이 초래할 수 있는 위계와 균열의 혐의를 사전 봉쇄하듯 "6월항쟁에는 계층도 없었고, 변방도 없었"다고 성급히 단언하는 그 감각이다. '독재에 맞서던 청년이 광장을 지키는 아버지가 된다'와 '도시락을 건네던 여고생이 엄마가 돼 촛불을 든다'는 화소들로 구성된 두 서사는 과연 대등한가. 여기에는 정말 어떤 위계화와 주변화의 혐의도 없나.

이 기념사가 행한 것은 '4·19-부마항쟁-6월항쟁-(2016년) 촛불혁명'이라는 일련의 사건들을 한국 민주주의의 '정통적' 계보로 정향되도록 신중하면서도 선언적으로 배치한 것에 그치지 않는다. 이는 역사의 젠더화 혹은 몰성적沒性的인 역사 재현의 문법을 근현대사 서사화의 지배적인 구성원리, 즉 마스터플롯으로서 승인한 것이라는 점에서 문제적이다. 이 '공인된' 지배서사의 문법에 기대 수많은 역사표상과 플롯이 만들어진다.

예컨대, 문재인정부의 '대중적 역사 쓰기 프로젝트'라고 할 만한 영화 <택시운전사>(장훈, 2017)와 <1987>(장준환, 2017)은 거의 모든 주요 배역들을 남성인물로 설정했다. 특히 <1987>은 영화의 남성인물들과 1987년 민주화항쟁에 참여한 실존인물들의 '싱크로율'을 강조하는 마케팅 전략을 폈는데, (단역을 제외한) 유일한 여성인물인 '연희(김태리 분)'는 이 영화의 유일한 가상인물이기도 했다.

<택시운전사>가 주인공 '만섭(송강호 분)'이 '광주'라는 역사적 현장에 돌아가게 된 동기를 설명하는 방식 또한 주목을 요한다. 성실하게 처자식을 부양하며 살아가는 소시민-가장이었던 만섭은 영문도 모른 채, 어떤 시민의식이나 역사의식 없이 그저 "아빠가 손님을 두고 왔어."라는 직업적 소명의식 때문에 피울음이 낭자한 광주로 돌아간다. 이는 실제로 광주항쟁을 전 세계에 알렸던 기자 위르겐 힌츠페터(극중 이름 '피터', 토마스 크레취만 분)가 본래부터 인권과 민주주의의 현장

을 쫓는 소위 '이념적 주체'로 설정된 것과 대비된다. 물론 이 성애 가족의 가부장인 만섭의 이런 무이념적·탈정치적 면모는 한국사회에서 오랫동안 '빨갱이/운동권'에 부여돼온 '불온성'의 혐의와 거리를 두기 위해 섬세하게 고안된 것이다. 이 형상은 "보통 사람이 들려준 민주주의",3 즉 '정상적' 시민 모델로 의미화됨으로써 보편적 시민권을 획득할 수 있었다.

<1987>이 내세운 시민모델의 성격 또한 이와 크게 다르지 않다. 이 영화의 원제가 '보통 사람들'이었다는 점에서 짐작되듯, 영화의 여성주인공 연희 또한 어떤 이념적 동기 없이 '마이마이'를 사준 삼촌 '한병용(유해진 분)'의 유혹, 그리고 사모했던 대학 선배가 항쟁 현장에서 사망했다는 점에 자극돼 광장에 나가는 것으로 그려진다. 물론 이 설정은 여성의 민주화운동 참여동기를 여전히 남성 중심적인 것으로 설명한 다는 점에서 비판받았다. 하지만 연희를 '빨갱이/운동권'의 혐의와 무관한 탈이념적 주체, 그저 '상식과 정의를 추구하는 보통 시민'으로 형상화하는 데 성공했다는 점에서 이 설정은 무수한 관객으로 하여금 '내가 바로 연희였다!'라고 거리낌 없는 동일시4를 수행하게 한 요인이기도 했다.

무엇보다 <택시운전사>와 <1987>에서 거의 모든 여성 인물들은 남성인물들의 사적 영역에 할당돼 남편/아버지가 집에 돌아오기를 기다리는 처자식이거나, 광장에서 '주먹밥 건네는 손'으로만 등장한다. 이 설정이 문재인 대통령의 '6월 항쟁 30주년 기념사'의 그것과 정확히 일치한다는 점을 증명하는 데 더 설명이 필요할까. '택시운전사'로 대표되는 '보통

사람'의 '사심 없는' 시선으로 민주화항쟁을 조명하겠다는 포부를 밝힌 영화가 비중 있는 주·조연의 자리에 모조리 가부장/남성만을 배치한 채 천만 관객 동원을 꿈꿀 때 이 영화의 서사, 나아가 이 영화가 재현하는 혁명과 역사의 성별은 무엇인가. 마찬가지로, 저명 학자 40여 명이 나선 6·10민주항쟁 30주년 기념 학술토론회[5] 참여자의 압도적 다수가 남성이라는 점은 한국 근현대사를 서사화하는 데 작동하는 성정치학과 무관할 수 있을까.

바로 이렇게 물을 때 위에 인용한 기념사의 조급한 선언은 꽤 음험하게 읽힌다. 그것은 6월항쟁에는 계층도 변방도 없었을지언정 6월항쟁의 '재현'만큼은 성별, 계급, 학력, 지역, 장애 등을 기준 삼아 시민의 자격을 체계적으로 선별·위계화해왔다는 사실을 교묘하게 은폐하기 때문이다.

장편 남성서사와 '운명의 형식'

그런 맥락에서, 최근 거의 '장르화'했다고 해도 과언이 아닐 정도로 '남성서사'라 불리는 재현물들이 만연한 현상은 주목을 요한다. 신자유주의 시대 이후 대중문화 시장에 공세적으로 등장한 남성서사는 문화에 기입된 성별과 계급 등의 경계를 허물고자 노력해온 민주화 이후 문화운동의 유산이면서도 그것에 역행한다. 신자유주의적 문화기획의 핵심이 '능력평

등주의'라는 미명하에 성별, 계급, 학력, 지역, 세대, 장애 등과 같은 요소들의 작동을 비가시화함으로써 약자를 배제하는 것이라면, '성별'이라는 지표를 기꺼이 전면에 내세움으로써 시장성을 확보하려는 남성서사의 정치적·문화적 기획은 언뜻 봐도 퇴행적이다.

일례로 근래 상업영화 시장을 섭렵·독점하다시피 한 '남성 투톱 영화'들을 떠올려보자. <베테랑>(류승완, 2015), <검사외전>(이일형, 2015), <불한당>(변성현, 2016)…… 이 영화들은 '이름을 가진 여성캐릭터가 최소 두 명 등장하고, 그녀들이 '남성'이 아닌 주제로 서로 이야기를 나누는' 설정이라야 여성이 유의미한 서사적 주체일 수 있다고 주장한 벡델 테스트 **Bechdel test**의 문제의식을 가볍게 비웃는다. 오히려 성차별적·몰성적 영화의 문화적 도태를 기원하는 벡델 테스트의 정치적 기획을 철저하게 묵살한다는 점이야말로 이 영화들이 시장에 어필하는 내용이다.

이 영화들이 '여자 없는 세계'라는, 거의 공상과학에 가까운 설정에 매혹되고 그것을 정당화하는 이유는 자명하다. 이 영화들은 어느 누구도 순정한 영웅일 수 없는, 모두가 유죄인 세계에서 유일한 자기보존의 원리로 작동하는 남성연대를 재현하는 것이 세계에 대한 성실한 보고이자 가장 신랄한 자기풍자라고 합리화한다. 이미 망가진 세계에서 윤리적·미학적으로 처절하게 망가져가는 남성신체를 재현하는 것이야말로 이 시대에 가능한 최선의 성찰이자 마지막 볼거리라고 이 영화들은 웅변적으로 말하는 듯하다. 그러나 이때 그 어조에 깃든 나르시시즘이 얼마나 교묘하게 현실의 지배질서를 지지·강화하는지에 대한 고민이 들어설 여지는 없어 보인다. '남성서사'란 "이제 정당화의 시도조차 요하지 않을 만큼 자명한 것으로 승인된 동성사회성homosociality에 대한 남성들의 나르시시즘적 판타지, 그것의 장르적 구현"[6]인 셈이다.

이런 문화적 흐름을 염두에 둘 때, 최근 적잖은 독자를 확보한 중견 남성소설가들이 '장편 남성서사'라는 양식으로 한국 근현대사의 서사화를 시도하고 있다는 점은 의미심장하다. 유머와 자기풍자를 문학적 자원으로 삼아온 소설가 이기호는 세월호참사 후 소설은 재미·장난·유희 이상의 의미이자 실천이어야 함을 깨달았다고 술회하며,[7] 간첩조작사건이 만연했던 1980년대를 다룬 이야기를 써 『차남들의 세계사』(민음사, 2014)라 이름 붙였다. '한국문학계의 방외인'으로 불릴 만큼 기존 문단의 전통과 문법으로부터 자유로운 글쓰기로 주목받은 천명관은 경제불황 이후 조직폭력배 생태계의 흥망성쇠를 '남성영화'의 효시라고 일컬어지는 1990년대 '조폭영화'의 문법으로 서사화한[8] 장편 『이것이 남자의 세상이다』(예담, 2015)를 펴냈다. "문학시장 거장"[9]이라는 기묘한 호칭으로 불린 바 있는 소설가 김훈은 일제강점기부터 1980년대에까지 걸친 자신과 그 아버지 세대의 생애사를 한국 근현대사와 등치시킨 장편소설 『공터에서』(해냄, 2017)를 출간했는데, 이 책의 광고문안은 흥미롭게도 "20세기 한국 현대사를 살아낸 아버지와 그 아들들의 비애로운 삶!"이었다.

이처럼 서로 다른 문학적 배경과 위상을 지닌 세 남성

소설가들에게 한국 근현대사를 남성집단의 자기서사로 구성해내는 일이 그토록 긴요한 문학적 과제였다는 점은 무엇을 뜻할까. '장편 남성서사'라는 양식은 그런 문학적 욕망과 어떤 상관관계를 맺고 있을까. 흔히 '장편소설'은 세계의 총체성totality을 묘사하는 양식으로 간주되며, '장편 역사소설'은 현재의 자신을 설명하기 위해 과거를 유토피아로 재현하는 경향이 있다고 이야기된다. 그런 면에서 위에 언급한 세 소설들은 비전형적인데, 그것들은 진화론적·목적론적 서사이기를 완강히 거부함으로써 세계의 총체성을 묘사하는 데 기꺼이 실패하기 때문이다.

스스로가 만든 역사에서 파국을 경험하는 이 소설들의 남성주인공은, 자신과 역사를 동일시함으로써 '국가'나 '정부' 같은 대문자 주체들의 번영을 기원하는 영화 <국제시장>(윤제균, 2014) 유類의 우경화된 역사서사의 인물들과는 다르다. 물론, 타락한 지배권력에 대해 도덕적 우위를 과시하며 '선량한 가부장'이 되어 진보적 미래를 약속하는 영화 <변호인>(양우석, 2013) 같은 좌파 유토피아 서사의 인물들과도 같지 않다.[10] 이기호·천명관·김훈의 남성주인공들은 가난한 고아이자 문맹인 택시운전사(『차남들의 세계사』), 가진 것 없는 말단 조폭(『이것이 남자의 세상이다』), 피난민과 전쟁 가해자/피해자의 위치를 전전하는 '무지렁이' 민중(『공터에서』)이다. 이들은 안정적인 가부장의 위치를 점해본 적 없으며, 계급, 학력, 인맥, 가문, 재산 등의 물질적·상징적 자본을 소유하지 않았다는 점에서 단 한 번도 각 시대의 지배적 남성성hegemonic masculinity11을 구현하지 못했다. 하층계급에서 태어나 비주류적 존재방식으로 일관해온 이 남성인물들은 그 자체로 '위기의 남성(성)' 혹은 '흔들리는 남성(성)'의 형상으로 등장함으로써 장군, 재벌, 지식인 등을 중심으로 한 한국의 주류 남성서사와 구분된다.

한편, 이 작품들은 '남성서사'라는 명백히 성별화된 표지를 내세우면서도 그것이 '한국 근현대사'라는 총체성의 환유換喩, 즉 '보편서사'이기를 기도한다는 점에서 문제적이다. 세 작품들의 남성주인공들은 모두 스스로를 폭력과 날조로 점철된 역사의 '피해자'로 인식하는데,12 이런 지체된 자기인식은 '근대소설'을 각종 모험과 편력의 시대를 거쳐 계몽과 성장을 거듭하는 "성숙한 남성의 형식"이라고 규정한 게오르그 루카치의 견해를 재검토하게 한다. 미학적으로는 남성 페르소나에게 부여되는 동정과 연민, 비애와 페이소스의 정서에 기대면서, 이념적으로는 '예외적이지 않은' 개인들의 총합으로 상정된 보편적 민중주의에 호소하는 것이야말로 신자유주의 시대 이후 한국 장편 남성서사의 특질이라고 말해도 좋겠다.

중요한 것은 이 서사들의 구동원리가 '자기 피해자화'를 수반한 약자의 정치학에 기반을 두고 있다는 점이다. 어떤 목적론적 미래도, 숭고한 서사적 주체도 상정하지 않는 이들 소설에서 유일하게 관철되는 형상이 있다면, 그것은 '먹고 싸고 섹스하는' 동물로서의 인간이다.13 '인간은 먹고사니즘에 복무하는 존재'라는 유물론적 명제만이 서로 다른 주체들이 겪는 사건들을 동질적인homogeneous 경험으로 배치하고 역사화할 수 있기 때문이다. 그리고 이 과정을 '남자들의 삶'이라고 노골적으로 천명하는 일은 '먹고사니즘'을 내세워 성별분업 등을 위시한 성적 지배 메커니즘을 자연법칙으로 승인·재현하는 작업과 연동된다.

스스로를 폭력적인 역사에 휩쓸리면서도 '먹고 자고 싸야'만 하는 연약하고 무력한 존재로 형상화하려는 이 의지는 물론 위악적이다. 그러나 이 '위악'은 스스로를 피해자화함으로써 자신을 유일하게 정당한 역사적 주체로 재현하려는 기획에 복무한다는 점에서 반동적이다. 그러니 눈여겨봐야 하는 것은, 미학적 자유주의를 알리바이 삼아 '역사의 피해자'라는 위악적인 자기인식에 문학적 시민권을 부여하는 이 이야기들이 욕망하는 것의 정체다.

이 이야기들은 그저 "아저씨 독자"를 되찾기 위해 독서시장이 전략적으로 생산해낸 '남성 취향'의 "선 굵은 서사"14에 그치지 않는다. 어떤 민주적인 가치와 기율도 무력화하는 '먹고사니즘'의 이데올로기와, 그것을 맹목적이고도 독점적으로 수행하도록 재현된 '피해자'로서의 '남성'서사는 결국 '누가 역사의 주체인가', '누가 역사를 역사화할 수 있는가'라는 근본적인 질문을 던진다. "형식이란 정체성을 드러내기 위한 방식이기도 하지만, 정체성을 창조하는 방식"15이기도 하다면, 민주화와 신자유주의 시대 이후 '장편 남성서사'는 '역사의 피해자'라는 운명의 형식을 불가피하면서도 특권적인 것으로 승인·정당화하고자 하는 남성주체의 정치적 욕망 및 무의식을 반영한 역사적 장르로 읽혀야 한다.

"가건물"의 철학과 '난민 공동체'의 내부식민지

최근 젊은 독자들에게 '한국문학과 여성혐오'라는 주제가 부상하면서 한국문학이 가부장적 남성 멘탈리티의 재생산장치로서 작동해온 역사와 그 효과가 새로운 독해의 대상이 되고 있다.16 이때 김훈 소설은 늘 심문의 대상으로 언급되는 위태로운 텍스트다. 여성을 성적 존재로만 환원하는 설정이나 여성성기에 대한 해부학적(?) 묘사가 그의 여성혐오에 대한 증빙으로 제출되고, 그에 대해 작가 또한 '페미니즘은 못된 사조'17라거나 "여자를 생명체로 묘사하는 것은 할 수 있지만 어떤 역할과 기능을 가진 인격체로 묘사하는 데 나는 매우 서툴러요."18라는 식으로 응대함으로써 김훈 소설의 여성혐오 혐의는 거의 기정사실화했다.

그러나 이처럼 작품과 작가 인터뷰의 진술을 액면 그대로 받아들이는 비평이 김훈 소설의 정치적·윤리적 임계를 포착하기에는 다소 뭉툭한 칼날이라는 점도 자주 지적돼왔다. 모든 이념의 '내포 없음'을 경멸하는 이 작가에게 페미니즘에 대한 의도된 무지와 적대를 드러내는 것은 하나의 전략이자 포즈이며, 그의 소설에서는 여성뿐 아니라 남성 역시 폭력적으로 정체된 역사에 갇혀 패배를 거듭하는 비루한 형상으로 등장하기 때문이다. 일부 평론가들이 김훈 소설이 이룩한 '예외적 미학'의 정체를 밝히기 위해서는 더 섬세하고 정확한 독해가 요청된다고 말하는 것도 이 때문이다.

(가) 김훈은 이들 작품뿐 아니라 두 개의 악명 높은 문제적인 인터뷰(『시사저널』과 『월간조선』에서의) 텍스트를 통해 자신의 이름을 널리 퍼뜨렸다. 그런데 특히 진보적 진영이나 페미니스트 진영에서 그를 '지독한 엘리트주의자'이자 '쌩 마초'로 간주하게 하는 데 움직이지 못할 증거를 제공한 문제의 인터뷰는 오히려 의식적으로 취해진 '위악僞惡'이다. 즉 이는 작가들이 저에게 가해지는 '해석'이라는 폭력에 대해 스스로를 감추기 위해서 때때로 설치하는 수수께끼나 부비트랩과 같은 것이라 볼 수 있다. 이들 인터뷰에서 김훈은 특유의 반어와 '솔직한' 위악으로 주로 '진보적인 상식들'을 공격했다. 물론 위악도 '악'의 일종이니까 김훈에 대한 비난도 그저 틀린 것은 아니기는 하다. 그러나 그는 좀 복잡하고 세련된 자유주의자이다. 야구모자와 멜빵바지를 입기 좋아하고 『조선일보』 동인문학상 시상식장에 트레이닝복을 입고 나타나는 김훈은 통상의 엘리트주의자들이나 '꼴보수'와 다르다. 그의 반-여성적 태도들(이는 여성들이 보기에 다 똑같이 나쁜 '놈'들의 것이지만)도 사실 '쌩' 마초들의 그것과는

유가 다르다.[19]

(나) 근래 SNS상에서 유독 작가 김훈의 소설과 관련된 세부가 인용되고 조롱거리가 될 때는 그 문제 삼는 구절이 표피적이라는 우려가 드는 것이 사실이다. 그 구절들 자체는 여성 신체에 대한 무지로 인해 다소 우스꽝스럽고 불쾌하게 느껴질 수 있다고 생각하지만, 소설 전체가 과연 '여성혐오'의 방식으로 쓰였는가에 대해서는 의구심이 든다. 김훈의 소설세계는 생물학적인 남성과 여성의 차이에 입각해 한 축을 비하함으로써 다른 축을 높이는 것과는 거리가 멀다. 그의 소설에 혐오가 있다면 여성을 향해 있기보다는 도리어 남성들이 이루어놓은 형이상학적 세계를 향해 있다. 김훈은 몸의 육중한 물질성과 비루함에 대해 말함으로써 거듭 인간이 한갓 물질에 불과하다는 사실을 추문화하고, 그 추문을 통해 역사나 이데올로기와 같은 형이상학적인 가치들을 '헛것'으로 끌어내린다. 그래서 실은 더 적극적으로 김훈에게 분개해야 할 자들이 있다면, 국가라는 것의 실체를 어버이처럼 섬기고 지켜내고자 하는 애국주의자들이나, 신의 존재와 인간 영혼의 고결함을 지상의 어떤 가치보다 우선시하는 맹신자들 쪽이다.[20]

인용문에 나타난 두 논자의 주장은 김훈 소설이 자본주의의 성장과 함께 안전한 '아버지-세계'로의 편입을 그리는 여타 주류 남성서사와 구분된다는 점을 신중하게 포착하고 설득한다. 그러나 이런 지적은 김훈 소설세계의 성격에 대한 일면적 진실을 말해주지만, 김훈 소설에서 '차이의 남성성'이 작동하는 목적과 방식 및 그 효과를 설명하는 데는 미진하다. 인간과 인간이 이룬 모든 것들을 형이하학적·유물론적 세계로 끌어내려 그것의 물질성을 직시하게 하는 것이 김훈 세계관의 중핵이라면, 주목할 것은 이때의 '인간'이 여전히 '남성'만을 지시하는 성별화된 기호라는 점이다.

김훈은 지난겨울 광장에서 대립한 촛불집회와 태극기집회의 광경을 겹쳐 보며, "해방 70년이 지났지만 마치 엔진이 공회전하듯 같은 자리에 계속 있었던 게 아닌가 하는, 계속해서 철거되는 가건물 안에서 살아왔고 그 집이 또 헐리겠구나 하는 서글픈 마음이 들었다"[21]라고 술회한 바 있다. 그의 이런 역사철학은 국민을 방기하는 지배세력의 비도덕이 여전히 계속되고 있다는 현실인식[22]에서 굳어진 것이며, 기실 "가건물"만을 반복해 짓는 '난민 공동체'의 표상은 김훈 소설 전반을 통어하는 지배적 심상이다. 그런데 이때 더 섬세하게 포착돼야 하는 것은 이 '난민'의 형상에서 작동하는 성별 위계다.

정치철학자 주디스 버틀러는 조르조 아감벤의 '벌거벗은 삶la nuda vita' 개념을 비판적으로 검토하며, 이 개념이 괄호 처리하는 구체적인 권력관계에 주목해야 한다고 역설한 바 있다. 정치적 영역을 빼앗기고 자연상태로 '귀환한다'는 식으로 '국가 없음'의 상태를 특정한 서사와 비유적 절차로 묘사할 때, 이 서사는 "국가 없는 이들이 귀환하는 곳이라 여겨지는, '벌거벗은 삶'이 영위되는 장소가 구체적으로 어디이며 그 장소를 어떻게 인식할 수 있는지 말해주지 않"는다는 것이다. "아무리 극도의 결핍상태에 놓여 있다 하더라도 벌거벗은 삶으로 귀환하는 사람은 없"다는 것, "왜냐하면 그 결핍, 박탈, 추방 상황을 만들어내고 유지하는 권력은 분명히 존재하기 때문"[23]이라는 버틀러의 단언은 '난민화된 삶'을 동일성identity의 경험으로 배치할 때조차 여성을 비롯한 타자의 노동과 섹슈얼리티, 그리고 무엇보다 사유의 기회를 차단하는 방식으로 주체화한 남성성[24]의 역사적 일단一端을 시사한다.

> (가) 이도순은 앞섶을 헤쳐서 젖을 꺼냈다. 이도순은 손바닥으로 젖을 부벼서 언 젖꼭지를 풀었다. 이도순은 젖 빠는 아이 엉덩이를 손으로 받치고 걸었다. 아이가 젖니로 젖꼭지를 깨물며 오물거릴 때 이도순은 온몸의 혈관이 아이의 몸속으로 빨려 들어갈 듯했다. 어미의 몸과 아이의 몸이 아이의 입의 흡인력으로 연결되어서 어미의 체액이 아이의 밥이었다. (…) 산후의 피 냄새와 돌 지난 딸아이의 추운 성기가 흥남의 불길 속으로 소멸해버리는 조바심에 이도순은 오줌을 지렸다.
>
> —김훈, 『공터에서』, 해냄, 2017, 95~100쪽.
>
> (이하 인용시 괄호 안에 쪽수만 표기)

(나) 마차세는 직장과 직업을 통해서 무언가 번쩍거리는 것을 이루기보다는 다만 임금을 벌기 위해 몸을 수고롭게 하는 행위만으로도 노동을 할 수 있다고 스스로 생각했다. 입사 지원에서 계속 떨어지고 고속물류 회사에 지원서를 낼 때 마차세는 석기나 청동기 시대에 수렵 채취하는 사내들이나 뱃사공, 마부, 어부, 염부, 목부들의 노동을 생각했다.(227)

그러므로 김훈 소설에서 읽어내야 하는 것은 남성과 여성 모두 "몸의 육중한 물질성과 비루함"에 구속된 존재라는 사실에만 그치지 않는다. 더 깊이 살펴져야 할 것은 '동물적 평등'을 강제하는 난민화된 세계에서조차 그 "물질성"과 "비루함"을 알리바이 삼아 스스로를 피해자화하며 연민할 수 있는 것은 남성뿐이라는 점이다. 예컨대『공터에서』는 비상사태에 예외 없이 국민을 방기해온 정부와 지배계층 탓에 스스로 동물적인 본능에 의지해 삶을 헤쳐 나가야 하는 민생의 숙명을 묘사한다.[25] 그러나 이때 남성인물이 '밥벌이의 숭고함'으로 요약되는 '난민의 철학'을 형성함으로써 '사유하는 인간'으로서의 존엄dignity을 잃지 않는 반면, 여성인물은 모든 상황에 즉물적·본능적으로 반응하면서도 끝내 자신의 행위가 지니는 의미에 대해 사유할 기회를 얻지 못함으로써 동물화·비체화한다.[26]

요컨대, 남성인물에게 이념적·윤리적 무성찰은 '밥벌이'라는 '가장 정직한 노동'을 알리바이 삼아 정당화된다. 서술자는 남성의 밥벌이 행위에 독보적인 아우라를 부여함으로써 그것이 거대하고 숭고한 정신적 행위와 대등한 위상을 점하거나 그것을 갈음하도록 섬세하게 의미망을 조절해놓았다. 반면, 그가 '먹여 살려야' 한다고 스스로 굳게 믿는 존재인 '식솔'들에게 서술자는 가혹하리만큼 어떤 사유와 철학의 여지도 허락하지 않았다. 이런 설정이 의도하는 바는 명백한데, "자신의 욕망의 관계성을 파악할 능력이 없는 무규범적 비이성적인 존재형상은 세계와 개인의 인식론적 총체성을 추구하는 소설의 내러티브를 감당할 수 없다"[27]는 것이다. 즉 이 성별화된 재현문법은 궁극적으로는 서사적 주체의 자격, 나아가 역사를 '역사화'하는 자의 자격을 심문하려는 의지와 관련된다.

앵콜 (요청) 금지— 가부장적 남성연대의 노래

그러므로 김훈 소설의 여성혐오 혐의 성립 여부를 성급히 결정하기 전에 우선적으로 던져져야 할 질문이 있다. 김훈 소설에서 '여성의 부재' 혹은 '여성을 인격체로 묘사하지 못한다'는 작가의 변이 내포하는 정치적 기획의 함의와, '밥벌이'만을 유일한 '숭고'의 대상으로 삼음으로써 탈정치의 세계관을 물신화하는 남성성의 성격 및 그 효과다.

마동수는 1979년 12월 20일 서울 서대문구 산외동 산18번지에서 죽었다. 마동수는 1910년 경술생庚戌生 개띠로, 서울에서 태어나 소년기를 보내고, 만주의 길림吉林, 장춘長春, 상해上海를 떠돌았고 해방 후에 서울로 돌아와서 6·25전쟁과 이승만, 박정희 대통령의 시대를 살고, 69세로 죽었다. 마동수가 죽던 해에, 중앙정보부장 김재규가 대통령 박정희를 권총으로 쏘아 죽였다.(7)

이도순은 홍남부두에서 잃어버린 젖먹이 딸을 찾고 있었다. 길녀야 어딨니······. 이도순은 커튼 뒤쪽을 들여다보았다. 마차세는 어머니를 말리지 못했다. 그 아이의 이름이 길녀였구나······. 어머니는 어째서 한평생 입 밖에 낸 적이 없는 그 이름을 말년의 암흑 속에서 기억해내는 것일까. 어머니의 치매는 망각된 고통의 기억을 극사실적으로 재생시키고 있었다. 길녀는 여자 이름이니까, 길녀가 살았으면 내 누나였겠구나······. 마차세는 길녀가 어머니의 치매 속으로 살아 돌아오지 않기를 빌었다.(243)

홍남부두에서의 사달부터 방랑하는 혁명가 남편의 죽음을 목도할 때까지 주인공 '마차세'의 어머니인 '이도순'의 육체는 오직 피와 젖으로만 표상된다. 말년에 그녀는 "다리통증"과 "치매"로 상징되는 육체적·정신적 훼손을 겪으며 무수한 역사적 상흔을 각인한 나무토막처럼 변한다. 결국 그녀는 한국전쟁기부터 1980년대에 이르기까지 어떤 '나아감'의 시간성도 경험하지 못한 채 '과거'와 그 자신의 원시성을 초월하지 못하고 죽는다.[28] "마동수의 죽음과 박정희의 죽음은 '죽었다'는 사실 이외에 아무 관련이 없다"(7)면서도 남성인물 '마동수'의 생몰을 한국 근현대사와 촘촘히 오버랩해놓은 이 소설의 설정을 상기한다면, 이도순이 "흥남부두에서 잃어버린 젖먹이 딸을 찾"는 등 "망각된 고통의 기억을 극사실적으로 재생"시키는 병증인 '치매'에 걸려 사망하게 된다는 설정은 의미심장하다. 과거에 박제된 채 마감되는 이도순의 생애가 말해주는 것은 그녀가 '역사로부터 소외'된 자라는 것이다.

이처럼 김훈 소설에서 여성인물이 아무런 계보도 맥락도 없는 '역사의 타자', '비역사적 존재'라는 점은 그의 소설에서 여성이 늘 '냄새'라는 후각적 심상을 통해서만 재현된다는 점과 무관하지 않다. 『칼의 노래』(문학동네, 2003)의 '여진'이 '가랑이의 젓국냄새'로 기억되는가 하면, 『공터에서』에 등장하는 어머니와 애인, 타지에서 만나는 숱한 이국 여성들은 각종 몸냄새와 젖냄새 등으로 묘사된다. 반면 이처럼 여성을 '피, 땀, 젖' 같은 '비체abject'로 환원시킨 남성이 자신을 인식하는 방식은 흥미롭다. "우리 엄마하고 아버지하고 섹스해서 날 낳았다는 걸 나는 믿을 수가 없어. (…) 난 무성생식으로 태어난 것 같아."(38)

여성인물들이 어떤 계보도 없이 나타났다 휘발되는 '냄새'로 남을 동안, '마동수馬東守, 마장세馬長世, 마차세馬次世'라는,

물화物化된 이데올로기 그 자체인 이름의 남성인물들은 아비-장남-차남 계보를 켜켜이 쌓으며 '역사'를 만들어나간다. 김훈의 주인공은 언제나 '오지 않는 아버지'와 "니가 힘들겠구나."라는 말만 남긴 채 가장의 임무를 방기한 장남 때문에 모든 짐을 떠맡고 "아버지가 되기를 두려워"하는 '차남'들이었다. 한국문학은 아주 오랫동안 이런 걸 "20세기 한국 현대사를 살아낸 아버지와 그 아들들의 비애로운 삶"이라고 불러왔다(상기하자면, 김훈은 거대담론의 기만성을 파헤치고 '개별적인 것의 진실'을 내세움으로써 한국문학의 역사인식을 진일보시켰다고 평가받는다. 물론 '냄새'는 결코 '개별자'가 될 수 없다).[29]

그러므로 김훈 소설이 '남성들이 만든 형이상학적 세계의 덧없음'을 추문화한다는 점이, 그가 애초에 여성을 형이상학과 형이하학의 이분법이 적용되지 않는 역사의 바깥에 배치했다는 점을 상쇄하지는 못한다. 김훈이 남성세계를 추문화한다는 '미학적' 진실 앞에 반드시 덧붙여져야 하는 것은 그 '미학적인' 동물-왕국에서 여성은 '추문'의 대상조차 될 수 없다는 점이다.

특히 '개별적인 것의 진실'을 전면화함으로써 거대담론의 허위성을 폭로하는 김훈식 자유주의[30]가 그 자체로 87년 체제 이후 '민주화'의 효과임을 상기한다면, '시민'이자 '역사적 주체'로서의 여성을 삭제함으로써 '예외적 미학'을 달성하고자 하는 그의 세계인식을 그저 봉건적이거나 시대착오적인 것만으로 볼 수 없다. 한국 근현대사의 전개를 '아버지와 닮을 수도, 그로부터 벗어날 수도 없는 아들들의 비루한 초상'

으로 재현할 때,[31] 이런 방식의 동일화와 성정치학의 문법은 신자유주의의 전지구화와 신식민주의의 확산에 조응하는 논리로 은밀하게 작동하기 때문이다.[32]

젠더·민족·국가의 교차성intersectionality을 중심으로 신자유주의 시대 이후 여성의 난민화된 존재방식을 탐구한 니라 유발-데이비스는 공식적으로는 자유와 민주주의를 장려하면서도 복지국가의 급격한 약화를 위해 전통가족 이데올로기를 장려하는 것이 '신자유주의의 역설'이라고 지적한 바 있다. 그리고 이런 기획은 곧 여성이 민주체제에 온전히 참여하는 것을 배제하려는 욕망과 만난다.[33] "소수 남자들의 경제적, 사회적 위치를 하락시키지만 전체의 위치를 하락시키지는 않는다."[34]라는 것이야말로 가부장제와 연동한 신자유주의의 가장 확실한 약속인 셈이다. 그러니 애초에 역사적 주체로서의 자격이 박탈된 '여성-비체'에게 "역사는 아무리 더러운 역사라도 좋다"(김수영)[35]라는 남성서사의 메시지가 자조어린 한탄이라기보다는 일종의 안도의 노래로 들리는 것이 우연만은 아닐 것이다.

그렇다고 할 때, 김훈의 소설세계에서 명백히 포스트-포스트모던의 산물로서 등장한 탈이념·탈정치의 정치학이 여성을 비롯한 타자의 정치학을 삭제함으로써 가능한 것이라는 점은 진지하게 숙고돼야 한다. 그의 자유주의적 남성 페르소나는 이 세계를 유물론적 법칙에 수렴하는 것으로 인식하면서도 정작 자신은 그 비체적 세계로부터 거리를 유지함으로써 미학적 염결성을 고수한다. 그러나 이때 명백한 것은,

바로 그 미학적 자유주의의 포지션이 민주화 이후 제도화된
'다원적·이질적 주체들의 정치적 시민권'에 대한 부정과 반
동에 기인한다는 점이다.

그러므로 우리가 답해야 할 물음은 김훈 소설이 표방하
는 미학적 자유주의가 여타 남성서사와 구분되는 '더 세련되
고 더 복잡한 이유' 따위가 아니다. 오히려 우리가 진정으로
탐구해야 하는 것은, 서로 전혀 다른 정치적 스탠스에 있다
고 간주되는 '일베'와 <국제시장>과 『공터에서』가 근현대사
를 서사화하는 데 동원하는 화소들과 그 성정치학의 문법이
정확하게 일치한다는 사실의 정치적 함의다. 이 서사들은 민
주화 이후 성립한 '진보적 상식'의 허구성을 폭로하고 그것을
심문에 부치지만, 단 한 번도 가부장적 남성연대의 노래이기
를 거부한 적은 없다는 점에서 여전히 민주화 이전의 세계에
머물며 그 세계의 안녕과 지속에 공모한다. 그리하여 끊임없
이 되물어야 하는 질문.

"누가 민주주의를 노래하는가."

1   문재인 대통령 기념사 전문은 「[전문] 문재인 대통령 6·10 항쟁 30주년 기념사 "촛불, 6월항쟁이 피운 꽃"」, 『동아일보』, 2017. 6. 10(인용문의 '생략'과 강조는 모두 인용자의 것).

2   권명아, 「죽음과의 입맞춤: 혁명과 간통, 사랑과 소유권」, 『음란과 혁명: 풍기문란의 계보와 정념의 정치학』, 갈무리, 2013.

3   「'택시운전사'→'1987', 보통 사람이 들려준 민주주의」, OSEN, 2017. 12. 28.

4   「평범한 사람들의 용기」, 『한겨레21』 1196, 2018. 1. 15.

5   「"미완성의 6월항쟁… 박정희 체제 지속이 '촛불혁명' 촉발"」, 『경향신문』, 2017. 6. 7.

6   오혜진, 「'남성 투톱 영화' 전성시대」, 『한겨레』, 2016. 2. 15.

7   「이기호, 전두환 시대 다룬 신작 『차남들의 세계사』 출간」, 『경향신문』, 2014. 8. 17; 이기호·서희원, 「이기호 글발충만기」, 『자음과모음』 26, 2014년 겨울, 247쪽.

8   윤해지, 「[씨네 인터뷰] 신작 장편소설 『이것이 남자의 세상이다』 출간한 천명관 작가」, 『씨네21』 1077, 2016. 10. 27.

9   「'문학시장 거장' 대결… 김훈 vs 황석영의 한국 근현대사」, 뉴시스, 2017. 2. 2.

10 김지미, 「국가와 아버지: 자수성가에 대한 두 개의 판타지」, 『황해문화』 91, 2016년 여름.

11 R. W. 코넬, 안상욱·현민 옮김, 『남성성/들』, 이매진, 2013.

12 "1910년과 1948년이라는 두 숫자가 우리 부자의 생에 운명적인 좌표처럼 찍혀버린 것이죠. **여기서부터 결코 도망갈 수가 없는, 피해서 달아날 수 없는 한 시대의 문명이 전개되었던 것이고 저나**

저희 아버지나 모두 그 시대에 참혹한 피해자였습니다. 저의 소설에는 그 피해자의 얘기들이 나오는 것입니다. 저의 소설에는 영웅이나 저항하는 인간은 나오지 않았습니다. 역사의 하중을, 시대가 개인에게 가하는 고통을 견딜 수 없어서 도망 다니고, 그 시대를 부인하고, 또는 그 시대가 하중이 무거워서 미치광이가 돼서 세계의 바깥을 떠돌고 그런 인간들의 모습을 그렸죠." 「[취재파일] '공터에서': 김훈 "역사의 하중을 견디지 못한 자들의 이야기"」, sbs뉴스, 2017. 2. 10.

13 이기호의 『차남들의 세계사』에서 고아이자 문맹인 '나복만'이 대변하는 '민중'의 상은 가난하고 선량하고 무고한 '양민'이다. 그는 폭력과 날조로 점철된 세계에서 영문도 모른 채 이용당하고 희생되는 역사의 '피해자'로 형상화된다. 물론 나복만에게는 민중 특유의 '건강함'으로 간주되는 맹목적인 도덕심이 있었고, 그것을 기반으로 그는 지배권력에 대한 일종의 '수동공격'을 실행할 수 있었다. 그러나 나복만에게, 날조된 이 세계의 논리를 파악하고 그에 대한 저항적 기획을 상상하는 정치적 자의식을 끝내 허용하지 않았다는 점에서 이 소설이 상정하는 '민중'에 대한 낭만적·계몽주의적 인식은 민주화 이전의 그것으로부터 크게 나아간 것은 아니다.

14 「선 굵은 소설 쓰니 '아저씨 독자' 다시 모이더군요」, 『한국경제』, 2013. 8. 1.

15 이혜령, 「1930년대 가족사연대기 소설의 형식과 이데올로기」, 『한국소설과 골상학적 타자들』, 소명출판, 2007, 188~189쪽.

16 이 책 1부에 수록된 「퇴행의 시대와 'K문학/비평'의 종말: 2015년 문학권력 논쟁 및 문학장의 뉴웨이브를 중심으로」 참조.

17 「[쾌도난담] 위악인가 진심인가: 거대담론을 경멸한다는 문필가 겸

『시사저널』 편집국장 김훈의 생각」, 『한겨레21』 327, 2000. 9. 27.

18 「김훈 "여성을 인격체로 묘사하는 데 서툴지만 악의는 없다"」, 뉴스1,
2017. 6. 7.

19 천정환, 「어떻게 유영철은 계백이 되었나≠어떻게 노무현은 이순신이
되었나」, 『역사와문화』 11, 문화사학회, 2006.

20 강지희, 「선택-국내소설: 김훈, 「공터에서」」, 『문학동네』 91, 2017년 여름.

21 「소설가 김훈, 장편 '공터에서' 출간 "70년간 갑질의 시대… 아버지와
내가 살아온 야만의 시대를 그렸다"」, 『경향신문』, 2017. 2. 6; 김훈,
「태극기에 대한 나의 요즘 생각」, 『문학동네』 90, 2017년 봄.

22 "지나간 시대의 사회면을 많이 봤더니 우리 사회의 70년 동안의 유구한
전통이라고 할 수 있는 것은 '갑질'이더군요, 갑질. (…) 피난민들이
서울에서 부산까지 한 50만 명이 줄을 지어가지고 그 추운 겨울날
피난을 가는데 이 나라 고관대작들이 군용차와 관용차를 징발해서
그 군용트럭에다 응접세트를 싣고 피아노를 싣고 먼지를 날리면서
피난민들 사이를 남쪽으로 질주해 내려갔고, 국방부 정훈관이 '제발
이런 짓을 하지 말아 달라'고 성명을 발표한 그런 성명들이 신문에,
조선일보에 그때는 조선일보에 그리고 부산일보에 큰 탑 기사로 나온
걸 봤어요.

　　그뿐 아니라 매일매일 그와 유사한 갑질, 그것이 이제 보도가 된
것이죠. 나는 그걸 보고 '아 내가 태어난 조국이 이런 나라구나'를
깨달았어요. '아 나는 이런 나라에 태어난 후예로구나. 이런 나라에
태어나서 글을 쓰고 있구나' 슬픈 생각을 했죠. 그런데 그런, 말하자면
전쟁 때 신문이 보여주는 그런 비리와 야만성이 지금도 계승되고 있는

것이죠. 그래서 광화문에서 매일매일 분노의 함성이 일어나고 있는 그런 전통은 유구한 것이로구나 싶은 생각이 들었어요." 「[취재파일] '공터에서': 김훈 "역사의 하중을 견디지 못한 자들의 이야기"」, sbs뉴스 2017. 2. 10.

23 주디스 버틀러·가야트리 스피박, 주해연 옮김, 『누가 민족국가를 노래하는가』, 산책자, 2008, 18~19쪽.

24 정희진, 「한국 남성의 식민성과 여성주의 이론」, 권김현영·루인·엄기호·정희진·준우·한채윤, 권김현영 엮음, 『한국 남성을 분석한다』, 교양인, 2017.

25 "기자들이 서울 시민은 다시 피난을 가야 하는지를 대통령에게 물었다. 그것은 각자 임의로 결정할 일이고 정부가 간여할 수 있는 일이 아니라고 대통령은 말했다."(115)

26 "북청 외곽 산간 마을에서 혼인은 오래된 습속을 견디고 받아들이는 의식이었는데, 첫아이가 태어나서 피 냄새를 풍길 때 이도순은 그 습속에 기억할 수 없으리라는 것을 알았다. 이도순의 신랑은 상고를 나왔고 금융조합 서기 보조원이었으므로 딸 가진 아낙들은 이도순의 혼인을 부러워했다."(100)

27 이혜령, 앞의 글, 213~214쪽.

28 "마동수가 죽은 후에 이도순의 몸은 빠르게 무너졌다. 오래된 관절염에 불면증과 치매 증세가 깊어졌다. (…) 이도순은 기억을 거의 상실해갔는데, 생애의 가장 고통스런 대목들만을 챙겨서, 더욱 선명히 기억하고 있었다. 망각의 시간들 사이사이에 기억이 되살아났고, 그때마다 이도순은 연극배우처럼 과거를 재현해냈다. (…) 이도순의

기억 상실은 잊혀지지 않는 많은 것들 중에서 가장 잊고 싶은 것들만을
되살려내는 기억 회생의 병증인 것처럼 보였다."(238)

29   오혜진, 「'냄새'로만 존재하는 여자들」, 『한겨레』, 2017. 6. 12.

30   "전 세기의 국가주의나 민족영웅주의와는 거리를 두고 있는 21세기적
산물"이자 김영삼·김대중 정부 이후 정치에 대한 환멸과 상통하는
김훈의 미적 자유주의의 성격과 정치적 함의에 대해서는 천정환, 앞의
글, 29~31쪽.

31   "마차세는 아버지와 나란히 이발 의자에 앉았다. 거울에 비친 두
얼굴이 똑같아서 마차세는 흠칫 놀랐다. 어디라고 딱히 말할 수 없는
그늘까지도 두 얼굴은 닮아 있었다. 마차세는 헤어날 수 없는 사슬에
옥죄이는 느낌이었다."(132)

32   피터 커스터스, 박소현·장희은 옮김, 『자본은 여성을 어떻게
이용하는가: 아시아의 자본 축적과 여성노동』, 그린비, 2015.

33   니라 유발-데이비스, 박혜란 옮김, 『젠더와 민족: 정체성의 정치에서
횡단의 정치로』, 그린비, 2012, 219쪽.

34   R. W. 코넬, 앞의 책, 364쪽.

35   김수영, 「거대한 뿌리」(1964), 『거대한 뿌리』, 민음사, 2003.

○ ○

'오구오구 우쭈쭈' 시대의 문학

번갯불에 콩 구워 먹듯 대선정국은 신속하게 끝났다. '촛불정신'은 너무나 빠르게 '정권교체'라는 말로 번역됐고, 그 타당성을 논하기엔 시간이 부족했다. 자서전을 통해 자신의 성폭력 모의 전력을 자백한 홍준표 후보의 사퇴운동을 전격적으로 전개하지 못한 것, 차별금지법 제정을 둘러싼 후보들의 첨예한 토론을 진척시키지 못한 것이 특히 아쉽다.

그 와중에 '문재인 후보 지지 5·9선언'이라는 이름으로 전개된 문학인들의 행보를 되새길 만하다. 문재인 후보 지지를 호소하는 단체메일 발송, 문 후보에 대한 단행본 발간, 문 후보를 지지하는 카드뉴스 및 문 후보 홍보 웹사이트 제작 등 이번 선거에서 문인들의 정치적 의사표시는 어느 때보다 가열찼다. '#문단_내_

1
최재봉, 「문인과 정치」,
『한겨레』, 2017. 5. 4.

성폭력'이라는 여전히 뜨거운 화두에 대해 대부분의 문인들이 철저히 침묵을 지킨 것에 비하면, 이번 문학인들의 적극적인 행보는 유별나다고 해도 과언은 아닐 테다. 물론 블랙리스트 사건을 경험한 문인들에게 이번 선거가 문화예술계의 회생을 도모할 수 있는 중대한 계기이리라는 점은 충분히 짐작할 수 있다.

그럼에도 이번 일부 문인들의 정치적 행보는 보기에 따라 매우 기이했고 실제로 적잖은 비판을 받았다. 왜일까? 혹자는 '문인과 정치'라는 고색창연한 테제를 들어 이 비판의 내용을, '문학의 정치참여'를 '문학의 순수성'을 훼손하는 것이라고 생각하는 비합리적인 믿음의 신봉자들이 제기하는 구태의연한 비난이라고 해석했다.[1]

그러나 이런 손쉬운 정리는 이번 문인들의 정치참여에 제기된 정당한 비판의 논리를 의도적으로 왜곡하는 것처럼 보여 더욱 의심스럽다. 그가 곡해한 것과는 달리, '문인은 정치에 참여해서는 안 된다'는 이유로 문인들의 문재인 후보 지지운동을 비판한 이는 없었다. 문인 역시 정치적 의사를 가질 수 있고 표현할 수 있는 시민이라는 점은 이미 상식화된 지 오래지 않은가. 이번 문인들의 정치참여에 대해 제기된 비판의 핵심은 그것이 '충분히 정치적이었는가'이며, 그 대답은 '아니오'에 가깝다는 점이 사태의 본질이다.

예컨대 "젊은 문인"들이 만들었다고 소개
된 문재인 후보 홍보 웹사이트 '문카운트'(http://
www.5959uzuzu.com)는 그 기묘한 인터넷주소가 예고
하듯 "미담폭포수, 파도 파도 미담만 나와"라는 식의
'문비어천가'로 가득 채워졌다. 문재인 후보를 지지하
는 문인들의 카드뉴스 또한 문재인 후보를 지지해야
하는 정치적·합리적 근거 대신 "그가 살아온 내력의 맑
고 투명한 아름다움"과 같은 모호한 품성론 등으로 일
관했다. 심지어 수십만 명의 팔로워들을 거느린 인기
트위터리언으로 유명한 한 작가는 문재인 후보가 아닌
타 후보에 대한 네거티브 공세에 가담하거나, 자신에
게 반대의사를 표한 트위터 유저들을 고발하겠다는 경
고를 남발하기까지 했다. 문 후보가 속한 더불어민주
당이 아닌 소수 진보정당에 '소신투표'하겠다는 시민
들의 의견을 '정권교체에 일조하지 않고 혜택만 누리
려는 무임승차' 행위에 비유하거나 '문재인 흔들기'라
는 비열한 의도를 지닌 것으로 폄하하는 발언도 거듭
했다. 이 과정에서 왜 '정권교체'만이 답인지, 왜 어떤
정치적 선택은 "나중에" 해야 하는 것인지에 대한 정치
적 대화 및 토론은 찾아볼 수 없었다.

과연 '문학의 이름으로' 정치에 참여한다는 것은
무슨 뜻일까. 유명 문인이 특정 후보의 이미지메이커
가 되는 것? 미사여구를 동원해 특정 후보를 찬양하는

2
이 웹사이트는 본 칼럼이
발표된 2018년 5월 14일
직후 삭제됐다.

것? 문학계의 이해관계를 유력한 정치변수로 내세우는 것? 그럴 리가. 문학의 이름으로 정치에 참여한다는 것은 '문학'이라는 담론양식을 통해 수행해온 지적·예술적 통찰을 우리 사회의 정치적 상상에 기입한다는 뜻이다. '문학의 정치성'을 주장하면서, 실제로는 전(前)정치적·반정치적·탈정치적 수사와 (비)논리로 일관하는 것. 이것이야말로 현재 한국문학계가 빠진 수렁일 테다.

2018. 5. 14.

'개'와 '사람'을 구분하는 법

'형제사철탕'은 '곰'과 '모란'이, '태양건강원'은 '이 씨'
와 그의 아들 '병구'가 운영한다. 두 가게는 나란히 붙
어 있다. 곰과 이 씨는 형제처럼 보이지만 사실 건물주
와 세입자 관계다. '나'가 일곱 살 때 곰은 고아인 '나'
를 찾아왔다. 곰은 마치 '개를 고르듯' "눈빛을 보고 입
을 벌려 안을 확인"하더니 '나'를 아들로 낙점했다. 그
후 '나'는 개를 도축해 두 식당에 납품하는 곰의 '아들'
이자 '동업자'가 됐다. 곰은 '나'를 개 패듯 패며 개 잡
는 법을 가르쳤고, 그걸 학습한 '나'는 개 농장을 물려
받았다.

　　　　반면 허약하고 순진해 개를 잡지 못하는 병구
는 모란에게 홈뻑 빠졌다. 곰은 "연변 아가씨"라 불리
는 모란을 이 씨에게는 '종업원'으로, '나'에게는 '딸'로

소개했다. 모란은 늘 곰의 뒤에서 말없이 개를 손질한다. '나'는 모란에게 고백하겠다는 병구의 멍청함을 깨닫게 하고자 곰과 모란이 나체로 함께 있는 풍경을 병구로 하여금 목도하게 했다. 병구는 건장한 곰에게 대들다가 개처럼 두들겨 맞고는 다음 날 개처럼 혀를 빼문 채 목을 맸다. 병구가 죽기 전 '나'에게 남긴 말은 "넌 개새끼와 개 같은 새끼 중 뭐가 더 기분이 나빠?"였다.

어느 날, 이 씨는 다짜고짜 모란의 머리채를 잡았다. "너지. 이 씨팔년아. 네가 내 아들 홀렸지." 그 광경을 본 곰은 잠시 생각했다. 그리고는 모란의 뺨을 때렸다. "쌍년이 여기저기 홀리고 다니고 있어. 죽을라고." 곰은 한잔하자며 이 씨의 어깨를 감싸 안은 채 나갔다. '나'에게 모란이 몰래 쥐어준 영수증 조각에는 이렇게 적혀 있었다. "나를 죽여주세요. 부탁합니다." 그날 밤 '나'는 모란의 부탁을 거절하기로 결심했다. 대신 모란의 방에서 나오는 익숙한 실루엣의 왼쪽 복부에 칼을 찔러 넣었다. 곰이 '나'에게 가르쳐준 개 잡는 방식으로.

이상은 정용준의 단편 「개들」(정용준, 『우리는 혈육이 아니냐』, 문학동네, 2015)의 줄거리다. 이 소설은 흔히 폭력적인 아버지를 폭력적으로 죽임으로써 아버지의 세계에 입사하는 아들의 이야기로 읽힌다. 하지만 내가 주목하고 싶은 것은 이 소설이 바로 그 '폭력으로 점철된 아버지의 세계'가 기실 '모란-여성'의 존재를 교환·소거해야만 유지되는 남성연대에 의한 것임을 정확히 지시하고 있다는 점이다.

무엇보다 이 소설이 특별한 이유는 '아버지-세계' 앞에 선 '나'를 그 어떤 자기연민이나 미학화의 욕망 없이 그렸다는 데 있다. 이 소설은 남성을 '찌질할 수 있는 특권'을 가진 존재로 그리는 홍상수의 세계와도, 남성질서의 야만성을 묘사하기 위해 여성의 난자된 육체를 외설적으로 재현하는 김기덕의 영화와도, 야수성을 가진 남성육체들의 부딪침을 낭만적으로 묘사하는 남성누아르의 세계와도 닮지 않았다. 오히려 이 소설은 바로 그런 재현의 욕망을 스스로 응시하고 그것에 저항하는 것만이 "개새끼"와 "개 같은 새끼"와 '개 아닌 새끼'를 구분할 수 있다고 말하는 듯하다. 그러니까 이 소설은 '현실의 폭력을 자연화하지 않는 폭력의 재현'이라는 명제에 도전한다. 그리고 바로 그런 의미에서, 나는 이 소설을 한국 남성성에 대한 진지한 성찰을 시도한 드문 사례로 기억한다.

최근 여성을 오직 성적 존재로 환원하며 이를 폭력적으로 향락하는 일이 남성들의 오랜 기쁨이자 연대감의 연원임을 자랑스럽게 주장한 책이 화제였다. 이 책의 제목은 적나라하게도 『남자가 대놓고 말하는 남

1
「페미니스트 대통령과
탁현민은 함께 할 수 없다」,
『한겨레』, 2017. 7. 7;
「시민 7,500명 "탁현민
버티기는 여성 주권자
모독" 서명」, 『한겨레』,
2017. 7. 7; 「'탁현민
OUT' 7,542명 서명…
거리로 나선 여성단체들」,
『경향신문』, 2017. 7. 7.

자 마음 설명서』(탁현민, 해냄, 2007)인데, 저자는 문재인
정부에서 '청와대 의전비서관실 행정관'이라는 공직을
맡게 되었다. 이 책의 내용이 문제가 되자, 많은 페미
니스트 시민들은 그가 공직을 수행하는 것이 적절하지
않으므로 사퇴해야 한다고 주장했다.[1] 허나 저자를 비
호하는 이들은 이 책이 '남성세계에 비판을 가할' 목적
으로 쓰인 것이라 변명했으며, 문재인 대통령의 최측
근은 저자의 언행이 모두 "철없던 시절에 한 일인데 안
타깝다"라며 저자에게 "기회를 주는 것이 좋을 것"이라
고 말했다(당시 청와대 비서실장이던 임종석은 '첫눈이 오면 탁 씨
를 보내주겠다'고 했지만, 첫눈이 내린 지 이미 오래인 2019년 3월 현
재에도 탁 씨는 "쓰일 때까지 남겠다"며 '대통령 행사기획 자문위원'이
라는 직책을 맡아 여전히 국가업무에 관여하고 있다).

　　이 사태를 목도하면서 가장 절망스러운 것은 해
당 책의 내용이라기보다, "말할수록 자유로워진다"라
며 당당하게 떠벌린 저자의 성차별적·성폭력적 인식
과 가치관이 일종의 '무용담'으로 각색돼 '남성세계에
대한 비판'이나 '철없는 시절'의 일로 정당화되는 장면
그 자체다. 이 모든 것이 "성인지적 인권 감수성을 높
이겠다"라며 스스로를 "페미니스트 대통령"이라고 지
칭해온 이가 대통령으로 있는 현 정권에서 벌어지고
있는 일이다.

　　부디, 남성성에 대한 성찰은 남성성을 말하는 방

식 그 자체와 무관하지 않음을 저자와 그 일족一族들이
하루빨리 배우길 바란다. 이제 정말 '철이 들었다'면
말이다.

2017. 7. 9.

비평의 백래시와 새로운
'페미니스트 서사'의 도래

'#페미니즘'이라는 매혹과 곤혹

메갈리아 및 강남역 여성혐오 살인사건, 그리고 '#문단_내_
성폭력'과 '#MeToo' 운동 등 일련의 사태들이 한국문학계
에 요청한 것은 결국, 변화된 젠더/섹슈얼리티 체계와 감수
성을 다루는 페미니즘/퀴어 정치학을 한국문학계의 주요한
벡터이자 상수로 깊이 고려하자는 것이었다. 이 요청에 대한
한국문학계의 반응을 일별하는 일은 필요하지만 짧은 지면에

서 다 감당할 수 없으므로, 특징적인 몇몇 국면에 대해서만 이야기해보자.

우선, 각 문예지들이 시도한 '페미니즘' 특집의 전면화, 여성작가들의 약진, '페미니즘 소설'이라는 브랜드의 등장 등은 분명 문학사·문화사적으로 눈여겨볼 현상이다. 그 의미는 양가적이다. 그간 한국문학의 '문학성'을 몰성적으로 구성하는 데 일조했던 문예지들이 '페미니즘'을 시장성을 담보하는 화제로 다루게 된 현실은 새 세대 독자들의 힘으로 페미니즘을 한국문학장에 재기입한 사례1라는 점에서 고무적이다. 허나 그것은 여전히 페미니즘·페미니스트를 아이콘화하거나 '별책화'하는 방식으로 실현됐다는 점에서 최근의 '페미니즘 리부트'에 대한 책임 있는 응답이라기보다 페미니즘을 '소비'하는 것에 가깝다는 비판2도 제기됐다.

'페미니즘 소설' 혹은 '여성소설가의 약진'이라는 미디어의 호명과 그에 부응하는 여성작가들의 움직임에서도 유사한 양상이 발견된다. 이전까지 '여성(성)·여성작가·페미니즘 소설' 같은 라벨링이 자신의 문학세계에 대한 축소해석을 초래할 것이라고 염려했던 여성작가들이 이제 '페미니즘 소설'이라는 브랜드를 전략적으로 활용하게 됐다는 점은 무엇을 뜻할까. 이는 종종 '미달의 기호, 부분적 지식, 시효 만료된 이론, 극복의 대상'이라고 규정되던 페미니즘이 한국문학계에서 차지하게 된 새로운 위상을 반영하지만, 이 과정에서 페미니즘은 현재에도 끊임없이 구성 중인 인식론이자 정치학으로서가 아니라, 이미 그 내포가 고정된 자명한 범주로 전제됐다.[3] '여성작가'나 '페미니즘 소설'이 떨쳐내야 할 두려움의 이름으로 각인됐던 과거와 거리낌 없이 선언되고 소비될 수 있는 대상으로 존재하는 현재. 무엇이 우리에게 더 깊은 곤경일까. 아니, 이것은 꼭 '곤경'일까.

'#나는 페미니스트다' 선언과 재소환되는 '정전'들

페미니즘이 문학장은 물론 대중사회 담론에서 더 이상 무시할 수 없는 화두가 되자, 기성 비평가들 중에서도 스스로를 '페미니스트'라고 선언하면서 성별, 섹슈얼리티, 세대 등의 요인에 대해 더 민감하고 유연한 태도를 가져야 한다는 입장을 명시적으로 밝히는 흐름이 생겨났다. 이는 한국문학의 남성 중심적인 지배적 기율들에 대한 대중독자의 비판적 문제제기를 'K문학'이라는 문화적 명명을 통해 밝힌 논의[4]에 거의 반사적으로 불쾌감을 표하던 불과 몇 년 전의 흐름을 상기할 때 꽤 일신한 현상이며 고무적이다. 특히 '#문단_내_성폭력'과 '#MeToo' 운동은 그간 '상식', '합리', '지성' 등을 표방하며 진보주의 문학비평을 실천하면서도 동시에 '1980년대식' 진보주의의 교조성에 대한 비판과 자성을 요구받던 586세대 평론가들에게 스스로 변화를 인식하고 그것을 실천할 수 있는 가시적인 계기를 효과적으로 제공한 듯하다.

물론, 중견 남성 지식인/비평가들의 연이은 '페미니스

트 선언'은 페미니즘/퀴어 정치학에 대한 특별한 공부 없이 '상식'과 '합리', '진보'와 '윤리' 같은 가치에 대한 느슨한 믿음만으로도 스스로를 페미니스트로 인식하고, 그 선언이 즉각 정치값을 가지기를 기대한다는 점에서 그 자체로 남성권력의 실천이겠다. 그러나 선언의 자격과 진정성authenticity 탐문에만 골몰하는 것은 페미니즘 운동사와 지성사를 갱신하는 데 그리 생산적인 작업은 아니므로 이 현상을 좀 더 확장적으로 의미화할 필요가 있다. 즉 586세대 남성비평가들의 페미니스트 선언이 비록 면피용이나 체면치레, 혹은 구별 짓기의 제스처에 불과하더라도, 그 선언의 수행성performativity을 신뢰하는 편이 더 낫다는 것이다.[5] '선언'은 수행됨으로써 선언하는 주체의 의도나 진정성과는 무관하게 그 자신을 변화시킬 수 있다는 점에서 언제나 정치적 급진화의 가능성을 내포한 전략이다. 다만, 동성애를 반대하는 '특전사'이자 여성을 존중하는 '페미니스트'라는 형용모순의 명제를 자기정체성으로 선언한 문재인 대통령의 전략에 대한 페미니스트들의 비판[6]을 상기하는 일은 필요하겠다.

그런데 586세대 (남성)비평가들이 보여준 자기변화의 의지, 그리고 새로운 교양·감수성으로서의 페미니즘에 대한 신뢰의 '선언'을 존중하면서도 짚어보고 싶은 것은, 아직 '문학(사) 비평'이라는 실천의 차원에서 그간 지배적 위상을 점하던 남성 중심주의적 기율들을 탈구축하려는 시도는 충분하지 않다는 점이다.

예컨대, 자신이 가진 '좋은 작품'의 기준을 의심하지 않는 중견 ('진보주의'를 표방하는) 비평가들은 최근 여성작가들의 작품들이 '문학적 지성'을 결여했다거나 '도식적'이라고 지적하면서,[7] 또다시 『난쟁이가 쏘아올린 작은 공』(조세희, 문학과지성사, 1978)이라는 정전을 소환한다. 하지만 이때 '문학적 지성'이나 '도식성'을 정의하는 고전적 인식에 대한 비판적 사유는 누락되며,[8] 『난쟁이가 쏘아올린 작은 공』을 비롯한 '정전'은 재독해를 요하지 않는, 일종의 문학적 이데아로서 호출된다. 물론, 『난쟁이가 쏘아올린 작은 공』이 보여준 문제의식과 미학 중 여전히 현재적 의미를 지니는 가치들은 분명 있으며, 그걸 부인할 이유는 없다. 그러나 재미在美 문학연구자 이진경이 지적했듯, 『난쟁이가 쏘아올린 작은 공』은 가부장적 가족주의를 근간으로 확장된 노동자계급 및 민족을 위한 여성의 섹슈얼리티와 성적 노동의 희생을 효과적으로 재연·승인하는 텍스트[9]이기도 하다. 그런 면에서 1970년대식 좌파민족주의 성정치학의 임계를 보여주는 『난쟁이가 쏘아올린 작은 공』이 오늘날 형성 중인 '문학(성)'의 롤모델로 제시되기 위해서는 신중한 해석과 유보가 필요하다.[10]

　　당연한 말이지만, '정전'이 '정전'인 이유는 해당 작품이 씌인 당대의 정치적·미학적 기획의 가능성과 그 임계를 동시에 보여주기 때문이다. 그것을 '당대성'이라고 불러도 좋겠다. 정전은 당대성에 대한 이해를 토대로 과거보다 더 나은 미래를 도모하기 위한 자원으로 활용됨으로써만 현재적 의미를 획득한다. 정전의 권위가 도래해야 할 새로운 문학적 가치를 재단하는 기율로서 아무런 의심 없이 소환된다면, 우리는 그것을 문학적 상상력의 빈곤이자 퇴행이라고 부를 것이다.

비평의 백래시backlash—
'정치적 올바름'에 구속된 자는 누구인가

미국의 저널리스트 수전 팔루디는 1991년에 펴낸 저서 『백래시: 누가 페미니즘을 두려워하는가』에서 1980년대 페미니즘에 대한 '백래시'를 "사회 변화나 정치 변화로 인해 자신의 중요도와 영향력, 권력이 줄어든다고 느끼는 불특정 다수가 강한 정서적 반응과 함께 변화에 반발하는 현상"이라고 규정했다.11 물론 팔루디의 이 분석은 '뉴라이트의 정치적 세력화와 함께 등장한 레이건 정부의 보수주의적 정책'이라는 1980년대 미국의 역사적 특수성에 대한 이해를 필수적으로 요청한다. 하지만 이를 '지금-여기' 한국에서 전개되는 일련의 '반동적' 비평들과 견주어보는 것은 필요하고 또 가능한 일이겠다.

일례로, 최근 비평계에서 '정치적 올바름political correctness'이라는 개념이 새삼 재부상하고 있는 맥락을 검토해보자. 여아 낙태, 취직 및 임금 등에서 나타나는 성차별, 결혼 및 출산으로 인한 여성의 경력 단절, 성폭력과 여성혐오, 일베와 소라넷 등을 위시한 남성연대의 폭력과 성적 지배 등 소위 '여성주의적 이슈들'을 다루는 일련의 작품들(물론 그 작품을 쓴 작가의 성별은 대부분 '여성'이거나 '여성'이라고 알려져 있다)은 단번에 '페미니즘 소설'로 분류됐다. 작가들이 스스로 그렇게 부른 사례도 있고, 작가의 의도와 무관하게 미디어나 평론가들에 의해 그렇게 호명된 사례들도 있다. 이 명명의 목적과 효과는 다양하다. 누군가에게 이 명명은 한국문학장 안팎의 페미니즘 세력화를 위한 수행이었고, 누군가에게는 소비할 만한 '브랜드'를 각인시키려는 마케팅의 일환이었다. 그리고 또 누군가에게 그것은 해당 작품과 담론들을 '문학적인 것'의 외부로 배치하기 위한 일종의 알리바이였다.

특히 마지막 사례에 주목해보자. 분명한 것은, 최근 비평계에 '페미니즘 소설'을 '소재주의'나 '대중추수주의'에 편승한 산물들로 간주하려는 시도가 존재한다는 것이다. 이들에게 '페미니즘 소설'이라는 호명·분류는 그 스펙트럼 자체가 현시하는 페미니즘의 분화된 정치학 또는 개별 작품들의 고유성과는 무관하게, 이 분류에 속하는 작품들의 가치를 모조리 '후려치는' 일종의 게토화 전략으로서 수행된다. 이 작업을 지탱하는 (비)논리는 비교적 명료한데, '페미니즘/퀴어 소설'은 '정치적 올바름'에 구속된 것이며, 이는 '정체성정치'의 한계를 그대로 노정하고 있다는 것이다.[12] 이때 '정치적 올바름'은 별다른 근거 없이 '문학적인 것(미적인 것)'과 대립되는 것으로 배치되며, '정체성정치'는 이미 시효 만료된 전략으로서 타매와 극복의 대상이다.

우리는 도처에서 '정치적으로 올바른' 나와 너를

마주하고 있다(나는 최근에 읽은 문예지에서 이 말을 스무 번 가까이나 들었다). 얼마 전까지도 비평은 '문학의 정치'를 이야기하고 있었다(그전에는 '문학의 윤리'였다). 그러다가 최근에는 정치적으로 올바른 문학을 이야기하기 시작했다. 나는 문학의 정치(윤리)에 대한 숱한 비평이 혹시 정치(윤리)를 작품을 위한 기회와 수단으로 삼은 것은 아니었는지 자문한 적이 있다. **지금 문학의 정치(윤리)는 정치적으로 올바른 문학으로 변장을 서두르는 것은 아닐까.** 재빠른 변신은 다소 석연찮다. (…) **지금은 문학이 아닌 삶을 이야기하고, 쾌락 대신에 도덕을 요구한다. 합쳐보면 그동안 비도덕적인 쾌락을 맘껏 즐겼으니까 이제는 조신하게 살 때도 되었다는 말인가.**[13]

예컨대, 문학평론가 복도훈은 최근 "도처"에서 "정치적으로 올바른 문학"을 이야기하고 있다고 토로한 후, 이를 "문학이 아닌 삶을 이야기하고, 쾌락 대신에 도덕을 요구"하는 것이라고 의미화한다. 그에게 최근 페미니즘 소설/비평으로 간주되는 일련의 담론들은 '정치적으로 올바른' 문학을 요구하는 것이자 일종의 잔소리에 불과하다. 그리고 "그동안 비도덕적인 쾌락을 맘껏 즐겼으니까 이제는 조신하게 살 때도 되었다는 말인가."라는 구절에서 드러나듯, 그런 요구는 곧 조롱의 대상이다.

그런데 흥미롭지 않은가. 각주 12번에 제시했듯, 최근 '정치적 올바름'을 문학계의 화두로 부상하게 한 것은 그가 '정치적 올바름'에 사로잡혀 있다고 주장한 소설들이 아니라, 그 소설들을 '정치적 올바름에 사로잡혀 있다'고 주장한 그 자신을 포함한 일련의 비평들이다. 즉 '정치적 올바름'이라는 프레임은 『82년생 김지영』(조남주, 민음사, 2016)이나 『다른 사람』(강화길, 한겨레출판사, 2017) 같은 소위 '페미니즘 소설'로 간주되는 작품 혹은 비평들이 내세운 것이 아니라, 바로 그 작품들이 표방하는 페미니즘을 '비문학적인 것'으로 간주하려는 일군의 비평적 시도들에 의해 만들어졌다. '정치적 올바름'을 가장 열정적으로 언급한 주체, 즉 복도훈이 "도처"에서 만났다는 "정치적으로 올바른 문학"을 이야기하는 주체는 다름 아닌 그 자신이다.

물론, 『82년생 김지영』을 위시한 최근의 '페미니즘 소설'들이 구현하는 미학과 정치학을 '정치적 올바름에 대한 강박'으로 읽어내는 비평은 가능하다. 하지만 '정치적 올바름에 대한 요청이 최근 페미니즘 소설에서 읽어내야 하는 전부인가', '왜 최근의 페미니즘 소설들은 '정치적 올바름'이라는 기율을 절대화하게 됐는가(정말 그런지는 차치하고라도)', '현재 '정치적 올바름'이라는 명제가 갖는 정치적 가능성은 무엇인가' 등의 질문이 뒤따르지 않는다면, 아무런 의심도 유보도 없이 주창되는 '페미니즘 소설=정치적 올바름에 구속된 작품=정체성정치의 한계 노정'이라는 공식은 그저 페미니즘 자체를 '비문학적인 것'으로 간주하고 적대시하려는 반동적 시도에 불과하다. 오히려 이런 비평적 시도에서 감지되는 것은 최근의 '페미니즘 소설'을 독해하는 데 있어, '정치적 올바름' 외에 어떤 다른 비평적 기준도 고안할 의지와 능력이 없는 비평가의 무능과 게으름이다.

심지어 혹자들은 페미니즘을 일종의 '유행'으로 간주한 후, 문학은 '유행'을 '반영'하거나 '뒤쫓는' "트위터"가 아니라고 주장한다.[14] 그들이 이렇게 주장하는 이유는 『82년생 김지영』을 문화적 사건으로까지 만든 대중의 역동, 2015년 이후 촉발된 여성대중 봉기의 정치적 의미, 과거 페미니즘 운동사를 계승하면서도 단절한 효과로서 형성된 포스트페미니즘 시대 텍스트 고유의 정동을 해명하는 일을 '비문학적인 것'으로 간주하기 때문이다. 그러나 문학이 트위터가 아닌 것이야 사과가 책상이 아닌 것처럼 당연한 일이지만, 그것이 곧 '문학이 트위터가 하는 일을 하면 안 된다'거나 '문학이 트위터의 형식을 취할 필요가 없다'는 의미일 이유가 있을까. 그리고 트위터는 정말 '유행'을 '반영'하는 데 불과한 매체일까. 근대작가 염상섭은 자신의 소설에 당대 신문기사를 그대로 차용하거나 신문기사의 서사형식을 공공연히 빌렸고, 박태원은 자신의 영수증과 진단서, 지출목록 등을 작품에 그대로 노출했다. 이광수가 당시의 신문물인 활동사진이나 축음기 등의 시청각적 잔상 속에서 『무정』(1917)의 묘사와 리듬을 만든 것 또한 잘 알려진 일이다.[15]

그뿐인가. '문학이 사회적 담론을 반영해서는 안 된다'고 이 젊은 미학적 보수주의자들(혹은 반미학주의자들)은 철석같이 믿지만, 예의 그 유명한 김동인과 염상섭의 모델소설들은 당대 신여성들에 대한 소문을 착실히 반영함으로써 작성될 수 있었고, 오히려 그 소문을 구성하는 데 톡톡히 일조하기도 했다.[16] 이것이 바로 근대소설의 정초가 다져진 과정이자, 처음부터 '혼종'이었던 근대소설의 미학적 원리다.[17] 요컨대 '문학'과 '트위터(로 상징되는 이종의 서사장르 및 매체들)'는 서로 다른 범주에 속한 플랫폼이자 콘텐츠이자 담론양식인 그만큼 전혀 위계적이지도 배타적이지도 않다는 이야기다(급격한 문화 변동 및 이종 미디어들의 교차에 의해 형성된 근대문학의 이 도저한 혼종성에 대한 이야기를 지금 이 지면에서 반복하게 되다니, 진정 '퇴행'의 시대임을 실감한다). 이처럼 '혼란'에 빠진 문학장을 구한다면서 동어반복적으로 주창되는 '(고유의) 문학성' 담론에 대해 문학평론가 서영인은 "정치성의 언어와 문학성의 언어를 분리하고 문학의 고유성을 지켜내고자 하는 입장은 어쩔 수 없이 분과 학문 체제에 안착한 '문학의 자율성' 신화와 연결되어 있다는 의심을 유발할 수밖에 없다"[18]라고 적확하게 정리한 바 있다.

다시 '정치적 올바름'에 대한 이야기로 돌아오자. 흥미로운 것은, '정치적 올바름'에 경도된 문학/비평을 비판하기 위해 동원되는 근거가, '채식주의자도 억압할 수 있다'라거나 '페미니즘은 남성 중심주의에 대한 배제와 타자화를 유도하기 때문에 승인될 수 없다'라는 식의 내러티브에 의해 지탱되고 있다는 점이다.[19] 실로 익숙한 (비)논리다. '억압하는 채식주의자', '페미니즘은 남성에 대한 역차별', '가해자도 일종의 피해자' 등등. 물론 있을 수 있는 이야기다. 그러나 양자의 현저하고도 압도적인 힘의 차이를 고려하지 않은 채, 어느 한편에 경도되지 않은 '균형'을 주문하는 것이야말로 '정치적 올바름'을 물신화할 때 가능한 주장 아닌가.

결국 이 주장에서 노골적으로 읽히는 것이 '정치적 올바름의 강박에 사로잡힌 문학/비평을 구원하는 일'이 아니라, "젠더 이슈" 자체를 "문학을 억압하는 부당한 '신념'으로 취급"[20]하고 싶은 의지라는 문학평론가 조연정의 지적은 옳다. '정치적 올바름', '정체성정치'라는 개념이 '정치적인 것'과 배치되는 '문학적인 것'의 구분을 경유하며 타자의 정치학을 삭제하기 위한 이론적 도구로 복무한다면, 우리는 이 주장의 어디에서 '비평적인 것'을 기대할 수 있을까.

누가 '정치적 올바름'을 두려워하는가

이에 더해 반드시 짚어두어야 할 것은, 이 '반동적' 비평들이 '정치적 올바름'과 '정체성정치' 개념에 내재한 역사성과 정치적 함의를 의도적으로 왜곡하고 있다는 점이다. 일단 두 가지 명제에 대해 사유해야 한다. '정말 최근의 페미니즘 소설들은 정치적 올바름에 사로잡혀 있나'와 '정치적 올바름은 나쁜 것인가'라는 질문.

우선, 역사학자 후지이 다케시는 '정치적 올바름' 개념이 다양한 구성원들 간의 갈등을 회피하고 이를 효율적으로 관리하기 위해 소수자의 존재론을 규범화하려는 권력술의 일환임을 갈파하면서, '정치적 올바름'이 민주주의의 지향이 돼서는 안 된다는 점을 강력하게 주장한 바 있다.[21]

한편, 여성학자 정희진은 '정치적 올바름'이라는 개념이 1970년대 미국에서는 진보적 운동에 대한 반동의 흐름 속 등장한 "냉소와 좌절의 용어"였음을 인정하면서도, 문민정부가 등장한 1990년대 "한국에서 'PC'는 지향해야 할 가치로 사용되었다"라고 지적한다.[22] 여기에 더해 이 글을 쓰는 지금 한국여성들은 강남역 여성혐오 살인사건 및 만연한 디지털성폭력 등에서 보듯, 당장의 안전, 즉 가장 기본적인 인권마저 위협당하고 있음을 온몸으로 감각하고 있다. 한국 민주주의에 대한 기대가 최저선으로 떨어진 이때, 상식에 대한 호소이자 글로벌 스탠더드로서의 '정치적 올바름'이 지향할 만한 가치로 선택된 것은 이런 이유다.

하지만 그럼에도 성차별 근절을 비롯한 민주주의에의 요구가 생명정치를 매개로 한 '치안의 정치'로 환원되는 일이 결코 우리의 궁극적인 정치적 비전일 수 없다는 점은 명백하다. 그러므로 '정치적 올바름'이 다양한 주체들 간의 갈등을 그저 '관리'함으로써 국가의 직무 유기를 정당화하는 통치술이라는 후지이 다케시의 지적은 다시 한 번 섬세하게 음미될 필요가 있다. 다만, '정치적 올바름'을 다원성을 관리하는 신자유주의적 통치술이라는 혐의 때문에 경계하는 입장에서라면, 최근 '페미니즘 소설'들이 '정치적 올바름'이라는 강박에 사로잡혀 있다고 비판하기 위해서는 그 소설들이 '여성은 약자이므로 보호받아야 한다', '여성인권은 존중돼야 한다'와 같은 '뻔하고' '당연히 옳은' 주장만을 내세운다고 비판할 것이 아니라('옳은 말'을 했다는 것 자체가 잘못일 리는 없기에), 이 소설들이 사회를 구성하는 다원적 주체들의 힘과 관계를 재현하는 방식 자체를 문제 삼아야 한다.

그런데 어떤가. '정치적 올바름'이라는 혐의를 강하게 받고 있는『82년생 김지영』을 비롯해 최근의 어떤 '페미니즘 소설'도 다원성 자체를 물신화하는 방식의 서사를 구사하지 않았다. 오히려 최근 '페미니즘 소설'들의 진짜 문제는 '다원성'의 삭제, 즉 그 모든 소설들이 구현하는 페미니즘 정치학이 '이성애자-기혼-비장애-중산층-비트랜스 여성'의 시민권을 확보하려는 목적에 수렴되고 있다는 점을 꼽아야 한다.

강조하건대,『82년생 김지영』의 '도식성'은 '남성과 여성을 적대적 관계로 그렸다'는 데 있지 않다. '도식성'은 '합리적인 남성'을 청자로 설정하고 스스로를 '무고하고 평균적인 여성'임을 주장하는 여성인물 '김지영'이 도모하는 '이상적인' 미래가 기존의 이성애 중심적 성체계를 상대화하는 일과는 무관하다는 점, 거기에는 '남자와 여자'로만 구성된 것으로 인식되는 성적 질서가 포착하지 못한 다원적 주체와 그 존재방식에 대한 상상이 결락돼 있다는 점에 있다. 즉『82년생 김지영』의 문제성은 이미 교조화된 '미학성' 개념을 기준으로 재단된 '미학적 결여'나 '정치적 올바름'이 아니라, 현실의 성적 질서를 재조직하기 위한 급진화된 정치적 상상력의 결여, 곧 '정치적 뭉툭함'에서 찾아져야 한다(물론 이 정치적 '뭉툭함'이나 '태만함'마저도 이 책을 매개해 젠더와 섹슈얼리티 문제를 사회 변혁의 중대한 요소로 인식하게 된 최근 젊은 독자들의 역동에 의해 얼마든지 '급진적인 것'으로 변용·수용될 수 있다).

더 나아가보자. 『82년생 김지영』 등이 '정치적 올바름'에 사로잡혔다고 비판받지만, 기실 페미니즘 정치학에서 보면 '순진하고 무고한 피해자'라는 전형stereotype을 체화하고 있는 '김지영'이라는 인물은 결코 '정치적으로 올바르지 않다'. 문학연구자 허윤은 『82년생 김지영』이 "희생적인 여성과 그 좌절이라는 낭만적 구도를 벗어나지 못한다"는 점을 지적하면서, "이 정도로 '착한' 서사가 정치적으로 올바른 텍스트라는 평가를 받는다면, 오히려 문학이 상상하는 정치적 올바름이 무엇인가를 다시 물어야 한다"라고 주장한다. "여성작가가 여성이 경험하는 삶의 취약성을 재현하는 것이 정치적 올바름"이라면, "폭력의 피해자인 여성을 여신화한다거나 희생양"으로 그리는 가장 "전형"적인 텍스트가 곧 가장 "정치적으로 올바른" 텍스트가 돼버리는 넌센스가 발생한다는 것이다.[23]

그도 그럴 것이, 만약 『82년생 김지영』이 페미니즘 정치학에서 정초된 '정치적 올바름'에 입각한 인물을 그리려 했다면, '김지영'은 서로 다른 세대의 여성들이 겪은 고통을 한몸에 체현 가능한 것으로 동질화하면서 '실성'이나 '빙의'와 같은 비이성적인 방식으로만 자신의 욕망을 표출할 수 있는 여성이어서는 안 됐다. '김지영'은 논리적이고 현실적인 이성의 언어로 '합리적 남성'을 비롯해 실재하는 청자들을 설득하고 그들과 협상하며 여성인권 신장 및 여성혐오 문화 근절을 위한 정치적·사회적·경제적·문화적 인식과 제도의 갱신을 위해 싸우는 여성으로 묘사돼야 했을 것이다. 여성인물을 무고한 피해자나 희생양 등으로 전형화·젠더화한 『82년생 김지영』은 분명 페미니즘 정치학에 입각해 비평적으로 돌파해야 할 한 사례임은 틀림없지만, 그것이 '정치적 올바름', '정체성정치'라는 개념을 물신화하거나 기계적으로 적용하는 방식으로 달성될 리가 없다는 것 또한 명백하다.

그렇다면 다시 묻자. '정치적 올바름'이라는 프레임에 강박적으로 사로잡혀 있는 것은 누구인가. '자신의 언어를 잃은 채, 무구하고 무고한 피해자의 전형'으로 묘사된 '김지영'은 '피해자의 전형화'를 가장 경계해온 오늘날의 젊은 페미니스트 독자들에게는 결코 '정치적으로 올바른' 여성인물 재현이 아니다. 이처럼 '정치적 올바름'에 대한 변화된 인식에 무관심한 평자들이 '정치적 올바름'이라는 개념을 초맥락적·초역사적으로 적용 가능한 유일무이한 비평적 기준으로 간주할 때, 이 비평은 과연 어떤 정치값을 가질까.[24]

무엇보다 '정치적 올바름'과 정체성정치를 진보정치의 비전과 대립하는 것, '정치적이고 경제적인 것'으로부터 분리 가능한 것으로 여기는 최근의 비평들은 "정체성정치의 역사적 범위와 사회적 기반에 대한 심각한 축소"라는 점에서 심대한 비평적 왜곡을 무릅쓴다.[25] 정체성정치에서 발원하지 않은 진보와 연대의 정치란 성립할 수 없으며, 다원적 성별 및 섹슈얼리티 체계와 무관한 '정치적 올바름'이나 '미학적인 것'이라는 개념 또한 존재하지 않는다. 이것이 바로, 최근 '페미니즘 소설'을 비평하기 위해서는 '미학성'이나 '정치적 올바름'이라는 규준 외에 '젊은 독자들의 새로운 '상식'과 정치적·문화적 역동'이라는 변수를 고려해야 한다는 마땅한 제안,[26] 그리고 '정치적 올바름'이라는 개념 자체에 대한 입체적 논의가 요청되는 이유다.

욕 (안) 하는 여자들―
'페미니스트 서사'의 새로운 미학을 기다리며

그렇다면 '정치적 올바름'을 물신화하지 않는 '페미니스트 서사'는 어떻게 가능할까. '여자들의 세계'를 그리는 새로운 '페미니스트 서사'에 대한 망상(?)과 잡념을 조금 늘어놓는 것으로 답을 대신하고자 한다.

한때 이런 생각을 한 적 있다. (특히 여성작가가 쓴) 한국소설에 등장하는 여성인물들은 왜 욕을 하지 않을까. 일전에 소설가 황정은이 『야만적인 앨리스씨』(문학동네, 2013)라는 소설에서 "씨발됨", "씨발적", "씨발스럽다"라는 불경한(?) 표현을 써 화제가 됐거니와, 그는 단편소설 「복경」(황정은, 『아무도 아닌』, 문학동네, 2016)에서 "존귀, 그것은 존나 귀하다는 의미입니까"라는 구절을 통해 "존나"라는 비속어의 미학적 경지를 한 단계 끌어올렸다. 이 문학적 시도를 통해 황정은이 내게 알려준 것은 그녀가 비속어를 아주 잘 사용할 수 있는 사람이라는 것, 즉 한국 제도문학에서 여성작가들은 욕을 '못하는' 게 아니라 '안 하는' 거라는 사실이다.

물론 한국소설에서 '욕하는 여자들'이 전혀 등장하지 않는 것은 아니다. 작가의 성별과 무관하게, 흔히 '술집여자'나 '창녀'와 같은 저학력 하층계급에 속한 것으로 설정된 여성인물들은 상대 여성 혹은 남성에게, 또는 혼잣말로 욕을 한다. 그러나 이때 그녀들이 구사하는 욕은 직접적인 정동의 표출을 위한 일상어라기보다는 그녀들의 '하층민-됨'을 가시화하기 위한 지표로서 동원된다.

생각해보니 좀 이상하다. 황정은은 "씨발됨"이라는 그 불경한(!) 조어에 대한 해명을 누차 요청받았으며, 「양의 미래」(황정은, 같은 책)라는 단편에서는 "병신 같다"라는 말을 써 놓고, '그때는 꼭 '병신 같다'라는 표현을 써야만 감정을 제대로 표현할 수 있었다'라는 요지의 변명(?)을 다른 맥락에서 덧붙여야 했다. 하지만 황석영, 장정일, 천명관, 이기호 등에게는 상스럽고 질펀한 욕설을 자유자재로 구사할 수 있다는 것이 그들 특유의 문학적 자원이나 장기로 인정되고 있음을 상기해보자. 아무도 그 남성작가들에게 그들 작품의 남성인물들이 왜 욕을 하는 것이냐고 묻지 않았다. 그러니까, 여성작가들과 그녀들의 여성인물들에게 욕설은 거의 용납되지 않거나, 애써 참아야 할 무엇이거나, 혹은 뱉어지되 반드시 그것을 정당화할 알리바이나 '예외적 상황'을 설정해야만 발설 가능한 것이다.

무모함을 무릅쓰고 말해보자면, 그간 한국 여성인물에게는 어쩌면 '성숙'에의 강박이 지속적으로 작동해온 것 같다. 어떤 부당하고 부조리한 사건들을 만나도 한국소설의 여성인물들은 웬만하면 직접적이거나 즉각적으로 분노를 표출하지 않는다. 종국에 그녀들은 그런 '고통'의 경험을 정신적 성숙의 자원으로 삼는다. 때로 그녀들은 의미심장한 복수를 꿈꾸며 뱃속에 칼을 감추기도 하지만, 그것은 면밀하게 계산된 것이어야 한다. 즉 즉각적인 복수심에 불타오른 나머지 성급하게 상대를 해꼬지하다가 미련하게 파멸하는 '돈키호테' 같은 종류의 어리숙한 여성인물은 한국소설사에서 아주 드물다. 고통을 자원 삼아 끝내 '자신의 성장과 성숙'을 도모하는 여성인물에게게만 문학적 시민권이 부여돼왔다고 말하면 지나칠까. 물론, 끝내 어떤 고통에도 불구하고 성장하는 여성. 이것은 분명 여성성장담이 약속해야 할 소중한 가치이자 미덕이며 때로는 그것이야말로 남성지배적 세계질서에 대한 복수이기에 짜릿할 때도 있다. 그러나 조금 확신을 담아 말한다면, 모든 고통을 딛고 끝내 성장하는 이 여성들의 '성숙'은, 작가의 작의와 무관하게, 한국문학장의 이성애 중심적 남성성을 위협하지 않는 '안전한 것'으로 여겨지기에 애호되는 경향도 분명 있다.

다른 플랫폼에서 생성되는 여성서사들은 어떨까. 돈 없고 못생겼으며 사회적으로 어떤 영향력도 행사할 수 없는 젊은 여자가, 넘쳐나는 자신의 성적 욕구 때문에 스스로 고통받거나 또는 조건적인 쾌락을 도모하는 전무후무한 캐릭터인 '미지'(웹툰 <미지의 세계>), 다민족적 배경, 비규범적 성정체성과 성적 선호를 가진 다양한 주체들이, 그 자신들의 기만적이고 위계화된 혼거混居를 가능케 하는 물적·법적 토대로서의 '자유주의 공화국 연방제'라는 미국의 다원성을 마음껏 시험하고 조롱하는 여성서사인 넷플릭스 드라마 <오렌지 이즈 더 뉴 블랙>(2013~2018)의 여자들은 적어도 아직 한국 제도문학에는 도착하지 않은 듯하다. 이 '개전改悛의 정情' 없는 여성인물들이 무엇을 어떻게 부수면서 어떤 미적이고 문학적인 쾌감과 교훈들을 만들어낼지, 우린 아직 모른다.

생각해볼 만한 또 다른 사례도 있다. 흔히 소재주의나 정체성정치의 한계를 노정하는 것으로 평가되는 퀴어서사의 한국적 조건은 어떤가. 매우 일신하고 있는 추세이지만, 여전히 성소수자를 다룬 서사들은 그 자체로 성소수자들의 하위문화로 기능하기보다는 주류 문학장 내에서 소수자성의 재현을 실험하기 위한 도전의 방식으로만 존재한다. 특히 게이의 재현 빈도 및 그 서사적 위상과 레즈비언의 그것을 비교해보면, 여전히 한국 제도문학권에서 레즈비언이 쓴 레즈비언서사의 가시화 사례는 드물다(이것이 오직 '레즈비언만이 진정한 레즈비언 서사를 쓸 수 있다'는 말로 오해돼서는 안 된다). 특히 게이서사에 비해 레즈비언서사는 그런 명분의 중압감을 더욱 강하게 받는다. 이처럼 퀴어를 재현하지만 그것이 '퀴어문학'으로서 장르화·게토화되는 데에는 저항하면서, '성숙한 퀴어'의 재현을 통해 퀴어의 문학적 시민권을 확보하려는 전략은 주류 문학장에서 매우 불안한 위상을 점하며 가까스로 시도되는 퀴어 작가/소설의 커버링[27] 전략이라고 할 만하다.

그런가 하면 최근 성폭력 등 여성을 대상으로 한 범죄를 다루는 일련의 '페미니즘 소설'들은 '섹스 없는 섹슈얼리티 서사'로 읽히기도 한다. 이는 문학평론가 심진경이 지적한 대로, 연애와 섹스를 낭만적 사랑romantic love보다는 폭력으로 경험하게 된 최근 여성독자들의 감각[28]을 반영한 것이기도 하다. 그러나 한국 여성서사에서 섹스의 서사망이 가진 임계와 관련된 더 근본적인 이유는 따로 있다. 여성의 성적 향유를 암묵적으로 금기시하거나 적대의 대상으로 간주하는 한국사회는 여성의 성적 쾌락에 대해 기이할 정도로 무지하고 무관심하기 때문이다. (여성작가가 쓴) 한국소설에서 폭력과 착취로서 경험되는 섹스 외에 여성 스스로 욕망하는 섹스에의 열정과 오르가즘을 묘사한 작품들이 과연 있던가. 1990년대 김인숙 소설의 여성인물들이 보인 섹스욕망 또한 그간의 가부장적 운동권 문화로부터의 억압에서 벗어나 스스로를 '인간화'한다는 명분 없이는 재현될 수 없었다.[29] 여성의 자발적인 성적 향유가 오직 '저항'이나 '교란'으로만 의미화되는 것, 즉 에로티시즘의 부재야말로 한국 (여성)소설의 한 임계[30]를 보여주는 것 아닐까.

최근 『혼자서 본 영화』(교양인, 2018)라는 책에서 저자 정희진은 몇 년 전, 마조히즘을 탐닉하는 여자, 즉 여성이 '정치적으로 올바르지 않은 섹스'를 욕망할 수 있다는 것을 알려준 독일영화 <피아니스트>(미하엘 하네케, 2001)를 보고 온몸을 떨 정도로 충격을 받았다고 적었다.[31] 그러나 역시 또 불경한 상상이지만, 한국문학에 재현된 섹스의 양상을 일별해보면 어떨까. 아마도 문화인류학자 게일 루빈이 도표화한 <성 위계질서>[32]의 흐름에서 벗어나는 방식으로 배치된 섹스는 찾기 어려울 것이다.

'정치적 올바름'을 물신화하지 않는 문학/비평은 언제 어떻게 가능할까. 분명한 것은, <피아니스트> 같은 영화를 보고도 눈썹 한 올조차 까딱하지 않는 관객/독자가 이미 있다는 것이다. 적어도 '현실'에서는.

1   오혜진, 「『릿터』와 『문학과사회』, 우리 세대의 잡지를 갖는 기쁨」, IZE, 2016. 9. 28.

2   김주희, 「속도의 페미니즘과 관성의 정치」, 『문학과사회 하이픈: 페미니즘적/비평적』 116, 2016년 겨울; 권명아, 「여성살해 위에 세워진 문학/비평과 문화산업」, 『문학과사회 하이픈: 메타 크리틱』 121, 2018년 봄; 허윤, 「페미니즘 대중서 시장과 브랜드화: 페미니즘 번역서를 중심으로」, 『여성문학연구』 40, 2017.

3   오혜진, 「2017 페미니즘 소설 박물지」, 『한겨레』, 2017. 11. 26; 「한국문학(장)의 뉴웨이브와 '페미니즘'이라는 벡터」, 『한국여성학회 추계 학술대회 자료집 「디지털 시대의 페미니즘: 자아, 운동, 새로운 정치」』, 2017. 11. 18.

4   이 책 1부에 수록된 「퇴행의 시대와 'K문학/비평'의 종말: 2015년 문학권력 논쟁 및 문학장의 뉴웨이브를 중심으로」 참조.

5   '#나는페미니스트다' 운동의 정치적 가능성과 그 의미에 대해서는 조혜영, 「낙인, 선언 그리고 반사: "#나는 페미니스트입니다"」, 『문화과학』 83, 2015년 가을.

6   허윤, 「특전사-페미니스트 대통령을 맞이하면서: 『군사주의는 어떻게 패션이 되었을까』」, 『아시아여성연구』 56-1, 2017. 5; 손희정, 「페미니스트 대통령 시대의 대한민국에게 권함: 『'성'스러운 국민』이 주는 교훈에 대하여」, 『한국여성학』 33-2, 2017. 6.

7   오길영, 「문학적 지성이란 무엇인가: 이인휘, 백수린, 최은영 소설을 읽으며」, 『황해문화』 94, 2017년 봄; 「페미니즘 소설의 몇 가지 양상: 조남주·강화길·김혜진 소설을 읽고」, 『황해문화』 98, 2018년 봄.

8 　영문학의 주지주의적 전통을 바탕으로 성립한 '지성' 개념은
　최재서를 비롯한 1930년대 식민지 조선의 엘리트들이 벌인 오랜
　논쟁과 숙고에서 보듯, 비판적 접근을 필요로 하는 문제적 개념이다.
　또한 '아래로부터의 지성사' 혹은 '지적 격차의 문화사'를 바탕으로
　한국 제도문학의 '외부'에 배치된 텍스트들의 성격을 검토한 최근의
　연구들은 특유의 '도식성'과 '천편일률성'으로 인해 '문학적·미학적'
　가치를 결여한 것으로 평가된 1980년대 노동자소설과 수기를
　재독해함으로써 '도식성'을 재단하는 당대의 지배적 규범을
　상대화하거나, '도식성' 자체가 해당 텍스트들의 미적 방법론을
　구성하는 한 요소일 수 있음을 밝힌 바 있다. 천정환, 「서발턴은
　쓸 수 있는가: '문학과 정치'를 보는 다른 관점과 민중문학의
　복권」, 천정환·소영현·임태훈 엮음, 『문학사 이후의 문학사: 한국
　현대문학사의 해체와 재구성』, 푸른역사, 2013; 「그 많던 '외치는
　돌멩이'들은 어디로 갔을까: 1980~90년대 노동자문학회와
　노동자문학」, 『역사비평』 106, 2014년 봄. 이런 최신의 연구들을
　고려한다면, 『82년생 김지영』을 비롯한 최근의 '여성주의 소설'들을
　비판적으로 독해하되 '문학적 지성'이나 '도식성' 같은 개념들을 자명한
　비평적 기준으로 간주하는 작업의 효용과 그 정치성에 대해서는
　재검토가 필요하다.

9 　이진경, 나병철 옮김, 『서비스 이코노미: 한국의 군사주의, 성노동,
　이주노동』, 소명출판, 2015.

10 　'진보주의' 문학(비평)과 정치가 표방해온 성정치학의 반민주주의적
　성격에 대해서는 오혜진, 「[그럼에도, #미투]① "왜 홍준표가 아니라

우리를 저격하냐"가 '진보'의 질문이라니」, 향이네, 2018. 4. 6;
「'#MeToo' 이후의 진보」, 『소녀문학』 4, 2018. 7.

11 수전 팔루디, 황성원 옮김, 『백래시: 누가 페미니즘을 두려워하는가』,
아르테, 2017.

12 이은지, 「문학은 정치적으로 올발라야 하는가」, 웹사이트 '문학3', 2017.
3. 7; 「여자를 착취하는 여자들」, 『21세기문학』 77, 2017년 여름;
「정체성 정치의 시대에 비평을 한다는 것: 복도훈과 강동호의 논의를
중심으로」, '요즘비평포럼' 발제문, 2018. 3. 29; 조강석, 「메시지의
전경화와 소설의 '실효성': 정치적·윤리적 올바름과 문학의 관계에 대한
단상」, 문장 웹진, 2017. 4; 복도훈, 「'도래할 책'을 기다리는 '정신적
동물의 왕국'에 대한 비평적 소묘」, 『문학과사회 하이픈: 문학성-
역사들』 117, 2017년 봄; 「'정치적으로 올바른' 소송의 시대, 책 읽기의
어려움」, 『쓿』 5, 2017; 「유머로서의 비평: 축제, 진혼, 상처를 무대화한
비평의 10년을 되돌아보기」, 『문학과사회 하이픈: 메타 크리틱』 121,
2018년 봄.

13 복도훈, 「'도래할 책'을 기다리는 '정신적 동물의 왕국'에 대한 비평적
소묘」, 『문학과사회 하이픈: 문학성-역사들』, 117, 2017년 봄,
181~182쪽(강조는 인용자의 것. 이하 동일).

14 이은지·김승일·박민정·소영현, 「좌담: 2017년 한국문학의 표정」,
『21세기문학』 79, 2017년 겨울 중 이은지·김승일의 발언.

15 황호덕, 「활동사진처럼, 열녀전처럼—축음기, (활동)사진, 총, 그리고
활자: "무정』의 밤"이 던진 문제들」, 『대동문화연구』 70, 성균관대학교
대동문화연구원, 2010; 「『무정』의 오감: 이광수의 『무정』, 100년의

소회」, 『지식의 지평』 23, 대우재단, 2017.

16 심진경, 「여성문학은 어떻게 만들어졌는가?: 한국 여성문학의 기원」,
『여성과 문학의 탄생』, 자음과모음, 2015.

17 황종연, 「노블, 청년, 제국: 한국 근대소설의 통국가간 시작」,
『상허학보』 14, 상허학회, 2005.

18 서영인, 「다시, 문학이란 무엇인가를 묻는 과정에서」, 『21세기문학』 79,
2017년 겨울, 360~361쪽.

19 이은지, 앞의 글들 참조.

20 조연정, 「문학의 미래보다 현실의 우리를: 문학의 정치적 올바름에
대하여」, 문장 웹진, 2017. 8. 10.

21 후지이 다케시, 「정치적 올바름, 광장을 다스리다?」, 『문학3』 2, 2017.

22 정희진, 「이것이 반격일까」, 『경향신문』, 2018. 5. 15.

23 허윤, 「로맨스 대신 페미니즘을!: '김지영' 현상과 읽는 독자의 욕망」,
『문학과사회 하이픈: 독자-공동체』 122, 2018년 여름.

24 '가장 미학적인 것이 곧 가장 정치적인 것이다'라는 명제에 개재한
'미학적인 것'과 '정치적인 것'의 위계화 욕망 및 보수주의적 혐의에
대해서는 이 책 5부에 수록된 「'그날' 이후의 서정시와 '망막적인 것':
다큐/영화의 미학과 정치를 다시 묻기 위해」 참조.

25 조혜영, 「대중문화를 사건화하는 페미니즘 서적: 『페미니즘 리부트:
혐오의 시대를 뚫고 나온 목소리들』과 『괜찮지 않습니다: 최지은
기자의 '페미니스트로 다시 만난 세계'」, 『아시아여성연구』 56-2,
숙명여자대학교 아시아여성연구원, 2017. 11.

26 김미정, 「흔들리는 재현, 대의의 시간: 2017년 한국소설의 안팎」,

『문학들』 50, 2017년 겨울.

27 일본계 미국인이자 게이인 헌법학 교수 켄지 요시노는 "자신에게
     찍혀 있는 낙인을 받아들일 준비가 된 사람들은 (…) 그럼에도
     불구하고 그 낙인이 두드러져 보이지 않도록 많은 노력을 기울일
     것"이라는 어빙 고프만의 규정을 빌려, '커버링'을 "주류에 부합하도록
     남들이 선호하지 않는 정체성의 표현을 자제하는 것"이라고 명명했다.
     켄지 요시노, 김현경·한빛나 옮김, 『커버링: 민권을 파괴하는 우리
     사회의 보이지 않는 폭력』, 민음사, 2017, 9~39쪽.

28 심진경, 「새로운 페미니즘서사의 정치학을 위하여」, 『창작과비평』
     178, 2017년 겨울. 이 글에서 심진경은 최근 한국 페미니즘 소설에서
     섹스가 부재하거나 공포의 대상으로만 재현되는 경향을 날카롭게
     지적한다. 그러나 이어 그는 폭력적인 섹스에 대한 공포 때문에
     최근 여성소설가들이 '레즈비언서사'를 선택한다고 분석하는데,
     이 주장은 레즈비언 성관계와 성정치에 대한 오래된 통념을
     무분별하게 수용·승인하고 있기에 재고를 요한다. 심진경의 분석은
     이성애 관계에서의 섹스가 현실의 권력관계를 반영하는 데 반해,
     레즈비언섹스는 현실의 권력관계와 무관하게 완전히 민주적이고
     비폭력적이고 윤리적이며 심지어 무성적일 것이라는 가정에 기인한다.
     그러나 레즈비언섹스를 이성애 성관계의 폭력성에서 벗어날 수 있는
     대안이자 유토피아로서 상정하는 이런 상상력은 다시 한 번 레즈비언
     섹스에 대한 낭만화를 경유하면서 결국 레즈비언에 대한 타자화에
     복무한다. 박찬욱 감독의 영화 〈아가씨〉가 가장 비판받은 지점도
     이와 관련된다. 이에 대해서는 조혜영, 「〈아가씨〉와 〈비밀은 없다〉는

여성영화인가」, 한국여성노동자회·손희정·임윤옥·김지해 기획, 『을들의
당나귀 귀: 페미니스트를 위한 대중문화 실전 가이드』, 후마니타스, 2019,
321쪽. 물론 최근 한국문학계에서 시도되는 레즈비언서사에 섹스가
결여돼 있거나 혹은 '착한' 섹스(가 암시적으로)만 등장하는 경향이
있다는 점은 별도의 검토를 요한다.

29 김은하, 「"살아남은 자"의 드라마: 여성 '후일담'의 이중적 자아 기획」,
오혜진 기획, 권보드래 외, 『문학을 부수는 문학들: 페미니스트
시각으로 읽는 한국 현대문학사』, 민음사, 2018.

30 한국소설 전반의 특징이기도 한 에로티시즘 부재의 식민지적 연원에
대해서는 이혜령, 「식민지 섹슈얼리티와 검열: '도색桃色'과 '적색',
두 가지 레드 문화의 식민지적 정체성」, 『동방학지』 164, 연세대학교
국학연구원, 2013.

31 정희진, 「마조히즘을 욕망하는 여자?: 〈피아니스트〉」, 『혼자서 본
영화』, 교양인, 2018.

32 "이론상 '좋은', '정상적인', '자연스러운' 섹슈얼리티는 이성애여야
하고, 결혼제도 내부에 있어야 하고, 일대일 관계여야 하며, 출산해야
하고, 비상업적이어야 한다. 같은 세대에 속한 두 사람이 관계를 가지되
집에서 해야 한다. 포르노그래피, 페티시 대상, 그 어떤 성인용품, 남녀
역할이 아닌 다른 배역 등이 결부되어서는 안 된다. 이러한 규칙을
어기면 '나쁜', '비정상적인', '부자연스러운' 성교가 된다. 나쁜 성교란
동성애, 혼인관계가 아닌, 문란한, 출산하지 않는, 상업적인 성교일
것이다. 자위 혹은 난교 파티에서 일어나는, 세대 경계를 넘는, '공공'
장소, 적어도 덤불숲이나 목욕탕에서 하는 성교일 것이다. 여기에는

포르노그래피, 페티시 대상, 성인용품, 특수한 배역 등이 결부되어
있을 것이다." 게일 루빈, 신혜수·임옥희·조혜영·허윤 옮김, 『일탈』,
현실문화, 2015, 303쪽.

'미러링'과 소수자의 언어

'영어 쓰는 나라에서 태어날 걸!'

외국 오면 흔히 하는 생각이다. 언어장벽에 막혀 내 세련된 교양을 과시할 수 없다니 너무 서럽다. 물론 뜻밖의 순간도 있다. 내가 한국어를 말할 때, 이곳 사람들은 낯선 언어의 출현에 놀랄 뿐 내 말을 이해하지 못한다. 그리고 바로 이때, 한반도 안팎에서만 쓰이는 한국어의 효용이 발생한다. 나만 이해하는 언어로 이곳 문물을 평할 권리가 내게 부여되는 것이다. 이 나라의 맛없는 음식이나 인종차별에 대해 한국어로 신랄하게 불평의 언사를 늘어놓으며, 나는 남들은 알지 못할 말로 떠드는 '우리'를 생경하게 쳐다보는 이곳 사람들의 시선을 조금 즐겼다. 지배언어가 존재하는 세계에서 소수언어가 갖는 해방감을 맘껏 누린 것이다.

허나 좀 우습다. '너는 모르고 나만 아는 언어가 있다'는 데 안도하며, 한순간 내가 이 언어위계에 기입된 권력관계를 뒤집었다고 믿은 것은. 소수언어가 해방과 저항의 무기가 될 수 있는 것은, 결국 그것이 비주류 언어로 배치되는 구조에서만 가능하지 않은가. 식민지 조선의 작가 염상섭이 가르쳐준 것도 바로 이 피지배자의 언어전략이 지닌 딜레마였다.

염상섭은 그의 출세작 「만세전」(1922)에서, 왜 단발하지 않느냐고 묻는 일본유학생 '이인화'와 그에 대한 무지랭이 갓장수의 대화를 다음과 같이 인상 깊게 묘사해두었다. "머리만 깎고 내지인 사람을 만나도 대답 하나 똑똑히 못하면 관청에 가서든지 순사를 만나서든지 더 귀찮은 때가 많지요. 이렇게 망건을 쓰고 있으면 '요보'라고 해서 좀 잘 못하는 게 있어도 웬만한 것은 용서를 해주니까. (…) 노형네들은 내지어나 능통하시지요?" 애초에 제국의 질서에서 배제된 '비국민'으로 분류되면, 순간의 차별은 받을지언정 살기는 더 편하다는 것. 그런 면에서 갓장수의 조선어는 '굴종의 언어'다.

하지만 다른 해석도 가능하다. 갓장수에게 갓을 쓰고 조선어를 고수하는 일은 일본인의 개입을 허락지 않기 위한 최후의 보루다. 그렇게라도 식민자의 통치권에서 벗어나 피식민자들만의 영역을 확보하려는 것. 실제로 제국 일본은 조선의 항거나 봉기를 자주 '소요騷擾'라 불렀다. '알아듣지 못하는 이민족의 말이기 때문에 시끄럽고' 그래서 '불안'한 것이다. 한국문학 연구자 이혜령은 이를 '지배자가 알아듣지 못하는 언어를 고수하는 일이 피지배자에게 유일한 방패막이일 수 있음'을 보여주는 사례로 평했다.[1]

그런 면에서 최근 "GIRLS Do Not Need A PRINCE"라고 적힌 티셔츠를 입었다는 이유로 한 여성노동자를 해고한 한 회사의 조치는[2] 상징적이다. 이 티셔츠 한 장을 계기로 메갈리아의 '미러링' 전략에 대한 한국남성들의 분노는 극에 달한 듯하다. 여성노동자의 권리를 옹호하며 해당 회사의 부당해고 조치에 항의해야 할 진보진영조차 '성평등은 지지하지만 메갈리아에는 동조할 수 없다'는 괴이한 입장을 표명했다. 메갈리아의 '미러링'은 혐오의 언어이므로 '일베'의 언어와 같으며, 그래서 저항의 언어가 될 수 없다는 것이 그들의 주장이다.

끊임없이 사회적 약자를 소환해 폭력을 일삼는 일베의 혐오와, 거울을 들어 그것의 폭력성을 보여주려는 메갈리아의 전략을 동궤에 놓을 수 있다니 놀랍다. 그들에게 부재한 것은 소수자의 언어전략에 대한 기본적인 이해. 소수자가 맞서 싸우는 대상의 혐의를 소수자에게 되씌우는 것이야말로 가장 손쉽게 행해

1
이혜령, 「문지방의 언어들: 통역체제로서 식민지 언어현상에 대한 소고」, 『한국어문학연구』 54, 한국어문학연구학회, 2010.

2
「넥슨, '메갈리아' 후원 티셔츠 입은 성우 퇴출 논란」, 『한겨레』, 2016. 7. 19.

지는 무언의 폭력 아닌가.

　물론 식민지 조선인들의 언어전략과 메갈리아가 수행하는 미러링의 메커니즘은 같지 않다. 그러나 분명한 것은, 시험에 드는 것은 늘 소수자의 언어라는 점이다. 소수자의 언어는 언제든 혐오의 언어라서, 굴종의 언어라서, 쾌락의 언어라서 '진정한' 저항의 반열에서 탈락한다. 그러나 저항의 자원과 양식을 선별하는 것은 누구인가. 메갈리아는 '남성'이 아니라, 소수자들의 존재방식에 대한 무지, 그 무지의 자격과 싸운다.

2016. 7. 31.

페미니즘 비평과 '예술 알못'

1
리타 펠스키, 이은경 옮김,
『페미니즘 이후의 문학』,
여성문화이론연구소,
2010.

"그들은 책을 읽되 꼬집고 헐뜯기 위한 입과 시샘에 가득 찬 마음으로 책장을 넘기면서 사소한 성차별적인 발언이나마 없는지 주도면밀하게 살핀다."[1] 『페미니즘 이후의 문학』의 저자 리타 펠스키가 적어둔, 페미니스트 비평가에 대한 세간의 통념적 묘사다. 당연히 한국문학의 여성혐오를 고발하는 최근 논의에 대한 신경질적인 반응들이 떠올랐다.

특히 흥미로웠던 것은 그 과정에서 드러난 페미니즘 비평에 대한 '의도된' 무지와 혐오다. '한국문학의 여성혐오'라는 논제가 불편한 이들은 '내 작품이 여성혐오일 리 없어!'보다 더 참신한(?) 반론을 준비했다. '여성비평가들은 알량한 정치적 올바름에 사로잡혀 작품을 제대로 보지 못한다'거나, '한국문학의 여성혐오

2
한국문학사에 대한
페미니스트들의 독해와
문제제기에 대해서는
『문학을 부수는 문학들:
페미니스트 시각으로 읽는
한국 현대문학사』(오혜진
기획, 권보드래 외, 민음사,
2018) 참조.

를 논하는 일은 한국문학의 상징적 권위를 약화시키고, 한국문학사를 빈곤하게 만들 것'이라는 반박이다.

이들은 페미니스트 비평가들이 '엄마'나 '누이'가 나오는 작품을 무조건 '여성의 낭만화'로 간주하고, 여성에 대한 멸시·폭력 장면이 나오면 묻지도 따지지도 않은 채 이를 '여성혐오'라 규정한다고 믿는다. 그들에 따르면, 페미니스트 비평가들은 복잡미묘한 작품을 아주 단순하고 규범적인 메시지로 환원시키는 '예술 알못'들이며, 여성혐오는 부정의 대상이 아니라 '예술의 자유' 문제로 교묘히 치환된다.

하지만 단언컨대 어떤 페미니스트 비평가도 그런 식으로 비평하지 않는다. 그간의 페미니즘 비평사가 증명하듯, 한국문학(사)의 섹슈얼리티와 젠더정치는 다양한 방식으로 질문돼왔다.[2] 왜 근대소설은 '성숙한 남성의 형식'(게오르그 루카치)이라고 규정됐는지, 「무진기행」(김승옥, 1964)의 '윤희중'이라는 남자는 '자기가 된다는 것의 비굴함'을 깨닫기 위해 왜 반드시 여러 여성들에 대한 폭력과 전형화를 거쳐야 했는지, 「분지」(남정현, 1965)의 반미주의는 왜 꼭 미국 대통령도, 미군도 아닌, 미군의 '부인'을 강간하는 방식으로 표출돼야 했는지, 못 쓴 소설은 왜 꼭 '소녀 취향'이라고 이야기되며, 1990년대 문학사는 왜 '여성성' 혹은 '내면성'의 문학으로 정의되는지, 그리고 그건 또 왜 "아저씨 독자"들이 떠난 이유가 되는지…… 페미니스트 비평가들의 질문은 이렇게나 많다. 결국 페미니즘 비평이 원하는 것은 특정 작가와 작품을 여성혐오로 낙인찍는 게 아니라, 여성혐오에 대해 더 많이, 더 깊이 사유할 기회를 마련하는 것이다. "어떤 사람을 성차별주의라거나 여성혐오증자라고 비난하는 것은 대화를 시작하는 것이 아니라 끝장내는 방식"(리타 펠스키)이기 때문이다.

마찬가지로, 페미니즘 비평은 여성혐오적 작품을 한국문학사에서 영원히 축출하자고 주장한 적도 없다. 어느 역사가가 박정희·전두환의 독재가 싫다 하여 그들을 역사에서 지우자고 했나? 페미니즘 비평이 하는 일은 한국문학사의 미학과 문학적 상상력이 구성돼온 역사적 방식을 검토하는 것이다. 그리고 그 작업을 통해 앞으로 한국문학이 여성혐오적 상상력을 경유하지 않고도 새로운 미학과 쾌락원칙을 제시할 수 있는지 타진해보는 것이다.

그러니 페미니즘 비평에 대한 한심한 걱정은 접어두시고, 여성혐오 없이 작동하지 않는 당신의 낡고 무딘 미적 감수성부터 걱정하시라. 그럼에도 여전히 페미니즘 비평의 '본질적 한계'를 논하고 싶은 분께는 리타 펠스키의 다음과 같은 당부를 전해드린다. "특정 사상을 주장하는 학파와 설득력 있는 논쟁을 하려면,

그 분야에서 최하가 아니라 최고의 저술을 가지고 싸
워야 한다."

2016. 9. 25.

'퀸'의 상상력과 '투명한 신체'

박근혜와 김연아를 통해 본 '싱글여성'의 싱귤러리티

이상한 오버랩

애초에 내게 제안된 주제는 '연아 퀸queen과 그의 대중'이었다. 달리 새로울 것도 없는 이슈가 아닌가. '김연아'라는 스포츠스타가 오늘날 한국사회의 가장 대중적인 표상 중 하나라는 건 너무나 자명하고, 이미 그에 대한 인문학적·사회학적·경제학적 분석도 충분히 제출됐다.[1] '김연아'라는 기표가 함의하고 있는 스포츠민족주의와 자기계발의 신화, 기업과 미디어가 유도하는 루키즘과 상업주의 등…… 더 보탤 말이 있을까. 하지만 아직 할 말이 남은 듯도 하다. 예컨대 '피겨 퀸'이나 '연아 퀸'이라는 호명에서 보듯, 그녀가 '퀸'이라 불린다는 사실에 주목해본다면 어떨까.

내가 '퀸'에 관심 갖게 된 건 언제부턴가 미디어상에 심심찮게 떠도는 이상한 오버랩의 장면 때문이다. 그 내용은 박근혜 대통령과 김연아(심지어 디즈니 애니메이션 <겨울왕국>의 '엘사'까지!)의 성격과 이력 등을 비교하며, "무결점"을 자랑하는 "최고의 여성"이라는 점에서 그녀들이 서로 닮았다는 것이었다.[2] 이 이야기는 한편에서는 진지하게, 또 한편에서는 짜증을 유발하며 꽤 많은 이들에게 회자됐다. 여기서 황당하다고밖에 할 수 없는 저 발언의 타당성을 검증하고 싶은 마음은 없다. 그러나 적어도 박근혜와 김연아가 모두 '퀸'의 위상을 점하고 있다는 사실이야말로 이 오버랩을 가능케 한 것이었다는 점은 흥미를 끈다. 우리는 왜 그녀들을 '퀸'이라고 부르나. '퀸'이라는 호명은 어째서 문제가 되나.

잘 알려져 있다시피 세계선수권대회와 올림픽 등의 국제무대에서 잇단 호성적을 거두며 김연아는 명실공히 '피겨 요정'에서 '피겨 퀸'으로 격상했다. 물론 이때 '퀸'이란 어디까지나 은유다. 그것은 그녀가 이룩한 '쾌거'들, 이를테면 온갖 대회에서의 '제패', 한 치의 실수도 없는 '클린' 경기, 더 이상의 '적수 없음', 전무후무한 기록 등과 같은, 운동선수로서 가지는 그녀의 오리지널리티를 가리키는 다른 이름이다. 세계무대 뒤편에서 동양 선수이기에 감내해야 하는 고독과 우울의 정조 역시 '여왕'의 아우라로 독해됐다.[3] 또한 그녀는 '1인 기업'이라 불릴 만큼, 또래와는 비교할 수 없을 정도의 막강한 브랜드파워와 경제력을 지닌다는 점에서도 역시 '퀸'의 이름에 값한다. 무엇보다 그녀는 그녀 자신에 대해서 '퀸'이다. 김연아의 적수는 오직 자기 자신뿐이라는 관용어구에서 보듯, 그녀가 통치하는 것은 다른 누구도 아닌 바로 자기 자신이며, 그런 의미에서 '퀸'은 평생에 걸쳐 꾸준히 몸과 마음의 단련을 거듭한, 즉 최상급의 자기계발을 수행한 이에게 바쳐진 찬사이기도 하다.

하지만 대통령 박근혜를 '퀸'이라 부른다면, 이 호명은 그녀에게 양날의 검이다. 그것은 일차적으로는 두말할 것 없이 최고권력자로 간주되는 '대통령'이라는 직급과 그 권위에 대한 비유다. 하지만 '대통령'을 '여왕'으로 치환하는 일은 생각만큼 간단하지 않다. 당연한 말이지만, '대통령≠(여)왕'이기 때문이다. 오히려 양자의 등치관계를 자명한 것으로 여기는 사고야말로 혹독한 비판의 대상이다. 적어도 대한민국이 '민주공화국'임을 천명하고 있는 한 그렇다. 봉건왕조의 유제를 연상시키는 '퀸(여왕)'이라는 호명이 매우 민감한 정치적 수사인 이유다.[4]

그럼에도 일각에서 '퀸'이 박근혜를 향한 최고의 찬사로 통용된다는 점을 어떻게 생각해야 할까. 예컨대 '박근혜'와 '김연아'라는 두 예외적 개인의 오버랩이 한국사회에서 가장 오른쪽에 속한다는 '종편'의 저널리즘적 수사로서 발화된 것이었다는 점은 무엇을 뜻할까. "형광등 100개를 켜놓은 미모"라는 종편 뉴스의 자막, 혹은 박근혜를 종종 "주군"이라 부르는 '박사모' 회원들에게 '퀸'이나 '주군'은 더 이상 비유가 아니다. 그것은 문자 그대로 박근혜에 대한 그들의 맹목적인 충성과 복종, 뿌리 깊은 신민근성의 반영이다. 박근혜에게 부여된 '여왕'이라는 별칭은 전근대적이고 제왕적인 구태정치의 근성과 유제들을 인격화한 표현이다.

한편, 진보진영에서도 오래 전부터 박근혜를 '공주'나 '여왕'이라는 이름으로 부른 바 있다. '수첩공주·얼음공주'라는 조어에서 보듯, 그것은 현안에 능동적으로 대처하지 못하고 '환관'들의 아첨에 둘러싸인 한 정치인의 무능하고 유아적인 면을 겨냥하는 말이었다. 무엇보다 '여왕'은 '공주'의 업그레이드 버전이다. '독재자의 딸'에서 이제 그 스스로 '독재자'가 된 권력자의 오만과 반민주성을 드러내기 위해 그들은 '여왕'이라는 명칭을 사용했다.

그러나 진보진영의 이런 비판적 수사가 늘 성공하는 것은 아니다. 오히려 박근혜의 정치적 성격을 드러내기 위해 '여왕'이라는 수식어를 동원할 때 초래되는 것은 사유의 빈곤이다. 그것은 쉽게 인상비평의 수준에 머물거나, 젠더적 편향을 무릅쓴다. '수첩'과 '한복외교', '표정'과 '말실수' 등은 정치적으로 무능한 '여왕' 박근혜를 비판하기 위해 자주 동원되는 소재이지만, 그러한 시도는 종종 불안하고 불편하게 읽힌다. 왜일까.

계급과 젠더, '퀸'이라는 호명이 매개하는 두 범주

'여성대통령'이라는 말이 그렇듯,[5] '여왕' 역시 성별과 계급을 가진다. 박근혜와 김연아가 '왕'이 아니라 '여왕'인 한, 그것은 반드시 청자로 하여금 그녀들의 성별을 상기하도록 유도한다. '여왕'이 '여성'의 제유提喩로 작용할 때, 그녀들은 '여왕'이라 불리면서도 여전히 기존 가부장적 인식회로에 구속되는 방식으로 운위된다. 여성이기 때문에 특유의 섬세함과 부드러움으로 민생을 더 잘 돌볼 수 있다든지, 몇십 년간 머리스타일이 전혀 바뀌지 않았다든지, 군대에 가지 않았으므로 군 통수권자로서의 역할을 할 수 없다든지 하는 박근혜에 대한 대부분의 찬사와 비난은 '여성'이라는 기표를 경유하지 않고는 성립하지 않는다.

특히 여성정치인의 표정과 옷차림에 대한 비난을 마치 문화적 기호에 대한 면밀한 분석이라도 되는 체하는 몇몇 비평들이 사실은 '관심법'과 '인상비평'에 기댄 인신공격과 크게 다르지 않음을 짚고 넘어가야겠다. 물론, 박근혜 대통령이 스스로 '여성성'이나 '모성성'과 같은 가치를 전유·점령하며 '성차의 보편성'에 기댄 이미지정치를 구사하고 있는 것은 부인할 수 없고, 이에 대한 비판은 당연히 필요하다. 그러나 여성정치인을 '이미지정치'라는 프레임으로 비평하는 작업 역시 신중해야 한다. '표정'과 '말투', '옷차림'과 '머리스타일'을 들어 그들의 이미지정치를 비판하는 것은 매우 손쉬울 뿐아니라, 오히려 비평가 자신이야말로 그 요소들을 '여성적인 것'을 읽어내기 위한 자명한 코드로서 승인하고 있지 않은지 의심해야 한다.

김연아에 대한 담론도 마찬가지다. '여왕'이라는 호칭은 종종 스포츠선수 김연아와 그의 피겨스케이팅을 성별화하는 것으로 귀결된다. '국민여동생에서 피겨 퀸으로'라는 내러티브나, 김연아가 "여성적인 모습을 다른 걸로 극복했다"라는 식의 상찬 아닌 상찬의 논리, 남성 피겨선수 제이슨 브라운의 경기 중계에서 발화된 "좀 남성적이었으면 좋겠어요", "아무래도 우리나라 정서에는 맞지 않죠"[6]라는 식의 해설은 여전히 운동선수 김연아에게서 '여성적인 것'을 적발하고는 이내 그것들을 '열등함'의 기표로 각인시킨다.

그런가 하면, 박근혜와 김연아는 모두 '여성의 몸'으로 공적 영역에서 '남성 못지않은' 성취를 이뤘다는 점에서 '남성보다 강한 여성' 또는 '여성 아닌 여성'으로 운위되기도 한다. '국가와 결혼했다'거나, 표정도 눈물도 없는 '철녀'라는 식의 박근혜에 대한 평가,[7] '남성에게서나 볼 수 있는 점프의 높이', 혹은 '어린 소녀가 세계를 제패'했다는 식의 김연아에 대한 수사는 그녀들을 '남성적 여성', 혹은 '무성'의 존재로 재현한다. '여왕'은 종종 '명예남성'이거나, 남성과 여성도 아닌 '제3의 성'처럼 이야기되는 것이다.

이처럼 여왕의 형상에는 성별 위계질서를 전복하는 것인지 오히려 강화하는 것인지 단언할 수 없는 "결정적인 모호함"이 개재해 있다. 이는 세기말부터 다양한 텍스트들에서 꾸준히 재현된 '남장여자'나 '사이보그' 혹은 '기계여성'과 같은 아방가르드적 상상력의 대중적 버전을 떠올리게 한다. 예컨대 입신출세나 국가적 위기를 타개하기 위해 남장을 했던 고전소설의 여성인물들처럼, '여왕'은 스스로의 여성성을 삭제하고 이른바 '공적인 것'을 수행할 때에야 비로소 호명되는 이름이다.[8] 그리고 바로 이때, 그녀들은 남성 중심적인 공적 질서를 거스르지 않는 대신, '영혼/내면 없음'이라는 고질적인 혐의에 연루된다. '여왕'의 형상이 "여성을 기술적으로 지배하려는 가부장제적 욕망을 재확인"[9]하기 위해 고안된 사이보그나 기계여성의 형상과도 상통하는 것은 바로 이 때문이다.

무엇보다 '퀸'이라는 기표에 기입된 또 하나의 강력한 함의는 '남편이나 자녀 없이 홀로 공적 영역에 놓인 여성', 즉 '싱글single'이다. 박근혜와 김연아, 그리고 '엘사'에 대한 대중담론은 문화평론가 권명아가 "단지 독신이라는 삶의 방식만이 아니라, 삶의 방식의 특이성singularity과 존재방식의 특이성의 문제"로 정의하고 분석했던 '싱글 라이프single life'[10]의 또 다른 버전이다. '싱글'은 한때 정치적 선언으로서 선택·수행된 존재방식이었으나, 이제는 그 정치적 기획을 탈각한 채 그저 '독거노인'이라 불리는 구호대상으로 전락해버린 형상의 이름이다. 시인 최승자와 '맥도날드 할머니'라 불린 권하자 씨의 초상[11]이 정상가족의 규범성을 거스르는 대신 가난과 문화적 낙인을 감수하는 '싱글 라이프' 서사 스펙트럼의 한 축을 형성한다면, 정치경제적·사회문화적으로 최고권력을 누리는 박근혜와 김연아, 그리고 '엘사'는 바로 그 대극에 놓인 존재처럼 보인다.

하지만 박근혜나 김연아를 '싱글 라이프'라는 범주로 분류해 사유하는 것은 (이 논의가 특정 개인을 변호하기 위해 시도되는 것이 아님에도) 대부분의 경우, 매우 불편한 것으로 받아들여지는 듯하다. 페미니즘이 백인 중산층 여성의 전유물이라고 비난받아온 오랜 역사를 상기한다면,[12] 박근혜나 김연아와 같은 예외적인 여성들의 존재를 설명하려는 의도는 손쉽게 부르주아적인 발상으로 간주될 수 있기 때문이다. 이는 남성 중심의 운동권 논리를 구성하는 전제이기도 한데, 그것은 결국 '더 가난하고 더 억압받는' 존재를 재현하는 것을 운동의 전략으로 선택해온 전통을 구성해왔다. 이 논리가 '젠더 문제에 우선하는 계급 문제의 위상'을 재확인하는 방식으로 운동권 내 가부장적 논리를 강화하는 데 복무해왔음은 주지의 사실이다.

페미니즘 진영의 관습 역시 이런 논리로부터 자유롭지 않았다. '여성 간의 위계'는 언제나 논쟁적인 화두였다. 2012년 대선 당시 박근혜 후보가 제창한 '여성대통령'이라는 구호가 '성차'의 문제와 함께 '대표성'의 문제로 의제화된 것은 이와 무관하지 않다. 예컨대 '박근혜 시대와 여성주의'를 논의하기 위해 마련된 한 좌담의 제목, 「누가 여성인가」는 이런 문제의식의 딜레마를 단적으로 보여준다. 4명의 여성주의 연구자와 운동가들이 모인 이 좌담에서 참석자들은 박근혜가 여성이긴 하지만, 그녀가 대변하는 것은 결국 남성 중심의 지배 이데올로기라는 데 동의했다. 그리고 페미니즘 정치운동은 여성을 "피해자"나 "권력자"로 양분하는 구도를 넘어 "비가

시화된 여성들의 목소리와 주체의 역량"을 발휘하도록 하는 데 초점을 맞춰야 한다는 것으로 귀결됐다.13

이는 물론 정당한 주장이지만, 적어도 '싱글여성'으로서의 박근혜와 김연아가 지니는 존재의 특이성을 설명하는 데에는 충분하지 않다. 다소 비약을 무릅쓰자면, 이 논의 구도에서 박근혜와 김연아는 "권력자"로 분류되기 때문에 오히려 여성주의 담론의 사각지대에 놓이는 것처럼 보인다. 그녀들은 "익숙한 공동체의 보호고치에서 배제된",14 즉 '지지되거나 옹호될 만할' 싱글여성으로 간주되지 않는 것이다.

물론 싱글 라이프의 존재방식을 설명하기 위한 모델로 박근혜나 김연아를 드는 것은 잘못된 혹은 편향된 선택일 수 있다. 그러나 '여성-싱글의 존재론적 특이성'을 해석하는 방식에 입각해 사태를 판단할 때, 즉 '싱글 라이프'에 대한 한국사회의 인식론을 점검할 때 박근혜와 김연아, 최승자와 권하자가 처한 곤궁의 성격은 크게 다르지 않다.

예컨대 '내 자식이기도 하지만 대통령 자식이기도 하잖아요'라는 세월호참사 유가족의 절규에, 많은 사람들이 '역시 아기도 낳아보고 군대도 갔다 온 대통령이 나은 것 같다'라는 반응을 보인다는 점을 어떻게 생각해야 할까. 이는 싱글여성으로서의 박근혜가 지니는 특이성을 '결핍'의 요소로 승인함으로써 그녀가 결코 '보편'이 아님을 재확인하는 작업과 연동된다. 마찬가지로 김연아의 열애설을 보도한 한 미디어의 초점은 '그녀 역시 보통 사람과 똑같이 연애하는 인간이었음'을 확인하는 것에 맞춰졌다.15 이 모든 사태가 시인 최승자에게 물어졌던 질문의 방식, 즉 "다른 여성들처럼 가정을 꾸렸으면 하는 마음이 들 때가 없나요?"라는 가학적인 물음과 과연 다른가. 박근혜와 김연아의 삶 역시 그녀들이 '싱글여성'인 한, "익숙한 공동체의 문법"으로 "환수"[16]하려는 시도 앞에서 언제나 시험에 든다.

'여왕'의 투명한 신체, 그 무람없는 장소

박근혜와 김연아를 동일시하려는 시도는 반드시 특정 내러티브를 수반한다는 점에서 주목할 필요가 있다. 예컨대, 두 여성의 생애사가 서술되는 패턴을 점검해보자. '조실부모했으나, 아버지의 엄정함과 어머니의 단아함을 그대로 물려받은 딸이자 퍼스트레이디, 국가와 결혼했다고 말하며, 온갖 정적政敵들에 맞서 천막당사를 감행하고, 면도칼 테러에 굴하지 않았던 담대함, 한 번의 실패도 용납하지 않는 선거의 여왕'이라는 박근혜의 스토리. 그리고 '어린 시절 피겨스케이트를 시작해, 한국의 열악한 운동환경에서 홀로 오직 스케이트에만 집중하며 훈련을 거듭하는 날들, 어머니와 코치에 대한 절대적인 신뢰와 복종, 마침내 모든 라이벌과의 경쟁에서 승리하고 빙상을 제패한 은반의 여왕'이라고 요약되는 김연아의 그것.

자수성가와 자기계발의 테마로 점철된 한 여자의 일생에 대한 저와 같은 내러티브는 결코 낯설지 않다.[17] 물론 이는 대중적 로망스의 한 전형이다. 문학이론가 피터 브룩스는 이런 멜로드라마적 상상력에 대해 "신성한 것의 돌이킬 수 없는 상실에서 발생"한, "재신성화resacralization의 충동, 그리고 개인적인 차원 이외에는 신성화를 생각할 수 없는 현실 모두를 재현"[18]한 것이라고 설명한 바 있다. 그리고 문학연구자 리타 펠스키는 20세기 대중소설에 나타나는 '멜로드라마적 강렬함의 형식과 평범한 현실 및 물질세계의 초월'을 '대중적 숭고popular sublime'라는 개념으로 설명하며, 이것이 "대중문화가 행하는 여성성의 호명interpellation"과 관계있다고 말했다.[19]

물론 자수성가나 자기계발의 신화에 침윤된 가부장제와 신자유주의적 논리를 들어 저 내러티브의 맹점을 비판하는 작업, 혹은 그럼에도 이런 스토리에 몰입하며 박근혜나 김연아에게 연민을 느끼거나 동일시를 수행하는 대중의 정서구조를 분석하는 작업도 가능할 것이다. 하지만 그 내러티브들에 기대 그녀들의 인생에 대한 가치판단을 하는 것이 이 글의 목적은 아니다. 오히려 박근혜와 김연아에 대한 그 내러티브들이 그녀들의 실존을 아무런 의심 없이 대체하는 상황에 대해 생각해보고 싶다.

그러니까 문제는, 우리가 그녀들에 대해 너무 잘 안다(고 생각하)는 것이다. 우리는 그녀들의 '스토리'를 너무 잘 알고 있다. 그녀들이 어떻게 자랐으며, 어떤 성격의 소유자인지, 그녀들이 누구인지 우리는 질문할 필요가 없다. '퀸'을 매개로 한 박근혜와 김연아의 오버랩이 우리에게 보여주는 것은 단지 황당한 정치적 수사로서의 용법뿐 아니라, '싱글여성'을 소비하고 서사화하는 한국사회의 관용적인 패턴, 그 상상력과 무의식의 정치성과 임계다.

예컨대 박근혜와 김연아는 이미 '속속들이' 밝혀져 있는 명명백백한 존재로서 소비된다. 그녀들이 전 국민의 관심법적(?) 대상이 된다는 것. 이것은 어떻게 가능할까. 유년시절부터 현재까지 온 인생이 전 국민에게 노출되는 삶. 우리는 어떻게 그녀들의 인생을 투명하게 들여다볼 수 있는 것일까. 그들이 유명인사이기 때문이라는 설명으로는 부족하다. 다른 어떤 남성 대중정치인이나 스타도 그들의 유년시절부터 현재까지의 모든 것이 국민의 '상식common sense'이 되거나, 모든 사람이 무람없이 알고자 해도 되는 대상으로 여겨진 적은 없다. 박태환·박찬호와 같은 남성 스포츠스타에게도 과연 그랬던가?[20]

박근혜와 김연아의 삶이 전 국민에게 적나라하게 '전시'되는 현상은 '싱글여성'에게 무자비하게 가해지는 탐욕적인 호기심과 관성적인 해석틀을 고려하지 않고는 설명될 수 없다. 남편이나 가족과 같은 가부장적 울타리가 쳐지지 않은 '혈혈단신'인 여성의 몸이기에 온갖 시선의 포화를 받아내야 한다는 것이야말로 사태에 대한 정확한 진단이다.

이 현상은 일차적으로 '싱글'에 대한 사회적 편견을 의미하는 '싱글리즘singlism'[21]에 기반을 둔 것이지만, 그것으로 충분히 설명되지는 않는다. 혼자 사는 남성은 대개 '단독자'로서의 초상을 부여받는 데 반해,[22] 싱글여성은 언제나 '과잉'과 '결여'의 논리로부터 자유롭지 않다. 바꿔 말하면, 싱글

여성에게 가해지는 사회적 분리와 동화同化의 욕망은 그녀들이 단지 '싱글'일 뿐 아니라 '여성'이기 때문에 추동된다. 여성학자 정희진이 적확하게 지적했듯, 결혼하지 않았거나 결혼했음에도 자녀를 갖지 않기로 선택한 여성은 끊임없는 사회적 비난과 호기심을 견뎌야 한다.[23] '이야깃거리'가 되는 것이 그녀들의 숙명인 셈이다. 다이애나 전前 왕세자비가 파파라치를 피해 도로를 질주해야 했던 사정, 혹은 <겨울왕국>(크리스 벅·제니퍼 리, 2013)의 엘사가 사람들로부터 모습을 감춤으로써 스스로를 지켜야 했던 것은 우연이 아니다.[24]

요컨대, '미망인', '소녀가장', 악착같은 자기계발의 화신, 일 또는 국가와 결혼한 눈물 없는 '철녀'와 같은 표상에서 보듯 싱글여성의 존재방식에 대한 해석지는 너무나 뻔한 화소들로 구성돼 있다. 이 내러티브에는 아무런 비밀이 없고, 그들의 육체는 매우 '투명한 것'으로 간주된다. 그리고 바로 이런 언어들로 말해질 때에만 그녀들의 존재는 '공동체의 문법으로 번역 가능한 것'이 된다. 물론 이는 타자화의 가장 오래된 방식이다.[25] 이성애적 토대 위에서 그녀들의 이질성을 부각시키거나 또는 그녀들을 기존의 인식론에 위배되지 않는 것으로 자연화·동일화하려는 욕망은 궁극적으로 다르지 않다. '여왕'이라는 명칭에 드리운 것은 가부장적 가족질서에 편입되기를 거절한 여성신체에 대한 경계와 불안이다.

1 김연아와 관련된 문화현상을 문화민족주의, 부르주아 이데올로기,
스포츠민족주의, 신자유주의와 자기계발 전략 등의 개념을 중심으로
논의한 예로는 이택광, 「김연아, 원더걸스, 그리고 10대들」,
『인물과사상』 118, 인물과사상사, 2008. 2; 정희준, 『어퍼컷:
신성불가침의 한국스포츠에 날리는 한 방』, 미지북스, 2009; 이동연,
「한국인의 일상과 문화 아비투스」, 『문화과학』 61, 2010년 봄;
천정환, 『조선의 사나이거든 풋뿔을 차라: 스포츠민족주의와 식민지
근대』, 푸른역사, 2010 참조. 김연아에 대한 미디어의 재현전략을
분석한 연구로는 이정우, 「TV광고 속 김연아와 그 명사성: 국가주의
이데올로기와 성정체성의 재현」, 『한국스포츠사회학회지』 22-3,
한국스포츠사회학회, 2009; 김지영, 「스포츠영웅에 대한 한·일
스포츠다큐멘터리의 서사 비교: 피겨여왕 김연아와 아사다 마오의
스포츠다큐멘터리를 중심으로」, 『인문콘텐츠』 17, 인문콘텐츠학회,
2010; 남상우·김한주·고은하, 「국민여동생에서 국민영웅으로: 김연아
"영웅" 만들기와 미디어의 담론전략」, 『한국스포츠사회학회지』 23-2,
한국스포츠사회학회, 2010 참조.

2 「TV조선 "박근혜 대통령-김연아 선수 '무결점' 닮았다"」, 오마이뉴스,
2014. 2. 19.

3 SNS를 검색해보니, "세계적으로 '퀸'이라 불리며 뛰어난 실력을
보여준 김연아지만, 저기서는 같은 언어로 이야기하며 함께 돌아다닐
사람이 없습니다. 그저 외롭고 고독한 여왕의 모습"이라는 발언에 많은
이들이 공감하고 있었다.

4 김민아, 「박근혜와 여성대통령」, 『경향신문』, 2012. 9. 3.

5   박근혜의 '여성대통령' 전략이 지니는 양가적 의미와 그
    효과에 대해서는 권김현영, 「성적 차이는 대표될 수 있는가?」,
    권김현영·김주희·류진희·루인·한채윤, 『성의 정치, 성의 권리』,
    자음과모음, 2012; 권김현영·권미혁·이유진·황정아, 「좌담: 누가
    여성인가: 박근혜시대와 여성주의 정치」, 『창작과비평』 161, 2013년
    가을.

6   「젠더의식 부족한 소치올림픽 중계 '이건 아닌데…'」, 여성신문,
    2014. 2. 19.

7   박근혜정권 부상 이후, 활발하게 제기되는 '대통령리더십',
    '여성리더십'에 관한 연구들을 보라. '리더십'이라는 연구주제 자체가
    대체로 '우파적인 것'으로 간주되는 것은, '리더십'이 전혀 없어 뵈는
    무능한 대통령 박근혜에게 마치 어떤 '지도자의 자질'이 있는 것처럼
    포장·미화해서만은 아니다. 더 큰 문제는 이 연구들이 별다른 정의를
    제시하지도 않은 채 자명하게 내세우는 '리더십'이라는 가상의 '중립적'
    가치가 사실은 철저히 남성지도자의 특정 성향을 기준이자 지표로
    삼고 있음을 은폐하기 때문이다. 이는 '여성노동자'라는 명백한 규정이
    사용될 때조차도 그것이 실은 남성의 생산능력과 기술에 준거하는
    것임을 밝힌 조안 스콧의 지적과도 상통한다. Joan W. Scott, "The
    Woman Worker", G. Duby and M. Perrot, eds., *A History of
    Woman IV*, Cambridge: Harvard University Press, pp. 399~426;
    조안 스콧, 배은경 옮김, 「젠더와 정치에 대한 몇 가지 성찰Some More
    Reflection on Gender and Politics」, 『여성과사회』 13, 한국여성연구소,
    2001. 9, 231쪽에서 재인용. 제18대 대통령 선거와 성별리더십에

대한 분석으로는 연지영·이건호, 「성과 정치리더십에 대한 언론프레임 연구: 18대 대통령선거 보도를 중심으로」, 『한국언론학보』 58-1, 한국언론학회, 2014. 2.

8   권김현영, 「남장여자/남자/남자인간의 의미와 남성성 연구방법」, 권김현영·루인·정희진·나영정·엄기호·한채윤, 『남성성과 젠더』, 자음과모음, 2011.

9   리타 펠스키, 김영찬·심진경 옮김, 『근대성의 젠더』, 자음과모음, 2010, 54쪽. 그밖에 '기계여성'과 '사이보그'에 대한 분석으로는 다나 J. 해러웨이, 민경숙 옮김, 『유인원, 사이보그 그리고 여자』, 동문선, 2002.

10   권명아, 「불/가능한 싱글라이프: 연민과 정치적 주체성」, 『무한히 정치적인 외로움: 한국사회의 정동을 묻다』, 갈무리, 2012, 38~39쪽.

11   최보식, 「정신분열증… 11년 만에 시집을 낸 시인 최승자」, 『조선일보』, 2010. 11. 22; 「'맥도날드 할머니' 권하자 씨 별세… 엘리트의 쓸쓸한 죽음」, 『세계일보』, 2013. 10. 10.

12   정희진, 『페미니즘의 도전』, 교양인, 2005의 「머리말」과 1부 1장 참조.

13   권김현영·권미혁·이유진·황정아, 앞의 책, 464~465쪽.

14   권명아, 앞의 책, 50쪽.

15   「"여왕의 땀, 그리고 사랑" … 김연아, 6개월의 기록」, 디스패치, 2014. 3. 6.

16   권명아, 앞의 책, 47쪽.

17   박근혜의 정치적 이력은 박정희와 육영수의 유제가 아니었다면 결코 성립할 수 없었을 것이라는 점에서 그녀의 인생을 '자수성가'라는 말로 집약하는 데에는 어폐가 있다. 하지만 그와 별개로 50~60대 이상의 연령층에 속하는 많은 '어른'들은 박근혜의 서사를 일찍이

부모를 잃고 외롭게 자라, 살벌한 정치판에서 고군분투한 소녀가장의
성장담으로 이해하며, 이때 박근혜는 동정과 연민의 대상이 된다.

18 리타 펠스키, 앞의 책, 239~240쪽에서 재인용. 멜로드라마적
상상력Melodramatic Imagination에 대한 설명은 피터 브룩스,
이승희·이혜령·최승연 옮김, 『멜로드라마적 상상력: 발자크, 헨리
제임스, 멜로드라마, 그리고 과잉의 양식』, 소명출판, 2013, 1장 참조.

19 리타 펠스키, 앞의 책, 220~221쪽 참조.

20 이 문제의식은 성균관대학교 동아시아학술원의 이혜령 선생님께서
제기해주셨다.

21 벨라 드파울로, 박준형 옮김, 『싱글리즘』, 슈냐, 2012.

22 노명우, 『혼자 산다는 것에 대하여: 고독한 사람들의 사회학』,
사월의책, 2013.

23 정희진, 앞의 책, 50쪽.

24 애니메이션 〈겨울왕국〉에 나타난 '퀸'의 상상력에 대해서는 문강형준,
「여왕과 괴물」, 『한겨레』, 2014. 2. 28.

25 "박근혜의 사생활을 폭로함으로써 박근혜의 대표성을 공격하고자
하는 이들은 박근혜가 결혼하지 않은 여성이라는 점을 재현하고자
한다. 이는 역설적으로 박근혜가 여성으로 재현된 적이 없으며,
여성 재현은 곧 성적 타자화를 동반한다는 사실을 알려준다. 때문에
결코 여성을 대표할 수도 재현할 수도 없는 박근혜를 다시 여성으로
호명하는 일은 그가 가진 대표성의 결여를 폭로하는 것이 아니라
채워주는 반동효과를 생산한다." 권김현영, 「성적 차이는 대표될 수
있는가?」, 앞의 책, 46쪽.

계속해보겠습니다[1]

TV드라마 〈디어 마이 프렌즈〉
(tvN, 2016)

1
황정은의 장편소설
『계속해보겠습니다』
(창비, 2014)에서 따왔다.

한낮의 국립중앙도서관 이용자 대다수는 60대 남성이다. 1980년대 이전까지 현저히 낮았던 여성 고등교육률과 경직된 성역할을 감안하더라도, 공적인 지식문화장에서 '할머니'들을 찾아보기란 매우 어렵다. 그럼 그녀들은 채 해소되지 않은 젊은 날의 지적 열정과 문화적 호기심을 어떻게 충족시키고 있을까. 이 질문은 '내가 지금 축적한 지식과 경험은 훗날 어떻게 될까'라는 물음의 다른 버전이기도 하다.

아직 덜 살아봤지만 중간점검을 해보자면, 이 나라에서 '젊은 여성'으로 사는 일은 결코 쉽지 않았다. 각종 성매매 사건이나 유명인사의 연애 스캔들에서 젊은 여성들이 당연하다는 듯 성욕 해소의 대상, 유흥의 도구, '꽃뱀'이나 가정파괴범으로 간주되는 걸 보니 더욱 확실해진다. 여성은 아무리 많은 지식을 쌓고 강인한 자의식을 지닌다 해도 여전히 '성적 존재'로 남는다는 것.

기실 포스트페미니즘 세대인 현재 20~30대 여성들의 자기의식은 분열적이다. 이들은 형식적으로나마 '남녀평등'의 가치를 배웠으며, 고등교육률과 학업성취도는 남성의 그것에 육박하거나 오히려 상회한다. 그러나 젊은 여성들의 경제적·사회적 성취는 남성에 대한 '역차별'의 결과로 손쉽게 매도되는가 하면, 이 모든 상황을 성찰하며 비대해지는 여성들의 자의식은 부르주아 엘리티즘의 산물로 의심되기 일쑤다. 이 사회는 '멋진 여성'이 아니라 그저 '나은 인간'이 되려는 여성들의 소박한 열망마저도 허상 혹은 사치로 만든다. 그래서 이 나라에서 '젊은 여성'으로 산다는 건 끊임없이 자존감의 하강을 경험하는 일이기도 하다.

그런 의미에서 노희경 작가의 역작인 TV드라마 〈디어 마이 프렌즈〉는 내게 무한한 용기를 준 드문 텍스트다. 이 드라마는 비혼, 이혼, 사별 등의 이유로 '혼자 사는 여자들의 노년'을 다룬다. 수십 년간 남편의 핍박을 견디던 '정아(나문희 분)'가 집을 나와 밥상을 뒤엎는 장면은 자꾸 봐도 안 질린다. 나는 이 장면을 전혜린과 흑맥주를 좋아하고, 노브라에 청바지 차림으로 세계여행 하는 걸 꿈꾸던 여자가 젊은 시절부터 꾸준히 쌓은 지적·문화적 열정을 기반으로 결국 자기 삶을 자기가 원하는 모습으로 바꿔내는 이야기로 읽었다.

흥미로운 것은, 이 드라마의 여자들이 시종일관 "길 위에서" 죽겠다고 다짐한다는 점이다. 이는 명백히 '혼자 사는 여자의 삶'을 '실패'한 것으로 낙인찍는 장치인 '객사'에 대한 새로운 해석이다. 이 서사는 신여성 나혜석, 『별들의 고향』(최인호, 1972)의 '경아', 그리고 '맥도날드 할머니'라 불리던 권하자 씨에 이르기까지 '불운한 죽음'으로 운위돼온 여성 행려병자의 계보를 전복한다. 아직 아무도 죽지 않았지만, 영화 〈델마와 루이스〉(리들리 스콧, 1991)에서 벼랑 위를 나는 자동차의 이미지를 간직한 〈디어 마이 프렌즈〉의 여성인물들은 적어도 '단독자'로서 삶과 죽음을 맞이하는 데 두려움이 없다.

무엇보다 이 드라마가 훌륭했던 것은 '개인의 성찰'을 유일한 답으로 제시하지 않았다는 점이다. 알츠하이머에 걸린 '희자(김혜자 분)'가 "혼자 살 수 있어. 혼자 할 수 있고."라고 우길 때, "혼자 살 수 있었고, 혼자 할 수 있었어. 인제는 아니고." 하고 말해주는 친구 정아의 존재는 우리가 이 삶을 좀 더 계속해나가도 된다는 신호 같다. 혼자 모든 고통을 짊어지려고 하거나 내가 뭔가 잘못 판단하는 날이 오면, 나를 지켜봐준 친구들이 말해줄 테니까. "인제는 아니"라고. 그래서 내게 노년 여성들의 자립과 연대를 다룬 이 드라마는, 지금 여기 혐오의 시대를 사는 젊은 여성들에게 보내는 열렬한 응원 같았다.

2016. 7. 3.

권력의 여성, 여성의 권력

여성과 정치를 상상하는
몇 가지 방식

박근혜가 사라진 자리, 그곳에서

2016년 겨울, 각종 매체들의 지면과 화면을 뒤덮은 것은 당시 최고권력자로 간주되던 여성대통령 박근혜의 얼굴사진이었다. 우리는 그 사진들을 마치 범죄현장을 찍은 사진을 보듯 치밀하고 꼼꼼하게 독해했다. 시간순으로 가지런히 배열된 그녀의 정면·측면 얼굴사진들은 여기저기 동그라미가 그려진 채로 표 나게 확대됐다. 렌즈에 포착된 안면의 모공과 실핏줄과 미세한 상처들은 미처 은닉되지 못한 범행 흔적처럼 수상해 보였고, 우리는 눈을 가늘게 뜨며 그 얼굴사진에 나타난 주름과 작은 구멍들로부터 뭔가를 읽어내려 했다. 이 도착적이고도 외설적인 사진 읽기는 '공화국의 형제들'[1]이 찾아낸 매우 획기적인 '정치-놀이'였고, 이것이 '제6공화국의 종막'을 촉진하리라는 예감은 아무런 의심 없이 이 놀이의 정치적·역사적 정당성을 승인해주었다.

이 글을 쓰는 지금, 텔레비전이나 신문지면에서 그녀의 모습을 본 지는 꽤 오래됐다. 그녀가 구속됨으로써 우리의 시야에서 사라지자 스펙터클로서의 그녀의 존재도 빠르게 잊혔다. 혹자는 마치 기다렸다는 듯, 이 '공백'이야말로 페미니즘 정치가 "원점으로 되돌"[2]아간 증거라고 선제적으로 외쳤다. 하지만 그의 소망과는 달리, 박근혜 스케이프情景/政景가 사라진 자리에서 가장 활발하게 제기된 논의는 역시 여성대통령 담론의 딜레마를 재검토하고 '포스트-박근혜' 시대를 준비해야 한다는 페미니스트들의 논의다. 그러니 페미니즘 정치는 원점으로 돌아간 것이 아니라, 오히려 급진화를 준비하며 새로운 발걸음을 내딛고 있다는 것이 사실에 가까운 진술일 것이다. 2017년에 발간된 『말과활』 13호 특집 '최초의, 박근혜를 사유하다'는 바로 그 진지하고도 치열한 고민의 결과로서 참조할 만하다.

이 특집에서 필자들이 공통적으로 뼈아프게 지적하는 것은 박근혜가 여성대통령으로서 준비된 바 없다는 사실뿐 아니라, 여성대통령을 사유하기 위한 페미니스트들의 언어와 상상력 또한 충분히 준비되지 않았었다는 점이다. 박근혜가 구사하는 '여성대통령' 전략의 허구성을 증명하기 위해 그간 페미니스트들은 여성대표성, 즉 '누가 여성인가'의 문제에 강박적으로 매달려왔다. 이 논의에서 강조된 것은 여성을 피해자와 권력자로 양분하려는 가부장적 인식론을 넘어, "비가시화된 여성들의 목소리와 주체의 역량"을 발휘하도록 하는 데에 초점을 맞춰야 한다는 것이었다.[3] 그러나 이런 문제의식의 정당성에도 불구하고, 박근혜가 유신과 독재 등 오랜 남성정치의 산물임을 들어 그녀를 '진짜 여성'으로부터 분리하려는 페미니스트들의 노력은 박근혜를 여성정치의 행위자player로서 인식하지 못하게 했고, 그 결과 우리는 여성정치의 다양한 사례들case과 그 작동 메커니즘에 대해 사유할 기회를 잃었다는 것이 『말과활』 필자들의 판단이다.

특히 정치학자 이진옥은 여성정치와 관련해 두 가지의 흥미로운 분석사례[4]를 제시한다. 하나는 박근혜의 핵심적 지지층이 "가부장제와 결탁하여 얻을 수 있는 배당금 이외에는" "자신의 정치적 이해관계를 언어화할 수 있는 수단도 기회도 갖지 못한" 고령의 저학력 저소득층 여성이었다는 점, 이 여성들은 "현실정치에서 '권력'을 가질 수 있는" 유일한 여성으로서 박근혜를 선택했다는 분석이다. 그리고 또 하나는 역사학자 한홍구가 편찬 중인 반헌법행위자 인명사전에 오른 405명의 인물들 중 여성은 박근혜와 조윤선, 단 두 명에 불과하다는 것, 이는 여성정치의 도덕성이나 청렴성과는 무관하며 오히려 상기한 두 명 외에는 어떤 여성도 권력의 심부深部에 접근하지 못했음을 의미한다는 것이다.

두 사례에 대한 이진옥의 통찰이 환기하는 것은, 여성이 권력을 가질 기회 자체가 매우 희박한 현 한국의 정치상황에서 여성정치의 개념과 전략은 보다 다각적으로 모색돼야 한다는 점이다. 여성과 권력의 관계를 탐구하는 최근의 연구들은 한국사회에서 '권력power' 개념 자체가 '남성적인 것'으로 젠더화되어 있음을 지적하며, 이런 인식이야말로 여성의 권력동기를 부정하고 여성을 현실정치로부터 유리되게 만든다고 지적해왔다.[5] 정치학자 안숙영[6]이 '권력'에 대한 여성주의적 재개념화를 요청하며, 여성권력을 '지배 없는 권력power without domination'으로 규정함으로써 '지배하는 권력'인 남성권력과 차별화하려 했던 것도 이런 문제의식의 반영이다.

하지만 여성과 리더십에 대한 인식의 전면적 전환을 주문하면서도 여성권력을 '지배 없는 권력'으로 규정하려는 이 시도는 여전히 권력에 대한 방어적 인식의 소산으로 보이기도 한다. 이는 여성리더십을 '모성'이나 '가족'과 같은, 가부장제가 주조한 '여성적 가치'와 연결함으로써 '여성정치'를 '여성성정치'로 수렴시킨 그간의 기획들로부터 그리 멀지 않다. 지배와 종속을 수반하지 않는 권력이 가능한지도 모호할 뿐더러, 이는 지배에 대한 여성의 욕망 자체를 부정하도록 유도하기 때문이다.

그러나 메갈리아 이후의 여성세력화 사례에서 보듯, 정치적 올바름political correctness에 구애되지 않는 호전성과 맹목성은 여성의 권력의지를 구성하는 주요한 요소들 중 하나이며, 이런 욕망들을 탈각시킨 여성권력에 대한 논의는 흔한 도덕론과 차별성을 가지기 어렵다. 결국 여성과 권력의 관계에 대한 새로운 상상이야말로 "여성정치에서 여성주의정치로"와 같은 구호가 다 담아내지 못하는 '포스트-박근혜' 시대의 근본적인 과제로 남은 것이다. 여성의 특정 속성들만 정치적 자원으로 삼(지 않)는 기존 여성정치의 관습을 넘어, 권력의 획득과 행사를 두려워하지 않는 페미니즘 정치의 새로운 상을 우리는 발명할 수 있을까.

춤, 눈물, 내조— '권력의 여성화'는 가능한가

'장미대선'을 목전에 두고 펼쳐진 여성정치의 풍경은 꽤 참담했다. '촛불정신'이 황급히 '정권교체'로 번역된 당시 국면에서 여성의제는 거의 실종되다시피 했고, 여성정치와 관련해 담론장을 가득 메운 것은 정상가족 이데올로기와 이성애적 규범성에 의해 강력하게 지지되는 '내조정치',[7] 여성유세단의 경로당 유세,[8] 선거운동 과정에서 소비되는 여성정치인들의 율동과 눈물[9] 등이다. 언뜻 봐도 이 배치는 관성적인 성역할과 성별분업에 의해 여성정치를 '감정'과 '돌봄'의 영역에 할당한 결과라는 인상을 지울 수 없다.

특히 뇌리에 남은 것은 경선 직전까지 서로에 대한 네거티브 공세를 불사하며 경쟁해온 더불어민주당 소속 남성정치인들의 경선 직후 "호프회동"을 포착한 사진이다. 이 자리에서 경선을 통과한 문재인 후보는 탈락한 다른 세 명의 후보들과 나누는 술을 "안희정 통합의 술, 이재명 공정의 술, 최성 분권의 술"이라며 치켜세웠다. 이들은 거사를 치른 영웅들처럼 셔츠 소매를 걷어 올린 채 서로를 치하하며 『삼국지』의 도원결의를 방불케 하는 드라마틱한 장면을 연출했다.10 이 사진을 통해 새삼 실감케 된 것은 남성정치인들에게 경쟁은 차이를 드러낼 수 있는 절호의 기회이며, 경쟁이 끝난 후 이들은 언제든 적대와 연대의 카르텔을 결성·조정할 수 있다는 점이다. 사진 한 장에 포착된 이들의 잘 기획된 퍼포먼스가 단번에 환기한 것은 남성 카르텔 안에서의 경쟁과 협력을 과잉재현함으로써 정치를 남성화해온 한국 정치계의 유구한 관습 그 자체다.

반면, 남성정치인들의 나르시시즘적 자기연출과 달리, 그들의 여성 배우자들은 그저 '배우자'라는 이유만으로 다 같이 빨간 앞치마를 두른 채 김치를 담그는 획일적인 모습으로 대중매체의 시각장에 등장했다. 여성들 간의 경쟁이 늘 '여자의 적은 여자'라는 편견을 입증하는 것으로 의미화되는 현재 한국의 여성혐오적인 상황에서 여성들의 협력 또한 철저히 제한적인 방식으로만 재현·해석된 것은 당연하다. 여성들의 협력은 언제나 남성정치인들의 정치적 이해관계에 복속돼 있는 한에서만 작동한다는 것, 그리고 그 협력마저도 여성들 각각의 정치적 퍼스낼리티에 대한 관심은 배제된 채 그저 '김장하기'와 같은 전형적인 성역할의 수행을 통해서만 재현 가능하다는 점은 무엇을 말하는가. 이 정치의 젠더화 현상에서 '여성대통령' 시대에 학습한 여성정치의 복잡미묘한 동학이 작동할 여지는 매우 작아 보인다.

그뿐인가. SNS에 떠도는, 여성정치인들의 '정신줄 놓은' 듯한 춤사위 동영상을 보는 심경은 꽤 심란했다. 그것은 '소탈함'과 '우스꽝스러움'을 연기함으로써 그 자신을 스펙터클의 일부로 제시하라는, 여성정치인에게 부여된 오랜 남성 중심적 선거관습의 반복적 수행처럼 보였기 때문이다. 그리고 더 나빴던 것은 무대 위에서 그런 우스꽝스러운 춤을 추는 그녀들이 '진심으로' 즐거워 보였다는 점이다. 남성정치의 매트릭스를 공고히 하는 데 소비되는 성별분업의 법칙을 그녀들이 전혀 경계하는 것처럼 보이지 않았다는 점에서 페미니스트들에게 그 춤사위는 매우 기괴하고도 위험한 풍경으로 각인됐다.

그런데 고백하자면, 나는 위 문단을 작성하면서 조금 망설였다. 이 서술에는 춤, 눈물, '내조' 등으로 표상되는 여성정치인들(및 남성 대선후보들의 여성 배우자들)의 전략을 여성정치의 유의미한 자원에서 기각하려는 선험적 인식이 개재해 있기 때문이다. 저 문장들에는 선거유세에 나가 무대에서 한바탕 춤판을 벌여야 하는 그녀들이 아침마다 집을 나서며 되새겼을지 모르는 어떤 '다짐'이나 '결기'에 대한 관심이 누락돼 있다. 그녀들이 선택한 춤과 눈물과 '내조'의 정치를 가부장적 남성정치에 복무하는 것이라고 비판하기는 쉽지만, 그런 퍼포먼스의 상연을 통해 그녀들이 기획하는 여성정치의 내용을 상상하기란 어렵다. 우리는 '어떤' 여성이 '왜' 권력을 지향하며, 권력을 획득하기 위해 '무엇'을 정치적 자원으로 선택하는지에 대해 충분히 상상해보지 않았다. 그리고 이는 권력을 지향하는 여성을 매우 피상적으로만 그리거나 전형화해온 오랜 재현의 관습 혹은 공백과 무관치 않다.

예컨대 2017년 초에 방영한 SBS TV드라마 <귓속말>은 각종 책략을 동원해 아버지의 살인누명을 벗기고 사회정의를 바로잡기 위해 악전고투하는 형사 출신의 여성주인공 '신영주(이보영 분)'의 이야기다. 이 드라마는 자신의 정치적·경제적 이득을 위해 살인, 사기, 폭행, 횡령, 마약, 배신 등 각종 부도덕한 행동을 매우 과감하고 극적으로 감행하는 등장인물들의 욕망을 적나라하게 재현함으로써 시청자들에게 큰 인기를 모았다.

흥미로운 것은 정의 실현을 위해 서슴없이 권력의 심급으로 육박하는 신영주의 모습이 대법관 및 의사와 국회의원, 판검사 등 '사회지도층'에 속한 남성권력자들의 맹목적인 모습과 별 차이 없이 그려진다는 점이다. 그녀는 오랜 형사경력으로 인해 남성을 압도하는 체력과 몸싸움의 기술을 익혔으며, 남성의 영역으로 간주되는 경제 및 법률의 언어와 논리에도 매우 능란하다. 무엇보다 그녀는 자신의 목표를 달성하기 위해 도청, 폭행, 공문서 위조 등 불법행위도 마다하지 않는다는 점에서 이채롭다. 급기야 그녀는 자신의 윤리적 호소를 저버린 판사 '이동준(이상윤 분)'에게 복수하고 그를 자기 편으로 만들기 위해 그와의 성관계 동영상을 몰래 촬영·유포해 자신의 정치적 무기로 삼는다. 그리고 결정적으로, 이 드라마는 그녀가 자신의 성儀을 무기로 삼으려 할 때, 온갖 사회적·윤리적 지탄과 성적 낙인에 대한 그녀의 갈등이나 고민을 재현하지 않았다. 이동준으로부터 "창녀!"라고 비난받는 그 순간에도 한 점 후회가 없는 듯 보이는 신영주의 모습은 그간 대중서사에서 좀처럼 만난 적 없는 목표지향형 여성인물처럼 보인다.

그러나 어떤 도덕적 금기에도 구애되지 않고 직진하던 이 드라마가 멈춘 곳 역시 바로 이 지점이다. 작가는 이 썩은 사회에서는 섹슈얼리티야말로 여성이 자원화할 수 있는 결정적인 카드라는 듯 당연한 수순처럼 신영주가 자신의 성을 스스로 자신의 정치적 책략에 동원하도록 설정한다. 다만 그것은 신영주라는 여성인물이 이 가부장제 사회의 성 각본sex script을 초월한 예외적 인물임을 말하려는 것은 아니었다. 오히려 이 작품은 모든 계획이 수포로 돌아가자, 신영주 자신이 흐느끼며 스스로에게 "창녀"라고 말하게 함으로써 그녀에게 '자기모멸'이라는 가장 치명적인 응징을 가하는 것을 잊지 않았다. 그것은 신영주를 "창녀"라고 비난한 바 있는 남성인물 이동준 앞에 '전시'돼야 했다는 점에서, 남성권력이 주조한 성 각본의 무소불위한 힘과 정당성을 남성권력에게 확인시키는 반성의 퍼포먼스이기도 했다. "창녀. 가진 게 그거밖에 없어서 몸을 던졌는데, 비참하다, 지금. 당신 방에 들어가던 날보다. 당신 말이 맞아요. 양심은 버려도 살 수 있고, 인생은 한 번인데."(6회)

여성의 정치적 자원을 선별하는 것은 누구인가

반면, 극장가에서 관객과 평자들에게 적잖은 관심을 모은 영화 <미스 슬로운>(존 매든, 2016)은 여러 면에서 <귓속말>과 좋은 맞짝을 이룬다. 여성주인공인 '슬로운(제시카 차스테인 분)'은 자신의 신념에 부합하는 사건만 맡으며, 맡은 사건에 대해서는 어떤 수단과 방법을 써서라도 반드시 승리를 이뤄내는 불세출의 로비스트다. 그녀는 총기규제 법안을 통과시키기 위해 상대방의 아이디어를 도용하고, 스파이를 동원하며, "평소에 관심도 없던 페미니즘"을 이용하고, 불법도청까지 감행할 만큼 승리에 대한 맹목적인 집착을 보인다. 영화는 잠과 밥, 그리고 가족과 연애와 섹스 같은 "평범한 삶"을 반납한 채 오직 일과 승리에만 몰두하는 그녀의 모습을 "사이코패스" 같은 '괴물적인 것'으로 묘사한다.

이 서사의 정점은 슬로운이 총기규제 법안에 대한 지지 여론을 모으기 위해 동료 '에스미(구구 바샤-로 분)'의 경험과 트라우마마저 착취하는 순간에 있다. 슬로운은 총기사고 규제 법안에 대해 상대방과 TV프로그램 생방송에서 토론하던 중 극적인 효과를 연출하기 위해 에스미의 동의 없이 에스미가 총기사고를 겪은 생존자라는 사실을 아우팅**outing**한다. 그리고는 무대 뒤에서, '내가 내 경험을 언론에 노출하기 싫다고 명시적으로 말했어도 같은 선택을 했겠냐'는 에스미의 분노 어린 질문에 이렇게 답한다. "아마도. 내 임무는 이기는 거고 난 어떤 수단이든 사용할 책임이 있으니까. 이 일로 얻게 될

언론의 관심을 이용하지 않는다면 직무 유기나 다름없어. (…) 네 감정도 인생도 중요하지만 내 책임은 아니야. 난 내 신념을 지킬 책임이 있고 두 가지 중 하나를 선택해야 한다면 선택은 분명하지."

물론 슬로운의 이런 선택은 그 자신이 결국 인정한 대로 누군가의 삶을 도구화하고 위태롭게 만들었다. 그런데 이 영화의 관심은 도구화된 에스미의 망가진 인생에 있지는 않다. 오히려 이 영화가 끝까지 눈을 떼지 않는 것은 이처럼 "지켜야 할 선"을 무람없이 넘는 방식으로 자신의 정치적 욕망을 밀어붙이는 여성에 대한 사회적 시선이다. 이를테면, 최후의 순간까지 자신의 "'정치적 욕망'에 대해 변명하지 않는"[11] 슬로운에게 던져진 것은 다음과 같은 동료의 경멸어린 지탄이었다. "정상이었던 적은 있었나? 어렸을 때라도? 아니면 당신의 그 뒤틀린 심리는 엄마 뱃속에서부터 장착된 건가? 왜냐하면 어떻게 사람이 이럴 수 있는지 이해하려고 부단히 노력 중이거든."

이 영화의 메시지는 중층적이다. 혹자는 이 영화의 주제를 '정의로운 목표를 달성하기 위한 부정의한 수단의 사용은 정당화될 수 있는가'라는 질문으로 읽을 수도 있고, 또 혹자는 이 영화에서 자신의 정치적 욕망을 직시하고 과감히 실천하는 압도적인 여성상을 발견할 수도 있다. 그런데 사실 이 두 가지 고민 모두 '여성정치'의 장으로 소환돼야 한다는 점이야말로 이 영화가 던지는 강력한 메시지 아닐까. 여성의 권력과 역능을 제한하고 심문하고 결정하는 자 역시 여성 자신이어야 한다는 것.

에스미가 자신의 총기사고 생존경험을 공개하기를 꺼렸던 이유는, 총기규제 법안을 지지하는 자신의 입장이 어릴 적 겪은 총기사고 경험으로 인한, 지극히 주관적이고 감정적인 판단의 결과로 일축될 것이 두려워서였다. 즉 에스미의 경험이 정치적 자원이 될 수 없다고 판단한 것은, 에스미 자신이기 전에, '이성과 논리'의 법칙을 표방하며 특정 (비)언어나 감정, 상황 등을 정치적 언어에 미달한 것으로 규정한 남성중심적 지배질서와 구조다. 그녀는 사회적 약자 혹은 당사자의 경험을 비이성적·비논리적인 것으로 치부하는 지배질서에 익숙하므로, "제 이력은 스스로 쌓아올렸고 그 사건에서 시작된 게 아니에요. 제 가치관도요. (그 사건을) 공개하는 건 제게 약점이 될 거예요. 절 감정적이라고 평가하겠죠."라고 늘 수세적인 태도를 취해야 했던 것이다.

그렇다면, 이 영화가 슬로운으로 하여금 에스미의 경험을 무단으로 폭로하고 착취하게 한 것이 단지 목표를 위해서라면 무엇이든 하는 괴물적인 여성상을 재현하기 위해서였다고 읽는 것은 다소 피상적이다. 슬로운에게 에스미의 그 '경험'이 중요했던 이유는 그것이 이 '정치게임'의 결정적 변수이기 때문만은 아니었다. 오히려 에스미의 경험 자체가 "세상을 바꿀 수 있는 네(에스미 자신-인용자) 역량"을 빚은 핵심적인 자원이라는 점을 에스미 스스로도 외면하도록 이 가부장적 사회가 강제했기 때문이다.

슬로운이 생방송으로 진행되는 TV토론 중 이미 짜인

대본을 거스르면서까지 강조했던 것도 바로 이 점이다. 총기
규제 법안을 반대하는 상대방은 '수정헌법 2조'로 상징되는
헌법의 위상, 즉 "반박 불가능한" '아버지의 법'을 근거로 현
실의 질서를 수호하려 하지만, 슬로운은 "반박해선 안 되는
건 없"다고 강변한다. "그게 아무리 헌법이라도." 그리고 이
영화는 총기규제 반대 측이 기대고 있는 법안이 "수정" 헌법
이라고 설정해둠으로써 반박 불가능한 '아버지의 법' 혹은 절
대권위 같은 건 없다는 슬로운의 주장을 넌지시 옹호한다.

요컨대, 이 영화는 그저 '통제되지 않는 정치적 욕망과
윤리 사이에서 줄타기하는 진취적 여성의 딜레마'만을 질문
하려던 것은 아니었다. 오히려 이 영화가 슬로운을 현 정치질
서에서 매우 이물스러운 존재로 재현함으로써 깊이 천착한
것은 여성성·섹슈얼리티·양심·페미니즘·경험·트라우마 혹
은 그 어떤 것이든, '여성이 지닌 자원의 가치를 결정하는 것
은 누구인가', '여성의 정치적 자원을 선별하는 것은 누구인
가'라는 질문이다.

그런 의미에서 영문학자 리타 펠스키의 독보적 저서 중
하나인 『페미니즘 이후의 문학』에 제시된 한 논쟁을 음미해
보자. 그녀는 선적인 진행을 요구함으로써 작품의 형식과 내
용을 선험적으로 결정해버리는 '플롯'은 그 자체로 매우 정치
적이고 남성적인 문학규범이라는 여타 페미니스트들의 주장
에 이의를 제기하며 다음과 같이 말했다. "플롯이 비록 정치
적인 것이라 할지라도, 이런 주장보다는 좀 더 복잡하고 다양
하며 예측하기 힘든 것이다."[12]

여기서 '플롯'이라는 단어의 자리에 '권력'이나 '페미니즘'이라는 용어를 대입해보면 어떨까. '권력' 그 자체를 남성적인 것으로, 혹은 '페미니즘' 그 자체를 '정치적·윤리적으로 올바른 것'이라고 규정하기는 쉽고, 물론 그 명제를 기를 쓰고 부정할 필요는 없다. 하지만 서사가 그 자체로 자기형성의 한 양식이듯, '권력'과 '페미니즘' 또한 그렇지 않을까. 권력은 남성적 질서의 다른 이름일 수도 있지만, 그 자체로 사회를 새롭게 형성·재구축하는 힘이기도 하다. 페미니즘 역시 '페미니즘'이라는 이름으로 행해지는 다양한 기획과 수행성을 통해 페미니즘의 외연과 내포를 매순간 새롭게 구성해나간다.

정치적으로 올바른 여성인물들만 등장하는 여성문학보다, 여성인물들이 "난봉꾼, 무법자, 반란군" 등 다채로운 역할에 포진된 여성문학을 보는 것이 우리에게 더 큰 자극이 되듯, 여성정치도 마찬가지다. 우리는 우리가 가진 자원을 '너무 여성적' 혹은 '너무 남성적'이라는 이유로 선험적으로 배제할 필요가 없다. 남성젠더화된 정치의 장에서 여성의 정치적 기획과 자원을 예측 불가능한 것으로 두는 것, 그 자원들이 놓일 맥락을 여성 스스로 구성하는 것이야말로 새로운 여성정치의 시작이기 때문이다.

1   이 책 2부에 수록된 「정치적 포르노그래피와 '형제들'의 혁명」 참조.

2   「첫 여성대통령의 탄생과 실패… 그 사이서 페미니즘은 무얼 했나」,
       『한국일보』, 2017. 4. 19.

3   권김현영·권미혁·이유진·황정아, 「좌담: 누가 여성인가:
       박근혜시대와 여성주의 정치」, 『창작과비평』 161, 2013년 가을.

4   이진옥, 「박근혜, 최초의 그리고 최후의 여성 대통령?」, 『말과활』 13,
       2017년 봄, 66쪽.

5   이상화, 「리더십과 권력에 대한 여성주의적 재개념화」,
       『여성학논집』 22-1, 2005.

6   안숙영, 「정치공간에서의 리더십에 대한 여성주의적 접근」,
       『아시아여성연구』 55-1, 2016. 5.

7   「文 김정숙·李 김혜경 부인, 함께 손잡고 호남 민심 구애」, 연합뉴스,
       2017. 4. 12; 「서울광장에 모인 문재인·박원순·이재명·안희정 부인」,
       『경향신문』, 2017. 4. 23.

8   「문재인 캠프, '7080 여성유세단' 전국 6만 4,000개 경로당 선거유세」,
       뉴스핌, 2017. 4. 17.

9   「이재정·진선미·은수미까지… 유세현장서 신바람 난 더민주 의원들」,
       『중앙일보』, 2017. 4. 20; 「정치개혁 외치며 눈물 흘리는 이언주 의원」,
       『경향신문』, 2017. 4. 23.

10 「문재인·안희정·이재명·최성 호프회동… 문재인 "안희정 통합의
       술, 이재명 공정의 술, 최성 분권의 술, 대한민국 위해 모아야 할 정신"」,
       『경향신문』, 2017. 4. 8.

11 케이, 「여성의 '정치적 욕망'에 대해 변명하지 않는 영화」, 일다,

2017. 4. 26.

12   리타 펠스키, 이은경 옮김, 『페미니즘 이후의 문학』, 여이연, 2010,
     169쪽.

광장과 '혁명의 매뉴얼'

혁명을 책에서나 보던 나로서는 요즘 좀 설렌다. 주말마다 광장을 가득 메우는 군중을 보며, '이건 정말 4·19 혹은 6월항쟁의 재림인가, 내가 드디어 그 역사적인 순간을 목도하나' 싶어 눈을 크게 뜨고 몸을 바짝 세운다. 단 한 순간도 놓치고 싶지 않다.

그런데 사실 혼란스럽다. 내 게으른 두뇌는 자꾸 2016년의 광장을 1960년 혹은 1987년의 광장과 오버랩하는데, 당연하게도 그것들은 같지 않기 때문이다. 예컨대 지난주, 나는 집회에 관한 여러 '주의사항'들을 접했다. '국민총궐기 동선 및 시간표', '광장 근처 화장실 배치도', '무대발언자를 위한 함께하는 집회 주의사항' 같은 것들. 집회 주최 측이 아니라 시민단체들이 자발적으로 작성한 것이었다. 물론 이 매뉴얼들은 민주적이고 평화적인, 어느 누구도 배제되지 않고 모두 함께 참여하는 새로운 집회문화를 만들자는 취지의 산물일 테다.

혁명에 대한 이런 상상력은 유례없다. 잘 알려졌듯, 1960년 혁명의 밤을 묘사한 소설 「무너진 극장」(1968)에서 작가 박태순은 이렇게 썼다. "원시적이고 본능적인 무질서에로의 해방상태. 이런 본능이야말로 최루탄을 맞으면서도 애써 진행시켜갔고 대열을 만들어갔던 데모의 다른 한쪽 면이 아니겠는가?" 그러니까 온갖 '과도한' 것들, 조절되지 않은 분노와 정제되지 않은 언행, 그 정동情動의 '끓어 넘침'이야말로 혁명을 가능케 하는 동력이라는 것이다. 게다가 그 "무질서"가 부패한 지배층이 가장 혐오하고 두려워하는 것이라면, 광장의 온갖 '혼란'과 '난동'은 그 자체로 군중의 강력한 무기이자 전략이다.

그런데 내가 궁금한 건, 혁명이 바로 이런 것이라고 믿는 이들에게 어떻게 오늘날 새 세대가 제시한 혁명의 매뉴얼들을 설득할 수 있을까 하는 점이다. 여성, 장애인, 청소년, 성소수자, 이주노동자 등에 대한 차별 및 비하 발언을 하지 말라는 것, '모두 일어나라'라고 종용하지 말라는 것, 반말·욕설을 하지 말라는 것 등의 '주의사항'은 과연 혁명의 정동과 양립할 수 있을까. 어쩌면 그건 혁명의 역동성과 예측 불가능성을 삭제해버린

'매뉴얼화된 혁명'을 주문하는 것으로 인식되지 않을까.

예상대로 반발이 크다. 그런 '도덕적 강박'이나 '정치적 올바름'을 다 지킨 채 이뤄지는 혁명은 없다는 주장이 이내 제기된다. 일리 있는 지적이다. 허나 분명한 것은, 수많은 배제된 자들에 대한 차별과 혐오를 끊어내는 것이야말로 광장에 나오는 이유이자 혁명의 근본적인 목적이라는 점이다. 혁명은 부정한 체제의 뿌리를 뒤흔드는 가장 발본적이고 급진적인 행위다. 그런데 우리의 언어·습속·인식에 깊게 스민 억압적 기율들을 의심하지 않는다면 어떻게 진정한 혁명이 가능할까. 여성을 비롯한 사회적 약자에 대한 욕설과 폭력이 용인되는 예외적 순간으로서 혁명의 정동이 상상될 때, 그 혁명은 기득권 남성의 전유물에 불과하다. '닭·년' 등의 여성화된 욕설을 혁명의 언어로 승인할 때, 이 나라에는 그 어떤 혁명도 도래하지 않는다.

그러니 광장에서 벌어지는 혐오의 언어에 대해 계속 말하고 토론해야 한다. 광장이야말로 그 어떤 학교와도 비교할 수 없는 가장 효과적인 깨우침의 장소 아니던가. 지금 필요한 것은 '매뉴얼화된 혁명'에 대한 경계와 함께, 우리 세대의 새로운 '혁명의 매뉴얼'을 만들어가는 일이다.

2016. 11. 20.

정치적 포르노그래피와 '형제들'의 혁명

프랑스혁명에 대한 가장 흥미로운 저서로 알려진 『프랑스혁명의 가족로망스』(새물결, 1999)에서 저자 린 헌트는 '정치적 포르노그래피'라는 개념을 언급한다. 국가를 '가족'으로, 왕을 '아버지'로, 왕비를 '어머니'로 간주해온 프랑스 국민들은 혁명기에 이 통치가족의 신성성을 매우 의심스러운 것으로 재현했다는 것이다. 예컨대, 당시 각종 팸플릿과 서적, 판화 등은 국왕 루이 16세를 발기불능 환자로, 왕비 마리 앙투아네트를 동성애나 근친성애 등 '비정상적' 섹슈얼리티의 향유자로 묘사했다. 왕가의 성적 사생활을 음란하고 색정적으로 그리는 것이야말로 지도자의 통치자격 박탈을 정당화하는 가장 유력한 방식이었다. 그리고 이 에피소드가 암시하는 것은 금기로 여겨졌던 통치자의 성과 사생활에 대한 민중의 무람없는 관심이 낡은 레짐을 무너뜨리는 혁명적 전복성을 띨 수도 있다는 점이다.

코믹물에서 에로물로, 종국에는 오컬트물로 변해간 '박근혜 게이트'의 전개는 자연스럽게 린 헌트의 이 분석을 떠올리게 한다. 청와대가 구입했다는 의심스런 약품들, 전 국민 앞에 전시되는 대통령 얼굴의 주사자국, 그 모든 이야기들이 인화성 강한 질료가 되어 수백만의 시민들을 광장에 모이게 하는 것을 볼 때 정치적 포르노그래피의 위력을 새삼 실감하게 된다. 통치자의 정치적 부패뿐 아니라 그의 가족사와 섹슈얼리티, 드라마 취향마저 '정치적인 것'으로 이야기되는 장면이야말로 진정 혁명적일지도 모른다.

그런데 좀 더 음미돼야 할 것은, 린 헌트가 정치적 포르노그래피와 관련해 신중하게 적어둔 민중의 '활기'와 '불안', 그 양가성이다. 그는 정치적 포르노그래피들이 일종의 '도약을 가능케 했음을 인정하면서도, 그것이 '가부장을 죽인 후 어머니를 어떻게 처리할 것인가'에 대한 '형제들'의 불안을 반영한 것이라고 지적한다. '가부장의 권위가 정당하지 않은 것이었음이 드러났을 때, 그 부당한 권위에 근거해 배치돼온 여성들의 불평등한 위상은 어떻게 설명할 것인가'의 문제가 남은 것이다. 결국 프랑스 민중은 마리 앙투아네트 및 공적으로 활발하게 활동하는 여성들을 무차별적으로 공격함으로써 남성들의 유대감을 바탕으로 공화국의 질서를 강화했다. 린 헌트가 프랑스혁명을 '가족'이라는 전前 정치적 범주에 갇힌 '형제들'의 상상력의 산물이라고 말한 이유다.

허나 분명한 것은, 역설적이게도 바로 그때 프랑스에서 '여성의 시민적 지위의 모순'에 대한 질문이 제기될 수 있었다는 점이다. 『여성과 시민의 권리선언』이 프랑스혁명 직후인 1791년에 발간된 것은 우연이 아니다. 그리고 이 점을 기억한다면, 2016년의 광장에서 "혐오와 민주주의는 함께 갈 수 없다"라고 외친 페미니스트들의 주장을 단지 '정치적 올바름'에 대한 치안과 규율의 언어로 치부하는 것이 얼마나 피상적인지 알 수 있다.

일각의 의심과 달리, 페미니스트들은 광장에서 발생한 성차별의 사례를 적발하는 데 그치거나, 무조건적인 "평화"와 "비폭력"을 주장한 것이 아니다. 오히려 페미니스트들이 요구한 것은 지배권력이 규정해온 '평화'의 개념을 재구성하는 일이다. 이 항쟁이 '형제들의 배타적인 가족계획으로 수렴되지 않고, 새로운 공동체의 질서를 상상하는 계기가 될 수 있는가'야말로 페미니스트들의 질문이다. 진정한 혁명은 왕의 목을 친 때가 아니라, 구체제에서 배제돼온 존재들이 새로운 시민적 질서를 상상한 바로 그때 도래한다.

2016. 12. 18.

3

떠나보지 않고서야
어떻게

'성장'이라는 외상을 견디는 '여자들의 세계'

최은영의 『쇼코의 미소』
(문학동네, 2016)

최은영의 인물들을 공통적으로 지배하는 조바심 혹은 공포가 있다. 태어난 곳을 평생 못 벗어날지도 모른다는 조바심. 그러면서도 더 넓은 곳으로 나아가 자기성장에 몰두할 때 본의 아니게(혹은 본의로) 누군가를 상처 입혔을지도 모른다는 공포와 죄책감. 이를테면 단 한 명의 예외를 제외하고는 모조리 여성인 최은영의 페르소나들이 한국, 일본, 캐나다, 미국, 독일, 프랑스, 러시아 등을 강박적으로 누비는 이유는 뭘까. 그럼에도 그녀들이 이국문물을 탐닉하는 일보다 타인과의 내밀한 교감에 더 골몰하는 이유는.

한국문학사에서 고향, 혈연가족 등 자신이 비자발적으로 속한 원原 공동체를 떠나고 싶은 여자들의 욕망은 낯설지 않다. 친일 엘리트의 딸이자 당대의 드문 여성지식인으로서 늘 외롭던 1960년대의 전혜린은 마음속에 상수常數처럼 "먼 곳에의 그리움Fernweh"을 간직했고, 사회변혁운동에 투신하다가 공산권이 몰락하자 아파트 칸칸이 들어앉아 남편을 기다리고 아이를 돌보던 전경린의 여자들은 가정이 자연이 아니란 걸 깨닫기 위해 과감히 출가出家했다.

그런데 최은영의 여자들에게 '떠남'은 '갈망'이 아니라 '강박'이라는 점에서 그의 소설은 기존 '집 떠나는 여성' 서사의 계보를 이으면서도 갱신한다. 태어난 곳을 떠나 이국을 활보하며 감행되는 그녀들의 자아실험은 그녀들이 세계경험을 자아실현의 유력한 수단이자 징표로 삼게 된 세대, 전 세계를 무대로 기량을 펼칠 것이 요구되던 신자유주의 시대의 아이들임을 지시한다. 하지만 흥미롭게도 그녀들의 세계편력 목적은 코스모폴리턴적 정체성을 획득하는 데 있지 않다. 오히려 그녀들이 예민하게 의식하는 것은 효 이데올로기나 가족주의 혹은 남녀 성역할 같은 구시대적 규율은 시효 만료됐고, 이제 모든 것은 개인의 역량에 달렸다고 간주되는 이 시대에 '어른'으로 성장하기 위해 지불해야 했던 것들이다.

표제작 「쇼코의 미소」는 한국과 일본 국적의 두 여학생 '소유'와 '쇼코'가 자신들이 나고 자란 곳에서 벗어나고 싶은 욕망을 서로 공유하고 경쟁하는 이야기다. 소유와 쇼코가

"일학년 중에서 가장 영어를 잘하는" 학생으로서 "한국 학생들과 일본 학생들의 문화 교류"의 주역이 된 것은 분명 신자유주의적 자기계발 모델에 접근할 수 있는 특권적인 경험이었다. 그러나 그녀들이 자신들의 재능과 정신적 성숙 여부를 끊임없이 의심해야 했듯, '영어'나 '명랑한 성격' 같은 자원들이 그녀들에게 무한한 성장을 약속해주지는 않았다.

주목해야 할 것은 "내가 널 보러 한국으로 갈 줄 알았는데" "내가 먼저 와서 실망했지"라며 그녀들이 성장의 속도전을 벌일 때, 다른 한편에는 '조부의 죽음'이라는 핵심적 사건이 배치된다는 점이다. 구시대 유산의 현현顯現이자 현실 안주의 알리바이로 여겨졌던 할아버지의 죽음은 그녀들에게 치명적인 내상을 입혔다. 조부로 상징되는 전前 사회적 친밀성이야말로 무한경쟁체제인 이 세계에서 그녀들이 성장을 위해 가장 먼저 기각해버린 가치였기 때문이다. "나는 할아버지를 영화제에 초대하지 못했었다. (…) 내 앞으로 지급된 표는 내가 인정받고 싶었던 영화계 사람들에게 뿌린 지 오래였기 때문이다."라는 소유의 술회에서 보듯, 그녀가 갈구한 사회적 인정은 "할아버지의 상황"에 부러 무뎌져야만 획득 가능한 것이었다. 할아버지가 자신을 "여자친구처럼 생각하는 게 소름 끼친다"라며 "자살시도"를 거듭하던 쇼코 역시 사실은 할아버지에게 정서적으로 깊이 "의존"하고 있었다.

'박제에의 공포'와 '박제된 것들에 대한 죄책감'이라는 이 테마는 다른 작품들에서도 반복적으로 변주된다. 인상 깊은 관계담을 다룬 「한지와 영주」에서 케냐 출신 청년 '한지'

역시 프랑스 시골마을에 장기체류할 만큼 글로벌한 삶의 양식을 택하지만, 그 삶은 낭만과 찬탄의 대상만은 아니다. 한지는 늘 "자신이 누려왔던 삶은 부모님의 부로 인한 것이었고, 그 부가 누군가를 착취한 결과는 아닌가 하는 생각"으로부터 자유로울 수 없었다. 무엇보다 한지의 뇌리에는 언제나, 선천적 장애로 인해 "태어나서부터 이렇게 누워만 있는" 여동생 '레아'가 있다.

이동의 자유와 세계경험의 확보로 실현되는 누군가의 성장은 떠나지 못한 다른 누군가에게 반드시 빚지고 있다는 것. 이는 전근대적 차별과 억압이 사라지고 개인의 역량에 따라 무한성장이 가능하다는 신자유주의적 믿음이 허구이자 "기만"이라는 사실에 대한 명백한 폭로다. 바꿔 말하면, 누군가를 착취해야만 성장 가능한 이 시대에 '자아실현'이라는 신화에 스스로를 기탁할 수밖에 없다는 것이야말로 최은영의 인물들이 앓는 "우울증"의 정체다. 최은영의 소설은 '성별, 학력, 나이, 지역, 장애 유무 등과 관계없이 실력만 있다면 무엇이든 될 수 있다'고 믿어진 '알파 걸'의 시대에 '성장'을 일종의 '외상trauma'으로서 경험해야 했던 여자들의 이야기다.

*

하지만 작가는 자신의 주인공들이 타인의 삶을 착취해 성장했다는 죄의식에 평생 사로잡혀 있기를 원치 않았다. 「쇼코의 미소」의 마지막 장면에서 소유와 쇼코에게 엄마와의 화해, 할

아버지에 대한 애도의 기회가 부여되는 것은 그녀들에게 성장의 트라우마로 인한 체념과 환멸, 냉소 대신 또 다른 성장과 성숙의 동력을 선사하겠다는 뜻이다.

그 동력은 두말할 것 없이 '타인과의 연대'다. 특히 최은영은 모녀, 조손, 선후배, 이웃, 친구, 연인 등 온갖 형태의 여성관계들을 재현했고, 우정과 사랑, 존경과 흠모, 연민과 질투, 배려와 자애, 배신감과 수치심 등 그 관계에서 가능한 거의 모든 정신적이고 성애적인 감정들을 그녀들의 가장 강력한 생의 동력으로 의미화했다. 바로 이 점, 즉 최은영 소설의 오리지널리티가 이 '여자들 간의 유대'에 대한 각별한 관심에 있음을 강조하는 일은 중요하다.

'남성 투톱 영화'나 '장편 남성서사' 등이 만연한 최근 대중서사의 지배적 경향[1]을 떠올려보자. 그것들은 이 세계를 남성연대에 대한 충실한 재연만으로도 묘사 가능한 곳으로 간주함으로써 여성의 서사적 시민권을 지속적이고도 노골적으로 삭제해왔다. 이는 물론 '여자의 적은 여자', '여자들에게 진정한 우정은 없다' 같은 말에 깃든 오랜 여성혐오의 반영이자, '여자들의 사회'에 대한 지극히 빈곤한 상상력에 기인한다.

바로 이런 상황에서 최은영은 여자들의 다종다양한 관계와 친밀성의 역학을 공시적·통시적인 조명을 통해 전면적으로 재현한다. 여기서 은밀한 반역의 기미를 읽지 못한다면, 그것이야말로 여성들의 관계학와 정동에 깃든 정치적·문화적 기획의 급진성을 단 한 번도 '문학적인 것'으로 읽어내지 못한 한국문학의 오랜 관성을 반증하는 것일 테다. 강조하건대, (작가가 오정희 소설에 바친 고백을 빌려 밝혀두자면) 내가 최은영의 소설을 좋아하는 이유는 "여자들의 관계를 평가절하하는 세상"[2]에 대해 "그녀의 모든 소설에 스며 있는 반항심 때문이다."[3]

물론 이 같은 여자들의 유대는 그녀들이 다 같은 '생물학적 여성'이라는 점에 근거해 선험적·당위적으로 주어지는 것이 아니다. 다섯 번째 수록작 「먼 곳에서 온 노래」는 서로 다른 국적과 언어, 인종과 세대에 속한 세 여자 '나', '미진 선배', '율랴'가 어떻게 서로를 "사랑하고 미워하고 오해"하면서도 끝내 지지하게 됐는지를 화인火印처럼 강렬하게 서술했다. '나'가 대학 선배들과의 술자리에서 여자라는 이유로 "모든 것이 부정당하는 기분에 사로잡"힐 때, "여자인 게 그렇게 부끄럽고 괴로운 일이었어요? (…) 여자 후배들 앞에서 부끄러운 줄 아세요."라며 목소리를 내준 미진 선배. 그런 미진 선배가 죽자, 아버지에게 "덩치만 큰 계집애"라는 말을 들으며 "조금이라도 작아 보일까 해서 구부정하게 다"녀야 했던 율랴가 '나'와 새로운 유대관계를 형성하는 것은 자연스럽다. 그녀들은 가부장적 지배질서에 의해 '여성'이라는 이유만으로 비난의 대상이 돼본 경험을 공유했고, 이는 곧 서로에 대한 깊은 이해의 원천이 됐다. '나'는 자신의 "몸속에서 율랴를 위로하는 선배의 목소리를 들었다".

눈여겨볼 점은 작가가 이런 우정과 연대의 마술적 힘을 일시적이거나 우발적인 것이 아니라, 일종의 '계보'를 지닌 여자들의 오랜 자원으로 제시했다는 점이다. 우정의 조건과 그 불가역성에 대한 가장 뼈아픈 탐구로 기억될 단편 「씬짜오, 씬짜오」와 「언니, 나의 작은, 순애언니」는 서로 다른 역사적 경험과 계급적 조건에서도 마지막까지 그녀들의 인간성을 비추던 건 공감과 환대의 능력에 바탕을 둔 여자들 간의 우정과 사랑이었음을 서술자의 윗세대인 '엄마'들의 이야기를 통해 증명한다. 두 소설에 기입된 것은 '베트남전쟁'과 '인혁당사건'이라는 역사적 고통과 무게에 짓눌려 그녀들이 나눠 갖던 "마음의 조각"들이 부서져버린 때의 "절망"이다. 이처럼 "상상할 수조차 없는 큰 고통을 겪는 사람을 있는 그대로" 바라보는 일의 어려움은 우정과 연대가 초맥락적으로 작동하는 낭만적인 자원이 아니라, 상황과 조건에 따른 임계를 가진, 매우 섬세하게 조율돼야 하는 가치임을 깨닫게 한다. 물론 이 교훈은 한국역사상 초유의 재난인 세월호참사 이후 대안적 가치로서 당위적으로 운위되는 '연대'의 가능성을 신중하게 사유하는 데에도 직접적인 참조가 된다.

세월호참사 이후의 정세 및 담론과 긴밀하게 조응하며 써진 두 편의 소설 「미카엘라」와 「비밀」은 애도, 상실, 공감, 연대, 기억, 반성 등과 같은 세월호참사의 지배적 정동情動을 '혈연血緣 혹은 무연無緣에 구애받지 않는 여성들의 유대'라는 화두로 설득력 있게 번역해낸다. 특히 「미카엘라」에서 '누구의 딸도 아니지만 모두의 딸이기도 한' '미카엘라'라는 기표를 통해 혈연을 경유하지 않고도 성립 가능한 공감의 연대가 재현된 것은 의미심장하다.

주인공 '미카엘라'의 엄마는 25년 만에 방한한 교황의

미사에 참석하기 위해 지방에서 왔다. 친구들에게는 서울 구경도 하고 딸과 좋은 시간을 보낼 거라고 말했지만, 그녀는 딸에게 폐를 끼치기 싫어 찜질방을 찾는다. 그곳에서 만난 한 여성노인 역시 세월호참사로 손녀를 잃고 연락이 두절된 친구를 찾기 위해 광화문 광장에 간다고 했다. 그녀와 노인 모두 25년 전 교황이 집도한 미사 장소에 함께 있었다는 점도 확인된다.

한편, 아무리 기다려도 엄마에게 연락이 오지 않자 미카엘라는 텔레비전을 켠다. 그러고는 화면에서 엄마와 똑같은 모습의 중년여성이 광화문 광장에서 단식투쟁하는 세월호 유가족과 그 연대자들의 천막 아래 앉아 있는 걸 발견한다. 그런데 광화문 광장에 도착한 미카엘라가 분명 엄마라고 생각한 여자의 어깨에 손을 얹었을 때, 뒤돌아본 그 여자는 엄마가 아니었다. "내 딸도 그날 배에 있었어요."라고 울먹이던 그 여자는 왜 '엄마'처럼 보였을까.

마지막 장면. 광장의 자원봉사자는 엄마와 함께 온 노인에게 희생된 학생의 이름을 묻는다. 그런데 노인이 말하는 이름은 뜻밖에도 '미카엘라'다. 미카엘라는 여자아이들의 가장 흔한 세례명이다. 그 광장에서, 수많은 '엄마'들과 '미카엘라'들이 서로를 부른다.

이처럼 이 소설은 '우연한 겹침'의 연속이다. 여느 소설이라면 미숙하다고 폄훼됐을 이 작위적 설정은 왜 필요했을까. 이 우연의 남발은 당시 '진짜 유가족'과 '가짜 유가족', '당사자'와 '전문 시위꾼' 혹은 '외부세력'을 가르던 극우보수세력의 선동[4]을 염두에 둘 때 이해된다. 그들은 많은 이들이 세월호참사를 '내 일'처럼 여겨 슬픔의 공동체를 형성할 것이 두려웠고, 그래서 '진짜 가족'임을 증명하라는 요구를 통해 슬픔의 자격을 심문하고 애도의 정치적 가능성을 파괴하려 했다. 이런 상황에서 모두가 '미카엘라'고, 우리 모두 '거기에 있었다'고 말하는 이 소설의 '우연'들은 바로 그 수구세력의 반동적 레토릭에 대한 강력한 문학적 대항이었던 셈이다. 이를 '세월호문학'에서 '우연'의 플롯이 획득한 정치적 가능성이라고 말한다면 과장일까.[5]

그러고 보니 이제야 『쇼코의 미소』가 포스트페미니즘[6] 이후, '알파 걸' 세대이자 '세월호 세대'로 호명되는 동시대의 여성인물들을 통해 전달하려는 메시지가 조금 감지된다. '자기주도적 성장'이 곧 "기만"인 시대에 "가장자리"에 마주선 여자들의 연대야말로 '재난'이 곧 '절멸'이 되는 것을 막을 유력한 힘이라는 것. 이것이 바로 "1세계 백인 남성이 아니고 미국, 영국, 네덜란드 사람도 아닌, 21세기 한국의 1980년대생 여성"[7] 작가 최은영이 발견한 이 세계의 역설이자 진실이라고 말해도 좋지 않을까. 그리고 이것이 바로 핑크빛 표지를 입은 그녀의 소설들을 "순하고 맑은 서사"(서영채)로서만이 아니라, '우리 세대의 소설'로서 읽는 한 가지 방식이라고도.

1 　오혜진, 「'남성 투톱' 영화 전성시대」, 『한겨레』, 2016. 2. 15 및 이 책
　　2부에 수록된 「누가 민주주의를 노래하는가: 신자유주의시대 이후 한국
　　장편 남성서사의 문법과 정치적 임계」 참조.

2 　「최은영 "자기 목소리 한번 내보지 못한 사람 이야기"」, 채널예스,
　　2016. 8. 9.

3 　최은영, 「서른넷의 은수」, 『문학과사회』 118, 2017년 여름.

4 　「민경욱 "순수 유가족" 표현 또 논란」, 『경향신문』, 2014. 5. 9; 정민영,
　　「[세월호 1년 진단: 무엇이 바뀌었나](4) '순수' 내세워 국민 입 막는
　　'불순한' 정부」, 『경향신문』, 2015. 4. 16.

5 　오혜진, 「뭍으로 온 '세월호'가 말해주는 것」, 『한겨레』, 2017. 4. 16.

6 　능력주의를 신봉하는 신자유주의의 시대정신을 내면화한 '포스트-
　　페미니즘' 세대의 성격에 대해서는 박이은실, 「포스트페미니즘(들)」,
　　『여/성이론』 22, 2010. 6; 조선정, 「포스트페미니즘과 그 불만: 영미권
　　페미니즘 담론에 나타난 세대론과 역사 쓰기」, 『한국여성학』 30-4,
　　2014. 12; 손희정, 「페미니즘 리부트: 한국영화를 통해 보는 포스트-
　　페미니즘, 그리고 그 이후」, 『문화과학』 83, 2015년 가을 참조.

7 　「최은영 작가 "소설 아닌 다른 글 썼다면 후회했을 것"」, 『매일경제』,
　　2016. 8. 5.

'즐거운 살인'과 '여성스릴러'의 정치적 가능성

강화길의 「서우」

(『현대문학』, 2018년 1월호)

여성혐오 시대의 도시괴담

누구나 한 번쯤 도시와 관련된 기이한 이야기들을 들어봤을 것이다. 비 오는 날 폐건물에 출현한다는 정체 모를 사람의 그림자, 새벽이면 서로 위치가 바뀌어 있다는 초등학교의 위인 동상들, 이십여 년 전 백화점이 무너져버린 자리에서 느닷없이 발견됐다는 쇼핑 카트…… 이처럼 도시를 배경으로, 확인되지 않은 사실들을 직조해 듣는 이의 불안과 공포를 자극하는 이야기들을 '도시괴담'이라고 부른다. 하지만 '괴담'이 누구에게나 똑같이 '괴담'인 것은 아니다. '괴담'은 그 이야기를 괴기스러운 것으로, 즉 듣는 이 자신의 안위와 직결된 것으로 상상할 수 있는 '취약한' 청취자에게만 '괴담'이다.

그런 의미에서 아주 오래전부터 한국 여성대중에게 공공연하게 공유되는 괴담들이 있다. "혼자 사는 여성에게 쿠폰을 확인하겠다며 계속해서 문을 열어달라고 했다는 배달원, 수리를 위해 비밀번호를 알려줬더니 몰카를 설치했다는 집주인, 택배를 가장해 여성을 성폭행하려던 남자, 혼자 사는 여자가 퇴근 후 집에 돌아갔더니 세탁기 위에 '외로우면 만나자'는 쪽지가 남겨져 있었다는 이야기"[1]들. 하나같이 '여성'을 주된 피해자로 상정하는 이 이야기들은 현재 한국사회에서 '여성'이라는 존재조건 자체가 공포서사의 유력한 화소일 수 있음을 보여준다. 2016년 강남역 여성혐오 살인사건으로 촉발된 여성들의 봉기는 이 거대한 괴담의 세계에, 실은 여성이 도시에 거주하며 겪은 수많은 체험적 진실과 공통감각이 기입돼 있다는 점을 웅변적으로 증빙했다.

소설 「서우」가 천연덕스럽게 초장부터 여자 네 명을 죽이고 시작할 수 있는 것도 이 때문이다. 여성을 대상으로 한 절도·폭력·강간·살인 사건들이 하루에도 몇십 건씩 일어나는 이 나라에서 '늦은 밤, 혼자 택시를 탄 여성'이라는 단순한 설정은 이미 한 편의 스릴러소설의 기본 얼개가 되기에 충분하다. 대부분의 여성독자들은 심야택시 탑승의 공포를 잘 알고 있고, 그런 상황에 대비하기 위한 매뉴얼 또한 공유하고 있기 때문이다.

등단 이후 줄곧 '여성스릴러'라는 양식을 실험중인 강화길은 한국 여성대중이 공유하는 불안과 공포의 성격을 가장 잘 이해하고 있는 작가이자, 동시에 그것에 기댄 온갖 종류의 이야기들을 가장 날카롭게 심문에 부치는 작가다. 단편 「괜찮은 사람」(2015), 「호수—다른 사람」(2016), 「니꼴라 유치원—귀한 사람」(2016), 그리고 장편『다른 사람』(2017)에까지 이르는 일련의 '사람' 연작에서 그가 천착한 것은 여성에 대한 소문과 평판들, 그리고 그 이야기들로 인해 '피해자', '희생자', '걸레', '백치', '마녀', '거짓말쟁이' 등과 같은 전형적인 이미지로 고정·소비돼온 여성인물들이 시도하는 음모와 복수의 드라마다.

소문의 소문의 소문

「서우」는 어떨까. 도입부터 여성독자에게 매우 익숙한 심야택시 공포를 능숙하게 소환해내는 이 작품은 이내 '잠재적 가해자로서의 남성 택시운전사' 대 '잠재적 피해자로서의 여성승객'이라는 전형적인 구도를 슬쩍 뒤집는다. 남성 택시운전사들이 주현동 여성승객 실종사건의 유력한 용의자로 거론되자, 작중 "아가씨"로 지칭되는 '나'는 영리하게도 여자운전사가 운행하는 택시에 탑승한다. 이는 "여자는 아무것도 모르니까" 남성들이 도모하는 "인신매매" 같은 범죄사업에 연루될 리 없다는 '소문'에 따른 것이었다. 물론 여기에는 여성이 '대담하고 잔혹한' 범죄의 주체일 리 없고 그래서도 안 된다는, 여성(성)에 대한 강력한 전통적 규범과 사회적 기대가 투영돼 있다.

그래서일까. 여자운전사는 자신의 욕망이 과소평가된 것에 이의라도 제기하듯 곧바로 '나'에게 범죄자로서의 수상한 모습을 드러낸다. '나'의 신상을 캐고, 시체와 살인현장에 대해 확신을 갖고 말하는 여자운전사의 화법은 '나'가 경험한 남성운전사들의 그것과 꼭 닮았다. 그러고 보니, 그녀의 목덜미에는 지우다 만 괴기스런 문신이 남아 있고, 안내글에 적힌 택시번호도 '나'가 기억한 것과 다르다. 무엇보다 여자운전사는 '나'가 애초 목적지라고 밝힌 아파트 정문으로 가지 않고 자꾸만 후문으로 가고 있다.

그러나 「서우」의 목적은 '여성도 가해자가 될 수 있다'라는 당연한 메시지를 전하는 데 있지 않다. 소설은 또 한 번의 전치轉置를 시도한다. 이제 수상한 여자운전사보다 더 수상한 것은 '나'의 머릿속에서 펼쳐지는 상념들이다. '나'는 여자운전사의 말투에서 초등학교 시절 '선생님'을 떠올린다. '선생님'은 '나'를 포함해 주현동 아이들을 "문제 있는" 애들로 취급하곤 했다. 선생님의 총애를 원했던 '나'는 '선생님'의 여덟 살짜리 딸 '서우'를 데려오라는 심부름을 떠맡지만, 서우는 '나'에게 협조적이지 않았고, (어쩌면) '실수'로 '나'는 계단에서 서우의 손을 놓친다.

이 광경을 목격하고 '오해'한 '선생님'은 '나'의 운명을 어떻게 바꿨을까. "선입견"에서 벗어나는 일의 요원함을 깨달은 '나'는 이후, 자신의 감정을 드러내지 않고 남의 감정도 이해하지 않겠다고 다짐한다. 불가피하게 생긴 감정들은 상상 속 "오물통"에 버렸다가, "통이 가득 찼다 싶으면 뒤집어비"우는 것이 '나'가 감정을 처리하는 방식이다.

이를테면 어린 시절에 이런 일이 있었다. 역시 "문제"가 많던 한 '남자애'는 친구들의 이목을 끌고자, '죽어가며 몸을 부르르 떠는 형상'이라는 '소문' 속 고양이 캐릭터의 모습을 진짜 고양이를 죽임으로써 시연해 보인다. 그리고 남자애는 고양이 살해의 모든 책임을 '나'에게 전가한다. 그럴 수 있었던 것은, 고양이 캐릭터와 관련된 소문의 출처가 '나'라고 알려져 있으며, '나'는 고양이를 죽일 만한 인물이라고 '소문'나 있기 때문이다. '나'는 어쩐지 불쾌하고 측은해져서 남자애가 죽인 고양이 시체에 휴지조각을 덮어주지만, 하필 또 그 장면을 목격하고 '오해'한 '선생님'은 '나'의 "전학"을 추진한다. 남자애의 계산대로 된 것이다.

소설의 기획이 전모를 드러내는 순간은 이때다. '나'는 자신의 범행이 다른 악의가 있어서가 아니라 그저 '선생님'의 관심을 얻기 위한 것이었다며 '선생님'을 끌어안고는 순진하고 무해한 어린아이를 연기한다. 그 순간, '나'가 갖지 못한 고양이 캐릭터, 서우가 만든 고양이 콜라주, 어린 '나'가 끌어안은 '선생님'의 떨리는 몸, 여자운전사의 고양이 모양 문신이 오버랩되고, '나'에게 고양이 살해를 종용하며 내뱉은 "너도 찌르라고, 쌍년아."라는 남자애의 말과 여자운전사에게 "정문으로 가라고, 쌍년아"라고 윽박지르는 '나'의 말이 겹쳐진다. "주현동을 떠나지 못하는 여자들을 찾아가 주현동에서 영원히 사라지게" 만든 것은 "문제 많은" "주현동" 아이라고 낙인찍힌 '나'다. 그리고 이제 택시 뒷자리에 앉은 '나'는 또 한 번 "오물통"을 비워낼 참이다.

'여자 사이코패스'는 가능한가

그러니까 모든 건 "소문" 때문이었다. 대상에 대한 편견, 사회적 규범, 이기적인 희망, 헛된 기대 등을 모조리 실어 나르는 '소문'은 그 모호성에도 불구하고 때때로 강력한 힘을 발휘한다. 특히 그것이 미지의 대상에 대한 유일한 정보일 때, 그것은 의지할 수 있는 유력한 사회적 지침이자 각본으로 간주된다. 이 소설이 어쩌면 범인일지 모를 여자운전사의 신원을 탐문하는 과정에서 자꾸 '나'가 접한 소문의 내용을 개입시키는 것은 소문이 지닌 결정론적 힘을 실험해보기 위해서다.

특히 그 자신이 소문의 대상이면서, 또 다른 소문의 진원지이자 유포자로 설정된 '나'는 바로 그렇기 때문에 '신뢰할 수 없는 서술자unreliable narrator'라는 흥미로운 지위를 획득한다. 소문은 소설에서 여성승객 실종사건의 범인을 밝혀내려는 탐정이자, 그의 잠재적 피해자 또는 가해자인 '나'가

사건을 교란하기 위해 동원하는 주요한 서사적 자원이다.

소설은 '나'가 서우와 주현동 여성승객들, 그리고 여자 운전사까지 살해했거나 살해할 유력한 용의자임을 암시하면서, '나'가 왜 이런 끔찍한 사건들을 저지르는 사이코패스가 됐겠냐고 넌지시 묻는 듯하다. 작중 '여성'으로 간주되는 '나'가 서로 연관성 없어 보이는 여성 살인사건들의 범인일 수 있다는 점은 "아무것도 모르는" 것으로 간주되는 여성에 대한 사회적 통념을 정확하게 배반한다는 점에서 어쩌면 이 소설이 시도한, 가부장적 질서에 대한 첫 번째 반역일지도 모른다. 그리고 이는 전형화된 가해자와 피해자의 상으로 수렴되지 않는다는 점에서 성역할과 권력관계에 대한 사회적 각본의 힘을 상대화하려는 페미니즘의 기획에 조응하는 것이기도 하다.

다른 한편, '나'가 자신과 타인의 감정에 무감한 사이코패스 혹은 괴물 같은 병리적 존재가 된 과정에 초점을 맞춘다면, 이 소설은 '주현동이라는 가난한 동네에 사는 여성'에 대한 성적·계급적 선입견과 낙인으로 인해 비뚤어진 '나'의 서사로 읽힐 수도 있다. 이때 '나'는 '소문'이라는 형식으로 구조화된 사회적 폭력의 피해자다. 이 독해에 따를 때, '나'가 더 대담하고 끔찍한 살해를 저지를수록 '나'는 가부장적 질서를 위반하는 영웅이기는커녕 이 사회가 한 개인에게 가한 인식론적 폭력의 결과를 극단적으로 보여주는 사례로서 전시된다. 그렇다면 생각해보자. 자신을 억압해온 폭력의 구조를 전복하려는 사회적 약자의 시도는 오직, 자신이 그 구조에 의해 생겨난 병리적이고 괴물적인 존재임을 증빙하는 방식으로만 가능하다는 사실은 무엇을 뜻할까.

어쩌면 이 소설은 '도시 하층계급에 속한 여성'이라는 존재조건 자체가 사회적 낙인의 대상이자 괴담의 화소가 되는 사회에서라면 그녀는 결코 근본적인 의미에서의 사이코패스, 즉 세계를 선과 악으로 이분화함으로써 성립하는 스릴러의 세계에서 '순정한 악pure evil'조차 될 수 없음을 의미심장하게 보여주는 것 같다. (가난한) 여성을 혐오하는 사회에서 잔혹한 범죄를 저지르는 그녀의 신체와 정신은 이미 그녀가 맞서고자 하는 가부장적 질서에 대한 페티시로만 이해되기 때문이다. 그리고 이것이 바로 우리가 돌파해야 하는 '여성스릴러의 딜레마'일지도 모른다.

물신화된 죽음과 '즐거운 살인'

그렇다면 이 소설은 현재 급진적radical 여성서사를 가능케 할 유력한 양식으로 선호되고 있는 여성스릴러의 임계를 지혜롭게 돌파할 수 있을까. 영화 <나를 찾아줘>(데이비드 핀처, 2014), <비밀은 없다>(이경미, 2015), <아가씨>(박찬욱, 2016), 그리고 사라 워터스의 소설들까지 최근 추리물의 문법을 동반한 여성스릴러 서사가 이채로운 미학과 쾌감을 선보이자, 비평가들은 페미니즘 서사기획으로서 여성스릴러 양식이 지닌 정치적 가능성에 주목하기 시작했다. 기존 스릴러의 세계에서 범죄를 주도적으로 기획하고 실행하는 주체가 대부분 남성이었다는 점을 고려한다면, 범인/탐정의 성별을 모호하게 하거나 혹은 기존 범죄구도의 성별을 전도하는 것만으로도 일정한 서사적 긴장과 반전의 효과를 획득할 수 있다는 게 이 장르의 장점이다. 물론 이는 이성애 중심적 성별규범이 한국의 대중적 상상력을 얼마나 공고하게 장악하고 있는지를 역설적으로 증명하는 것이기도 하다.

하지만 서사가 전달하는 메시지와 인물 설정, 사건의 내용 못지않게 '형식의 페미니즘'을 강조한 영화평론가 남다은의 통찰[2]을 빌려본다면, 여성스릴러 양식에서 가부장적 질서에 대한 교란과 전복을 감행하려는 정치적 의지는 '스릴러'라는 양식의 장르적 쾌감을 달성하기 위한 법칙들과 자주 충돌하거나 경합한다.

예컨대 남다은은 영화 <비밀은 없다>에서 '연홍(손예진 분)'은 남편 '종찬(김주혁 분)'이 그들의 딸 '민진(신지훈 분)'을 죽였기 때문에 그에게 복수하는 것이 아니라, 가부장제의 화신으로 설정된 남편에게 복수할 명분을 확보하기 위해 남편으로 하여금 무지 속에서 딸을 죽이도록 방기했다고 분석한다. 즉 이 영화의 결론이 위선과 기만으로 점철된 가부장제의 상징인 남편에 대한 연홍의 통쾌한 복수로 끝난다고 해도, 이 복수와 처벌의 온당함이 딸에 대한 영화적 살해, 즉 딸의 죽음을 도구화했다는 사실을 정당화할 수는 없다는 것이다.

유사한 종류의 질문을 「서우」에 던져보면 어떨까. 소설은 '나'를 자신과 타인의 감정에 무감한 사이코패스가 되도록 주조한 소문과 사회적 낙인을 재현하기 위해 유년시절의 다양한 일화들을 삽입한다. 특히 그 일화들에 등장하는 '선생님'은 어떤 그럴 만한 사연도 없이 "한 아이를 망신주고 괴롭히면 다른 아이들은 겁을 먹는다"는 점을 이용하는 여자로 설정된다. 처음부터 '나'를 "문제 많은" "주현동" 아이로 취급했던 '선생님'은 '나'가 서우의 손을 놓친 사례, 그리고 '나'가 고양이를 살해한(것으로 간주되는) 현장을 목격했다고 믿음으로써 '나'를 영원한 오인과 편견, 낙인의 굴레 속에 살도록 방기한다. 그래서 '나'가 선생님에 대한 복수로서 선택한 일이 무엇이었는지는 소설의 마지막 장면에서 드러난다. "서우는 지금 어디 있어요?"

소설에서 서우는 서우를 데려오라는 '선생님'의 심부름을 '나'가 성공적으로 완수할 수 없도록 은근히 방해한다. 그러나 그것이 의도적인 것인지 아닌지는 알 수 없다. 오히려 서우가 이 서사에서 맡은 핵심적인 역할은 전후에 배치된 '고양이 문신'과 '고양이 살해사건'의 복선이 될 만한 '고양이 콜라주'를 소장하고 있는 것이다. 그 불길하고 음험한 고양이 콜라주를 가지고 있었고 '나'에게 퉁명스러웠다는 이유로, 서우는 서사 종국에 '나'가 연기하는 '요망한 어린아이'의 형상과 오버랩된다. 결국 서우는 '순진해 보이지만 사실은 요망하기 짝이 없는 어린아이'라는 비전형적인 가해자의 그로테스크한 면모를 효과적으로 각인시키는 데 도구적으로 쓰였을 뿐이다. 사정이 이렇다면, '선생님'에 대한 복수로서 서우의 죽음을 암시하는 이 소설의 서사적 선택은 정당화될 수 있을까. 그 선택은 약자를 폭력적으로 배치하는 이 사회의 지배질서에 대한 급진적인 전복을 기도하는 이 소설의 정치적 기획과 충분히 어울리는 것일까.

범죄소설의 사회사를 연구한 에른스트 만델은 "모든 범죄소설에는 '살인'이라는 공통의 행위가 포함되어 있고, 이 살인행위는 시간이 지날수록 공포의 대상이 아니라 즐거움의 대상이 된다"[3]라고 말한다. 소설에서 자행되는 살인 자체가 폭력적인 지배질서에 대한 반란의 행위로서 기획되지 않고 그저 반전과 서스펜스라는 장르적 쾌감에 복무하게 될 때, 우리는 이 서사가 전하려는 메시지의 정당성과 무관하게, 그 살인을 즐기고 있는 것이 아닐까. 그래서 우리는 지금 긴급하게 다시 물어야 한다.

"서우는 지금 어디 있어요?"

1   「날 지켜보던 그는, 나의 공포를 알고 있었다」, 『한겨레』, 2017. 8. 12.

2   남다은, 「여성영화는 아직 도착하지 않았다: 〈아가씨〉와 〈비밀은 없다〉를 보고」, 『문학동네』 88, 2016년 가을.

3   에르네스트 만델, 이동연 옮김, 『즐거운 살인: 범죄소설의 사회사』, 이후, 2001, 252쪽.

집 떠난 뒤, '고독의 시간'을 지내는 방법

전경린의 『천사는 여기 머문다』
(문학동네, 2014)

전경린과 1990년대를 생각하며

전경린의 소설집 『천사는 여기 머문다』에 실린 작품들을 두 번 읽었다. 한 번은 수록 순서대로, 그다음은 발표 순서대로. "근 십 년 만에 묶는 소설집"이라는 작가의 말처럼, 수록작품들의 들쭉날쭉한 발표년도를 보니 새삼 한국문학사의 어느 한 시절이 기억 속에서 통째로 불려나온다. 전경린처럼 평단의 호오가 갈리는 작가도 없었던 것 같은데, 생각해보니 호평이랄 게 있었나 싶다. '정념과 광기, 귀기와 정열의 화신'이라는 그녀의 전매특허 같은 수식어가 있기는 했지만, 여기에 소용된 단어들 역시 '여성(성)'을 비이성적인 존재로 묘사하거나 신비화하는 용어들이라는 점에서 '찬사'라고 하기도 무안하다. 그냥 그때는 그런 말이 '찬사'로 통용되던 시대였다고 해두자.

명백히 '1990년대적 작가'였던 전경린에 대한 당대 비판의 골자는 '불륜'이라는 또 하나의 '낭만적 사랑의 신화'를 신봉함으로써 가족주의를 반복한다는 것, 폐쇄적인 자기구원만 있을 뿐 공동체 혹은 연대에의 의지가 없다는 것, 그녀가 추구하는 여성의 자아는 신비화되어 있으며, 이는 전형적인 '부르주아 페미니즘'의 속성에 기인한다는 것 등이었다. 그리고 이런 지적을 '여성적 글쓰기에 대한 몰이해'로 치부함으로써 정당하게 가해지는 비판을 회피하지 말라는 엄중한 충고까지 동반되었던 걸로 기억한다. 한마디로 '여성적 글쓰기'를 특권화하지 말라는 이야기. 지당한 말씀이다.

나는 이 비판들에 65퍼센트쯤 동의한다. 그러나 우리는 전경린을 다르게 읽을 수도 있었다. 전경린은 정말 '불륜'[1]을 대안으로 제시했나? 물론 집에 틀어박힌 여성들에게 '내 안의 야생성'을 끄집어내라고 조금 부추기긴 했다. 그런데 그게 뭐 어쨌단 말인가. 전경린의 '불륜'이 언제나 '파국'으로 끝난다는 점을 상기한다면, 오히려 그녀가 그린 것은 '불륜'이라는 유토피아가 아니라 '언제든지 처가 첩이 되고 첩이 처가 될 수 있는', 이른바 '여성의 숙명'이라고 불리는 이 가부장제 사회의 순환적이고 재귀적인 구조가 아니었을까? 이는 가부장제와 결탁한 자본주의 세계가 '여성에 대한 남성의 배타적 독점권'을 강제하는 일부일처제의 윤리를 자신의 강고한 지지 기반으로 삼고 있는 한 지속되는 문제겠다.

하지만 강조해두자. 전경린 소설은 '불륜'을 주된 소재로 삼았음에도 처와 첩의 '위계'를 다루지 않았다. 크리스마스이브에 남편이 숨긴 '내연녀'의 습격을 받던 여자가 어느 날 불현듯 그 자신이 다른 집의 '가정파괴범'이 되는 식이다. 그녀들은 남편의 '외도'에 자극돼 '낯선 남자'와의 '불륜'을 감행하긴 했지만, '막장' 드라마에서 흔히 보는 것처럼 남편에게 복수하고 가정의 헤게모니를 잡기 위해서 그랬던 것은 아니다. 그것은 차라리 그 찬란한 '1980년대'에 대학에 들어가 남성들과 함께 새로운 민주주의와 주체화의 윤리를 기획했던 "멀쩡한 여자"들이 갑자기 아파트 칸칸마다 들어앉아 "남자를 위해 밥을 하고, 청소를 하고" "아이를 키우느라 오년씩 십 년씩 매달리고…… 그리고 어느 날 새벽에 깨어나 보면 발이 뻣뻣하게 굳어 영영 걸어 나갈 수 없는 자신을 발견하게 되는"[2] 때, 자신을 자각할 수 있었던 최소한의 계기로서 행해졌다.

그러고 보면 도처에 '사라진 남자들' 투성이다. 전쟁에서 돌아오지 않거나, '외도' 때문에 집에는 일주일에 겨우 삼사일만 들어오거나, 젊은 날에 추구한 혁명과 이상이 좌절됐다면서 처자식을 버리고 산속으로 들어가거나 세상을 떠도는 식으로 "남자들은 그렇게 사라지는 것이다". 이런 상황에서 여성이 가정에 붙박여 있는 것이 가능하기나 한가. 꼭 그래야 하나. 다시 말하지만 전경린의 여성들은 '불륜'을 매개로 처음 집 밖으로 떠나본다. 떠나보지 않고서야 어떻게 가족이 '자연'이 아니라는 것을 알까. 그러므로 전경린의 소설이 '불륜'을 다뤘다는 이유만으로 가해지는 혹평에 대해서는 동의할 수 없다. 오히려 '나는 소망한다. 내게 금지된 것을'(양귀자)이라는 슬로건이 새롭던 1990년대에 전경린의 '집 떠나는 여자들'의 등장은 필연적이었고, 제 몫을 했다고 말하겠다.

그런 의미에서 나는 오늘날 횡행하는 1990년대 문학의 '여성화'에 대한 조롱조의 비난에도 동의할 수 없다.[3] 1990년대 문학에 대한 공공연한 젠더화와 폄훼는 '혁명의 시대'였던 1980년대의 에너지에 대한 노스탤지어가 반동적으로 분출한 결과다. 한때 다소 과시적으로 행해지던 586세대의 자기반성의 시간이 충분히 길었다고 생각하는 것일까? 이제 1990년대를 타자화함으로써 수행되는 1980년대에 대한 노골적인 옹호는 자기반성을 성급히 종결하고 재권력화의 의지를 다지려는 586세대의 정치적 욕망[4]이 반영된 비평적 제스처 같다. 특정 연대의 문학적 가치에 대한 타자화와 평가절하 없이는 결코 자기정체성을 설명하지 못하는 것이 한국문학사의 슬픈 관성이기는 하다.

좀 더 이야기해보자. 1990년대의 '자유'에 대한 철없는(?) 선망이 지금의 신자유주의를 도래케 했다는 지적[5]은 어느 정도 유효하지만, 그렇다고 1990년대에 등장한 정당한 문화적 가치와 윤리, 그 정치적 가능성까지 부정할 필요가 있을까. 그중에서도 유독 '문학의 여성화'가 '2000년대 소설의 자폐화'와 도매금으로 엮여 마치 후자가 오롯이 전자의 후과인 것처럼 묘사되는 일은 매우 부당하다. 2000년대 문학을 '자폐적인 것'이라고 진술하는 말들의 의도도 새삼 따져볼 일이지만, 절차적 민주주의의 성립이 1980년대의 성과인 그만큼 여성주의와 성소수자에 대한 인식, 개인성의 존중, 생태주의, 정치적 올바름political correctness에 대한 감각이 새롭게 정립된 것은 명백히 1990년대의 공이다. 1980년대 운동권문화에서 안전하게 군림했던 가부장적 주체들은 1990년대에 들어 분명 재사회화의 계기를 맞았었다.[6] 물론, 이런 민주주의적 기획들이 신자유주의를 정당화하는 자원으로서 보수적으로 전유되는 오늘날의 작태는 지금 이 시대를 사는 우리 모두의 몫이고 말이다.

그렇다면 오히려 지금 필요한 작업은 1990년대 문학을 젠더화하고 이를 평가절하하는 것이 아니라, 1990년대 여성(주의) 소설가들이 현재 어디까지 나아갔는가를 따져보는 일이다. 그 많던 신경숙, 공지영, 전경린, 양귀자, 김형경, 배수아들…… 전경린의 신작은 '1990년대 문학'의 의의와 가능성을 다시금 가늠하기 위한 바로미터로 읽혀야 하는 것이다.[7]

'먼 곳으로 떠난 여자들'의 중간보고서

『천사는 여기 머문다』에 수록된 작품들의 배경은 대부분 '시골 소읍'이다. 주인공은 30대 후반~40대 초반의 여성이며,

한결같이 '무덤, 고궁, 박물관, 거문고산조'와 같은 '옛것'들이 등장한다. 이 오브제들은 '전락한 시대'의 상징이면서 환멸의 세월을 보낸 여성주인공들의 고적한 내면을 표상한다. 삶은 두려움과 공포의 대상으로 언명되며, 현재 그녀들은 '욕망의 무덤' 같은 시간을 살고 있다. 전작前作들의 후일담으로 읽힐 만큼 이 신작들은 종종 기존 인물과 사건, 모티프들을 변주함으로써 '과거'를 '욕망과 환멸의 세월'로, '현재'를 '욕망이 거세된 시간'으로 정리하고 있다. 그녀들은 이제 환멸의 시간을 딛고 "식물성" 삶을 살고자 하지만, 욕망이 쉽게 거세되지 않아서, 그리고 홀로 마주할 삶이 두려워서 불안에 떤다.

그리하여 전경린 소설의 주인공은 여전히 '먼 곳으로 가고 싶어 하는 여자들'이다. 전혜린의 '먼 곳에의 그리움 Fernweh'을 연상케 하는 이 '이방異邦 선망'은 줄곧 신비화의 혐의에 시달려왔으며, 이번 작품들에서도 그 혐의는 완전히 거두어지지 않았다. 그렇다면 우리는 도대체 그녀가 말하는 이 '여성(성)'이란 무엇인지를 물어야 한다.

사실 전경린의 소설은 페미니즘과 반페미니즘의 속성을 동시에 지니고 있어서, 여성의 해방된 자아를 지향하면서도 그녀가 몸과 섹스와 모성을 다루는 방식은 언제나 모호했다. 전경린이 선호하는 연약하고 고요한 여성들은 마치 더 큰 포용과 인내가 진정으로 강한 여성성을 뜻하기라도 한다는 듯 기꺼이 파국을 감당하는데, 이는 결과적으로 여성(성)에 대한 통념을 재승인하는 듯한 인상을 주곤 했다.

그럼에도 이번 소설집에서 흥미로운 것은, 전경린의 여

자들과 '욕망의 세월'을 함께한 남자들이 명백히 부정적으로 묘사된다는 점이다. 그녀들이 과거에 아버지 제삿날도 가리지 않고 달려 나가 만났던 그 남자들은 이제 그녀들에게 가해진 폭력의 형상으로 그려진다. 「여름휴가」의 세 자매는 각각 '이혼·가정폭력·불륜'이라는 사건의 피해자이며, 여기에 이혼하면 딸의 호적을 파내겠다는 아버지의 폭력까지 가세한다. 이때 "나는 그것(자신에 대한 남성 파트너의 관찰과 제안, 지침들-인용자)이 매너이고 배려라고 믿었으나, 알고 보니 나에 대한 의심과 자신의 불안 때문이었다."(「천사는 여기 머문다2」)라는 깨달음은 결정적이다. 그리하여 여자들은 이제 "그가 오래도록 기차에서 내리지 못한다는 것"(「천사는 여기 머문다1」), 즉 '불륜남'은 결코 '불륜녀'에게 정착하지 않는다는 것을 안다. 그녀들에게 이제 과거는 "비현실적인 것"이거나 "다시는 갈 수 없는 다른 세계"(「강변마을」)이며, "실어와 난청과 고집"(「백합의 벼랑길」)의 시간이거나, 몇 년 만에 만난 남자의 "뭉텅 빠져나간" 머리카락(「밤의 서쪽항구」) 같은 것이다. "끝났기 때문에 헤어진 거예요. 할 만큼 했죠."(「천사는 여기 머문다2」)

전경린의 여자들은 이제야 정신을 차린 것일까? 지난날의 뜨거웠던 욕망의 시간에 대한 반성문 같은 전경린의 신작들을, 비평가들은 이제 만족스럽게 보아줄까. 여자들은 집에 돌아왔고, 모성을 새롭게 인식했으며, 고독을 선망한다. 이 귀환은 '회복'일까 '퇴행'일까 혹은 '전복'일까.

서로의 '증인-됨'을 위한 '최소한의 사랑'

이 소설집의 수록작들 중 비교적 이른 시기에 작성된 작품들이 욕망의 세월을 보낸 끝에 '삶은 환멸과 공포의 대상'이라는 결론을 내린다면, 후반부에 발표된 작품들은 '욕망이 거세된 삶'에 대한 탐구다. 욕망은 쉽게 사그라들지 않고, 이후 남은 '고독한 삶'은 선망과 동시에 공포의 대상이다. 이 난국을 헤쳐 나가기 위한 전경린의 답은 무엇일까.

첫 번째 할 일은 우선 과거의 상처와 불행을 이해하고, 그것을 구원의 원동력으로 삼는 것이다. 「천사는 여기 머문다 2」에서, 파탄으로 끝난 결혼의 상징인 '반지'의 빛이 '인희'를 비추는 것처럼, 불행은 종종 구원의 자원으로 의미화된다. 불행이 "삶의 결핍을 순수하게 견디는 내공을 키워"(「천사는 여기 머문다 1」)준다는 늙은 여배우의 말처럼, 과연 '천사'는 불행 속에 깃든다. 그러나 자칫 '내면의 성숙'으로 모든 걸 이기려는 전경린의 오랜 결론의 또 다른 버전처럼 보이는 이 인식론은 전작 『황진이』(자음과모음, 2004)에서 그랬던 것처럼, 이 세계의 구조는 변화시키지 않은 채 스스로의 종속적 삶을 자족적으로 지탱하기 위한 정신승리법의 하나일 수도 있다.

전경린이 준비한 또 하나의 답은, 낭만적 사랑의 신화를 반복하지 않는 '경계인' 혹은 '소수자'들의 관계 맺기이다. 「밤의 서쪽항구」에 등장하는 '나-P-정흔-신해'의 관계는 전경린 소설에서 거의 드문 퀴어들의 출현이라는 점에서 특기할 만하다. 이들은 한때 서로 상처를 주고받은 적 있지만, 더 이상 소유와 욕망의 경제에 지배당하지 않고, 있는 그대로의 '지금'을 받아들이고자 한다. 물론 이 '퀴어함'은 '유방 절제'나 '커트머리', '군인 같은 여자' 등과 같이 매우 전형적인 방식으로 묘사돼 있기는 하다.

마지막으로 전경린이 제시하는 것은, 불투명하긴 하지만 '이웃'과의 연대 가능성이다. 이는 「여름휴가」나 「야상록」의 '엄마-여동생-딸'의 관계가 보여주는, '고통의 대물림'으로써만 가능한 혈연 연대와는 구분된다. "또 그런 일이 생기거든 다른 데 가지 말고 이리 오거라. 꼭 엄마 있는 데로 오거라."(「야상록」)라는 당부는 매우 따뜻한 격려이기는 하지만 그것이 가족주의 안에서만 작동하는 한 결코 새로운 윤리일 수는 없기 때문이다.

오히려 '타자-됨'을 기꺼이 떠안는 '이웃'의 형상은 「백합의 벼랑길」에 등장하는 노파와 레즈비언 커플에게서 발견된다. 그들은 전경린의 여자들이 '마녀'라고 비난당할 때, 서로를 "심판하지 않"기 위해 '무관심'을 보여준 유일한 존재였다. 물론 이제 고독의 공포에 떠는 '싱글여성'인 전경린의 여자들에게 그들은 "자기들만의 나라에 사는 외국인"일 뿐이며, "아무리 보고 또 보아도 서로의 증인이 되지는 못하는 사람들"(「백합의 벼랑길」)이기도 하다. 그럼에도 그들은 마치 바디우적 의미의 '사건'처럼 창문을 부수는 남자를 남몰래 신고해 여자를 구하는 '이웃'으로 불현듯 출현한다.

짐작컨대, 전경린의 여자들은 기꺼이 '홀로-됨'을 각오하면서도 여전히 공포에 직면해 있는 듯하다. 그녀가 상상하는 '홀로된 삶'이란 「맥도날드 멜랑콜리아」에서 보듯, 어두운 골목에서 성폭력을 당하는 것과 같이, 뉴스에서만 보던 사건이 자기의 일로 현실화되는 삶이거나 '독거노인의 고독사' 등이 상징하는 '안전망 없는 삶'이다. 그녀가 가장 최근에 쓴 작품에서 싱글여성의 삶을 이토록 비극적으로 그렸다는 사실이 안타깝지만, 기실 이것이야말로 오늘날 한국여성들이 극복하고자 애쓰는 '날 것'의 불안일 테다. 자본주의의 인간소외를 '맥도날드'라는 손쉬운 메타포를 통해 단순화했다는 혐의에도 불구하고 이 작품이 전경린의 필모그래피에서 특별한 것일 수 있다면, 그것은 이 작품에서 비로소 그녀가 신비화의 욕망 없이 '지금 여기'의 여성(성)을 둘러싼 조건에 관심 갖기 시작했기 때문일 것이다.

이제 전경린은 어디까지 나아갈까. 사실 그녀는 이미 전작前作에서 '함께' 살아가기 위해 필요한 "최소한의 사랑"(『최소한의 사랑』, 웅진지식하우스, 2012)을 말한 적 있다. 그것이 '피붙이'라는 매개를 떠나서 '서로가 서로의 증인-됨'을 가능케 하는 윤리로 작동한다면 그렇다. 전경린의 여자들이 '홀로' 된 시간이 바로 그걸 찾는 시간이라면 좋겠다. 언젠가 그녀가 한 명의 '단독자'이자 건강한 '시민'으로서의 싱글여성[8]을 그릴 수 있기를. 그래서 다시 한 번 후회도 비관도 없이, "그래요, 달님. 난 혼자예요. 이렇게 혼자랍니다."(「밤의 서쪽항구」)라는 외침을 들을 수 있다면 좋겠다.

1 법적 배우자가 아닌 다른 사람과의 연애/성애 관계를 그저 '혼외관계'라고 부르는 것이 아니라, '외도外道'나 '불륜不倫', 즉 '도'가 아니고 '윤리'에 어긋난 것이라고 간주하는 이 용어에 스민 가부장적 인식론을 의심하지 않으면서 '불륜' 플롯의 한계를 논하는 것은 넌센스다. 이 글에서는 '불륜'이라는 단어에 개재한 이성애 가족제도의 강제성과 '정상성'을 자연화하지 않으려는 의도에서 모든 경우에 그것을 작은따옴표 표기와 함께 사용했다.

2 전경린, 「염소를 모는 여자」, 『문학과사회』 32, 문학과지성사, 1995. 11.

3 1990년대 문학과 2000년대 문학에 대한 문학사적 평가절하에 내재한 세대적·젠더적·계급적 욕망에 대해서는 이 책 1부에 수록된 「퇴행의 시대와 'K문학/비평'의 종말: 2015년 문학권력 논쟁 및 문학장의 뉴웨이브를 중심으로」 참조.

4 「세대전쟁의 진짜 서막: 장기 386시대가 다가온다」, 『경향신문』, 2015. 5. 23; 「386세대의 주류 등극으로 한국 민주화는 완성됐을까」, 『경향신문』, 2018. 1. 7.

5 서동진, 「플래시백의 1990년대: 반기억의 역사와 이미지」, 『영상예술연구』 25, 영상예술학회, 2014.

6 전희경, 『오빠는 필요 없다: 진보의 가부장제에 도전한 여자들 이야기』, 이매진, 2008.

7 그런 의미에서 이 소설집의 제목이 '성녀와 마녀', '천사와 악마' 등의 식상한 이분법적 해석을 유도하는 것은 사실이지만, 적어도 오늘날의 비평은 그런 식의 프레임을 반복하지 않았으면 좋겠다. 그런 이항대립은 남성주체의 안정화에 복무할 뿐, '여성'이라는 '고통의

운명연대'를 묘사하는 일에는 하등 도움 될 게 없다는 걸 이제 우리는 안다.

8 '싱글여성'의 존재방식에 대한 성찰로는 이 책 2부에 수록된 「'퀸'의 상상력과 '투명한 신체': 박근혜와 김연아를 통해 본 '싱글 여성'의 싱귤러리티」 및 권명아, 「불/가능한 싱글 라이프: 연민과 정치적 주체성」,『무한히 정치적인 외로움: 한국사회의 정동을 묻다』, 갈무리, 2012 참조.

여성혁명가 서사와 '사회주의'라는 오래된 미래

조선희의
『세 여자: 20세기의 봄』1·2[1]
(한겨레출판, 2017)

페미니즘 리부트, 갱신된 해석의 지평

재작년 여름,『세 여자: 20세기의 봄』라는 제목으로 허정숙·주세죽·고명자의 삶을 다룬 책이 출간됐을 때 내 SNS의 타임라인을 물들였던 인상적인 활기를 기억한다. 50대 후반의 여성작가가 장장 12년 만에 이 작품을 완성했다는 드라마틱한 후문에 부응하듯, 독자들 역시 남녀노소 불문하고 이 책을 반겼다. 마치 '올 것이 왔다'는 느낌이었는데, 그도 그럴 것이 이 책이 도착한 2017년 여름은 2015년 '메갈리아' 및 2016년 '강남역 여성혐오 살인사건' 등과 같은 결절적·결정적인 사건들을 거치며 그 어느 때보다도 '(여성이 쓴) 여성서사'에 대한 독자대중의 갈망이 고조돼 있는 시기였기 때문이다. 이 갈망과 열기는 이 글을 쓰는 지금까지도 위축될 기세 없이 계속 상승 중이다.

예컨대 2016년 제18회 서울국제여성영화제의 개막작으로 영국 여성참정권운동을 다룬 영화 <서프러제트>(사라 가브론, 2015)가 선정되고, 서프러제트를 주도한 에멀린 팽크허스트의 자서전『싸우는 여자가 이긴다: 우리 시대 여성을 만든 에멀린 팽크허스트 자서전』(현실문화, 2016)가 국내에 번역·발간되자 젊은 여성독자들은 곧바로 이 책의 '한국 버전', 말하자면 "우리에게도 계보가 있다"[2]는 것을 확인하고 싶어 했다. 사회적 억압과 수탈, 비난과 낙인의 대상만이 아닌, 역사의 결정적 순간에 직접 개입해서 "싸우는" 여성들의 초상이야말로 젊은 여성독자들의 '롤모델'로 간주된 것이다.

그리하여 대중미디어들은 전례 없이 독립운동가와 사회주의자, 아나키스트들을 망라해 식민지 조선의 '잊힌' 여성혁명가들의 이름을 신속하게 발굴·소개하기 시작했다. '유사 이래 처음'(물론 이런 서술은 불철저하고 불확실한 것이다) 자신의 언어로 공적 영역에서 자기발화를 감행했다고 여겨지는 '신여성'이라는 역사적 초상이 새삼 페미니즘 대중서사에 빈번하게(혹은 과도하게) 호출된 것도 이런 흐름과 관련된다.

그러므로 이 책에 대한 감상은 "페미니즘 리부트"라고 불리는 문화현상, 이 책이 역동적으로 읽혔던 독서시장의 조건 및 분위기에 대한 감상과 분리될 수 없다. 대중서사의 지형에서 여성서사의 문화적 위상이 일변하고, 그것이 불러올 정치적 효과에 대한 관심과 기대가 어느 때보다도 증폭된 이 시점에 허정숙·주세죽·고명자라는 '세 여자'의 이야기가 바로 이런 방식의 서사적 형태를 띠고 도착했다는 것 자체가 문학사를 넘어 문화사적 관심의 대상이 될 만하다.

이 소설을 비평적으로 읽을 때 참조해야 할 여러 인식의 기준들이 있겠지만, 그중에서도 내가 중요하게 생각한 것은 이런 것이다. 이 책이 그간 드물게, 전형적으로만 존재했던 여성혁명가 서사의 정치적 함의를 갱신하고 있는가. 식민지 조선의 신여성, 즉 "배운 여자"로서 허정숙·주세죽·고명자를 비롯한 근대 여성지식인들의 역사적 보편성과 특수성을 이 책이 구현한 여성서사가 충분히 새롭게 의식하고 있는가. 마지막으로 이 책이 부조한 혁명의 상, 그리고 세계관과 역사인식이 후기 냉전/식민 국가인 남한에 사는 21세기의 젊은 독자에게 현대적인 사유의 참조점을 제공하고 있는가.

그간 식민지기와 해방기 혁명의 역사를 대중적으로 각인시킨 것은 박헌영, 임원근, 김단야, 이재유, 김원봉, 강달영, 김산, 이관술 등의 남성혁명가들이었다. 이들은 모두 형형한 눈빛을 한 신념의 화신이자, 한반도에서 '총을 들고' 도쿄와 상해·만주와 모스크바 등지를 확보하며 이동성mobility을 확보한 거의 유일한 존재였다. 게다가 이들이 얽혀 있던 복잡한 이념 지형과 노선·파벌 투쟁, 그리고 1987년의 '민주화' 이전까지 이 모든 공산주의운동사가 '잊힌' 역사였음을 감안한다면 '혁명가'라는 그 재현 불가능한 초상에 독보적인 아우라가 부여된 것은 자연스럽다.

그런데 식민지 조선에서 행해진 독립운동과 아나키스트 활동에 대한 묘사는 물론이고, 4·19, 5·18 광주민주화항쟁, 1987년 6월항쟁 등 한국 근현대사의 '혁명' 혹은 '혁명적' 순간을 재현할 때, 혁명의 주체는 언제나 '남성'이었다.[3] 2008년 쇠고기파동 당시 광장에 나온 여성청소년들을 기특해하며 '촛불소녀'라는 유별난 이름을 붙여 호들갑을 떨었던 미디어 현상 또한 혁명의 성별을 남성으로 상정하는 오랜 관성의 산물이었다.[4] 페미니스트들이 '그날 여성도 광장에 있었다'라는 명제의 증명을 통해 한국 근현대사의 남성젠더화에 대항하려 했던 것, 국정을 농단한 대통령 박근혜에 대한 역사적 심판에 참여하되 광장에서 행해지는 여성혐오 언행에 맞서고, 2016년의 기념비적인 '촛불'이 또다시 "형제들의 공화국"(린 헌트)을 탄생시키는 것으로 귀결되지 않도록 주의했던 것[5]은 이 때문이다.

그러므로 "이 책이 바로 이 시기에 소개될 수 있었던 건 행운"[6]이라는 작가 조선희의 술회는 결코 과장이 아니다. 혁명(가)에 대한 레드 콤플렉스가 비교적 극복되고 여성의 역사적 시민권에 대한 인식이 고조된 지금이야말로 '혁명'과 '여성서사'의 조합이 강한 정치성을 환기하도록 해석의 지평이 마련된 때이기 때문이다.

혁명의 젠더, 젠더의 혁명

『세 여자』가 선보이는 것은 1920년대에 '신여성'이자 '맑스걸'로 성장해 한국정치사상 전무후무한 '여성혁명가'로 기록된 세 여자, 허정숙·주세죽·고명자의 일대기다. 이 여성들은 남성혁명가들이 결심과 회유, 변절과 복권 같은 드라마틱한 화소들로 혁명가의 일대기를 써갈 때 그저 조연으로만 등장하거나 아예 등장하지 않는 경우가 많았다. 그러니까 『세 여자』의 가장 핵심적인 서사적 도전은 '남성의 서사'로 직조된 이 역사에서 여성의 자리, 특히 여성혁명가들의 자리가 어디였는지를 해명하는 것이다.

물론 이 책이 구현하는 '소설적 재미'는 독자들의 기대를 사뭇 배반한다. 여성혁명가의 '인간적 내면'을 엿볼 수 있는 구체적인 에피소드와 그에 대한 살뜰한 묘사를 기대하는 이들에게 이 소설의 묘사는 다소 무미건조하며 불친절하다. 하지만 이 소설의 간결한 문체를 기존의 남성젠더화된 대하서사와 변별되는 '여성 대하서사'의 가능성을 실험하기 위한 시도로 읽을 수도 있다.

예컨대 박헌영과 주세죽이 모델인 것으로 알려진, 심훈의 1930년 작 『동방의 애인』(총39회, 『조선일보』, 1930. 10. 29~12. 10), 노동문학 작가 안재성의 『경성 트로이카』(사회평론, 2004), 주세죽의 일대기를 본격적으로 소설화한 『코레예바의 눈물』(손석춘, 동하, 2016) 등에 이르기까지 혁명가의 이야기는 지속적으로 서사화됐다. 그러나 자주 지적됐듯, 기존 혁명가서사에서 여성혁명가들은 대체로 연애, 사랑, 결혼, 출산, 양육 같은 주제에 지나치게 몰두하는 것으로 묘사된다. 하지만 『세여자』는 여성인물에게 기대되는 일상성, 내면성, 사적 세계 묘사에 대한 독자들의 성별화된 기대지평을 충족시키는 데에 별 관심이 없다. 이 책에서 여성인물들은 스스로를 사적 세계로 귀속시키지 않고 매순간 자신을 역사의 도도한 흐름 한복판에 위치시킨다.

허정숙·주세죽·고명자는 그 자신들도 혁명가였지만, 임원근·박헌영·김단야의 연인으로 더 잘 알려졌다. 이는 식민지기부터 지속돼온 여성 사회주의자들을 재현하는 오랜 관행과 무관치 않다. 식민지기 대중매체에서 여성혁명가를 재현한 양상을 검토해보면 주로 두 가지 장면이 부각된다. 첫번째는 남성혁명가들의 연애담에 등장하는 스캔들의 주인공으로 소비되는 순간이다. 조선의 사회주의운동은 1920년대에 활발하다가 제1·2차 조선공산당사건을 계기로 1930년대에는 거의 지하화되는데, 이때 대중미디어가 집중한 것은 '남성혁명가들이 감옥에 가 있는 동안 그 아내들은 어떻게 정절을 지킬 것인가'의 문제였다.

(가) 어디까지든지 엄수하여야만 한다.
엄수치 못하는 아내는 유녀형遊女型의 아내이기 때문에 그리고 인격의 긍지와 수양이 없기 때문이라고 주장한다. (…) 나는 함성으로 소리친다.

입옥자의 아내는 신념과 사랑을 가진 여성동지라야 하겠으며 그 남편의 단기短期의 부재중이나 장기長期의 부재중이거나 정조를 엄수하라고… 7

(나) 4, 5년이고 6, 7년이고 하는 긴 철창생활을 하게 된 경우에 평소에 그 한 분을 신뢰하고 사모하는 일념이 아무리 굳세다 할지라도 조선 현실이 강요하는 호구난糊口難에 몰려서 개가改嫁 아니할 수 없게 되는 경우가 대다수일 줄 알며 (…) 이상理想으로는 그 아내 된 사람이 언제까지든지, 즉 재회할 때까지 수절함이 원칙이요, 또 그를 일반적으로 희망하여 좋을 일이나 현실문제에 들어가서는 경제관계, 성관계 등으로 이상과 같이 실행이 되기 어려울 줄로 압니다.[8]

(다) 수절하는 것이 옳다고 도덕은 말하리라. 그러나 거짓 없는 인간적 생활은 이 도덕이 벌써 생활의 장애물이 되는 것을 가르치리라. 더구나 우리네 사회와 같이 그 남편이 없어졌다 함이 즉시 양식이 없어졌고 입을 의복이 없어지는 것임을 의미하는 경제적 위협이 따르는 경우에서는 한 분을 위한 절개를 언제까지든지 지켜가라 함은 사실 어려운 일일 것이리라. (…) 3년까지 기다려서 그래도 아니 와준다면 그때는 거지반 불가항력이 따를 것이리라. 의리는 어느 정도로 다하였다고 보아 좋을 것이다.[9]

당시 대중 종합잡지 『삼천리』는 1930년 11월호에서 「남녀 재옥在獄·망명 중 처의 수절 문제」라는 제목의 설문조사를 실시하는데, 응답자는 송봉우, 허정숙, 정칠성, 김일엽 같은 유명 인사들이었다. 이 설문에서 답변자들 중 유일한 남성인 송봉우는 인용문 (가)에서 보듯 "정조를 절대 엄수하라"라고 답한 반면, 인용문 (나)에서 허정숙은 여성의 호구지책이 남성에게 달려 있는 조선 현실에서 '수절' 문제는 서구 유럽을 비롯한 다른 나라들의 경우와 같을 수 없음을 명확히 한다. 허정숙은 '수절함'이 이상적일지라도 "현실문제에 들어가서는 경제관계, 성관계"가 있으므로 "이상과 현실은 다르다"고 답했다. 김일엽 또한 인용문 (다)와 같이, 경제적 독립이 불가한 조선 여성의 현실을 고려할 때, "3년까지 기다려서 그래도 아니 와 준다면 그때는 거지반 불가항력이 따를 것이리라. 의리는 어느 정도로 다하였다고 보아도 좋을 것이다"라며 절충론을 내세웠다. 이런 설문 자체가 임원근이 감옥에 있는 동안 송봉우와 스캔들이 있었던 허정숙을 겨냥한 것이기도 하거니와, 송봉우는 "정조를 절대 엄수하라"는 자신의 명제를 허정숙과 함께 스스로 파기했다는 점 또한 흥미롭다.[10]

> 고정한 수입이 생겨서 생활의 계획을 세울 수 있는 것이 살림하는 안사람들에겐 즐거움인 것 같습니다. 지난 오륙 년 동안 빈약한 붓 한 자루로 가족의 입에 풀칠을 한다고 모진 애를 썼으나 거기까지 가

족을 이끌고 오기에도 나의 노력은 결코 평범치 않
았습니다. (…) 이제 내가 문학을 떠나 직업에 나섰
을 때 가족에게 오랫동안 요구해오던 희생의 높은
목표는 그림자를 감추었습니다. 나는 그러한 관계
의 변화를 명확히 깨달았습니다.[11]

여성혁명가들이 대중적으로 재현되는 또 다른 장면은 1930
년대 남성혁명가들의 전향서사에서 발견된다. 잘 알려진 대
로, 구금된 혁명가들의 대부분은 더 이상 사회주의운동을 하
지 않고 제국 일본의 충실한 신민으로 살겠다는 전향서를 쓰
고 풀려난다. 이때 남성혁명가들이 자신의 전향을 정당화하
기 위한 알리바이로 드는 것이 바로 '생활'이다. 위 인용문은
전향자의 심경을 글만 쓰다가 직업전선에 나선 남자의 심경
에 빗대 토로한 김남천의 소설 「등불」(『인문평론』, 1942. 3)의 한
대목이다.

전향서사에서 남성혁명가들은 자신이 혁명활동에 종사
하는 동안 가정이 파괴되고 생활이 무너졌음을 토로하는데,
이때 그의 아내는 혁명활동에 매진하는 남편에게 가정으로
복귀할 것을 끊임없이 채근하는 소시민으로 묘사된다. 염상
섭의 『이심』(『매일신보』, 1928. 10. 22~1929. 4. 24), 이광수의 「혁명
가의 아내」(『동아일보』, 1930. 1. 1~2. 4), 현진건의 『연애의 청산』(『신동
아』, 1931. 11), 이기영의 「변절자의 아내」(『신계단』, 1935. 5), 김남천
의 「처를 때리고」(『조선문학』, 1937. 6)·「경영」(『문장』, 1940. 10)·「맥」
(『춘추』, 1941. 2)·『낭비』(『인문평론』, 1940. 2~1941. 2)·「등불」(『인문평론』,

1942. 3) 등은 남성혁명가의 변절을 설명하기 위한 알리바이로서 언제나 혁명가의 '아내'를 문제 삼는 조선 가부장제 사회의 오랜 관성을 잘 보여준다. 여성 파트너를 철저하게 성적·경제적 욕망에 사로잡힌, 사적 영역에 속한 존재로 설정함으로써 남성으로 하여금 혁명에의 의지를 철회하도록 유인하는 존재로 묘사하는 이 시기 전향서사의 성정치는 아직 충분히 조명되지 않았다.[12]

실제로 남편이 투옥돼 있는 동안 제2선에서 조직을 보위하고 후일을 도모하는 역할을 수행한 여성혁명가들의 사례는 드물지 않게 발견된다. 허정숙이 제1차 조선공산당사건으로 투옥되자 임원근과의 이혼을 추진하며 송봉우와 동거한 것, 송봉우가 전향하자 그와 이별하고 무장투쟁을 위해 최창익과 중국으로 건너간 것은 자신의 혁명활동을 이어나갈 루트를 확보하려는 목적이었다고도 볼 수 있다.

허나 허정숙의 이런 행보는 당시 "조선의 콜론타이"라는 비아냥 섞인 별칭을 통해 보듯, '문란한 신여성'의 징표로 추문화되기 일쑤였다. 그리고 이는 '사회주의자들은 성적으로 문란하다', '사회주의자들은 재산을 공유하듯 마누라도 공유한다'라는 식으로 사회주의자들의 인격을 도덕적으로 훼손하려 했던 제국 일본의 반사회주의 전략[13]과 손쉽게 결탁하기도 했다. 이런 역사적 맥락을 고려할 때, 허정숙을 여러 남자와 복잡한 연애를 한 '문란한' 여성으로 평가하는 게 아니라, '여성이 어떤 운동가를 선택하느냐가 곧 어떤 정치적 입장을 선택하느냐와 관련된다'라고 의미화하는 일은 당시 반사회주의 담론에 대응하기 위해 페미니스트 연구자들이 수행하는 해석투쟁의 중요한 지점이기도 하다.

흔히 '두 남자와의 비극적인 연애, 딸을 잃은 모성' 등으로 서사화되는 주세죽의 생애에 대해서도 달리 해석할 여지가 있다. 『세 여자』는 남성혁명가들의 식사와 빨래를 감당하는 역할에 대해 주세죽 스스로 '그것은 내 방식의 혁명'이라고 말하게 함으로써 그 주체성을 강조한다. 물론 이는 "밥하고 빨래는 여자들 시키는 혁명이라면 나는 사양하겠어요."라고 단언하는 허정숙의 면모와 비교할 때 다소 소극적인 태도로 읽히기도 한다. 어떨까.

이와 관련해 페미니스트 연구자들은 '아지트키퍼'라고 간주돼온 여성혁명가들의 존재방식에 대해 주목한 바 있다.14 혹자는 당시 여성 아지트키퍼들이 남성혁명가들에게 '동지적 사랑'을 빙자해 성착취를 당한 희생자였다고 해석하기도 하며, 이런 평가에도 일말의 진실은 있을 것이다. 하지만 이런 해석은 사회주의운동에서 아지트키퍼의 역할을 지나치게 축소하고, 무엇보다 '아지트키퍼'라는 존재방식을 통해 혁명운동에 참여하려 한 여성들의 주체적 선택을 삭제하기 쉽다. 실제로 당대 여성들에게 연애나 결혼은 그저 사적 문제에 불과한 것이 아니라, 운동지형 내에서 자신의 입지와 영향력을 확보하기 위한 유력한 방식이었다.

당시 사료를 살펴보면 주세죽은 그저 아지트키퍼에 불과했던 것이 아니라, 조직 내에서 일정한 역할과 지위를 담당한 인사로서 활동했음이 확인된다. 주세죽은 3·1운동에 참여해 투옥생활을 한 후, 허정숙과 함께 조선여성동우회 활동을 지속했다. 또한 고려공청중앙간부회 회의록에는 주세죽이 제 2선 후보위원이라고 기록돼 있다.

이런 주세죽의 신분과 역할이 세간에 잘 알려지지 않은 이유는 따로 있다. 당시 박헌영의 신문조서를 보면, 일본 경찰이 '주세죽이라는 사람이 너희 회의에 참석했다고 하는데 사실이냐'라고 묻자, 박헌영은 '절대 그렇지 않다. 단지 우리 집이 방 한 칸이었고 저녁식사 준비를 할 때 주세죽이 출입하긴 했지만 그 회합에 참여하지는 않았다'라고 답한다. 이어 경찰이 '너의 이상이라고 하는 공산주의에 대해 주세죽은 어떤 생각을 가지고 있냐'라고 물으니, 박헌영은 '그녀는 교육수준이 낮아서 공산주의가 무엇인지도 모르고 공산주의는 물론 다른 사상운동에도 하등의 흥미가 없다'라고 말한다. 경찰은 이 질문을 주세죽에게도 던지는데, 주세죽 역시 '나는 부녀자의 일로서 식사 준비를 했을 뿐이지 그 단체에 가입한 적이 없다'라고 답한다.[15]

이 기록의 표면에만 의거한다면 혁명가로서 주세죽이 지닌 능동성을 짐작하기 어려우나, 최근 사회주의 연구자들은 이 문답을 액면 그대로 받아들일 수 없다고 분석한다. 박헌영은 주세죽이 혁명에 개입한 정도를 약하게 진술해야 주세죽의 형량을 낮춰 빨리 석방시킬 수 있다고 판단한 것이며, 이는 주세죽이 합의한 전략이기도 했다는 것이다.

오히려 그가 '진짜' 혁명가인지 아니면 단지 아지트키퍼에 불과한지를 구별해내려는 욕망은 여성혁명가에게만 적용된다는 점이야말로 문제적이다. 이 질문에는 '여성은 정치적 이념의 주체가 될 수 없다'라는 고정관념이 전제돼 있다. "대체로 여자라는 것은 국수주의자에게로 가면 국수주의자가 되고 공산주의자에게 가면 공산주의자가 되는 모양"[16]이라는 식민지기 문학평론가 김기진의 언급은 그런 인식을 단적으로 보여준다. 그러나 경성의 '신출귀몰한' 혁명가 이재유의 "애처" 혹은 "아지트키퍼"로 알려진 여성혁명가 박진홍의 행보를 분석한 장영은은 김기진의 이 말을 "여성 사회주의자는 '공산주의자라서 공산주의자에게로 간다'"[17]라고 받아치며 다음과 같이 결론 내렸다.

> 박진홍과 카사하라는 어째서 아지트키퍼가 되고, 다방 여급이 되고, 연안으로 간 것인가. 도대체 이들의 연애는 무엇인가. 나는 이 연애가 사회주의이고, 이 연애를 한 아지트키퍼들이 사회주의라고 생각한다. 사회주의자와 연애하면서 아니 연애하는 것으로 사회주의운동을 실천했던 아지트키퍼는 그 존재 자체가 사회주의운동의 방식이면서 연애의 형식이 되었다. 한마디로 아지트키퍼는 사회주의자였다. 과연 아지트를 지키는 여자가? 1930년대 조선에서는 그랬다.[18]

그러므로 당대 '여성 사회주의자'의 관점에서 혁명의 서사를 재구성한다는 것은 또 다른 실험이다. 『세 여자』는 여성혁명가 서사를 전면화함으로써 '혁명은 남성의 전유물인가'라는 질문에 대답한다는 점에서는 '혁명의 젠더'를 심문하며, 여성이 혁명가가 된다는 것은 전통적인 성역할을 뛰어넘어야만 가능했다는 것, 그건 '여성이 이념과 운동의 주체가 될 수 있는가'라는 물음에 응답하는 과정이기도 했다는 점에서 그녀들이 감행한 '젠더의 혁명' 또한 보여준다. "거리에서 여럿이 부르는 만세보다 집안에서 혼자 부르는 만세가 더 어려운 법"이라며 부모의 뜻을 거슬러 홀로 타지에 나가는 세 여자의 첫걸음을 강렬하게 묘사한 대목이나, "밥하고 빨래는 여자들 시키는 혁명이라면 나는 사양하겠어요"라고 분명하게 말하는 여성의 목소리는 기존 남성 중심의 혁명가서사에서는 본 적 없는 장면이다.

무엇보다 이 책은 '인간의 얼굴을 한 혁명가'를 그리겠다며 '먹고사니즘'에 충실한 경제동물 그 이상도 이하도 아닌 '생계형 독립운동가' 혹은 '이해할 만한 친일파'를 묘사해온 최근의 혁명서사와도 구분된다. 이 책은 '세 여자'를 자신이 무엇을 하고 있는지에 대한 명백한 자의식을 가진 채 스스로 성장하고 결단하는 주체로 그렸다. '혁명의 젠더'와 '젠더의 혁명'을 동시에 질문해야 했던 여성혁명가들의 고민과 실천을 전면화함으로써 '한반도에서 여성혁명가로 산다는 것'의 의미를 섬세하게 되짚는 일, 그것이 바로 이 책이 한 일이다.

'오래된 미래'로서의 사회주의

그러나 혁명의 젠더에 '여성'을 기입하려는 야심찬 시도에 비해, 이 책이 다다른 역사상은 지금 이곳에서 흔하게 상상되는 그것과 그리 다르지 않다. 단도직입적으로 말하자면, 이 책은 1970~1980년대에 사회변혁운동을 경험한 세대의 역사인식을 투명하게 보여준다. "20세기의 봄"을 다소 회고적인 어조로 평가하며 작성된 이 책의 에필로그에서 저자가 속해 있고 여전히 머물고자 하는 '지난 시대'에 대한 향수가 감지되는 이유는 그래서다.

(가) 자본주의와 공산주의 대경합의 시대에 자본주의는 공산주의에서 많은 것을 배웠다. 마르크스의 이론과 레닌의 혁명은 그들을 추종한 공산주의 세계를 행복하게 만드는 대신 반대편의 자본주의 세계를 더 인간답게 만드는 데 결정적인 도움을 주었다. 그것은 하나의 역설이었다.(372)

(나) 2017년에도 여전히 분단의 결과는 악몽으로 돌아오고, 한반도를 둘러싼 주변국들의 노골적인 이권투쟁은 제국주의 시대의 데자뷔이고, 해방공간의 트라우마는 정치적으로 쉽게 격앙되고 이념으로 편 가르는 습성 속에 살아 있다.

한국사회가 그 같은 외상후 스트레스 증후군

을 졸업하려면 한번은 좌우를 확 섞어야 하는
거 아닌가 싶다. 그래서 노무현 대통령이나
안희정 씨가 대연정을 이야기했을 때 나는 굉
장히 진지하게 받아들였었다. (376)

서술자는 대략 800쪽에 가까운 분량으로 식민지이자 약소국
인 조선에서 '사회주의'라는 사상이 지닐 수 있는 스펙트럼과
그 정치적 가능성을 입체적으로 그려냈음에도 그것의 역사적
함의를 결국 "자본주의를 인간화"한 데서 찾는다. 두말할 것
없이 이는 사회주의에 대한 도구적 인식이자, 자본주의를 유
일한 역사적 진화태로 상정하는 인식론의 소산이라는 점에서
사실수리적이다.

 이와 관련해 국문학자 황호덕은 영화 <암살>(최동훈,
2015)의 서사적 상상력을 구명하는 논의에서, "반쪽이 결여된
분단국가 대한민국이 자신의 보족물로서 민족서사를 상상하
는 순간 불려오는 반공·반일의 결합"[19]을 지적하며 다음과
같이 썼다. "공산주의communism라는 기표의 역사에 대한 정
당한 기억이 필요할 것이다. 과거의 자본주의가 현실의 자본
주의(신자유주의)하고 다른데, 왜 공산주의의 이념은 과거의 공
산주의와 같다, 따라서 필요 없다 주장하는가. 어쩌면 코뮤니
즘을 유토피아적 원리, 칸트 식으로 말해 규제적 이념으로 다
시금 사유할 수 있어야 하며, 반대로 역사 속에서 반성적 이
념으로 재독해내야 할 것이다."[20]

 많은 연구자들이 밝혀냈듯, 해방 전후의 사회주의운동

은 독립운동·민족운동·아나키즘의 면모를 고루 가지고 있다. 당대 사회주의운동사의 중층적인 역사적 맥락을 고려하지 않은 채, '자본주의가 최종 승리했다'는 식의 결과론적 프레임을 승인하는 것은 (비가시화된 여성혁명가 서사의 복권을 통해) 지배적 인식론에 의해 정형화된 역사 서술을 전복하려는 이 책의 기획과도 어울리지 않는다. 해방 전후 조선의 사회주의운동은 당대의 지배체제를 자연화하지 않고 다른 세계를 상상했던 역사로 이해돼야 한다.

더불어 이 책의 마지막 말에서, 식민지와 냉전 시대를 거치며 불가결하게 겪은 이념적 분할을 "대연정"이라는 편의적이고도 불철저한 정치적 상상력으로 봉합하려 했다는 점도 문제적이다. '대연정'이라는 아이디어의 심급에 놓여 있는 국민국가 중심주의와 '집권'의 프레임은 의심하지 않아도 좋은가.

요컨대, 이 책이 시도한 '전복성'은 전통적 여성상에서 벗어나 다른 방식의 주체화를 모색한 역사적·문학적 형상으로서 여성혁명가를 조명하는 것에 머물지 않고, 이 여성혁명가들을 통해 새로운 '역사 쓰기'를 시도했다는 점에서 가늠돼야 할 것이다. 하지만 이 소설이 그려놓은 역사와 혁명의 의미망은 그간 현대의 독자들이 국민국가를 상대화하며 새로운 형식의 '공통적인 것the common'을 상상하고 실험해온 결과에 훨씬 못 미치게 좁고 얕다.

그러나 이 책의 상상력은 여기서 멈췄지만, 독자들에게는 할 일이 남았다. 이 책이 보여준 역사적 상상력의 임계 자체를 역사화함으로써 그것을 우리의 정치적 상상의 자원으로 삼는 일. 마침 오늘은 '사회주의가 자본주의의 인간화에 복무하다가 사멸한 사상'이라든가 '자본주의가 역사의 최종 진화태'라는 생각이 우리의 냉전적 착시일 수 있음을 남북 두 지도자의 '월경越境 이벤트'[21]가 재치 있게 보여준 날이다.

1   이하 인용시 본문의 괄호 안에 쪽수만 표기.

2   이는 팀블벅을 통해 출간돼 지금까지 온라인서점 '여성학/젠더'
     분야에서 수위를 차지하고 있는 『우리에겐 언어가 필요하다: 입이
     트이는 페미니즘』(이민경, 봄알람, 2016)의 성공에 힘입어 발간된
     후속작의 제목이기도 하다. 이민경, 『우리에게도 계보가 있다: 외롭지
     않은 페미니즘』, 봄알람, 2016. 이 책의 주제와 마케팅, 팀블벅을 통한
     출간 및 유통에는 '페미니즘은 돈이 된다'와 '상업화된 페미니즘'이라는
     상반된 아포리아가 개재해 있으며, 이것이 곧 신자유주의 시대
     페미니즘의 핵심의제이기도 하다.

3   손희정, 「2017 스크린 메모리즈」, 『한국영화』 94, 2018. 1. 15 및 이 책
     2부에 수록된 「누가 민주주의를 노래하는가: 신자유주의시대 이후 한국
     장편 남성서사의 문법과 정치적 임계」 참조.

4   예외적인 경우로, '안옥윤'이라는 여성 독립운동가를 서사의 전면에
     내세운 영화 <암살>(최동훈, 2015)을 떠올릴 수 있을 것이다. 그러나
     <암살>이 혁명의 젠더에 대한 우리의 지배적 통념에 도전했을지언정,
     이 영화가 선보인 '혁명'의 상은 절반만 새로웠다고 평가된다. 국문학자
     황호덕은 <암살>이 '친일 비판'과 '자본가 비판'을 동일시함으로써
     쾌락을 얻는 남한 민족서사의 상상력을 반복하고 있음을 지적한
     바 있다. "'쾌락장치로서의 민족서사'란 무엇을 의미하는가. 그것은
     이야기의 동선에서 영웅과 반영웅을 나누고 적대의 개념과 선악의
     구도를 확정하는 경제적 원리이자, 결투와 피 흘림을 통해 (민족)
     영웅의 승리와 좌절을 긴장의 원천으로 삼는 서사의 추동장치를
     의미한다." 황호덕, 「후기식민 70년, 피식민주체의 기억과 표상:

'헬조선'의 계보와 쾌락장치로서의 민족서사」, 『황해문화』 88, 2015. 9, 217쪽.

5   이 책 2부에 수록된 「정치적 포르노그래피와 '형제들'의 혁명」 참조.

6   페미니스트 저널 '문화미래 이프' 팟캐스트 〈웃자! 뒤집자! 놀자!〉 101회(2017. 9. 7~9. 14)에 출연한 조선희의 발언.

7   송봉우, 「남편 재옥·망명 중 처의 수절 문제: 정조를 절대 엄수하라!」, 『삼천리』, 1930. 11, 37쪽. 중략은 인용자의 것, 이하 동일.

8   허정숙, 「남편 재옥·망명 중 처의 수절 문제: 이상과 현실은 다르다」, 위의 책, 37~38쪽.

9   김일엽, 「남편 재옥·망명 중 처의 수절 문제: 3년간은 참아라」, 위의 책, 41쪽.

10   식민지기 '여성혁명가'의 대중적 표상과 그에 대한 전복적 해석으로는 장영은, 「아지트키퍼와 하우스키퍼: 여성 사회주의자의 연애와 입지」, 『대동문화연구』 64, 성균관대학교 대동문화연구원, 2008.

11   김남천, 「등불」, 『인문평론』, 1942. 3.

12   관련 문제의식의 일부를 다룬 논문으로는 공임순, 「자기의 서벌턴화와 코스모폴리턴이라는 이념형: '전향'과 김남천의 소설」, 『상허학보』 14, 2005; 이상진, 「불안한 주체의 시선과 글쓰기: 1930년대 남성작가의 아내 표제 소설 읽기」, 『여성문학연구』 37, 2016.

13   박헌호, 「1920년대 전반기 『매일신보』의 반-사회주의 담론 연구」, 『한국문학연구』 29, 동국대학교 한국문학연구소, 2005.

14   장영은, 앞의 글.

15   임경석, 이정박헌영기념사업회 엮음, 『이정 박헌영 일대기』,

역사비평사, 2004.

16   김기진, 『신여성』, 1924. 11.

17   장영은, 앞의 글, 190쪽.

18   장영은, 위의 글, 210쪽.

19   황호덕, 앞의 글, 215쪽.

20   황호덕, 위의 글, 222~223쪽.

21   「[판문점 선언 전문] "완전한 비핵화로 핵 없는 한반도 실현"」, 『경향신문』, 2018. 4. 27.

"네가 다른 것이 되고자 소망한다면"

명지현의 『눈의 황홀』
(문학과지성사, 2017)¹

맹목에의 열정, 그 기이한 인장印章

'독한 이야기', '맵고 중독적인 서사의 맛'과 같은 수식어에서 보듯, 그간 명지현의 소설세계에서 받은 지배적인 인상은 '한 번 읽으면 결코 잊히지 않을 강렬한 이야기'라는 것이었다. 남몰래 아편을 키우는 소년(『정크노트』), 몸이 붙은 쌍둥이 자매(「이로니, 이디시」), 인육요리에 혼을 빼앗긴 요리사(「그 속에 든 맛」), 벌레그림에 매혹된 나머지 자신의 눈알 속에 벌레를 키우는 그릇도예가(「충천」), 목덜미에 아가미가 자라는 남자(「손톱 밑 여린 지느러미」), 여성 삼대의 운명을 옭아맨 '맛의 지옥'(『교군의 맛』) 이야기까지. 명지현 소설은 언제나 현실에 도저히 있을 법하지 않은 낯설고 기형적인 존재들과의 뜻밖의 조우를 준비하고 있었고, 이것이야말로 우리가 그의 소설에서 얻어온 쾌락의 내용이었다.

물론 '기이한 것', '초월적인 것'에 대한 관심은 태곳적부터 '이야기'가 지녀온 근원적인 욕망이니 그 자체로 놀랍지는 않다. 다만, 주목되는 것은 명지현 소설에서 그것은 종종 삶과 죽음의 경계에 놓인 '극한의 것'을 추구하는 '예술(가)의 운명'에 대한 탐구로 이어진다는 점이다. 떠올려보자. 명지현 소설에서 가장 인상 깊은 히어로/히로인들은 요리사, 도예가, 이야기꾼, 화장化工 등 늘 뭔가를 '만드는' 사람이었다. 그의 많은 소설들이 작가 자신의 정체성을 반영한 예술가소설로 분류되는 이유다.

그런데 '세상에 없는 것'을 만들고 싶다는 등장인물들의 욕망은 헤어 나올 수 없는 덫 같아서, 이들은 정답도 없고 성취도 요원한 이 욕망을 온 생애를 바쳐 탐닉하다가 끝내 파국을 맞는다. 이야기만을 존재의 위안으로 삼던 샴쌍둥이 자매는 둘로 나뉘어야 했으며(「이로니, 이디시」), 벌레들이 만들어내는 빛의 회오리를 보겠다고 눈 속에 벌레를 키우던 도예가는 결국 "시각을 포기"한다(「충천」). 속물들의 미식취향을 제압할 목적으로 인육요리에 도전한 요리장인에게는 이제 "허탈한 빈손"만 남았다(「그 속에 든 맛」).

창작욕에 들린 예술가-장인들의 맹목적으로 뜨겁고 아름다우며 허허로운 세계야말로 명지현이 공들여 묘사해온 것이다. 어떤 경지에 이르기 위해 온 존재를 투여하고는 마침내 장렬하게 산화해버리는 장면이야말로 명지현 표 예술가소설의 가장 찬란한 순간이자 정점이라 할 만하다. 그리고 이 맹목에의 열정을 간직한 그의 인물과 사건들은 자못 기이하고 그로테스크한 형상으로 독자의 뇌리에 각인된다. 괴물의 이야기를 다루거나, 이야기하는 그 스스로가 괴물이 되거나. 이것이 명지현이 이야기에 자신만의 '인장印章'을 찍는 방식이다.

하지만 이 과도한 탐닉과 도취의 드라마는 묘한 기시감을 자아내기도 하는데, 그것은 우리가 이처럼 '예술'이 무조건적인 숭배의 대상이 되는 장면을 그전에도 분명 목도한 적 있기 때문이다. 명지현이 주조한 예술(가)의 상像은 자연스럽게, 예술에 대한 낭만적 인식에 깊이 심취했던 근대 초기의 소설가들을 떠올리게 한다. '예술'을 현실세계의 질서와 상식으로는 형언 불가능한 것으로, '예술가'를 탁월한 재능과 열정을 가진 예외적 개인으로 상상해온 오랜 관습이 생겨난 바로 그 시절의 예술가들 말이다.

그런데 시간과 장소, 국적과 지역, 세대와 젠더, 인종과 계급 등을 단번에 초월하는 것으로서 예술에 특권적인 위상이 부여된 때가, 예술이 제도와 시장의 일부로 편입됨으로써 세속화하기 시작한 때와 일치한다는 사실[2]은 근대문학사의 맨 첫 페이지에 기록된 가장 아이러니컬한 대목이기도 하다. 예술(가)의 미적 자율성이 지닌 허구적 성격[3]에 대한 폭로 또한 1990년대 이후 예술에 대한 탈신비화 프로젝트가 가장 열렬하게 몰두한 작업이었다. 그 이후로 숭배의 대상에서 교양과 투기와 테크닉의 대상으로 '하방下放'을 거듭하거나, 혹은 '잃어버렸던 육체(성)'를 되찾는 길을 걸어온 예술(가)의 위상[4]은 익히 알려진 바다. 그것이 파국인지 구원인지는 아직 밝혀지지 않았다.

흥미롭게도, 명지현 소설에서 '예술(가)'은 물질성의 세계로 환원되기를 거부한 채, 아직 '천상의 것'이자 '초월적인 것'으로 남아 있다. 그의 소설에서는 여전히 화가가 그린 "삼잡는" 초상화가 정말로 여자의 얼굴에 얹힌 "다래끼"를 잡아내는 주술적 힘을 발휘하고(「하양」), 갖가지 삶의 무게를 감당해야 하는 남자는 온 도시를 불태울 때에만 진정한 생의 동력을 얻고 창조의 에너지를 충전한다(「네로의 시」). 이런 작품들에서 주술과 광기의 대상으로서 예술(가)의 예외적 힘을 묘사하는 데 주력했던 김동인의 「광염소나타」(1930)나 「광화사」(1935)가 연상되는 것을 막을 길은 없어 보인다.

하지만 우리가 지금 만나고 있는 것이 뒤늦게 도착한 김동인의 재림-로봇이 아니라면, 우리가 21세기인 오늘날까지도 예술의 불멸성과 초월성을 물신화하거나 비의秘意의 대상으로 삼아야 할 이유는 없다. 오히려 물어야 할 것은 예술에 대한 온갖 형해화된 인식이 새로운 기율이자 상식이 된 지 오래인 이때, 여전히 예술에 대한 신화를 길을 알려주는 천공의 별로 삼고 의심 없이 따르려는 욕망의 정체다. 예술(가)에 대한 무조건적인 찬탄과 경외, 그 맹목적인 열정을 결코 완전히 철회하지는 않으려는 작가와 그의 인물들은 우리에게 무엇을 말해주는가.

그런 의미에서, 명지현의 인물들을 신비하고 아득한 신화와 전설의 세계에 외롭게 두는 것보다 더 흥미롭고 애정 어린 독해는, 불멸과 초월을 지향하는 예술이 현실의 권력과 질서를 기꺼이 혹은 불가피하게 경유하며 구성해내는 재현의 정치학을 포착하고 음미하는 것이다. 현실의 어떤 범례로도 설명될 수 없다고 믿었던 이야기들에 사실은 우리가 아주 오랫동안 발명하고 기각하고 모방하고 철회해온 수많은 메타포와 역사적 상상력이 아로새겨져 있음을 분명하게 응시하는 일, 그것들의 '어긋남'을 숙고하는 일, 그리고 우리의 그 맹목적인 믿음을 되비추는 의미심장한 재현물을 발견하는 일이야말로 오늘날의 독자/비평가가 맡은 사명이다. 우리가 기대하는 것은 그저 독하고 매워서 중독적인 이야기가 아니라, 현실의 지배적인 윤리와 미학을 심문에 부치는 '치명적인' 이야기이기 때문이다.

여성예술가 서사 혹은 모성공포극

표제작 「눈의 황홀」의 화려하고도 강렬한 이미지는 다른 모든 작품들을 압도한다. 할머니·어머니·'나'로 이어지는, 이 소설의 여성 삼대가 공통적으로 사로잡혀 있는 것은 "진정한 아름다움을 재현"하기 위해 "저승에나 가야 본다는 천상의 꽃"(10)에 대한 열망이다. "이름을 붙일 수 없이 생경하고 아주 새로운 꽃", "나만 아는 꽃, 나만의 것"(27)을 만들고 싶다는 욕망을 공유한다는 점에서 이 삼대는 명지현의 기존 예술가소설의 주인공들과 꼭 닮았다. 그리고 전작前作들에서 그랬던 것처럼, 모녀의 은밀하고도 곡진한 대화로 시작하는 음산한 도입 역시 금기에 도전하는 이 열망의 최후에 돌이킬 수 없는 파국이 도사리고 있음을 암시한다.

"천상의 꽃"은 생사의 경계에 다다라야 볼 수 있는데, "가품을 진품으로 만들려면 제 목숨을 바쳐야" 한다는 것은 이 모녀에게 거부할 수 없는 "엄숙한 전통이자 일종의 저주"(11)다. 그래서 딸은 어머니에게 자신의 목을 매겠다고 호소하지만, 살뜰한 모성은 그것을 허락지 않는다. 이때 어미가 내놓은 방안은 딸의 딸, 즉 "사람 구실 못하는 병신"(12) 손녀로 하여금 그것을 '대신' 보게 하는 것이다. '극한의 아름다움'을 명분 삼아 어미에게 제 자식을 살해할 것을 주문하는 이 섬뜩한 모의는 모녀의 유례없는 예술욕을 순식간에 괴기스런 공포의 대상으로 바꿔놓는다. 그리고 이 음험한 장면은 바로 그 "병신" 손녀인 '나'에게, 어머니의 죽음에 대한 잔상과 함께 영원히 지워지지 않을 트라우마로 남는다. 소설의 처음과 끝에 배치된 이 원초적 장면들은 마치 꽃받침처럼, 풍성한 꽃송이의 모양새를 닮은 이 작품의 겉을 감싼다.

한편, 이 소설의 속꽃잎을 이루는 것은 산전수전을 겪으며 살아남아 일흔을 넘기고 이제 죽음을 문턱에 둔 손녀 '나'의 이야기다. 시간상 역순으로 배치된 '나'의 서사는 평생 어머니를 능가하는 화장花匠이 되고 싶었으나 끝내 흉내만 내는 "장사치"(21)에 불과했다는 자괴감, 결혼도 하지 않고 자식도 낳지 않은 채 온 인생을 꽃에 바쳤으나 아무것도 남지 않았다는 회한, 장애를 가진 육체로 살아오면서 누구에게도 이해되지 못했다는 서글픔, 죽음을 불사하기는커녕 "연탄 걱정, 사글세 걱정"(29)에 시달리며 삶에 집착했다는 부끄러움 등으로 점철돼 있다.

무엇보다 '나'를 괴롭게 하는 것은, "살고 싶"(29)었기에 순순한 죽음을 통한 '극한예술에의 투항'을 택하지 않았던 '나' 자신이야말로 "어머니의 죽음"(31)에 깊게 연루된 장본인이라는 자각이다. '나'는 "살아내는 것으로 속죄하고자 삶과 싸우고 아귀다툼"(18) 하지만, 죽음을 앞두고서야 비로소 꽃들은 "아무것도 하지 않"은 채 "그저 저 혼자 아름답다"(22)는 것, 그러나 "무용한 것이 가장 높은 것"이며, "쓸모없는 것이 예술"(26)이라는 것을 깨닫는다. 예술에 "내 세월 알짜배기"를 다 바쳤다 하더라도, 그 역시 덧없다는 것을 깨달은 순간에야 그토록 보기를 두려워하던 "천상의 꽃"에 가까이 가게 된다는 아이러니는 이 작품에 준비된 최후의 교훈이다. 이 돈오頓悟의 순간을 포착하는 것이야말로 수많은 예술가소설들이 도전해온 한 '경지'인지도 모른다.

이런 아포리즘에 별 취미가 없는 독자라면 이 소설을 다른 방식으로 음미해볼 수도 있겠다. 예컨대 내게 진정으로 흥미로운 질문은 이런 것이다. 자기완성을 지향하는 여성예술가는 왜 반드시 광기와 공포의 대상으로 재현되는가. 여성의 예술은 왜 종종 출산과 모성 및 가부장적 질서에서의 탈락을 매개로 서사화되는가. 기실, 어머니의 관리와 통제, 애정과 질투 등을 동력 삼아 (반)성장하는 여성예술가 서사의 계보는 주로 남성예술가가 지닌 자의식의 드라마를 다루는 기존 예술가서사에서 매우 이채로운 위상을 점한다. 예술가 소설의 교본으로 불리는 『젊은 예술가의 초상』(제임스 조이스, 1916)에서 보듯, 어린 소년이 어엿한 예술가로 성장하는 가장 유력한 방식은 가부장이 군림하는 원초적 고향으로부터 분리돼 전 세계를 누비다가 마침내 자신이 가부장으로 임하는 또 하나의 세계를 건설·소유하는 것이다.

여성예술가 서사의 경우는 어떨까. 딸을 명창으로 키우기 위해 딸의 눈을 멀게 하는 아비를 그린 영화 <서편제>(임권택, 1993)의 악명 높은 사례에서 보듯, 여성예술가의 성장과 재능은 관리·통제의 대상으로 의미화되며, 그녀의 자기완성은 결국 또 다른 '파멸'이다. 그녀의 재능은 저절로 확보되는 것이 아니라, 그녀의 '결핍' 혹은 '상실'을 대가로 지불하고 나서야 얻을 수 있는 것이기 때문이다. 이것이 바로 여성예술가 서사의 이면이 종종 여성수난사로 상상되는 이유다.

나는 꽃을 보러 가련다. 언젠가는 그 길을 가야 하는 게 우리네 인생이 아니더냐. 너를 낳은 뒤로 사는 것이 지옥이었다. 지체 높은 가문의 위신이 떨어졌다고 다들 쑤군거리더구나. 서방님은 나를 떠났고 그 소중한 씨앗은 다른 몸으로 향했다. 남의 꽃이 만발한 정원을 바라보며 나는 눈물을 참았다. 재기를 품은 여자는 가정을 올곧게 가꾸지 못한다는 비난이 죽도록 사무치더라. 내 손에서 피어나는 꽃이 내 징벌이로다. 어머니는 언제고 너를 죽이고 말 거야. 살기 어린 눈빛이 네게로 향하면 내 다리가 후들거리지. 너를 잃고 어머니를 죄인으로 만들까봐 살아 있어도 산 것 같지 않았다. 아, 우리 둘 다 살 수는 없어. 너는 나로 인한 잘못이고 너는 나의 도모로 구제되어야 한다. 이 끈이 과연 나를 구원할 것인가. 혼자서는 엄두가 나지 않는구나. 이 어미에게 용기를 주려무나.(36~37)

흥미로운 것은 이 같은 패턴이 모녀관계를 중심으로 한 여성 예술가 서사에서도 자주 반복·변주된다는 점이다. 소설 『피아노 치는 여자』(엘프리데 엘리네크, 1983)나 영화 <블랙 스완>(대런 아로노프스키, 2010) 등을 떠올려보자. 두 이야기는 모두 딸에 대한 어머니의 집착과 억압, 그리고 그에 순응하거나 대항하는 딸 사이의 긴장관계를 중심으로 펼쳐지는 모녀의 드라마를 여성예술가의 성장서사로 갈음한다. 딸을 자신의 '작품 masterpiece'으로 간주함으로써 그 자신 역시 예술가적 자아를 갖게 된 어머니는 딸을 진정한 예술가로 성장시키기 위해 강도 높은 훈육자의 역할을 자처한다. 이때 딸의 성취는 곧 어머니 자신의 성취이기도 하므로 어머니는 자신조차 뛰어넘지 못한 현실의 장벽을 극복할 것을 딸에게 요구한다.

이런 딜레마의 설정은 「눈의 황홀」에서도 재연되는데, '나'의 조모는 자신도 끝내 포기하지 못한 모성을 딸에게 포기하라고 종용한다. '천상의 꽃을 보는 것'은 화장으로서 반드시 도달해야 할 경지이지만, "병신을 낳았다고 남은 평생을 수치스럽게 살"(12) 운명에 처한 딸을 구원하기 위한 유일한 수단이기도 하기 때문이다. 이 예술욕과 모성의 기이한 유착 혹은 오버랩이야말로 모녀관계를 중심으로 한 여성예술가 서사에서 가장 핵심적인 설정이다.

물론 이 화해 불가능한 두 욕망은 '나'의 어머니에게서도 반복된다. "조화를 이루려면 어긋난 것들은 버려"(12)야 한다는 것이 거부할 수 없는 모친의 명령이자 예술가의 기율 **norm**이라면, 차마 자식을 죽일 수야 없다는 것은 모성의 기율이다. 그리하여 "내게는 너도 꽃이지. 너를 성한 꽃으로 만들려면 나는 성심을 다해야 한다."(34)라는 구절이 암시하듯, '자식=작품'이라는 이 유비**analogy**는 모녀의 운명을 파국으로 몰아가는 주문呪文으로 기능한다.

상황이 이러하니 예술가적 자아를 공유하는 모녀들이 생산적인 동료나 사제관계로 재현되는 것은 애초에 불가능하다. 예술과 모성의 유착과 뒤섞임이 이들의 존재방식을 규정하는 한, 이 (반)예술가적 여성들은 괴기스런 어머니이거나 분열증을 앓는 강박적 주체일 수밖에 없으며, 이들은 서로에게 공동정범 혹은 경쟁자로 재현된다. 여성들 간의 관계를 억압과 통제, 경쟁관계로 재현하는 것이 기존 여성예술가 서사의 지배적인 패턴5이라면, 이 소설에서 재현된 여성 삼대의 낯설고 기괴한 형상[6]은 여성예술가 서사의 딜레마를 가장 극단적으로 묘사한 사례로 기록될 만하다.

또 하나 주목을 요하는 것은, "천상의 꽃"을 보려던 어머니의 예술적 욕망은 어머니 자신이 처한 가부장적 억압과 결코 분리되지 않는다는 점이다. 어머니는 "부실한 자식" 때문에 시가의 타박 및 남편의 '외도'와 같은 "서럽고 고단한" 인생을 감내해야 했다. '나'의 조모는 딸의 이런 처지를 상기시키고는, "계집으로 태어나 해야 할 일과 화장의 신분으로 해야 할 일의 경중은 다르"(10)다고 설득함으로써 딸의 예술욕을 추동한다. 마찬가지로, '나'의 예술적 성취 또한 장애와 비혼으로 상징되는 결손과 가부장적 재생산 질서로부터의 일탈을 통해 얻어진 것으로 의미화된다.

여기서 알 수 있는 것은, 여성예술가 서사에서 '예술(가적 자아)'은 그 자체로 독립적이거나 자율적인 기표로 재현되지 않는다는 점이다. 그것은 성과 권력의 억압구조에서 성적 약자의 위치에 놓인 여성이 선택할 수 있는 모종의 알리바이로 상상된다. 「눈의 황홀」이 예민하게 포착한 것은, 여성의 출산과 양육을 숭고하거나 비천한 '창작' 행위로 간주하는 모성신화, 거기서 발생하는 예술과 모성의 모호하고도 불철저한 유비다. 명지현 표 예술가소설이 특별한 것일 수 있다면, 그것은 그가 여성예술가의 독특한 존재방식과 젠더화된 예술 표상의 문제를 매우 은밀하고도 위태롭게 드러내고 있기 때문이다.

만드는 자Homo Faber의 젠더와 신화적 상상력

「눈의 황홀」이 여성예술가 서사의 근원적 딜레마를 날카롭게 포착함으로써 예술에 깃든 현실의 젠더정치를 환기하는 강렬한 예고편이었다면, 이어지는 세 편은 '창작'에 대한 신화적 상상력이 젠더와 섹슈얼리티 등 현실의 성정치를 매개로 구성되는 것임을 다채롭게 보여준다. 각각 '방화放火', '출산', '이야기하기'를 '창작'의 메타포로 활용한 「네로의 시詩」·「구두」·「실꾸리」가 모두 젠더화된 비유와 상징을 적극적으로 경유해서만 성립할 수 있었다는 사실은 무엇을 뜻할까. 세 작품이 탐구하고자 했던 '만드는 힘'에 대한 상상력이 '남성(성)/여성(성)'이라는 이분법적 성별 관념, '임신 중단'이라는 여성 이슈, 어머니의 성적 욕망과 같은, 젠더와 섹슈얼리티의 문제를 매개로 서사화될 수 있었던 것은 단지 우연일까.

「네로의 시」의 지배적 정조를 이루는 것은 도시 전체를 향해 내뿜어지는 시뻘건 불길과, 자욱한 연기, 그리고 회색빛 잿더미의 이미지다. 그런데 역설적인 것은, 이 소설에서 전염병 바이러스의 "완벽한 소멸"(45)을 기도하는 불길이야말로 가장 역동적이고 창조적인 에너지를 발하는 것으로 재현된다는 점이다. "체구가 작은 인민군들"과 공조하여 방화 작업을 하는 남성인물 '나'는 "죽음의 한복판"(48)이라 할 만한 위험한 작업현장에서도 기세등등하다. "파티"(45), 강력한 "발기력"(45), "권력자"(46)가 된 기분이라는 방화행위에 대한 묘사에서 보듯, '나'에게 방화현장은 남성 리비도의 공공연한 전시장이다. 그곳에서 "내 안의 공포"가 "들키기라도 할까 봐"(65) '나'는 다음과 같은 말을 주문처럼 되뇐다. "리듬감은 최고, 오늘 컨디션은 베스트. 바이러스가 나를 갉아먹든 말든 놈들을 제압한다! 수당이 쌓인다! 격멸! 전진! 자욱한 여기를 헤치고 안으로 들어간다. 자, 타오르는 불세례를 받으라."(45)

반면, '나'가 유희하는 폭력적 창조의 에너지는 '나'와 동거하는 여성 '구미'에게는 지긋지긋한 공포와 혐오의 대상이다. 구미는 '나'의 어깨에 있는 화상자국을 두려워하지 않았던 유일한 여자다. 구미도 발등에 화상자국이 있는데, 그녀는 이것을 상처로만 기억하지 않으려는 듯 동그란 상흔에 매일 스마일 표정을 그려 넣는다. 하지만 구미도 '나'의 몸에서 풍기는 매캐한 "탄내"(54)까지 웃어넘기지는 못한다. 이 "연기 냄새"에서 죽음의 징조를 감지한 구미는 불타는 이 도시를 벗어나자고 거듭 호소하지만 '나'는 받아들이지 않는다. '나'의 동료 '뼈드렁니'의 사망소식을 전해들은 구미가 가방을 싸 결연히 집을 나가는 대목은 그녀가 광기에 가까운 이 도시의 파괴적 기운에 끝내 무감해지지 못했음을 뜻한다.

이 소설의 정점은 '나'가 자신의 폭력성과 공격성을 통제하지 못하고, "커다란 젖꼭지"(66)로 환원된 구미에게 성적·물리적 폭력을 가하는 대목이다. "드디어 네로가 시를 짓기 시작했군."(69)이라며 호탕하게 웃는 분대장의 대사가 오버랩되는 것도 이때다. 작가가 이 순간을 '폭력적 창조' 혹은 '창조적 폭력'에 도취된 '나'가 맞이할 돌이킬 수 없는 비극의 순간으로 배치했음을 짐작할 수 있다. '창조'와 '파괴'는 동전의 양면처럼 떼려야 뗄 수 없는 것임을, 그러므로 어느 한 쪽에 손쉽게 특권적 위상을 부여할 수 없음을 간파한 작가의 통찰이 깃든 대목이다.

하지만 좀 더 숙고돼야 할 것은, '창조'와 '파괴'의 일체성과 양면성을 재현하는 이 소설이 기존의 성별화된 메타포와 심상구조에 크게 기대고 있다는 점이다. 예컨대 이 작품은 '나'가 "불의 권력"(46)에 중독되게 된 경위는 지나칠 정도로 많이 마련해둔 반면, 구미가 '나'에게 거의 맹목적 모성에 가까울 정도로 헌신과 사랑을 바치게 된 내력에 대해서는 별로 말하지 않는다. 구미는 왜 자신에 대한 '나'의 성적 대상화와 물리적 폭력을 감내하면서까지 '나'의 성찰을 돕는 존재로 설정된 것일까. 이 소설은 '나'의 무차별적 폭력의 대상이어야 했던 구미의 사연은 괄호 안에 둔 채, '나'야말로 트라우마적 가족사와 기만적인 국가시스템, 보편적인 소시민적 욕망의 '피해자'라고 말함으로써 가해자와 피해자의 위상을 동급으로 처리하거나 교묘하게 전도한다.

그런 의미에서 '나'가 스스로를 '반反-영웅'으로 자처하면서 얻은 교훈은 양가적이다. '나'는 자신과 같은 "제복 입은" "신종인간형"이야말로 "네로"(71)의 폭정을 가능케 한다는 '악의 평범성banality of evil'을 극적으로 자각하긴 하지만, 평범성의 이면에 깃든 자연화된 성적 질서와 권력관계를 통찰하는 데까지 이르지는 않는다. '나'가 자신이 불 지른 땅에서 쫓겨난 "추레한 행색"의 "이주민", "착취당하는 사람들의 표정"에서 구미를 떠올리는 대목을 보자. '나'의 머릿속에서 구미는 순식간에 선량하고 무고한 피착취자와 동일시되는 반면, '나' 자신은 구미를 제3자의 시선으로 대상화할 수 있는 '각성한 권력자'와 동일시된다. 이 자연화된 권력의 배치는 왜 심문의 대상이 되지 않을까. 그것은 이 소설이 '나=남성(성)=창조·파괴=역동성·호전성·폭력성=권력자·착취자', '구미=여성(성)·모성(성)=치유·평화·성찰=피착취자=민중'이라는 오래된 이분법적 성별표상을 의심 없이 차용하고 있기 때문이다. 현실의 성적 질서와 배치와 권력관계를 복사하지 않는 방식으로 창조와 파괴의 신화적 힘을 상상하는 일은 어떻게 가능할까.

*

「구두」는 예기치 않은 임신을 한 여성인물 '나'가 겪는 선택의 드라마다. 이 이야기를 무언가를 '만드는' 사람의 이야기로 읽어내는 일은 다소 생경한데, 이를 위해서는 「눈의 황홀」에서도 포착된 바 있는, '여성의 출산은 곧 창작'이라는 수상한 유비에 일단 기대야 한다. '나'가 아이를 낳지 않으려고 생각했을 때, 그녀는 이미 겪은 적 있는 "낙태의 기억. 실패의 기억"(212)을 떠올린다. "직장에서 꽤 먼 동네"에 위치한 병원, "썰렁한 방바닥", 병원 앞 분식집에서 미처 치르지 못하고 나온 "우동 값"(213) 같은 것들 말이다. 무엇보다 싫은 것은 '나'가 무시로 자기 몸에 있는 "아이"의 존재를 의심하거나 부인하기를 반복하면서 끝없는 죄책감에 시달려야 한다는 점이다. "내 몸과 아무 상관이 없다면 좋을 텐데. 나는 비슷한 일을 매번 저지르고 후회하고, 머저리처럼, 병신 같아."(217)

반면, 아이를 낳기로 결심한대도 '나'가 대면해야 하는 상황이 "치욕스러운" 것은 마찬가지다. 생활이 불안정한 연하의 남자친구 '영기'가 보인 양가적인 반응, 자신이 섹스를 위한 "도구가 된 듯한 모멸감"(219), "임신하면 퇴사하기로 각서 쓰고 입사"(220)한 회사, 그리고 끊임없이 '나'를 심판하는 "타인의 시선"(229)…… '나'에게 주어진 상황은 결코 호의적이지 않다. 이 사회는 여성에게 모든 것을 "몰래" 알아서 "해결"하기를 요구하면서도, 그녀가 어떤 선택을 하든 "손가락질"(229) 할 준비가 돼 있다.

문제적인 것은 '나'가 출산을 결정하는 계기가 제시되는 장면이다. 남자친구 영기에게 임신 사실을 알릴지 말지 고민하던 '나'는 길모퉁이에서 우연히 바람에 나부끼는 "노란 리본"들을 본다. 그리고 되뇐다. "그 샛노란 빛깔은 내가 그동안 한 짓을 잘 아는 것 같더라. 나는 참 많이도 죽였다."(218)

요컨대, 이 소설에서 '나'가 출산을 선택하게 되는 결정적인 계기는 '세월호참사'로 인해 사망한 아이들에 대한 상기다. '세월호참사'와 '임신 중단'이라는 두 문제적 소재에 대한 오버랩, 이 소설이 감당해야 하는 것은 당연히 이 오버랩의 정치적·윤리적 정당성에 대한 질문이다. 국가의 무능과 무책임으로 인해 발생한 사고의 사망자들을 추모하는 일과, 여성스스로 원치 않는 임신을 중단하는 일은 어떻게 동일선상에 놓일 수 있을까. 임신 중단은 과연 국가와 정부의 부작위不作爲가 초래한, '아이를 죽이는 일'에 비견될 만한 일일까. 이를 사유하기 위해서는 현재까지 지속적으로 전개·갱신되고 있는, 임신 중단과 세월호참사에 대한 재현의 윤리와 정치, 그리고 그 임계에 대한 폭넓은 논의의 장을 소환해야 한다.

단적으로 말해, 이 소설은 '임신 중단(낙태)'이라는 논쟁적인 소재를 다루면서도, 여성들이 임신 중단에 대한 사회적 통념을 교정하고자 싸워온 오랜 역사의 내용과 맥락을 누락한다. 최근의 '검은 시위'[7]에서 보듯, 그간 여성들은 '태아의 생명권 대 여성의 자기결정권'이라는 '낙태' 논쟁의 오랜 프레임이 허구에 불과하다는 것, 임신 중단을 '생명을 경시하는 여성의 비윤리적 선택'이자 '살인죄'로 치부하는 것이 지극히 비논리적이며 여성억압의 산물이라는 점을 증명해왔다.[8] 그러므로 '임신 중단'이라는 이슈를 통해 진정으로 질문돼야 할 것은, '관계의 형성과 섹스, 피임과 임신과정 등 남성 중심적으로 형성된 성적 질서 안에서 여성은 무엇을 결정할 수 있는가, 출산 이후 비혼여성의 양육과 복지에 대한 최소한의 사회 시스템이 갖추어져 있는가'의 문제다. 그리고 현재, 그 대답은 모두가 인정할 수밖에 없듯 부정적이다. 이 결정적인 질문을 누락한 채 관철되는 '낙태' 논쟁의 저 해묵은 프레임은 '배아'를 '태아'로 과잉재현하는 반면, 정작 현실에 존재하는 여성의 인권은 과소재현한다. 분명한 것은, 여성이 출산하지 않기로 결정한 것은 임신상태를 더 이상 지속하지 않기로 결정한 것일 뿐 누군가를 죽이는 일과는 무관하다는 점이다. 이것이 '나'의 임신 중단과, 세월호참사로 인한 아이들의 사망을 유비하는 일이 적절하지 않은 첫 번째 이유다.

또한, 이 오버랩은 세월호참사에 대한 재현의 정치학을 구성하는 데 있어서도 문제적이다. '세월호 이후 한국문학' 담론은 세월호참사의 원인과 책임을 개인의 추상적인 죄의식과 병치하는 것이 사태의 본질에 대한 사유를 차단할 위험이 있다고 거듭 강조해왔다. 조직과 시스템, 이념과 자본의 문제를 자연인의 원초적 죄의식과 뒤섞는 것은 결국 또 다른 무책임의 구조를 형성하는 데 복무하고 사태 해결의 의지를 희석시킨다. 탈맥락적으로 소환된 추상적 개인의 도덕심에 호소하는 것이야말로 사태를 책임져야 할 주체에게 면죄부를 주는 가장 유력한 방식이라는 점을 우리는 익히 학습해왔지 않은가. '임신 중단' 및 세월호참사에 관한 이 느슨하고 불철저한 연결은 두 주제에 관한 재현의 윤리를 탐색하는 과정에서 맞닥뜨린 사유의 공백 혹은 지체에 대한 반증으로서 진지하게 숙고돼야 한다.

이 소설이 제시한 또 하나의 쟁점은 여성의 (재)생산 문제를 구속하는 '근원적 힘'의 존재를 암시하기 위해 '구두(하이힐)'라는 젠더화된 상징을 택했다는 점이다. 이 작품에서 한 번 신으면 "춤을 추지 않고는 배길 수가 없"는 "구두"는 "욕망"이라는 견고한 "족쇄"(230), 혹은 "목줄"(210)로 의미화되면서 그것이 '자본주의'라는 거악의 은유임이 넌지시 드러난다.

이 메타포는 두 가지 차원에서 위태롭다. 여성의 임신 중단 문제가 현실의 성별화된 권력구조에 대한 질문 없이 자본주의 일반의 문제로 환원되는 것은 나이브할 뿐 아니라 보수화된 담론효과를 초래할 수 있다는 점, '나'가 처한 임신 중단의 딜레마와 자본주의의 상관관계가 인정된다 하더라도 그것이 '구두(하이힐)'라는 젠더화된 상징을 취해야 할 필연적인 이유는 없다는 점에서 그렇다. 더 윤택한 생활을 욕망할 것을 강요하고 이를 '먹고사니즘'으로 정당화하기를 유도하는 자본주의의 간지奸智는 '나'뿐 아니라, 남자친구인 영기, 그리고 이 사회 전반이 빠진 공통의 "함정"(228)일진대, '구두'라는 메타포는 이 모든 것을 '나-여성' 개인이 감당해야 할 불행으로 의미화할 공산이 크다. 여성의 (재)생산 문제에 대한 재현이 남성 중심적이거나 몰성적으로 구성된 인식체계에 대한 승인으로 이어지는 것, 이것이야말로 현재 한국문학이 종종 빠지는 "함정"이다.

*

이 소설집에서 가장 그로테스크한 형상으로 각인된 인물이 있다면 그건 입에서 명주실을 자아내는 「실꾸리」의 모자母子가 아닐까. 직장에서 억울한 누명을 쓰고도 진실을 말하지 못한 아버지의 입에서는 머리카락 같은 까만 실이 새 나왔다. 어머니는 그것이 "아버지 속에 든 응어리"이며, "해야 할 말을 하지 못하고 속에 묵혀둔 것이 너무 많아 저도 모르게 밖으로 넘쳐 나온 것"(154)이라고 했다. 결국 아버지는 그 누구에게도 마음을 터놓지 못한 채, 벽장 안에 갇혀 지내다가 이제는 사라져 소파의 "움푹 들어간 자국"(157)으로만 남았다. 아버지가 남긴 실꾸리가 들어 있는 공간이자 어머니의 자궁을 연상케 하는 이 "벽장"은 '소년'이 가장 편안하다고 느끼는 공간이기도 하다.

이후 소년과 어머니는 습관처럼 본인들의 입에서도 실이 자라지 않나 하루에도 수차례 서로의 입안을 검사한다. 특히 어머니는 "넌 착한 내 아들"(150)이라고 거듭 강조하며 무엇이든 "빠짐없이 말해"(149)야만 입에서 실이 자라지 않는다고 소년을 훈육한다. 그리고는 잠자리에 들기 전 반드시 자신의 손가락을 넣어 소년의 입안을 헤집는다. 소년 또한 어머니의 "느른한" 살냄새를 향유하며, 어머니의 입안을 틈틈이 훔쳐본다.

> 어머니는 이불 속에서 혼자 쑤석거렸다. 들썩들썩. 들썩들썩. 묘한 움직임이었다. 곤히 잠든 소년을 일깨우는 움직임. 깨어났어도 눈을 감고 그대로 가만히, 가만히. 몸을 웅크린 소년은 벼랑 끝에 혼자 선 기분이었다. 아슬아슬했다. 어머니가 저기 저 밖으로 달아나려 한다. 소년은 마른침을 삼키며 이불깃을 꼭 그러쥐었다. 누군가가 이불로 들어올 것 같았다. 벌써 들어왔다. 어머니를 범하는 헛것이 나를 밀어낸다. 밀어낸다, 밀어 던진다. 어머니의 가쁜 숨소리가, 축축한 몸짓이 이어지는 동안 소년은 눈을 크게 뜨고 어둔 방 안을 둘러봤다.(163~164)

이 같은 설정은 자연스럽게 '말하고 싶은 욕망'과 '말해서는 안 된다는 금기', '에로스적 대상으로서의 어머니'와 '남근적 어머니'라는 항목에 대응하는 것으로 읽힌다. 허나 이런 정신분석학적 세팅보다 더 인상 깊은 것은, 이 작품이 어떤 기각도 없이 어머니를 '욕망하는 주체'로 재현하고 있다는 점이다. 어머니의 성적 욕망은 일차적으로 아버지의 부재로 인한 성적·경제적 '결손'에 기인한 것이다. 자신은 "돈을 버는 팔자"(170)라고 체념하듯 인정하는 어머니에게는 "아직 여자니까" "쉽게 가자"(163)는 식의 성적·경제적 유혹이 빈번하게 발생한다. 그런데 그 유혹들이 어머니에 대한 성적 침탈이나 착취로 재현되지 않고, 오히려 어머니 자신이 자신의 몸과 섹슈얼리티의 주인이라는 점을 자각하게 되는 계기가 된다는 점이야말로 진정 흥미롭다.

어머니는 "가정이 있"는 남자의 따스하고 정겨운 손(170)을 떠올리다가도, "난 아들이 있는데. 남편 떠난 지 얼마나 됐다고."(163)라며 애써 자신의 욕망을 회피하려 하지만, 욕망은 언제나 주체의 의지를 초과한다. 그리하여 결국 어머니는 어떤 우회도 없이 "내 울화는 목구멍에 있는 게 아니라, 가슴이 아니라, 그 밑에, 바로 여기, 여기밖에……"(163)라고 자신의 욕망의 내용을 정확하게 발설한다. 그리고 이어지는 어머니의 자위장면. 이 대목에 깃든 긴장감의 정체는, 이 장면이 소년에게 '금기'와 '매혹'이라는 원초적 장면으로 각인될 것이기 때문이기도 하지만, 어머니 자신이 바로 그 금기와 매혹에 도전하기 때문이기도 하다. 어머니에게 '실꾸리'는 욕구불만의 표시이면서 동시에 자신의 욕망을 정확하게 자각하게 되는 계기였던 것이다. '말하지 못함=실꾸리'라는 메타포를 '창작 불능의 표시'이자 '창작의 실마리'라는 이중적 의미로 전유하려 했던 작가의 의도가 빛을 발하는 대목이다.

"네가 다른 것이 되고자 소망한다면"

그간 명지현의 예술가소설들이 '나만의 꽃', '나만의 요리', '나만의 그릇'을 만들기 위해 고심하는 이야기였다면, 「흙, 일곱 마리」와 「단어의 삶」은 '나는 내가 아닌 "다른 몸"(198)이 될 수 있을까'라는 문제를 실험한다. 물론 진흙덩어리들이 '인간/고양이'로 변신을 거듭하는 이야기나, 역사적 인물인 소설가 김유정의 재림으로서 '로봇'이 등장하는 이야기는 「손톱 밑 여린 지느러미」, 「너의 콩조각」 등 이전 소설에서도 자주 등장했던 신체변형과 진화, 분절과 분신 모티프의 연장이기도 하다.

　「흙, 일곱 마리」에서 '흙덩어리'들이 변신을 거듭 수행해야 하는 상황의 핵심에는 "같은 옷을 입은 인간들"(182)의 폭력이 있다는 점을 주목할 만하다. '13'에게 "옷이 그들의 사고를 틀어쥐면 어이없는 일을 저지른다"라고 당부한 부모의 충고는 「네로의 시」에서 "제복 입은" "신종인간형"들이야말로 '네로를 네로이게 한다'(71)는 서술과 상통한다. 특히 13이

전쟁터에서 살상무기로 활용되다가 동족에 대한 배신을 강요당한 채 망루에 갇히는 대목은 의미심장한데, 이는 전쟁과 분단과 신자유주의의 폭압을 한몸에 겪은 한국사 그 자체 같다. 무엇보다 이 설정은 자연스럽게, 용산참사 등에서 극명하게 드러난 '망루의 정치학'을 상기시킨다. 집으로 돌아가기 위해 망루에서 분투하는 13과 형제들의 모습은 강주룡, 최병승, 김진숙, 이창근, 김정욱 등의 이름으로 철탑과 굴뚝과 크레인에 올라야 했던 수많은 민중의 초상들과도 겹친다. 지금도 여전히 누군가는 "해고는 살인이다!"라고 외치며 드넓은 하늘에 갇혀 있다. 이들이 "고양이"(197)로 변해 망루에서 훌쩍 뛰어내리는 꿈을 한동안 오래 꾸었다.

「단어의 삶」에서 가장 긴 여운을 남기는 것은 '김유정-로봇'이 남기고 간 장문의 기록이다. "나는 김유정이라는 작가가 아니외다. 다만 그의 심정을 알 것 같아 이와 같은 글을 남기오니……"라고 적힌 편지. '나'는 이 글을 보고, "선후가 뭔지는 몰라도"라는 유보와 함께, "김유정은 자신의 분신을 없애기 위해 노력했다"라고도, 그리고 "그의 분신은 그를 존엄하게 보존하고자 노력했다"(264)라고도 평했다. 아마도 서술자는 작가 김유정의 존재가 그가 즐겨 사용했으나 이제는 사어가 된 몇 개의 단어로만 남았듯, '김유정-로봇'의 존재도 결국 그 '단어'와 같은 것이라고 말하는 듯하다. 이를 '작가의 운명'이라고 설명하는 것이야말로 예술가소설다운 교훈이겠다.

물론 다르게 읽을 수도 있다. 작가 김유정과 로봇 김유정이 서로를 부정하면서도 보완하려 했다는 것은, 바꿔 말하면 결국 그 둘은 모두 서로가 아니라는 뜻이다. 프랑켄슈타인 박사가 창조한 몬스터가 그랬듯, 창조물은 언제나 창조자의 세계로 매끄럽게 환수되지 않는다. 그리고 그 사실이 우리에게 반드시 파국이나 불행인 것은 아니다. 과학철학자 다나 해러웨이는 그의 혁명적 마니페스토인 「사이보그 선언문」에서 페미니즘 과학소설에 등장하는 사이보그의 함의를 분석하며 다음과 같이 말한다. "페미니즘 과학소설에 등장하는 사이보그들은 남자나 여자, 인간, 인공물, 한 인종의 일원, 개체적 실체individual entity, 혹은 몸 등등의 지위들을 매우 의심스러운 것으로 만든다. (…) 그것은 단일 정체성을 추구하지 않으며, 그럼으로써 끝없는(혹은 세계의 종말까지) 적대적 이원론도 발생시키지 않는다. 그것은 아이러니를 당연한 것으로 받아들인다."[9]

　　해러웨이의 전언은 우리가 '나'로 환원되지 않는 타자를 두려워할 필요가 없다고 말하는 듯하다. 그가 의심하는 것은 남자/여자, 인간/짐승, 창조/파괴, 삶/죽음, 진짜 예술/가짜 예술, 가치 있는 것/덧없는 것, 숭고한 것/비천한 것, 자연적인 것/인공적인 것 등 '단일하고 동질적인 것'들을 전제하는 이분법적 대립항이다. 그러나 그것이 애초에 성립 불가능하다는 것은 이미 전작 「손톱 밑 여린 지느러미」의 '물고기로 변한 남자' 사례에서 확인된 바 있지 않은가. 남자가 자신의 신체에 돋아난 아가미와 지느러미를 만지작거리며 '바다'로 나가야 할지를 고민할 때, 의사는 이렇게 말했었다. "사람이 사람으로만 계속 살 수 있나요?"

그러니 우리가 지금까지 명지현 소설에서 확인한, '만드는 힘'에 대한 젠더화된 표상과 서사는 영영 벗어날 수 없는 굴레가 아닐지도 모른다. '진정한 예술'이라는 판타지에 구속되지 않고, 기존 성과 권력의 배치로부터 자유로운 '포스트-호모 파베르'라는 신인류를 상상하는 일은 어쩌면 가능하다. 물론 그 방법은 아직 발명되지 않았고, 현재 우리가 얻은 단서는 "네가 다른 것이 되고자 소망한다면 지금의 너를 버려라"(198)라는 조언뿐이다. 그리고 이 소설집에서 확인했듯, 우리가 "다른 몸"이 되기 위해 "망각"해야 할 것들은 아주 많다.

과연 이 변신 프로젝트는 성공할 수 있을까.**10** 명지현의 소설들이 이 질문에 대해 모두 낙관적인 신호를 보내는 것은 아니지만, 그래서 우리는 좀 더 지켜봐야 한다. 그건 이미 변신을 완료한 한 마리의 완연한 고양이를 보는 것보다, 거친 진흙덩어리가 고양이로 변해가는 과정을 지켜보는 게 훨씬 더 흥미로운 것과 같은 이치다.

1   이하 인용시 본문 괄호 안에 쪽수만 표기.

2   이언 와트, 강유나·고경하 옮김, 『소설의 발생: 디포우, 리처드슨, 필딩
    연구』, 강, 2009; 권보드래, 『한국 근대소설의 기원』, 소명출판, 2000.

3   황호덕, 「1920년대 초 동인지 문학의 성격과 미적 주체 담론」, 성균관대
    석사논문, 1997; 한기형, 『한국 근대소설사의 시각』, 소명출판, 1999.

4   紅野謙介(고노 겐스케), 『投機としての文學─活字·懸賞·メディア
    (투기로서의 문학: 활자·현상·미디어)』, 新曜社, 2003; 유석환, 「근대
    문학시장의 형성과 신문·잡지의 역할」, 성균관대 박사논문, 2013.

5   여성예술가의 성장서사에 나타난 지배적 패턴과 그 함의에
    대한 여성주의적 독해로는 심혜경, 「매혹의 몸짓으로 무겁게 말 걸기,
    "여성예술가에게 성공과 자기완성은 어떻게 가능한가?"」, 『반성폭력』 2,
    한국성폭력상담소, 2011. 4.

6   모성신화의 양면성에 대해서는 바바라 크리드, 손희정 옮김, 『여성괴물,
    억압과 위반 사이: 영화, 페미니즘, 정신분석학』, 여이연, 2017.

7   정부가 입법 예고한 '불법 낙태시술을 한 의사에 대해 의사면허를 최대
    1년간 정지하는 의료법 시행령·시행규칙 개정안'에 반대하기 위해
    2017년 10월부터 2019년 현재까지 전개되고 있는 시위. 이 시위에서
    여성들은 '낙태죄 폐지'를 주장하며, 여성의 몸과 섹슈얼리티를
    통제하려는 한국사회의 가부장적 인식에 저항하고 있다. 2019년
    4월 11일, 헌법재판소는 낙태한 여성을 처벌하는 형법 제269조
    1항과 낙태수술을 한 의사를 처벌하는 형법 제270조 1항이 여성의
    자기결정권을 침해하므로 헌법에 불합치한다고 선고했다. 이에 따라
    국회는 2020년 12월 31일까지 관련 법을 개정해야 한다.

"네가 다른 것이 되고자 소망한다면"   345

8   '낙태죄'와 관련한 인권활동가 및 연구자들의 논의로는 성과재생산포럼 기획, 『배틀그라운드: 낙태죄를 둘러싼 성과 재생산의 정치』, 후마니타스, 2018.

9   다나 J. 해러웨이, 민경숙 옮김, 「사이보그 선언문: 20세기 말의 과학, 기술, 그리고 사회주의적-페미니즘」, 『유인원, 사이보그, 그리고 여자: 자연의 재발명』, 동문선, 2002, 319~323쪽.

10 홍미롭게도, 「네로의 시(詩)」·「구두」·「실꾸리」가 성적 질서와 기호를 과도하게 의식함으로써 '창작'에 대한 신화적 힘을 재현하려 했다면, 「흙, 일곱 마리」와 「단어의 삶」은 인간세계를 모방하면서도 그것의 성적 질서와 권력의 배치까지 복사하지는 않는다. 특히 「단어의 삶」에서 '로봇-김유정'과 교감하는 유일한 인물인 '나'는 거의 무성적인 존재로 재현된다. '나'의 성별은 "책을 챙기고 치마를 툭툭 턴 다음 숲 사잇길을 찾아 타박타박 걸어 나간다"(265)라는 작품 말미의 문장을 통해 겨우 드러날 뿐이다. 창작상의 실수일지도 모를 이 대목이 의미심장한 것은, 선험적으로 제시된 '진정한 예술'이라는 이데올로기를 의심 없이 승인하고 재현할 때보다, 아직 도래하지 않은 존재를 묘사할 때에야 비로소 성적 지배질서에 침윤된 재현의 기율을 덜 의식하게 된다는 점이 암시되기 때문이다. 물론, 젠더화된 재현의 기율로부터 벗어나려는 시도가 반드시 무성적 세계에 대한 묘사로 귀착될 필요는 없을 것이다.

4

우리 각자의
솔기와 봉합선

"포스트-아포칼립스"[1]를 향한 미지未知의 미러링*

이자혜의
<미지의 세계>
(레진코믹스, 2014~2016)

"현실에서는 아무 일도 안 일어난답니다!"(1화)

이 작품이 여성·동성애자·후조시腐女子 등 각종 사회적·문화적 약자와 소수자에 대한 혐오가 들끓는 이 '헬' 같은 시절의 한국문화사에서 가장 독보적인 걸작masterpiece으로 자리매김될 것임은 이미 첫 장면에서부터 예고됐다. 나는 지금 2014~2016년에 걸친 연재기간 내내, 마치 사냥감을 찾아 숲속을 어슬렁거리는 승냥이들처럼, '쩌는' 뭔가를 찾아 온라인을 돌아다니던 어둠의 '힙스터'들을 일거에 경악케 한 이자혜 작가의 웹툰 <미지의 세계>에 대해 말할 참이다. "20

대 여대생 조미지의 상큼하고 달콤한 캠퍼스라이프와 피 끓는 청춘의 아름다움"(프롤로그)을 그린다고 밝힌 이 작품은 샤워를 마친 '미지'가 화장실 거울에 비친 자신의 전신全身을 직시하고는 이내 조소하는 장면으로 시작한다. 나는 이 도입이 (정체 모를 누군가가 뽑은) '세계명작소설 최고의 첫 문장' 4위로 뽑힌 『오만과 편견』(제인 오스틴, "재산 깨나 있는 독신남자에게 아내가 필요하다는 것은 누구나 인정하는 진리이다.")의 그것보다도 압도적으로 멋지다고 생각하며, 내 마음속 1위로 새긴다. 실로 기념비적인 장면이므로 외워도 좋다.

버릴 장면이 하나도 없다. 미지는 우선 거울에 비친 자기 얼굴을 정면으로 응시하고 '썩소' 짓는다. 그런 다음, 그다지 '여성적인' 굴곡이 있다고는 할 수 없는 자신의 마른 몸으로 시선을 옮긴다. 미지는 아무런 망설임 없이 자신의 '작은' 가슴을 "조물조물" 주무르거나 "꾸아악" 움켜쥐어보고는 이내 그것이 "축" 늘어지는 것을 확인한다. 이어지는 화장실 씬의 마지막 컷은 앙상한 등과 갈비뼈가 드러난 자기 몸을 외면하는 미지의 '표정 없는' 혹은 다소 '쓸쓸해' 보이는 옆모습.

이 여덟 컷에 <미지의 세계>가 말하고자 하는 바가 다 들어 있다. 미지는 '못생긴' 젊은 여자이고, 그녀의 비쩍 마른 몸은 자연스럽게 그녀의 경제적 빈곤에 대한 환유로 읽힌다. 그녀의 얼굴과 몸은 이 세계에서 성적 자원으로 기능하기에는 지극히 부적절하며, 그럼에도 혹은 그래서 그녀의 육체와 비규범적 섹슈얼리티는 그녀에게 피할 수 없는 숙명이자 동시에 유희와 조롱의 대상이다. 중요한 것은, 미지의 맨몸이

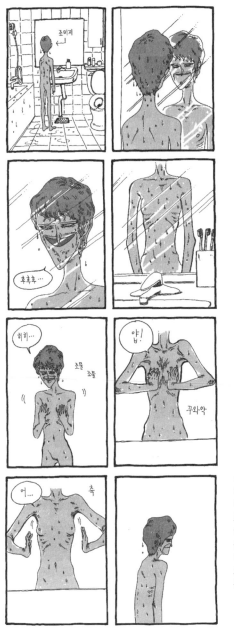

<미지의 세계> 1화 '미지의 세계'. 미지의 '거울 보는 행위'는 미지가 자신이 처한 그 모든 조건을 정확하게 인식하고 있으며, 바로 그 성찰성reflexivity이야말로 미지가 고통 받는 이유이자 그녀를 구원할 거의 유일한 능력이라는 점을 암시한다.

이자혜 제공

세계를 적대하는 그녀가 가진 모든 것이라는 점이다. 이 도입부를 포함해 앞으로 서사 전반에 숱하게 등장할, 미지의 '거울 보는 행위'는 미지가 자신이 처한 그 모든 조건을 정확하게 인식하고 있으며, 바로 그 성찰성reflexivity이야말로 미지가 고통받는 이유이자 그녀를 구원할 거의 유일한 능력이라는 점을 암시한다.

소설, 드라마, 영화 등을 포함해 지금까지 젊은 여성주인공이 그 어떤 자기도취나 판타지도 없이 자신의 맨몸을 이토록 정확하게 직시·전시하며 시작하는 서사는 없었다. 이것은 전무후무한 '개시opening'다. 후술하겠지만, 미지는 지금껏 형상화된 그 어떤 '88만원세대' 혹은 'N포세대' 여성청년의 모델과도 닮지 않았다. 미지는 젊은 시절의 아름다움을 자원화하며 위악적으로 살아가는 '강이나(류화영 분)'나, 끝없이 자기계발하며 '여대생'에 대한 규범적 인식에 부응하려 애쓰는 '정예은(한승연 분)', 분투와 소진을 반복하면서도 대물림된 가난과 병수발이라는 연좌제적 고통을 감내하는 '윤진명(한예리 분)' 같은, 드라마 <청춘시대>(JTBC, 2016)가 그려낸 20대 여성들과 같지 않다. 그런가 하면, 자신을 정글에서 맹수들에게 쫓기는 "톰슨가젤"로 인식한 끝에 '탈조선'에 성공하는『한국이 싫어서』(장강명, 2015)의 '계나'와도 다르며, 남루 이상의 가난을 겪으면서도 그 누구도 "ㅋㅋㅋ" 하고 비웃지 않은 채 가장 민주적인 방식으로 자존감을 지켜나가는 「너무 한낮의 연애」(김금희, 2015)의 '양희'나 <지붕 뚫고 하이킥>(MBC, 2010)의 '신세경(신세경 분)'과도 전혀 같지 않다.

그렇다. 미지는 "기초수급은 아닌데 차상위계층"(65화)에 속한, 지방에서 겨우 "세오울(서울)"에 있는 대학에 진학한 '못생긴' 여대생이며, 블로그와 트위터를 통해 "한국의 어리고 미천한 년"(54화)으로서는 도저히 접할 수 없을 "고오급" 지식과 교양을 섭취하거나 "세상의 많은 쓰레기들"(27화)을 만난다. 미지는 가끔 아르바이트를 하지만 그건 너무 "우울"하기도 하고, 학기 중에는 공부할 시간을 빼앗기므로 정기적인 일은 하지 않는다. 대학원에 가거나 "선진국"에서 유학하고 싶지만(53화), "세오울"로 진학하는 것만으로도 너무 힘들었기 때문에(44화) 그 이상의 "노오오오오력"(81화)은 버겁다. 엄마의 완강한 반대 때문에 "힙한 사람들"의 상징인 "고두러(고양이, 24화)"를 키우지 못하는 미지는 거리로, 친구 집으로, 고양이카페로 "고두러"들을 찾아 헤맨다. 그녀는 "초딩" 때부터 자위를 하다가 "처녀막"이 찢어졌고(69화), 고등학생 때 '게이야설'을 보다 호기심이 생겨 '아무 남자'와 처음 성관계를 경험했으며(71화), 지금까지도 남성 간 성애소설(BL물)을 읽고 쓰는 게 취미다. 미지는 "성욕이 강"(43화)하지만, 이성의 섹스파트너를 안정적으로 확보하지 못해 늘 "개방적이고 허접한 애"(61화)를 골라 "애걸복걸"(42화)하는 방식으로 섹스할 기회를 갖는다. 그마저도 남자들이 "소추(작은 고추)"를 가졌거나, "2분 59초"(5화)만에 '싸기' 때문에 미지는 항상 "욕구불만"(104화)에 시달린다. 그래서 미지는 독자가 "아니, 왜 이렇게까지……"[2]라고 할 정도로 매일을 세상과 남들에 대한 원망과 질투, 분노와 자학으로 보낸다.

한마디로 미지는 '헬조선'의 구조화된 사회적·경제적·성적 억압과 폭력의 미로에, 그리고 그에 대해 스스로가 만들어내는 어두운 내면의 드라마에 갇혔다. 그래서 미지는 단언한다. "예술작품에서는 재미있는 일이 참 많이 일어나지 않습니까? 신기하고 멋진 인물도 만나게 되구요. 하지만 그거 아십니까? 현실에서는 아무 일도 안 일어난답니다!"(1화)

"미친, 살려고 하는 건데"(20화)

그런 의미에서 미지를 "21세기 한국의 '청년 여성 프레카리아트'의 생생하고 흥미로운 육화肉化"라고 분석한 사회학자 김홍중의 지적3은 어느 정도 타당하다. 그는 미지가 놓인 곤경이 "계급, 젠더, 세대"라는 3중구속의 결과임을 적확하게 말했다. 그러나 의외인 것은 이 분석에는 정작 21세기 여성청년들이 겪는 구체적 고통에 대한 서술이 누락돼 있다는 점이다. 젊은 여성들의 새로운 주체화 기획에 대한 관심도 전무하다. 그 결과, 이 독해는 미지를 탈락과 생존의 공포에 시달리는 무력하고 그로테스크한 존재로만 고착화할 뿐, 이 작품을 헬조선 시대의 망탈리테를 핍진하게 묘사한 반영론적 텍스트 이상으로 읽어내지 못한다.

예컨대 그는 미지의 얼굴을, 사회적 시선을 의식하여 관리되는 "사회적 안면"과 내적 정념이 가감 없이 분출되는

"괴물적 안면"으로 나눈다. 그가 보기에 "사회적 안면"은 헬조선이 각인시키는 인간 존재의 근본적인 취약성에 근거한 것인 데 반해, 정액·땀·침·생리혈·체모·눈물과 같은 '비체적인abject 것'을 수반하며 증오, 기쁨, 분노, 탐욕 등의 감정을 가감 없이 드러내는 "괴물적 안면"은 헬조선의 병리적 모순에 대한 내적 반응의 집약이다. 그에게 "잉여"와 "과잉"으로 점철된 이 "괴물적 안면"의 "뜨거운 에너지"는 정체를 알 수 없는 "묘연한" 것으로 남는다.

　문제는 이 이분법적 구도에서 필연적으로 발생하는 해석의 공백이다. 우선 이 분석은 미지의 그로테스크한 욕망을 드러내는 "괴물적 안면"이 2000년대 이후 팬픽과 야오이, BL물 등의 비규범적 성애서사를 향유해온 동아시아의 젊은 여성들이 '썩은 여자', 즉 '후조시腐女子'라는 명칭으로써 스스로를 자기풍자적으로 지시해온 역사적 표상임을 간과한다. 이는 1980~1990년대에 출생한 여성들의 문화적 경험에 대한 관심의 부재에서 비롯된 것이다. 하지만 이 세대 젊은 여성들이 BL물로 대표되는 남성 간 성애서사를 향유해온 역사는 이 작품이 등장하게 된 매우 중요한 문화(사)적 조건을 형성한다. <미지의 세계>가 의미심장한 것은, 이 작품이 '자신의 훼손된 여성성'을 드러내는 것에 대한 부담 때문에 '스스로 말할 수 없었던' 후조시에 대한 드문 메타서사[4]이자, 그 계보 내에서도 매우 이색적으로 시도된 자기서사이기 때문이다.

　더 중요한 것은, 이 작품의 첫 장면에서 미지가 직시한 것이 자신의 얼굴뿐 아니라, 자신의 '몸'과, 그것을 조롱·유희하는 자신의 '행위' 그 자체였다는 점이다. 이는 미지가 이 서사에서 느끼는 "유일하게 순수한 열락"(44화), 그리고 동시대 독자들이 이 작품을 수용하면서 새롭게 경험하는 쾌락의 핵심이 일탈적/비규범적 섹슈얼리티의 향유와 그로 인해 형성되는 급진적 주체화 가능성에 있음을 이해해야 한다는 뜻이다. 그렇다고 할 때 '얼굴'이 "의미의 특권적 장소"[5]라는 전제를 의심 없이 수용한 김홍중의 분석이 이 작품 전반의 서사원리로 작동하고 있는 남성 동성사회성homo-sociality에 대한 '미러링mirroring'과 비이성애적 문법으로 작동하는 섹슈얼리티의 동역학을 설명해내지 못하는 것은 당연하다. 얼굴, 그곳에는 눈과 코와 입이 있지만, '성기'가 없다.

　　강조하건대, <미지의 세계>가 지닌 에너지는 "생존주의"에 사로잡힌 무력한 존재를 그리는 데에만 있지 않다. 미지의 일상에 빈번하게 등장하는 "역시! 자살하자!"(9화)라는 구호는, 끝없는 자기계발과 생존경쟁을 강제함으로써 청년들에게 해소할 수 없는 부채(감)와 죄책감을 안기는 이 세계의 요구가 곧 '자살하라'는 말과 다름없다는 것을 뜻한다. 이는 미지가 자살을 미래의 가능성으로 내면화하고 있다는 김홍중의 진단과는 전혀 다르다. 장래계획을 묻는 질문에, 미지가 "저는 자살하려구요"라고 답하는 것은 세계와 자신에 대한 조롱과 풍자일 뿐, 사실 그녀는 한순간도 자살을 자신의 선택지로 고려하지 않는다. 미지는 "죽고 싶다"라고 말하다가도 이내 "헐… 내가 방금 죽고 싶다고 했다니 미친, 살려고 하는 건데"(20화)라며 자신의 자살충동을 부정하는가 하면, 자해를 거듭하는 친구 '마누미'에게 "사람은 죽으면 안돼"(11화)라고 거듭 되뇐다.

무엇보다, 미지의 서사는 미지를 응시하고, 걱정하고, 격려하며, 객관화하는 제3의 존재들의 방백에 의해 메타화된다. "빈 방의 요정" '구버'나 편집자적 논평을 통해 모습을 드러내는 서술자가 그들이다. 그들은 미지가 과도한 자학에 빠지는 등 스스로를 해할 정도의 부정적인 감정에 휩싸일 때 소리 없이 출몰해, "미지야 너도 아직 학생이야. 제발 한심한 쓰레기 같은 생각 좀 그만둬"(49화)라거나 "미지야 잘 좀 살아봐라 제발"(108화)이라고 나지막이 속삭인다. 요컨대, <미지의 세계>가 진정으로 묘사하려는 것은 '미지'로 상징되는 헬조선의 병리와 그 때문에 가망 없이 무력하고 그로테스크해진 청년 형상 자체가 아니다. 오히려 바로 그렇게 여성청년을 타자화하려는 서사화의 욕망과 싸우는 것이야말로 이 작품이 겨냥하는 바다. <미지의 세계>가 보여준 것은, 바로 그 싸움을 위해 이미 시작된, '지금-여기' 여성청년들의 급진화된 주체화 전략, 그리고 그 문화적 역능에 대한 과감한 신뢰와 옹호다.

"20대녀라는 타이틀은
예쁘장해야만 의미가 있는 것"(88화)

물론 미지가 겪는 핵심적 고통 중 하나는 우리가 '88만원세대', 'N포세대'라는 호명을 통해 익히 알고 있는 '청년세대의 가난'이다. 하지만 그렇게만 말하는 것은 부당한데, <미지의 세계>가 진정으로 그리려 한 것은 '청년세대의 가난서사' 그 자체라기보다는, 바로 그 서사가 지극히 남성화된 방식으로 상상된 것이라는 점이기 때문이다.

신자유주의 시대 청년세대론에 대한 획기적 저작인 『88만원 세대』(우석훈·박권일, 2007)의 1장이 "첫 섹스의 경제학"으로 시작하는 것은 우연이 아니다. 이 책은 유럽과 달리 미성년자의 신분을 벗어나도 자율적으로 섹스하고 동거하고 결혼할 만한 물질적 기반을 갖추지 못하는 대한민국 20대의 취약한 경제적 위상을 말한다. 그리고 이것이 바로 '돈이 없어서 연애도, 결혼도, 출산도, 내 집 마련도 못하는 청년들의 박탈된 삶'이라는 방식으로 상상되는 청년세대론의 마스터플롯이다. 그러나 연애, 결혼, 출산, 내 집 마련 등이 반드시 성취해야 할 지표로 제시되는 이 서사는 자명한 것일까.

디자인연구자 박해천은 "출생-교육-취업-독립-연애-결혼-출산·육아-집 장만-자녀 교육-부모 봉양"으로 이루어진 생애주기 시간표가 1960년대 박정희정부가 시도한 국민화 전략의 효과라고 설명한다. 도시화와 산업화를 비롯한 '조국 근대화'를 추진하기 위해서는 일사불란한 노동력의 관리가 필요했기에 국가는 생애주기별로 개인에게 '과업'을 부과하고 그에 따른 '보상'을 주는 식의 "사회계약"을 맺었다는 것이다.[6]

하지만 '생애주기별 과업-보상 체계'의 자연화를 경계하며 전개된 이 분석에도 누락이 있다. 그 시간표가 생계부양자로 상정된 남성만을 '국민'으로 상정함으로써 형성·작동하는 것이라는 점이다. 실제로 1960~1970년대에 가족을 부양하기 위해 공장이나 술집 또는 성매매 집결지 등으로 편입한 다수의 여성노동자들, 혹은 예외적으로 고등교육을 받은 소수 여대생들의 삶은 앞서 말한 저 생애서사에 거의 부합하지 않는다. 개발독재시대의 근대화가 상당 부분 경공업에 종사하는 '여공'들의 노동에 힘입은 것임에도 그녀들은 합당한 경제적·사회적 보상을 받지 못했다.[7] 고등교육을 받은 여성들 또한 취업에 성공하지 못하거나, 결혼, 출산, 양육 등의 이유로 경력 단절을 겪는 경우가 허다했다.[8] 그리고 이 상황은 여성임금이 남성임금의 65퍼센트에 불과한 현재까지도 크게 달라지지 않았다.[9] 요컨대 여성은 지금까지 자연화된 방식으로 상상돼온 이 생애주기서사에 안정적으로 편입된 적이 없다.

<미지의 세계>에서 유독 각별하게 묘사된 미지 '엄마'의 형상은 이처럼 '정상적'인 생애서사에서 누락돼온 여성의 삶에 대한 처절한 가시화다. 미지의 가족서사에서 "트럭 운전"을 하는 아빠는 큰 비중을 차지하지 않는 반면, 미지의 엄마는 미지가 자신을 비춰보는 거울이다. "식당 일"을 하는 "무식"한 엄마는 미지에게 가난을 대물림한 장본인이기도 하

지만, 대학 진학을 포함해 미지가 현재 누리는 비교적 풍부한 문화체험은 엄마의 헌신적인 노동을 대가로 한 것이기도 하다. 어느 날, 미지의 엄마가 과거를 반추하며 "자기 얘기"(23화)를 시작할 때, 미지가 그것을 "존나 중요한" 거라고 판단하며 "녹음"의 필요성을 느낀 것은 아무도 "소시민"인 "엄마의 일생을 기록"하지 않으리라는 생각 때문이었다. 엄마에게도 "지고지순"한 "레전드" 시절이 있었다는 걸 깨달은 미지는 자신이 엄마의 '전락'을 반복할 것이며, "고급인간"이 되라는 엄마의 기대를 충족시키지 못할 것을 예감한다. 그래서 엄마의 '박탈된 삶'을 떠올린 미지는 말한다. "엄마 나 낳지 마"(54화).[10]

이 생애주기서사를 기반으로 한 청년서사에서 여성이 언제나 타자라는 사실은 최근 두드러지게 부상한 남성루저론, '○○녀' 담론과 같은 여성혐오 담론에서 더욱 명백히 드러난다. 주지하다시피, 이 담론에서 여성은 '일하지 않고 사치하는 여자(된장녀), 성기가 벼슬인 양 나와 섹스해주지 않고 유세 떠는 여자(보슬아치), 섹스를 무기로 남성들의 돈을 뜯는 여자(꽃뱀), 설치고 떠들고 생각해서 남자들의 기를 죽이는 여자(센 여자)' 등으로 묘사된다. 여기서 신자유주의적 '노동유연화' 정책으로 인해 취업시장에서 가장 먼저 탈락하는 젊은 여성들의 각박한 현실에 대한 관심은 찾을 수 없다. 남성의 얼굴을 한 청년세대론에서 남성과 똑같이, 혹은 남성보다 더 가난한 여성, 노동 (못)하는 여성, 연애·결혼 시장에서 탈락하는 여성들의 이야기는 좀처럼 보이지 않는다.

그리하여 <미지의 세계>가 기획하는 것은 이 여성혐오적 상상력과 연루된 남성 중심적 청년세대론[11]을 뒤집어 보는 일이다. '스타벅스 커피'가 '된장녀'의 표상이라면, 미지는 돈이 아까워서 커피도 못 사거나(20화), 밥값을 아끼기 위해 1,500원짜리 커피 한 잔으로 끼니를 때우는(32화) 여성이다. '보지'라는 '자원'을 가진 여성은 연애시장에서 압도적 우위를 점한다는 것이 남성화된 청년세대론의 핵심이라면, '못생긴' 미지는 언제나 연애에 실패하며 결코 안정적인 섹스파트너를 확보하지 못하는 성적 약자다. 미지는 이 구조화된 청년빈곤의 현실에서 사회적·경제적 자원은 물론 성적 자원조차 갖지 못했기에 기존 섹스의 정치경제학을 완전히 전복한다. 이 작품이 "못생긴 여자의 삶을 구체적으로 그"[12]림으로써 현재의 청년세대론에 대한 미러링을 시도한 이유다.

흥미롭게도 <미지의 세계>에서 미지가 겪는 경제적 빈곤은 곧 관계의 빈곤이자 '여성성'의 빈곤과 관련된다. 예컨대 미지는 한국남성들이 '개념녀'의 기준으로 제시한 '더치페이'를 강박적으로 의식하며, 대가 없는 호혜적 관계의 가능성은 애초에 생각조차 안 한다. 미지에게 더치페이는 사람들과의 관계를 합리적으로 조율하는 방식이라기보다는 운신의 폭을 제한하는 굴레에 더 가깝다. 미지는 "내 돈을 지켜야 해"(8화)라고 생각하며 온갖 핑계를 대서 친구들과의 식사자리를 회피하는가 하면(19화), 선망하는 동아리 선배들과의 술자리를 연장하기 위해 편의점으로 달려가 값싼 술을 사 마시고 돌아온다(13화). 미지에게 '인간관계'란 우선 돈이 드는 일이다.

<미지의 세계> 32화 '어보미네이션'. 미지가 관계의 빈곤으로 인해 항상 고독한 것은 자신의 결핍된 '여성성' 때문에 아무도 자신을 진정한 교감상대로 여기지 않는다는 판단 때문이다.

또 한편, 미지가 관계의 빈곤으로 인해 항상 고독한 것은 자신의 결핍된 '여성성' 때문에 아무도 자신을 진정한 교감상대로 여기지 않는다[13]는 판단 때문이다. 미지의 주변에는 '민치미'나 '유안미' 같은, "이런 게 바로 여자앱니다"(69화)라고 말할 만한 '여성성의 화신'들이 등장하는데, 이들의 '여성성'은 곧 그녀들의 윤택한 사회적·경제적 지위로 이어진다. 미지가 보기에 그녀들의 '여성성'은 생득적인 것이므로, 이는 꽤 "불공평"(81화)한 일이다. "여자가 된다는 것"이 무엇인지 알지 못하는[14] '추녀'들은 성형을 하거나 내면의 아름다움으로 승부하는 등의 "열정 미녀 테크트리"(32화)를 타야 한다. 하지만 그조차도 하지 못하는 미지가 마침내 발견하는 것은 자신에게도 "버자이너"가 있다는 사실이다(물론 미지는 그것조차 '밑천' 삼는 데 실패한다). 이것은 그간 여성을 정치적 권리를 가진 시민이기 전에, 그저 '구멍'이라는 성적 존재로 환원해 온 한국사회의 오래된 성 각본sex script[15] 그대로다. 다만 남성이 아니라 여성이 이 성 각본을 인지하고 재연하며 자기풍자의 매개로 활용·미러링할 때 그것은 그로테스크한 것이 된다.

요컨대 미지의 세계에서 가난은 결코 보편적이거나 젠더중립적인 것으로 자연화되어 있지 않다. 미지에게 '가난'이란, '정상적'인 생애주기별 과업-보상 체계에서 합당한 보상을 받지 못한 채 비가시화된 엄마의 인생, 성적 자원의 반열에서 탈락한 미지의 비규범적 섹슈얼리티와 성적 실천 등을 통해 감각된다. 가난은 '여성화'되어 있다.

"미지는 성욕이 강했다"(43화)

다시 말하지만 "미지는 성욕이 강했다."(43화) 이 설정의 파괴적인 함의를 이해하는 것이야말로 <미지의 세계>를 독해하는 데 핵심이라고 말해도 좋다. 미지의 일상을 채우는 성적인 망상, 트위터로 모르는 사람을 찾아 시도(에 실패)하는 원나잇 스탠드, 교감이나 절정 없는 섹스, 게이성애서사를 즐기는 취미, 레즈비언섹스와 같은 비규범적 성적 실천에 대한 실험…… 이처럼 미지의 삶이 성적 에너지의 '과잉'으로 점철돼 있다는 것을 어떻게 이해해야 할까.

우리는 지금까지 자신의 성적 욕구를 이렇게 직접적으로 전시하는 여성주인공을 본 적이 없다. 우리가 그간 만나온 건 능력 있는 여성에 대한 공포의 표현이거나 남성의 성적 지배를 정당화하기 위한 알리바이로서 동원되는 팜므파탈, 남성과 동등한 사회적·경제적·성적 지위를 인정받기 위해 자신의 성적 개방성을 과시하는 칙릿의 여성들이 전부였다. 그러므로 미지의 성욕, 특히 미지 스스로도 "난 정말 미친년인가"(17화)라고 질문할 정도로 매우 '일탈적인' 그녀의 성욕을 이해하기란 쉽지 않다. 예컨대 김홍중은 "탈조선의 욕망마저 차단당한 미지의 리비도는, 폭력적인 중·장년 남성이나 '찌질한' 동년배의 청년들을 향하는 대신, 여성을 욕망하지 않는 게이들에 대한 관음에 소진되거나, 자신에 대한 비하와 혐오의 몸짓에 투하된다"[16]고 평했다. 그러나 미지의 성욕은 정말 "소진" 혹은 "욕망의 낭비"에 불과할까.

이자혜 제공

<미지의 세계> 58화 'my machine'. 여성의 성은 으레 출산에만 소용되는 것으로 간주되는 현실에서, 미지는 남성만큼, 혹은 남성보다 더 강한 성욕을 가진 주체로 등장한다.

기억하자. '지금 여기'는 '성폭행당하지 않기 위해서는 짧은 치마를 입지 말라'고 여성들에게 말하는 세상, 남성들에게 "몰래카메라를 찍지 마세요."라고 말하는 것이 아니라, 여성들에게 "몰래카메라를 주의하세요."라고 말하는 세상이다. 이 작품에서 '수지수' 혹은 '혜연'처럼 '뚱뚱하고 못생긴' 미지의 여자친구들은 하나같이 강간, 데이트폭력, 섹스중독, 임신중절, 이별폭력, 거식증, 다이어트 강박, 자해와 같은 성범죄와 성적 억압을 경험한다. 그녀들이 만나는 남자들은 '폭력 애인' 혹은 '싸튀충(싸고 튀는 남자)'이며, 그녀들은 결국 임신공포, 피임, 임신중절 수술의 고통 및 그 비용, 휴학과 트라우마 등의 사회적·경제적·심리적 피해를 모두 혼자 감내한다. 그런가 하면 "나중에 애도 낳을 년이 싹수가 노랗네"(58화)라며 담배 피우는 미지의 뒤통수를 때리는 노인의 말에서 드러나듯, 여성의 성은 으레 출산에만 소용되는 것으로 상정된다. 이에 대해 미지는 "난 애 안 낳을 건데 씨발아!!"(58화)라고 외치며, 자신의 자궁을 들어내 노인의 "부랄"에 붙이는 망상을 시전한다.

이런 상황에서 미지가 남성만큼, 혹은 남성보다 더 강한 성욕을 가진 주체라는 점은 그간 남성의 성욕을 관리·통제 불가능한 동물적 본능으로 자연화함으로써 남성의 성적 지배를 정당화해온 현실을 미러링한 것이다. 특히 미지가 자신에게 물리적·상징적 위해와 박탈감을 안기는 존재들에게 복수하는 방식으로 늘 "윤간", "육노예"와 같은 폭력적인 성적 훼손을 상상하는 것은 우연이 아니다. 그것은 여성의 성을 훼손하는 것이야말로 여성을 가장 모욕적으로 지배하는 방식이라고 승인해온 이 세계의 성적 질서를 미러링의 방식으로 상연하는 것이다.

　더욱 흥미로운 것은 미지가 늘 섹스를 외치면서도 그 어떤 남성과의 로맨스에도 빠지지 않는다는 점,[17] 그리고 남성과의 섹스는 언제나 교감도 절정도 없이 미지에게 만성적인 "욕구불만"만을 남긴다는 점이다. 미지는 그녀가 선망하는 남자인 '이반젤'과의 섹스 외에 단 한 번도 남성과의 섹스에서 만족한 적이 없다(72-73화, 그마저도 미지의 남자친구 '하리보'에 대한 죄책감 때문에 충분히 만끽되지 못한다). 여기에는 모텔비에 대한 걱정, 임신공포, 부모로부터의 성억압, 성관계 이후 상대방과의 관계에서 발생할 것으로 추측되는 어색함 같은 경제적·심리적 원인 외에도 '고추가 작아서, 잘 안 서서, 힘이 없어서'(10화) 등으로 표현되는 남성의 성적 무능이 큰 요인으로 작용한다. 최근 메갈리아의 언어전략인 미러링에 대한 남성들의 대대적인 반감의 이유가 무엇보다 남성들의 '성기 사이즈' 혹은 성적 능력에 대한 메갈리안들의 희화화에 기인한 것[18]이었음을 떠올려본다면, 미지의 만성적인 "욕구불만"은 남성의 성적 지배에 대한 가장 효과적인 조롱인 셈이다.[19]

　반면, 미지가 실제 남성과의 섹스에서 늘 "욕구불만"을 겪는 데 반해, 그녀가 "유일하게 순수한 열락을 느낄 때"(44화)는 게이성애 콘텐츠를 향유할 때다. 미지는 중학교 때부터 BL물을 창작·수용해왔는데, 이는 미지가 1990년대 후반부터 동아시아에서 본격화된 동인同人/후조시腐女子 문화에 속해 있음을 뜻한다. '후조시'란, 2000년대 이후 일본의 매스미디어에서 처음 사용된 말로, 야오이, 보이즈러브^{BL} 등에 탐닉하는 오타쿠계 여성에 대한 경멸적인 호칭으로 알려졌다. 실제로는 일본의 한 여성만화가가 자신은 '후조시婦女子'가 아니라 '썩은 여자'라는 뜻의 '후조시腐女子'라고 자칭한 것이 어원으로 밝혀져 있다.[20] 현재 '후조시'는 남성 간의 연애서사를 애호하는 여성에 대한 총칭으로 사용되며, 이는 '남성'으로 젠더화된 '오타쿠'라는 용어와 구분되어 서브컬처계의 여성주체를 가시화한다. 한국에서도 1990년대 이후 팬픽 및 야오이를 즐기는 여성들이 등장했으며, 이 취향은 기존의 만화시장을 넘어 대중문화 전반에 'BL'이라는 장르를 각인시킬 정도로 가시적인 문화적 흐름을 만들어냈다.

그러나 한편으로, 주변인들이 게이물을 보는 미지를 "역겨워"하며 "남자 만나본 적 없으니까 그딴 거 쳐보는 거지"(45화)라고 비난하듯, 후조시를 '비정상적인' 취향의 주체로 보는 경향 또한 매우 강고하다. 문화인류학자 김효진은 후조시에 대한 이런 사회적 시선이 후조시로 하여금 "스스로를 말한다는 것은 스스로가 여자임을 포기하는" 것이라고 생각하게 한다고 분석했다. 그 때문에 후조시에 대한 문화적 재현은 특수한 서사적 특성을 띠게 되는데, 그것은 후조시의 정체성이 반드시 남성의 승인을 통과하게 함으로써[21] 후조시의 '일탈적' 섹슈얼리티를 '안전한' 범주 내로 조절·관리하는 것이다.

그렇다고 할 때, 어떤 남성의 승인도 요하지 않은 채

<미지의 세계> 108화 'the next life'

이자혜 제공

남성 간 성애서사 향유에 몰두하며 끝내 "어둠의 (동인)BL작가"(108화)로 나아가는 미지는 그간의 후조시에 대한 문화적 재현 중에서도 이례적이다. 결국 남성 간 성애서사를 읽고 쓰는 미지, 그리고 그 미지의 서사를 읽는 '지금 여기'의 독자들을 이해하기 위해서는 "이성애적 성도덕과 일치하지 않는 이야기를 받아들일 감수성이 필요하다".[22] 그러니까 이렇게 질문해야 한다. '여성들은 왜 여성 자신이 소거된 남성 동성서사를 즐기는가.'

이에 대해서는 문화연구자 류진희의 분석이 상세하다. 그는 이것을 여성 스스로 동일시할 수 있는 여성캐릭터를 사전에 차단함으로써 서사적 쾌락을 효율적으로 극대화하기 위한 전략[23]이라고 설명한다. 미지가 '미청년 게이'를 기르는 게임을 수행하면서 여성캐릭터가 등장하자 단번에 게임을 파기해버리는 것(29화), 실제 게이섹스를 관람하는 자리에서 여고생인 지인이 옷을 벗고 게이섹스에 합류하자 미지가 "미친년아, 니 궁뎅이 보고 싶지 않다."라고 정색하며 자리를 뜨는 것(17화)은 '여성의 소거'가 여성들의 남성 동성서사 향유에 있어 매우 중요한 장치임을 알게 한다.

일찍이 페미니스트 정신분석학자 뤼스 이리가레는 남성들이 '여자'라는 상품을 교환함으로써 친족구조로 대표되는 사회질서가 형성된다는 문화인류학자 레비-스트로스의 분석을 비판하며 이렇게 물었다. "만약 여자들이 상품이라는 그들의 조건(오로지 남성에 의한 생산활동과 소비·가치화·유통에 굴복하는)으로부터 벗어난다면, 그리고 교환작업과 기능에 참여한다면 이 사회질서는 어떠한 변화를 겪게 될까?"[24] 이에 대해 류진희는 이리가레가 상정한 그 가상의 공간이, 여성들이 형성하는 BL시장에 현현한다고 주장한다. 여성이 상품화되는 것이 아니라, 오히려 남성이 상품화되고 여성이 그 상품의 교환 및 향유 주체가 되는 이 남성 동성서사의 생산·유통·소비야말로 "여성으로 가능해지는 시장"이 아닌, 이리가레가 말한 "여자들의 시장"이라는 것이다.[25] 그리고 이는 명백히 "여성이 철저히 배제된 남성 동성사회homo-sociality를 남성 동성애로, 그것도 성애적homo-eroticism 모습으로 패러디한 결과"[26]이기도 하다.

그렇다면 여성들은 남성 동성서사를 향유하면서 어떤 쾌락을 경험하는 것일까. 미지가 게이성애를 상상할 때 곧잘 그러듯, 남성 간 성애서사의 남성인물들은 대개 삽입의 역할을 하는 '공攻'과 흡입의 역할을 하는 '수受'로 설정된다. 이를 단지 이성애 관계에 대한 기계적인 모방이라고 보는 것은 부당한데, 이성애 관계에서 남녀에게 할당된 각각의 역할을 모두 '남성'이 수행한다는 것 자체가 이미 '낯설고' '비규범적인' 효과를 발생시키기 때문이다. 게다가 BL서사의 남성인물들은 모두 남성을 사랑하는 인물들로 상정되기 때문에 사회적으로 합의된 '정상적' 남성성에서도 이탈해 있다. 그리고 이를 수용하는 여성들은 자신이 '공'과 '수' 중 누구에 이입하고 누구를 대상화할지 실험해봄으로써 젠더를 유동적flexible 이고 수행적인performative 것으로 받아들일 수 있게 된다.[27] 요컨대, 여성들의 BL서사 향유는 이성애 중심의 성 각본을 비결정적인 것으로 만듦으로써 남성 동성사회에서 주체화하기 위한 1980~1990년대생 여성들의 강력한 문화전략으로서 숙고돼야 한다.

덧붙일 것은, <미지의 세계>가 재현하는 게이성애 혹은 레즈비언성애에는 그 어떤 금기나 판타지도 없다는 점이다. 최근 퀴어 페미니스트들은 이성애 문법에서 벗어난 퀴어들의 관계 및 성적 실천이 이성애의 폭력이나 억압과 무관한 민주적인 것으로 손쉽게 이상화되는 경향을 비판한 바 있다. 특히 전통적인 페미니즘에서 이성애 관계 및 성 각본의 폭력성을 강조하기 위해 무성애적 혹은 정치적 레즈비어니즘을 대안으로 상상해온 경향은 레즈비어니즘에 대한 또 다른 방식의 타자화임이 재차 지적됐다.[28] 그렇다고 할 때, <미지의 세계>가 재현하는 동성애가 이성애에 대한 도덕적 우위를 과시하는 방식으로 상상되지 않는다는 점은 중요하다. 미지는 이성애 중심의 성적 질서로부터 끊임없이 탈락되지만, "게이물 보는 건 좋지만…… 진짜 섹스가 더 좋"아서, 즉 "진짜 덕후"(83화)가 될 수 없어서 절망하며, '신가희'와의 레즈비언십에서도 구원을 얻지 못한다(94화). <미지의 세계>에서는 동성애 또한 이성애처럼 권력관계를 매개로 한 쾌락원칙을 종종 활용하며, 절정에 이르는 섹스를 반드시 보장하지도 않는다.

그럼에도 <미지의 세계>가 다른 무엇도 아닌 미지의 비규범적 성적 욕망과 실천을 여성주체화의 유력한 전략으로 제시했다는 점은 더욱 강조돼야 한다. 그것은 "가장 초보적인 부르주아 자유마저 섹슈얼리티의 영역에서는 실현된 적이 없었다"**29**라는 퀴어 문화인류학자 게일 루빈의 말처럼, 섹슈얼리티의 영역이야말로 이 사회의 정치적·계급적·성적 억압이 가장 집약적으로 작동하는 장소이기 때문이다. 미지가 경험하는 각양각색의 성적 모험은 이 사회에서 '정상성'을 결정하는 성 위계질서 혹은 성 가치체계**30**를 비결정적인 것으로 간주함으로써 "정상적이고 이상적인 삶을 규정하고, 그 밖의 실재하는 문제들을 배척하는, 편견과 차별을 재생산하는 폭력적인 세계"**31**에 맞서기 위한 것이다.

침대와 트위터와 고양이가 있는 풍경

미지는 결국 "어둠의 (동인)BL작가"로서 첫걸음을 내딛었지만 변한 건 없다. 미지는 "직원이 20명 좀 안 되"는 작은 회사에 취직했으나, 여전히 "아싸(아웃사이더)"이며, "이 나라를 뜨고 싶다"라거나 "가족들은 스노우 볼에 넣어서 생각날 때 가끔 보고 싶다"(108화)라는 그의 소망이 성취될 날도 요원하다. 그는 여전히 "외롭"고, 자신보다 나은 사람들을 질투하며 산다. 작가는 끝내 미지에게 비약적인 성장이나 극적인 해방을 선사하지는 않았다. 다만, "이제부터라도 좀 자기를 위해서 솔직하게 살자"(107화)라는 전 남자친구 하리보의 말만은 남았다.

연재를 마친 후, 작가는 "조미지는 아직 어리고 다른 사람과 양적으로도 질적으로도 교류가 부족해서 편견이 많고,

자기연민이나 질투 같은 추한 감정을 건강하게 해소시킬 줄 몰라요."라며, 본인의 성장경험에 빗대 미지 또한 "열등감을 해소하고 남은 삶을 유연한 정신으로 살기 위한 노력이 필요"[32]하다고 밝힌 바 있다.

그도 그럴 것이, 미지에게는 여전히 이해 불가능한 영역에 있는 적지 않은 타자들이 있다. 충분히 시장성 있는 '여성적' 자원을 가졌음에도 만성우울을 겪으며 끝내 "자살"한 친구 마누미(30화), 미지의 근미래의 형상으로 나타나 '전락'에의 공포를 상기시켰던 "저학력"의 여성 공장노동자들(20화), 자신보다도 더 약자인 존재에게마저 성추행당했다는 트라우마를 남긴 장애인(14화) 등은 미지가 결코 자신을 이입할 수 없는 불가해한 타자들이다. 지방 출신에, 대학을 가지 않고 각종 아르바이트를 전전하며 가족의 생계를 책임지다가 아버지마저 잃은 하리보 역시 미지에게는 탈성애적 이성친구로만 여겨졌었다. 하지만 "고졸의 삶 남자의 삶 나는 몰라"(33화)라고 건조하게 되뇌는 미지의 말은 타인에 대한 무관심과 연대 불가능성을 뜻한다기보다, 그녀에게 아직 타인을 "인간적으로" 대면할 수 있는 "용기"[33]가 없음을, 그 무력함을 고백하는 장면으로 읽힌다.

어쩌면 어느 트위터리언이 갈파한대로, 미지가 그렇게도 처절히 이성애 각본을 거부하고 "고두러(고양이)"들을 찾아다니는 이유는, 이 헬 같은 세상에 "애 낳지 말고 다음 세대에는 고양이들한테 세상 넘겨주자"라는 원대한 야심에서인지 모른다. 농담이 아니라, 이것이야말로 출구 없는 헬의 시간을 종식시킬 가장 확실한 방법일 것이다. 우리는 이 계획을 실현시킬 방법을 진지하게 찾아야 한다.

그러나 그것이 요원하기에 차선의 방도를 생각할 수밖에 없는데, 그래서 우리는 다시 미지의 방으로 돌아와야 한다. 거기에는 미지가 울고, 분노하고, 후회하고, 생각하고, 망상을 펼치던 침대가 있으며, 미지는 거기 누워 수많은 "고급" 정보와 "미친년"들의 보고인 트위터에 접속하곤 했다. 미지가 첫 장면에서 자신의 맨몸을 정확히 직시했던 것처럼, 어떤 트라우마나 회피도 없이 타인을 객관적으로 마주 볼 용기를 내야 한다면 그걸 가능케 할 장소는 역시 미지가 위치한 '지금 여기'다. 미지는 계속, 아니 지금까지보다 더 열심히 SNS를 통해 "한국의 어리고 미천한 년"(54화)으로서는 도저히 접할 수 없는 머나먼 "선진국"들의 지식을 탐해야 하고, 엄마의 노동과 늙음에 대한 죄책감을 대가로 지불한 문화생활을 통해 "고양이의 젖을 빨아먹는 페미닌 전사"(9화) 같은 명작을 더 많이 만나야 한다. 글쓰기와 잡지 만들기 같은 "한심"해 보이는 "예술"(26화) 활동도 결코 사소하지 않다.

미지와 메갈리안이 여성혐오적 청년세대론에 대한 미러링을 통해 증명해보인 것은 '찌질'과 위악은 남성만의 것이 아니며, 여성 역시 '착한 소수자'가 아닌 '호전적 전사'가 될 수 있다[34]는 점이다. 그 드라마틱한 주체화 가능성의 단초는, 1990년대 이후 비규범적 젠더문법을 통해 성립하는 남성 동성서사를 지속적으로 향유해온 여성들의 문화적 경험에 있었다. 여기서 얻을 수 있는 교훈은, 지금 여기 여성청년들의 세계에서 일어나는 일들이 앞으로 무엇이 될지 아무도 모른다는 점이다. 이 출구 없는 미로의 문을 누가 언제 어떻게 열고 나갈지 예측할 수 있는 것은 다른 누구도 아닌, 우리뿐이다.

    웹툰 플랫폼 '레진코믹스'에서 2014년 8월 1일부터 2016년 6월 24일까지 1주일 간격으로 연재된 이자혜의 웹툰 〈미지의 세계〉(총108회, 프롤로그 미포함). 2015년 4월에 유어마인드에서 『미지의 세계』 1, 2016년 3월에 『미지의 세계』 2가 출간됐다. 허나 2016년 10월에 작가 이자혜가 성폭력을 방조·알선했다는 제보가 전해졌고, 이를 접한 출판사 유어마인드는 기출간된 『미지의 세계』 1·2를 절판 조치했다. 유어마인드뿐 아니라 이자혜 작가와 계약하거나 그의 작품 및 일러스트, 인터뷰 등을 수록한 대부분의 매체들 역시 제보 직후 충분한 조사 없이 잡지를 회수하거나 물의를 일으켜 죄송하다는 내용의 사과문을 발표했다.

    당시 이자혜 작가에게 제기된 혐의는 두 가지다. 1) 이자혜 작가가 한 성인 남성 웹툰작가 A로 하여금 당시 고등학생이던 여성 B를 강간하도록 부추겼다는 것, 2) B로 추측될 수 있는 인물을 등장시킨 웹툰 〈미지의 세계〉는 그 자체로 '리벤지포르노'(당시 담론에서 운용되던 용어이며, 현재 '리벤지포르노'는 '디지털성폭력'이라는 용어로 대체하도록 권고되고 있다)라는 점이다. 이 제보 및 그와 관련된 담론은 아래와 같은 비평적 쟁점들을 남겼다. ① 이자혜 작가의 행위는 미성년자 성폭력 사주행위인가, ② 〈미지의 세계〉의 창작은 '디지털성폭력'으로 규정될 수 있으며, 〈미지의 세계〉를 유통·소비하는 행위는 '2차가해'인가, ③ 〈미지의 세계〉는 문제의 소지가 있는 작품이므로 삭제, 취소, 절판 등의 조치를 통해 문화예술장에서 사라져야 하는가, ④ 〈미지의 세계〉가 창작원리로서 채택한 '미러링' 혹은 '위악'의 전략은 그 자체로 폭력이므로 폐기돼야 하는가 등.

이 글은 〈미지의 세계〉 사태'가 발생하기 수일 전인 2016년 10월 모 매체에 수록되기 위해 송고됐으나, 이 돌발적인 사태로 인해 발표가 취소되었다. 사태 발생 직후 필자는 '가해자와 피해자를 재빨리 분별하고 가해자를 단죄하는 행위에 앞서 점검돼야 할 법적·사회적·비평적 사안이 있다'는 문제의식하에 위의 쟁점들에 대한 의견을 몇몇 매체와 포럼 등을 통해 밝힌 바 있다. 위에 제시한 쟁점들에 대한 논의를 이 지면에서 다 할 수 없으므로 여기서는 참조할 만한 의견들을 우선 소개해둔다. 쟁점 ① 및 '2차가해'라는 개념에 대해서는 권김현영, 「미성년자 의제강간, 무엇을 보호하는가」, 정희진 엮음, 『양성평등에 반대한다』, 교양인, 2016; 「성폭력 2차 가해와 피해자 중심주의의 문제」, 권김현영 엮음, 『피해와 가해의 페미니즘』, 교양인, 2018. ②·③·④에 대해서는 오혜진, 「'페미니스트 혁명'과 한국문학의 민주주의: 2016년 '#문학계_내_성폭력' 해시태그운동에 부쳐」(초출: 『더 멀리』 11, 2017. 1, 수정: 『참고문헌없음』, 참고문헌없음, 2017); 「문화예술계 성폭력의 특수성과 '2차가해 담론': 웹툰 〈미지의 세계〉 사례를 중심으로」, 한국여성민우회 포럼 발표자료집 『'2차가해'와 '피해자중심주의'』, 2017. 5. 15; 「한국문학(장)의 뉴웨이브와 '페미니즘'이라는 벡터」, 2017년 한국여성학회 추계학술대회 발표자료집 『디지털 시대의 페미니즘: 자아, 운동, 새로운 정치』, 2017. 11. 18.

현재 이자혜 작가에게 제기된 명예훼손 혐의는 증거 부족으로 무혐의 처분됐는데, 〈미지의 세계〉의 레진코믹스 게재분은 여전히 삭제된 상태이며, 『미지의 세계』 1·2 또한 현재까지 절판 상태를 유지하고 있으므로 2019년 4월 현재 웹툰 〈미지의 세계〉 전회를 시중에서 구할 방법은 없다. 다만 『미지의 세계』1·2 수록분 이후의 연재분을 묶은 『미지의 세계』3·4권(현실문화)이 2018년 3월에 간행됐다. 이 글에서 인용된 〈미지의 세계〉는 레진코믹스 연재분을 기준으로 하되, 기출간된 단행본들을 참조했다. 2020년 5월 현재 〈미지의 세계〉는 만화 플랫폼 〈스푼코믹스〉에 전편 유료 공개되고 있다. 이하 인용시 본문의 괄호 안에 횟수만 표기한다.

1 한 문예지에서 진행한 대담 중 이자혜의 발언. "전 이 세상이 완전히 망했다고 생각한 적은 없어요. 그저 한탄일 뿐이죠. 항상 가능성을 품어요. '망한 편은 아니야, 좋은 쪽으로 나아가고 있어' 확신하기도 해요. 그걸 놓치지 말자 마음속으로 생각해요. 단 망함의 상황을 자주 상상해보긴 해요. '포스트-아포칼립스post-apocalypse'에 대해." 이자혜·황인찬·김신식, 「쩌는 세계: 다음을 기약할 수 없는 인터뷰」, 『문학과사회 하이픈: 세대론-픽션』 115, 2016년 가을, 140쪽.

2 이자혜·황인찬·김신식, 앞의 글 중 황인찬의 발언.

3 김홍중, 「청년 여성 프레카리아트의 얼굴: 웹툰 『미지의 세계』를 중심으로」, 『한국문화연구』 30, 이화여자대학교 한국문화연구원, 2016, 51쪽.

4 김효진, 「후조시腐女子는 말할 수 있는가?: '여자' 오타쿠의 발견」, 『일본연구』 45, 한국외국어대학교 일본연구소, 2010. 9.

5 김홍중, 앞의 글, 36쪽.

6 박해천, 「2016년, 중산층 가족모델 이후의 세계」, 『릿터』 1, 2016. 8.

7 김원, 『여공 1970, 그녀들의 反역사』, 이매진, 2006.

8   이혜정, 「1970년대 고등교육을 받은 여성들의 삶과 교육: '공부' 경험과
  자기성취 실천을 중심으로」, 서울대 박사논문, 2012.

9   「OECD 가입 20년⋯⋯ 韓 노동지표 평균 근속기간·성별 임금격차
  여전히 하위권」, 『한국경제』, 2016. 7. 10.

10   "딸이 엄마에게 가지는 죄책감이 제게도 있어요. 여성이란
  이유만으로 엄마를 한계 지우는 상황을 봐오면서 올라오는 죄책감."
  이자혜·황인찬·김신식, 앞의 글, 164쪽 중 이자혜의 발언.

11   배은경, 「'청년세대' 담론의 젠더화를 위한 시론: 남성성 개념을
  중심으로」, 『젠더와문화』 8-1, 계명대학교 여성학연구소, 2015.

12   "못생긴 여자의 삶을 구체적으로 그리고 싶었습니다. (⋯) 아무도
  말하지 않거나 농담으로 대충 넘어가게 되는 지저분하고 불합리한
  생각들이 저의 정체성과는 아주 긴밀히 연결되어 있는 것이었기
  때문에, 아무데도 없는 저를 위한 이야기를 만들고 싶었던 것도
  사실입니다." 「빛의 한규동, 어둠의 이자혜」(상), 트임, 2016. 9. 1.
  이 기사는 이자혜를 인터뷰한 (상)과 한규동을 인터뷰한 (하)로
  구성됐는데, 서두의 주석을 통해 언급한 바 있는 사태의 발생으로 인해
  해당 매체는 이자혜를 인터뷰한 기사 (상)을 웹에서 삭제했다.

13   "그냥⋯⋯ 사람들이 나를 여자로 여기고⋯⋯ 이성적 매력을
  느끼고⋯⋯ 연애상대로 생각하고⋯⋯ 그런 존나 평범하고 자연스러운
  거⋯⋯ 난 한번도⋯⋯ (⋯) 아~ 이게 왜 그러냐~!!! 넌 존나 이해
  못하겠지만~!!! 왜냐면 넌 잘생겼으니까~!! 아니 최소한 추악하진
  않잖아~?! 근데 난 존나 못생겼다고 씨발~!! 그리고 이반젤은 존나
  멋있고~ 유안미는 존나 예쁘고 집 잘살고 똑똑하니깐~ 이반젤이

유안미를 좋아하는 게 너무 당연한데 어? 근데 나도 씨발 멋있거나
잘생긴 남자랑 사귀고 싶고 그런 남자가 나를 여자로 대해봤음
좋겠는데~ 그럴 수가 없다 이거지 임마!!"(63화)

14 "여자가 되는 게 무엇일까. 그건 존나 낯설다"(81화)

15 오혜진, 「혐오와 적대가 아닌 '평등의 정치'를 시작할 때: 20대 총선의
    여성혐오 양상을 돌아보며」, 향이네, 2016. 5. 4.

16 김홍중, 앞의 글, 58쪽.

17 이에 대한 착목은 동아시아 문화연구자 류진희의 통찰에 힘입은
    것이다.

18 한 기사는 메갈리아에 대해 공격적 반응을 보이는 남초 커뮤니티의
    언술을 분석한 결과, 가장 큰 비중을 차지하는 요인이 '남성 성기
    크기'였음을 밝혀냈다. 실제로 메갈리아에서 통용되는 200여 개의
    용어들 중 약 70여 개가 남성성기에 관한 것인데, 이는 여성의 "얼굴은
    물론 가슴, 허리, 엉덩이, 허벅지, 다리" 등 "보통의 남초 커뮤니티에서,
    여성의 신체"가 "마치 정육점의 소고기처럼 '부위별 평가'의 대상"이
    되는 사례에 대한 미러링이었다. 그리고 잘 알려져 있다시피, 이 기사를
    읽고 분노한 남성독자들은 해당 매체에 대한 '절독'을 선언하는 등의
    매우 신경질적인 반응을 보였다. 「정의의 파수꾼들?」, 『시사인』 467,
    2016. 8. 25.

19 "저는 어렸을 때부터 미러링 본능이 강했어요. 제 삶이 이성애자
    여성으로서의 이상적인 섹슈얼리티를 갖지 못했고, 여성의 욕망이
    부정되는 세계의 불편함을 항상 억울해했어요. 그래서 성적 대상화의
    편견을 뒤집는 것에 관심이 많았고요." 이자혜·황인찬·김신식, 앞의 글,

148쪽 중 이자혜의 발언.

20 김효진, 앞의 글.

21 김효진, 위의 글, 39쪽.

22 류진희, 「동성同性 서사를 욕망하는 여자들: 문자와 이야기 그리고
    퀴어의 교차점에서」, 권김현영·김주희·류진희·루인·한채윤, 『성의 정치
    성의 권리』, 자음과모음, 2012. 217쪽.

23 류진희, 위의 글, 211쪽.

24 뤼스 이리가라이, 이은민 옮김, 『하나이지 않은 성』, 동문선, 2000.

25 류진희, 앞의 글, 210~213쪽.

26 박세정, 「성적 환상으로서의 야오이와 여성의 문화능력에 관한 연구」,
    이화여대 석사논문, 2006.

27 류진희, 앞의 글, 218~220쪽.

28 게일 루빈, 신혜수·임옥희·조혜영·허윤 옮김, 『일탈』, 현실문화,
    2015, 261~262쪽; 조혜영, 「〈아가씨〉와 〈비밀은 없다〉는
    여성영화인가」, 한국여성노동자회·손희정·임윤옥·김지혜 기획, 『을들의
    당나귀 귀: 페미니스트를 위한 대중문화 실전 가이드』, 후마니타스,
    2019, 321쪽.

29 게일 루빈, 「가죽의 위협」, 앞의 책, 228쪽.

30 게일 루빈, 「성을 사유한다」, 위의 책. 이 글에서 루빈은 현재
    사회에서 통용되는 일련의 성 위계질서를 도표화한다. 그 체계에
    의하면 "이론상 '좋은', '정상적인', '자연스러운' 섹슈얼리티는
    이성애이어야 하고, 결혼제도 내부에 있어야 하고, 일대일 관계이어야
    하며, 출산해야 하고, 비상업적이어야 한다. 같은 세대에 속한 두

사람이 관계를 가지되 집에서 해야 한다. 포르노그래피, 페티시 대상, 그 어떤 성인용품, 남녀 역할이 아닌 다른 배역 등이 결부되어서는 안 된다. 이러한 규칙을 어기면 '나쁜', '비정상적인', '부자연스러운' 성교가 된다. 나쁜 성교란 동성애, 혼인관계가 아닌, 문란한, 출산하지 않는, 상업적인 성교이다. 자위 혹은 난교파티에서 일어나는, 세대 경계를 넘는, '공공' 장소, 적어도 덤불숲이나 목욕탕에서 하는 성교일 것이다. 여기에는 포르노그래피, 페티시 대상, 성인용품, 특수한 배역 등이 결부되어 있을 것이다."(303쪽)

31   이자혜·황인찬·김신식, 앞의 글, 170쪽 중 이자혜의 발언.

32   이자혜·황인찬·김신식, 위의 글, 135~136쪽.

33   "사람들이 미지가 겪는 고독과 비윤리적이고 하찮은 일들을 대면함으로써 이런 삶이 있다는 것을 깨달을 수 있다면, 혹은 공감하면서 자신의 삶을 객관화할 용기를 가지게 된다면 창작자로서는 기쁜 일이겠죠." 이자혜·황인찬·김신식, 위의 글, 168쪽 중 이자혜의 발언.

34   이 통찰에 대해서는 "빛의 페미니즘"과 "어둠의 메갈리아"라는 대별을 통해 새 세대 여성들의 주체화 전략과 그 가능성을 타진한 다음 글을 참조. 류진희, 「그들이 유일하게 이해하는 말, 메갈리아 미러링」, 정희진 엮음, 『양성평등에 반대한다』, 교양인, 2016.

지금 한국문학장에서 '퀴어한 것'은 무엇인가[1]

한국 퀴어서사의
퀴어 시민권/성원권에
대한 상상과 임계

낯선 신체들의 등장과 '퀴어소설'이라는 게토

1994년에 발표된 최윤의 저주받은 걸작 「하나코는 없다」를 지금 다시 읽는다면 당신은 꽤 '기이한queer' 장면들을 만날 지도 모른다. 반드시 『1994 이상문학상 수상작품집』(문학사상사, 1994)[2]에 수록된 버전으로 읽기를 권하는데, 당대 최고 권위를 자랑하던 작가 및 평론가 5인의 심사평도 함께 보기 위함이다.

    몇몇 설정과 장면들을 복기해보자. 소설에서 '하나코'라고 불리는 여자의 본명은 '장진자'. 본명은 작중 딱 두 번

스치듯 등장할 뿐, 그녀는 줄곧 '하나코'로 칭해진다. '하나코'는 그녀가 모임에서 영영 자취를 감추자, 그녀와 어울리던 남자 친구들이 그녀를 은밀하게 칭하기 위해 붙인 이름이다.

모임에서 장진자의 역할은 특별했다. 남자들은 모두 장진자와 개인적으로 만나길 원했고 내밀한 속내를 오직 그녀에게만 털어놓았지만, 정작 자신들의 결혼소식은 누구도 그녀에게 알리지 않았다. 늘 남자들의 이야기를 들어주던 장진자는 어느 날, 새 차를 샀다는 누군가의 제안으로 남자 친구들 다섯 명과 교외로 드라이브를 떠난다. 그러나 낯선 술집에서 그 다섯 명의 남자들이 그녀를 억지로 일으켜 세워 노래를 시키려 하자, 그녀는 끝내 저항하다가 흐트러진 옷과 머리를 한 채 미친듯이 웃으며, 동행한 그녀의 여자친구와 홀연히 사라졌다. 그리고 다시는 나타나지 않았다.

몇 년 후, 그 다섯 남자들 중 한 명인 '그'는 한 잡지 기사에서 국제적인 가구디자이너가 된 장진자를 본다. 기사 속 그녀는 과거에 늘 대동하던 여자친구와 함께였다. 기사는 그 여자친구를 장진자의 "동업자", "동반자"(41)라고 소개했다. '그'는 늘 "조금은 굳은 표정으로 그들의 변화를 지켜보고 있는 하나코와 그 여자친구에 대해 공연히 적개심"(36)을 품었던 터다. "하나코는 그들도 모르는 사이 이렇게 살았"(41)다. 문득 이탈리아로 찾아와 만나기를 청하는 '그'에게 장진자가 남긴 한마디. "그렇게 날 몰라요? 그렇게도?"(34)

이쯤 되면, 소설 마지막까지 "유령의 목소리"(40)처럼 맴도는 장진자의 한마디는 절박한 호소에 가깝다. 남성 동성사회에서 남성과 성적 긴장관계를 맺지 않는 장진자는 끊임 없는 감정노동을 통해 그들 사회를 안정화하는 데 소모됐다. 그녀는 다른 남자들과 배타적 소유권을 경쟁하지 않아도 되는 '안전한' 대상으로 간주됐지만, 바로 그 '안전함'은 남자들에게 대단히 모욕적인 것이기도 했다. 장진자가 남성사회의 그 어떤 자원도 욕망하지 않은 채 그 사회에 동화되기를 거절할 때, 그러고는 태연히 '여자친구'와 그녀들만의 독자적인 세계를 사는 듯 보일 때, 그녀들은 남자들의 "적개심"을 샀다. 남성이 개입되지 않은 여성들의 관계에 무관심하거나 "적개심"을 갖는 남성 동성사회의 이성애중심주의를 이보다 더 적확하게 갈파할 수 있을까. 다섯 남자들은 장진자의 여자친구 이름을 결코 묻지 않았다.

장진자와 그녀의 여자친구를 이해하는 일을 체계적으로 회피하고 망각한 다섯 남자들과 최윤의 소설을 (잘못) 읽어내는 이상문학상 심사위원 다섯 분의 얼굴이 겹쳐진다면 너무 되바라진 상상일까. 심사위원들은 "한 여성의 존재 상실"을 그렸다는 이 소설을 하나같이 "익명성이라는 현대사회의 문제"(이어령), "도시적인 삶들과 행태에 대한 통렬한 시각"(이호철), "세파에 시달리면서 소멸되어가거나 마모되어가고 있는 우정의 미로"(이재선), "남녀 간의 우정이 있을 수 없다는" "관념에 대하여 관념으로 맞서기"(김윤식), "남녀 간의 우정 뛰어넘기"(최일남) 등으로 읽었다. "문학적 감성이나 안목이 부족한 일반 독자들이 과연 이 소설을 제대로 맛볼 수 있을까 하는 의구심"(이어령)이 든다고 염려도 했다. "구색으로 저립ⓕⅈ

시킨 그녀의 '친구'는 누구인지 궁금할밖에"(최일남)라고 덧붙이긴 했지만 진지한 탐구의 대상은 아니었다. 작품의 정수精髓는 이해받지 못한 채 수상을 하고 정전의 반열에 올랐으니, 이 소설에 '저주받은 걸작'이라는 수사를 바친대도 과히 이상하진 않을 테다.

"이 소설의 아주 깊숙이 숨겨져 있는 하위텍스트가 여성 동성애에 관한 것일지도 모른다는 생각"[3]은 소설이 발표된 지 10년이 지난 뒤에야 제출됐다. 국문학자 이혜령은 "그녀와의 관계의 그 무엇도 말해주지 못하는" '하나코'라는 명명에 대해 이렇게 적었다. "명명한다는 것은 명명되어진 것을 분리하는 폭력이다. 그녀의 부재라는 상황 속에서만 그 별명이 불린다는 것보다 이를 극명하게 증언해주는 사실은 없다."(278) 그리고 "하나코에 대한 그들 모임의 호출은 그녀가 그들 남성 동성사회의 안전판 구실을 하는 한에서였듯이, 이 여자친구의 존재가 매번의 만남 속에서도 무시되고 사후에는 망각 속으로 은폐된 건, 남성들의 동성사회의 보존을 위한 의식적 무의식적 예방주사"(279~280)였음도 분명히 했다.

시대를 격한 「하나코는 없다」론을 길게 복기한 것은 이 논의로부터 '퀴어한 것'에 대한 통찰을 얻어보기 위해서다. 말하자면, '퀴어서사'를 정의하려는 의지에 관한 것이다. 최근 퀴어문학의 계보학을 시도하는 일련의 작업들은 서구 퀴어비평사의 맥을 따라 퀴어문학을 게이문학과 레즈비언문학의 진화태로 서술하곤 한다. 게이/레즈비언 문학이, 게이/레즈비언이 쓰고 게이/레즈비언이 등장하는 문학으로서 자신들의 게이/레즈비언 정체성을 가시화하는 데 목적이 있다면, 그로부터 분화된 퀴어문학은 게이/레즈비언이 아닌 다른 성소수자들의 문학적 주체화도 설명하면서, 성별이분법과 이성애중심주의로 환원되지 않는 주체와 행동을 광범위하게 포착하는 비-퀴어와의 연대 가능성을 열어놓는다는 것이다.

하지만 선적인 진화론 혹은 단계론을 상정하는 이 서술은 실제 텍스트들을 분석할 때 그리 효과적이지 않다. 앞서 살핀 「하나코는 없다」는 레즈비언소설로도, 퀴어소설로도 좀처럼 읽히지 않았지만 강제적 이성애compulsory heterosexuality를 기반으로 한 남성 동성사회성을 강렬하게 폭로하는 이 소설의 문제의식은 퀴어문학의 정치적 기획에 충분히 값한다. 하물며 어떤 게이/레즈비언 문학이 퀴어문학의 정치적 기획과 단절적으로 설명될 수 있을까.

최근 퀴어문학론은 문학주체의 성정체성이나 성적 선호[4]를 '퀴어문학'의 정의에 포함하려 하지만, 작가가 말하지 않는 한 타인이 그의 성정체성이나 성적 선호를 식별할 수 있을 리 없다. 누군가의 젠더와 섹슈얼리티를 본질주의적으로 상상하는 모든 시도는 필패必敗다. 퀴어문학에 대해 우리가 확언할 수 있는 것은 그것이 성별이분법과 이성애적 지배질서로 환원되지 않는 현상 및 상상력을 포착하고 실험함으로써 '정상성normality'이라는 기율이 허구임을 드러내는 정치적·미학적 효과를 산출하는 문학이라는 점뿐이다. 물론 그마저도 '퀴어문학'을 고정적이고 규범화된 범주로 사고하지 않는 한에서만 유효하다.

'퀴어문학'이라는 분류가 해당 텍스트의 정치적·미학적 기획을 파악하는 데 반드시 결정적인 것도 아니다. 「하나코는 없다」의 문화적 기획을 구성하는 강력한 벡터인 여성 동성애 콘텍스트를 감지하는 데 한사코(혹은 무심코) 실패하는 심사위원 5인방이 있는가 하면, BL/GL물에 몰두하는 최근의 젊은 독자들은 그 어떤 로맨스서사를 접하더라도 그로부터 동성 간 로맨스를 '연성'해내는 재주가 있다. 영화평론가 듀나의 지적대로, 최근 대중서사들이 아무리 동성애가 아니라 동성애 '코드'만을 남발하더라도 이를 소비하는 젊은 향유자들은 그에 굴하지 않고 성실하게 자신들의 망상 속에 '동성애 천국'을 짓는다.[5] 즉 '퀴어문학'이라는 라벨링과 무관하게, 퀴어문학의 정치적 기획은 오직 이성애만이 '정상'으로 간주되는 사회에서라면 독자의 의지와 관습에 따라 자주 과잉 혹은 과소 해독된다. 요즘 '동성애소설이 너무 많다'거나, '퀴어문학은 납작하기 쉽다'는 식의 세간의 폭력적인 단언들을 생각해보라.

　하긴, 이런 서술들은 현재 한국문학장에서 그다지 긴요하지 않을지 모른다. 지금 한국문학장에서 전개되는 논의들은 게이/레즈비언 문학과 퀴어문학을 집요하게 구분하고 위계화하거나, 퀴어문학을 정치적으로 독해하려는 경향보다는 '퀴어문학'이라고 간주되는 그 모든 것들을 (게이/레즈비언 문학에게 강박적으로 부여된 혐의인) '당사자주의' 혹은 '정체성정치'로 환원함으로써 탈정치화하려는 의지가 더 지배적이기 때문이다.

퀴어문학의 당사자주의를 재생산하는 것은 누구인가

> 심사 중에 '레즈비언 소설은 레즈비언이 써야 하는
> 것 아닌가'라는 물음이 나온 것은 선고심을 거쳐
> 올라온 소설들 중 동성애를 소재로 한 작품이 많았
> 기 때문이었다. 단순히 소재주의로 흐를 것을 경계
> 한 말이었다고 생각한다.[6]

> 레즈비언인 독자가 이 소설을 읽으면 어떨까 궁금
> 하더라고요.[7]

> 저는 이 작품을 퀴어나 페미니즘의 관점으로만 읽
> 어서는 안 된다고 생각해요. (…) 이는 어떤 정치의
> 제를 떠나, 스스로를 '경계인'의 틀 안에 가두고 모
> 든 것을 다만 '세상 일'로 규정한 채 살아가는 우리
> 자신의 이야기와도 닿아 있습니다.[8]

퀴어문학을 읽고 쓰고 말하는 자는 누구인가. 그게 왜 문제가
되나. 여성문학, 노동자문학, 이주자문학, 장애인문학 등에도
같은 질문을 던졌나. 남성문학이나, 이성애문학에는? 특정
문학을 읽고 쓰는 데 적임자가 있다는 인식 혹은 특정 작품이
선보이는 정치적·미학적 상상에 대한 해석권은 바로 그 작품
의 등장인물과 '동종同種'으로 분류되는 이들에게 귀속돼야 한
다는 논리는 퀴어문학에만 강박적으로 부착된다. 물론 이 강

박은 성소수자를 도구적 장치로 등장시켜 대상화하는 경우를 경계하고자 생겨난 것일 수 있다. 하지만 그렇다 해도 그게 성소수자만이 성소수자가 등장하는 서사에 대한 '적격'의 작가·독자라는 결론으로 귀결되는 것은 비논리적이다. 당연히 성소수자도 성소수자를 대상화할 수 있으며 그 반대의 경우도 가능하다. 소수자성을 다루는 작품과 관련된 문학행위를 소수자들의 것으로만 치부한다면 소수자와 소수자서사는 게토화될 뿐이다.

그렇다면 묻자. 퀴어문학이 당사자주의나 정체성정치에 함몰된 양식이라고 손쉽게 단언들 하지만, "레즈비언 소설은 레즈비언이 써야 하는 것 아닌가"라고 묻거나 "퀴어나 페미니즘의 관점"과 "우리 자신의 이야기"를 한사코 분리할 수 있다고 믿는 사회에서 퀴어문학의 당사자주의를 재생산하는 것은 누구인가. "당사자주의는 자기결정권과 비슷하게 이해될 수도 있지만, 사실 생물학적/신체적 속성에 기반을 두고 있고 '정체성정치'의 근거 또한 거기에 있다."[9]라는 지적은 퀴어문학이 제출한 정치적·미학적 의제를 이 사회가 함께 사유해야 할 공동체의 민주주의에 대한 문제제기로 접수하기를 거절하는 이들에게도 긴하게 전해져야 한다.

강조해두고 싶은 것은 '퀴어'라는 범주의 지시대상이 고정적이지 않다는 것이다. 잘 알려져 있듯, '퀴어'는 본래 '정상normal'으로 간주되는 이성애 규범을 따르지 않는 신체와 성적 선호를 가진 이들을 '이상한 것', '기이한 것'이라고 폄하할 때 쓰인 말이다. 최근 '퀴어'라는 용어가 'LGBTQIA'

와 동의어인 것처럼 등가 호환되고 있지만, 이는 레즈비언, 게이, 바이섹슈얼, 트랜스젠더, 젠더 퀘스쳐닝, 인터섹스, 무성애자 등이 '기이한 것'으로 여겨지는 특정 사회와 역사적 맥락에서만 그렇다. 고대 그리스에서 자유시민이 행하는 남성 간 성애가 전혀 '이상한 것'으로 여겨지지 않았던 것을 생각해보라.

또한 'LGBTQIA'가 현재 국제 공통의 개념처럼 쓰이고 있지만, 모든 성소수자 혹은 '퀴어한' 존재들을 'LGBTQIA'로 환원할 수 있는 것도 아니다. 이미 33개 이상의 젠더와 섹슈얼리티 범주에 대한 논의가 제출된 적도 있거니와, 예컨대 1960년대 일부 여성커뮤니티에서 널리 쓰인 '바지씨'라는 명칭이 지시하는 존재는 오늘날 정의된 레즈비언 부치나 트랜스남성 등으로 말끔하게 호환되지 않는다.[10] 모든 '퀴어한 것'을 'LGBTQIA'라는 규범화된 언술로 설명하려 할 때 삭제되는 역사적 존재가 있음을 상기해야 한다는 뜻이다.

결국 '퀴어'란, 맥락적·잠정적·구성적인 분류로서 이성애적 지배규범과 불화하는 것일 뿐, 결코 특정 정체성의 물리적 총합이 아니다. 마찬가지로, 정체성 또한 타고나거나 고정적인 것이 아니라 자신을 인식하고 설명하기 위해 필요한 허구necessary fictions일 뿐이며, 정체성 범주가 곧 정체성정치를 담보하는 것은 아니라는 점[11]도 숙고돼야 한다.

퀴어문학 논의에서 발견되는 곤경 중 하나는 퀴어문학이 당사자주의에 빠져서는 안 된다고 엄중히 경고하면서도 동시에 퀴어문학이 곧 '퀴어한 것'을 대표해야 한다는 까다로운 주문에 기인한다. 문학평론가 심진경은 "공통감각을 공유하는 하나의 동질적인 여성 공동체는 허구"임을 강조하며 최근 페미니즘 문학이 특정 세대·계급에 속한 여성의 경험을 특권화한다고 지적한다. 그러면서도 그는 "퀴어소설에서 중요한 것은 퀴어적 정체성에 대한 고민"이라며, 최은영의 단편 「그 여름」(『내게 무해한 사람』, 문학동네, 2018)은 작중 레즈비언들에게서 "자신의 성적 정체성에 대한 고민이 거의 보이지 않"는다는 점을 들어 동성애서사가 아니라고 판단[12]한다.

그런데 '레즈비언 친밀성과 사회적 위상에 대한 탐구'가 다른 무언가의 은유로 선택될 때 그것은 레즈비언을 소재주의적으로 다룬 것일 수도 있지만, 그때 레즈비언 정치학은 반드시 잉여 없이 희석되는 것일까. 무엇보다, 퀴어소설의 문제의식은 "자신의 퀴어적 정체성에 대한 고민"으로 수렴되는 것이 아니라 자신의 정체성을 '퀴어한 것'으로 인식하는 이 사회의 질서에 문제를 제기하는 데 있다고 보는 것이 더 정확하지 않을까. "왜 성소수자가 자신의 고통을 설명해야 할까."[13]

작중 성소수자가 자신의 고통을 설명하고 토로한다면, 그건 독자에게 자신의 피해자성을 인정받기 위해서가 아니라 왜 자신이 고통받아야 하냐는 물음, 즉 자신을 고통스럽게 하는 이 사회의 "배제의 체제"[14]에 대해 질문하는 것이다. 소설가 박상영은 "우리는 동성애자가 그렇게 별 고통 없이 정체성을 받아들이는 게 너무 이상하고 어색하게 느껴진다고."라는 일각의 엄중한 조언을 소설에 기입한 후, 자신의 페르소나인 '박감독'의 입을 빌려 다음과 같이 적어두었다. "그의 논리에 따르면 영화 속에 퀴어를 등장시키기 위해서는 무조건 합당한, 그러니까 보통의 사람들을 설득할 수 있는 치명적인 '지점'이 있어야 하는 거였다."[15]

최근 퀴어문학론의 또 다른 경향은 퀴어문학의 문제의식을 '사랑에 대한 탐구' 일반으로 읽어내려는 것[16]이다. 이는 퀴어문학이 퀴어 당사자들의 것이어야 한다는 당사자주의에 편승한 재귀적 논리와는 다르며, 비규범적인 성적 친밀성에 대한 사회적 차별과 낙인을 자행하는 반퀴어진영의 논리와도 물론 구분된다. 그럼에도 퀴어문학 역시 '일반적인' 사랑을 재현·탐문하는 서사들과 다르지 않음을 강조하는 이 논의들은 '사랑'이라는 낭만적 신화가 제도화되는 과정, 특히 이성애야말로 일련의 허구적 믿음과 장치들을 통해 '정상' 혹은 '자연적인 것'이라고 간주돼왔다는 역사적 사실을 은폐한다. 심지어 어떤 퀴어문학이 작중 세계를 퀴어에 대한 아무런 사회적 차별과 배제가 없는 '동성애 천국'으로 묘사한다 해도, 독자-비평가가 그것을 액면 그대로 그저 '사랑에 대한 찬가'로 읽는 것은 바로 그 작품이 시도한, 이 구조화된 혐오의 세계에서 '동성애 유토피아'를 재현한다는 것의 정치적 기획에 애써 눈감고 작중 세계를 그저 낭만적이고 순진한 동화로 만들어버린다.

게다가 이미 반퀴어세력의 주요 슬로건 중 하나가 "사랑하기 때문에 반대합니다"라는 사실, 즉 사랑의 레토릭을 배제의 수사학에 동원하고 있음[17]을 고려한다면 현재 비규범적 성적 선호와 실천이 지닌 특수한 사회적 위상을 괄호 안에 둠으로써 탈정치화하는 것은 별다른 정치값을 가지지 않는다. 퀴어문학을 그저 '사랑에 대한 탐구'로 읽어야 한다는 진단이 지나치게 범박하며 부주의한 이유다.

퀴어문학론을 구성하는 또 하나의 강력한 벡터는 비규범적 성정체성과 성적 선호로 인해 퀴어에게 가해지는 사회적 차별과 낙인이다. 그런데 많은 독자-비평가들은 바로 그 주제에 대해 (다소 부당하게) 질려버린 듯하다. 물론 차별과 낙인으로 인한 성소수자의 고통을 재현하는 것만이 퀴어문학의 유일한 주제나 전략은 아니다. 오히려 성소수자에 대한 사회적 차별과 낙인을 재현하는 것의 목적은 그로 인해 고통받는 누군가가 있음을 보여주는 것 그 이상이다. 그것은 차별과 낙인을 정당화하는 룰로서 작동하는 이 사회의 정상성, 즉 이 공동체가 정한 시민권citizenship과 성원권membership의 조건 및 그것의 정당성과 임계에 대한 문제제기다. 그렇게 읽을 때, 퀴어문학은 성소수자만이 아니라 이 사회를 사는 모든 이들을 '당사자'로서 소환한다. 그 소환의 순간에 퀴어문학을 '퀴어만의 진정성을 담아내는 고유의 양식'이라는 미명으로 종족화·게토화하는 것은 이 사회의 '공통적인 것'을 사유해야 할 정치적 책임을 소수자에게 전가하는 것이다. 이는 어떤 퀴어문학이 퀴어들의 자기 종족지種族知로서 기능한다는 것과 전혀 별개의 문제다.

흔히 벽장에 갇힌 한 소년에게 "가장 절박한 정치"는 "벽장 바깥으로 나오는 것coming out"18이라고 착각하지만, 이는 사실과 다르다. 그 소년에게 가장 절박한 정치는 "벽장 바깥으로 나오는 것"이 아니라 '벽장이 없어지는 것', '벽장을 만드는 힘과 싸우는 것'이다. '벽장'이 엄연히 존재하는 세계에서 퀴어문학에게 '차이'만을 강조하지 말고(정체성정치에 빠지지 말고) '같음'과 '다름'을 조화롭게(!) 말하라는 주문은 얼마나 위선적인가.

　　이 글은 현재 한국문학장에 제출된 퀴어문학을 누군가를 벽장에 가둠으로써 작동·유지되는 한국사회의 문학적·사회적 시민권과 성원권에 대한 문제제기로서 독해하고, 그 과정에서 '퀴어한 것'과 '그렇지 않은 것'을 구성하는 한국 퀴어문학장의 정치적 상상력을 점검하고자 한다.

퀴어서사의 문학적 시민권과 커버링

한국문학 혹은 대중서사 일반에서 '퀴어'는 무엇이었을까. 좀처럼 진척되지 않는 로맨스서사의 반전장치("그 남자 알고 보니 게이였어!"), 타자(성)에 대한 이해와 재현의 가능성을 시험해보기 위해 동원되는 소재(이때 성소수자는 장애인, 이주민, '흑인', '문맹', 저학력자 등 다른 '소수자'로 교체돼도 무방하다)로 쓰여온 그간의 서사적 관행에 대해서는 길게 적지 않아도 될 듯하다. 최근 퀴어를 핵심적인 서사적 장치로 등장시킨 한국문학의 주요 사례들을 비판적으로 점검한 문학평론가 김건형[19]은 크로스

드레싱과 트랜스 정체성이 '여성'이라는 타자를 이해하려는 남성들의 진정성을 전시하고 확인하는 데 동원된 장치였다는 점, 유년시절의 남성 동성애적 경험은 '정상'적인 남성주체로 성장하는 과정에 배치되는 입사의례이자 남성주체의 순수성을 간직한 경험으로 의미화된다는 점을 탁월하게 분석한 바 있다.

그런가 하면, '상식적이고 선량한 시민'으로서의 자기인식에 경종을 울리려는 용도로 퀴어 소재를 활용하는 기획은 최근에도 여전히 시도된다. 국문학자 허윤은 『82년생 김지영』(조남주, 2016)의 대대적인 흥행이 무고하고 무해하고 무력한, 즉 순정한 피해자상에 동일시하고자 하는 대중의 욕망[20]과 관련된다고 분석한 바 있다. 그리고 이런 경향은 최근 퀴어서사에서 초점화자로 종종 설정되는 '상식적인 주체'의 형상과도 관련된다. 예컨대, 그 자신 '착한 작가'라는 수식어를 모욕적인 것으로 받아들여온 최은영[21]의 「고백」[22]은 바로 그 '무해한 존재'라는 판타지에 깃든 기만성을 신랄하게 폭로하는 도전적인 서사다.

「고백」의 전반부는 10대 때부터 절친한 친구였던 세 여자 '주나'·'미주'·'진희'의 서로 다른 성격과 취향이 그들의 우정을 얼마나 충만하게 했는지를 묘사한다. 특히 초점화자인 미주는 진희와 함께할 때면 "넌 내게 무해한 사람이구나"(196)라고 안도하기도 했다. 하지만 소설의 도입부 이후, 진희는 서사에서 사라진다. 어느 날 진희는 "유서를 남기지 않"(199)은 채 사망하기 때문이다. 자살로 추정되는 진희의 죽음의 직접적인 계기는 서술되지 않는다. 다만 결정적인 사건으로서, 어느 날 진희가 주나와 미주를 불러 "너흴 속이고 싶지 않았어."(196)라며 자신이 레즈비언임을 고백했고, 그에 대해 주나는 "정말 역겹다"라는 혐오발언을, 미주는 "근데 진희너 그 말 정말이야?"(198)라는 의심과 함께 "눈빛으로 주나가 진희에게 했던 말보다 더 가혹한 말"(207)을 했다는 사실이 적시된다.

> "보기 싫었으니까. 네 얼굴." 주나가 미주를 쏘아보며 말했다. 울음이 치받쳤지만 지고 싶지 않아서 미주는 주나가 상처받을 만한 말을 머릿속에서 고르기 시작했다.
>
> "네가 진희에게 어떻게 말했는지 나만 알았으니까 그랬겠지." 실제로 그렇게만 생각한 건 아니었다. (…)
>
> "어. 알아. 너 나 탓했지. 나 땜에 걔 죽은 거라고. 응? 그럼 차라리 시원하게 얘길 하지 그렇게 쳐다보니? 네 눈…… 네 눈빛에 내 기분이 얼마나 개같았는지 알아?" (…)
>
> 그날, 진희에게 지었던 표정을 미주 자신은 알지 못했다. 그렇다고 해서 그때 어떤 마음으로 그애를 바라봤었는지 잊은 건 아니었다. 주나의 말이 맞았다. 미주는 눈빛으로 주나가 진희에게 했던 말보다 더 가혹한 말을 했다. 그 사실을 미주는 더 이상 부정할 수 없었다.(205~207)

이후 서사는 주나와 미주의 팽팽한 긴장과 갈등관계를 설정하는 데 할애된다. 어느 날, 진희의 죽음 후 결코 만나지 않았던 두 사람이 놀이터에서 진희의 죽음에 대한 서로의 책임을 힐난하며 논쟁하는 장면은 이 소설의 클라이맥스다. 내내 셋의 관계를 신중하게 반추하고 성찰하던 미주는 이 장면에 와서야 억눌러온 자신의 감정을 폭발시킨다. 주나의 은폐됐던 내면의 드라마가 전시되는 것도 이 장면이다. 소설은 오직 이 장면을 위해 달려왔다.

두 친구가 서로의 비겁하고 위선적인 면을 적나라하게 드러내 보이는 이 논쟁은 결코 진희를 "살아 돌아"(206)오게 하지는 않지만, 대신 미주에게 값진 교훈을 남긴다. 미주가 진희를 "내게 무해한 사람"이라고 생각했던 건 오직 진희가 자신의 세계를 거스르지 않는 한에서였다는 점, 그리고 진희를 가장 잘 이해한다고 생각했던 자신이야말로 진희를 죽게 한 '유해한 사람'이었음을.

그런데 어떨까. 기이한 것은, 작중 세 친구의 관계가 결정적으로 변하게 된 계기가 진희의 커밍아웃과 죽음임에도 그 누구도 커밍아웃에서 죽음에 이르기까지 진희가 경험했을 내면의 드라마를 궁금해하지 않는다는 점이다.[23] 오히려 초점은 진희의 죽음 후 서로 책임을 전가하는 주나와 미주의 위악적 퍼포먼스에 있다. 그리고 이 퍼포먼스는 역설적으로 주나와 미주의 가차 없는 자기반성을 독자 앞에 가장 강력한 사건이자 스펙터클로서 전시한다.

「고백」은 절친한 친구로부터 자신의 존재를 외면당한

성소수자에게 준비된 것은 오직 자살과 같은 비극뿐이라는 듯 별 고심 없이 진희의 '실패한' 커밍아웃과 발인 장면을 이어 붙인다. 이 잔인한 배치는 진희의 죽음이 미주와 주나로 하여금 자신이 누군가에게 그토록 '유해한 존재'일 수 있음을 깨닫게 하는, 일종의 '영감을 주는 사건'으로 의미화된다. 타자에 대한 자신의 몰이해와 폭력성을 무자비하게 폭로하는 '성찰적인 화자'의 진정성 있는 자기반성을 보여주기 위해 선택된 진희의 죽음.

흥미로운 것은 이 작품이 미주가 한때 연인이었던 수사 '종은'에게 이런 자신의 사연을 암시적으로 '고백'하고 끝내 모종의 이해를 획득하는 액자식 구성을 취하고 있다는 점이다. 이 소설은 자신이 누군가에게 '해로운' 존재일 수 있음을 말하는 미주를 안타까워하는 무당에게 미주가 표출하는 분노를 작품 전후에 두 번 배치한다. "당신이 걜 알아요? 나도 모를 애를 당신이 어떻게 안다고 말해요? 당신은 아무것도 몰라, 아무것도."(208)라고 말하는 미주의 내면은 수사 종은을 관객으로 둠으로써 서술성을 확보한다. "너흴 속이고 싶지 않"다며 자신이 레즈비언임을 밝힌 진희의 '고백'은 수신 거부됐고 진희의 내면에서 펼쳐진 드라마는 그 누구에게도 목격되지 않은 채 봉합돼야 했던 반면, 진희의 죽음 이후 번민하는 미주의 고통스런 내면은 그 자신이 직접 '고백'하지 않았으나 이미 수사 앞에서 전시됨으로써 아주 자연스럽게 '고백'되고 끝내 타인의 '이해'까지 얻어낸 셈이다.

"아마 미주는 자신을 안타까이 보는 무당의 그 눈빛을

이겨내지 못했을 것이다. 우리는 때때로 타인의 얼굴 앞에서 거스를 수 없는 슬픔을 느끼니까. 너의 이야기에 내가 슬픔을 느낀다는 사실이 너에게 또다른 수치가 될 수 있다는 것을 잊은 채로."(208) 이는 '여성'이라는 타인을 이해하기 위해 시도한 '여장'이 끝내 실패함으로써 역설적으로 획득되는 남성 주체의 '진정성' 확인과 '자기위로'[24]라는 그간의 재현관습과 얼마나 다른가.

> 이성애적 성 관계는 많은 경우 성별 역할에 따라 관습적으로 이루어지는 경우가 많은데 시대가 변하면서 그게 또 불편하게 느껴지기도 하거든요. 반면에 동성애적 관계는 그런 관습법적 범주를 넘어 매번 새롭게 계약을 맺고 그들만의 규칙을 만든다는 점에서 상호관계적이고 합리적이라는 인상을 주기도 합니다.[25]

한편 최근 퀴어 재현의 또 다른 문법은 퀴어를 기존의 규범적 세계를 전복하는 대안적 존재로 형상화하는 것이다. 예컨대 문학평론가 심진경은 "최은영, 천희란, 박민정의 레즈비언서사에서 시도되는 여성 간의 낭만적 사랑 이야기는 어쩌면 남자와의 사랑을 공포로 받아들이는 시대의 불가피한 징후일지도 모른다."[26]라고 언급하며, 동성애를 성별 권력관계에 의해 작동하는 이성애 관습에 비해 "상호관계적"이고 "합리적"이라고 진술했다.

이처럼 비규범적 성정체성과 성적 실천을 낭만화하는 상상력은 최근 대중서사에서도 드물지 않게 발견되는데, 영화 <아가씨>(박찬욱, 2016)는 식민지 가부장제의 규범에 포획되지 않는 새로운 친밀성의 모델을 레즈비언 친밀성으로 제시함으로써 남성젠더화된 한국영화사상 획기적인 상상력을 선보인 사례로 기록됐다. 영화는 교차하는 두 개의 진자로 상징되는 '숙희(김태리 분)'와 '히데코(김민희 분)'의 섹스를 거의 강박적일 만큼 수평적이고 대칭적인 것으로 묘사하는데, 이는 물론 레즈비언 친밀성을 거대한 억압체제인 팔루스의 세계와 달리 민주적이고 해방적인 것으로 의미화하는 장치다.

그러나 영화연구자 조혜영이 적절하게 논평했듯,[27] 레즈비언섹스가 현실의 권력관계와 무관하게 완전히 민주적이고 비폭력적이고 윤리적이며 심지어 무성적일 것이라는 가정, 레즈비언섹스를 이성애 성관계의 폭력성에서 벗어날 수 있는 대안이자 유토피아로 상정하는 이런 상상력은 다시 한 번 레즈비언섹스에 대한 낭만화를 경유하면서 결국 레즈비언에 대한 타자화에 복무한다.[28] 또한 레즈비언섹스를 현실의 폭력이나 성적 지배관계와 무관한 민주적·진보적 실천으로 상상하는 경향은 퀴어주체와 '퀴어적인 것'이 '대안적' 가치를 지닐 때에만 재현할 가치가 있다는 전제를 내포하는 것이기도 하다. 그러나 특정 존재 혹은 누군가의 성적 실천 자체를 '진보' 아니면 '보수'로 구분할 수 있다는 믿음은 심문되지 않아도 좋은가.[29]

이처럼 끊임없이 퀴어서사의 문학적 시민권을 가늠하고 판단하려는 의지는 최근 퀴어서사에 가해지는 '주류화'의 장력에 대해 고민하게 한다. 일본계 미국인이자 게이인 헌법학 교수 켄지 요시노는 "자신에게 찍혀 있는 낙인을 받아들일 준비가 된 사람들은 (⋯) 그럼에도 불구하고 그 낙인이 두드러져 보이지 않도록 많은 노력을 기울일 것"이라는 어빙 고프먼의 규정을 빌려, "주류에 부합하도록 남들이 선호하지 않는 정체성의 표현을 자제하는 것"을 '커버링covering'이라는 개념으로 설명한 바 있다.[30] 이는 최근 퀴어문학이 게토화되지 않으면서 주류 문학장으로 편입하기 위해 선택하는 문학 전략을 사유하는 데 시사하는 바 크다.

예컨대 스스로 게이임을 밝히며 획기적으로 등장한 소설가 김봉곤이 '오토픽션auto-fiction'의 기법을 통해 선보이는 일련의 퀴어서사에 대한 문학평론가 김녕의 독해는 징후적이다. 그는 김봉곤 소설에 대한 비평적 기준으로서 거의 강박적일 만큼 '다름/다르지 않음'이라는 프레임을 적용한다. 그에 따르면, 게이로서 정체화하기 전에 사귄 여자친구와의 만남을 다룬 「시절과 기분」[31]이야말로 "'게이'라는 절실한 정체성조차 온전히 다 담아주지 못하는 '나'를 회복하기 위한 여정"으로 독해된다.[32] 게이로서 정체화하기 이전 이성애자와의 교제 역사를 인정하는 것이 "'게이'라는 정체성은 얼마간 희석되어버릴는지는" 모를지언정 개인을 제약하는 "규범적인 틀"로서 작동하는 정체성을 상대화할 수 있는 가능성이라며 고평하는 것이다.

그런데 게이 종족지를 자신의 강력한 문학적 자원으로 삼음으로써 한국문학사상 전례 없는 게이 "인류학"(김건형)을 선보인 것이 김봉곤의 특장이라고 할 때, 오직 '이성애자와 맺었던 친밀한 관계'를 재현할 때에야 비로소 게이도 무엇도 아닌 진정한 '나'로 나아갈 수 있다고 호평하는 김녕의 이 견해는 어딘지 음험하다. '게이'라는 정체성이 "절대적이지 않"다는 원론적으로 온당한 발언에도 불구하고, 이성애자와의 교제경험을 인정하는 것이 '게이'로서의 정체화와 대립된다고 전제하는 이 논리33는 서술자 '나'가 노정하는 '게이-됨'이라는 정체화가 일종의 '주체화'이기도 하다는 점을 부인하는 데 그 목적이 있는 것처럼 보인다. '게이-아님'의 여지를 확보할 때에만 정체성정치의 위험에 빠지지 않는 '올바른' 퀴어서사로서의 지위를 확보할 수 있다는 이 견해를 어떻게 이해해야 할까.

반면, 김녕은 만난 지 얼마 안 된 '형'의 부음을 듣고 애도의 자리를 찾지 못하는 '나'의 이야기인 「라스트 러브 송」34에서는 어떤 '퀴어적인 것'도 발견하지 못한다. 그는 이 소설에서 "강조되는 것"이 '보편적'인 이성애(자) 서사와의 "다르지 않음"임을 확신하며, "애정을 나눈 상대방의 죽음을 애달파하는 것이 다른 모든 이들과 무엇이 다를까. '게이만의' 무엇이라는 특권화를 거부했다는 것은 그 나름의 성과"라고 판단한다. 하지만 이 "성과"는 곧 이 작품의 한계로 지적되기도 하는데, 그는 이 소설의 "서사가 아쉽다"고 말하면서 "오히려 게이를 재현 대상으로 삼고 있다는 그 사실 때문에 '특권화'

되어 읽히게 되는 것은 아닐까? 저 성정체성을 지우고 읽는 다면, 이 소설은 '참사' 이후의 고통을 직접적으로 '토로'하는 흔한 소설에 머무르는 것은 아닐까?"[35]라는 의문을 제기한다.

그런데 「라스트 러브 송」에서 "성정체성을 지우고 읽는" 일이 가능할까. 그 가정은 쓸모 있을까. 이 소설에서 묘사되는 '짧은 연애'와 '별도의 확인 절차를 요하는 애인의 신상', '어떤 병명도 밝혀지지 않은 채 전해지는 갑작스러운 죽음' 등의 모든 화소들은 기실 '게이 종족지'를 구성하는 핵심적인 기호다. 서술자가 장례식장에서 아프게 지켜보아야 했던 '경상도 출신이자 누군가의 아들'인 연인의 세계, 게이 커뮤니티가 아닌 곳에서 확언되는 고인의 젠더와 섹슈얼리티,[36] '연인'이라는 공인된 애도의 자격을 부여받지 못했지만 결코 "아는 동생"(137)이라는 기표로 봉합되고 싶지 않은 '나'의 불안정한 지위에 대한 묘사는 퀴어의 죽음을 재현할 때 동원되는 특별한 '코드'들이다. 게이 종족지에 익숙한 독자는 "문득 형의 사인을 단 한 번도 궁금해하지 않았다는 사실을 깨달았다"(148)라는 '나'의 문장, 그리고 그 자각 뒤에도 여전히 그 궁금증을 해소해주는 문장들이 뒤따르지 않는다는 사실에서 어쩌면 이 모든 정황이 HIV/AIDS로 사망한 수많은 게이 장례식의 풍경에 대한 묘사이리라고 예감할지도 모른다.

퀴어연구자 김지혜는 연극 <나는 나의 아내다>(2013)의 국내 공연사례 분석을 통해 '역사와 기억의 아카이브로서 퀴어생애'라는 개념을 제출한다. 이때 연구대상이 되는 것은 한 인간에 대한 복합적인 이해를 요하는 재현작업에 있어가독성이 낮은 '퀴어적인 것'은 생략된 채 이성애 규범에 의거해 '번역 가능한 것'들로만 퀴어생애가 구성됨으로써 그의 퀴어성이 후경화되는 양상이다.37 「시절과 기분」에서 서술자가 "처음이자 마지막으로 사귄 여자"인 "혜인에게 느꼈던 감정"(59)에 대한 숙고는 게이 정체화와 대립되는 것이 아니라 그 자체로 게이 정체화 작업에 수반되는 과정 중 하나다. 서술자가 혜인과의 교제 역사를 그저 "초석" 혹은 현재의 게이 정체성에 고려할 때 부인하거나 은폐돼야만 하는 기억으로 의미화하지 않으려는 것은, 자신의 성적 선호에 대해 확신할 수 없을 때조차 그것이 '게이-됨'과 무조건 배치되는 역사이기만 하지는 않다는 것, 자신의 신체와 욕망이 미지의 대상일 수 있음을 받아들이는 것이 게이 정체화의 핵심이었음을 인정하는 것이다.

요컨대 「시절과 기분」에서 '나'의 '게이-됨'은 어떤 길항이나 갈등도 없이 결정론적으로 존재한 무엇이 아니라, 수많은 조정과 조율을 노정함으로써 유지되는 '수행적 과정'이라는 점이 핵심이다.38 이는 비단 게이뿐 아니라 이성애자의 '이성애자-되기'에서도 나타나는 현상이다. 자신의 신체와 욕망에 새겨진 "솔기"와 "봉합선"39들을 받아들이는 일은 '게이'라는 정체성이 끊임없는 '게이-되기'의 수행을 통해서만 현현하며, 이는 곧 '게이'라는 정체성은 바로 그 순간들의 집적과 배치로 구성된 일종의 아카이브임을 의미한다. 자신의 '디나이얼' 시절을 재현한 「신일」(『릿터』 10, 2018. 2~3) 등 김봉곤이 끊임없이 '게이-됨'을 수행하는 과정에 아로새겨진 "솔기"

와 "봉합선"들을 성실하게 재현하는 것 또한 이런 맥락에서 이해돼야 한다.

그렇다면 수많은 게이 종족지에 대한 기호들로 구성된 서사에서는 어떤 '퀴어적인 것'도 발견하지 못하면서, 오직 '게이 정체화를 희석시킬지도 모르는' 과거를 적시하는 진술이 포함된 작품에만 '보편'과 통하는 서사로서의 의미 있는 지위를 부여하겠다는 이 이중적인 독해가 던지는 메시지는 뭘까. 자신에게 이해 가능한 것으로 번역되지 않는 존재들의 세계가 있다는 것에 대한 부인, 이성애 규범성을 의심 없이 승인함으로써 얻었다고 믿어진 "세상을 가장 잘 아는 자라는 정체성이 흔들"[40]린 자의 두려움. 비규범적 세계가 기존의 규범화된 앎의 세계로 편입되거나 번역될 때에만 그것에 문학적 시민권을 발급하겠다는 이 의지는 끊임없이 소수자에게 주류화의 조건을 제시하는 커버링에의 요구에 다름 아니다. 이는 비규범적 성정체성과 성적 실천에 대한 혐오를 정당화하는 오랜 인식론적 기제와 그리 먼 곳에 있지 않다.

퀴어 시민권/성원권과 동성애국민주의

최근 퀴어문학에서 주목할 만한 또 하나의 경향은, 작중 퀴어로 설정된 인물이 여전히 정체성정치에 기투하면서도 여느 N포세대처럼 가난하고 고립된 '보통 청년'이라는 알리바이와 함께 등장한다는 점이다. 이는 사회경제적 불안정이 비규범적 성정체성과 성적 선호가 초래하는 삶의 무게를 압도하는 것으로 재현될 때에만 비로소 '보편적인 것'을 탐구하는 서사로서의 문학적 시민권을 획득하도록 하는 한국문학장의 주류화 문법을 의식한 것이다. 물론 이때 사태의 심급에 놓이는 것은 경제동물의 형상을 경유하지 않고는 '보통 사람'을 상상하지 못하게 된 사태, '보통 사람'의 기준이 너무 낮아진 우리 모두의 불행이다.41

문학평론가 김건형은 최진영의 『해가 지는 곳으로』(민음사, 2017)를 비롯해 김혜진의 『딸에 대하여』(민음사, 2017), 강화길의 「방」(『괜찮은 사람』, 문학동네, 2016) 등에서 부각되는 레즈비언 커플의 '경제적 생존'이라는 테마에 주목하며, 이때 등장하는 레즈비언의 형상을 '생존-퀴어'라고 이름 붙였다.42 여성의 빈곤화와 빈곤의 여성화가 한층 극심해진 오늘날 '생존'이라는 테마가 유독 레즈비언 서사에서 두드러짐을 포착한 이 시도는 매우 중요한데, 이는 '레즈비언'이 성정체성이기 전에 일종의 계급이기도 하다는 진단과 맞닿는다.

그런데 몇몇 평자들이 예민하게 파악했듯, 경제적 생존과 가족구성권을 매개로 상상되는 퀴어시민권은 '시민'의 자격으로 간주되는 소비의 권리 혹은 가족구성권이라는 조건 및 경계에 대한 확장을 요구할 뿐, 그 조건과 경계 자체가 승인하는 배제의 정치학에 대해서는 깊이 탐구하지 않는다. 그리고 이는 국가자본주의에 유효한 인적·물적 자원을 제공하는 한에서만 '명예시민'의 자격을 부여하겠다는 신자유주의적 통치술에 대한 승인이다. 이때 '퀴어' 존재의 시민권/성원권은 일종의 '거래'의 대상이 된다.

> 성소수자를 공동체의 구성원으로 받아들일 수 없다고 공공연하게 주장하는 사람들의 삶에 대한 적절한 보상 또는 인정의 방법을 발명하는 것이 성소수자를 둘러싼 첨예한 대립을 풀어갈 실마리가 될 수도 있지 않을까 싶은 것이다. (…) 한국사회라는 공동체의 유지와 발전에 어떤 기여를 해왔고 얼마나 헌신해왔는지를 헤아려줌으로써 성소수자를 향한 공격과 혐오의 몰이해를 줄일 수도 있겠다는 상상도 가능하다.[43]

예컨대 문학평론가 신샛별은 최근 퀴어/페미니즘 서사에 대해 "숙의"를 거듭한 한 비평에서 성소수자를 공동체의 구성원으로 받아들이는 문제를 세대 간의 인정투쟁으로 의미화한다. 이 사회에 기여한 윗 세대의 "헌신"을 "헤아려줌으로써" 성소수자에 대한 그들의 공격과 혐오를 줄여보자는 제안이다. 이때 성소수자의 존재, 대체나 합의의 대상이 아닌 성소수자의 인권 및 성원권은 '거래'의 대상으로 간주된다. 이런 발상은 최근 동성혼을 비롯한 성소수자의 시민권 문제를 "사회적 합의"가 필요한 문제로 간주하고, 이 "사회적 합의"를 이끌어내는 일을 시민사회에 일임한 채 자신의 정치적 책임을 회피·전가하는 최근 정치인들의 레토릭과 크게 다른 것일까.

　물론 스스로를 공동체에 헌신했으나 정당한 인정을 받지 못하는 피해자로 인식하는 보수적인 위 세대의 자기인식은 그 자체로 숙고의 대상이다. 구술생애연구자 최현숙은 '태극기 부대'로 불리는 '가난한 극우 남성'들의 생애구술사를 분석함으로써, 이들을 조롱이나 혐오의 대상으로 볼 것이 아니라 이들의 남성성과 세대의식이 형성되는 역사적 조건을 탐색할 필요가 있다고 역설했다.[44] 하지만 이 남성성과 세대의식에 대한 숙고가 소수자의 시민권/성원권과 거래될 수 있다는 제안은 전혀 다른 차원의 문제다. "숙의민주주의 원리에 따라 4개월 동안 시민들이 직접 만든 인권헌장을 서울시가 독단적으로 폐기처분한 사태"를 목격한 퀴어연구자 시우는 이 상황에서 "퀴어집단과 반퀴어집단을 동등한 대화상대로 호명한다는 점"[45]이야말로 가장 문제적이라고 언급하며 '숙의'라는 알리바이의 정치적 욕망을 심문에 부친다. 누군가의 인권을 임의로 조율 가능한 동의나 지지, 인정의 대상으로 간주하는 것이 "숙의"라면, 이제는 '숙의'에 대한 '숙의'가 필요한 것 아닐까.

　『딸에 대하여』가 '젠'이라는 환자의 경우를 매개로 레즈비언 가족의 가능성을 점칠 때 간과되는 것은 국가가 감당해야 할 돌봄노동의 몫이 속절없이 개인에게 전가되는 상황이다. 이미 여러 논자들이 지적했듯, 현재 결혼과 출산은 물론 어린이와 노인 및 환자들에 대한 돌봄노동을 담당하는 단위로서의 가족은 이미 붕괴됐다. 전통적 가족이 떠맡던 재생산 노동은 외국인 이주자 노동력이나 보육원, 양로원 및 요양원 등의 시설로 대체된 지 오래다.[46] 이 '대안'을 선택할 수 있는 이들조차 제한적이다. 이런 상황에서 국가는 여전히 전통적 가족규범의 유지를 통해 국가의 책임을 회피하려는 시대착오적인 정책으로 일관하고 있다. 성소수자 역시 전통가족의 재생산 기능을 담당할 수 있음을 증명한다면 시민권을 획득할 수 있으리라는 발상, 반퀴어세력의 인정투쟁에 대한 거래와 보상으로서만 퀴어 성원권을 승인할 수 있다는 이 발상은 동성애 국민국가주의를 정당화하는 일과 얼마나 먼 거리에 있을까. 이 기획에서 '퀴어한 것'은 무엇인가.

비판적 문화연구 학술지 『소셜 텍스트Social Text』의 2005년 3·4호 특집 제목 『지금 퀴어 연구에서 퀴어한 것은 무엇인가』는 오늘날 전 지구적으로 전개되는 퀴어 논의에서 '퀴어하지 않은 것'이 있음을 시사한다. 이 특집에서 제시된 의제는 자유주의, 국민주의, 애국주의, 인종주의, 미국 중심주의 등과 결합한 퀴어시민권에 대한 상상이었다.[47] 같은 질문을 지금 한국 퀴어문학장에 던져본다면 어떨까. 퀴어문학에 '퀴어한 것'이 있다면, 그것은 '퀴어성'을 물신화·규범화하지 않으면서 위계화된 시민권/성원권 구성의 기율에 대한 탐사를 멈추지 않는 일에 있을 것이다.

1 이 글에서 '한국 퀴어문학장'은 등단 혹은 그에 준하는 절차를 중심으로
   성립한 '제도문학장'을 가리킨다. '한국 퀴어문학장'이 제도권문학에만
   한정될 리 없고, 실제로 '비-순문학'이라고 분류되는 웹소설 등의
   장르소설 및 독립문학장에서 전개되는 퀴어문학과 그에 대한 담론은
   한층 역동적이다. 그러나 이 글은 우선 논의의 집중을 위해 논의대상을
   '제도문학권'에서 발표된 퀴어문학 및 그에 관한 담론으로 한정했다.
   비제도권 퀴어문학장의 논의에 대해서는 별고를 기한다.

2 최윤 외, 『1994 이상문학상 수상작품집: 제18회 대상수상작 최윤
   「하나코는 없다」』, 문학사상사, 1994. 이하 인용시 본문 괄호 안에
   쪽수만 표기.

3 이혜령, 「쓰여진 혹은 유예된 광기: 최윤론」(『작가세계』 56, 2003년 봄),
   『한국소설과 골상학적 타자들』, 소명출판, 2007, 279쪽. 이하 인용시
   본문의 괄호 안에 쪽수만 표기.

4 퀴어연구자 루인은 '성적 지향sexual orientation' 대신 '성적
   선호sexual preference'라는 말을 택하며 다음과 같이 서술한다.
   "성적 선호가 자신의 섹슈얼리티를 선택한다는 의미라면 성적 지향은
   자신의 섹슈얼리티가 자신의 의지와 무관하게 주어지는 것(때때로
   '타고나는 것')이란 의미다. 그리하여 성적 선호가 사회적 규범에
   제한되지 않고 자신의 섹슈얼리티를 탐험하고 선택할 수 있는
   권리를 함의한다면 성적 지향은 자신의 섹슈얼리티가 타고나거나
   매우 어릴 때부터 고정되어 변하지 않음을 함의한다." 루인, 「혐오는
   무엇을 하는가: 트랜스젠더퀴어, 바이섹슈얼 그리고 혐오 아카이브」,
   윤보라·임옥희·정희진·시우·루인·나라, 『여성혐오가 어쨌다구?:

벌거벗은 말들의 세계』, 현실문화, 2015, 201~202쪽.

5   듀나, 「퀴어 소녀: 소녀에겐 미래가 필요하다」, 조혜영 엮음, 『소녀들:
     K-pop, 스크린, 광장』, 여이연, 2017.

6   하성란, 「심사평」, 『2017 제8회 젊은작가상 수상작품집』, 문학동네,
     2017, 346쪽.

7   김성중·박소란·한영인, 「이 계절에 주목할 신간들」, 『창작과비평』 178,
     2017년 겨울, 420쪽 중 한영인의 발언.

8   김성중·박소란·한영인, 위의 글, 422쪽 중 박소란의 발언.

9   나영정, 「국가 책임으로서의 젠더폭력, 국가폭력으로서의 젠더규제」,
     『말과활』 14, 2017. 8, 244쪽.

10   루인·정희진, 「퀴어와 공간의 관계 재구성: 영화 〈불온한 당신〉(이영,
     2015)의 바지씨 이묵을 통해 한국이라는 공간의 이성애 규범성과 도시-
     촌락 이분법 탐문하기」, 『공간과사회』 63, 한국공간환경학회, 2018.

11   시우, 『퀴어 아포칼립스: 사랑과 혐오의 정치학』, 현실문화, 2018, 165쪽.

12   심진경·박권일·강지희·박인성·양경언, 「미투 시대에 페미니즘 문학은
     어떻게 전개되는가?」, 『자음과모음』 37, 2018년 여름.

13   연홍, 「별것 아닌 동성애: 박상영 「알려지지 않은 예술가의 눈물과
     자이툰 파스타」」, 무지개책갈피, 2017. 9. 17.

14   재스비어 K. 푸아, 이진화 옮김, 「퀴어한 시간들, 퀴어한 배치들」,
     『문학과사회 하이픈: 페미니즘적-비평적』 116, 2016년 겨울, 88쪽.

15   박상영, 「알려지지 않은 예술가의 눈물과 자이툰 파스타」, 『알려지지
     않은 예술가의 눈물과 자이툰 파스타』, 문학동네, 2018, 179~180쪽.

16   대표적으로 전소영, 「비로소 사랑하는 자들의 모든 노래가 깨어나면」,

최진영, 『해가 지는 곳으로』, 민음사, 2017; 권희철, 「사랑의 글쓰기」,
김봉곤, 『여름, 스피드』, 문학동네, 2018.

17 시우, 앞의 책, 191~101쪽.

18 김녕, 「선명鮮明에서 창연蒼然으로: 혐오에 응수하는 최근 퀴어
    텍스트들에 대한 스케치」, 『실천문학』 128, 2018년 여름, 168쪽.

19 김건형, 「2018, 퀴어전사: 前事·戰史·戰士」, 『문학동네』 96, 2018년 가을.

20 허윤, 「로맨스 대신 페미니즘을!: '김지영 현상'과 '읽는 여성'의 욕망」,
    『문학과사회 하이픈: 독자-공동체』 122, 2018년 여름.

21 「[한국일보문학상 최은영] "내 재능은 포기 않고 욕망한다는 것…
    소설가로서 멀리 가보고 싶어"」, 『한국일보』, 2018. 11. 20.

22 최은영, 「고백」(『문학동네』 89, 2016년 겨울), 『내게 무해한 사람』,
    문학동네, 2018. 이하 인용시 본문 괄호 안에 쪽수만 표기.

23 최은영은 필자와의 한 인터뷰에서 진희의 죽음이 배치되는 방식에
    대한 필자의 질문에, 이 소설이 2003년 동성애자이자 천주교인이었던
    청년 인권운동가 육우당의 자살을 접하며 구상한 것이라고 밝혔다.
    하지만 작중 진희의 죽음이 그 어떤 탐문이나 부연설명도 요하지
    않는 자명한 사건으로 배치됨으로써 주나와 미주가 그에 대한 독점적
    해석권을 갖도록 승인된 것과 달리, 고故 육우당은 '유서를 남겼다'.
    육우당은 사회적 차별과 낙인으로 인해 피동적으로 죽음을 택한 것이
    아니라, 자신의 죽음 자체가 기독교 반퀴어세력에 대한 저항이자,
    동료 성소수자 인권운동가들의 활동을 촉구하는 일종의 '운동'으로서
    의미화되어야 한다는 점을 '유서'를 통해 밝혔다. 그렇다면 작가는 왜
    진희에게 유서를 허용하지 않았을까.

24 김건형, 앞의 글.

25 심진경·박권일·강지희·박인성·양경언, 앞의 글 중 심진경의 발언.

26 심진경, 「새로운 페미니즘서사의 정치학을 위하여」, 『창작과비평』 178, 2017년 겨울, 47쪽.

27 조혜영, 「〈아가씨〉와 〈비밀은 없다〉는 여성영화인가」, 한국여성노동자회·손희정·임윤옥·김지혜 기획, 『을들의 당나귀 귀: 페미니스트를 위한 대중문화 실전 가이드』, 후마니타스, 2019, 321쪽.

28 이 책 2부에 수록된 「비평의 백래시와 새로운 '페미니스트 서사'의 도래」 참조.

29 이 의문은 트랜스젠더퀴어가 이성애 규범을 모방하고 강화하는 보수적 존재라는 논리에 대한 루인의 비판적 통찰에 빚지고 있다. 루인, 앞의 글, 180쪽.

30 켄지 요시노, 김현경·한빛나 옮김, 『커버링: 민권을 파괴하는 우리 사회의 보이지 않는 폭력』, 민음사, 2017, 9~39쪽.

31 김봉곤, 「시절과 기분」, 『21세기문학』 80, 2018년 봄. 이하 인용시 본문 괄호 안에 쪽수만 표기, 이하 동일.

32 김녕·안지영·이지은·한설, 「반갑고 또 아쉬운」, 『문학동네』 95, 2018년 여름, 524쪽 중 김녕의 발언.

33 김녕, 앞의 글, 174~176쪽.

34 김봉곤, 「라스트 러브 송」, 『여름, 스피드』, 문학동네, 2018.

35 김녕·안지영·이지은·한설, 「소복한 밤과 우정의 동상이몽」, 『문학동네』 94, 2018년 봄, 569쪽 중 김녕의 발언.

36 루인, 「규범적 슬픔, 젠더의 재생산: 장례식, 트랜스젠더, 그리고 감정의

정치」, 『진보평론』 57, 2013. 9.

37   김지혜, 「역사와 기억의 아카이브로서 퀴어 생애: 『나는 나의 아내다I Am My Own Wife』 희곡과 공연 분석」, 『여성학논집』 30-2, 2013.

38   '게이-됨'이 끝없는 숙고와 훈련을 통해 가능한 '수행적' 과정임은 윤경희, 「긴 여름이 끝날 즈음」, 『문학동네』 96, 2018년 가을 참조.

39   Susan Stryker, "My Words to Victor Frankenstein above the Village of Chamounix: Performing Transgender Rage", *GLQ: A Journal of Lesbian and Gay Studies 1. 3*, 1994, p. 238(루인, 「혐오는 무엇을 하는가: 트랜스젠더퀴어, 바이섹슈얼 그리고 혐오 아카이브」, 윤보라·임옥희·정희진·시우··루인·나라, 앞의 책, 187쪽에서 재인용).

40   너멀 퓨워, 김미덕 옮김, 『공간 침입자: 중심을 교란하는 낯선 신체들』, 현실문화, 2017, 83쪽.

41   이 책 4부에 수록된 「퀴어서사와 아포칼립스적 상상력: 최진영의 『해가 지는 곳으로』」 참조.

42   김건형, 앞의 글.

43   신샛별, 「숙의하는 소설들: 최은미의 『아홉번째 파도』와 김혜진의 『딸에 대하여』에 주목하여」, 『문학들』 50, 2017년 겨울, 64쪽.

44   최태숙, 『할배의 탄생: 어르신과 꼰대 사이, 가난한 남성성의 시원을 찾아서』, 이매진, 2016.

45   시우, 앞의 책, 146~148쪽.

46   김현미, 『우리는 모두 집을 떠난다: 한국에서 이주자로 살아가기』, 돌베개, 2014.

47   이 특집의 문제의식과 성격에 대해서는 이진화, 「지구적 적대의 퀴어한

재배치를 위하여」, 『문학과사회 하이픈: 페미니즘적-비평적』116,
2016년 겨울, 135~137쪽 참조.

'순정한' 퀴어서사를 읽는 방법

윤이형의 「루카」
(『자음과모음』 24, 2014년 여름)

「루카」는 윤이형의 낯설고도 익숙한 소설이다. 이 소설에는 우리가 그의 전작前作들에서 자주 만나온 시그니처 캐릭터들, 즉 '환상세계로 모험을 떠나는 공상과학적 캐릭터들'이 등장하지 않는다. 이 소설에서 만나고 사랑하고 분노하고 이별하고 아파하는 것은 모두 명백히 '인간'들인 것이다. 혹자는 이 소설의 두 게이들이 윤이형의 전작들에서 영웅적 분투를 펼친 좀비, 로봇, 사이보그, 가상이미지 등과 뭔가를 공유한다고 생각할지 모른다. 낯설고 이질적이며 규범을 위반하고 경계를 허문다는 점에서 게이와 그것들은 유사한 서사적 임무를 수행한다고 추측할 수 있겠다.

하지만 아무래도 그 유비analogy에는 반대해야 할 듯하다. 윤이형의 판타지적 페르소나들이 '끝내 휴머니즘적 세계로 회수되기를 거부하려는' 의지의 산물이었다면, 이 작품의 게이들이 그런 의도에 복무한다고 말하기 어렵다. 오히려 성소수자를 손쉽게 비인간·비존재·비정체로 규정할 때 발생할 수 있는 이데올로기적 폭력의 위험이 더 크다. 'LGBTQIA' 등 비규범적 성정체성과 성적 선호를 지닌 존재들이 기존의 이분법적 젠더질서를 교란시키긴 하지만, 그렇다고 그 존재들이 스스로 초인간적·초자연적 범주로 분류되기를 지향하는 것은 아니기 때문이다. 성소수자의 육체성을 삭제하고 상징적 기능만을 취해 낭만화하는 것은 성소수자에 대한 또 다른 방식의 타자화다.

한편, 이 소설은 동성애(적) 관계에 대한 윤이형의 오랜 관심과 천착을 계승한 작품이라는 점에서는 익숙하다. 「절규」(2006)나 「말들이 내게로 걸어왔다」(2007)에서처럼 그가 묘사한 고통의 심해에는 종종 동성애(적) 욕망이 자리하고 있었다. 윤이형은 이성애사회의 폭력성을 은밀히, 그러나 강렬하게 포착함으로써 이 세계의 파탄을 예고했던 드문 작가였다.

혹자는 이 소설이 '동성애'라는 소재를 다루면서도 동성애에 국한되지 않는 '보편적인' 사랑의 문법을 서사화했고, 바로 그것이 '상투적인' 동성애서사를 넘어서는 「루카」의 특출난 점이라 할지 모른다. 이 소설에서 동성애의 사랑과 문법이 다른 사랑의 그것과 다르지 않음을 확인하고 모종의 안도감을 느꼈다면, 당신은 이 소설이 마음에 들었을 것이다.

하지만 과연 동성애서사의 '상투성'이 성립할 정도로 한국문학사에 그 표본이 양적으로 충분한지도 의문이려니와 그 내용도 궁금하다. 그게 동성애서사가 흔히 성소수자가 겪는 차별 및 그의 정체성 투쟁을 다룬다는 점을 지칭하는 것이라면, 이를 상투적이라고 말하기 전에 먼저 물어야 한다. 동성애서사는 왜 꼭 그 문제에서 출발하거나, 그곳으로 돌아와야 하는지. 왜 그 문제를 경유하지 않은 채 동성애(자)를 재현하는 것이 그토록 어려운지.

그러므로 상투적인 것은 동성애서사의 문제제기 자체가 아니라, 그런 재현의 반복이 뭘 의미하는지 깊이 생각하지 않으려는 피상적인 시선이다. 게다가 어떤 소설이 동성애 이야기에 국한되지 않고 '보편적인' 사랑의 윤리를 환기해서 좋다는 것은 역으로 말하면 동성애는 '보편'에 포함되지 않는다는 뜻이니 그 '보편'은 이미 보편이 아니다.

오히려 그 반대다. 한국 동성애서사에 상투성이 있다면, 그건 한국문학사에서 동성애서사는 언제나 '동성애 없는 동성애서사'의 방식으로만 존재했다는 점이다. 우정, 의리, 보편적 인간애로 포장·봉합되지 않은 동성애서사가 한국문학사에 있었던가. 겁탈·

강간과 같은 극단의 폭력과 모멸의 수단으로서 행해지는 동성성행위가 아닌, 동성애(자)의 에로티시즘과 오르가즘의 재현을 시도한 서사가 한국문학사에 있었던가. 내가 알기로, 동성애서사의 독자적인 미학과 정치성을 확보하기 위한 문학적 실험의 가장 인상 깊은 사례는 팬픽과 야오이, 그리고 지금까지도 가장 왕성하게 창작되는 서사장르 중 하나인 수많은 2차 창작물 및 BL물들에서 나왔다. 그것들이 '정통' 한국문학사에서 어떻게 취급되는지에 대해서는 생략한다.

그러므로 이 소설이 '동성애자가 경험하는 차별 및 정체성에의 인정욕망과 기투'를 다루지 않아서 개성적이라거나, 궁극적으로는 동성애가 아니라 '보편적인' 사랑을 다루었으므로 훌륭하다는 식의 찬사는 기만적이다. 그 독법은 '보편적인 사랑'(이라지만 실은 '이성애'를 지칭할 뿐인)의 문법으로 회수되지 않는 동성애에 대한 재현의 의지를 비가시화한다. 그것은 다시 한 번 한국문학사에 동성애서사가 기입되는 것을 막고, 동성애(자)의 재현에 모종의 검열을 작동시키려는 기획과 조응한다.

따라서 이 소설을 옹호하기 위해서는, 동성애(자)이기 때문에 경험하는 사랑과 이별의 방식, 그 난관과 딜레마를 섬세하게 포착했다는 것이야말로 이 작품의 오리지널리티라고 말해야 한다. 누가 봐도 엄연

히 동성애서사를 써냈는데 그게 동성애서사로 읽히지
않아서 좋다니, 그게 무슨 미덕이고 칭찬이겠는가.

*

이 소설의 대강은 퀴어커뮤니티의 영화모임에서 만난
두 게이, '딸기'와 '루카'의 사랑과 이별을 진술하는 데
에 할애된다. 그들은 딸기가 뒤늦게 상상한 시나리오
의 내용대로 "상대방이 자신과 비슷하다는 이유로 사
랑에 빠졌"고, "서로가 얼마나 다른지 깨닫는" 것으로
끝났다. 모든 사랑이 그렇지 않느냐고 물을 수도 있지
만, 퀴어세계 내부의 '다름'을 서사화한다는 것이 뭘 뜻
하는지 먼저 생각해볼 필요도 있다. 상징적인 두 장면
을 보자.

    이 소설이 집중하는 것은 두 게이들의 서로 다
른 역사와 경험이다. 딸기가 커밍아웃을 단행한 데에
는 엄마의 이해와 관련 논의의 학습경험이 중요했다.
그에게 "문이 열린다는 것"이 "소중한 경험"으로 간직
되고, 루카와의 "두 번째 커밍아웃"이 "목욕물처럼 따
스"했던 것도 그 때문이다. 반면, 모태신앙인 루카에
게 "첫 번째 커밍아웃"은 없었다. 그는 아우팅을 통해
정체성이 알려졌고, 모든 공동체에서 거의 버려졌다.
루카가 퀴어로 살기 위해 "정체성의 절반이 넘는 것을

버"려야 했던 것은 딸기로서는 "짐작되지 않"는 일이었다.

커밍아웃이나 퀴어활동을 통한 '정체화'의 과정, 즉 '퀴어-됨'을 수행하는 것이 퀴어서사의 핵심적 장치임을 부인할 필요는 없다. 하지만 성소수자 인권운동가 한채윤의 지적처럼, 커밍아웃을 개인의 선택 문제로 인식하는 순간 차별의 사회적·역사적 맥락은 사라진다.[1] 딸기는 "문을 열어 밖을 내다보고 싶어 하는" 루카에게 딸기만을 "유일한 시민"으로 삼는 세계에 살도록 요구한 것, 즉 퀴어세계에서만의 안존을 강요하는 것이 또 다른 '클로젯팅(벽장 안에 가만히 숨어 있기)'일 수 있음을 알지 못했다.

그렇다면 이 소설은 딸기로 상징되는 성소수자역시 다른 성소수자에게 폭력을 가할 수도 있다는 점을 상기시키는 데 그 목적이 있었을까. 이를테면 이런 장면은 어떤가. 딸기의 삶은 온통 퀴어로서의 삶을 가시화하는 데에 바쳐져 있다. 소수자가 아니라면 부러외칠 필요도 없는 '인권'을 주장하는 것이 그에게는 정체성을 인식하는 방법이자 존재방식 그 자체다. 그러므로 "너는 퀴어고, 퀴어와 관련된 일을 계속하고 싶은 거잖아."라는 루카의 말이 딸기에게는 "너는 퀴어고, 퀴어와 관련된 일이 아니면 하고 싶지 않은 거잖아." 라고 들렸고, 그게 "서운"했던 것은 당연하다. 딸기가

1
한채윤, 『엮어서 다시 생각하기: 동성애, 성매매, 에이즈』, 권김현영 외, 『성의 정치 성의 권리』, 자음과모음, 2012.

2
여성주의 비평가 정희진의
진술 중 '여성'을 '퀴어'로
바꿔 읽은 것이다.
정희진, 『페미니즘의
도전: 한국사회 일상의
성정치학』, 교양인, 2005,
18쪽.

'퀴어적 삶'의 방식을 자의적으로 재단했던 것처럼, 루
카 역시 딸기의 기투가 지닌 의미를 이해하지 못했던
것이다.

두 장면은 우리에게 "모든 일이 그렇게 칼로 베
어낸 것처럼 분명할 수"는 없다는 것, 즉 단일한 정의
로 회수되지 않는 퀴어의 복수성과 다차원성을 보여준
다. 물론 모든 주체, 모든 사랑이 그럴 것이다. 하지만
퀴어 세계와 비-퀴어 세계 간의 길항관계를 끊임없이
의식하고, 두 세계에서의 존재방식을 조절·통제하는
것은 오로지 퀴어이기 때문에 수행하게 되는 성찰과
실천이다. 자신의 생각이 "차별이나 소수자 같은 말들
과는 정말 아무 관계도 없는 일이었을까"라고 되묻는
이는 그 누구도 아닌 퀴어인 것이다.

그러므로 이 소설이 다수자가 그렇듯, 소수자들
의 세계에도 차별과 억압이 있음을 확인하는 것, 모든
'보편적' 주체와 사랑에 대한 이야기로 에누리 없이 환
원되는 것이라고 믿는다면 곤란하다. 이 모든 기획은
퀴어적 정동과 문제의식에 의해 가능한 것이라는 점
이 강조돼야 한다. 이 소설이 퀴어들 간의 차이를 드러
내는 것은 보편질서와의 차이를 무화시키기 위한 것이
아니라, "퀴어를 퀴어로 환원하는" 것이 바로 이성애
규범성을 통해 유지되는 가부장제임을 말하기 위해서
라고 보는 편이 더 타당하다. [2]

이 소설에서 가장 미묘한 지점은 루카 아버지와 딸기의 대면을 통해 그려진다. 루카가 다녔던 교회의 목사인 루카 아버지는 자신의 신앙과, 아들이 게이라는 사실의 병존을 감당하지 못한다. 그보다는 차라리 아들이 죽었다고 상상하는 것이 더 쉬웠다. 그는 맹수를 직접 만질 수 있다는 아르헨티나 '루한LUJAN'의 한 동물원으로 향하는데, 이는 명백히 더 큰 공포를 통해 현존하는 공포를 덮으려는 시도였다.

"도로 위에서 길을 잃는" 이 여행은 "허허벌판", "황무지", "검은 숲" 같은 묘사에서 보듯 '순례자의 고행'과 오버랩된다. 이 자발적 고행을 통해 그는 루카의 고통과 외로움을 추체험한다. 허나 그는 결국 '루한'으로 상징된 루카에 가닿지 못하고 "대성당"으로 묘사된 신에 관성적으로 의탁한다. 그는 '동성애는 죄'라는 잘못된 생각을 바로잡는 대신, 루카의 고통을 자신의 방식으로 서사화한다. 모든 것은 "신의 말씀을 바르게 전하지 못한 자신의 탓"이라고. 다만, 루카 아버지에게 '고행'은 그것이 '의례'라 할지라도 뭔가를 변하게 했다. '루카의 죽음'이라는 "더 쉬운 그 선택을 하게 한 것은 다름 아닌 자신이었고, 한평생 그토록 소중하게 지켜온 자신의 믿음"이었다는 사실을 직시하게 된 것이다.

그런데 서술자는 여기서 이야기를 멈추지 않았다. 더 이상 "신을 믿지 않는다"는 루카 아버지는 "나(딸기-인용자)와 같은 사람들에게 미안하다는 말을 하고 싶었다"라며 딸기에게 고백한다. 하지만 딸기에게 그 말은 루카를 방치했던 오랜 세월을 손쉽게 청산하려는 시도로 여겨졌다. 여전히 대상화를 경유함으로써 마련되는 화해의 알리바이에 딸기는 분노한 것이다.

이때 눈여겨보게 되는 것은 서술자의 포지션이다. 그는 모두에게 아무것도 강요하지 않는다. 그는 루카 아버지가 손쉽게 '각성'하거나 '인식의 벽'을 넘는 것으로 그리지 않았고, 딸기에게도 '화해'와 '용서'를 종용하지 않았다. 물론 딸기에게 "그가 너를 받아들일 수 없어 죽게 했다면 나 역시 내가 사랑하지 않는 너의 어떤 부분을 사랑한다고 말하면서 그저 시들게 놓아두기만 한 사람"이라고 지각하게 함으로써 그가 지닌 '벽' 또한 가시화했고 말이다.

어쩌면 이 소설은 딸기가 자신의 '벽'에 대해 침묵한 대가로 루카를 잃은 후 작성한 반성문처럼 읽힐 수도 있다. 혹은 "어떤 일들은 그저 어쩔 수 없고 어떤 일들은 노력해도 나아지지 않으며 함께 살아야 한다고 말하지만 우리는 어떤 사람들과는 함께 살 수 없다."라는 윤이형의 오랜 비관론의 연장일 수도 있다. 하지만 그게 다일까. 이 소설이 진정으로 그린 것은, 루카 아버지를 거울삼아 반성적 성찰을 수행하는 한 퀴어의 성장담이다. 이 소설이 '루카'라는 이름의 의미를 단언하지 않았듯, 우리는 딸기 역시 그가 "왜 딸기인지" 아직 알지 못한다.

퀴어서사와 아포칼립스적 상상력

최진영의 『해가 지는 곳으로』
(민음사, 2017)

최근 성소수자의 삶을 서사화한 소설들이 눈에 띄게 늘었다. 문단 일각에서는 이를 '소재주의'라고 손쉽게 치부하지만, 그전에 성소수자 서사화의 사례가 비약적으로 증가하는 현상의 문화사적 함의를 먼저 물어야 한다. 그간 한국문학사에서 성소수자를 재현한 사례가 아주 많다고는 할 수 없지만, 이 재현의 계보에는 몇 가지 특기할 만한 점이 있다.

우선, 성소수자는 단편소설의 주인공으로 설정된 경우는 종종 있을지언정 세계의 '총체성totality'을 조망함으로써 특권적 위상을 점한 양식인 장편소설의 주인공으로는 거의 등장한 적 없다는 점이다. '장편소설'은 예외적 개인이 일정한 통과의례를 거쳐 기존 규범화된 사회에 입사하는 과정을 곧 개인의 '성장'으로 이해한다. 그리고 그 성장의 시간을 서술하는 데 특화된 양식으로서 근대 장편소설은 "성숙한 남성의 형식"(게오르그 루카치)이라고 불린다. 어쩌면 성소수자는 장편소설의 세계에서 규정한 '성장'에 부합되지 않을 '반(反)-성장'의 형상이기에 장편소설의 주인공으로 좀처럼 등장하지 않았던 것일지도 모른다.

또 다른 특징은, 이성애자가 '소수자-되기'를 체험하기 위해 크로스드레싱이나 트랜스젠더의 형상을 불철저하게 활용한 몇몇 사례들을 제외하고는,[1] 한국에서 대부분의 퀴어서사는 주로 동성애 혹은 동성애자 재현에만 편향돼 있다는 점이다. 물론 이때 동성애서사는 동성애의 에로티시즘과 오르가즘을 비가시화함으로써 '동성애 없는 동성애서사'로만 존재[2]했다 해도 과언이 아니다.

이런 특징들은 한국문학사가 미처 시도하지 않은 재현의 공백지대가 있음을 시사한다. 여전히 어떤 성정체성이나 성적 선호, 성애적인 것들은 '문학적인 것'으로 인식되지 않으며 문학적 시민권이 부여되지 않는다. 물론 굵직한 서사적 계보를 가진 모든 문학적 주제들이 그렇듯, 성소수자 재현의 의미 있는 사례가 축적돼야 우리는 그 미학과 정치성의 지체와 나아감을 말할 수 있겠다.

간단히 톺아보자. 성소수자를 인정과 연민의 대

1
김건형, 「2018, 퀴어전사: 前事·戰史·戰士」, 『문학동네』 96, 2018년 가을.

2
이 책 4부에 수록된 「'순정한' 퀴어서사를 읽는 방법: 윤이형의 「루카」」

상으로 다룬 것이 선진화와 민주화의 감각을 고루 장착했다는 1987년 이후 한국문학사의 나르시시즘적 소산이라면, 자본의 확장과 '노동유연화'를 정언명령으로 삼은 신자유주의 시대에 성별이분법과 이성애 규범의 교란 가능성을 체화한 성소수자는 모종의 저항과 대안의 가능성을 상징해온 '경계인·노마드·유령'의 형상들처럼 낭만화됐다. 그리고 이제 소수자에 대한 혐오와 절멸만이 자기보존의 유일한 방식으로 상상되는 오늘날, 성소수자의 재현은 이중구속에 처한 것 같다.

최근 한국문학장에서 성소수자는 여전히 정체성정치에 기투하면서도 여느 N포세대처럼 가난하고 고립된 '보통 청년'이라는 알리바이와 함께 등장한다. 사회경제적 불안정이 비규범적 성정체성이 초래하는 삶의 무게를 압도하는 것으로 재현될 때에만 비로소 '보통 사람'으로서 대사회적 발언권을 부여받는 것이다. 허나 그렇다면 이건 성소수자의 시민적 권리에 대한 이야기라기보다는, 경제동물의 형상을 경유하지 않고는 '보통 사람'을 상상하지 못하게 된 사태, '보통 사람'의 기준이 너무 낮아진 우리 모두의 불행에 대한 이야기일지도 모른다.

그런 의미에서 두 레즈비언을 "기괴한 바이러스"에 뒤덮인 아포칼립스 세계에 배치한 최진영의 경장편 『해가 지는 곳으로』의 설정은 주목할 만하다. 이 소설은 사태의 발단인 바이러스의 정체를 해명하는 일 따위에는 전혀 관심 없다. SF의 장르문법을 활용한 독서의 쾌락을 제공하는 데에도 무관심하다. 대신 이 소설은 모두가 평등하게 망가진 세계 그 자체에 집중한다. 어차피 가족도 고향도 없는 "피난민"으로 스스로를 인식한 두 레즈비언에게 "재난 이후"는 비로소 "꿈"과 "사랑"을 속삭일 수 있는 시공간이다. 그래서 그녀들은 다짐하듯 되뇐다. "우린 같이 있어야 해. 그래야 안전해."

'재난을 기회로 삼는 이들'만 가득한 곳에서 순진하게 '사랑'이라니. 허나 이 작품이 소설적 배경으로 택한 '아포칼립스'라는 시공간이 단지 동성애자라는 이유만으로 군대에서 체포되고, '차별을 금지하라'라는 당연한 요구마저 일신의 안전에 대한 위협을 느끼며 항변해야만 하는 오늘날 한국사회에 대한 은유라면 이해 못할 것도 없다. 재난 이후 폐허에 놓인 레즈비언의 형상이 의미심장한 이유다.

이 소설의 설정은 최근 개봉한 영화 〈불온한 당신〉(이영, 2015)에 등장하는 일본 레즈비언 커플 '논'과 '텐'의 경우와도 닮았다. 동일본대지진을 겪고 나서야 자신들의 성적 선호와 관계를 커밍아웃한 이 커플이 발신하는 메시지는 '항시 차별과 낙인의 위험에 놓인 성소수자에게는 일상이 재난'이라는 뜻 이상이다.

'모두에게 평등한 위험'으로 상상되는 재난상황에서도 성소수자는 이중으로 배제된다. 이들에게는 유사시에 '반려자를 찾을 권리'도 '호르몬치료를 제공받을 권리'도 없다. 이때 행해지는 성소수자들의 커밍아웃은 잘 준비되고 계산된 정치적 마니페스토가 아니라, '안전'을 보장받기 위해 가장 긴급하고 절박하게 시도되는 최선의 조치다.

파국과 절멸, 재난과 혐오의 경제로 묘사되는 신자유주의적 세계관은 분명 성소수자 재현의 새로운 변수다. 오랫동안 이성애자 커플과의 같고 다름을 반복적으로 증명하는 데 골몰해온 성소수자 서사는 이제 무엇을 더 말할 수 있을까. '세계의 끝'에 놓인 퀴어들의 신체는 어떤 (불)가능성일까. 더 많은 이야기가 필요하다.

2017. 8. 6.

음험하게 숭고한 사랑

소설 『우리가 통과한 밤』[1]과 영화 〈도희야〉

작년 가을에 출간된 기준영의 장편소설 『우리가 통과한 밤』(문학동네, 2018)의 표지 속 여자 둘은 낮인지 밤인지도 알 수 없는 모호한 시간대에, 어떤 랜드마크도 없이 무한으로 펼쳐진 고요한 벌판 앞에 서 있다. 두 여자는 키도, 체형도, 머리길이도 똑같고 심지어 어깨가 드러나는 어두운 색의 슬립인지 점프슈트인지를 입고 있는 모습도 똑같다. 무국적의 공간에 정처 없이 놓인 쌍둥이 혹은 서로의 분신처럼 닮은 두 여자. 이 이미지는 독자가 두 여자들이 거주하는 시공간을 '현실'의 어딘가로 상상하는 것을 완강하게 거부하는 듯 보인다. 무엇보다 둘은 대체 왜, 이렇게까지, 닮아야 할까.

혹자는 이 소설이 '퀴어문학'으로 분류됨에도 "여자와 여자의 사랑이 세상의 편견에 부딪히는 이야

1
이하 인용시 본문 괄호 안에 쪽수만 표기.

기가 아니라는 것"이 "독특한 지점"²이라고 말했는데 과연 그런가. 기실 이 소설은 두 히로인들에게 '여성동성애에 대한 시스젠더 헤테로들의 편견과 무지, 혐오'라는 공통의 전선을 제시하지는 않았지만, 대신 그녀들이 여성동성애를 선택·실천하게 되는 내력을 거의 필사적이리만큼 곡진하게 묘사하는 데 책 한 권의 분량을 바쳤다.

"태어난 지 얼마 안 되어 버려지고, 누군가에게 발견되고, 또다시 버려지고, 방치되고, 도망가고, 붙잡히고, 다시 새 생활을 시작하고, 짐을 풀고, 그리고 한 걸음 내디뎠다고 믿게 되는 순간에 가장 가까운 사람들에게 부정되곤 했던 경험은 보이지 않는 상처에 불타는 낙인이 됐다."(184)라는 묘사에서 보듯 스무 살의 '지연/엘리사벳/리사'는 가족-친밀성의 결핍으로 인해 유기불안을 겪는 존재다. 놀라울 정도로 조숙하면서도 미성숙한 감정의 드라마를 노골적으로 전시함으로써 자신을 어필하고 '채선'을 유혹하는 지연의 언행은 다분히 연극적이다.

한편, 마흔 살의 아마추어 연극배우인 채선의 성장사에서 중요하게 서술되는 것은 얼굴을 본 적 없지만 연극배우였던 아버지, 전직 안과의사 남자와 재혼해 정상가족을 연기하는 어머니, 그리고 두 번째 남자-애인의 영문 모를 자살이 채선 자신에게 남긴 깊은 상처다. 그 결과 무대 위에서 생기 있는 '마고' 역할로 분할 때와 달리, 현실에서의 채선은 거의 강박적이리만큼 무욕하고 건조하다.

> "날 버리고 죽음을 택한 당신이 미웠어. 당신을 혼자 아프게 했던 내가 싫었어. 그날 이후로 나도 죽어 있어. 나를 벌하는 중이야. 하지만 이제 끝내려 해."
> "미안하다고 말하지 않을 거야."
> 그가 아주 평온한 얼굴로 내게 말했다.
> "그래. 이제 서로 미안해하지 않기로 해. 마지막으로 나는……"
> 나는 양손을 비벼 온기를 만들어서 그의 두 발을 만졌다. 쓰다듬었다. 따뜻한 공기로 씻기는 것처럼.
> "네가 보내줘."
> 그가 말했다.
> "그렇게." 나는 절벽 끝에서 그를 깊숙이 포옹했다. 영혼을 빨아들이듯 크게 숨을 들이마시면서. 그리고 포옹을 풀고는 두 손으로 그의 가슴을 힘껏 밀쳐냈다. 아득한 저 아래편에서 파도가 거세게 솟구쳤다가 가라앉았다. 그가 물길 속으로 떨어져내렸다. (265~266)

소설의 결말부. 우여곡절 끝에 지연과의 동거를 결심한 후 채선이 꾸는 꿈은 상징적이고 전형적이다. 지연을 택함으로써 채선이 죽은 남자친구가 남긴 상처를 극복하게 됨을 암시하는 이 장면이 성장서사에 자주 등장하는 졸업/입사의 클리셰를 연상케 한다는 점을 부인할 수 있을까. 이 장면 뒤에 이어지는 것은 지연과 지연의 친구 '해령', 채선과 채선의 친구 '소민', 채선의 엄마와 의붓아버지가 여름 휴가철에 다 함께 저녁식사를 하는 장면이다.

요컨대, 이 소설은 '여성을 사랑하는 여성-임'이 지연과 채선의 불가역적인 정체성이라고 말하지는 않았지만 대신 그녀들의 여성동성애 실천을 수많은 관계의 실패와 결핍, 상처로 인한 불가피한 것이라고 말한다. 여성 간의 사랑을 이 모든 곡진한 사연들의 결과이자 그것을 보상할 가족로망스의 한 장면으로 의미화하는 것. 이 소설은 "여자와 여자의 사랑이 세상의 편견에 부딪히는 이야기가 아"닐지는 몰라도, 여성 간의 사랑을 이렇게 지난한 서사적 설득을 요하는 주제라고 인식한다.

『우리가 통과한 밤』을 읽고 2014년에 개봉한 화제작 〈도희야〉(정주리, 2014)를 떠올린 건 거의 반사적이었다. 나이차가 많이 나는 두 여자가 깊은 유대를 맺음으로써 각자의 '약자-됨'을 극복하고 기약 없는 내일을 향해 나아간다는 줄거리를 두 서사는 공유한다. 그러나 이것이 내가 이 소설과 영화를 동시에 떠올린 유일한 이유는 아니다. 더 강력한 이유는 내게 『우리가 통과한 밤』과 〈도희야〉가 모두 세대를 격한 여성 간의 유대를 "어린 소녀가 자신을 희생해 어른도 구하고 자

신도 구하는 이야기"³로 읽어내려는 의지의 자장 안에
있다고 여겨졌기 때문이다.

　　영화를 본 사람들은 알겠지만, 〈도희야〉에는 매
우 인상 깊은 몇몇 설정과 장면들이 있다. 영화 내내
결코 노골적으로 말해지지는 않지만, '영남(배두나 분)'
이 시골 경찰서장으로 좌천된 이유이자 이 마을에서
그녀에게 신변상의 문제를 일으키는 핵심적인 요소가
영남이 여성을 사랑하는 여성이라는 점, 그 때문에 삶
의 어느 한 부분이 망가진 영남은 밤마다 생수통에 담
긴 소주를 들이키며, 고요히 위태로운 검은 밤바다를
응시한다는 점.

　　한편, '도희(김새론 분)'는 미등록 이주노동자들을
노예처럼 부리며 마을의 지배자로 군림하는 아버지
'용하(송새벽 분)'로부터 상시적인 학대와 폭력을 당하는
여성청소년이다. 도희의 할머니를 비롯한 마을사람
들은 이 상황을 인식하고 있지만, 용하가 마을경제를
유지시키는 인물이라는 이유 때문에 감히 아무도 그
를 말리지 못하고 도희의 상황을 묵인한다. 영남은 그
런 도희에게 눈을 떼지 않고 그녀를 구해준 유일한 사
람이다. 물론 도희 또한 결코 통념상의 피해자 이미지
에 딱 들어맞는 존재는 아니다. 도희는 사회적으로 코
드화된 폭력의 문법을 역이용해 아버지와 할머니에게
복수하고, 자신이 파트너로 선택한 영남을 위기로부터

3
장영엽, 「[이준동] 내 영화,
당신의 한 잔」, 『씨네21』
954, 2014. 5. 21.

지켜낸다.

흥미로운 것은 『우리가 통과한 밤』과 〈도희야〉에서 20년 남짓의 나이차가 날 만큼 세대를 격한 이 여성커플들은 한결같이 유사 보호-피보호자 관계를 형성한다는 점이다. 도희가 영남에게 버림받지 않기 위해 벌이는 퍼포먼스들과, 채선이 자신을 "끊어내지" 못하도록 끊임없이 연극적인 자아를 전시하는 지연의 모습은 꼭 닮았다. 그런가 하면, 두 커플에서 관계를 주도하는 것은 모두 상대보다 한참 나이가 어린 쪽인 지연/도희인데도 이야기는 늘 채선/영남의 관점에서 서술된다는 점 또한 공통적이다. (〈도희야〉의 제목은 '도희'가 아니라, 도희를 부르는 사람, 즉 영남이 이 영화의 초점화자임을 보여준다.) 무엇보다, 의지가지없는 지연/도희에게 채선/영남은 유일한 친구이자 언니이자 어머니이자 연인이다. 이런 설정은 어떤 정치적 효과를 불러일으키는가.

〈도희야〉가 2014년 최고의 '여성영화' 중 한 편으로 망설임 없이 선정될 때,4 관객과 비평가들이 이 영화에서 읽어낸 것은 법이나 제도와 같은, 도희를 지키기 위한 사회적 안전망이 부재하거나 제대로 기능하지 않을 때, 동성애자로서 받게 될 사회적 낙인을 감수하면서까지 도희를 보호·포용하겠다고 결심한 영남의 '선한 의지'다.

그런데 영남과 도희는 그저 '순정한' 보호자-피

보호자의 관계이기만 했을까. 영화는 영남이 레즈비언임을 들어 '도희를 정말 '사심 없이' 데려간 것이 맞느냐, 도희를 씻길 때 도희의 몸을 만졌느냐'라며 영남에게 아동성추행 혐의를 씌우려는 경찰의 추궁에 곤혹스러워하는 영남의 표정을 보여준다. 물론 영화는 그 심문의 과정에, 아버지 용하의 폭력으로 인해 상처투성이가 된 도희의 벗은 등이 담긴 장면을 삽입함으로써 관객으로 하여금 영남과 도희의 신체접촉이 성적인 것이 아니었다고 확신하게 한다.

하지만 이 영화가 그전까지 보여준 장면들은 관객의 기대와는 좀 다른 이야기를 하는 듯도 하다. 영남이 들어 있는 욕조 안에 스스럼없이 '들어가도 되느냐'라고 묻는 도희의 질문에 당황해하던 영남의 표정, 둘의 길고 인상적인 목욕 장면, 도희와 영남이 같은 디자인의 비키니를 입고 함께 바캉스를 떠나는 장면 등을 떠올려 본다면, 관객에게 영남과 도희의 관계가 무성적이거나 탈성애적이라는 확신을 주는 일에 영화가 고의적으로 태만했다는 의심도 가능하다. 강조하지만, 경찰의 추궁에 대한 영남과 이 영화의 대답은 의미심장하게 엇갈리며 전략적으로 모호하다. 그리고 나는 바로 이 지점이야말로 이 영화의 가장 영리한 선택이라고 생각한다. 영화평론가 듀나의 의심[5]대로 영남이 그렇게 결백하지만은 않고, 도희 또한 '순정한' 피해자

5
듀나, 「호평 세례 '도희야'
시골 누아르 관점서 보면」,
엔터미디어, 2014. 5. 20.

가 아니라 영악하고 위태롭기 짝이 없는 아이라면, 이 영화의 여성연대는 그래도 환영받을 수 있었을까.

영화연구자 박유희는 <도희야>에서 "용하를 처벌하려고 할 때, 마을공동체가 영남에게 맞서 용하를 비호하려고 하면서, 영남의 행동은 단순히 폭력에 노출된 한 아이를 경찰이 보호하는 문제가 아니라, 경제적이고 사회적인 문제로 비화된다."[6]라고 지적했다. 그런데 이쯤에서 내가 제기해보고 싶은 것은 두 여성의 관계에서 성애의 가능성을 한사코 지워내거나 변명하면서까지 도희-영남(지연·채선)의 관계를 '상처받은 영혼의 상호구원'이라고 의미화하는 것 또한 사회경제적인 문제, 즉 '비용'의 문제가 아니겠냐는 의혹이다.

도희의 안전을 보장할 제도적 장치가 부재한 사회에서 '영남'이라는 예외적 개인의 도움이 '시혜적인 것'이라는 혐의를 피하면서 관객에게 윤리적 안도를 주기 위해 관객은 영남의 성애적 욕망에 애써 눈감는 것이 아닐까. '여성연대'로 의미화된 영남-도희의 커플링은 도희를 둘러싼 구조적 폭력을 해결할 정치적·경제적 비용을 들이지 않으면서 관객에게 그것을 묵인했다는 죄책감을 남기지 않기 위해 선택된 것이라고 말해 본다면 너무 그악스러운 독해일까.

다시, 사회적으로 상처 입은 두 영혼의 구원과 치유 서사로 갈음되는 세대 간 여성동성애 서사에 대한 독해를 곱씹어보자. 세대를 격한 여성커플. 유기불안 때문에 영악한 자기연출을 감행해야 하는 불안정한 아이(지연은 미성년자가 아님에도 '조숙한 어린애'를 연기함으로써 유아화된다)를 삶의 실패와 상처 때문에 건조하고 무욕한 존재로 살던 성인 여성이 물리적·정서적으로 구원함으로써 자기 역시 갱생의 가능성을 찾게 된다는 이야기. 이 구도에서 '(동)성애적인 것'은 과연 어떻게 사유되고 있을까.

금기이면서 동시에 욕망의 대상인 미성년자의 섹슈얼리티와 성적 자기결정권, 실패한 이성애를 극복하기 위한 계기, 존재론적 트라우마로 작용하는 가족 로망스의 대리실현, 구원, 치료, 극복, 성장…… 이것들은 여성동성애를 포함한 모든 종류의 사랑이 끝내 '해내리라고 기대되는 기적이자 사랑이 '숭고한 것'으로 상상되는 이유다. 하지만 여성동성애가 반드시 이 모든 것들을 알리바이로서 동원할 수 있을 때에만 서사화될 수 있다는 건 좀 어색하다. 세상의 모든 비규범적 성적 실천들은 이제 좀 덜 비장하고 덜 숭고해도 되지 않을까. 한없이 숭고한 것들은 반드시 조금쯤 음험하고 의뭉스러우니 말이다.

퀴어한 세계에서 '퀴어'로 살아가기

영화 <불온한 당신>과 <위켄즈>

폴키친X신촌아트레온— 두 개의 영화체험

2016년 연말에 두 번의 잊지 못할 영화체험을 했다. '영화를 봤다'가 아니라 '영화체험을 했다'라고 말한 것은, 나의 관심이 영화 자체뿐 아니라 영화를 보게 된 계기와 시간과 장소 등 해당 영화 관람과 관련된 상황 전반에 있기 때문이다. 나는 지금 '한국 퀴어영화계의 새 장을 열었다'고 평가되는 두 편의 다큐멘터리, <불온한 당신>(이영, 2015)과 <위켄즈>(이동하, 2016)의 영화체험에 대해 말할 참이다.

<불온한 당신>을 처음 본 것은 2016년 12월 3일 홍대

근처에서 열린 소규모 공동체상영회에서였다. '여성모임/행동하는성소수자인권연대'라는 모임에서 개최한 것이었는데, 나는 트위터를 통해 우연히 상영회 소식을 접했다. 이 모임의 트위터 계정에 들어가보니 "레즈비언, 바이섹슈얼, 트랜스젠더 등 여성성소수자 누구나 참여할 수 있는 모임입니다."라는 소개말이 적혀 있었다. 나는 이 모임에 아무런 연고가 없었지만 소문으로 익히 들어온 그 영화를 보고 싶어서 참석 가능 여부를 문의했고, 한국의 사회문화적 상황이 꽤 생소할 법한 한국계 미국인인 20대 여성 페미니스트와 함께 영화를 보러 갔다.

상영회가 열린 '폴키친'이라는 레스토랑 겸 바는 전혀 처음 가보는 곳이었다. 홍대 근처에서 노닥거린 게 족히 십여 년은 될 텐데, 그 거리에 그런 바가 있는 줄은 몰랐다. 건물 꼭대기에 달린 작은 간판은 눈에 잘 띄지 않았고, 바의 입구에는 'WOMEN ONLY'라고 적혀 있었다. 상영회가 시작되자 그 바는 정말 '오직 여성(으로 패싱되는 사람)'들로만 가득 찼다. 장안의 부치들은 다 모인 듯했다.

영화는 평생 자신을 '남성'이라 믿고 살아온 이묵 씨, 동일본대지진을 계기로 커밍아웃한 일본 레즈비언 커플 '논'과 '텐', 2014년에 서울에서 열린 퀴어퍼레이드, 성소수자차별금지 조항이 포함된 서울시민인권헌장 폐기 반대를 위한 무지개농성단의 서울시청 점거, 세월호참사 유가족들의 집회, 서울시학생인권조례 토론회 등지에서 매번 부딪치는 성소수자인권활동가들과 '혐오세력' 간의 갈등을 다루고 있었다. 영화를 보는 동안 나는 종종 동행자의 옆얼굴을 살폈는데, 태극기를 흔들고 북을 치며 시종일관 고성을 지르는 모습으로 등장하는 혐오세력의 주장이 그녀에게 잘 전해지고 있는지 궁금했기 때문이다. 영어자막을 통해 서사를 따라가고 있을 그녀에게 이 지극히 '한국적인' 스펙터클이 어떻게 이해되고 있는지 알고 싶었다. '절대 두 번은 못 보겠다'고 생각할 만큼, 영화에서 중계되는 갈등상황은 그저 지켜보는 것만으로도 매우 피로했다.

한편, <위켄즈>를 처음 관람한 것은 2016년 12월 23일 저녁, 신촌의 한 멀티플렉스 극장에서였다. 크리스마스 직전이라 신촌 거리는 흥성거렸고 극장은 분주했다. 나는 영화에 대한 사전정보를 그리 많이 갖지 못한 채, 비교적 가벼운 마음으로 멀티플렉스 극장의 익숙한 어둠 속에 기꺼이 파묻혔다. 영화는 20년 된 게이인권운동단체 '친구사이'의 소모임인 게이합창단 '지보이스G_Voice'의 10주년 기념공연 준비과정을 보여주며 시작했다. 10년이 됐는데도 "우리는 왜 여전히 노래를 못할까"라고 웃으며 자문하는 등장인물을 본 순간 내가 느낀 것은 일단 '편안함'이었다. 이 영화가 결국 내게 서로 다른 세대적·경제적·지역적·교육적·문화적 배경을 지닌 게이들이 적지 않은 난관을 극복하고 성공적으로 공연을 마친 뒤, 더없는 성취감과 연대감, 그리고 환희를 맛보며 성장한다는 식의 해피엔딩을 선사해줄 것임을 능히 짐작할 수 있었기 때문이다. 물론 그럼에도 나는 영화를 보는 내내 내가 예상한 것보다 훨씬 더 많은 눈물을 흘려야 했다. 감동의 진폭은 매우 커서 이후 며칠 동안 머릿속에 영화 속 노래들과 인물들의 표정이 자꾸 맴돌았다. 영화를 꼭 다시 한 번 보고 싶었다.

요컨대 <불온한 당신>과 <위켄즈>, 두 영화체험의 기묘한 '같고 다름'이 이 글을 쓰게 된 결정적인 이유다. 두 영화는 모두 성소수자 당사자들이 '한국에서 성소수자로 산다는 것'이라는 문제를 다큐멘터리 형식으로 직접 서술한 일종의 자기서사이고, 양자 모두 성소수자들과 혐오세력 간의 갈등을 공통적인 문제상황으로 설정한다. 심지어 2014년 퀴어 퍼레이드 및 무지개농성단의 서울시청 점거 장면은 두 영화에 거의 똑같이 등장하기까지 한다.

두 영화는 같은 사건, 같은 현장을 매개로 서로 다른 플롯과 톤, 정서를 만들어냈고, 그 때문에 나는 두 영화를 오버랩해보고 싶어졌다. 두 영화가 내게 남긴 깊은 인상의 정체는 무엇인지, 어째서 한 편은 두 번 보기 힘들 만큼 고통스러웠고, 다른 한 편은 한 번 더 보고 싶을 만큼 편안했던 것인지 해명해보고 싶었다. 두 영화의 같고 다른 재현문법과 그 효과를 설명할 수 있다면, 현재 한국의 퀴어 다큐멘터리에 나타난 성소수자 재현의 스펙트럼과 그 임계를 가늠해볼 수 있을지도 모른다.

대부분의 리뷰들이 공통적으로 말하듯, 영화 <위켄즈>는 '함께해온 세월의 힘', 그 연대의 시간에 대한 이야기다. 이 작품은 여러모로 한국영화계에 전무후무한 기록을 남겼는데, 그중 하나는 단연 이 영화가 열어젖힌 '가시성visibility'의 차원과 관련된다. 두말할 것 없이, <위켄즈>는 "서른 명이 넘는 게이들의 얼굴이 이렇게 한꺼번에, 아무 위장이 안 된 채로 스크린에 담"[1]긴 국내 최초의 사례다.

　　이 '가시화'는 당연히 일반적인 영화의 스펙터클이 지니는 의미 그 이상이다. 스크린에서 모자이크나 블러 처리가 되지 않은 게이들의 얼굴을 보는 관객은 그저 어떤 영화의 등장인물을 보는 것에만 그치지 않는다. 관객이 소환된 장소는 게이들의 커밍아웃 현장이며, '거기에 있음'으로써 관객은 '커밍아웃'이라는 사건의 목격자이자 그 대상이 된다. 실제로 <위켄즈>에 등장하는 게이들은 불특정다수의 대중을 관객으로 초청하는 지보이스 정기공연에서 한 번, 그리고 이에 대한 촬영분으로 만든 영화의 전국적인 상영을 통해 또 한 번 커밍아웃한 셈이다. 영화에 등장하는 "저 각각의 얼굴들은 곧, 그 한 사람이 촬영동의서를 쓸 때의 고민과 두려움과 결단의 무게에 값한다"[2]라는 지적은 바로 그런 의미다.

　　이 영화가 가장 완벽하고 아름다운 퀴어영화인 또 다른 이유는 퀴어들의 보편적이고도 특수한 존재방식과 그 가시화 및 성장·연대·화해·용서와 같은 주제들을 말하기 위한 가장

영화 <위켄즈>의 포스터. 이 영화에 등장하는 게이들은
불특정다수의 대중을 관객으로 초청하는 지보이스 정기공연에서
한 번, 그리고 이에 대한 촬영분으로 만든 영화의 전국적인 상영을
통해 또 한 번 커밍아웃을 한 셈이다.

효과적인 소재를 제대로 찾아냈기 때문이다. 바로 '합창' 말이다. 그간의 전형화된 게이 재현과 거리를 두면서도 게이로서의 자기정체성을 확실히 가시화하고, 이들이 다른 사회구성원들과 맺는 상호연대를 재현하는 데 있어 합창보다 제격인 소재가 또 있을까. 지보이스 공연의 문화정치적 의미에 대한 한 탁월한 연구가 잘 지적했듯, 합창은 "상대방의 목소리에 귀 기울이며 하모니를 만들어 관객들에게 특정한 정동을 불러일으키는, 그 자체로 이상적인 민주주의 실천의 은유"[3]다. 나름의 가능성과 한계를 가진 개인들이 합심해 '우리'라는 전혀 다른 주체를 만들어내는 그 시간의 축적은, 여러 개의 음으로 쌓아올린 화음들이 동시에 울려 퍼지는 '합창'의 메커니즘에 대한 가장 정확한 유비analogy다. 더구나 합창되는 노래들 모두 노래하는 이들의 실제 이야기를 바탕으로 직접 창작된 것임을 감안한다면, 주체화subjectivation에 대한 이보다 더 강력한 서사는 찾기 힘들 정도다.

영화는 '합창'의 이런 정치적 함의를 정확하게 간파하고 있고, 그래서 이 영화가 사건들을 배열하는 방식은 마치 화음을 쌓아올리는 일과도 유사하다. "애인이 그만두면 나도 그만둘 거야"라고 말하던 '샌더'는 어느새 합창단의 멋진 단장이 돼 있고, "우리가 배제되는 존재라는 걸 처음 알았다"던 단원들은 이제 혐오세력이 뿌린 똥물 맞은 몸을 서로 닦아준다. "집회나 시위에 한 번도 나가본 적 없"다던 그들은 세월호참사 유가족들의 집회, 쌍용자동차 해고노동자 투쟁, 무지개농성장 무대에 서며 "인권운동계의 아이돌"로 거듭났다.

그뿐인가. 답가를 부르러 왔다며 국제성소수자혐오반대의 날 **IDAHOT** 기념행사에서 지보이스의 노래 <콩그레츄레이션>을 율동과 함께 부르는 쌍차 해고노동자 노래패 '함께꾸는꿈'의 무대까지 보고 나면, 이건 그야말로 완벽하게 성공적인 합창 무대이자 가장 바람직한 '연대'의 정석을 보는 듯하다. 이제 게이들은 단지 차별받지 않아야 하는 존재를 넘어, 싸우는 주체가 될 수도 있고 누군가에게 연대의 손길을 내미는 주체일 수도 있다고 이 영화는 말한다. 게이를 우습거나 발랄한 형상으로 재현해온 기존 게이 재현물들의 관습적인 문법을 떠올려본다면, 혐오의 현장을 겪으며 운동의 주체로 성장해가는 게이들에 대한 <위켄즈>의 재현은 꽤 비전형적이며 충분히 새롭다.

흥미로운 것은 이 영화가 관객에게 남긴 지배적 정동情動의 정체다. 그러니까, 대부분의 관객은 이 영화가 게이들을 "누구보다도 섬세하고 착하면서도 밝은 에너지로 넘치는 사람들"[4]로 그렸다는 지적에 별 무리 없이 동의할 수 있다. 혹자는 이 영화가 게이들의 "절박할 수 있는 내밀한 고백을 고통스럽게 혹은 처연하게 기록할 마음이 없"음을, "그 속내를 끄집어내기보다 웃고 떠들고 싸우고 노래하는 그 일상의 결들을 포착하는 것"이야말로 "관객들에게 지보이스의 결심과 자세를 공감하게 만드는 영화적인 '선택'"[5]이라고 설명하기도 했다.

물론, 이 영화가 '이성애자들이 거부감을 느낄 만한' 게이들의 연애와 성에 대한 이야기조차 에둘러가지 않을 정도로[6]

영화 <위켄즈>의 한 장면. 나름의 가능성과 한계를 가진
개인들이 합심해 '우리'라는 전혀 다른 주체를 만들어내는 그
시간의 축적은, 여러 개의 음으로 쌓아올린 화음들이 동시에
울려퍼지는 '합창'의 메커니즘에 대한 가장 정확한 유비다.

"착한 게이"를 재현하는 데에만 그치지 않은 것은 사실이다.
그럼에도 이 영화는 '게이도 평범한 보통 사람들과 같다'라는
메시지를 전하는 데 성공했고, 대다수 관객에게 '착하고 평
범한 사람들의 밝고 긍정적인 에너지'를 전하는 이야기로 각
인됐다. 이제 바로 그 영화적 선택의 이유와 효과를 생각해볼
때다.

　　　이는 어쩌면 성공적인 합창을 위해 단원들 개개인의 발
성과 호흡을 섬세하게 조율하듯, 각성하고 연대하는 "올바른
게이성장담"7을 위해 인물 한 명 한 명의 퍼스낼리티와 사건
들의 재현이 섬세하게 조율됐기 때문 아닐까. 예컨대 이 영화
에서 기억에 남는 몇몇 장면들은 이런 것이다. 합창곡 <쉽지
않아>의 가사가 "백화점에서 2,000원짜리 빵을 팔던 나"였

던 것과 달리 실제로 '샌더'가 납품하던 빵의 가격은 8,000원이었다는 것, '성소수자 공개 결혼식'으로 큰 화제를 모은 김조광수·김승환의 결혼식 축하무대에서 지보이스 멤버들 중 일부는 <몰래 한 사랑> 같은, 자신들의 이야기가 담기지 않은 곡을 공연하고 싶지 않아 했다는 것 등. 하지만 영화는 이런 종류의 왜곡이나 갈등을 사건화하는 데에는 별 관심이 없다. 그렇다고 그 갈등과 균열의 존재를 은폐한 것도 아니다. 다만 영화는 '그런 일이 있었다'고 심상하게 말한 후, 계속 앞으로 나아간다. 마찬가지로, 나는 내성적이기도 하고 외향적이기도 할, 발랄하기도 하고 무뚝뚝하기도 할, 긍정적이기도 하고 냉소적이기도 할 서로 다른 성격의 게이들이 어떻게 '공원에서 머리에 꽃을 꽂고 애인에게 뽀뽀하는' 식으로 '깨발랄'하게 연출된 자기재현 전략에 합의하고 기꺼이 동참할 수 있었는지 궁금했지만 영화는 그 답을 끝내 말해주지 않았다. 서로 다른 주체들을 '하나-됨'으로 이끄는 그 신비로운 힘이야말로 합창의 마법이기 때문이다.

지보이스의 참여자이자 연구자이기도 한 어떤 논자는 '게이 유토피아' 혹은 '유토피아적 감수성'이라는 개념으로 이런 정조의 성격을 설명한 바 있다. 그는 "지_보이스 합창에서, 공연 전체를 통해 남게 되는 어떤 느낌이 있다면 그것은 에너지, 풍부함, 강렬함, 투명함 그리고 커뮤니티와 같은 유토피아적 감수성utopia sensibility일 것"[8]이라고 언급하며, 이 감각은 공연주체와 관객, 혹은 게이들이라고 해서 모두가 조건 없이 공유하는 자명한 것은 아니라고 말한다. 어떤 게이 합창참여자는 "게이 하위문화를 보여주는 디스코나 드랙과 같은 전형적인 퍼포먼스보다 "서로 손을 잡고 앞으로 나아가는 느낌을" 주는 합창의 퍼포먼스가 자신의 게이 정체성을 강하게 설명해주는 느낌을 준다고 이야기"[9]하는 반면, 공연을 본 한 게이 관객은 "<You will never walk alone>을 비롯한 유토피아적 커뮤니티에 대한 열망을 노래하는 합창곡이 자신도 동참할 수 있는 상호연대의 감정을 불러일으키기보다 솔직하고 분명한 낙관서사의 무력함으로 느껴졌다고 말했다"[10]는 것이다.

그렇다면 이 영화가 극적으로 해낸 것은 등장인물 각각의 서로 다른 일상, 다채로운 게이 하위문화 등을 '합창'으로 상징되는 이 '동일화identification'라는 장력의 자장 안에 요령 있게 배치하는 일이다. 이 영화의 서사적 완미함과 '일관되게 밝고 매끄러운 톤'을 성립케 한 두 개의 축이 있다면, 하나는 다른 사회구성원들과의 상호연대를 통한 사회적 동화同化의 원리이며, 또 다른 하나는 게이집단 내부의 '다름'을 '동질적인 것'으로 조율하고 이를 '상호지지'로 의미화하는 일일 테다. 물론, 이 신비로운 조율이 성공하는 예외적인 순간을 목도하게 된 것은 우리의 행운이며, 손바닥이 얼얼할 정도의 박수를 보내도 결코 아깝지는 않으리라.

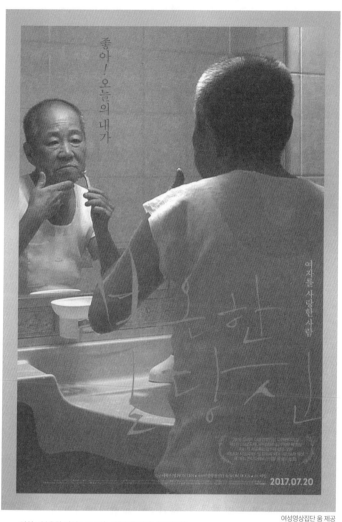

영화 <불온한 당신> 포스터. <불온한 당신>이 재현한
'성소수자의 삶, 혹은 성소수자의 시각으로 본 한국사회'는
한마디로 정리되지 않는다. 나는 바로 이 '손쉽게 정리되지
않음'이 이 영화가 지닌 최고의 미덕이라고 생각한다.

불온한 사회에서 '불온'한 개인으로 남을 권리—
<불온한 당신>

<불온한 당신>[11]의 영화체험을 해명하는 일은 좀 더 복잡하다. 이 영화에 담긴 이묵과, 일본 레즈비언 커플과, 동성애(자)를 혐오하는 일부 개신교도들의 이야기는 결코 하나의 서사로 매끄럽게 꿰지지 않는다. 이 영화의 지배적 정조 또한 희망, 냉소, 절망, 분노 같은 단일한 정동으로 수렴되지 않는다. 이 영화가 그리고자 한 레즈비언 정체성의 내용이 무엇인지도 불분명하다. 한국사회에서 레즈비언은 고립된 주체인가, 아니면 연대하는 주체인가. 쾌락적 주체인가 아니면 쾌락으로부터 소외된 주체인가. <위켄즈>와 달리 <불온한 당신>이 재현한 '성소수자의 삶, 혹은 성소수자의 시각으로 본 한국사회'는 한마디로 정리되지 않는다. 그리고 나는 바로 이 '손쉽게 정리되지 않음'이 이 영화가 지닌 최고의 미덕이라고 생각한다.

우선 칠십 평생을 자신이 '남자'라고 생각하고 살아온 '이묵'의 이야기를 보자. 이 영화의 감독이자 등장인물이자 내레이터이자 레즈비언 당사자인 '이영'은 이묵을 '선배'라고 부른다. 이묵은 왜 이영의 선배일까. 이묵이 스스로를 지칭하는 데 사용하는 명칭은 '바지씨'다. '바지씨'는 1960~1970년대에 여성과의 정신적·성애적 관계를 지향하는, 지정성별이 '여성'인 이들을 가리키던 말이다. 이는 물론 레즈비언, 트랜스젠더, 인터섹스, 젠더퀴어 등과 같은 명칭이 없던 시절

의 이름이다. 이묵은 단지 여성과의 정신적·성애적 관계를 원할 뿐만 아니라, 스스로를 여자가 아니라 '남자'라고 규정하고 있기 때문에 보다 정교화한 최신의 섹슈얼리티 체계에서 규정된 '레즈비언'의 범주에는 딱 들어맞지 않을지도 모른다. 그러나 이묵의 성정체성이 현재 '레즈비언'이라고 일컬어지는 정체성과 일치하지 않더라도, 이영은 이묵을 '선배'라고 부른다. 이성애 규범이 정상성normality의 기율로 작동하는 한국사회에서 이묵의 존재방식은 현재 레즈비언을 비롯한 성소수자의 존재방식과 모종의 연속성을 지니고 있기 때문이다.

이묵에 따르면, 1970년대에 '여운회女運會' 혹은 수유, 정릉 등지에 형성된 여성들의 커뮤니티는 종종 "여자깡패"들의 소굴이라고 불리며, '데모'를 할 위험이 있다고 간주돼 매번 해산당하기 일쑤였다. 그리고 현재 이묵은 서울과 용인 및 고향 여수를 왕래하며 거주하는데, 그는 각각의 장소에서 전혀 다른 자기연출을 수행하며 살아간다. 이를테면 서울과 여수에서 '자신을 남자로 인식하며 여자에게 끌리는' 존재로서의 이묵의 성정체성과 성적 선호는 익히 잘 알려진 바고, 이묵도 이를 굳이 감추지 않는다. 그러나 용인에서 이묵은 '김승우'라는 이름의 남자로 알려져 있으며, 이묵 또한 그런 사회적 인식을 교정하지 않는다. 다만, 용인은 다른 고장에서는 입지 않았던 '말기'를 꼬박꼬박 챙겨야 하는 곳이다. '말기'는 이묵이 무명천과 운동화 끈을 이용해 직접 만든 가슴가리개다. 이묵은 용인 사람들을, 편하지만 "뭐 먹을 때나 좋"은 사람들이라고 말하며, "그런 걸(어떤 장소에서 자신이 어떻게 받아들여지고 있

^{는지-인용자)} 파악을 하고 살아야" 한다고 되뇐다.

허나 더 인상 깊은 것은 피곤할 법도 한 이 몇십 년간의 연출과 젠더수행에도 불구하고, 이묵은 스스로를 '별 숨김없이 살아온 사람'이라고 말한다는 점이다. 이묵은 자신의 삶을 억압과 차별의 역사로 서사화하기보다, '자기만의 존재방식을 끊임없이 시도하고 탐색해온 과정'으로 설명한다. 그런 면에서 "후배들도 자신 있게 살아라"라고 웃으면서 말하는 이묵의 이야기가 이 영화의 처음과 끝에 배치된 이유는 자명하다. 이 장면에 이르러서야 비로소 관객은 이묵의 성정체성을 33개나 된다는 현재의 젠더범주 중 어느 하나에 끼워 맞춰보려는 욕망 혹은 '존재가 먼저냐 이름이 먼저냐'는 식의 유명론적^{唯名論的} 물음에서 벗어나, 이묵과 이영이 나눈 유대감의 정체를 어렴풋이 깨닫게 된다.¹²

두 번째 에피소드. 이영은 일본 레즈비언 커플인 '논'과 '텐'을 만나기 위해 또 한 번 이동한다. 논과 텐은 동일본대지진 이후 커밍아웃을 단행하고 현재 동거 중이다. 이 레즈비언 커플 에피소드의 테마인 '성소수자와 재난'이 발신하고 있는 메시지는 무엇일까. 물론 '피차별대상인 성소수자에게 일상은 재난의 연속'이라는 것이 이 에피소드의 일차적 함의겠다. 그런데 영화평론가 손희정이 잘 지적한 대로, 이때 '재난'은 단지 은유만은 아니다. 논과 텐은 동일본대지진 이후 가족임을 증명하지 못해 서로를 찾지 못했던 성소수자 커플 친구들, 호르몬치료 등에 필요한 의료지원을 받지 못해 보호소에서 지낼 수 없는 트랜스젠더들의 존재를 한꺼번에 상기시키

영화 <불온한 당신>의 한 장면. 논과 텐은 '커밍아웃'이 어떤
상황에서는 잘 준비된 일종의 정치적 선언일 수 있지만, 다른
상황에서는 해당 사회에 적응하기 위한 협상과 타협의 산물, 혹은
불가피하게 선택된 유일한 대안일 수도 있음을 말해준다.

기 때문이다.[13] 논과 텐에게 재난은 그저 은유가 아니라, 실
제로 재난이 닥치면 이중으로 배제될 수밖에 없는 '비국민'으
로서의 성소수자의 사회적 위상을 각인시키는 실질적인 계기
였다.

결국 논과 텐의 커밍아웃은 정체성정치의 의미를 넘어
안전 및 재산과 관련된 보다 근본적인 '인권'의 문제와 연결
된다. 이는 커밍아웃이 어떤 상황에서는 잘 준비된 일종의 정
치적 선언일 수도 있지만, 다른 상황에서는 해당 사회에 적응
하기 위한 협상과 타협의 산물, 혹은 불가피하게 선택된 유일
한 대안일 수도 있음을 말해준다.

한편, 이 영화에서 가장 큰 비중을 차지하는 것은 '종북

게이'라는 "묘한 방정식"을 설파하며 곳곳에 출몰해 성소수자들과 세월호참사 유가족에 대한 혐오를 표출하는 일부 개신교도들의 그로테스크한 형상이다. 영화는 이들의 주장을 담기 위해 그 광기어린 현장에 최대한 밀착하지만, 대상과의 거리와 무관하게도 그들 주장의 논리는 좀처럼 포착되지 않는다. '애국', '인권', '종북', '평화' 같은 용어들을 내세운 이들의 주장이 매우 혼란스럽고 모호한 그만큼, 외려 관객에게 강렬한 이미지를 남기는 것은 북한 지도자들의 형상을 본따 만든 인형들을 태우는 시뻘건 화염과 흔들리는 태극기들, 휘날리는 한복 치맛자락, 그리고 절도 있게 울리는 북소리 장단과 같은 시청각적 스펙터클이다.

의외인 것은, 바로 그 혐오세력에 맞서는 성소수자 인권운동가들의 모습을 담는 카메라의 톤 역시 결코 일방적으로 온정적이거나 우호적인 것으로 편향돼 있지 않다는 점이다. 서울시가 시민인권헌장에서 성소수자 관련 항목을 삭제하기로 결정한 데 대항하기 위한 무지개농성에서 퀴어활동가들은 목이 터져라 소리 지르고 분노하는 모습으로 카메라에 포착됐다. 격발하는 정동, 찢어진 대자보, 강제로 걷어지는 무지개현수막을 지켜내기 위한 발버둥 등으로 재현된 이 퀴어활동가들의 형상에 카메라는 무정하리만큼 중립적이다.

이처럼 혐오세력과 성소수자 인권운동가들의 악다구니를 반복적으로 교차편집하는 방식은 양쪽 세력 모두를 타자화·대상화함으로써 관객으로 하여금 이 영화가 취한 포지션을 양비론적인 것으로 인식하게 만들 위험이 있다. 게다가 이

영은 두 세력이 장악한 각각의 현장에서 흔들리지 않고 홀로 그것을 기록하는 사람, 즉 줄곧 뷰파인더를 들여다보고 있는 모습으로 등장한다. 이묵이나 논과 텐을 찾아갈 때 그가 종종 창밖의 먼 곳을 바라보던 것처럼, 혐오세력과 성소수자 인권 운동가들의 대치상황에서도 이영은 관객의 눈에 보이지 않는, 프레임 안에 속하지 않은 어딘가를 응시하고 있다. 그리고 바로 이런 장면들이야말로 이 영화에서 시각적 묘사나 내레이션 등으로 미처 재현되지 않은 이영의 자의식이 깃든 대목이라 할 만하다. 그는 왜 어느 쪽에도 속하지 않고, 어떤 감정이나 판단도 충분히 표현하지 않은 채 '여기 아닌' 어딘가

영화 <불온한 당신>의 한 장면. 혐오세력과 성소수자 인권운동가들의 대치상황에서도 이영은 관객의 눈에 보이지 않는, 프레임 안에 속하지 않은 어딘가를 응시하고 있다.

를 바라보는 걸까. 그는 왜 줄곧 혼자이며, 모든 현장을 배낭 하나 든 채 맨몸으로 대면하고 있을까.

여기서 알게 되는 것은, 이영이 이 혐오사회를 대면하기 위한 방법을 모색하되 특정 레즈비언 문화나 정체성을 매개로 결속한 집단의 유토피아적 감수성에 기대는 것을 자명한 선택지로 승인하지 않았다는 점이다. <위켄즈>의 인물들이 이미 그들에게 우호적인 태도를 지닌 카메라에 포착됨으로써 그 자신들의 내면을 진솔하게 서사화할 기회를 얻고 그로 인해 더없이 사랑스럽게 재현될 수 있었던 반면, <불온한 당신>의 이영은 작품 내에 그를 지지하는 그 어떤 호의적인 힘의 존재도 마련해두지 않았다. 오히려 그 자신조차 화면 속의 자신을 풍경의 일부처럼 고요히 응시할 뿐이다.

이영 자신은 영화의 이런 중립적인 포지션과 내레이터-주인공의 '비-관계성'에 대해, 모든 상황을 관객이 직접 판단하기를 원한 의도[14]의 산물이었다고 밝힌 바 있다. 그럼에도 혹자는 이와 같은 이영의 자의식 재현이 엘리트 레즈비언에 부여되는 전형적인 편견들, 예컨대 나르시시즘이나 멜랑콜리 같은 혐의들을 극복하지 못한 것이라고 여길지도 모른다. 하지만 바로 이 지점에 레즈비언 감독으로서의 자기재현을 시도한 이 영화의 오리지널리티가 있다고 생각해보면 어떨까.

강조하건대, 이 영화가 끝내 설명하거나 묘사하지 않은 채 영화 내내 줄곧 관철시킨 이미지가 있다면, 그것은 어디서든 홀로 뷰파인더를 들여다보고 있는 이영, 즉 '동화'를 유도하는 그 어떤 관계의 장력에도 의탁하지 않는 고유한 '개인'

으로서의 레즈비언 영화감독 이영의 존재다. 이 영화를 보고 혹자는 '왜 서로 연대하는 퀴어정체성을 그리지 않았냐'고 따져 묻고 싶어질지도 모른다. 그러나 '연대'를 선험적인 것으로 규정하지 않고, 일단 이 혐오사회에서 연대의 조건을 모색하며 준비하는 개인으로서 성소수자를 재현하고자 시도한 사례는 그리 많지 않다.

이영의 이런 자기재현은 퀴어 재현(물)의 계보에서 게이 커뮤니티와 그 문화에 비해 레즈비언의 그것에 대한 재현과 탐구의 사례가 압도적으로 적은 현 상황을 상기하게 한다. 남성이 누락된 관계, 혹은 여성들의 성적 욕망과 섹슈얼리티를 비가시화하는 데 익숙한 한국사회에서 레즈비언의 가시성은 게이의 그것보다 현저히 낮다. 최근 제출되고 있는 레즈비언 커뮤니티의 문화에 대한 인류지리학적 연구들이 강조하는 것은 여성의 가시화와 여성의 사회적 지위 문제는 결코 무관하지 않다[15]는 점이다. 레즈비언 주체들이 레즈비언 정체성을 매개로 유토피아적 감수성을 향유하는 커뮤니티 혹은 하위문화에 의탁하는 것을 자명한 것으로 간주하지 않는 이유도 여기에 있다.

그러므로 숙고돼야 할 것은 레즈비언 영화감독으로서 이영이 이 사회에서 '연대' 혹은 '연루됨'을 감각하는 방식의 재현과 그 정치적·문화적 함의다. 그가 레즈비언 공동체나 여성/퀴어들의 하위문화에 속하기보다, 자신의 비전형적 성정체성과 섹슈얼리티 및 존재방식의 연속성을 증명해줄 수 있는 '선배'를 찾고, 논과 텐의 사례를 통해 퀴어로서의 개인이 사회와 관계 맺는 일에 대한 다양한 의미를 질문하는 방식을 선택한 것은 우연일까. 어쩌면 그가 이 영화를 통해 진정으로 항변하고 싶었던 것은 '불온한 것은 사실 내가 아니라 이 사회'[16]라는 일차적 메시지를 넘어, 주체의 고유성을 탈각하지 않은 채 '레즈비언인 나'가 '불온한 사회에서 불온한 존재로 남을 권리' 그 자체일지도 모른다.

<위켄즈>가 게이를 '이반'이지만 동시에 '평범하고 인간적이고 사람 냄새 나는' 형상으로 재현하는 것을 선택했다면, <불온한 당신>은 레즈비언을 기꺼이 불안전하고 불완전하며 위태롭고 흔들리는 존재로 둔다. 그런 의미에서 퀴어퍼레이드에서 드높이 흩날리는 무지개깃발이 아니라, 미친 듯이 북을 치며 동성애혐오 퍼포먼스를 수행하는 혐오세력의 모습을 마지막 장면으로 삼은 이 영화의 비극적이고도 불온한 선택을 나는 존중한다.

*

<위켄즈>와 <불온한 당신>, 두 영화의 서로 다른 선택과 공존이 우리에게 말해주는 것은 무엇일까. 두 영화 중 어느 것이 정치적·미학적으로 더 합당하거나 급진적인 것인지를 따지자는 게 아니다. 더 숙고돼야 할 것은, 우리는 두 영화에 와서야 비로소 퀴어주체의 개별성과 보편성에 대한 가장 진지한 탐구사례를 만났다는 점이며, 그 선택은 게이와 레즈비언이 처한 서로 같고도 다른 사회적 위상 및 재현의 조건과 무

관하지 않다는 점이다. 이를 사유할 수 있는 가능성을 제공했다는 점에서 <위켄즈>와 <불온한 당신>이 '퀴어영화의 새 장을 열어젖혔다'는 평가는 결코 과장이 아니다. 이제 두 영화가 퀴어를 재현하는 일을 넘어 이 세계 자체를 '퀴어한 것'으로 만들기를, 그 신비로운 퀴어링queering 효과를 기대해본다.

1   너돌양, 「'위켄즈': 함께 노래하며 더욱 강해진 사람들, 차별과 혐오 넘어
    연대로」, 미디어스, 2016. 12. 23.

2   너돌양, 위의 글.

3   배재훈, 「게이 남성 합창단의 문화정치학」, 『여/성이론』 31, 여이연,
    2014. 11, 147쪽.

4   김동민, 「게이합창단의 노래, 가사가 너무 리얼하다」, 오마이스타,
    2016. 10. 11.

5   하성태, 「'사랑은 혐오를 이긴다', 지보이스여 함께 노래하라」,
    오마이스타, 2016. 12. 26.

6   신윤동욱, 「볼륨을 높여라」, 『한겨레21』 1144, 2016. 1. 2.

7   신윤동욱, 위의 글.

8   배재훈, 앞의 글, 147쪽.

9   배재훈, 위의 글, 151쪽.

10 배재훈, 위의 글, 153쪽.

11 〈불온한 당신〉은 2015년 제7회 DMZ다큐멘터리영화제에서
    처음 공개된 후, 소규모공동체 상영을 이어왔다. 이 작품은 동 영화제에서
    심사위원 특별상 및 〈2016 여성영화인상〉 다큐멘터리 부문에서
    수상했으며, 2017년 7월에 전국 상영관에서 정식 개봉했다.

12 "(바지씨는-인용자) 레즈비언 부치로 많이 설명되어왔지만 그렇게만
    설명할 수 없다. 삶은 이미 이전에 있었는데 이후에 나온 용어들로
    그 삶을 규정하는 방식이 안 맞을 수도 있다고 본다. 트랜스젠더일
    수도 있고, 인터섹스(간성), 젠더퀴어(남성과 여성이라는 이분법적
    성별Gender binary 구분을 벗어난 성정체성을 갖는 것을 의미)일

수도 있다. 좀 더 풍부하게 이해되면 좋겠다." 나랑, 「혐오사회, 타인과 공존한다는 것은」, 일다, 2015. 11. 24 중 이영의 발언.

13   손희정, 「혐오와 '외면의 체계'를 넘어서」, 인권오름, 2016. 4. 10.

14   "권은혜: 〈불온한 당신〉을 보면, 혐오하는 세력들과의 대치가 이뤄지는 장면 등에서는 감독님과 제작진의 분노와 같은 감정이 보인다. 하지만 최소한으로 활용된 내레이션, 다양한 사건들의 조합, 응시하는 것 같은 촬영이 주는 효과 때문인지 영화 전체로 봤을 때에는 2013~2015년 한국사회의 단면을 풍경처럼 조망하고 기록한다는 느낌이 있다. 〈불온한 당신〉의 카메라의 위치, 편집자의 위치를 어떻게 설정하셨던 건가? (⋯)
     이영: 영화에서 감독이 안내자 역할을 해야 된다고 생각한 것인데, 이것이 판단자의 역할을 의미하는 것은 아니다. 관객이 그 다양한 감정들의 결을 느낄 수 있도록, 관객들에게 여지를 더 많이 주고, 보고 싶은 방식으로 볼 수 있도록 만들었다. 판단은 관객이 하도록 하고 싶었다." ACT! 편집위원회, 「'불온한 언니'들을 만나다!: 여성영상집단 움 인터뷰」, 프레시안, 2017. 1. 6.

15   윤아영, 「국내 여성 동성애자의 장소 형성과 문화 실태」, 『여성연구논총』 13, 성신여자대학교 한국여성연구소, 2013. 8.

16   "조금이라도 비판적인 의견을 가진 사람들에게 점점 더 불온하다는 딱지, 낙인이 붙고 있다. 내가 '불온한 당신'으로 호명한 것은 나 자신이기도 하고, 그렇게 점점 늘어가고 있는 '불온한' 사람들이기도 하다. 영화를 본 관객들이 그렇게 반문한다. 당신들(혐오세력-인용자)이 불온하다고 외치는 건 도대체 누구냐고, 불온한 건 바로 당신들이 아니냐고." 나랑, 앞의 글 중 이영의 발언.

5

계량된 슬픔,
선별된 불행

'그날' 이후의 서정시와 '망막적인 것'

다큐/영화의 미학과 정치를
다시 묻기 위해

'망막'이라는 전장

모든 문제적인 영화가 반드시 역사적 사건을 다룬 것은 아니
지만, 그 역은 대체로 성립한다. 어떤 역사적 사건이라도 그
것이 특정 이미지를 통해 기억된다는 점을 상기한다면, "이
미지시대의 역사기억",[1] 즉 시각매체에 의한 역사 재현은 또
하나의 유력한 역사기록이다. 그러니 어쩌면 역사적 사건을
재현한 영화가 대면해야 하는 것은 역사 그 자체라기보다 차
라리 사람들에게 각인된 그 역사적 사건의 '이미지'라고 말할
수도 있겠다. 영화의 역사 재현은 사람들에게 간직된 이미지

들을 승인하거나 차용하면서도 그것의 전복을 시도하는 일이기 때문이다. 예컨대, 우리는 한국전쟁을 괴뢰군의 총칼과 삐라가 아니라 산골마을에 꽃잎처럼 흩날리는 팝콘으로 떠올릴 수도 있고, 1980년대를 최루탄과 화염병으로 범벅된 광장이 아니라 대열에서 벗어나 비밀스런 연애와 자기탐닉에 몰두했던 뒷골목으로 기억할 수도 있다. '그날'에 대한 지배적인 심상을 바꾸는 것, 그것이 문제다.

그런데 영화의 역사 재현은 그 자체로 아포리아적인 문제계를 이루는 것처럼 보인다. 철학자 알랭 바디우가 괴테의 소설 『빌헬름 마이스터의 수업시대』(1796)와 빔 벤더스의 영화 <잘못된 움직임>(1975)의 비교를 통해 적실하게 지적한 것처럼, 문학과 영화의 재현방식은 근본적으로 다르다. 소설의 문장이 어떤 정교한 묘사로도 인간의 몸이 지닌 시각적 무한함을 붙들 수 없는 반면, 영화의 이념은 바로 그 '소설적인 것'의 '떼어냄'에 깃든다.[2] '써진 것'과 실재계the Real의 차이야말로 문학의 원초적 불안이라면, 영화에서 재현된 것은 '그것이 거기 있었음'을 보증하는 시각의 특권적 우위에 힘입어 손쉽게 '있었던 것'[3]으로 치환된다. 영화에서 '망막적인 것the retinal thing'이 문제가 되는 이유다.

'망막적인 것'이란, 본래 '눈에 보이는 그대로'를 뜻하는 미술학적 술어인 '망막예술', '망막성'으로부터 파생된 개념으로, 이 글에서는 영화에 나타난 시각적 이미지를 가리킨다. 그런데 흔히 다큐멘터리와 극영화에 나타난 시각적 이미지의 성격과 기능은 두 양식의 관성적인 수용문법에 따라 서로 전혀 다르게 이해되는 경향이 있다. 다큐멘터리의 이미지는 '있었던 사실의 흔적·기록', 즉 '역사성'을 담지한 것으로 치환·인식되는 반면, 극영화의 이미지는 심미적 쾌락을 겨냥해 의도적으로 연출된 '영화적인 것'으로 받아들여지는 것이다. 하지만 어떤 영화가 이 같은 각 장르의 관습적인 재현문법에 구애되기를 거부한다면, 영화의 이미지는 맥락과 구조에 따라 다양한 방식으로 재현에 복무할 수 있다. 이 글에서는 특정 장르의 영화에서 이미지가 하는 일에 대한 관성적인 기대, 이미지에 대한 정형화된 수용방식을 부각시키기 위해 '망막적인 것'이라는 개념을 활용할 것이다.

거듭 강조하건대, 역사적 사건을 다룬 영화를 봄으로써 관객의 망막에 남는 상像은 바로 그 역사적 사건의 이미지이면서 동시에 나름의 전략에 따라 연출된 영화의 이미지이다. 바꿔 말하면, 역사를 재현한 영화를 보는 관객의 망막은 '역사적인 것'과 '영화적인 것'이 치열한 각축을 벌이며 혼거하는 문제적인 장소다. '그 영화에서 무엇을 (못) 보았는가'라는 질문이야말로 해당 영화의 정치와 미학을 심문하는 핵심적인 물음이 된다.

이때 '재현'을 '원본과의 유사성'에만 기대 이해하는 것은 사태를 설명하는 데에 별로 도움이 되지 않는다. '재현'이 문자 그대로 '다시re- 드러냄presentation'을 의미한다고 할 때, 're'라는 접두사는 지울 수 없는 "원본의 그림자"4이기도 하지만 동시에 '결코 원본 아님'을 상기시키는 표지이기도 하다. 그것은 오히려 "대상과의 지울 수 없는 거리를 상정"할 때 성립한다. '재현'은 원본을 결코 원본 그대로 드러내는 법이 없다. 그것은 애초에 충분히 드러나지 않았던 것을 '다시 현전케 함'으로써 대상에 잠재돼 있던 다양한 의미와 가능성을 가시화하려는 시도다. '같은 물에 두 번 빠질 수 없다'는 "차이"와 "반복"5의 변증법이야말로 재현의 현상학을 구성하는 강력한 믿음이다.

그렇다고 할 때, 각각 논픽션과 픽션의 대표양식으로 일컬어지는 다큐멘터리와 극영화는 '사실fact'과 '창조성'을 매개로 실험되는 재현 스펙트럼의 양 방향에 위치한다. 양자 모두 "특정한 미학적 장치를 사용"해 "현실을 재현하려는 시도"의 일환임에도, 그에 대한 우리의 통념은 종종 극단적인 형태로 나타나는 것이다. 이를테면, '다큐멘터리'라는 명칭은 자주 '진정성authenticity'과 '순수성purity'을 심문하는 방식으로 운위되는데, '카메라 앞에서 우연히 일어난 사건'을 '벽에 붙은 파리'를 관찰하듯 '어떤 연출도 없이' '포착'한 영상이야말로 다큐멘터리의 전형典型으로 이해되는 것이 보통이다. 반면, 픽션의 논리에 입각해 만들어진 극영화에 카메라의 유무와 상관없이 펼쳐진 '전-영화적profilmic 세계'가 개입한다면, 그것은 그야말로 이물스러운 것이 된다. 영화의 서사 전후에 (왠지 모를 두려움의 뉘앙스를 동반한 채) 첨기되는 "이 영화는 실제 사건과 어떠한 관련도 없습니다."라는 방어적인 자막은 픽션과 논픽션의 뒤섞임에 대한 불편함을 단적으로 보여주는 예일 것이다.

다큐멘터리와 극영화에 대한 이런 불안들은 곧 두 장르

에서 이미지가 수용되는 나름의 관습과 문법이 존재함을 의미한다. 그리고 그 문법을 따르는 한, 영화에 나타난 '망막적인 것'은 특정한 방식으로 코드화된 채 '고착'의 대상이 된다. 예컨대 흔히 역사적 현장의 '날 것' 그대로를 가감 없이 기록한 것으로 상상되는 다큐멘터리의 이미지들은 관객에게 특정 사건의 인과적 진실을 함축하고 있는, 움직일 수 없는 단서이자 증거로서 수용된다. 반면, 극영화에서 관객이 보는 것은 특별한 언급 없이도 감독의 연출, 배우의 연기 등과 같은 '픽션적 요소'로서 받아들여진다. 이처럼 이미지의 코드화된 수용을 통해 다큐멘터리와 극영화에 나타난 시각적 이미지, 즉 '망막적인 것'들은 각각 '역사적(사실적)인 것'과 '영화적(미학적)인 것'으로 전유되어 특권적 위상을 지니게 된다.

물론, 이런 통상적인 구분과 도식은 지속적으로 시험에 든다. 최근 다큐멘터리와 극영화는 이 같은 각각의 양식적 문법과 한계를 돌파하는 방향으로 갱신을 거듭해왔는데,[6] 다큐멘터리는 픽션적 요소를, 극영화는 다큐멘터리적 요소를 차용함으로써 양자는 각 장르에서 '지배적인 이미지'를 구성하는 데 일조했던 재현의 조건과 임계를 재조율한다. 특히 역사 재현에 있어 두 양식은 서로의 장르문법을 참조함으로써 매우 닮게 된 것처럼 보이는데, 다큐멘터리에 대한 픽션적 의심, 픽션에 대한 다큐멘터리적 반응은 이를 역설적으로 증명한다. 역사현장을 기록한 사진이나 영상에 빈번하게 제기되는 '조작' 의혹, 역사적 사건을 다룬 극영화에 대한 '엄밀한 고증'에의 요구, 그리고 민감한 정치·역사적 사안을 소재로

한 픽션영화를 계기로 광범위한 사회운동이 촉발되는 등의 현실효과가 발생하는 사례들을 떠올려보면 되겠다. 이처럼 영화에서 본 것, 또는 응당 보기를 기대했으나 보여지지 않은 것에 대한 의심은 끊임없이 강박의 대상이 된다. 요컨대, 다큐멘터리와 극영화에 나타난 시각적 이미지들은 두 양식에 대한 관성적인 수용문법에 따라 각각 '사실적인 것'과 '영화적인 것'으로 받아들여지며, 이러한 도식적·분할적 이해는 영화의 정치와 미학을 설명하기 위한 하나의 지배적인 기율을 형성하게 된다는 말이다.

그렇다면 최근 역사적 사건을 재현한 몇몇 영화들에서 나타나는 탈기율적 재현의 시도와 그에 대한 미학적 저항이 우리에게 말해주는 것은 무엇일까. 평단에 인상 깊은 기록을 남긴 다큐멘터리 <두 개의 문>(김일란·홍지유, 2011)과 극영화 <26년>(조근현, 2012) 및 <지슬>(오멸, 2013)은 각 장르가 봉착한 재현의 난관을 극복하기 위해 나름의 방식으로 고투한 문제작들이다.

이 영화들은 각 장르의 지배적인 관습과 문법에 따라 코드화된 이미지들의 성격과 위상을 좀 다르게 설정함으로써 단번에 재현의 윤리와 정치를 문제 삼는 논쟁의 한가운데에 놓이게 됐다. 주지하다시피 <두 개의 문>이 '다큐멘터리'라는 장르적 표지를 내세웠음에도 유가족의 증언과 자체 영상 없이 경찰의 채증화면과 제작진이 연출한 '재연' 자료만으로 용산참사를 재구성하자 제기된 것은 당연히 재현의 편향과 관점의 정당성에 대한 의혹이었다.

그런가 하면, 각각 광주항쟁과 제주 4·3사건을 재현한 극영화 <26년>과 <지슬>은 극영화의 영화적 성취를 가르는 절대적인 기준으로 운위되는 '미학적 완성도'에 따라 정반대의 평가를 얻었다. <26년> 제작진의 '윤리적 당위'와 '정치적 의지'는 '영화적 완성도'를 해친 주범으로 지목돼 준엄한 비판의 대상이 됐으며, 결국 이 영화는 어떤 진지한 영화적 평가도 받지 못한 채 '근 10년 내에 다시없을 실패작'이라는 오명을 써야 했다. 반면, 유수 해외 영화제에서 수상한 <지슬>이 제주 특유의 '이국적이고 영험한' 분위기를 자아내는 "시적인 영상미"를 통해 4·3사건을 재현하자, 이 영화는 즉각 '탁월한 미학적 스타일'의 영화로 호명됐다.

　　애초에 이 영화들이 확보했던 긴장감의 핵심이 한국 근현대사의 결정적 장면, '그날'을 재현했다는 점에 있었음을 상기할 때, 이 다큐/픽션들에 있어 재현은 두 가지 방식으로 심문에 부쳐진다. '그것은 올바른가'와 '그것은 아름다운가' 라는 물음. 요컨대 '정치'와 '미학'이라는 두 범주. 이는 다큐멘터리와 극영화에서 '망막적인 것'이 갖는 서로 다른 성격 및 그 함의와 관련된다. 두 장르에서 각각 '기록/증거'와 '미장센'에의 집착이라는 페티시적인 방식으로 나타나는 '망막적인 것'에의 고착이 역사 재현과 그 수용에 있어 어떤 강박적인 기율로 작동하는지에 대해 물을 필요가 있다.

　　그리고 또 하나. 영화의 '정치'와 '미학'이라는 키워드들의 관계 설정 문제다. 최근 한국문학계에서 뜨거운 화두였던 '시와 정치' 논쟁은 결국 '가장 미학적인 것이 가장 정치적인 것'이라는 유명한 테제를 도출하는 것으로 일단락된 바 있다. 그런데 이 테제는 '정치'와 '미학'을 대립적인 두 범주로 인식하는 기왕의 도식적인 사유를 극복하기 위해 제출된 것이지만, 다소 위계적이고 편의적인 귀결이기도 했다. 이 글에서는 앞서 언급한 세 영화에 제기된 비평담론을 비판적으로 검토함으로써 예술의 정치와 미학을 묻는 방법에 대해 새롭게 사유해보고자 한다.[7]

<두 개의 문>에 나타난 재현의 공백과 그 의미

2012년, 여성주의 미디어공동체 '연분홍치마'가 제작한 <두 개의 문>의 흥행은 그 자체로 논쟁적이었다. '평점 1점 폭탄 논란', '현병철 국가인권위원장에 대한 관객의 항의와 극장 입장 저지' 등의 에피소드에서 보듯, 이 영화는 <파업전야>(장동홍·이재구·장윤현, 1990)부터 <도가니>(황동혁, 2011), <부러진 화살>(정지영, 2011)에 이르기까지 단속적으로 이어져온 영화운동의 오랜 역사를 환기시켰다. 한 편의 영화가 현실세계의 체제와 법질서에 대한 개혁을 요구하는 범사회적 운동으로 발전할 수 있다는 것은 해당 영화의 메시지가 비교적 단일하게 수용될 수 있다는 것을 뜻한다.

그런데 많은 감상평들이 공통적으로 진술하듯, <두 개의 문>은 그런 영화는 아니었다. 이 영화는 제작진의 의도와

06·21 대개봉!

두 개 의 문

영화 <두 개의 문> 포스터. 이 영화는 제작진의 의도와 관점을
뚜렷하게 드러내지 않으며, 서사는 단 하나의 메시지를 전달하기
위해 체계적으로 구조화돼 있지 않다.

관점을 뚜렷하게 드러내지 않으며, 서사는 단 하나의 메시지를 전달하기 위해 체계적으로 구조화돼 있지 않다. 오히려 영화를 본 관객의 첫 반응은 '곤혹'에 가까웠다. "1년 동안 매일 현장에서 카메라를 들고 서 있었"[8]던 두 감독의 작품인 만큼 경찰의 논리를 대변하는 보수언론의 항의와 반발은 예정된 것이었으리라. 오히려 인상적인 것은 용산참사의 유가족조차 "제작진이 우리(유가족)와 보낸 세월이 많은데 '영화를 이렇게 만들었을까' 하는 마음에 속상하기도 했다."[9]라고 말했다는 점이다. <두 개의 문>은 어느 편에도 만족을 주는 영화는 아니었다.

양측의 불만은 즉각 이 영화를 성립시킨 다큐멘터리의 논리를 매개 삼아 표출됐다. 평소 제작진이 보여온 진보적 문화운동에 익숙한 관객은 이 영화에서 단 한 장면도 유가족의 증언이 등장하지 않는다는 점, 분명 현장에서 많은 것을 담았을 제작진의 촬영영상이 없다는 점을 의아해했다. 경찰의 증언 및 진술조서와 채증영상에 기대 시종일관 특공대의 투입과정에 초점을 맞추는 이 영화는 그야말로 "경찰 걱정 많이 하는 영화"[10]처럼 보였던 것이다.

반면, 기본적으로 '용산참사'를 '용산철거민진압작전'으로 이해하는 극우보수 성향의 관객은 오히려 영화에 경찰과 정부의 입장이 전혀 반영되지 않았음을 문제 삼았다. 그들은 이 영화가 "검찰의 수사 내용, 법원의 판결이유는 무시됐고 스토리라인을 끌어가는 내레이터 역할을 철거민 변호사 등 한쪽 편 3, 4명에만 맡겨 시각의 편향성을 감추지 않았다."**11**라고 주장했다.

다큐멘터리가 지닌 '재현의 공정성'에 입각한 양측의 문제제기 방식은 꽤 익숙하다. 영화에서 불충분하게 드러난 이미지는 사태에 대한 판단의 주체가 될 것을 요구받는 관객으로 하여금 '오판' 혹은 '판단정지' 하도록 유도하는 알리바이가 될 수 있기 때문이다. 그런데 이 글에서는 이런 문제제기가 근본적으로, 다큐멘터리에서 자신이 본 것이 '움직일 수 없는' 사실·현장·증거에 대한 발견·목격이기를 바라는 욕망, 즉 '망막적인 것'에의 고착에 기인한다는 점을 지적하고 싶다. '왜 이것은 보여주고, 저것은 보여주지 않았나'라는 방식의 물음으로 제기되는 이미지 강박.

<두 개의 문>의 미덕은 이런 망막적 고착이 종종 진실을 추적하는 힘에 반하는 벡터로 전유될 수 있음을 의미심장하게 보여준다는 데에 있다. 다큐멘터리의 이미지를 곧 사건의 기록으로 인식하는 전통적인 수용문법을 따를 때, 용산참사의 '진실'을 알고자 하는 관객이 기대하는 것은 응당 철거민과 경찰 양측이 자기진정성을 절실하게 변호하는 장면일 것이다. 유가족의 오열이나 시민단체 및 사회운동가들의 시위장면 혹은 경찰 지도부의 진압 정당성에 대한 브리핑영상 같은 것이겠다. 그것들은 기존 언론매체의 반복재생을 통해 형성된 용산참사에 대한 지배적 이미지이기도 하다. 그런데 이 영화는 그런 장면들로 채워졌어야 할 재현의 자리를 공백으로 둔 채 '다른' 이미지들을 선택한다. 이는 <두 개의 문>의 이미지들이 그 자체로 사건의 인과를 자명하게 드러내는 증

거로서 기능하는 것이 아니라, 다른 방식으로 '그날'의 재현
에 복무하고 있음을 의미한다.

　　기실, 이 영화의 가장 논쟁적인 요소인 재현의 '공백'
과 '편향'은 보수언론이 경찰의 입장을 지지하기 위해 구성
한 언설의 핵심적인 근거로 거론됐다. '균형적 시각', '공정한
연출'과 같은 다큐멘터리의 지배적 이데올로기에 입각한 이
들의 주장은, <두 개의 문>이 "101분의 긴 러닝타임 동안 권
리금 문제를 한 번도 꺼내지 않았"으므로 "일부 세입상인들

경찰특공대 1제대장
사파리 잠바요.
그러니까 경찰관의 복장이 아니게끔 보여야 하기 때문에...

연분홍치마 제공

영화 <두 개의 문>의 한 장면. 이 영화의 이미지들은 그 자체로
사건의 인과를 자명하게 드러내는 증거로서 기능하는 것이
아니라, 다른 방식으로 '그날'의 재현에 복무한다.

이 극한투쟁을 선택하는 근본이유"를 외면하고 있다는 이야기로 귀결된다.[12] 물론 이런 주장이 정당한 것인지에 대해 이 글에서 논박할 필요를 느끼지 않는다. 다만 이 지점에서 진보진영의 전유물인 줄 알았던 '재현의 윤리'라는 테제가 보수진영의 가장 소중한 가치로 전도되는 아이러니컬한 현상이 발생한다는 점만은 기억해두고자 한다. 그들의 언설은 '다큐멘터리적' 이미지에 대한 규율과 집착이 어떤 방식으로 굴절될 수 있는지를 잘 보여준다.

여러 다큐멘터리 이론가들이 설득력 있게 논구했듯, 다큐멘터리의 이미지는 그 자체로 명명백백한 증거일 수 없다. 이미지의 편집과 연출, 배치에 따라 다큐멘터리는 나름의 담론과 논의를 유도하는 '다큐적 진실'을 형성한다. 다큐멘터리의 이미지가 '사실 그대로'의 객관적인, 사물화된 현장기록이 아니라 사건에 내재한 균열의 흔적으로 이해될 때, 진실은 이미 보장된 것이 아니라 관객이 스스로 찾아야 하는 대상이 된다.

그러므로 다르게 물어야 했다. "철거민들의 목소리가 하나 없고, 유가족들의 목소리도 하나도 없"는 것, "또한 재개발의 문제라든가, 투쟁을 말하고 있지도 않"[13]는 점에 대해. 그 문제들에 대한 재현을 과감히 포기하고, '보이지 않는 것'이 무엇인지를 보이게 함으로써 확보되는 진실 추적의 시도와 그 의미에 대해. 그래서 이 영화의 지지자들은 신중하고도 탁월하게 <두 개의 문>에 나타난 '망막적인 것'의 부재, 재현의 공백을 옹호하는 길을 택했다. <두 개의 문>이 "기존 다큐들의 정서적 뜨거움을 간직한 채 매우 지적이며 섬세하

연분홍치마 제공

영화 <두 개의 문>에 삽입된 경찰 채증영상. 관객은 이 영화에 단
한 장면도 유가족의 증언이 등장하지 않는다는 점, 분명 현장에서
많은 것을 담았을 제작진의 촬영영상이 없다는 점을 의아해했다.

게 진화한 영화"[14]가 될 수 있었던 것은 바로 "유가족의 절규
를 배제한 연출",[15] 즉 사태에 대해 보여준 "담담한 시각"[16]
과 "중립적 접근"[17] 때문이라고.

　　이 논리는 <두 개의 문>을 옹호하는 진보진영의 입장
에서 꽤 무난한 분석으로 받아들여졌다. 그런데 일견 타당해
보이는 이 논리는 미묘한 위계의 혐의를 포함하는 것처럼 보
인다. 이 논리는 '유가족 및 사회운동가들의 투쟁과 오열'이
라는 용산참사의 지배적 이미지로부터 이탈함으로써 획득된
영화적 효과를 지지한다는 뜻을 함축하지만, 다른 한편으로
는 유가족과 시민운동들의 투쟁 및 파토스를 재현의 대상

에서 제외하고자 하는 욕망을 은연중에 승인한다. <두 개의 문>을 옹호하는 논리에 게재된 이 두 가지 입장, 그 겹침과 분할의 지점을 민감하게 구분해야 하지 않을까.

'재현의 공백'이라는 영화적 선택이 지닌 미학적 의미와 정치적 효과의 인과관계를 신중하게 탐구할 필요가 있다. "유가족의 절규를 배제한 연출"을, "피해의 구조"를 가시화함으로써 철거민의 정당성을 옹호하려는 가장 급진적인 선택이었다고 이해하는 것과, 미학적 성취의 확보를 위해 견지한 "중립"적 포지션 및 "객관적 시각"의 반영으로 이해하는 것에는 큰 차이가 있기 때문이다. 문제적인 것은 후자인데, 이는 결국 다큐멘터리의 기율로서 혹은 형식적인 정치적 올바름political correctness의 포지션으로서 선택된 '객관적·중립적' 관점에 편승하는 것으로 이어진다. 그리고 바로 이때 '중립', '절제', '객관적 위치' 등은 그 자체로 영화의 미학적 성취를 담보하는 자명한 개념으로 등극한다. 과연 그런가.

첫 번째 입장부터 살펴보자. <두 개의 문>의 재현전략이 거둔 정치적 효과와 그 의미는 충분히 음미되어 마땅하다. 이 영화에 철거민 당사자의 진술도 없고, 경찰의 입장 표명도 나타나지 않는다는 점은 현실에서 벌어진 사태 그 자체와 정확하게 조응하기 때문이다. 이 영화에 관한 가장 심층적인 분석 중 하나인 정한석의 글[18]이 적실하게 지적했듯, 이 영화는 '증거 없음'의 구조 속에서 진실을 추적해야 하는 사태 그 자체를 가시화한다. 칼라TV와 사자후TV의 촬영영상을 "무력함의 증거"로서 채택할 수밖에 없는 사건의 담론구조를 드러내는 데에 '부재'와 '공백'의 재현전략은 유효했다. 또한 영화 내내 전화기 너머에서 오로지 목소리 혹은 환영幻影으로만 존재하는 '그분'의 (비)존재는 경찰 측의 진술이 잘 드러내듯, '작전은 있는데 명령한 자는 없는' 사건의 본질을 적확하게 반영한다. 다만 철거민 당사자들의 부재가 그들 스스로 의도하지 않은 것이라면, '그분'의 부재는 바로 그 공백이야말로 이 모든 사태에 대한 설명을 지탱하고 있는 것이라는 점에 차이가 있을 뿐이다.

요컨대, '부재'에도 위계는 있다. 이는 경찰의 책임은 묻지 않고, 철거민에게만 모든 죄와 벌을 물었던 현실세계에 대한 정교한 미메시스이며, 그런 의미에서 이 영화는 다큐멘터리 미학에 충실하다. 그렇게 이 영화는 정보와 자료의 불균형을 감수하고, 추리극의 구도와 '재연'이라는 픽션적 장치를 기꺼이 차용함으로써 지시적 증거로서만 간주되던 다큐멘터리 이미지에 대한 기존의 인식으로부터 이탈했다. "<두 개의 문>을 더욱 장르적으로 혹은 보다 영화적으로 만든 이유"가 결국 "활동가적인 목적을 달성하기 위한 가장 프로파간다적 선택"[19]이었다는 두 감독의 술회는 이들의 탈기율적 다큐멘터리 실험이 다다른 가장 심도 있는 결론이기도 했다. '가장 미학적인 것이 가장 정치적인 것'이라는 명제가 설득력을 확보하는 것은 바로 이 지점이다.

그러나 일견 타당해 보이는 이 명제를 긍정하기 위해서는 꽤 까다로운 사유의 절차를 거쳐야 한다. 예컨대 두 번째 입장, 즉 "유가족의 절규를 배제"함으로써 달성된 '중립적 접근'과 '객관적 시각'을 이 영화의 가장 큰 미덕으로 판단한 이들은 이 영화가 불가피하게 유도하는 '철거민과 경찰 모두 피해자'라는 결론에 별로 이의를 표하지 않는다. 그러나 르포작가 이선옥은 이 결론이 희석시킬 수 있는 또 다른 문제의식, "이는 구체적인 책임을 져야 할 당사자들에게 면죄부를 주는 것은 아닌가? 그런 논리라면 용역깡패도, 구사대도, 회사 편에 선 중간관리자도 모두 구조의 피해자들인가?"[20]라는 물음을 제기한다.[21]

실제로 <두 개의 문>이 '중립'과 '객관적 시각'을 견지한 영화로 호명된 것은, '계몽주의'나 '과도한 열정' 및 '과격함' 등으로 상징되는 '운동권'으로부터 거리를 두고자 한 관객에게 어필하는 데에 유효했던 것으로 보인다. 이는 두 감독의 말대로 2008년 당시 '촛불관객'의 정서적 임계와도 일치하는 것으로, 유가족 및 사회운동가들에 동일시하게 되는 것에 대한 일반 대중의 두려움을 반영하고 있다. "부채감"과 "죄의식"을 건드리지만 "죄책감을 너무 심하게 몰아붙이지 않"는다는 정치적 수위는 바로 이런 고려에 의해 설정된 것이었다.[22]

그런데 '촛불관객'의 욕망-도덕을 영화의 정치적 임계로 삼은 것은 이 영화가 대중적으로 호응을 얻을 수 있었던 이유이면서 동시에 정치적으로 뭉툭해진 원인이기도 하다. '철거민도 경찰도 모두 피해자'라는 결론으로 수렴되는 이 전략은 어느 한 편의 입장을 선택함으로써 지게 될 정치적 부담을 회피하기 위한 안전한 선택지에 대한 (무)의식적 옹호와 연동된다. 그리고 이는 애초에 불균등한 양쪽의 힘의 구조를 은폐한 채, 철거민과 경찰 간의 형식적·물리적 조정만을 내세우는 보수진영의 논리와 상통할 수도 있다.

과연 '유가족의 절규와 투쟁'을 재현하(지 않)는 것이 문제였을까? 그것은 정말 재현돼서는 안 될, 영화의 미학성을 해치는 요소일까? 철거민을 소수이자 예외적 존재로 치부하고, 철거를 막기 위한 정당한 투쟁을 '운동권'의 과도한 열정으로 도식화하는 일련의 지배담론이 용산에 대한 무관심과 방치를 초래했음을 인정한다면, 이들의 운동과 파토스를 영화적 성취를 위해 당연히 희생돼야 할 요소로 승인하는 이 논리는 위험하다. 사회주의자의 비가시화를 가장 효율적인 반사회주의 전략으로 삼았던[23] 식민지기의 지배문법을 떠올린다면, 한국사회에서 하층민과 사회운동가들의 목소리와 정동을 재현할 수 있는 자리가 실로 협소하다는 점은 문제적이다. 이들의 이미지가 재현의 장에서 분리·고립되는 것은 이들에 대한 사회적 억압과 정확히 조응하는 현상이기 때문이다.

따라서 "유가족의 절규를 배제한 연출", '중립적 접근'과 '객관적 시각' 등을 들어 <두 개의 문>이 획득한 영화적 성취를 상찬하는 것은 넌센스에 가깝다. 영화의 미학적 성취를 위해 철거민과 사회운동가들을 비롯한 투쟁주체들의 주장과 감정이 재현의 대상에서 제외돼야 한다는 논리는 어딘가 전도의 지점을 내포하고 있다. 양자의 관계는 비필연적이다. 그것은 미학을 빌미로 전혀 엉뚱한 것을 희생시키는 것이다. 영화의 미학을 해치는 것은 철거민과 투쟁주체들을 천편일률

적인 도상으로 고착시키는 지배의 정치와 재현의 메커니즘이
지, '절규'나 '투쟁' 같은 그들의 운동과 파토스 그 자체가 아
니다. 오히려 지배문법에 종속된 재현체계 내에서 이들의 '절
규'와 '투쟁'에 담긴 미학을 재현하는 방법을 우리는 아직 충
분히 알지 못하는 것이 아닐까.

<26년>에는 없고 <지슬>에는 있는 것, 혹은 그 반대(1)

그럼에도 '가장 미학적인 것이 가장 정치적인 것'이라는 명
제는 여전히 당위다. 역사적·정치적 사건을 재현하는 영화의
경우, 사건 자체에 대한 이견으로 인해 영화를 지지하거나 혐
오하는 것이 전통적인 우파의 방식이라면, '엄정한' 영화적
평가를 강조하는 '진보적인' 평론가들은 재현의 '미학'을 문
제 삼는다. 특히, 대선과 같은 정치적 행사를 앞두고 "정치영
화"들이 "범람"하자, '정치적 올바름'과 '미학적 완성도'라는
두 척도는 이 영화들을 평가하는 지배적인 기율로 운위됐다.
　　하지만 때때로 이런 잣대는 사태를 너무나 손쉽게 규정
하는 것으로 보인다. <26년>과 <지슬>에 대한 평가에 있어
서도 이 기준은 결정적으로 작용했다고 볼 수 있다. "사건과
의 거리를 조절하지 못한" 채 "87년 체제 안에 유폐되고 사로
잡힌" <26년>과, "감정을 절제한 연출"로 "값싼 동정"을 구
하지 않았던 <지슬>. 평론가들이 보기에 <26년>에는 없지

영화 <26년> 포스터. 이 영화에 대한 서로 다른 두 입장은 '영화 자체에 대한 이야기는 거의 없는 영화 이야기'라는 '정치영화'에 대한 오랜 비평적 관습의 연장선상에 있다.

만 <지슬>에 있는 것은 '영화적인 것', 이른바 '미학적 완성도'였다. 이는 <지슬>이 보여준 '망막적인 것', 즉 "강렬한 이미지의 잔상"[24]에 대한 상찬으로 이어졌는데, 이를 가능케 한 흑백영상 및 롱테이크와 같은 장치와 연출방식은 모두 '대상과의 거리'를 유지한 채, '감정의 과잉'을 경계한 '절제'의 기호들로 읽혔다. 반면 <26년>의 영화적 실패를 판정하는 데에는 그리 많은 공력이 필요치 않았는데, 한마디로 이 작품은 "반드시 대선 전에 개봉해야 한다는, 장삿속인지 지사연인지 모를"[25] 사명감 때문에 '영화적 완성도는 뒤로한 채 관객의 감정에만 의지한' 영화였다는 것이다.

미리 말해두건대, 이 글의 관심은 두 작품의 영화적 가치를 변호하거나 폄하하는 데에 있지 않다. 다만, 두 영화의 운명을 갈랐던 '미학적 완성도'라는 개념의 정체, 그리고 그것이 소위 '정치영화'를 평가할 때 운용되는 방식에 대해 묻고 싶다. 그 모호성이 해명되지 않는 한, 이 무소불위의 잣대는 영화에 대한 해석의 지평을 협소하게 만드는 데 복무할 뿐이기 때문이다.

<26년>에 대한 이야기부터 시작해보자. 이 영화는 진보인사들에게 적지 않은 곤혹을 안긴 영화로 기억되는데, '영화적 완성도는 떨어지지만 메시지에는 동의한다'는 것이 대체로 합의된 평가인 듯하다. 그리하여 이 영화를 지지하는 언설에는 공통적으로 '그럼에도 불구하고'로 대표되는 유보의 문구가 수반된다. 이 영화의 "부실한 완성도를 극복하고도 남을 명백한 존재가치"[26]를 들어, "모자라고 미흡한 부분을

자신의 마음속에서 완성시켜나간다"[27]는 것은 이 영화에 대한 가장 '애정 어린' 비판이었다.

그런데 이런 관용과 격려를 누구에게나 기대할 수 있었던 것은 아니다. 예컨대, 영화평론가 허지웅에게 <26년>의 영화적 완성도를 비판하(지 않)는 것은 매우 손쉬웠다. 그가 보기에 이 영화는 "전의 컷과 다음의 컷이 일관되리만큼 붙지 않는, 거의 현장 가편집본 상태"로 여겨질 만큼 "수준 이하"였으며, "강풀의 원작을 본 적이 없는 관객이 이 영화에서 정확한 이야기 흐름을 파악해내는 건 불가능"할 정도였다.[28]

흥미로운 것은, 바로 이런 이유로 그가 <26년>에 대한 분석을 시도하지 않는다는 점이다. "기본적인 수준의 완성도가 전제되었다면, 나는 최소한 <남영동 1985>를 비평하는 수준에서" 이 영화를 논할 것이나, "본연의 떨어지는 함량을 전두환을 향한 분노와 정권 교체를 위한 대의로부터 수혈받고 있"는 "이 영화의 완성도를 논하는 지적은 곧바로 '그럼 너는 광주를 부정하고 전두환을 옹호하느냐'라는 모멸에 가까운 질문에 직면할 수밖에 없"다는 것이 그 이유다. 따라서 그의 비판은 영화 자체가 아니라, "반드시 대선 전에 개봉해야 한다는, 장삿속인지 지사연인지 모를" 사명감 때문에 영화를 "졸속으로 각색해 서둘러 만"들었다는 점에 집중됐으며, <26년>은 곧 "87년 체제 안에 유폐되고 사로잡힌 대중영화의 질적 퇴행"을 보여주는 사례로 자리매김됐다. 그의 분노는 결국 "외부의 결기가 영화의 당위나 핑계가 되어선 곤란하다"는 점을 역설하고, "좋은 정치영화의 조건은 다름 아니라 좋

은 영화의 조건과 같다"[29]라는 당위적 명제를 상기시키는 것
으로 마무리된다.

이처럼 <26년>에 대한 서로 다른 두 입장은 '영화 자체
에 대한 이야기는 거의 없는 영화 이야기'라는 '정치영화'에
대한 오랜 비평적 관습의 연장선상에 있다. 한편에서는 윤리
적 당위가 영화적 평가를 무력화하는가 하면, 다른 한편에서
는 '미학적 완성도의 미달'이라는 진단이 영화에 대한 그 이상
의 분석을 불허하는 알리바이로 기능한다. 전자의 문제는 이
미 충분히 지적됐으므로 이 글에서는 후자의 입장이 생략한
것, 즉 '영화적 완성도'를 결정하는 것으로 믿어지는 '미학적
기준' 그 자체에 대한 논의가 실종된 상황을 문제 삼고 싶다.

나는 <26년>이 영화적으로 이상적인 수준을 확보하고
있다고 주장하려는 것은 아니다. 다만, 제작진의 정치적 사명
감 때문에 영화가 미학적으로 완전히 실패했다는 분석은 과
장이며 비논리적이라고 생각한다. <26년>에 대해 허지웅이
"수준 이하"라고 평가한 "극적 완성도"의 실체를 분석한 글
은 찾을 수 없었을 뿐 아니라, 실제로 대다수의 관객은 원작
의 독서경험 없이 영화의 줄거리를 정확히 파악했다. 오히려
허지웅의 논지에 따른다면, 그는 이 영화의 메시지가 관객이
스스로 사유할 틈을 남겨두지 않고 광주항쟁이라는 사건의
다층적인 면을 너무 단순하게 각색했다고 주장했어야 하는
게 아닐까. 영화의 정치적 기획과 미학적 완성도의 인과관계
에 대한 이런 손쉬운 이해야말로 보는 자의 시선이 영화 외적
상황에 구속돼 있음을 역설적으로 증명하는 것일지 모른다.

'미학적 완성도'라는 잣대가 기계적으로 적용됨으로써 '정치영화'들의 담론적 가능성이 차단된다는 점을 고려할 때, 즉 어떤 영화들은 오직 "정치영화'라는 불온한 호명에 의해서만 담론화된다는 점을 상기할 때 그 정치적 효과는 무엇일까. 여기에는 <두 개의 문>을 옹호하는 논리에서조차 나타났던 모종의 '전도'가 반복되는 것처럼 보인다.

<26년>의 '조악한 완성도'를 제작진의 '윤리적 당위'와 '정치적 의지' 때문이라고 단정하는 이 인과적 서술이 내게는 자명해 보이지 않는다. 허지웅은 이를 "영화와 무관한 결기"30라고 부르는데, 이 표현은 그가 이전에 영화 <남영동 1985>(정지영, 2012)를 비판하면서 사용한 문구다. 그리고 이 표현이 영화 <26년>에 대한 비평적 수사와 호환 가능하도록 구조화된 그의 일련의 비평31들은 바로 그 "결기"에 대한 거부감과 방어적 (무)의식을 의미심장하게 보여준다. 그가 <남영동 1985>에서 비판의 대상으로 삼았던 "결기"의 정체는 "과도한 목적의식", "선전과 계몽의 진창에서 창작자가 응당 견지해야 할 최소한의 자기검열"이 "휘발"되었다는 말로 설명되는데, 이 술어들이 <26년>에 대한 비판에서는 "저열한 만듦새"라는, '미학적 수준에의 미달'에 대한 지적으로 갈음된다. '영화의 완성도'란 궁극적으로 "영화와 무관한 결기"를 비판하기 위해 동원·경유한 이데올로기였던 것이다.

왜 이런 논리의 전도가 발생하는 것일까. 여기에는 진보적인 포지션을 견지하려는 비평가의 정치적 욕망과 엘리티즘이 동시에 착종되어 있는 것처럼 보인다. 비평가가 "결기"

를 두려워하는 것은 앞서 언급한 대로 그것이 그를 "선전과 계몽의 진창"으로 이끌 위험 때문일 테다. 그런데 이 "결기"를 직접 비난하는 것은 정치적 부담이 따르는 일인 데 반해, 영화의 '조악한 완성도'를 강조함으로써 이 "결기"를 논의의 대상에서 제외하는 일은 상대적으로 쉽다. 하지만 과연 "과도한 목적의식", "결기", '영화를 통해 대선의 흐름을 바꾸고 싶다'는 욕망 자체가 문제인가. 그것은 결코 허용돼서는 안되는 영화적 태도인가.

영화사 청어람 제공

영화 <26년>의 한 장면. 이 영화의 "퇴행"은 "영화와 무관한 결기"가 아니라 이 영화가 애써 제시한 복수의 상상력이 함축하는 정치적 기획의 임계에서 찾아져야 한다.

마치 1920년대 카프**KAPF** 문학을 비방하던 부르주아 문인들의 논변을 다시 보는 듯한 기시감을 들게 하는 이 언설은 익숙한 그만큼 여전히 문제적이다. 이는 예술을 정치로부터 철저히 분리돼야 할 장소로 설정함으로써 양자를 양립 불가능한 것으로 인식하는 전통의 연장선상에 있다. '예술은 언제나 정치적인 것'이라는 원론적인 테제에는 수긍하면서, '정치적 결기' 그 자체를 영화로부터 분리시키고자 하는 것은 넌센스다. 당연한 말이지만, '목적의식'과 '결기'는 (정치)영화를 만드는 근본적인 동력이다. 그러므로 '정치영화'에 대한 생산적인 평가를 위해서는 이 '결기' 자체를 영화의 오염원이나 이물적인 것으로 간주할 것이 아니라, 그것이 영화적으로 어떻게 구현됐는가를 물어야 한다.

따라서 <26년>에 "퇴행"이 있다면, 그것은 '87년 체제'에 매몰된 "영화와 무관한 결기" 때문이 아니라, 이 영화가 애써 제시한 복수의 상상력이 함축하고 있는 정치적 기획, 그것이 나아가거나 멈춰선 지점에서 찾아져야 한다.32 예컨대, 이 영화가 한 번도 왕의 목을 베어보지 않은 이 땅의 인민이 지닌 정치적 상상력의 임계를 시험하고 이를 재현한 거의 유일한 사례임에도, 등장인물들이 마치 "실패하기 위해 모인 사람들"33처럼 복수의 실현을 앞두고 거듭 주저하는 것의 의미를 물어야 하지 않을까. 원작자 강풀이 말한 대로 우리는 '그 사람'에게 사과를 구걸할 필요가 없고,34 작중인물 '심미진(한혜진 분)'의 말처럼 우리는 이미 "그럴 기회를 충분히" 줬다. 그것도 "몇십 년이나". 애초에 영화는 바로 이 지점에서

춘자의 웃음
상표의 달리기
만철이의 사랑이 멈추던 날

운명은 역사가 되었습니다

당신과 나의 뜨거운 감자

지슬

끝나지 않은 세월 2

2013.3 대한민국의 봉인된 시간이 열립니다!

영화 <지슬>의 포스터. <지슬>이 보여준 "강렬한 이미지의
잔상", 즉 미학적 이미저리는 이 영화의 오리지널리티로서
승인됐다. 그것은 '영화적인 것'에의 욕망을 부족함 없이
충족시켰다는 점에서 많은 씨네필들에게 효과적으로 어필하는
요소이기도 했다.

부터 시작한 것이 아니었나. 나는 오히려 이런 물음의 부재야
말로 "영화 자체에 대한 이야기가 없는 영화"라는 사태에 대
한 정확한 진술이라고 생각한다.

<26년>에는 없고 <지슬>에는 있는 것, 혹은 그 반대(2)

'가장 미학적인 것이 가장 정치적인 것이다'라는 테제가 비
평가의 정치적 알리바이로 복무할 수 있음은 <26년>에 대한
비난과 <지슬>에 대한 찬사를 나란히 놓으면 더욱 선연해진
다. 앞서 언급했듯, <지슬>은 <26년>이 지닌 '결함'과 '부재'
를 모두 충족시킨 영화로 칭송됐다. 이 영화는 부산국제영화
제, 선댄스영화제, 넷팩, 브졸국제아시아영화제 등에서의 수
상경력으로 화제가 됐는데, "영화의 시적인 이미지는 서사의
깊이와 함께 정서적인 충격을 안겨주며 우리를 강렬하게 매
혹시켰고, 감독은 특정 인물들의 역사적 일화를 다루는 것에
서 초월해 불멸의 세계를 담아내는 성취를 이루었다."[35]라는
것이 수상작 선정의 변이었다. 그런데 4·3사건과 같은 한국
의 역사에 대해 잘 알지 못하는 외국인에게 이런 감상을 가능
케 한 "서사적 깊이"와 "정서적인 충격"의 정체는 무엇이었
을까. "특정 인물들의 역사적 일화를 초월해 불멸의 세계를
담아내는" 것은 과연 "성취"일까.
　해외 유수의 영화제들이 이 영화를 "역사에 대한 평가

나 역사의 사실성 문제"가 아니라, "이러한 소재를 어떻게 표현해내는가 하는 것", "한국의 정서와는 다른 제주도라는 것의 독특한 분위기"[36]에 집중해서 읽어냈다면, 한국의 비평가들 또한 해외 평론가들의 이 독법을 그대로 수용했다. "이 영화에서 중요한 것은 역사적 사건의 재현에 기초한 스토리가 아니라 그걸 포착한 감독의 스타일"[37]이라는 영화평론가 김영진의 선언적인 분석은 해외 영화제가 이 영화를 읽는 가장 손쉬운 코드인 엑조티즘에 별 의심 없이 편승한 것이기도 하다. 그리하여 "새로움과 압도하는 영화적 스타일",[38] "숨이 막힐 정도로 아름다운 이미지",[39] "탁월한 영상미" 및 "시적인 이미지와 미장센"[40] 등의 언급에서 보듯, <지슬>이 보여준 "강렬한 이미지의 잔상", 즉 미학적 이미저리는 이 영화의 오리지널리티로서 승인됐다. 그것은 '영화적인 것'에의 욕망을 부족함 없이 충족시켰다는 점에서 많은 씨네필들에게 효과적으로 어필하는 요소이기도 했다.

하지만 영화의 성취와는 별개로, 한국의 평단이 이 영화를 읽는 방식을 짚어볼 필요가 있다. <지슬>을 연출한 오멸 감독이 언급했듯, '육지'와 분절된 제주의 문화적 소외는 그저 "신비롭고 외딴 섬"[41]이라고 타자화돼온 제주의 오랜 역사를 상기시킨다. 그는 이 '대상화objectification'에 대해 매우 자각적이었는데, 그가 속한 '자파리창작집단'이 수행하는 작업들의 성격 및 가장 먼저 제주도에서 <지슬>을 개봉한다는 기획 등은 모두 제주의 독자적인 아이덴티티를 강조하려는 문화적 기획의 소산이었다. 그러나 그의 '제주' 영화를 끊

영화 <지슬>의 한 장면. 흑백영상과 풀 숏, 롱테이크 등의 기법은
이 영화가 이룩한 미학의 핵심적 요소로 거론됐다.

자파리필름 제공

임없이 '충무로'와 비교하거나, '제주영화의 쾌거'를 너무나
손쉽게 '한국영화의 쾌거'[42]라고 번역해버리는 사례들은 한국
평단이 <지슬>을 수용하는 방식에 대한 비판적 숙고가 필요
함을 시사한다. 해외 영화제들이 이 영화에 보낸 찬사가 오리
엔탈리즘에 입각한 타자화의 혐의에서 자유로울 수 없다면,
이를 성찰 없이 모방해 '메시지'보다 '스타일'을 보는 것이 <지
슬>에 대한 가장 정당한 감상법이라고 규정한 한국 평단의
지배적 흐름 또한 문제시돼야 한다.[43]

　　"이들이 왜 죽었는지, 누가 죽였는지 속 시원히 말해주
지 않는다. (…) 이 영화가 보는 이의 가슴을 먹먹하게 하는 건
가해와 피해의 모호한 경계가 전경화하는 비극의 압도성이

다."[44]라는 언급에서 잘 나타나듯, <지슬>이 '4·3'이라는 역사적 사건의 구체적인 경위를 묻거나 가해자의 책임을 추궁하기 위한 것이 아니라, '희생자'에 대한 애도와 제주의 감성을 표현하기 위해 만들어진 영화라는 판단은 이 영화에 대한 지배적인 독법을 이룬다. 그러나 이처럼 선험적으로 코드화된 독해에 의해 봉합된 것은 "역사의 강박이나 공포를 떨쳐버"린 채, <지슬>이 4·3을 "오래전 제주도에서 일어난 한 편의 동화처럼 독특한 판타지"[45]로 재현한 것에 대한 의심이다. <지슬>에 대한 찬사는 "다큐멘터리적인 리얼리즘을 배제하고 시적이고 신화적인 차원으로 제주의 비극을 끌어올리려"[46] 했다는 미장센과 연출기법에 대한 감탄으로 이어졌는데, 이는 역설적으로 <지슬>의 모든 비밀이 바로 그 '시적이고 신화적인' 이미지에 있음을 알게 한다. 관객의 망막을 사로잡은 바로 그것.

그런데 주목되는 점은, '역사적인 것'을 초월한 '영화적인 것'의 쾌거라고 부를 수 있을 법한 이 작품의 영화적 논리에서 적지 않은 균열이 발견된다는 점이다. 예컨대 "동굴에 갇힌 사람들의 무료한 기다림과 토벌대 군인들 사이를 왕복하는 내러티브 구성에 있어서도 그들을 연결시킬 만한 계기들이 많이 부족하다"[47]라거나, <지슬>이 제기한 작중의 문제가 "영화적으로 아무것도 해결되지 않았다"[48]는 등의 지적은 <지슬>의 '영화적인 것'이 자명한 것이 아님을 말해준다.

그럼에도 <지슬>은 여전히 '시적이고 초월적인 미장센'의 영화로 운위된다. 이 '아름다움'을 해명하기 위해 흑백

영상과 풀 숏, 롱테이크 등의 기법이 <지슬>이 이룩한 미학
의 핵심적 요소로 거론됐다. 특히 "미학적인 차원의 매력이
나 이야기를 구성하는 방식의 미감, 연기의 균질함을 통제하
는 지도의 문제에 있어서 <지슬>만큼 도전적이고 독창적이
며 완전히 제어된 영화를 본 적이 없다"라며 <지슬>을 "지
금 이 시점에 극장을 찾아 스크린으로 볼 수 있는, 가장 아름
다운 영화"라고 극찬한 허지웅은 이 영화의 흑백영상에 대한
매우 독창적인 분석을 제출한 바 있다.

그는 "흑백 이미지에서 모든 색을 빼내어 한 줄로 늘어
놓았을 때 그것은 밝고 어두움의 미묘한 차이만 있을 뿐 결국
에는 동류인 띠처럼 보일 것"이라며, 이를 <지슬>이 보여준
역사인식과 유비했다. 즉 <지슬>에는 "어떠한 종류의 의도된
뜨거움이나 정치적 해석도 개입되어 있지 않다"는 점, "무분
별하게 편을 나누어 분노를 부채질하지도 않는다"는 점, "선
과 악을 단순화시킴으로써 이야기의 고민을 축소시키지도 않
는다"라는 점을 들어 "한마디로 <지슬>은 광주항쟁을 다룬
<26년>과 전혀 다른 영화"라고 결론 내리는 것이다.49 다른
논자들 역시 이 영화에서 두드러지게 나타나는 롱테이크 기
법을 "온 힘을 다해" "영적인 기운을 불러오는 장치"50로서,
"끝까지 역사를 해석하거나 판단하지 않"는 태도의 반영으로
읽었다.51 말하자면 이 태도는 (김영진의 표현에 따르자면) "초월
적 신령의 기운", 즉 "신의 시점"에 의해 가능한 것이겠다.

하지만 결론부터 말하자면, '검고, 느리고, 희미하고, 먼
것'으로 대표되는 <지슬>의 톤과 미장센에 대한 상찬은 사

실 기법 자체보다 그것으로 대표된다고 믿어지는, 역사적 사건에 대한 "차분하고, 담담한" 태도, 즉 "상황만 제시할 뿐 사건에 관한 감독의 가치판단이 보이지 않는"52다는 점에 대한 옹호다. <지슬>의 흑백영상이 단순한 선악구도를 피하기 위해 피해의 구조를 은폐하고 동질화하는 '동류의 띠'로서 설정된 것이라면, "보편적 부당함을 추상적으로 생각할 경우 모든 구체적인 책임이 사라져버리게 된다."53라는 아도르노의 말처럼 그것은 악의 위계를 "단순하게 (혹은 잘못) 디자인"54한 것이다. "우리가 지금 폭도들 때문에 이러고 있냐? 명령 때문에 이러고 있지."라고 자문하며 폭력에 가담하기를 거부하는 '박 일병(어성욱 분)'과, 살인귀가 된 '고 중사(이경식 분)', 아편과 살기에 취한 '김 상사(장경섭 분)', 그리고 이 모든 사태를 주도했지만 스크린에 나타나지 않은 '그 사람'이 모두 동류라고 말할 수 있을까. 만약 그렇다면 악에 가담했으나 반성적 주체로 성장하는 개인인 <26년>의 '김갑세(이경영 분)', <지슬>의 '주정길(주정애 분)' 같은 인물이 역사에 출현할 가능성은 없다. 제주의 아름다움에 고착돼 다른 것을 보지 못하는 우를 범하지 않기 위해 제주의 풍경을 흑백 처리했다는 감독의 의도55가 손쉬운 청산과 성급한 화해, 불철저한 애도로 귀결되는 것은 달갑지 않은 일이다. 그 독해에 따르는 한, <지슬>은 미학적으로 급진적이되 정치적으로 태만한 텍스트다.

그러므로 <지슬>의 미학적 장치에 대한 옹호가 실은 이 영화가 보여준 '사태에 대해 판단하지 않음'이라는 비정치적 태도에 대한 옹호라면 그것은 다시 심문돼 마땅하다. 이를테면 <지슬>의 미학적 장치로서 선택된 '거리두기'의 전략이 관철됨으로써 기회비용으로 치러야 했던 지점들. 우혜경, 김소영, 윤광은, 김지미[56] 등의 영화평론가들은 국군에게 강간당한 '순덕(강희 분)'의 벗어진 몸이 '경준(이경준 분)'과 '상표(홍상표 분)'가 뛰어오르는 오름으로 오버랩되는 장면을 들어 그 메타포의 낡음과 외설성을 지적한 바 있다. 잘 알려져 있다시피 피해자의 '순결'과 '결백'을 강조하기 위해 여성의 몸에 역사적 수난을 기입하는 것, 또는 여성을 '모성' 혹은 '신화적인 것'의 상징으로 고정하는 상상력은 전혀 새롭지 않다. 그간 축적된 4·3 관련 기록물에 나타난 젠더이미지를 검토한 역사학자 권귀숙에 따르면, 여성의 몸으로 표상되는 '결백' 이미지는 여성에 대한 고정관념에 기댄 결과이면서, 정치전선에서 활약했던 여성들의 활동에 대한 무관심을 반영한다.[57]

장중한 미장센과 함께 영화의 전반적인 서사구조를 이루는 '신위-신묘-음복-소지'의 위령제 형식에 대한 독해 또한 문제적이다. 물론, <지슬>의 등장인물들을 4·3으로 인해 죽은 혼령들의 현현으로 설정함으로써 이들의 넋을 위로하고자 했다는 영화의 취지는 십분 이해된다. 특히 "그 존재들이 동일한 공포감을 다시 체험하게 하는 일은 잔인하다"라는 감독의 통찰은 그가 살인과 죽음을 무분별하게 재연함으로써 훼손되는 윤리에 민감하다는 것을 알게 한다. <지슬>에 대한 호의적인 평가는 이처럼 위령제의 형식을 통해 재현된 진혼과 애도, 그것이 환기하는 '영적인 분위기'에 쉽게 몰입할 수 있었던 데에 기인한 것이기도 하다.

그런데 이 '영적인 분위기'를 구성하는 "귀기와 아이러니"는 낯설기는 하지만 어느 누구도 불편하게 만들지는 않는다. 그것이 호소하고자 하는 관객의 정동affect은 '숭고sublime'에 대한 신비와 공포일지언정 '연민'이나 '죄의식'과 같은 인격적인 감정은 아니다. 그것은 관객에게 어떤 정치적 책임이나 판단도 요구하지 않는다. '위로'와 '치유'는 그 자체로 소중한 가치이지만 손쉬운 '봉합'의 혐의를 가질 수도 있는 서사적 장치이기 때문이다. 예컨대 '굿'과 같은 문화적 의례를 통한 4·3 기억의 재현양상을 분석한 역사학자 강창일과 사회학자 현혜경은 "대량학살의 가해자가 누구인지를 밝히지 않은 채" 희생자의 문제를 처리하는 것은 피해자의 희생을 단지 역사적 우연의 결과인 것으로 간주하게 될 수도 있다고 강조한다. 화합의 거대담론은 대량학살의 책임 문제를 교묘하게 회피하려는 정치적 전략에 복무하거나, 국가공동체로의 섣부른 통합을 유도하는 장치로 기능할 수도 있다는 것이다.[58] 따라서 "귀기와 아이러니의 재현이 역사를 사유하는 최선의 방식인지"[59] 질문할 필요가 있다. 국가폭력을 다룬 역사적 사건을 재현할 때 흔히 선택되는 위로와 치유의 서사, 진혼제 및 씻김굿 같은 양식을 차용하는 것에 대한 반성적 성찰이 필요한 것이다. 어쩌면 그것은 정치성과 예술성의 균형을 보장받으려는 가장 편의적인 선택의 결과일 수도 있다.

요컨대, 국군과 서북청년단, 이승만과 미국으로 연결되는 권력의 연쇄를 추상적으로 읽는 한, <지슬>은 '대상을 찾지 못한 분노'와 '굴절된 원한'만을 남겼던[60] 기존의 4·3 텍스트로부터 많이 나아가지 못한다. 어쩌면 4·3을 초월적 기운과 영적 세계의 문법으로 풀어낸 탓에, "이방인이 관광하는 기분으로 착륙하게 될 제주도의 공항 밑바닥에서는 아직까지 4·3사건 희생자의 시신이 발굴되어 나오고 있고, 손가락으로 브이를 그리고 활짝 웃으며 사진을 찍는 정방폭포에서는 수도 없는 사람들이 총탄에 쓰러져 갔"[61]음을 말하고자 했던 오멸 감독의 의도는 절반의 성취에 머물 수밖에 없었을지도 모른다. <지슬>은 '현재'의 세계라기보다 "동화"이자 "판타지", "불멸의 세계"로 읽히게 된 것이다.[62]

그러니 지금 긴급한 것은 애도와 진혼의 정치성을 비판적으로 성찰하고, 그것의 정치적 기획을 재현하기 위한 다양한 미학적 양식을 개발하는 일이다. 그것이야말로 더 이상 '야만'에 머물 수 없는, '그날' 이후의 예술이 도맡아야 할 사명 아닐까. '중립적 접근과 객관적 시각', '판단하지 않음'의 기호와 장치들을 '미학적인 것'으로 의미화할 때, '가장 미학적인 것이 가장 정치적인 것'이라는 명제는 과연 무엇의 다른 말이겠는가.

1   남수영, 『이미지 시대의 역사 기억: 다큐멘터리, 전복을 위한 반복』,
     새물결, 2009.

2   알랭 바디우, 장태순 옮김, 「영화의 거짓 운동들」, 『비미학』, 이학사,
     2010, 148쪽.

3   물론 아무리 인위적으로 연출된 장면이라 해도 그것이 카메라 앞에서
     실제로 행해졌다는 점은 틀림없는 사실이므로 영화에 나타난
     모든 이미지가 '있었던 것'의 재현이라는 말은 맞다. 그러나 이
     글에서 다큐멘터리 영화의 재현대상으로 지칭하는 '있었던 것'이란,
     '카메라의 유무와 무관하게' 실제로 일어났던 역사적 사건, 즉
     '전-영화적profilmic' 세계를 가리킨다.

4   채운, 『재현이란 무엇인가』, 그린비, 2009, 28~36쪽 참조.

5   남수영, 앞의 책.

6   다큐멘터리의 역사와 양식적 분화에 대해서는 폴 워드, 조혜영 옮김,
     『다큐멘터리: 리얼리티의 가장자리』, 커뮤니케이션북스, 2011.

7   1990~2000년대 청년세대 영화의 정치적 상상력을 분석한
     김선아(「청년세대 영화의 정치적 상상력」, 『사이』9,
     국제한국문학문화학회, 2010)는 '<꽃잎>-<박하사탕>-<화려한
     휴가>'로 이어지는 광주항쟁을 재현한 영화의 계보를 통해
     '광주항쟁'이라는 역사가 장르영화의 문법에 안정적으로 적응해가면서
     대중에 익숙한 도상을 만들어내고 있음을 지적한다. 그에 따르면 이
     변천은 영화가 점차 '운동으로서의 영화'로부터 '치유로서의 영화'에
     접근하고 있음을 예증하는 것이며, 이는 영화가 더 이상 "알지
     못했던 것 혹은 알 수 없었던 것을 알 수 있게 하는 방문이자 통로가

아니라, 알았던 것을 확인시켜주는, 그것도 불편하지 않고 무난하게
확인시켜주는 자동기계가 되었"음을 뜻한다. 이런 현상을 매개로 그는
"이제 영화는 어디에서 '정치적인 것'을 말해야 하는가 혹은 영화에서
정치적인 장소는 어디인가"라는 질문을 제기하는데, 이 물음은 '가장
미학적인 것이 가장 정치적인 것'이라는 테제의 '잔여'를 포착함으로써
영화의 정치성을 사유하는 방법을 다시 묻고자 하는 이 글의
문제의식과 맞닿아 있다.

8   「"쫓겨난 사람들은 하늘이다": 〈두 개의 문〉 배급위원 김덕진
    천주교인권위원회 사무국장」, 『씨네21』 861, 2012. 7. 3.

9   「유가족 "두 개의 문", 철거민과 '용산'에 다시 관심 갖게 해준 영화」,
    『경향신문』, 2012. 7. 8.

10 정우열, 「올드독의 영화노트: 〈두 개의 문〉, 경찰 걱정 많이 하는 영화」,
    『씨네21』 866, 2012. 8. 8.

11 허승호, 「영화 '두 개의 문'이 외면한 진실」, 『동아일보』, 2012. 6. 28.

12 허승호, 위의 글.

13 정영신, 「용산참사 유가족이 말하는, 영화 〈두 개의 문〉: 김석기와
    이명박이 꼭 봐야 할 영화」, 『민중언론 참세상』, 2012. 6. 18.

14 김선우, 「용산 가는 길」, 『씨네21』 860, 2012. 7. 2.

15 「영화 '두 개의 문'에 쏟아진 의문의 '1점 폭탄'」, 『한겨레』, 2012. 7. 2.

16 개봉 초 〈두 개의 문〉이 관객에게 어필하려 했던 것은 이 영화가
    '투쟁'이나 '집회'와 같은 흔한 '운동권적 서사'가 결코 아니라는
    점이었으며, 언론에서도 이 영화의 '객관적이고 담담한 톤'을
    인상적으로 보도했다. "〈두 개의 문〉이 초반에 언론에서 담담한

시각으로 담았다는 얘기를 굉장히 많이 들었어요. 그런 것들이
아쉬운 점으로 남는다는 말도 많았는데, 〈두 개의 문〉 속편을 만들면
더 깊은 얘기를 할 생각이 있다는 뜻으로 받아들여도 될까요?",
「도란도란 인디토크 후기: 〈두 개의 문〉, 김일란·홍지유」, 2013. 1. 27.
(인디스페이스: http://cafe.naver.com/indiespace/4986)

17 「사람이 죽었다. 승승장구한 가해자는……: 경찰 기동대도 관람한 〈두
    개의 문〉, 눈길 끄는 흥행몰이」, 프레시안, 2012. 7. 3.

18 정한석, 「〈두 개의 문〉은 어떻게 빨간 잉크가 됐나: '증거가 없음을
    증거하기 위한 증거가 되기'라는 〈두 개의 문〉의 운명을 탄식함」,
    『씨네21』 862, 2012. 7. 17.

19 「"특공대 투입 직전, 철거민의 감춰진 시간을 복원하고 싶었다":
    진중권, 김일란·홍지유 감독과 〈두 개의 문〉을 말하다」, 『경향신문』,
    2012. 7. 10.

20 이선옥, 「두 개의 문, 두 개의 시선들: "두 개의 문"으로 들어온 사소한
    단상」, 〈참세상〉, 2012. 10. 2.

21 그런 의미에서 나는 "철거민과 경찰 모두 피해자"라는 영화의 메시지는
    좀 더 섬세하게 디자인될 필요가 있었다고 생각한다. 인터픽션과
    경찰진술을 통해 드러냈던 특공대원의 긴장과 침묵의 의미가 '경찰도
    피해자'라는 프레임으로 손쉽게 수렴되지 않고, 두 감독이 궁극적으로
    고민하고자 했던, "조직에 속해 있는 사람이라면 그 사람에게는 어떤
    방식으로 책임을 물어야 하는가"라는 질문으로 집중됐다면 어땠을까.
    관객이 스스로를 또 다른 '피해자'로서가 아니라, 공동체를 구성하는 한
    명의 '시민-주체'로서 성찰할 수 있도록 하는 것이 이 영화가 나아갈 수

있는 가장 정치적이고 윤리적인 지점이 아니었을까.

22   진중권과 함께 한 대담에서 두 감독은 <두 개의 문>의 흥행요인에 대해
      다음과 같이 말했다. "진중권=운동권이다, 라는 느낌이 덜하죠. 요즘
      대중은 자기가 똑똑하다고 생각하기 때문에 작품에서 미리 판단
      내려주는 것을 안 좋아해요. / 홍지유=저는 <두 개의 문> 관객들이
      대략 '촛불관객'이라는 생각을 했어요. (…) 현 정부는 용산참사가
      촛불이 규합될 수 있을 새로운 발화점이 될 거라 걱정했지만 결국
      대규모의 촛불은 생성되지 못했어요. 분명 <두 개의 문>은 거기에
      대한 부채감이나 죄의식을 건드린 부분이 있을 거예요. 대신 궁금했던
      팩트와 이야기를 들려주는 동시에 죄책감을 심하게 몰아붙이지 않았던
      거죠." 「"특공대 투입 직전, 철거민의 감춰진 시간을 복원하고 싶었다":
      진중권, 김일란·홍지유 감독과 <두 개의 문>을 말하다」, 『경향신문』,
      2012. 7. 10.

23   이혜령, 「감옥 혹은 부재의 시간들: 식민지 조선에서 사회주의자를
      재현한다는 것, 그 가능성의 조건」, 『대동문화연구』 64, 성균관대학교
      대동문화연구원, 2008.

24   김영진, 「응시하라, 패배하지 마라: 제주 4·3사건을 소재로 한 오멸
      감독의 <지슬>을 당신이 보길 바란다」, 『씨네21』 876, 2012. 10. 22.

25   허지웅, 「26년, 대중영화의 질적 퇴행」, 『Geek』, 2013. 1.

26   발없는새, 「26년: 부실한 완성도 극복하고도 남을 명백한 존재가치」,
      미디어스, 2012. 12. 7.

27   송재영, 「정치영화의 범람: 언론이 못다 한 공백의 지점」, 미디어스,
      2012. 12. 7.

28 허지웅, 「'26년', 광주를 욕보이는 것은 누구인가」, 『경향신문』, 2012. 12. 1.

29 허지웅, 「26년, 대중영화의 질적 퇴행」, 『Geek』, 2013. 1.

30 허지웅, 「〈남영동 1985〉에 대한 쓴소리」, 『주간경향』, 2012. 11. 21.

31 그는 「'26년', 광주를 욕보이는 것은 누구인가」와 「26년, 대중영화의 질적 퇴행」이라는 글에서 〈26년〉의 조악한 완성도 때문에 최소한 〈남영동 1985〉를 비평하는 수준에서 행했던 "선과 악이 분명한 나이브한 세계관이 테러리즘으로 전염되는 매우 전형적인 파쇼스토리"라든가, "전형의 스토리텔링을 대체하는 강풀 특유의 스크롤텔링이 영상매체로 옮겨왔을 때 겪게 되는 서사의 파행" 등을 논할 수 없다고 말했다. 그러나 그는 〈지슬〉을 호평하는 다른 글(「지슬」, 『월간 방송작가』, 한국방송작가협회, 2013. 4)에서 〈26년〉의 "저열한 만듦새와 제작과정의 문제, 나아가 〈26년〉 텍스트의 파쇼적인 측면을 비판하는 글"을 쓴 적 있다고 말했는데, 여기에는 미묘한 착종이 있다. 엄밀히 따졌을 때, 그가 〈26년〉에 대해 말한 것은 "저열한 만듦새"였을 뿐, 후자에 대해서는 언급한 바 없기 때문이다. 오히려 이 사후적 언급을 통해 그가 〈26년〉에 대해 진정으로 비판하고 싶었던 것이 바로 〈남영동 1985〉에 나타났던 것과 같은 종류의 '파쇼스토리'와 '서사적 파행' 등이었음을 알 수 있게 된다. 이 글에서 관심을 두는 것은, 바로 이 서로 다른 층위의 비평이 그의 논리 안에서 자연스럽게 호환되고 있는 현상과, 그것을 가능케 한 정치적 (무)의식이다.

32 지금까지 국가폭력과 관련된 역사적 사건을 재현할 때 허용되는 가장

지배적인 코드는 '진혼'과 '애도'였다. 그것이 아닌 방식으로 '그날'을 재현하는 것, 특히 현재 살아 있는 가해자의 책임을 따져 묻는 일에 한국사회는 언제나 불편함을 느껴왔다. 원한과 복수의 상상력은 '사회분열을 책동하는 파괴적인 에너지'로 의미화되거나, '개인의 단죄'에만 집착해 폭력의 구조를 보지 않는 '과거에 사로잡힌 인식'이라는 언설에 의해 통제돼온 것이다. 그러나 '복수'의 상상력은 아직 보상받지 못한 채 대를 이어 상속되고 있는 폭력과 피해의 유산이 있음을 상기시키고(서동욱, 「"〈26년〉은 참 나쁜 영화다": 〈26년〉과 복수의 정치」, 프레시안, 2012. 12. 9), 사인私人들의 연대에 의한 자력구제를 통해, 정의를 외면하는 국가의 기능정지를 문제 삼으려는 정치적 기획이다(윤광은, 「영화 〈26년〉, 그들이 '그 사람'을 죽였더라면: 외상에서 벗어나 광주를 본다는 것」, 미디어스, 2012. 12. 7).

33 윤광은, 위의 글.

34 강풀, 「80년 5월 광주 다룬 '26년' 책으로 펴낸 만화가 강풀: "망각이 가장 무서운 것, 최소한 기억이라도 했으면"」, 『말』 252, 2007. 6.

35 「영화 〈지슬〉, 제주의 슬픔을 들추다」(차형석, 『시사IN』 285, 2013. 3. 5) 중 선댄스영화제 심사위원 아누락 카쉬아프의 말.

36 이상용, 「역사를 보여주는 법에 관하여: 영화 〈지슬〉」, 『플랫폼』 39, 인천문화재단, 2013. 5.

37 김영진, 앞의 글.

38 이상용, 앞의 글.

39 장병원, 「관성 벗고 실존으로 도약: 〈지슬: 끝나지 않은 세월2〉의 신화적 질감」, 『씨네21』 897, 2013. 3. 25.

40 김지은, 「분노하라!」, 『민족21』, 2013. 4.

41 김혜리, 「'지슬'이라는 신비롭고 외딴 섬」, 2013. 3. 22.

42 김혜리, 위의 글.

43 어쩌면 이에 대한 문제제기가 거의 이루어진 바 없다는 점이야말로
    한국 평단의 정치적 무의식을 드러내는 것일지 모른다. 예컨대 이
    영화의 흑백영상, 풀 숏과 롱테이크 등 수많은 영화적 장치가 다소
    편향적으로, 혹은 과도하게 비평적 주목을 받은 반면, 이 영화의 또
    다른 핵심적인 장치들 중 하나인 '제주어'('방언'이 아니다!)와 '표준어'
    자막의 정치성을 성찰한 글은 드물었다. 이에 대해 비평적으로
    언급하고 있는 글은 우혜경의 「영화는 사진집이 아니다: 〈지슬: 끝나지
    않은 세월2〉의 이미지 숏이 지닌 영화적 논리는 무엇인가」(『씨네21』
    899, 2013. 4. 8)가 거의 유일하다.

44 백지은, 「폭력의 연쇄, 연대의 고리: 오키나와 문학의 발견」, 『역사비평』
    103, 2013년 여름.

45 이상용, 앞의 글.

46 장병원, 앞의 글.

47 장병원, 위의 글.

48 우혜경, 앞의 글.

49 허지웅, 「지슬」, 『월간 방송작가』, 한국방송작가협회, 2013. 4.

50 김영진, 앞의 글.

51 이산하, 「슬픔의 기억 투쟁」, 『우리교육』, 2013년 여름.

52 「웃기고, 무시무시하다: CGV 무비꼴라쥬와 함께한 〈지슬: 끝나지
    않은 세월2〉 시네마톡 현장」, 『씨네21』 900, 2013. 4. 15.

53 　테오도어 아도르노, 최문규 옮김, 「최후의 명료성」, 『한줌의 도덕』, 솔, 36~37쪽.

54 　윤광은, 「초혼극 <지슬>의 지향과 그 이면의 한계: 영화 <지슬> 허지웅과 우혜경의 비평에 부쳐」, 미디어스, 2013. 5. 6.

55 　발없는새, 「<지슬>은 '제주영화'의 쾌거, 오멸 감독을 만나다」, 미디어스, 2013. 4. 2. ("제주는 산록이 푸르고 바다는 비취색으로 아름답다. 그런데 사람들은 제주의 슬픔을 모르고 걸어 다닌다. 아름다움을 걷어내고 그 슬픔을 묘사하는 작업에 흑백이 적합하다고 보았다." 차형석, 앞의 글.)

56 　우혜경, 앞의 글; 김소영, 「제주 4·3 혹은 국가폭력에 대한 영화적 성찰」, 오마이뉴스, 2013. 4. 23; 윤광은, 「초혼극 <지슬>의 지향과 그 이면의 한계: 영화 <지슬> 허지웅과 우혜경의 비평에 부쳐」, 미디어스, 2013. 5. 6; 김지미, 「'침묵' 당하는 그녀들의 몸에 관한 소유권 분쟁」, 『황해문화』79, 2013년 여름.

57 　권귀숙, 「대량학살의 기억과 젠더 이미지」, 『기억의 정치: 대량학살의 사회적 기억과 역사적 진실』, 문학과지성사, 2006.

58 　강창일·현혜경, 「4·3기억의 굿을 통한 재현: 정치적 사건과 문화적 장치」, 정근식 외, 『항쟁의 기억과 문화적 재현』, 선인, 2006.

59 　윤광은, 「끝나지 않은 세월 '지슬', 이제 그만 죽이세요」, 미디어스, 2013. 4. 5.

60 　백지운, 앞의 글.

61 　정한석, 「말하라 땅이여, 울어라 넋이여: 4·3으로 죽어간 혼령을 위로하는 영화 <지슬: 끝나지 않은 세월2>」, 『씨네21』896, 2013. 3. 26.

62   〈비념〉(임흥순, 2013)은 4·3을 다루고, 〈지슬〉과 비슷한 시기에
      개봉했다는 점 외에도 여러모로 〈지슬〉과 비교할 점이 많은 영화다.
      이 작품 역시 '씻김굿'이라는 제의적 형식을 취하는데, 다만 〈비념〉은
      총천연색의 컬러영상으로 제주의 자연풍광을 강렬하게 담았으며,
      2013년의 강정을 오버랩했다.

'세월호' 이후의
언어와 표상들

(부)정확한 사랑의 실험

2014년 4월 16일 이후, 문화학술계에서 벌어지는 일련의 움직임들을 인상 깊게 지켜봤다. 수많은 문예지와 학술지들이 앞 다투어 '세월호참사' 특집을 구성했고, 다양한 집단들이 세미나와 포럼을 개최했으며, 각계의 인사들이 이 사태를 설명·분석하는 글들을 제출했다. 언어도단의 사태라고밖에 할수 없는 초유의 상황 앞에서, 차마 입을 떼지 못하겠다는 말로 서두를 열면서도 열렬히 말하기를 그치지 않는 이 장場의 열정과 기동력을 매우 강렬하게 확인했다. 여름호에서 가을호, 그리고 겨울호로 거듭될수록 분석의 관점과 수준을 일신하는 무수한 글들을 통해 세월호참사의 정치적·사회적·문화적 함의가 구성되는 과정을 실시간으로 목도할 수 있었다. 그 글들의 축적과 교차는 현재 한국지성계의 임계와 심급이 어디 있는지를 가리키고 있는 것처럼 보였다. 물론 지금 내가 쓴 이 과거시제의 문장들은 모두 현재진행형으로 고쳐 써야 옳다.

인상 깊었던 것은 '세월호참사'라는 '초유의' 사태를 이해하기 위해 소환되는 일련의 '유사사례들'이다. 서해 페리호 침몰(1993)·성수대교 붕괴(1994)·삼풍백화점 붕괴(1995)·대구 지하철공사장 가스폭발(1995)·화성 씨랜드 화재(1999)·인천 호프집 화재(1999)·태안 해병대캠프 사고(2013)·경주 마우나리조트 참사(2014)와 같은 일련의 사례들. 이 사건들의 계보는 4·16 이전에 이미 각종 부주의와 부정부패, 신자유주의적 탐욕으로 인한 사고들이 수차례 반복됐음을 상기시킴으로써 '한국형 재난'의 성격과 그 의미를 조망하게 했다. 물론 각 사건들은 고유성과 개별성을 가지므로 손쉽게 동류화돼서는 안 된다. 그러나 그 개별성과 특이성을 이해하기 위해서라도 우리는 이전에 일어났던 사건들과 이를 해석·설명하기 위해 동원했던 개념 및 이론들의 아카이브를 뒤질 수밖에 없다.

예컨대, 감금된 죽음과 인간성의 말살을 말하기 위해서는 아우슈비츠가, 특정 사건이 해당 사회의 전반적인 단절과 변혁의 계기가 돼야 함을 강조하기 위해서는 미국의 9·11과 일본의 3·11이, '기민棄民'의 형상과 국가폭력의 양상을 사유하기 위해서는 4·3, 광주, 용산, 강정, 밀양, 쌍용, 콜트콜텍과 같은, 이렇게만 말해도 뜻이 다 통할 정도로 이미 고유명사가 된 일련의 사례들이 빈번하게 운위됐다. 이 사건·사고들의 집적체야말로 세월호참사에 관한 논의를 시작하기 위한 베이스캠프다.

잊지 말아야 할 것은, 이 모든 사례들이 세월호참사와 관련된 의미의 계열체로서 성립하기 위해서는 적지 않은 제한과 유보를 경유해야 한다는 점이다. 예컨대 신학연구자 정용택은 '아가멤논의 서사가 그의 영웅적 고뇌에 의해 가능했던 '비극'인 한, 영웅이 존재할 수 없었던 아우슈비츠를 '비극'으로 이해하는 것은 넌센스'라는 슬라보예 지젝의 말을 인용한다.[1] 그런데 아우슈비츠가 비극이 아닌 그만큼, 세월호 역시 아우슈비츠가 아니다. 세월호참사 이후 이 사태를 아우슈비츠와의 동일시 혹은 유비를 통해 이해하려는 시도[2]가 빈번했지만 이에 대해서도 모종의 유보가 필요하다는 말이다.

아우슈비츠가 근본적으로 인종말살을 위한 프로그램, 즉 기획된 종족학살의 상징이라면, 세월호참사의 피해자들은 공공연한 절멸의 대상이 아니었고, 그 배 역시 탑승객을 죽일 목적으로 생겨난 것은 아니었다. 무엇보다 세월호의 승객들은 아우슈비츠의 '무젤만'처럼 육체와 정신이 마비된 채 무력하게 죽어가지 않았다. 수없이 타전된 학생승객들의 문자·영상메시지가 보여주듯, 그들은 친구에게 구명조끼를 나눠주거나 배의 기울기를 구하며 끝까지 살고자 했다. 그것이 세월호참사의 피해자들을 섣불리 '희생자화'해서는 안 되는 이유다.

물론 앞서 말했듯 '감금된 죽음과 인간성의 말살'이라든지 '배제의 원리에 기인한 통치와 그에 대한 대중의 승인'과 같은 큰 차원에서 보자면 두 사건의 유사성은 충분히 인정된다. 그럼에도 느슨하거나 불철저한 유비는 사유의 확장보다는 사유의 지체 또는 중단을 유도한다는 점에서 신중하게 시도돼야 한다. 세월호참사 관련 담론을 구성하는 '재난·파국·비극·애도·기억·실천·연대'와 같은 일견 자명해 보이는 화소들에 대해 서로 다른 수많은 입장이 펼쳐지는 것도 이 때문이다.

　　실제로 2014년 4월 16일 직후 제출된 모든 논의에는 일종의 '어의語義의 각축'이 포함되어 있다. '세월호 침몰'이라는 사태의 명명과 관련된 '사고/사건론', 배에 타고 있다가 변을 당한 이들을 부르는 명칭과 관련된 '희생자/피해자론', 그 모습을 각종 매체를 통해 실시간으로 지켜본 대다수 시민에 대한 규정과 관련된 '시청자/목격자/당사자론' 등은 이 어휘들 간의 미묘하고도 상당한 의미차가 곧 세월호참사를 바라보는 주체와 관점에 내재한 정치적 차이를 대변한다는 것을 말해준다.

　　세월호참사 논의에 있어 가장 빈번하게 소환된 레퍼런스들도 그것들이 참조되는 맥락에 따라 전혀 다른 의미망을 형성한다. 예컨대 '악의 평범성'이라는 한나 아렌트의 명제는 승객을 버리고 달아난 선장과 선원들, 배의 관리·운영·소유를 맡은 부패한 관계자들, 구조와 진상규명의 의무를 방기한 채 이윤 추구와 기득권 강화에만 열을 올리는 정부와 대통령

등 서로 다른 심급의 주체들을 다 같은 '악'으로 동질화함으로써 무책임의 구조를 정당화하는 알리바이로 쓰여서는 곤란하다.

　세월호참사의 최종심급으로서 초점화되고 있는 신자유주의 비판론 역시 한국정치 및 통치술의 역사성에 대한 구체적인 고려 없이는 공허한 일반론에 그치기 십상이며, '이것이 인간인가?' 또는 '이것이 국가인가?'라는 한탄과 함께 무수히 펼쳐지는 인간론과 국가론 또한 그렇다. '이것이 인간인가'라는 근본적 질문 앞에서, '살아남은 자의 윤리'를 말하는 프리모 레비와 동일시되는 것은 세월호참사의 생존자들인가, 절멸과 혐오의 논리가 판치는 신자유주의적 통치의 한가운데에 놓인 채 '아직' 죽지 않은 우리 모두인가. 재난 그 자체를 기득권 추구의 계기로 삼게 된 오늘날을 비판적으로 분석하는 '재난자본주의론'(나오미 클라인)과, 재난을 통해 모종의 혁명적 공동체를 경험하게 된다는 '재난유토피아론'(리베카 솔닛)의 상반된 논지는 또 어떤가.

　세월호참사를 설명하는 유력한 프레임으로 자주 운위되는 '파국론'[3]에 대해서는 이미 '자기 시대를 특권화한다'(사사키 아타루)거나 "우리 시대의 윤리적 데카당스를 보는 듯"(서동진)[4]하다는 지적이 제출된 바 있다. 이 지적에 전적으로 동의하지 않더라도 파국론에 깃든 사변성과 비운동성의 뉘앙스는 종종 시험에 든다. 그런가 하면, "'잊지 않겠습니다'도 행동을 낳는 다짐이었던 것이 이제 그 자체로 행동의 최대치가 되었다."[5]라는 인문학자 윤여일의 진단이 암시하는 것처럼,

'기억'이라는 (비)행위의 정치성 또한 무조건 자명한 것은 아니다.

모두에게 윤리적 명제로서 주어진 '애도' 역시 그 의미가 간단치 않다. 인문학자 정원옥은 '애도의 정치'를 "국가의 공식애도로부터 배제된 죽음들에 대해 진실을 밝히고, 사회 정의를 실현하도록 국가와 사회에 호소하고, 촉구하고, 압박함으로써 죽은 자에 대한 충실을 다하려고 하는 남은 자들의 모든 실천적 행동을 함축하는 것"[6]이라고 정의한 바 있지만, '난파'와 '침몰'의 비유를 매개로 한 마틴 제이와 곽영빈의 상반된 논지는 애도의 조건과 윤리 그 자체가 이미 심문의 대상임을 말해준다. 마틴 제이가 '난파'의 은유가 근본적으로 관객의 관조적 관점을 전제로 성립한다는 점을 들어 애도의 기만성을 경고한다면,[7] 곽영빈은 이런 관점이 '버추얼 트라우마는 진정한 트라우마가 아니다'라고 주장하는 서구 사상사 일부의 유구한 전통을 잇는 것이며, 이는 곧 '피를 나눈 친족이 아니면 애도의 공동체의 일원이 될 수 없다'는 보수주의적 주장과 상통할 수 있음을 지적한다.[8]

그렇다고 할 때, 눈앞에 펼쳐진 이 백가쟁명의 논의들로부터 배워야 하는 것은 (한 성실한 평론가의 표현을 빌려 말하자면) "정확한 사랑의 실험"(신형철)[9]이다. 성급한 비유와 표상들이 (무)의식적으로 매개하거나 유도할 수 있는 사유의 지체나 보수주의적 효과를 두려워하면서, 그럼에도 이 언어의 실험을 지속·감행함으로써 점차 정교해지는, 이 '점진적 나아감'이야말로 이제 도래할 '4·16 텍스트'들을 독해하는 데 가장 의미 있는 경험으로서 고려돼야 한다. 이 글은 바로 그런 문제의식을 바탕으로, 최근 도착하고 있거나 곧 도래할 '4·16 텍스트'들의 언어와 표상들을 생각해보기 위해 쓰여졌다. 특히 작가와 비평가들이 생산한 문학 텍스트들이 각별히 다뤄질 텐데, 이는 문학이야말로 세월호참사 담론에서 전개된 언어의 각축이 가장 섬세하고도 치열하게 벌어져야 할 장소들 중 하나이기 때문이다.

"그럼 무얼 부르지"라는 물음

'아우슈비츠 이후 서정시는 불가능하다'(브레히트/아도르노)라는 말에 조응하듯, "그럼 무얼 부르지"(박솔뫼)[10]라는 물음은 세월호참사 이후 한국문학계에 던져진 서늘한 화두다. '대한민국은 세월호 이전과 이후로 나뉘어야 한다'라는 명제를 당위로서 수긍할 수 있다면, 그리고 그 결절점으로서 '그날'을 재현하는 것이 세월호참사 이후 한국문학의 피할 수 없는 사명이라면, 이제 한국문학은 무엇이 될까. 무엇을 할 수 있을까.

우선, 세월호참사는 작가들을 시민공동체로 호출한 드문 사례로 기억될 것 같다. 세월호참사 이후, '한국작가회의' 소속 문학인 754명은 "우리는 국가가 아니라, 함께 사는 이웃들의 박해받는 슬픔이 가진 생명력을 믿고자 한다. (…) 그래서 우리는 오래 기억하고, 그치지 않고 분노하며 끈질기게 싸울 것이다. 이러한 문학의 언어를 두려워할 줄 아는 권력을 원한다."[11]라는 일갈이 담긴 「우리는 이런 권력에 국가개조를 맡기지 않았다」(2014. 6. 2)라는 제목의 작가선언을 발표했다. 같은 해 9월에는 매달 세월호참사의 진실규명을 바라는 작가와 시민들이 보내온 304개의 문장들을 낭독하는 '304낭독회'가 기획돼 2019년 3월 현재까지 이어지고 있다. 2014년 10월 3일에는 김훈과 김애란 등을 비롯한 작가들이 시인 송경동이 기획한 팽목항행 희망버스에 합류하기도 했다.

물론 문인들의 이 같은 집단행동이 아주 낯선 것은 아니다. 한국작가회의는 2009년 6월에도 「이명박정부의 독재 회귀를 우려하는 문학인 시국선언」을 발표한 바 있으며, 6·10 항쟁의 정신을 상기하고 민주주의적 가치의 회복을 염원하기 위해 '작가선언 6·9'가 발표한 「이것은 사람의 말」과 같은 사례도 있다.[12] 이 주체들은 '용산참사'가 오늘날 한국사회의 가장 근원적이고 본질적인 상처라는 판단하에 용산참사 현장에서 릴레이 1인시위를 진행하고 각종 매체에 릴레이 기고를 하기도 했다.[13] 작가선언 발표와 광장집회 및 낭독회는 문인들이 시국과 정세에 개입하기 위해 종종 선택하는 유력한 행동양식이다.

이 같은 맥락에서, 세월호참사 직후 문학계에서 제출된 두 권의 저작이 주목된다. 한 권은 2014년 7월에 출간된 시집 『우리 모두가 세월호였다』이며 다른 한 권은 작가와 비평가들의 에세이를 모아 같은 해 10월에 출간된 『눈먼 자들의 국가: 세월호를 바라보는 작가의 눈』다. 두 저작 모두 세월호참사를 추모하는 단체에 인세를 기부하는 등 세월호참사에 대한 작가들의 집단행동과 사회적 실천의 대표적인 사례로 기록될 만하다. 무엇보다 두 저작에서 운용되는 언어와 표상들을 통해 세월호참사에 대한 작가들의 관점은 물론, '세월호 이후 한국문학'의 상을 징후적으로나마 탐색해볼 수 있다.

♦『우리 모두가 세월호였다』(실천문학사, 2014)

고은 외 68명의 시를 수록한 『우리 모두가 세월호였다』의 지배적인 정조는 『실천문학』에서 「세월호 이후, 작가가 보는 한국사회」라는 제목으로 실시한 설문조사의 내용과 상당히 유사하다. 이 설문은 작가들에게 '세월호 이후의 한국사회를 어떻게 바라보고 있는지, 그리고 세월호가 작가들의 의식과 감정에 어떤 영향을 끼쳤는지'를 묻기 위한 취지로 시행된 것인데, '무책임, 분노, 슬픔, 트라우마' 등이 핵심 키워드로 조사된 바 있다.[14]

이 시집에 수록된 거의 모든 시가 '추모'의 취지로 작성됐는데, 특기할 만한 것은 '아이'를 시적 화자로 내세우거나 '아이'의 죽음을 소재로 한 작품들이 대다수라는 점이다. 이는 물론 세월호참사 피해자의 상당수가 수학여행을 가던 중인 고등학생이라는 점에 기인할 테다. 하지만 이 작품들에 등장하는 '아이'는 청소년이라기보다는 그야말로 엄마 품을 찾는 어린아이에 가까운 "연둣빛 아이들"이자 "꽃 한 송이" 혹은 "순결한 피"로 묘사된다. 이는 추모시에서 흔히 활용되는 메타포이긴 하지만, 피해자들을 순결하고 무력한 존재로 대상화하는 매우 낡고 비정치적인 상상력이기도 하다.

특히 "가만히 있으라"라는 말을 정언명령으로 삼았던 사태가 우리에게 알려준 교훈은 청소년의 자기결정권을 인정하지 않는 한국사회의 오랜 관성이야말로 청소년들을 그저 자본주의적 이벤트의 소비자이자 피해자로 고정시킨다는 점이다.[15] 게다가 이 '아이들'은 대부분 '누군가의' "아이" 혹은 "누이"로 상정되는데, 이는 반드시 혈연을 통과해야만 애도의 대상으로 기입되는 작금의 문제적인 인식을 반복한다.

한편, 이 시집에는 세월호참사로 인해 촉발된 분노를 지배권력과 정부에 대한 비판의식으로 고양시킨 일군의 작품들도 있다. "한 사람의 죽음에서도 그 나라를 본다고 하는데 / 이런 수백의 죽음 앞에서 나는 나라의 침몰을 보았다 / 이런 나라의 정당에 가입하고 집단이익을 위해 봉사하는 내가 / 부끄러웠다."(공광규)라거나, "변고로 가족 잃은 아픔을 안다는 말 / 그 죽음 이 죽음이 감히 같단 말을 하나 / 분수도 모르는 아집 백성을 수장한다"(구중서), "국가를 구속하라"(유용주), "이 자본의 행로를 바꾸어야 한다"(송경동)와 같은 시구들은 세월호참사가 단순히 '배의 침몰'로만 규정될 우발적인 사건이 아니라, 이 나라 통치성의 폭력적 성격과 관련된 사태임을 명백하게 지시하고 있다. "뿌리치고 짓밟고 깔아뭉개고 깨부순 / 개발 전진 오십 년의 피울음이라 기억하자 / 오금을 못 펴고 조아렸던/식민⋯⋯ 독재⋯⋯ 동족상잔⋯⋯ / 그면 백 년의 통곡이라 기억하자"(최영철)처럼 세월호참사를 역사적으로 이해하려는 시도 역시 같은 맥락에서 이해된다.

그런데 이때 "페퍼포그와 지랄탄의 향연 속에서 우리들은 매일매일 / 우리의 아들딸에게 물려줄 꽃 같은 대한민국을 꿈꾸었다 // 개의 이름으로 묻노니 / 언제부터 당신은 개가 되었는가?"(곽재구)라는 식으로 현재를 '타락한 시대'로 규정하며 지난 시절을 특권화하려는 발상도 심심찮게 등장한다. "아카시아꽃 잘린 네 젖가슴 위에 놓으려 큰꽃으아리 숭어리마다 붉은 응어리"(허은실)와 같은 1980년대에 흔히 사용되던 젠더화된 비유도 주저 없이 등장한다. 이런 작품들에 대해 문화평론가 권명아는 "'동시대인'에 대한 경멸과 환멸의 정동을 바탕으로 하면서 전형적인 계몽주의적 태도를 보여"16준다고 지적하기도 했다. 그런 면에서 이 시집은 세월호참사에 대한 한국문학의 지배적 정조와 양식의 일단을 보여주지만, 성급히 소환된 지난 시대의 부주의한 비유와 표상들이 지니는 인식론적 한계를 드러내고 있다.

♦『눈먼 자들의 국가: 세월호를 바라보는 작가의 눈』
(문학동네, 2014)

『눈먼 자들의 국가』는 김애란, 김연수, 박민규, 황정은, 진은영, 황종연, 김홍중 등 대중적 인지도가 높은 작가와 비평가들의 에세이들을 수록해 독자들의 큰 호응을 얻었다. 이 글들의 초고가 실린『문학동네』2014년 가을호는 이례적으로 초판이 매진됐다 하니,[17] 단연 세월호참사 관련 텍스트 중 가장 널리 회자된 경우에 속한다. 그런 만큼 이 책에 대한 독후감도 상당히 많이 제출됐는데, 이를 바탕으로 이 책이 지닌 대중적 소구력의 의미를 짐작해볼 수 있다.

인터넷서점과 포털사이트에 게재된 평에 의하면, 많은 독자들은 이 책의 정가가 낮게 책정된 점, 필자들과 출판사가 인세 및 수익금을 전액 기부한다는 점에 지지를 표하며, 이런 문화학술계의 사회참여를 환영했다. 이 책을 사서 주변인들에게 나눠주고 싶다는 의견도 다수였는데, 이는 이 책을 읽는 행위 자체가 세월호참사에 대한 관심과 사회적 실천에의 의지 표명으로 인식되고 있음을 말해준다. "내 마음을 대신해 줘서 고맙다"라는 식의 '공감'을 표하는 것은 가장 일반적인 독후감 내용이며, 이 책을 통해 세월호참사에 대한 새로운 관점과 정보를 제공받았다는 진술도 꽤 발견된다. 그리고 이는 종종 "이 사회에 작가가 필요한 이유"에 대한 성찰로 이어지기도 했다. 세월호참사에 대한 대중의 공통감각과 맞닿아 있으면서도 일정 정도 계몽의 역할을 수행한 것이 이 책이 획득한 대중적 호응의 한 요인인 것이다. 물론 이 책의 기획과 취지에 대한 공감과는 별도로, 그 내용에 대해서는 의견이 분분했다. 혹자는 이 책에 실린 글들—특히 학자와 평론가들의 것—의 추상성과 난해함을 성토하는가 하면, 또 다른 이들은 이 글들의 논조가 전반적으로 소극적이거나 '덜 급진적'이라는 점을 들어 아쉬움을 표하기도 했다.

이 책이 다루고 있는 세월호참사의 정동과 문제의식은 다차원적이다. 세월호참사의 추이를 일목요연하게 서술하면서 사태의 핵심을 부각시키는 글(박민규)이 있는가 하면, 세월호참사를 용산, 밀양, 강정, 쌍용, 콜트콜텍 등 모든 '배제된 삶'과 동궤에 놓인 것으로 규정함으로써 나름의 역사적·정치적 맥락화를 시도하는 글(김애란·김행숙·진은영·전규찬)도 있다. 환멸과 체념이 '싸우는' 것보다 손쉬운 것이며, 그 역시 산 자의 특권이라는 점을 자각하는 글이 있는가 하면(황정은), '미안함'과 '부끄러움'이라는 정동에 천착함으로써 애도의 정치적 가능성을 타진(김서영)하는 글도 있다. 무방비적 슬픔을 토로하는 데에 그치지 말고, 정부와 국가의 책임을 명시적으로 물으면서 선거민주주의라는 통치형식 자체에 대한 역사철학(김연수·김홍중)과 정치철학(배명훈·황종연)의 갱신을 촉구하는 글도 있다. 또 어떤 글은 '세월호특별법'이라는 현안에 대한 입장 표명(홍철기)으로까지 나아가기도 한다.

요컨대 이 책은 세월호참사에 대해 대중이 감지하는 지적·정동적 스펙트럼의 거의 전부를 망라하고 있는 것처럼 보인다. 개인적·즉물적 차원의 분노와 수치심, 자신의 수동성과 소극성에 대한 자책부터, 이런 감정의 정치적 가능성을 점검하고 다른 배제된 삶과의 연대 및 투쟁, 체제 밖에 대한 모색의 필요성까지 아우르는 이 글들은 서두에서 언급한 세월호참사의 다양한 함의를 거의 다 의식하고 있는 것으로 보인다. 물론 이 글들이 세월호참사 관련 담론과 관련해 구체적인 대안이나 행동지침을 제시하는 것은 아니며, 읽는 이에 따라 이 모든 내용이 너무 '나이브'하다거나 '지나치게' 아름다운 문장으로 써졌다고 생각하는 경우도 있겠다.

아무튼 '세월호 이후 한국문학'에 주어진 과제가 새로운 미학적·정치적·인식론적 굴절과 전복을 반영하는 언어와 표상의 개발이라면, 이 책은 나름의 방식으로 그에 응답하려 한 첫 시도로 보인다. 그것은 "4월 16일 이후 어떤 이에게는 '바다'와 '여행'이, '나라'와 '의무'가 전혀 다른 뜻으로 변할 것"이라는 점, "당분간 '침몰'과 '익사'는 은유나 상징이 될 수 없을 것"(김애란)이라는 점을 명백히 의식하는 데에서부터 출발했다.

'4·16 문학'의 도래를 기다리며

세월호참사 이후, 한국문학의 언어질서와 재현체계는 전면적인 심문과 재편의 대상이 됐다. 여러 비평가들의 제언은 세월호참사를 일종의 '결절'로서 강조하면서 세월호참사 이후 한국문학이 나아갈 방향에 대해 논했다. "중요한 것은 재난에 대해 윤리적으로 감각하는 감정구조를 복원시키는 것이다. (…) 부주의한 선의는 종종 기만으로 이어질 수 있음을 자각하는 것. 여기에서부터 비로소 연민과 동정을 넘어서는 감성의 고양이 시작될 수 있기 때문이다"[18]라거나, "한국문학의 래디컬한 반성적 성찰은 일체의 포즈를 벗어던져야 한다"

라며 "한국문학이 개별 국민문학의 영토에 자족하지 않으면서 자칫 보수주의로 전락하지 않고 지구 전체의 차원에서 인류의 상처와 고통을 함께 아파하고 그 아픔을 치유하는 노력에 동참해야 한다."[19]라는 식의 주문이 그 예다.

그런가 하면, 최근 비평계에서 가장 왕성한 논의를 생산해냈던 '재난서사론'을 비판적으로 재구성하려는 시도 또한 주목된다. 문학평론가 고봉준은 "누가 재난을 겪는가"의 문제, 즉 재난을 결정하는 최종심급을 '나'로 한정하는 강유정의 인칭적 관점[20]을 반박하며, "'나'에게 도래하기 때문에 '재난'이 되는 것이 아니라 재난이 도래했기 때문에 '나'가 주인공이 되는 것"[21]이라고 주장함으로써 '재난의 크로노토프'가 지니는 정치적 함의에 대한 재독해를 요청했다. 영화평론가 듀나는 '재난영화'야말로 필요 이상으로 장르문법에 구애된다는 점을 들어 재난서사의 상상력이 초래할 수 있는 사유의 빈곤을 암시했다. 그에 따르면 재난서사에 특히 부족한 것은 '재난 이후의 묘사'다. 재난의 징조에서 시작되어 재난의 극복으로 끝나는 일반적인 재난의 플롯에는 '재난에서 살아남은 사람들에게 재난은 이야기의 시작일 뿐'이라는 사실이 누락돼 있다.[22] 이는 세월호참사가 단순히 '배의 침몰'이라는 사태로 정리되는 것이 아닌 이상, 이를 '재난'으로 이해하는 것에는 사태를 축소시킬 가능성이 내포돼 있음을 시사하는 것이기도 하다.

중요한 것은, 새로운 언어는 '선언'을 통해 생겨나지 않는다는 점이다. 세월호 이후 한국문학의 정치적·윤리적·미학적 가능성이 심문에 부쳐진다는 것은 보다 섬세한 숙고를 요한다. 이를테면, 우리는 세월호참사를 계기로 스스로 새롭게 주체화하는 드문 형상을 목격한 바 있다. "극한의 상실과 슬픔을 힘으로 삼아 재구성된" 유가족들의 주체성이 그것이다. 이는 문화평론가 천정환이 잘 지적한 대로 한국 민주주의 투쟁사에서 유가족이 구성해온 역사를 잇는 것이면서도 동시에 매우 낯선 것이다. "일종의 전위이자 인식의 '기준'이 된"23 이 새로운 주체성과 공동체성을 재현할 수 있는 언어를 현재 한국문학은 가지고 있을까.24

세월호참사가 새롭게 정초한 '슬픔과 부끄러움, 재난과 파국, 애도와 연대, 사회적 영성과 주체성' 등은 세월호참사 이후 한국문학에 새롭게 던져진 주제다.25 이 주제들의 함의를 충분히 의식하고 재현할 수 있는 언어의 양식, 즉 세월호참사를 말하기 위한 시점과 플롯, 비유와 표상을 발명하는 것은 '세월호참사 이후 한국문학'이 꾸준히 천착해야 할 과제다.

애도하되 그 대상을 '순결한 희생자'나 '피붙이'로 제한하지 말기를, 허무와 체념을 말하되 그것의 정치적 가능성을 봉쇄하지는 말기를, '아이히만'을 말하되 무책임의 체계를 승인하는 방식은 아니기를, 동정과 연민의 기만성을 경계하되 그것이 연대와 실천의 불가능성을 정당화하는 것은 아니기를.

너무 까다로운 요구일까. '세월호 이후의 한국문학'에서 시도되는 비유와 표상들은 그것이 앞서 언급한 '(부)정확한 사랑의 실험'을 반복한 끝에 걸러지고 새롭게 발견된 것일 때에만, 즉 "치밀하고도 치열한 맥락화"26의 결과물인 한에서만 승인돼야 할 것이다. 그때 나는 비로소 문학이 '언어의 예술'임을 믿을 수 있을 것 같다. 그게 아니라면 온갖 "크고 좋은 말들을 가져다 아무 때고 헤프게 쓰는 정치인들"[27]을 마음껏 욕하지도 못할 것이기에.

1   정용택, 「정세적 조건에 의해 강제된 개입의 시간: 세월호 참사의
    역사적 현재성에 관하여」, 『자음과모음』 25, 2014년 가을, 184쪽.

2   문부식, 「침몰하는 말들」, 『말과활』 4, 일곱번째숲, 2014. 5.

3   문강형준, 「"자네는 학자잖나. 어서 말을 걸어보게": 세월호 침몰과
    파국적 사유」, 『말과활』 4, 2014. 5.

4   서동진, 「말해질 수 있는 것과 말해질 수 없는 것: 세월호 참사 이후
    정치에 관한 사유를 생각하다」, 『말과활』 6, 2014. 10.

5   윤여일, 「가까스로 목덜미가 드러났다」, 『말과활』 6, 2014. 10, 69쪽.

6   정원옥, 「세월호 참사의 충격과 애도의 정치」, 『문화과학』 79, 2014년
    가을, 57쪽.

7   마틴 제이, 곽영빈 옮김, 「난파선 속으로 잠수하기: 세기말의 미적
    관객성」, 『자음과모음』 25, 2014년 가을.

8   곽영빈, 「해제— '버추어 트라우마'의 (반)정치」, 『자음과모음』 25,
    2014년 가을.

9   신형철의 저작 『정화한 사랑의 실험』(마음산책, 2014)의 제목에서
    따왔다.

10 박솔뫼의 소설 「그럼 무얼 부르지」(『작가세계』 91, 2011년 가을)의
    제목에서 따왔다.

11 고은 외 68인, 「오래 기억하고, 그치지 않고 분노하기」, 『우리 모두가
    세월호였다』, 실천문학사, 2014, 8~9쪽. '중략'은 인용자의 것, 이하
    동일.

12 작가선언 6·9, 『이것은 사람의 말: 6·9 작가선언』, 이매진, 2009.

13 작가선언 6·9, 『지금 내리실 역은 용산참사역입니다: 2009 용산참사

헌정문집』, 실천문학사, 2009.

14 서영인, 「세월호 이후, 작가가 보는 한국사회」, 『실천문학』 115, 2014년
    가을.

15 천정환, 「세월호 참사와 청소년의 권리」, 『한국일보』, 2014. 5. 26;
    이동연, 「리멤버 미: 세월호에서 배제된 아이들을 위한 묵시론」,
    『문화과학』 78, 2014년 여름.

16 권명아, 「폭력과 혐오와 수치: 살아남은 자의 등」, 제2회 '안전과
    생명윤리' 포럼 「"세월호 이후 우리는": 세월호 사건에 대한
    인문학적 성찰」, 인문학협동조합·푸른역사아카데미, 이화여대
    생명의료법연구소, 2014. 12. 13.

17 「문학계 '이변'⋯ 세월호 다룬 '문학동네' 초판 매진」, 『한겨레』, 2014. 9. 30.

18 장성규, 「재난을 대하는 문학의 몫」, 『시인수첩』 42, 2014년 가을,
    131~133쪽.

19 고명철, 「세월호참사 이후 한국문학의 불온한 정치사회적 상상력을
    위해」, 『시작』 50, 2014년 가을, 51~53쪽.

20 강유정, 「재난서사의 마스터플롯」, 『세계의 문학』 151, 2014년 봄.

21 고봉준, 「'재난'과 '장편'의 알리바이」, 『21세기문학』 65, 2014년 여름,
    359~360쪽 참조.

22 뒤나, 「이야기 속 재난의 오해들」, 『문학과사회』 107, 2014년 가을.

23 천정환, 「가족들과 한국 민주주의」, 『자음과모음』 25, 2014년 가을,
    263쪽; 정원옥, 「4·16 이후 안산 지역의 직접행동과 애도의 정치」,
    제2회 '안전과 생명윤리' 포럼 「"세월호 이후 우리는": 세월호 사건에
    대한 인문학적 성찰」, 인문학협동조합·푸른역사아카데미, 이화여대

생명의료법연구소, 2014. 12. 13.

24 '유민아빠' 김영오 씨의 수기(『못난 아빠: 이제야 철이 드는 못난 아비입니다』, 부엔리브로, 2014)나, 페이스북에 연재된 '윤민이 언니' 최윤아 씨의 그림과 글, 그리고 유가족의 인터뷰로 구성된 『금요일엔 돌아오렴: 240일간의 세월호 유가족 육성기록』(창비, 2014) 등에서 시도되는 유가족들의 말하기와 글쓰기는 그들 스스로 주체화하는 한 방식이면서 동시에 그 자체로 '세월호 이후의 예술양식'으로 정의될 만하다.

25 2014년 겨울에 발표된 소설들의 특기할 만한 경향 중 하나는 세월호참사가 촉발한 정동과 문제의식을 재현한 일군의 작품들이 출현했다는 것이다. 김연수의 「다만 한 사람을 기억하네」(『문학동네』 81, 2014년 겨울), 김애란의 「입동」(『창작과비평』 166, 2014년 겨울), 최은영의 「미카엘라」(『실천문학』 116, 2014년 겨울), 정용준의 「6년」(『현대문학』 710, 2014년 10월), 편혜영의 「원더박스」(『작가세계』 102, 2014년 겨울), 이평재의 「위험한 아이의 인사법」(『작가세계』 102, 2014년 겨울) 등 참조. 이 작품들을 매개로 한 '세월호 이후 한국문학'에 대한 논의로는 양경언·오혜진·이재경·윤재민, 「"그때 저도 거기에 있었어요!: 2014년 겨울의 한국소설』, 『문학동네』 82, 2015년 봄 참조.

26 류보선, 「'살인자의 기억법'과 '너의 목소리': 세월호와 한국문학, 그리고 계간『문학동네』」, 『문학동네』 81, 2014년 겨울, 7쪽.

27 김애란, 「기우는 봄, 우리가 본 것」, 『눈먼 자들의 국가: 세월호를 바라보는 작가의 눈』, 문학동네, 2014, 14쪽.

드라마를 보는 이유

TV드라마 〈태양의 후예〉와 〈시그널〉

2017년에 화제가 된 가습기살균제사건이 보도되면서 "안방의 세월호"라는 비유가 자주 등장했다. 이 표현으로 인해 막연하게만 생각되던 가습기살균제사건의 심각성이 확 와닿았다고들 했다. 하지만 이 수사에서는 모종의 위화감이 느껴지기도 한다. 사건이 내 집 안방에서 일어났을 때에야 비로소 '내 일'로 인식하게 됐음을 강조하는 이 표현은, 달리 보면 내 집 '안방'이 아닌 저기 먼 바다에서 일어난 세월호참사를 체감 불가능한 비일상의 영역에서 발생한 것으로 고정한다. 그리하여 이 표현은 세월호참사와 나 자신의 정서적 거리를 멀게 두는 일을 정당화한다.

그런데 '체감'의 거리와 그 가능성을 재단함으로써 사건으로부터 '나'를 분리하는 것이 그간 우리가 세월호참사를 외면해온 방식 아니었던가. 그뿐 아니라, 현재까지도 여전히 세월호참사 진상규명을 위한 유가족들과 시민들의 투쟁이 계속되고 있음에도 세월호사건을 그저 비극의 레토릭으로 소비하는 현실은 씁쓸하다. 이것이 바로 '실재'에서 '재현'의 영역으로 넘어간 사건이 기억되는 방식일까.

높은 시청률을 자랑하며 종영한 TV드라마 〈태양의 후예〉(KBS2, 2016)는 '우르크'라는 가상의 이국에서 일어난 지진을 남녀 주인공이 전개하는 로맨스의 핵심적인 소재로 등장시켜 '재난멜로'라고 불렀다. 누가 봐도 세월호참사를 연상케 한 이 설정은 '그때 그랬더라면'이라는 가정법 과거완료의 화법으로 대중의 '소망 성취'를 재현한다. 주인공인 군인 '유시진(송중기 분)'과 의사 '강모연(송혜교 분)'은 위기상황이 발생했을 때 컨트롤타워의 역할에 충실하고, 합리적인 의사결정 과정을 보여주며, 참사로 인한 사망자들의 추모의례도 충실하게 마련한다. 세월호참사가 발생했을 때 우리 모두가 대통령 및 의사결정권자들에게 바란 일이다. 그런데 이걸로 충분할까?

지진으로 인해 무너진 구조물에 깔린 두 노동자가 있다. 어떻게든 자신이 구조되기를 염원하는 젊은 외국인노동자와, 자기 대신 다른 노동자를 구하라며 관용을 보이는 나이 든 한국인노동자. 카메라는 이 딜레마적인 상황에서 가장 윤리적이면서도 현실적인 방안을 찾으려는 두 주인공, 유시진과 강모연의 고심을 드라마틱하게 보여준다. 이때 강조되는 것은 인간적인 슬픔에 휩싸이면서도 매뉴얼에 따라 냉철하게 용단을 내리는 엘리트 주인공들의 영웅적인 활약이다. 바로 그 효과를 위해 이 드라마는 구조를 기다리는 피해자들의 세대와 국적, 태도와 부상 정도 등을 섬세하게 조율했고 이들의 생사를 치킨게임처럼 자극적으로 묘사하며 고통을 전시했다.

타임워프를 통해 미제사건을 해결한다는 설정으로 화제가 된 TV드라마 〈시그널〉(tvN, 2016)에도 문제적인 묘사가 등장한다. 이 드라마에는 명백히 성수대교 붕괴사건을 연상케 하는 '한영대교 붕괴사건'이 등장하는데, 이때 '오은지(박시은 분)'와 '신여진(최우리 분)'은 같은 버스에 타고 있었다. 다리 붕괴 직후, 버스는 폭발하기 직전이고 단 한 명만 살릴 수 있는 상황. 건설사 회장 '신동운'은 소방관들에게 오은지 대신자신의 딸인 신여진을 살리게 했고, 버스는 폭발한다. 이후 서사는 딸 오은지를 잃은 유가족이자 '대도사건'이라는 또 다른 사건의 용의자로 억울한 누명을 쓴 피해자인 '오경태(정석용 분)'의 행동에 초점을 맞춘다. 결국 오경태는 자신의 딸을 죽게 한 신동운에게 복수하기 위해 신동운의 딸 신여진을 납치해 죽이기로 결심한다. 그것도 자신의 딸이 죽은 것과 같은 방식으로. 물론 그의 시도는 실패한다. 그의 행위는 신여진 대신 여자주인공인 형사 '차수현(김혜수 분)'을 죽게 함으로써 또 다른 사건의 전개를 예고하는 서사적 장치로 쓰인다.

결과적으로 오경태는 '유가족'이자 '피해자'이자 '가해자'라는 세 겹의 정체성을 지니는 복잡미묘한 인물이 된다. 그런데 되짚어보자. 자신의 딸을 죽게 한 사고의 구조적 원인을 보지 않은 채, 눈앞의 권력자에게 복수하는 일을 택하는 것. 심지어 권력자도 아닌 권력자의 딸을 죽이겠다고 결심하며, 살해방법으로 자신의 딸처럼 권력자의 딸 역시 불에 타 죽게 만들겠다고 다짐하는 것. 이것은 가능한 설정일까? 자신이 입은 피해를 다른 사람도 같은 방식과 강도로 입길 바라는 것이 피해자의 보편적인 정서일까. 세월호참사 유가족들은 '다시는 이런 일이 반복돼선 안 되기 때문에' 지금까지 싸운다.

이 드라마의 남자주인공 '박해영(이제훈 분)'은 오경태에게, 이 모든 사태를 방조한 '더 큰 범인'을 잡자며 수사에 협조해줄 것을 호소한다. 그런데 정작 그 후 전개되는 오경태의 싸움은 자신이 뒤집어쓴 누명을 벗기 위해서인지, 딸이 죽게 된 사태의 진상을 규명하기 위한 것인지 불분명하다. 오히려 강조되는 것은, 오경태를 설득해 결국 사건을 해결해내는 주인공 박해영의 분투다.

이 드라마는 피해자이자 유가족인 주체의 정동과 투쟁을 다루면서, 그가 자신의 싸움의 목적에 대해 깊이 사유하지 않고 그저 맹목적인 복수심만을 갖는 것으로 묘사했다. 하지만 우리가 지금까지 감동적으로 목도하고 있듯, 수많은 참사의 피해자이자 유가족인 주체들은 자신이 입은 피해의 구조를 사유하고 그 성찰을 사회화함으로써, 그저 생계를 위해 맹목적으로 살아가는 '소시민', 혹은 슬픔에 함몰된 '유가족'의 정체성을 넘어 이 사회 전반의 안전과 정의를 위해 싸우는 '시민'이자 '운동의 주체'가 된다. 피해자/유가족은 영원히 피해자/유가족으로 남는 것이 아니라, 자신이 입은 피해와 상실의 경험을 통해 스스로를 성장시킨다. 이것이 바로 당사자정치의 가장 강렬한 모델 중 하나인 유가족정치의 힘이다.

그러니 우리는 참사를 겪은 이들의 정동을 묘사하는 허구 서사물들의 재현문법에 대해 좀 더 예민해져야 하는 것이 아닐까. 적어도 그것들이 '세월호 이후'의 서사라면 말이다. 세월호참사와 관련된 방대한 기록과 자료들을 분석한 르포『세월호, 그날의 기록』(진실의 힘 세월호 기록팀, 진실의힘, 2016)은 왜 세월호참사가 한낱 음모론이나 감성정치의 대상이어서는 안 되는지를 설득력 있게 보여준다. 수많은 드라마틱하고 미스 테리적인 요소들이 미제未濟/謎題인 채로 남아 있음에도 불구하고, 이 책은 아주 담담하고 사려 깊은 톤으로 참사와 그 이후를 서술한다.

　　허구의 재현물들은 직접 사건의 진상을 밝힐 수도, 대안을 제시할 수도 없다. 픽션은 오직 세월호참사를 통해 '한국사회'라는 공동체가 얻게 된 지혜를 효과적으로 재현하기 위한 서사적 실험을 할 수 있을 뿐이다. 참사를 겪은 당사자에게는 그 경험이 그저 무의미한 상처로 남지 않았음을 깨닫게 하고, 다른 이들에게는 바로 그 당사자들과 더불어 사는 법을 알게 하는 것. 이마저 못한다면 '재현'은 실제로 사건에 개입해 사회를 바꾸는 정치, 경제, 법률, 역사, 그리고 거리의 운동에 비해 참 쓸모없을 것이다.

2016. 5. 8.

비상한 기억력의 계절과 '나쁜 나라'

영화 〈나쁜 나라〉
(김진열, 2015)

화제의 드라마 〈응답하라 1988〉(tvN, 2015)이 가르쳐준 것은 온 거리에 드높이 휘날리는 태극기와 '세계 4위'라는 국가주의적 성공담이 아니라, '피켓 걸'이 돼 TV에 처음 출연한 한 소녀의 작은 해프닝으로 1988년 서울 올림픽을 서사화할 수도 있다는 점이다. 이처럼 실제 사건을 다룬 영화나 드라마가 대면해야 하는 것은 사건 그 자체라기보다, 대중에게 이미 널리 각인된 해당 사건의 관성적인 서사화 방식과 이미지들인지도 모른다. 말하자면, 해당 사건에 대한 지배적 심상에 도전하는 것. 나는 그런 기대를 품고 2015년 12월 어느 날, 영화 한 편을 보러 극장에 갔다. 세월호참사 이후 유가족의 투쟁을 다룬 다큐멘터리 〈나쁜 나라〉.

아무리 '기록' 영화라 해도 수많은 장면들을 선별

하고 이어 붙이는 나름의 질서를 만드는 일은 또 하나의 해석이자 창조다. 당신에게 두 시간짜리 영화로 세월호참사에 대한 이야기를 만들어보라고 한다면 당신은 어떻게 이야기를 짤 텐가. 생각해둔 첫 장면은 있는가. 누구의 관점에서 이야기를 풀어나갈지, 몇 년째 계속되고 있는 이 기나긴 사태의 어느 시점에서부터 이야기를 시작할지, 당시 배에 설치된 CCTV에 찍힌 아이들의 영상을 넣을지 뺄지. 세월호참사를 다룬 영화라면 이런 수많은 선택들을 피할 수 없을 게다. 그리고 그 모든 선택들이 세월호참사 재현의 윤리 및 정치성을 결정한다.

그간 세월호참사를 다룬 각종 TV 탐사보도 프로그램들은 참사 현장에 남은 자료들을 통해 당시 무슨 일이 일어났는지를 밝히는 데 주력했다. 그런가 하면, 416참사 작가기록단이 엮은 인터뷰집 『금요일엔 돌아오렴』(창비, 2015)은 유가족들의 가정을 방문해 우리가 흔히 다 같은 모습일 것이라고만 생각했던 유가족들의 서로 다른 다면적이고 입체적인 면모를 핍진하게 보여주었다. 그렇다면, 이런 기존의 기록재현물들과 구분되는 영화 〈나쁜 나라〉의 포인트는 무엇일까. 그것은 '거리에서 싸우는 유가족의 이야기'에 집중했다는 데에 있다. 이 영화는 2014년 11월에 '4·16 세월호참사 진상규명 및 안전사회 건설 등을 위한 특별법'(줄여서 '세월호특별법')이 제정되기까지 유가족들이 전개한 투쟁의 시간을 서사화한다.

　　이 영화에는 세월호참사의 상징으로 각인된 서사와 이미지들, 예컨대 수면 위에 파란 선미만 남은 배의 모습이나 지상파 뉴스의 그 유명한 오보자막이 등장하지 않는다. 이 영화의 주인공은 오직 싸우는 주체로서의 '유가족'이다. 이들은 주로 거리에 머물고, 모두들 피부를 새까맣게 그을렸다. 안산과 진도, 여의도, 광화문, 청운동으로 끝없이 이어지는 길을 이들은 걷고 또 걷고, 때로는 그 위에 눕는다. 알루미늄 돗자리와 비닐천막, 세월호참사에 대한 기억투쟁을 계속하겠다는 의지의 표현인 노란 우산이야말로 이 영화의 핵심 오브제들이다.

　　그리고 기묘한 장면이 있다. 서로 다른 방향을 향한 채, 각자 세월호참사 진상규명을 요구한다는 내용이 써진 피켓을 들고 선 남자와 여자가 한 화면에 잡힌 장면. 아무 배경음도 없이 카메라는 두 사람의 클로즈업된 얼굴을 지나치다 싶을 정도로 오래 응시한다. 그 장면이 꽤 길게 느껴질 만큼의 시간이 지나서야, 관객은 비로소 울지도 웃지도 않는, 화난 것도 체념한 것도 아닌 그들의 이 형언할 수 없는 표정을 읽어보라는 게 카메라의 요구임을 깨닫는다. 그때 마침 어디선가 들려오는 한 여자의 울음소리. 그 소리는 지금 카메라가 비추고 있는 두 사람의 것은 아니다. 관객이 그 울음의 출처를 궁금해할 즈음, 잠시 관객의 시야를 가리는 하얀 물체가 등장하고 곧이어 한 남자가 다가와 어깨를 들썩이며 우는 여자를 다독이는 장면이 풍경처럼 나온다. 카메라는 그 우는 여자의 얼굴을 구태여 포착하지 않았다. 그러므로 그 울음 우는 얼굴은 누구의 응시나 해석의 대상도 되지 않는다. "그 여자의 울음은 끝까지 자기의 것", 누구도 가닿지 못하는 "울음의 왕국"(정현종)[1]에 남은 셈이다.

1
정현종, 「그 여자의 울음은 내 귀를 지나서도 변함없이 울음의 왕국에 있다」, 『정현종 시전집』1, 문학과지성사, 1999.

끝없이 이어지는 길 위의 투쟁, 그리고 문득문득 등장하는 해석 불가의 정적과 울음. 이게 〈나쁜 나라〉가 제시하는 '잊지 않는' 방식이다. 이 영화적 선택이 세월호참사가 우리에게 가르쳐준 사유의 쟁점들을 새롭게 묻는 가장 유력한 방식인지 확인하기는 어렵다. 다만 이 영화가 세월호참사 및 유가족의 정동과 투쟁을 재현하기 위해 무엇을 실험했고 어떤 도전을 감행했는지를 묻는 것은 관객의 몫이다. 그걸 확인할 방법은 오직 영화를 보는 것뿐이다. 단지 이 영화가 '정의로운' 주제를 택했기 때문이 아니라, 우리의 기억과 사유가 멈추고 나아간 지점이 어디인지를 확인하기 위해서 우리는 이 영화를 봐야만 한다. 연말은, 어제 일도 까먹는 현대인이 올 초 유행한 노래들의 목록마저 새록새록 되짚을 만큼 비상한 기억력이 발휘되는 드문 시간이 아닌가.

2015. 12. 13.

'곁'을 넓히는 사랑과 슬픔의 형식

혐오의 시대와
애도의 조건

"한국에서 배가 가라앉은 일? 에? 그것 때문에 가수가 노래를 부르다가 운다고? (…) 그렇게 치자면 노래 부를 틈이 없지 않을까? 지난달에만 해도 말레이시아 항공여객기가 실종되지 않았나?" (…)

원한다면 배가 가라앉았기 때문인지, 아니면 어제 남자와 작별했기 때문인지 말해줄 수도 있었지만 그렇더라도 그들이 자신의 눈물을 이해할 수는 없는 일이라고 희진은 생각했다. 그들은 그 배를 타지 않았고, 또 어제 누구와도 헤어지지 않았으니까. 아무리 설명해봤자 그건 그저 그들의 마음속에 당황스러운 눈물의 논리만 세워줄 뿐 이해와는 거리가 멀었다.

"틀린 말은 아니네요. 그럼 역시 실연 때문일
까요? 동일본 대지진이 났을 때는 버젓이 웃
으며 공연했으니까요."

—김연수, 「다만 한 사람을 기억하네」,
『문학동네』 81, 2014년 겨울.

세월호의 아포리아들

2014년 연말, 그해 발간된 월·계간지들의 '세월호참사' 특집
을 일별해본 일이 있다. 참사 직후 즉각적으로 발표된 글부터
참사로부터 8개월 지난 시점에 제출된 분석까지 통시간적으
로 살피니, 그야말로 급박하게 전개됐던 '세월호' 이후 정치·
사회·문화계의 동향이 보이는 듯했다. 참사로부터 불과 세
계절이 지났을 뿐인데 어떤 문제들은 이미 시의성을 잃어버
려 그 의의가 휘발된 반면, 어떤 문제들은 아무리 시간이 지
나도 영원히 풀리지 않을 것만 같은 추상의 영역에 진입해 있
었다. 그때 나는 당시 학계와 비평계의 정치적·윤리적 임계
를 암시하는 듯한 몇몇 논의들의 부딪침을 기록해놓았었다.[1]
이 글은 그때 멈춘 지점에서부터 시작하려 한다.

당시 내가 인상 깊게 기억해둔 논쟁적 지점은 여러 층
위에 걸쳐 있다. '세월호참사'라는 사태 자체와 관련된 문제
들이 있는가 하면, 세월호참사의 의미망을 구성하는 데 간접

적으로 기여한 화두들도 있다. 전자에 해당하는 문제들을 떠올려보자면, 참사가 진행되는 상황을 각종 매체를 통해 실시간으로 목도한 대다수의 시민들을 어떻게 규정할 것인가의 문제(시청자/목격자/당사자), 재난과 현대사회가 맺는 관계의 성격과 그 정치적 가능성에 대한 상반되는 진단(재난자본주의/재난유토피아), 배에서 가장 먼저 탈출한 선장부터 스스로가 재난 상황에서 컨트롤타워임을 부정한 정부와 대통령에 이르기까지 무차별적으로 적용될 위험이 있었던 '악의 평범성'이라는 한나 아렌트의 테제, "잊지 않겠습니다"라는 구호가 동시에 암시하는 저항성과 비행위성 등이 있다.

후자의 대표적인 논의로는 당시 세월호참사와 관련해 빈번하게 소환됐던 파국론과 국가론 등을 들 수 있다. '파국'과 '국가'라는 두 거대하고 추상적인 주제들은 세월호참사로 인해 한국적 맥락에서 처음으로 논의의 육체성에 대한 요구에 직면했었다. 지금 나열한 이 문제들은 현재까지도 여전히 세월호참사의 성격과 의미를 사유하는 데 가장 유효한 화두들이다. 이 문제들 중 어떤 것에 대해서도 아직 명료한 지적 합의가 이뤄진 적 없고, 그 어떤 입장도 압도적으로 해석의 선편을 쥐지 못했다. 그래서 나는 이 질문들을 여전히 '세월호의 아포리아들'이라고 부른다.

이 글에서 그 모든 문제들에 대한 입장의 각축을 다 다루지는 못한다. 다만 이 글에서는 세월호참사 2주기가 지난 2016년 현재, 새로운 논의의 지평을 획득한 하나의 아포리아에 대해서만 조금 이야기해보려 한다. '애도의 조건과 (불)가능성'에 대한 것이다.

지금까지 전개된 애도론의 양상은 크게 두 흐름으로 분류될 수 있다. 하나는 이른바 '애도의 정치'론으로, 이는 '애도'가 참사의 피해자들은 물론 시민이 행사할 수 있는 엄연한 '권리'임을 전제한다. '애도의 정치'라는 개념은 문화연구자 정원옥이 국가폭력에 의한 의문사의 진상을 규명하기 위해 유가족들의 투쟁사를 서술하며 도출한 개념이다. 그에 따르면, '애도의 정치'는 "국가의 공식애도로부터 배제된 죽음들에 대해 진실을 밝히고, 사회정의를 실현하도록 국가와 사회에 호소하고, 촉구하고, 압박함으로써 죽은 자에 대한 충실을 다하려고 하는 남은 자들의 모든 실천적 행동을 함축하는 것"[2]이다. 세월호참사에 대한 유가족들의 진상규명 및 정치, 교육, 행정 등 여러 분야에 걸친 변혁의 요구가 점차 '불온한 것'으로 매도되면서 '애도의 정치'는 유가족 및 시민활동가들이 수행하는 애도의 정당성을 설득하기 위한 유력한 언어를 제공해왔다.

또 다른 하나는 '애도의 형식' 혹은 '애도의 조건'에 관한 논의로, 이는 물론 '애도의 정치'론과 연결된다. 그러나 이 논의는 애도의 윤리적 정당성과 정치성을 적극적으로 옹호·정당화하는 데에만 머물지 않는다. 이 논의는 애도의 '조건'과 '형식' 및 그로 인한 '효과' 자체를 비판의 대상으로 삼으며, 필연적으로 '고통에 대한 감응의 방식'이라는 질문을 수반한다. 특히 관건이 되는 것은, 애도가 '육친성'이라는 특정 조건을 경유해서만 성립되는 정황이다. 그리고 바로 여기서

'육친성'이라는 조건이 가지는 강력한 소구력을 어떻게 사유할 것인가의 문제가 부상한다. 혹자는 '혈연(피붙이)'의 은유가 상실의 고통을 상상하는 데에 필수적이라고 말하는가 하면, 다른 이는 바로 그런 '육친적 상상력'의 자연화는 불가피하게 애도 주체 및 대상의 선별로 이어지며, 이는 결국 애도가 수행되는 공간에 타자의 자리를 마련하지 않는다는 점에서 보수적 기획과 조응한다고 주장한다.

각각의 논의에 대한 세밀한 접근은 뒤에서 이뤄지겠지만, 우선 주목하고 싶은 것은 이 두 가지 '애도론'의 전개양상에 내재한 전도顚倒의 순간이다. 두 논의는 모두 세월호참사 이전에 이미 제출된 인문학적 테제들 중 하나였으며, 참사 직후 시의적절하게 소환됐다. 흥미로운 것은, 세월호참사 직후에는 애도에 대한 이와 같은 두 논의가 담론장에서 균등한 위상과 지분을 확보하고 있었던 반면, 참사 2주기가 된 2016년에는 '애도의 정치'론에 비해 '애도의 형식'론은 더 이상 사려깊게 이야기되지 않는다는 점이다. 이는 순식간에 '혐오정국'으로 진입한 한국사회의 변화와 관련된다.

애도의 형식을 질문하는 것이 곧 '애도의 정치'에 기입되지 못한 타자성을 환기하는 작업이라고 할 때, 애도 자체를 적대하는 오늘날의 혐오정국은 여전히 애도가 '육친성'이라는 제한적이고 국소적인 범주 내에서만 작동할 것을 강제한다. 애도의 주체 또한 그 억압에 대해 가장 시급하게 대응하는 방식으로써, 익숙한 서사를 동원할 수 있는 '육친적 상상력'의 자연성과 정당성에 기댄다. 결국 '애도의 타자성'에 대한 질문이 소거돼버린 오늘날의 담론 전개양상은 세월호참사 직후 급격히 진행된 담론공간의 폐색을 증빙하고 있다.

'육친성'이라는 애도의 조건

논의의 지체를 겪고 있는 '애도의 형식'론에 대해 좀 더 이야기해보자. 앞서 언급했듯, '혈연'이라는 육친성을 경유함으로써만 성립 가능한 애도에 대해서는 두 입장이 각축한다. 미국의 역사학자 마틴 제이는 「난파선 속으로 잠수하기: 세기말의 미적 관객성」[3]에서 '난파선'이라는 은유에 내포된 '재난과 구경꾼'이라는 구도를 지적한다. 영화 <타이타닉>(제임스 카메론, 1997)에 등장하는, 난파한 선박의 잔해를 뒤지는 잠수부 시점 카메라워킹의 외설성을 언급하며 시작하는 이 논의는 '난파'라는 예술적 표상의 계보를 추적한 끝에 다음과 같은 가설에 도달한다. "(난파의-인용자) 광경을 멀리서 구경하는 관객은 어떤가? 자신이 희생자가 아니라 생존자라는 사실에서 은밀한 즐거움을 얻는 게 아닐까?" 요컨대, 그는 난파선을 바라보는 '나'의 응시는 '나'가 안전한 뭍에 발 딛고 있다는 사실과 무관치 않다고 말한다. 난파 '현장'이 아니라 '땅 위에' 위치한 자의 응시는 근본적으로 관조적인 성격을 지닐 수밖에 없다는 것이다. '현장' 혹은 '당사자'가 아닌 위치에 선 주체의 감응이 손쉽게 낭만성이나 기만성과 같은 혐의에 붙들리는 것도 이 때문이겠다.

한편, '무감·비공감·반애도'의 개념화를 통해 애도의 한계를 사유한 문화연구자 천정환[4]은 "공감의 공동체란 애초에 얇고 작다. (…) 공감능력은 분명 '보편적'이지 않고, 정치적 태도와 고난에 처한 대상과 맺는 접촉의 넓기·강도에 영향 받는, 매개되고 허약한 것"이라고 강조한다. 이를 예증하기 위해 소환되는 것은 자신이 직접 아들을 잃고서야 "'광주 어머니들'의 설움과 원한이 남의 일 같지 않"았다고 고백하는 소설가 박완서의 사례다. 애당초 인간의 공감능력이 무한대의 범주에서 작동하는 것이 아닐진대, "내 설움"을 겪지 않고서 남의 고통을 상상하기란 매우 어렵다는 것이다. 박완서의 이 진술은 자신이 태안 해병대캠프 사고에 무감했기에 세월호참사를 초래했다는 4·16가족협의회 집행위원장 유경근 씨의 술회[5]와도 상통한다. '내 일'이 되기 전에는 몰랐다는 것. 박완서와 유경근의 진술은 매순간 시민으로서의 책임의식을 지녀야 한다는 교훈적 에피소드에만 머물지 않는다. 이 이야기들이 어떤 에두름도 없이 말해주는 것은 '나의 일, 내 가족의 일'이라는 경험과 상상을 통과해야만 성립 가능한 '공감'의 조건과 형식, 그것의 결코 무시할 수 없는 '절대성'이다.

지금 살핀 두 논의의 공통점은 대상과의 거리, 즉 정치철학자 주디스 버틀러가 "비슷한 것들의 가까움"[6]이라고 칭한 바 있는 '근친성'이야말로 공감능력을 작동시키는 핵심적인 조건으로 전제된다는 점이다. 실제로 세월호참사에서 '육친의 상실'이 불러일으킨 슬픔의 공감대는 매우 강력하고 전

방위적인 것이었다. 참사 이후 가장 먼저 제출된 시집 『우리 모두가 세월호였다』(실천문학사, 2014)에 실린 시들은 기본적으로 피해자들을 누군가의 '아이' 혹은 '누이'로 호명했으며, 그 외 대부분의 세월호 서사에서도 육친적 상상력은 강력하게 작동했다. 현재까지 영웅적인 분투를 감행하고 있는 유가족들의 투쟁동력도 근본적으로는 이들이 피해자들의 '부모'라는 점에 기인한다. 이들의 투쟁은 '육친'이라는 조건이 다른 무엇과도 비교할 수 없는 가장 분명한 주체화의 계기가 된다는 점을 여실히 보여준다. 더 나아가, (지속적으로 제기된 얼마간의 한계에도 불구하고) '당사자정치'야말로 여전히 모든 운동 중 지속성과 주체성, 그리고 '진정성'이라는 동력을 가장 오래까지 간직하며 전개되는 매우 유력한 정치양식임도 알게 한다.

'육친의 슬픔'이라고 이야기되는 '보편적인' 슬픔의 형식이 아니라면 대부분의 슬픔은 그저 추상적인 차원에 머물 공산이 크다(고 오해된다). '상실'이라는 감정이 기본적으로 '자기 신체의 일부'를 잃어버리는 것에 대한 감각, 혹은 '어머니'와 같은 특화된 애착대상과의 분리에서 확장·연상된 것임을 상기한다면, '피붙이'의 감각을 통해서만 상실의 고통이 지각되는 것은 불가피하다. 어쩌면 '상실'은 언제나 '인격화', 특히 '육친적 인격화'라는 방식을 통해서만 가까스로 감각되는 것일지도 모른다.

그러나 애도의 형식에 대한 비판적 사유의 필요성을 주장하는 논자들에게 육친성 혹은 근친성을 통과함으로써만 성립하는 감응의 방식은 결코 자명하지 않을뿐더러, 그 자체로 정치적 보수주의와 조응할 위험마저 지닌다. 예컨대, 앞서 마틴 제이의 글을 번역·소개한 인문학자 곽영빈[7]은 마틴 제이가 전제하는 '버추얼 트라우마의 기만성'에 이의를 제기한다. 그는 세월호참사 직후 미디어를 경유해 증폭된 비극의 정동, '가짜유족' 논란 등이 촉발한 정치적 효과를 점검하면서 수시로 시험에 드는 '애도의 진정성'이라는 조건에 대해 탐문한다. 그가 보기에, '버추얼 트라우마는 진정한 트라우마가 아니다'라는 인식은 서양사상사의 유구한 전통에 기인한다. "'가짜고통'을 전시하는 비극을 만들어 관객들에게 '가짜눈물'을 흘리게 하는 시인을 추방하려 했던 플라톤부터, 거리나 시간, 불완전한 인간의 시지각에 좌우되는 인간의 도덕성을 의심하고 조롱했던 디드로와 루소 같은 철학자들에 이르기까지, 예술로 대표되는 '매개된 경험mediated experience'은 일차적이기보다는 이차적이고, 원천적이기보다는 파생적인 것으로서, 진실보다는 거짓에 가까운 것으로 언제나 의심받았다"는 것이다. 이런 인식론은 궁극적으로 "당사자, 특히 피를 나눈 친족이 아니면 '애도의 공동체'의 일원이 될 수 없다는 보수세력의 반복된 주장과 내재적으로 직결되어 있다"는 것이 그의 주장이다.

　　'육친성'의 감각과 임계를 한국적 맥락에서 설명하려는 시도는 권명아[8]의 논의에서 발견된다. 그는 영화 <해운대>(윤제균, 2009)에서 재난이 휩쓸고 간 현장을 청소하는 장면을 '익숙한 공동체로 회귀하려는 욕망'의 재현으로 읽어내며 묻는다. 왜 "죽음에 대한 감응respond이 책임responsiveness이라는 윤리의 자리를 만들기보다, 공동체의 익숙한 삶을 정상화시키는 방향으로 나아가는"가. 물론 이에 대한 답은 애도가 '인간의 취약성'이나 '삶의 불확실함'에서 비롯된 자기보존 욕망과 손쉽게 연동될 수 있음을 지적한 주디스 버틀러의 논의에서 찾을 수도 있다. 다만, 권명아는 재난이 '육친의 상실'과 같은 전방위적 슬픔, 혹은 '맨몸'이라는 형상으로 상상·재현되는 데에는 '냉전과 열전의 폭력적 반복'이라는 한국사회 구성원들의 공통적인 경험이 관여하고 있음을 부연한다.

물론, 이런 인과적 정황에도 불구하고 중요한 것은 "근친성의 형식으로서만 너의 죽음에 감응"할 때, '너'는 여전히 '나의 무엇'일 뿐 온전히 "너가 되지 못한다"는 점이다. 따라서 심문돼야 할 것은 "죽음에 대한 감응의 피붙이적인 형식을 인간 본연의 자연스러운 것으로 간주하는 죽음과 삶에 대한 해석의 규범" 그리고 "그것을 정당화하는 해석공동체의 암묵적 규약들"이다. 타자의 타자성을 받아들이지 못하는 애도는 연대와 환대를 통한 공동체의 새로운 미래를 약속하지 않은 채, 또다시 배타적 주권자들의 익숙한 세계로 환수되기 때문이다.

하지만 '혐오'와 '적대'라는 강력한 반동적backlash 정동으로 인해 수세에 몰린 현재의 '애도의 정치'는 '애도의 형식'에 대한 다기한 논의에 민감하게 반응할 여력이 없어 보인다. 애도의 정당성을 부정하거나 그것의 시효 만료를 주장하는 이들은 애도의 주체들로 하여금 '고통의 감응방식'과 '애도의 형식'에 대한 성찰을 사유의 우선순위에서 배제하도록 유도

했다. 하지만 '애도의 정치'와 '애도의 형식' 논의가 서로 별개가 아니라 더불어 사유돼야 하는 이유는 명백하다. 애도의 정치에 관여하는 이들에게 애도대상과의 거리(가까움의 정도)를 재단·계량하게 만듦으로써 고통을 서열화·위계화하도록 견인하는 것이야말로 극우세력이 구사해온 가장 낡고도 효과적인 전략이기 때문이다.

주지하듯, '순수/불온', '희생자/생존자' 등과 같은 세월호참사 피해자에 대한 프레임들은 근친성을 기준으로 고통과의 거리를 재단하고 그에 따라 애도주체의 진정성을 훼손하는 방식으로 작동했다. 세월호참사 진상규명을 위한 특별법 제정을 주장하며 46일간 단식을 감행한 김영오 씨를 '아빠 자격도 없는 사람'이라고 비난함으로써 그가 '아빠 자격'을 '증명'하게끔 강제했던 것은 단적인 사례다. 게다가 인류학자 이현정[9]이 잘 지적한 대로 '육친의 형식'조차도 결코 자명한 것은 아니다. '다문화가정', 한부모가정, 조손가정 등 '정상가족'의 범주에서 벗어난 다양한 결속의 형식이 존재할 뿐 아니라, 가장 원초적인 결속의 형식으로 일컬어지는 '가족'의 자격조건조차 실은 돈이나 양육노동과 같은, 자본주의적 규범에 복속된 요소들로 구성되기 때문이다.

특히 '어버이연합'이나 '엄마부대봉사단'처럼 '근친성'과 '가족'의 표상을 내건 채 자행되는 혐오정치는 '육친성'과 같은 피붙이적 형식이 그 자체로 윤리적 의도를 보장하는 안정적인 기표일 수 없음을 반증한다.[10] 이는 박근혜 전 대통령조차 시시각각 불어닥치는 정치적 위기를 '아버지를 여읜 영애의 슬픔'이라는 논리로 방어해왔음을 상기할 때 더욱 분명해진다. 육친적 상상력을 선점·독점하여 사태에 대한 해석권을 장악하고, 이를 통해 가장 우선적이고도 강력한 발언권을 확보하려는 것이야말로 극우보수 세력의 전략이다. 이제 '육친의 상상력'은 윤리적 애도에만 기여하는 것이 아니라 혐오와 적대의 체계를 만드는 데에도 적극적으로 복무하고 있다.

'당사자'의 레토릭과 혐오의 체계

대상과 주체 간의 '거리감각'이 애도는 물론 혐오에 있어서도 매우 효과적인 알리바이로 작동한다는 것은 무엇을 뜻할까. 이에 대해 문화연구자 손희정[11]은 흥미로운 가설을 제출한다. 그에 따르면 세월호참사는 "정확하게 '나의 참사'였다. 누구에게나 일어날 수 있는 일이라는 의미에서 '나의 참사'일 뿐만 아니라, 우리 모두가 세월호라는 인재人災의 공모자라는 의미"에서 그렇다. 요컨대, 사람들이 세월호참사에 대해서 '피로감'을 느끼는 것은 흔히 말하듯 "남의 일에 공감하고 슬퍼하는 것이 피로하기 때문이 아니라, 그것이 바로 '나의 일'이기 때문"이라는 것이다. 그런데 이처럼 '남의 일'이 아니라 '나의 일'이라서 외면한다는 이 역설적인 진단이 사실이라면, 우리는 여전히 '당사자성' 혹은 '근친성'이 어떤 행위를 수행하는 데 있어 강력한 인식의 기준이자 주체화의 조건으로 작동하고 있음을 알 수 있다. 즉 손희정이 '외면의 체계' 논의를 통해 간파한 중요한 사실은, 대상과 자신이 연루된 정도를 끊임없이 재단하는 일이 궁극적으로는 치밀한 혐오의 체계를 만드는 데 복무하게 된다는 점이다.

게다가 대상과 나의 거리에 대한 계량은 혐오의 체계를 만드는 데에도 작용하지만, 혐오의 체계로부터 자신의 '연루-됨'을 '표백'하는 데에도 유용하게 쓰인다. 예컨대 '"세월어묵"과 같은 혐오발화를 수행하는 '그들'은 '내'가 아니다'라는 인식. 이는 손희정의 지적대로, 두 번의 인식론적 부정을 경유한다. "나는 혐오세력이 아니다"와 "나는 혐오세력의 혐오대상이 아니다". 즉 혐오를 '남의 일'로 생각할 때 우리는 안전한 위치에서 혐오를 혐오할 수 있다. 그럼으로써 모든 악의 진원지로 '일베'가 손쉽게 지명될 테며, '일베'만 일망타진하면 우리 모두는 평화로울 수 있다는 결론에 이르게 된다.

그런데 '나는 혐오세력이 아니다'라는 주체의 안정적인 판타지가 도전받는다면, 즉 '혐오의 주체는 다른 누구도 아닌 바로 너다'라는 명제와 대면하게 된다면 어떤 일이 벌어질까. '너 역시 혐오에 공모함으로써 이 혐오의 체계를 지탱해왔다'라고 비난받는다면?

놀랍게도 이때 작동하는 주체화의 방식 또한 '거리 두기'의 조종술을 거친다. 두말할 것 없이, 나는 지금 2016년 5월 17일 새벽에 발생한 '강남역 여성혐오 살인사건'에 대해 일부 남성들이 내놓은 자기변명 중 하나인 "나를 '잠재적 가해자'로 취급하지 말라"라는 구호를 떠올리며 이 글을 쓰고 있다. 여성혐오에 대한 가부장적 주체들의 무비판과 몰지각, 희박한 젠더감수성이 지금까지의 여성혐오를 지탱해온 원인으로 지목되자 즉각적으로 제출된 남성들의 전략은 매우 모순적인 것이었다. 그 전략은 "여성혐오가 만연한 이 사회에서 여성은 모두 잠재적 피해자다"라는 피해자의 언어를 빌려, 피해자를 가해자로 둔갑시킨 채 오히려 피해자를 혐오하는 논리를 취하고 있었다. '혐오의 체계에 복무하는 것은 내가 아니다'라며 자신의 무고함을 주장하기 위해 피해자의 언어를 오도하는 이 역설.

물론, '나는 너가 될 수 없다', '너의 고통은 오직 너만이 진정으로 겪어낼 수 있다'라는 명제는 고통의 진정성에 대한 사려 깊음으로 이해될 수도 있다. 즉 '나는 너가 아니다'라는 명제는 다른 무엇으로도 환원될 수 없는 고통의 개별성과 특수성에 대한 최소한의 존중으로 읽힐 수도 있는 것이다. 하지만 그 반대의 경우도 가능하다. '나는 너가 아니다'라는 명제는 곧 '너'의 고통에 동참하기를 거부하는 자기방어와 자기보존의 수사학으로도 종종 사용된다. 그리고 이는 타인의 고통에 동참하고 그것을 책임지기를 거부하겠다는 정치적 제스처와도 상통한다. 예컨대, '나는 남자라서 잘 모르겠지만' 혹은 '나는 남자라서 페미니스트가 될 수 없어'와 같은 발언들. 이 발언들이 신중하게 암시하는 것은 사태를 '나의 문제'로 인식하기를 거부함으로써 연대의 가능성을 원천적으로 차단하겠다는 의지다.

그러나 '나는 너가 될 수 없다'라는 존재론이 변혁과 연대의 가능성을 부인하기 위한 절대적 근거여야 할까. 한국사회의 진보적 지식인들은 이미 1970~1980년대 변혁의 시절에 노동자가 되기 위해 위장취업을 감행할 정도로 드라마틱한 존재변이를 시도한 적 있다. 그럼에도 '남자라서 페미니스트가 될 수 없다'라고 단언하며, '당사자성'만을 인식과 운동의 유일한 자원으로 고정하려는 것은 무엇 때문일까? 과연 정말 남자는 남자일 뿐이고, 여자는 여자일 뿐이며, 노동자는 노동자일 뿐이고, 장애인은 장애인일 뿐이며, 외국인은 외국인일 뿐이고, 유가족은 유가족일 뿐일까? 우리가 끊임없이 민주주의를 열망했던 것은 바로 이 같은 불변의 정체성론에 도전하고 그것을 전복하기 위해서 아니었던가.

'나 아닌 너'에 감응하는 슬픔의 형식

당사자가 지닌 고통의 개별성과 특수성을 사상하지 않으면서 공감과 연대의 가능성을 부인하지도 않는 감응의 형식은 어떻게 가능할까.

> 신체는 도덕성, 취약성, 행위주체성을 함축한다.
> (…) 신체는 항상 공적인 차원이 있다. 공적 영역에서 사회적 현상으로 구성되는 나의 신체는 나의 것

이며 또 나의 것이 아니다. 처음부터 타자들의 세
계에 배당된 신체는 타자들의 자국을 지니고 있
고 사회적 삶의 도가니 안에서 형성된다. (⋯) 나의
"의지"의 형성보다 먼저인 이 점을 내가 부인한다
고 해도, 내가 내 옆에 가까이 두겠다고 선택하지
않은 타자들과 나를 나의 신체가 연결한다.[12]

『불확실한 삶: 애도와 폭력의 권력들』이라는 의미심장한 제
목의 저서에서 주디스 버틀러는 "상실에 대한 우리의 취약성
과 그 결과로서의 애도의 과제"를 제시하며 다음과 같이 묻
는다. "자율성을 위해 투쟁하면서도 동시에 정의상 물리적으
로 다른 사람에게 의존하는 존재들, 서로에게 물리적으로 취
약한 존재들의 세계에 살고 있기에 우리에게 부과되는 요구
들을 고려할 방법은 없을까? (⋯) 차이 없이는 사유될 수 없는
그런 조건을 공유하고 있다는 점에서만 비슷하게 되는 그런
공동체를 상상할 수는 없을까?"

그가 이렇게 묻는 것은 인간은 모두 '신체적 존재'라는
운명을 공유하기 때문이다. '신체적 존재'라는 것은, 위의 인
용문에 나타나듯, 우리 모두가 '공적인 존재'로서 우리의 신
체에 타인의 흔적을 각인한 채 살아갈 수밖에 없음을 뜻한다.
'완벽하게 독립적이고 자기완결적인 개인은 없다'라는 그의
명제를 받아들인다면, 우리는 당사자성이나 근친성과 같은,
주체와의 합일을 강박적으로 요구하는 신화적 명제들을 조금
탄력적으로 인식할 수 있지 않을까.

버틀러의 가설은 『혐오와 수치심: 인간다움을 파괴하는 감정들』이라는 저서를 통해 혐오 연구의 광대한 스펙트럼을 보여준 마사 너스바움13의 확고한 결론과도 상통한다. 너스바움은 인간은 수많은 '비체적인 것the abject thing'들을 지닌 취약한 존재인데, 자기 안의 이질적이고 비체적인 것들을 타자화함으로써 '혐오'가 성립한다고 주장한다. 그러니 "자신과 다른 사람의 불완전성과 동물성, 유한성을 인정할 수 있는 능력"이야말로 "다양한 종류의 시민들이 존엄성과 상호존중 하에 함께 살아갈 수 있"는 환경을 조성하는 데 꼭 필요하다는 것이다.

> 나는 (실재적이거나 은유적인) 형제자매들, 유아원이나 거리에서 나와 같이 싸우고 놀았으며 소리를 지르고 웃었고 당시에 그토록 만연했던 전염병들을 함께 나누고 반쯤은 즐겼던 친구들과 짝꿍들에게 경의를 표하고 싶으며, 그들을 정겹게 상기하고 싶다. 그러는 동안, 우리를 정말 좋아했기에 우리도 정말 좋아한 우리의 어머니들은 집을 떠나 일했고 폭탄이 떨어졌던 것이다. 풍요로운 측면관계의 현존과 기억은 심적이고 사회적인 삶의 직조에서 과소평가된 부분이다.14

또 하나의 위로가 되는 이론적 지지는 정신분석학자 줄리엣 미첼의 논의에서 발견된다. 그는 '어머니와 아버지에 대한 금기'라는 수직적 관계에만 배타적으로 집중해온 기존 정신분석학의 전제를 비판하며, 동기간 및 또래관계와 같은 '측면관계'에 대한 관심을 촉구한다. 그에 따르면 어머니에 대한 애정 경쟁으로만 설명됐던 동기간의 욕망은 그리 간단치 않을 뿐더러 '주체의 주체화'라는 과정에 수직적 관계보다 더 깊은 영향을 미친다.

그에 따르면, '동기同氣'들은 재생산과 무관한 성적 욕망을 공유하며, 그 욕망을 극복함으로써 서로가 서로의 "변형된 나르시시즘"의 대상이 된다. 서로의 형제·남매·자매를 통해 우리는 '자기로서의 타자'가 무엇인지 학습하게 된다는 것이다. 이런 인식론은 "존엄과 권리의 평등을 위한 여지가 있는 자매애와 형제애"를 상상할 수 있는 기반이 된다. 앞서 살핀 논의에서 권명아는 육친성을 경유하는 애도는 필연적으로 기존의 '근친적 형제애'의 법칙이 지배하는 공동체로 환수된다는 점을 중요하게 지적한 바 있다. 하지만 이때 '형제'를 부모의 인정을 경쟁적으로 갈구하는 수직적 관계, 혹은 여성의 교환을 통한 남성연대로써만 유지되는 동성사회성homo-sociality에 연루된 형상이 아니라, '자기로서의 타자'이자 '타자로서의 자기'를 발견함으로써 '확장적 우애'를 경험할 수 있는 관계로 상상해본다면 어떨까.

미첼은 양모나 위탁모 혹은 모성적 돌봄노동을 수행하는 아버지들을 모두 '어머니의 대체자'라고 성급하게 규정하는 보울비의 논의를 "오도적인 모성중심주의"라고 비판한다.

미첼이 보기에, 어떤 유아가 자신보다 나이가 많거나 적은 다른 유아들과 애착관계를 형성할 수 있다는 것은 곧 "애착행동이 이 유아의 생리적 필요를 만족시켜줄 그 어떤 것도 하지 않는 인물을 향해 발달하거나 그러한 인물에게로 지향될 수 있다는 것"의 명백한 증거다.

강조하건대, 미첼이 주목하는 '동기'는 단순히 자기의 나르시시즘적 복제가 아니다. 그의 '동기애' 개념 역시 두 부모나 한 부모를 공유하는 경우, 혹은 부모를 공유하지 않는 모든 경우를 고려해 정초된 것이다. '동기애'가 이성애적 가족규범에 구애되는 것을 방지하기 위해 신중한 이론적 조율을 수행했다는 말이다. 이제 '동기애'는 동기들이 번창하는 모든 관계에서 확인된다. 동기애를 통해 미첼이 강조하고 싶었던 것은, "너의 형제(이웃)를 너 자신처럼 사랑해야 한다"라는 주문이 '너 자신처럼'이라는 당사자성 혹은 근친성의 과정을 통과하고도 자기완결적 세계로 회수되지 않는 사랑의 형식으로 기능할 수 있는 가능성이다.

2016년 봄에 발간된, 세월호 생존학생과 형제자매들의 육성기록집 『다시 봄이 올 거예요: 세월호 생존학생과 형제자매 이야기』는 "수직적 보호나 사랑이 측면적인 것보다 더 중요하다고 누가 말하겠는가?"라는 미첼의 물음에 대한 부족함 없는 응답이다. '생존자'와 '유족(형제자매)'이라는 일견 이질적으로 보이는 존재들이 섞여 세월호참사와 관련된 저마다의 심경을 기록한 이 책은 의외의 구성에도 불구하고 하나의 이야기처럼 잘 어우러진다. 특히 이 책에서 가장 인상 깊은 대목은 '생존학생들'과 사망한 학생들의 '형제자매'들이 '부모의 슬픔'으로 환원되지 않는 고유의 슬픔을 지닌다는 점이며, 그러므로 유가족이 된 고인의 형제자매들은 바로 그 슬픔을 부모님이나 다른 누구도 아닌, '친구들'과 공유하며 위안을 얻는다는 진술이다.

> 친구랑 있을 때 세월호 얘기를 잘 안 했어요. 괜히 분위기만 흐려진다고 생각하고. 또 그런 얘기를 할 기회도 별로 없고 할 얘기도 없고…… '슬픔은 나누면 줄어들고 행복은 나누면 배가 된다'라는 말이 있잖아요. 근데 저는 그렇지 못한 거 같아요. 슬픔을 나누는데 어떻게 줄어들어요. 둘 다 슬프지. 그냥 둘 다 슬플 뿐이지. (…) 그랬는데 친구들도 제 앞에서 조심스러웠던 거예요. 친구들도 말을 꺼내면 제가 힘들까봐 말을 안 했던 거예요. 그 사실을 알고 마음이 많이 가벼워졌어요. 굳이 남한테 내가 힘들다는 것을 밝히지 않아도 남들은 내가 힘들다는 것을 다 알고 있다는 생각이 들었어요.[15]

생존학생들과 유족이 된 형제자매들의 '곁'을 지켜주는 친구들과 선생님들은 단지 어머니의 몫인 '돌봄'을 대리수행한 '어머니의 대체자'가 아니다. 이들은 '말하지 않아도' 나를 알아주는 '자신으로서의 타자', '타자로서의 자신'과 같은 서로의 '동기'다. 서로 만나기를 조심스럽게 저어해온 '생존학생'과 '형제자매'들의 이야기가 한 책에 묶일 수 있었던 것도 이들이 동기애를 공유하는 서로의 이웃이자, 동료-시민으로 성장하는 시간을 '함께' 겪고 있기 때문이다. 어쩌면 바로 여기에서, 애도의 정치에서 발생하는 근친성의 아포리아를 풀 방법을, '곁'을 확장할 수 있는 사랑과 슬픔의 형식을 발견할 수 있을지 모른다.

1   이 책 5부에 수록된 「세월호 이후의 언어와 표상들」 참조.

2   정원옥, 「국가폭력에 의한 의문사 사건과 애도의 정치」, 중앙대 박사논문,
     2014; 「세월호 참사의 충격과 애도의 정치」, 『문화과학』 79, 2014년
     가을, 57쪽.

3   마틴 제이, 곽영빈 옮김, 「난파선 속으로 잠수하기: 세기말의 미적
     관객성」, 『자음과모음』 25, 2014년 가을.

4   천정환, 「애도의 한계와 적대에 대하여: 무감·비공감·반애도의
     매개자들」, 인문학협동조합 기획, 『팽목항에서 불어오는 바람: 세월호
     이후 인문학의 기록』, 현실문화, 2015, 201~202쪽.

5   미류, 「애도와 연대의 권리: 영화 〈교실〉, 〈자국〉, 〈선언〉」, 인권오름
     482, 2016. 4. 27.

6   주디스 버틀러, 양효실 옮김, 『불확실한 삶: 애도와 폭력의 권력들』,
     경성대학교출판부, 2012, 70쪽.

7   곽영빈, 「해제―'버추얼 트라우마'의 (반)정치: SNS와 애도의 공동체」,
     『자음과모음』 25, 2014년 가을.

8   권명아, 「슬픔과 공동체의 윤리: 애도, 우정, 공동체」, 『무한히 정치적인
     외로움』, 갈무리, 2012.

9   이현정, 「인간성, 가족, 그리고 기억하는 행위에 관하여」,
     인문학협동조합 기획, 앞의 책.

10   천정환, 「가족들과 한국 민주주의」, 『자음과모음』 24, 2014년 여름.

11   손희정, 「혐오와 '외면의 체계'를 넘어서」, 인권오름 480, 2016. 4. 8.

12   주디스 버틀러, 앞의 책, 54~55쪽.

13   마사 너스바움, 조계원 옮김, 『혐오와 수치심: 인간다움을 파괴하는

감정들』, 민음사, 2015, 612~624쪽.

14   줄리엣 미첼, 이성민 옮김, 『동기간: 성과 폭력』, 도서출판b, 2015, 272쪽.

15   4·16 세월호참사 작가기록단, 『다시 봄이 올 거예요: 세월호 생존학생과 형제자매 이야기』, 창비, 2016, 50쪽.

선량한 피해자들의 나라

2017년 10월 7일자 『뉴욕타임스』에 실린 작가 한강의 글은 인상적이었다. 그는 "미국이 전쟁을 이야기할 때, 남한은 몸서리친다"[1]라며 인류애에 호소해 반전反戰의 메시지를 효과적으로 전했다. 일부 정치인들은 이 글에 등장하는 "한국전쟁은 강대국들의 대리전"이라는 표현이 미국의 입장을 거스를 것을 겁내며 작가의 역사의식을 탓했지만, 그런 '우려' 따위는 뿌리 깊은 숭미주의의 소산일 테다.

　　내게 그 글이 문제적으로 읽힌 것은 다른 이유에서다. 우선, 미국이 북한을 압박하기 위한 방법으로 전쟁의 가능성을 내세운 것에 대해 그 글은 미국의 그 선택이 남한시민에게 줄 고통을 공들여 묘사하면서도 정작 북한 민중에 대해서는 일언반구도 하지 않았다. 물

1
Han Kang, "While the U.S. Talks of War, South Korea Shudders", *The New York Times*, Oct. 7, 2017.

론 북한의 핵실험은 결코 용납돼서는 안 되며 그것을 저지하기 위한 각국의 외교상의 노력은 지속돼야 한다. 하지만 '전쟁은 북한이 아닌 남한에게 피해를 줄 뿐'이라는 식의 논리는 전쟁 자체의 폭력성과 반인륜성에 대한 근본적인 문제제기는 아니다. 오히려 이런 발상은 남한이 아닌 북한에게만 타격을 준다는 것이 확실히 보장된다면 전쟁은 허용될 수도 있다고 암시하는 듯하다. 그리고 이는 북한에 대한 타자화를 경유함으로써 폭력을 정당화하는 미국의 대북논리와도 상통한다.

더 수상했던 것은 그 글의 '지나친' 아름다움이다. 작가는 전쟁으로 훼손될지 모를 남한시민의 일상을 매우 시적으로 묘사했다. '노란 버스에 오르는 유치원생들, 꽃과 케이크를 들고 카페에 가는 연인들, 아침 일찍 등교하는 학생들의 젖은 머리카락⋯⋯'. 이 서정적이고 무해한 일상은 지난겨울의 평화로운 '촛불혁명' 이야기로 이어진다. 이 서사에 의하면, 남한은 상시적인 북한의 도발 가능성 앞에 무심한 듯 "생존가방"을 챙기며 오직 "촛불"이라는 "조용하고 평화로운 방식"으로 안전의 가능성을 모색할 뿐인 무고하고 잠재적인 피해자다.

한국인의 자아상을 '선량한 피해자'로 규정하는 이런 상상력은 최근 대중서사에도 자주 나타난다. 1980년 광주항쟁을 다룬 영화 〈택시운전사〉(장훈, 2017)의 주인공은 왜 꼭 특별한 정치적·이념적 편향이 없는, 그저 가장의 소명과 직분윤리만을 지닌 소시민이어야 했을까. 이기호의 소설 『차남들의 세계사』(민음사, 2014)에서 1980년대 간첩조작사건에 휘말리는 남자주인공 '나복만' 또한 고아이자 문맹인 '양민'이다. 소설은 나복만을 피붙이나 인맥도 없고 글도 모르기 때문에 스스로 어떤 정치적 행위나 결단도 하지 못하는, 그래서 자발적으로는 어떤 문제적 사건을 만들지도, 그에 동참하지도 못할 '비주체'로 묘사한다. 그에게 허용된 것은 오직 영문도 모른 채 폭력적인 역사 한가운데로 소환되는 일뿐이다.

물론 〈택시운전사〉와 『차남들의 세계사』는 모두 그저 '소시민'이고 '무지렁이'일 뿐인 이 선량하고 무해한 존재들이 끝내 영웅적 용기를 발휘해 역사의 결정적 장면을 만든다는 것을 강조한다. 그러나 그들이 그럴 수 있었던 것은 고양된 정치의식에 힘입은 것이 아니라 '민중 특유의 무지에 의한 건강함과 순박함' 때문이다. 그런데 '선량하고 무고한 양민', 한강의 표현대로라면 "순수하고 나약한weak and unsullied" 민중의 모습이야말로 지난 시대에 지식인들이 만들고 극복하려 한 '상상된 민중'이자 민중에 대한 낭만화 아닌가. 게다가 스스로를 무조건 역사의 피해자 위치에 두는 이 무성찰은 가장 안전하게 역사적 시민권을 확보하려는 욕망과 만난다. 어떤 정치적 이데올로기와도 연루되지 않아야만 '순수한' 시민이자 민중으로 인정되는 것. 이는 물론

2
최은영, 「씬짜오,
씬짜오」(문장 웹진,
2016년 5월), 『쇼코의
미소』, 문학동네, 2016.

오랜 식민경험과 반공주의를 내면화한 결과겠다.

과연 '우리 남한'은 '무고한 피해자'이기만 한가. 많은 증언에서 확인되듯, 지난 촛불광장에는 경찰의 폭력진압에 의해 상해를 입은 농민들, 갖은 혐오와 모욕, 성추행에 시달린 여성과 성소수자들, 정보접근권이 충분히 확보되지 못했던 장애인들이 있었다. 촛불광장이 평화롭고 민주적이기만 했다는 서술은 광장을 현실의 폭력 및 권력질서와는 완전히 단절된 공간으로 이상화·낭만화한다. 하지만 생각해보라. 몇십만 각양각색의 사람들이 모인 광장에서 폭력과 배제의 장면이 없었을 리 없다. 오히려 그 모든 이질적인 주체와 경험들을 '평화'라는 허구의 틀로 묶고 '동질적'이라고만 말하려는 욕망 자체가 더 폭력적이다.

그러니 전 세계 선진국들을 향해 '평화를 사랑하는 우리의 평화로운 일상을 깨지 말아달라'고 말하는 것보다 더 긴요한 일은 따로 있다. 이를테면, "한국은 다른 나라를 침략한 적 없어요."라고 확신에 차 외치던 한 아이가 상처받은 베트남 출신 친구에게 "아무것도 몰랐던 거, 미안해"[2]라고 비로소 사과를 건네는 장면이라면 어떨까. 광장에서 진정한 용기가 무엇인지를 배운 '촛불시민'이라면 바로 그렇게 말할 것이다.

2017. 10. 29.

발표 지면

발표 당시 제목으로 표기

1부

* '장편의 시대'와 '이야기꾼'의 우울(『자음과모음』 22, 2013년 겨울)
* 한국문학의 '속지주의'를 묻다(『자음과모음』 26, 2014년 겨울)
* 퇴행의 시대와 'K문학/비평'의 종말(『문화과학』 85, 2016년 봄)
* 혐오의 시대, 한국문학의 행방(『릿터』 1, 2016년 8~9월)
* '장강명 스타일'과 그의 젊은 페르소나들(『2016 제7회 젊은작가상
  수상작품집』, 문학동네, 2016)

2부

* 누가 민주주의를 노래하는가(연세대학교 젠더연구소 엮음, 『그런 남자는
  없다』, 오월의봄, 2017)
* '오구오구 우쭈쭈' 시대의 문학(『한겨레』, 2017. 5. 15)
* '개'와 '사람'을 구분하는 법(『한겨레』, 2017. 7. 10)
* 비평의 백래시와 새로운 '페미니스트 서사'의 도래(『21세기문학』 81, 2018년 여름)
* '미러링'과 소수자의 언어(『한겨레』, 2016. 8. 1)
* 페미니즘 비평과 '예술 알못'(『한겨레』, 2016. 9. 26)
* '퀴'의 상상력과 '투명한 신체'(『문화과학』 78, 2014년 여름)
* 계속해보겠습니다(『한겨레』, 2016. 7. 4)
* 권력의 여성, 여성의 권력(『VOSTOK』 3, 2017년 5월)
* 광장과 '혁명의 매뉴얼'(『한겨레』, 2016. 11. 21)
* 혁명과 정치적 포르노그래피(『한겨레』, 2016. 12. 29)

3부

* '성장'이라는 외상을 견디는 '여자들의 세계'(『안녕, 오늘의 한국소설!』(ebook),
  민음사, 2017)
* '즐거운 살인'과 '여성스릴러'의 정치적 가능성(『ASIA』 49, 2018년 여름; 강화길,
  스텔라 김 옮김, 『서우』, 도서출판 아시아, 2018)

* 집 떠난 뒤, '고독의 시간'을 지내는 방법(『자음과모음』 25, 2014년 가을)
* 여성혁명가 서사와 '사회주의'라는 오래된 미래(『여성문학연구』 43, 2018)
* "내가 다른 것이 되고자 소망한다면"(명지현, 『눈의 황홀』, 문학과지성사, 2017)

4부

* "포스트-아포칼립스"를 향한 미지의 미러링(미발표)
* 지금 한국문학장에서 '퀴어한 것'은 무엇인가(『문학과사회』 124, 2018년 겨울)
* '순정한' 퀴어서사를 읽는 방법(『2015 제6회 젊은작가상 수상작품집』, 문학동네, 2015)
* 퀴어서사와 아포칼립스적 상상력(『한겨레』, 2017. 8. 7)
* 음험하게 숭고한 사랑(문장 웹진, 2019년 1월)
* 퀴어한 세계에서 '퀴어'로 살아가기(『예장』 37, 서울예술대학교, 2017년 1월;
  조선대학교 연구소 엮음, 『민주주의 증언 인문학』, 앨피, 2018)

5부

* '그날' 이후의 서정시와 '망막적인 것'(『문화과학』 75, 2013년 가을)
* '세월호' 이후의 언어와 표상들(『말과활』 7, 2015년 3월)
* 드라마를 보는 이유(『한겨레』, 2016. 5. 8)
* 비상한 기억력의 계절과 '나쁜 나라'(『한겨레』, 2015. 12. 14)
* '곁'을 넓히는 사랑과 슬픔의 형식(『작가들』 57, 2016년 여름)
* 선량한 피해자들의 나라(『한겨레』, 2017. 10. 30)

색인